历代名著精选集

[清]纪昀 撰
吴波 注评

阅微草堂笔记

凤凰出版社

图书在版编目（C I P）数据

阅微草堂笔记 /（清）纪昀撰；吴波注评. --南京：凤凰出版社，2010.11（2016.4重印）
ISBN 978-7-80729-982-0

Ⅰ.①阅… Ⅱ.①纪… ②吴… Ⅲ.①笔记小说－作品集－中国—清代 Ⅳ.①I242.1

中国版本图书馆CIP数据核字(2010)第230839号

书　　名	阅微草堂笔记
著　　者	(清)纪　昀 撰　吴　波 注评
责任编辑	汪允普
出版发行	凤凰出版传媒股份有限公司 凤凰出版社(原江苏古籍出版社) 发行部电话025-83223462
出版社地址	南京市中央路165号,邮编:210009
出版社网址	http://www.fhcbs.com
经　　销	凤凰出版传媒股份有限公司
照　　排	江苏凤凰制版有限公司
印　　刷	江苏凤凰新华印务有限公司 中国江苏南京经济技术开发区尧新大道399号,邮编:210038
开　　本	960×1304毫米　1/32
印　　张	12.5
字　　数	372千字
版　　次	2011年1月第1版　2016年4月第2次印刷
标准书号	ISBN 978-7-80729-982-0
定　　价	38.00元

目　录

前言 …… 1
原序 …… 16
郑序 …… 17
纪昀诗二首 …… 18

卷一　滦阳消夏录(一) …… 1
卷二　滦阳消夏录(二) …… 18
卷三　滦阳消夏录(三) …… 34
卷四　滦阳消夏录(四) …… 48
卷五　滦阳消夏录(五) …… 62
卷六　滦阳消夏录(六) …… 74
卷七　如是我闻(一) …… 88
卷八　如是我闻(二) …… 114
卷九　如是我闻(三) …… 129
卷十　如是我闻(四) …… 142
卷十一　槐西杂志(一) …… 155
卷十二　槐西杂志(二) …… 177
卷十三　槐西杂志(三) …… 202
卷十四　槐西杂志(四) …… 230
卷十五　姑妄听之(一) …… 259
卷十六　姑妄听之(二) …… 277
卷十七　姑妄听之(三) …… 295

卷十八　姑妄听之(四)…………………………………………………… 312
卷十九　滦阳续录(一)…………………………………………………… 327
卷二十　滦阳续录(二)…………………………………………………… 337
卷二十一　滦阳续录(三)………………………………………………… 345
卷二十二　滦阳续录(四)………………………………………………… 352
卷二十三　滦阳续录(五)………………………………………………… 363
卷二十四　滦阳续录(六)………………………………………………… 373

前　　言

《阅微草堂笔记》是清代著名文人、一代学术宗师纪昀晚年辑撰的一部文言笔记小说集。全书共二十四卷，包括《滦阳消夏录》六卷、《如是我闻》四卷、《槐西杂志》四卷、《姑妄听之》四卷、《滦阳续录》六卷。该书的写作始于乾隆五十四年(1789)，一直到嘉庆三年(1798)年全部完成。前后延续的时间长达十年之久。根据纪昀的系年推算，当在他六十六岁到七十五岁之间。

一

纪昀(1724—1805)，字晓岚，又字春帆，晚号石云，道号观弈道人、孤石老人。生于清雍正二年六月，卒于嘉庆十年二月。直隶河间府(河北献县)人。乾隆十九年进士，授翰林院庶吉士、编修。历官兵部侍郎、左副都御史、礼部尚书、协办大学士。死后谥"文达"。

作为一代学术宗师，纪昀一生致力于学术研究，博极群书，学识渊博，长于考证训诂，曾任《四库全书》总纂官十余年，撰有《四库全书总目提要》、《四库全书简明目录》、《历代职官表》、《河源纪略》、《镜烟堂十种》、《唐人试律说》等诸多学术著作。特别是他主持编撰的《四库全书总目提要》、《四库全书简明目录》两书，论述各书大旨，溯源流，考得失，辨文字，具有极高的学术价值。直到晚年，他的心志依然在学术研究，如他临死前曾嘱托其孙纪树馨曰：

"吾老矣，欲成三书，恐天不假年，今语汝大略。汝其识之。一曰《规杜持平》。刘炫一部书，岂无是处，孔疏意主伸杜，凡刘说尽驳之，此冤狱也。平心持衡，各还是处，则杜之失无损于杜，而刘之驳不足为刘病矣。如杜以晋先縠为彘季，刘规之，按成十八《传》，彘季是随会之子士鲂，非先縠，刘说是也；一曰《篆隶异同》，如凤朋鹏篆本一字，隶分为三，此篆同而隶异也。如好丑，篆本二义，隶但作好，无政字，此篆异而隶异也。初学有入门之阶，其必自始乎？一曰《蠹简丛钞》……”（李宗昉《闻妙香室文集》卷十四“纪文达公传略”附）

在《逊斋易述序》中，他亦说过：“余年近七十，一生鹿鹿典籍间，而徒以杂博窃名誉，曾未能覃研经训，勒一编以传于世，其愧懋园父子何如耶！”

那么，既然如此，纪昀为何不去进行学术研究以实现他的夙愿，相反，却要在自己并不认同的小说创作领域耗费精力呢？这实际上与他晚年的生存境遇及心境有着密切的关系。

1. 忧慨与劝惩

对于纪昀晚年写作《阅微草堂笔记》的动机，持“劝惩”观点者甚众。“盛序”与“郑序”即为其中的代表。这是不无道理的。当纪昀开始《阅微草堂笔记》写作时，已经进入花甲之年，而此时，乾隆帝已经是年逾七十的古稀之人了。乾隆帝曾有超迈其祖父康熙帝统治时限的想法，所以，尽管年事已高，但他仍然没有让位的想法。公允地看，执政之初甚至中期的乾隆帝的确是中国封建社会历史上不可多得的圣明君主。他继位以后，继承先辈遗业，勤勉于政，清正廉明，知人善任，兴利除弊。一时文治武功，臻于郅至。而这时的乾隆帝已经体力渐衰，精力不支。理政不如前期勤勉，用人更不如前期明察，已远非从前那位勤勉、睿智、具有雄才大略的乾隆帝了。

他曾自诩“十全老人”，居功自傲。所谓“十全”者，即“平准噶尔为二，定回部为一，扫金川为二，靖台湾为一，降缅甸、安南各一，即今受廓尔喀，合为十”（御制《十全记》），藉此以称美自己之武功；又刚愎自用，喜欢听歌功颂德之言，容不下臣子们的不同意见，尤其对那些指斥社会弊端的逆耳忠言更为反感。

相反，对那些阿谀奉承之徒却又有意地怂恿庇护。这便使得诸如和珅、福长安之类的奸佞小人乘虚而入，窃权乱政。在和珅等人的荫疪怂恿之下，地方的官僚亦随之效仿，从朝廷到地方，吏治腐败、奢靡成风。即使素来以清苦著称的词馆诸公亦非昔日可比。汪辉祖的《病榻梦痕录》卷上记载：“己丑初至京师，词馆诸公从容茶话，论艺手谈，羸车敝马，风裁高雅。自壬辰四库馆开，奔忙日甚，规模亦复奢丽。闻迟舟言，诸城刘文正公尝至翰林院云：'本衙门向耐清苦，今因馆务热闹，将来馆停，诸君恐难为继。'今撤馆已久，而既奢不能复俭，惜文正公未及见也。公车庆吊，公分向止银三钱五钱，最厚不过二金，今则五钱仅见，二金亦为常事。"馆阁清苦之地，尚且如此奢靡，其它衙门则更不用说了。

至于官贪吏虐、贿赂公行，行不法之事，在当时更是司空见惯，且愈演愈烈。与统治集团的奢靡生活形成鲜明对比的是，乾隆四十年(1775)以后，连年旱涝灾害不断，田地荒芜，米价陡涨，民不聊生。百姓背井离乡、流离乞讨者触目皆是。

各级官吏机构的横征暴敛、经济利益分配的严重失衡、贫富悬殊的进一步加大，再加之天灾人祸的接踵而至迅速加剧了社会矛盾的尖锐化程度。尽管清廷企图用赈济或豁免等措施以消弥这种裂痕，但均为杯水车薪，无济于事。各地一次又一次的农民起义终因广大农民不堪忍受现实的逼迫而爆发。彼消此长的农民起义后来均被清廷无情地镇压下去了，但它们对清廷的打击却是极为沉重的，甚至严重地影响到封建统治政权的稳固。

面对着日益显露的社会弊端以及愈来愈尖锐的社会矛盾，身处于封建统治集团内部的纪昀对现实表现出极大的关注与担忧。他一方面在生活上保持着清廉的作风，绝不同流合污，以自身的洁身自好抵制朝野上下的奢靡之风。另一方面，作为朝臣，纪昀又积极为廓除积弊、扭转世风尽自己的微薄之力。这主要表现于三个方面：

其一，在这其间，他曾多次向乾隆帝进言，委婉地陈述当时社会存在的种种弊端，并相应地提出一些解决问题的办法。如当时最突出的问题就是吏治的日益腐化堕落。对此，纪昀有着比较清醒的认识，为了整肃吏治，他专门上呈《拟请重民亲民之官疏》，奏请皇上重视亲民之官，对官吏升迁应以是否亲民作为考察的标准。乾隆后期，刑罚过于烦重，纪昀则在为乾隆帝所起草的诏书中言"涤滥除烦，法归简约。使民不易犯，吏不为奸"。(《纪晓岚八十序》，《四一居士文钞》卷四)

其二，倡导兴教以敷教化。在《日华书院碑记》一文中，高度肯定了天津邵玉清在故乡献县开馆授学、振兴文教之举。希望通过他"穷经汲古，努力殚心”，能达到“勉副循良善俗之意”。

其三，在文章中竭力推重那些崇儒遵道之人，通过渲染他们的事迹以达到廓清风俗之目的。纪昀之所以这样做，一方面在于他多年秉承着儒家思想的教育，儒家的入世思想已经在他心中内化成为一种自觉的社会责任感；另一方面，他沾溉着乾隆帝之恩惠，得以进翰林、入军机，位极人臣，也并不希望朝政就此衰微。

2. 惶恐与自守

晚年身居高位的纪昀一直处于清廷错综复杂的矛盾漩涡之中，动辄得咎的境遇使他既惶恐不安，同时为了生存又不得不处处谨小慎微、自守设防，诸多因素使他在心理上常常处于焦虑不安、如履薄冰的状态。

纪昀晚年的心理压力主要来源于三个方面。其一，对乾隆帝的依赖与矛盾。在纪昀的一生中，与之关系最为密切、最重要的人物就是乾隆帝。在中国古代封建政体中，皇帝是国家权力与意志的象征。与皇帝关系的亲疏程度将直接关系到个人的前程与命运。在这一点上，纪晓岚无疑是幸运的。是乾隆帝慧眼识珠，使他在常人不得不艰难跋涉的仕途平步青云。同时也是乾隆帝，使他甚至他的家人在触犯大清刑律应受到法律制裁时化险为夷。乾隆帝给了他莫大的恩惠。

在乾隆帝的曲意庇护下，他在朝中享受着为他人所不及的殊遇。即便在和珅倍受宠幸的特殊岁月里，其他许多朝臣为其中伤迫害而纷纷中箭落马。而他却犹如千年不老的不倒翁，坚稳地固守着他的地位。这一点，就连朝鲜的使臣也颇有所感：“尚书纪昀，文艺超伦，清白节俭，虽宠爱不及和珅，而甚敬重之。”

纪昀之所以能如此，固然与他文思敏捷才华出众、口给便捷巧于周旋有关。然而，在封建专制社会中，如果没有皇帝的庇护是根本做不到的。同时，也不能不看到的是，在纪昀与乾隆帝之间实际上始终存在着微妙的复杂关系。乾隆帝要利用纪昀，因为他需要纪昀的文采为他起草谕令诏书、润色鸿业。乾隆帝了解纪昀的才华，更欣赏他的才华。同时，纪昀作为臣子，亦有赖于乾隆的青目，而获得好的生存境遇。这种彼此之间的依赖关系将他们自然地粘合在一起。

然而，乾隆帝毕竟是身处“九五之尊”的皇帝。在他的眼里，纪昀充其量只是可供他役使的御用工具，以及闲暇时遣兴作乐的对象。其地位颇类似于汉代宫中所蓄的倡优艺人而已，根本不能参与政治，毫无政治地位可言。笑翁的《清代外史》中云：

“弘历席累朝富庶之业，既北讨南征，耀兵塞外，又挟其威权，叱辱群臣如奴隶。故六十年间，能不受其侮弄者，惟刘统勋一人耳，余则鲜有能免者。尝斥协办大学士纪昀曰：‘朕以汝文学优，故领四库书，实不过以倡优蓄之，汝何敢妄谈国事。’”(《清代野史》第一辑，巴蜀书社 1987 年版)

这一段话真正地道出了乾隆帝的心思，也可见及纪昀所处的境遇。其实，这在中国封建专制社会中也并不奇怪。在乾隆与纪昀之间，皇帝与臣子的鸿沟原本就将他们自然地分割于两个不同的世界，而乾隆内心深处顽固盘踞着的满汉畛域观念，则更使得他将纪晓岚排斥于大清统治的权力中心之外。

在这一思想的支配下，很难想象他会真心诚意地对待纪晓岚。事实也证明了这一点。而且，乾隆帝晚年时颇为刚愎自用、独断专行，对大臣极为严厉。稍有拂逆，便爆发雷霆之怒。轻则恶詈，重则交刑部处置，流放遣戍甚至杀头。同时又好生疑心，经常将本不相干之事联系起来妄加比附，令人莫所适从。纪昀就曾多次险险罹祸。

伴随着此时的乾隆帝，纪晓岚不得不处处小心谨慎、自己设防，以免成为牺牲品。在纪晓岚所留存的《纪文达公遗集》中，其诗文充斥着大量的应景之作，流露出浓郁的颂谀之意。许多学者因此訾议他的明哲保身，嘲讽他缺乏做人的骨气，甚至在他的人品方面大做文章。如果从文辞本身而言，这些观点固然不无道理。然而，如果我们将其放置于那样特定的历史环境中加以客观的审视的话，又很难说这不是一种藉以自守的策略。或许也正是因为他的这一策略，才使他能够在矛盾错综复杂的朝廷得以安然无恙。纪晓岚过于机智，同时又带有一定的圆滑的处世态度，这是封建专制时代缺乏独立人格的广大文人的共同悲剧，我们又不能不由衷地为之感到悲哀。

其二，除了来源于乾隆帝的威压之外，朝臣彼此之间为了自身或集团的利益而相互尔虞我诈也是纪晓岚颇感焦虑的重要原因。乾隆前期，朝中以鄂尔泰为首的"鄂党"与以张廷玉为首的"张党"就曾一度搅得朝中乌烟瘴气,使乾隆大伤脑筋。而后期的和珅在陷害忠良、扫除障碍方面则更是挖空心思、无所不用其极。朝中不少大臣陷入他所构设的迷局之中,纷纷中箭落马。纪晓岚原本鄙薄和珅的为人,对其所作所为则更是不以为然,又兼其才华出众,颇得乾隆帝青目,自然是和珅竞争与打击迫害的对象。目前正史中记载的纪昀与和珅正面冲突的资料并不多,然而在一些野史笔记中记载他们彼此之间明争暗斗的文献资料确实不少。

其三,康、雍、乾三朝,清统治者为了巩固其统治地位,大兴"文字狱",许多无辜的文人成为封建专制统治的牺牲品。乾隆帝虽不断地标榜自己稽古右文,但同样对文人虚文周纳,望文生义、无中生有,罗织之苛细,达到了无以复加的程度。其数量之多、惩处程度之惨烈甚至远远超过乃祖、乃父。与康熙、雍政朝所不同的是,乾隆时的"文字狱"不仅用来对付汉族的知识分子,抑制反清思想,而且还以之对付各级官吏,使他们屈服于皇帝的统治之下,俯首帖耳,惟命是从。如发生于乾隆二十年(1755)的"胡中藻案"、乾隆四十三年的"徐述夔案"等均为其中的大案。"文字狱"的猖獗,使当时广大封建儒生噤若寒蝉、人人自危,既不敢研究历史、亦不敢研究经世致用的学问,更不敢议论朝政。诚如梁启超在《清代学术概论》中所言:"文字狱频兴,学者渐惴惴不自保,凡学术之触时讳者,不敢相讲习。"作为一位封建文人,纪晓岚尽管小心从事,但依然难以逃脱"文字狱"的罗织。险险遭祸。

从以上三方面看,晚年的纪晓岚实际上横处于上下左右各方面复杂关系网的肘掣之中,每时每刻都必须注意来自各方面的明枪暗剑,而不能丝毫松懈。否则一不小心,就会成为权力的争斗、利益的抢夺中的殉葬品。晚年,纪昀曾写有两首诗,从这些诗中,颇能窥觇他在此期间的心态。第一首为《自题秋山独眺图》,诗云:

"木落万山秋,荒径交榛梗。独立千仞冈,苍苍空翠影。山路岂不艰,风露亦云冷。平生多苦心,爱此无人境。远想一慨中,中怀徒耿耿。"

第二首为《又题秋山独眺图》:

"秋山高不及,盘蹬入烟雾。仄径莓苔滑,猿猱不敢步。杖策陟巉岩，披榛寻微路。直上万峰巅，振衣独四顾。秋风天半来，奋迅号林木。俯见豺狼蹲，侧闻虎豹怒。立久心茫茫，悄然生恐惧。置身岂不高，时有磋跌虑。徙倚将何依，凄切悲霜露。微言如可闻，冀与孙登遇。”(《纪文达公遗集·诗集》卷九)

在纪昀的诗作中，诸如此类直接地表露其凄苦心迹的作品是罕见的。这两首诗均为题画诗，而且所题为同一幅画，均含蓄地表露他置身高位而触处皆险，自己惶恐不安，随时有“磋跌”之危的感受：那在崎岖山峦中艰难攀登的人不正是他在仕途艰难行进的象征？那虎狼当道、荆棘丛生的图景不正是他所置身其间环境的真实的写照吗？而所谓“置身岂不高，时有磋跌虑。徙倚将何依，凄切悲霜露”之语不正是此时他自己内心世界的真情告白吗？

在这样的环境中，纪昀的确身心疲惫、心力交瘁。他所自言的“景薄桑榆、精神日减”(《滦阳续录序》)亦属实情。

3. 孤独怀旧

从表面上看，纪昀喜诙谐、善谐谑，口给便捷，博雅善辩。而实际上，进入老年以后，他的个性有所变化。他曾不止一次地说过自己“性耽孤寂”，其他的亲友亦表述过同样的意思，如盛时彦就说他“天性孤直”。(《姑妄听之序》)而随着亲朋好友先后故去，又兼朝政险恶，他更陷入了深深的孤独与伤感之中。

门人汪德钺即说他“性耽阒寂，不乐与名流相征逐”，老年，“公退后，闭门独坐，冲然自得，其静也若此”(《纪晓岚八十序》，《四一居士文钞》)。在《蒋东桥兵部五十序》一文中，他也说过：“盖余少日，尝以诗坛文社驰逐名场，老而阅历世途，意气消歇，不复与胜流相角。君又落落寡合，退食之余，惟闭门著书，不复知有酬酢事。故两不相值也。”这一心态在他所撰写的许多墓志铭、碑传、逸事状中多有表露。

更使他伤感不已的是，他的叔母不久也遽然逝世。纪昀幼年失怙，依其叔母抚育方才长大成人，感情笃厚，所谓：“昀既失怙，视两叔母如母；两叔母亦视昀为犹子。三叔母先逝，惟叔母存，昀视叔母益亲，叔母视昀亦益亲。”而使他惭愧不已的是，叔母去世之际，他尚在京城，竟不能亲自为其送终：“昀不能见先太夫人，故以见两叔母如见太夫人者，从今并亦不得矣，昀独何心能不悲哉！尤可悲者，叔母子四人，曦轮弟先卒，又李晓、苍复相继卒，近东白弟又卒，叔母自病至殁，惟两寡妇一寡女率诸孙侍疾，竟无一子含殓；犹子四人，昀胞兄晴湖先卒，从兄懋园、坦居亦相继卒，存者惟昀一人，既隔越五百里外不能亲往理丧务，又不能匍伏繐帷恭奠一觞，昀之抱痛更何如哉？”（《祭四叔母文》）

随着亲友的逐渐故去，深居简出、闭门独坐成了他的生活习惯。而与此同时，对故人亲友的思念、对往昔岁月的追忆又成为他聊以自慰的精神药剂。老年以后，为亲朋戚友撰写逸事状、碑传，题写墓志铭几乎成了他一项重要的工作。而每当他撰写一份逸事状、碑传，便自然牵动他对传主的深深的思念，伤感悲悼之情随之油然而生。如枣强县知县任公与纪昀同为甲戌同年，往昔经常在一起酬酢。遽然逝去，纪昀深为悲恸。在为其所题写的墓志铭中云：“余甲戌同年中意气豪爽胸怀坦荡者，惟公及朱编修筠、杜员外宪为最。每酒酣耳热，议论飙发，四座耸动，觉光明磊落，鄙吝之义都尽。朱编修先逝，惟公与杜员外存，公今又谢世，回念旧游，晨星落落，伤矣！”（《直隶枣强县知县寓圃任公墓志铭》）

往事历历，犹在目前。孤独、伤感与怀旧的情感相互交织，使他具有一种强烈的倾吐的愿望。《阅微草堂笔记》实际上就是在这一心态的支配下陆续写就的。

二

《阅微草堂笔记》是一部体制庞大、内容丰富的文言小说，台湾学者卢锦堂在《纪昀生平及其阅微草堂笔记之贡献》一文中将《阅微草堂笔记》的内容分为二十二类：

“一曰命数，凡言及富贵祸福，生死有命之事以及征应、梦兆、诗谶诸类者，皆入此。二曰占算，凡言及命相、揣骨、风水诸重预卜人事之术者，皆入此。三曰扶乩，凡言及文人与乩仙吟唱问答之事者，皆入此。四曰果报，凡言及因果报应之事者，皆入此。五曰轮回，凡记前生及来生之事者，皆入此。六曰复苏，凡言及死后复生，借尸还魂之事者，皆入此。七曰入冥，凡记生人为冥吏梦游地府以及冥判之事者，皆入此。八曰鬼魂，凡记遇鬼或生魂之事者，皆入此。九曰狐怪，凡记遇狐之事者，皆入此。十曰妖魅，凡记物妖、土偶以及其它精怪为祟之事者，皆入此。十一曰感梦，凡记祈梦、神鬼报梦以及其它异常之梦者，皆入此。十二曰神灵，凡言及神惩亵渎之人、神佑遇厄之人之事者，皆入此。十三曰异人，凡记仙人、僧尼道士，视鬼者以及山野奇民之事者，皆入此。十四曰道术，凡言及道术奇技、魇宅之术者，皆入此。十五曰博物，凡言及古代文物，奇珍异玩，鸟兽虫鱼，花鸟木石与器械伎巧者，皆入此。十六曰天文舆地，凡言及天候星象，天灾横祸，山川形势以及地方建置者，皆入此。十七曰医方，凡言及医理或治病良方者，皆入此。十八曰其它异闻，凡事之涉及怪异，而又琐屑难分者，并入此。十九曰狱讼，凡言及官吏断案之事者，皆入此。二十曰淫佚，凡记无赖侵凌妇女或男女相淫之事者，皆入此。二十一曰遗事，凡记野乘逸闻，艺文诗话，科场旧事，男女节义之事，亲友逸事，以及其他趣闻者，皆入此。二十二曰琐语，凡通篇几为考证辩说之语者，皆入此。"（第五章《阅微草堂笔记故事考》）

其分类固然繁琐，其中有些类别完全可以相并，但基本上涵盖了《阅微草堂笔记》所有内容，具有一定的参考价值。

同时，《阅微草堂笔记》还是一部思想深刻、文化意蕴丰富的小说。

首先，小说严厉地批判了假"道学""外貌鳞鸾，中蹈鬼蜮"的虚伪做法。在纪晓岚的笔下，那些"讲学家"表面上口称圣贤，其实满腹鬼蜮。《滦阳消夏录》（三）中的一则笔记记献县东边淮镇一位老儒为达到以贱价霸占邻宅的目的，居然贿夜盗，在邻宅四周，或抛掷瓦石，或作鬼声，或纵火以惊吓邻居。最后，迫使邻居在惊恐中不得已将屋宅以贱价售出。其居心之险恶，令人不寒而栗。

还有的"道学家"经常空谈玄虚，不预实际。《滦阳消夏录》（四）中有一则笔记借一怪仙之口痛斥一位"盛谈《西铭》万物一体之理"却置百姓疾苦于不顾的乡绅，说："时方饥疫，百姓颇有死亡。汝为乡宦，既不思早倡义举，施舍药物，即应趁此良夜，闭户安眠，尚不失为自了汉。乃虚谈高论，在此讲民胞物与。不知讲至天明，还可作饭餐，可作药服否？"又有的"道学家"口持不情之论，薄情寡义。

其次，《阅微草堂笔记》有许多故事篇章揭露了封建官场的黑暗与腐朽。如封建官吏们经常为了争权夺利彼此尔虞我诈。在小说中，纪晓岚借他人之口说道：官吏们为利益所驱动往往热衷仕途，而"仕宦热中，其强悍者必怙权，怙权者必狠而愎；其孱弱者必固位，固位者必险而深。且怙权固位，是必躁竞，躁竞相轧，是必排挤。至于排挤，则不问人之贤否，而问党之异同，不问事之可否，而计己之胜负。"故而"流弊不可胜言矣"！（《滦阳消夏录》五）

除了相互倾轧以外，官吏们的唯求自全、碌碌无为也是令人发指的。对此，纪晓岚很有看法，他说："天地之生才，朝廷之设官，所以补救气数也。身握重权，束手而委命，天地何必生此才，朝廷何必设此官乎？"（《滦阳消夏录》一）《阅微草堂笔记》中展示了一大批虽"身握重权"，却"束手而委命"、碌碌无为的官吏，并对他们痛加鞭挞。在纪晓岚看来，好官的标准并非在于不要钱，更重要的是要有所作为，"无功即有罪矣"。而当时的一些官吏之所以无所作为，主要是唯求自全，生怕掉乌纱帽。为此，他们所钻研的"非揣摩迎合之方，即消弭弥缝之术"（《滦阳消夏录》五）；所热衷的不是真心诚意地躬身事功、造福于百姓，而是如何博取虚名以求进取。即使有一些所谓的清官循吏，也同样各怀私心，非诚心诚意为百姓备办实事。对于"私心"，纪晓岚深恶痛绝，认为是官吏弊政产生的根源之一，所谓："夫利己之心，虽贤大夫或不免。然利己者必损人，种种机械，因是而生，种种冤愆，因是而造；甚至遗臭万年，流毒四海，皆此一念为害也。"即使原本心存公心，也会为"私心"所障，影响到公心，对事物的判断出现偏差。受此私心的支配，官吏们在审案时不是相互推诿，就是敷衍塞责。表面上博取了忠厚之名，却导致了养痈遗患、草菅人命的严重后果。受害的最终是那些老百姓。

官场的黑暗腐败尤其表现于官场中的营私舞弊和贪赃枉法。在纪晓岚的笔下，真正能诚心为民备办实事的官吏极少。官吏们大多心怀"私心"，为追逐自己的利益而不择手段，甚至不惜大肆地营私舞弊、贪赃枉法。

再次，《阅微草堂笔记》还是一幅生动的社会的风俗画卷。小说在批判官场黑暗的同时，还展现出了当时市井细民的众生相，特别是揭示出了当时社会中普遍存在的人情淡薄、世态炎凉的丑恶现象。《如是我闻》

(四)中记一孝廉性格吝啬,其妹家很贫穷。除夕之夜,妹妹家炊烟不举,不得已冒着风雪徒步数十里,向这位孝廉兄长乞贷些银子聊以度岁,并承诺第二年春天以所获馆谷偿还。可孝廉兄长丝毫不为其所动,“坚以窘辞”。即使在旁边的母亲也泣涕助请,“亦辞如故”。名为“孝廉”,居然连自己的母亲、姐妹这样的至亲都可以不管不顾,真不知其“孝”在何处?

《阅微草堂笔记》还将笔触伸向家庭,通过家庭关系中的种种矛盾来揭示社会丑恶的一面。

《如是我闻》(一)中的一则笔记通过两叟之对话来展示其妻妾如何算计主人以及妻妾之间如何争宠的。俗语曰:“妇人蛇蝎心。”两叟的对话可谓真实地挖掘出了古代封建社会家庭中妻妾那种“乌眼鸡”式的家庭关系。如果说,前面一叟所提及的第五妾为了主人死后“琵琶别抱”之计而在主人面前花言巧语以骗取金帛,仅仅反映出封建社会“夫妻本是同林鸟,大祸临头各自飞”的利益关系的话,那末,后一叟所谈及的其妻机心叵测、阳奉阴违,玩弄群妾包括主人在内的家庭成员于股掌之上,则典型地展示出了封建主妇为达到其目的而不择手段的冷酷与残忍,从而无情地揭开了笼罩于封建家庭之上的那层含情脉脉的封建伦理的面纱。而为人奴者,他们“为主人执役,即其钝如椎;至作奸犯科,则奇计环生,如鬼如蜮”。

另外,《阅微草堂笔记》中还有许多篇章揭示了下层普通百姓的生活状况及悲惨命运。明末清初,战乱频仍,民不聊生,百姓之困苦不堪言状。有清以来,关外满族虽以文治武功建立了强大的政权,但建国初之康、雍、乾时期依然内乱连绵、外患不绝,加之连年自然灾害的侵袭,百姓挣扎于水深火热之中。“兴,百姓苦;亡,百姓苦!”正是这一段历史的高度概括。《阅微草堂笔记》通过一则又一则笔记真实反映了这一段历史的原貌,特别是百姓的悲苦命运。在他所揭示的百姓悲苦命运中,特别值得注意的是对妇女命运的关注。《阅微草堂笔记》所展开的妇女命运画卷是悲惨且令人发指的。作品不仅展示了她们过着仰人鼻息的生活,物质方面极端匮乏,还特别充分揭示了在程朱理学作为官方哲学禁锢着社会意识形态背景下妇女所受到的精神上的戕害。

在小说中,她们缺乏起码的人生自由与人格尊严:她们被作为奴隶而随意遭人驱遣打骂，她们像牲口一样被无情地抛向人生的屠宰场，被人为地剥夺了爱与被爱的权力，甚至尽管遭人践踏而在捍卫自己的贞节却不能被朝廷旌表。夫权、神权、政权等就像无形的绳索将她们捆绑束缚，使她们难以挣扎。

更为难得的是，在封建等级制度极为森严的文化氛围中，纪晓岚还能突破时代的局限，善于发掘这些地位卑微的奴婢身上的闪光点。

与此相类，《阅微草堂笔记》中还塑造了一批虽出身卑微，同遭劫难，但并不屈服于命运的摆布，敢于运用自己的智慧与命运抗争最终取得胜利的女性，并对她们之所为大加赞扬，突出地表现了他同情弱者的亲民思想。

三

《阅微草堂笔记》是一部风格独特的文言笔记小说。除了具有深刻的思想内涵，其艺术成就也是很高的。鲁迅在《中国小说史略》中说："惟纪昀本长文笔，多见秘书，又襟怀夷旷，故凡测鬼神之情状，发人间之幽微，托狐鬼以抒己见者，隽思妙语，时足解颐；间杂考辨，亦有灼见。叙述复雍容淡雅，天趣盎然，故后来无人能夺其席，固非仅借位高望重以传者矣。"

《阅微草堂笔记》继承了魏晋南北朝小说简淡素雅的写作风格，无论叙事写人、写景状物都是惜墨如金，虽笔致俭朴，然含蕴丰富，摹绘如生，表现力极强。如写西山之风景，曰："林峦深处，风日暄妍，泉石清旷，杂树新绿，野花半开。"将西山春天清幽鲜妍之景传神地状写出来。写人物动作神态，同样着墨不多，但动作之变幻，神态之传神，无不委屈生动，曲尽其妙。如《滦阳消夏录》(二)描绘屠者许方狠揍醉鬼，则曰："因连与痛击，渐纵弛委地，化浓烟一聚。恐其变幻，更捶百余。其烟平铺地面，渐散渐开，痕如淡墨，如轻縠，渐愈散愈薄，以至于无。"此处之醉鬼为人所痛击而委顿，而变幻，而消逝，先是"纵弛委地，化浓烟一聚"，"更捶百余"后，其"烟平铺地面，渐散渐开，痕如淡墨，如轻縠"，最后"渐愈散愈薄，以至于无"，其描写始终扣住其渐变以状写其不同阶段形态，既突出其特征，又生动形象。描绘人物的外貌亦线条简洁明快，生动传神，如写侠士之服饰，则曰:“著青笠,衣石蓝衫,蹑镶云履。”一副干净利落的短打扮,既显示出来人的身份,又与其后来的来无影、去无踪的动作相配合,极为传神。

不仅描绘人物如此,状写动物之动作神态亦然。如状报冤鬼兔之怒状,则曰“遇一兔,人立而拱,目炯炯如怒”。犹如影片定格,在凝固的时间中,通过“人立而拱”的拟人化描写以及“炯炯”目光所喷射出来的仇焰,将其遇见仇敌、渴望复仇之情态活生生地描摹出来,语言很节俭,但艺术效果特别鲜明。

其次,善于捕捉细节,运用白描的手法,寥寥数笔,情伪尽出,却能感发读者无限遐思,含蕴无穷。《滦阳消夏录》(五)中塑造一吝啬鬼形象,此人不仅吝啬,以财为命,而且残忍冷酷:“徒手积累至千金。虽妻子冻饿,视如陌路。”病革时,只见他“陈所积于枕前,一一手自抚摩”,并曰:“尔竟非我有乎?”说完,呜咽而殁。其临死之前抚摩积钱的细节以及当其将要失去的时候所表现出来的那种无限惋惜的情态将一个吝啬鬼的形象刻画得入木三分,成为中国古典小说中又一个塑造得十分成功的人物形象,其艺术效果堪与《儒林外史》中的严监生媲美。

除了白描,纪晓岚还颇善于随手点染,看似随意,而耐人寻味、涵蕴无穷,如《滦阳消夏录》(四)中写两位以道学自任的塾师相谋夺取寡妇之田产。作者没有长篇大论式地展开情节,仅选取了一个很有意趣的细节:正当他们相邀会讲,“方辩论性天,剖析理欲,严词正色,如对圣贤”之时,忽然微风飒然,吹片纸落阶下。生徒拾视之,原来为二人谋夺寡妇田,往来密商之札也。这一情节意味深长,前后对比,将讲学者卑鄙龌龊的灵魂毫不留情地撕开展示在世人的面前。值得注意的是,作者在描写片纸飘落这一细节时,还特意加了“旋舞不止”这一个词,看似这一补缀是为了缴足片纸飘落阶下这一笔墨,实际上作者是大有深意的,暗喻着“此或神恶其伪,故巧发其奸欤”的意蕴。稍加点染,其艺术效果却是不凡的。

再次,以虚衬实、以简驭繁。《阅微草堂笔记》情节的展开明显继承了中国传统的叙事风格。一般情节线索单一,事情的来龙去脉也交代得比较清楚,与《聊斋志异》的逶迤曲折形成鲜明对比。但作为笔记小说,又能在风格上取各种文体如传记、辞赋、小品文之长,在情节展开上呈现出多样化的特征。如其中的许多篇什往往没有对事情过程的详细交代,仅仅截取某一段人物的对话或者一个简短的情节将人物的心境揭示出来，以小见大，颇类似所谓的小品。

此外，《阅微草堂笔记》艺术情境的构设亦十分精致含蓄，如《姑妄听之》(一)中的一则笔记，神女自始至终没有正面出现。但作者通过神女来时木叶簌簌、栖鸟惊飞、种种花香，去时检视，微雨新晴，步步皆印弓弯，又有跣足之迹的描绘以虚衬实，使人感受神女之过往行踪，如空穴来风，既缴足了神女的笔墨，又突出了神女来无影、去无踪的神秘感，使人产生无限联想，特别是作者构拟了神女出场的意境，更是精致含蓄，起到"言有尽而意无穷"的艺术效果。

《阅微草堂笔记》中还塑造了许多狐狸形象。在正统的诗文中，狐狸往往是奸诈、狡猾的代名词。可是《阅微草堂笔记》中的狐狸大多却是通人性、知书达理，很有正义感的。这是与其它小说中的狐狸形象所不同的，体现出了作者独特的艺术风格。

四

《阅微草堂笔记》的写作，前后延续时间达十年之久。先是以单本行世，直到嘉庆五年(1800)，才由纪昀门人盛时彦于北平合刊印行。此乃《阅微草堂笔记》之原刊本。嘉庆丙子盛夏(1816)，盛氏在原刊本基础上重加校订，精心雕刻，又出了重刊本。道光癸巳(1833)，又有羊城重刻本。该刻本共十六册，前有郑开禧、盛时彦序。道光乙未(1835)，郑开禧因"从索是书者众，因重锓板"。民国及建国以来，坊间又多有版本出现，然大抵以盛、郑两版为本。其中以汪贤度点校、上海古籍出版社出版的《阅微草堂笔记》为善。(参见李永忠、赵立新《阅微草堂笔记版本考略》，《文献》1999年第3期)

本书为《阅微草堂笔记》的评校选本。主要选取了原著中的精华篇章加以评注。点校基本因循前辈们作法，以道光本为底本，再参考嘉庆五年盛氏刻本等诸多本子而成，遇到明显误字则径加改正，力图避免出现错讹舛漏现象。

小说评点乃中国古代文学批评之重要方式，宋已有之，至明清而大盛。这一随手圈点的文学批评方式，短小精悍，看似随意，但能"于一部之旨趣，一回之警策，一句一字之精神""无不拈出"，起到"通作者之意，开览者之心"（明·袁无涯《忠义水浒传全书发凡》）的作用。毛氏父子批《三国演义》、金圣叹批《水浒传》、张竹坡批《金瓶梅》、脂砚斋批《红楼梦》等均已成为中国古代文人学者批点小说作品的典范之作。长期以来，人们对《阅微草堂笔记》颇多偏见，导致其社会地位与《聊斋志异》等小说比较相去甚远，故批点者（如清代学者徐瑃、徐时栋、翁心存等）并不多见，更谈不上社会影响力。此次对《阅微草堂笔记》所作之"导读"，与其说是"导读"，而实际上是评点。我们的目的在于藉古人这一批评方式，融合我们长期的研究心得，对其中重要篇章的文化意蕴、艺术特征加以揭示与分析，偶或以史证文，起到"通作者之意，开览者之心"的作用，务求有助于读者阅读和欣赏。

《阅微草堂笔记》卷帙浩大，内容繁复。此本虽系选本，但任务依然十分艰巨，为了能在有限的时间内保质保量地完成任务，我吸收了张伟丽、曾绍皇、徐朝红、张灵四位博士参与这一项目的研究与写作。他们有的是我指导的硕士生，有的是在这一领域已经取得成绩的研究生。他们的参与增添了我完成任务的信心，对他们自己也是一个很好的锻炼机会。我们大致的分工为：《滦阳消夏录》由我执笔完成，《如是我闻》、《姑妄听之》、《槐西杂志》、《滦阳续录》则分别由张灵、徐朝红、张伟丽、曾绍皇四位博士撰写出初稿，然后由我在此基础上重新校订原文、纠正舛讹、增补评语。此外，伟丽博士还承担了部分人名的注释工作。经过大家近一年的辛勤劳作，终于完成了这一任务。

因为水平有限，书中肯定存在着诸多不当甚至舛讹之处，恳请广大读者及大方之家批评指正。

吴　波

2010年除夕于怀化学院

原　序

盛时彦

文以载道，儒者无不能言之。夫道岂深隐莫测，秘密不传，如佛家之心印，道家之口诀哉！万事当然之理，是即道矣。故道在天地，如汞泻地，颗颗皆圆；如月映水，处处皆见。大至于治国平天下，小至于一事一物、一动一言，无乎不在焉。文，其中之一端也。文之大者为《六经》，固道所寄矣；降而为列朝之史，降而为诸子之书，降而为百氏之集，是又文中之一端，其言足以明道；再降而稗官小说，似无与于道矣；然《汉书·艺文志》列为一家，历代书目亦皆著录，岂非以荒诞悖妄者？虽不足数，其近于正者，于人心世道亦未尝无所裨欤！河间先生以学问文章负天下重望，而天性孤直，不喜以心性空谈，标榜门户；亦不喜才人放诞，诗社酒社，夸名士风流。是以退食之余，惟耽怀典籍；老而懒于考索，乃采掇异闻，时作笔记，以寄所欲言。《滦阳消夏录》等五书，俶诡奇谲，无所不载，洸洋恣肆，无所不言。而大旨要归于醇正，欲使人知所劝惩。故诲淫导欲之书，以佳人才子相矜者，虽纸贵一时，终渐归湮没。而先生之书，则梨枣屡镌，久而不厌。是则华实不同之明验矣。顾翻刻者众，讹误实繁，且有妄为标目，如明人之刻《冷斋夜话》者，读者病焉。时彦夙从先生游，尝刻先生《姑妄听之》，附跋书尾，先生颇以为知言。迩来诸板益漫漶，乃请于先生，合五书为一编，而仍各存其原第。篝灯手校不敢惮劳，又请先生检视一过，然后摹印。虽先生之著作不必藉此刻以传，然鱼鲁之舛差稀，于先生教世之本志，或亦不无小补云尔。

嘉庆庚申八月门人北平盛时彦谨序

郑　　序

郑开禧

河间纪文达公，久在馆阁，鸿文巨制，称一代手笔。或言公喜诙谐，嬉笑怒骂，皆成文章。今观公所著笔记，词意忠厚，体例谨严。而大旨悉归劝惩，殆所谓是非不谬于圣人者与！虽小说，犹正史也。公自云："不颠倒是非如《碧云騢》，不怀挟恩怨如《周秦行纪》，不描摹才子佳人如《会真记》，不绘画横陈如《秘辛》，冀不见摈于君子。"盖犹公之谦词耳。公之孙树馥，来宦岭南。从索是书者众，因重锓板。树馥醇谨有学识，能其官，不堕其家风云。

道光十五年乙未春日龙溪郑开禧识

纪昀诗二首

平生心力坐销磨，纸上烟云过眼多。
拟筑书仓今老矣，只应说鬼似东坡。

前因后果验无差，琐记搜罗鬼一车。
传语洛闽门弟子，稗官原不入儒家。

观弈道人自题

卷一　滦阳消夏录(一)

乾隆己酉夏[①],以编排秘籍,于役滦阳。时校理久竟,特督视官吏题签庋架而已[②]。昼长无事,追录见闻,忆及即书,都无体例。小说稗官,知无关于著述;街谈巷议,或有益于劝惩。聊付抄胥存之[③],命曰《滦阳消夏录》云尔。

【注释】

① 乾隆己酉:乾隆五十四年(1789)。② 庋(guǐ):收藏、保存。《新唐书·牛仙客传》:"前后锡与,缄庋不敢用。" ③ 胥:小官吏。

一　胡御史牧亭言[①]:其里有人畜一猪,见邻叟辄瞋目狂吼,奔突欲噬,见他人则否。邻叟初甚怒之,欲买而啖其肉[②]。既而憬然省曰[③]:此殆佛经所谓夙冤耶?世无不可解之冤,乃以善价赎得,送佛寺为长生猪。后再见之,弭耳昵就,非复曩态矣。尝见孙重画伏虎应真,有巴西李衍题曰:至人骑猛虎,驭之犹骐骥。岂伊本驯良,道力消其鸷。乃知天地间,有情皆可契。共保金石心,无为多畏忌。可为此事作解也。

【注释】

① 胡绍鼎,字雨方,号牧亭,孝感人。乾隆甲戌进士,历官御史。有《所存集》。② 啖(dàn):吃。③ 憬(jǐng)然:觉悟貌。

【导读】

佛经中有夙冤之说。此猪见邻叟则"瞋目狂吼,奔突欲噬",见他人则否。为何呢?此殆佛经中之夙冤耶?后邻叟送其至佛寺为长生猪,方才"弭耳昵就"。此猪为何能有如此转变?"情"而已。"情"即为消弥隔阂之灵丹妙药,亦即晓岚之所谓"金石心"。此则故事为开章第一篇,晓岚强调"情"之作用,实际上大有深意,不可忽视。

二　沧州刘士(上)玉孝廉有书室,为狐所据。白昼与人对语,掷瓦石击人,但不睹其形耳。知州平原董思任,良吏也,闻其事,自往驱之。方盛陈人妖异路之理,忽檐际朗言曰:"公为官,颇爱民,亦不取钱,故我不敢击公。然公爱民乃好名,不取钱乃畏后患耳,故我亦不避公。公休矣,毋多言取困。”董狼狈而归，咄咄不怡者数日。刘一仆妇甚粗蠢，独不畏狐。狐亦不击之。或于对语时，举以问狐，狐曰：“彼虽下役，乃真孝妇也。鬼神见之犹敛避，况我曹乎！”刘乃令仆妇居此室，狐是日即去。

【导读】

董思任，良吏也。但是却颇为妙狐所揶揄；而刘之仆妇甚粗蠢，却为狐所敬重。为何呢？此乃真假之辨也。董思任，虽为良吏，然“爱民乃好名，不取钱乃畏后患”，此即虚伪之表现。刘之仆妇甚粗蠢，然绝假纯真，为真孝妇，故为鬼神所敬重，“鬼神见之犹敛避”。对比之间，颇可见及晓岚崇真恶虚之心。

三 爱堂先生言：闻有老学究夜行，忽遇其亡友。学究素刚直，亦不怖畏。问：“君何往？”曰：“吾为冥吏，至南村有所勾摄，适同路耳。”因并行，至一破屋。鬼曰：“此文士庐也。”问：“何以知之？”曰：“凡人白昼营营，性灵汩没。惟睡时一念不生，元神朗澈。胸中所读之书，字字皆吐光芒，自百窍而出。其状缥缈缤纷，烂如锦绣。学如郑、孔，文如屈、宋、班、马者，上烛霄汉，与星月争辉；次者数丈，次者数尺，以渐而差，极下者亦萤萤如一灯，照映户牖。人不能见，惟鬼神见之耳。此室上光芒高七八尺，以是而知。”学究问：“我读书一生，睡中光芒当几许？”鬼嗫嚅良久曰①：“昨过君塾，君方昼寝。见君胸中高头讲章一部，墨卷五六百篇，经文七八十篇，策略三四十篇，字字化为黑烟，笼罩屋上，诸生诵读之声，如在浓云密雾中。实未见光芒，不敢妄语。”学究怒斥之，鬼大笑而去。

【注释】

① 嗫（niè）嚅（rú）：欲言又止状。

【导读】

学如郑、孔，文如屈、宋、班、马者，乃真学问，“上烛霄汉，与星月争辉”，故而睡时见光芒高七八尺；而学究所苦苦钻研者，乃“高头讲章一部，墨卷五六百篇，经文七八十篇，策略三四十篇”，皆为无用之物，故而“字字化为黑烟，笼罩屋上”，而诸生诵读之声，则“如在浓云密雾中”，“实未见光芒”。晓岚藉此寓言，以讥刺讲学者之意甚明。

四 沧州城南上河涯，有无赖吕四，凶横无所不为，人畏如狼虎。一日薄暮，与诸恶少村外纳凉。忽隐隐闻雷声，风雨且至。遥见似一少妇，避入河干古庙中。吕语诸恶少曰："彼可淫也。"时已入夜，阴云黪黑。吕突入，掩其口，众共褫衣相嬲[①]。俄雷光穿牖，见状貌似是其妻，急释手问之，果不谬。吕大恚，欲提妻掷河中，妻大号曰："汝欲淫人，致人淫我，天理昭然，汝尚欲杀我耶？"吕语塞，急觅衣裤，已随风入河流矣。旁皇无计，乃自负裸妇归。云散月明，满村哗笑，争前问状。吕无可置对，竟自投于河。盖其妻归宁，约一月方归。不虞母家遘回禄[②]，无屋可栖，乃先期返。吕不知，而遘此难。

后妻梦吕来曰："我业重，当永堕泥犁。缘生前事母尚尽孝，冥官检籍，得受蛇身，今往生矣。汝后夫不久至，善事新姑嫜，阴律不孝罪至重，毋自蹈冥司汤镬也。"至妻再醮日[③]，屋角有赤练蛇，垂首下视，意似眷眷。妻忆前梦，方举首问之。俄闻门外鼓乐声，蛇于屋上跳掷数四，奋然去。

【注释】

① 褫(chǐ)：脱衣。嬲(niǎo)：戏弄。② 回禄：失火。③ 醮(jiào)：妇女出嫁。

【导读】

玩火者自焚，害人者终害己。吕四之教训不可谓不深刻矣！惟其孝心尚存，故能得受蛇身，免其永堕泥犁之祸。其妻再醮之日，业已化蛇之吕四乃"垂首下视，意似眷眷"，浅浅一笔，尤其动人心魄，催人警醒。

五 献县周氏仆周虎，为狐所媚，二十余年如伉俪。尝语仆曰："吾炼形已四百余年，过去生中，于汝有业缘当补，一日不满，即一日不得升天，缘尽吾当去耳。"一日辗然自喜[①]，又泫然自悲。语虎曰："月之十九日吾缘尽当别，已为君相一妇，可聘定之。"因出白金付虎，俾备礼。自是狎昵燕婉，逾于平日，恒形影不离。至十五日，忽晨起告别，虎怪其先期。狐泣曰："业缘一日不可减，亦一日不可增。惟迟早则随所遇耳。吾留此三日缘，为再一相会地也。"越数年，果再至，欢洽三日而后去。临行呜咽曰："从此终天诀矣。"

陈德音先生曰："此狐善留其有余，惜福者当如是。"刘季箴则曰："三日后终须一别，何必暂留。此狐炼形四百年，尚未到悬崖撒手地位，临事者不当如是。"余谓二公之言，各明一义，各有当也。

【注释】

① 辴(chǎn)然：笑貌。

【导读】

此狐真可谓有情人、有心人矣！与周虎虽异类相处，然情真意切，“二十余年如伉俪”。知其缘份将尽，更是“狎昵燕婉，逾于平日，恒形影不离”，其留恋不舍之状，动人心魄，胜于世间夫妻多矣！此狐亦为智者，知其缘尽当去，无法更易，即先作打算，留出三日为再会之期。三日之后，虽终当永诀，但此狐能提早筹划，为最后相会留有余地，是为善惜福者，值得称扬。

六 献县令明晟[①]，应山人。尝欲申雪一冤狱，而虑上官不允，疑惑未决。儒学门斗有王半仙者，与一狐友，言小休咎多有验，遣往问之。狐正色曰：“明公为民父母，但当论其冤不冤，不当问其允不允，独不记制府李公之言乎？”

门斗返报，明为悚然[②]。因言制府李公卫未达时[③]，尝同一道士渡江。适有与舟子争诟者，道士太息曰：“命在须臾，尚较计数文钱耶？”俄其人为帆脚所扫，堕江死。李公心异之。中流风作，舟欲覆。道士禹步诵咒，风止得济。李公再拜谢更生。道士曰：“适堕江者，命也，吾不能救。公贵人也，遇厄得济，亦命也。吾不能不救，何谢焉。”李公又拜曰：“领师此训，吾终身安命矣。”道士曰：“是不尽然，一身之穷达当安命，不安命则奔竞排轧，无所不至。不知李林甫、秦桧，即不倾陷善类，亦作宰相，徒自增罪案耳。至国计民生之利害，则不可言命。天地之生才，朝廷之设官，所以补救气数也。身握事权，束手而委命，天地何必生此才，朝廷何必设此官乎？晨门曰：‘是知其不可而为之。’诸葛武侯曰：‘鞠躬尽瘁，死而后已。’成败利钝非所逆睹。此圣贤立命之学，公其识之。”李公谨受教，拜问姓名。道士曰：“言之恐公骇。”下舟行数十步，翳然灭迹。

昔在会城，李公曾话是事。不识此狐何以得知也。

【注释】

① 明晟：湖北应山人，历任怀兰县令、京郊游巡史、吏部左堂（左侍郎）及江西广信、上饶、九江、南康四郡观察使（道台）。② 悚(sǒng)：恐惧。③ 李卫(1686—1738)：江苏丰县人，康熙时捐资员外郎，雍正朝署刑部尚书，授直隶总督。李卫同鄂尔泰、田文镜均系雍正帝心腹。

【导读】

晓岚认为，为官处事，当安命，亦不安于命。一身之穷达当安命。因为不安命则奔竞排轧，无所不至，其秩序则乱矣！而至国计民生之利害，则不可言命。因为"天地之生才，朝廷之设官，所以补救气数也。身握事权，束手而委命，天地何必生此才，朝廷何必设此官乎"？于此可见，对待命运，晓岚显然是缺乏统一性的。而其目的则明显在于整饬封建官僚秩序，藉此以维护封建统治。然其推崇为官应不安命，求事功，称扬诸葛武侯"知其不可而为之"的精神，甚至倡导官吏为民父母，处事应以百姓利益为重等观点还是值得肯定的。

七　北村郑苏仙，一日梦至冥府，见阎罗王方录囚。有邻村一媪至殿前，王改容拱手，赐以杯茗，命冥吏速送生善处。郑私叩冥吏曰："此农家老妇，有何功德？"冥吏曰："是媪一生无利己损人心。夫利己之心，虽贤士大夫或不免。然利己者必损人，种种机械，因是而生；种种冤愆，因是而造。甚至贻臭万年，流毒四海，皆此一念为害也。此一村妇而能自制其私心，读书讲学之儒，对之多愧色矣。何怪王之加礼乎？"郑素有心计，闻之惕然而寤。

郑又言：此媪未至以前，有一官公服昂然入，自称所至但饮一杯水，今无愧鬼神。王哂曰："设官以治民，下至驿丞、闸官，皆有利弊之当理。但不要钱即为好官，植木偶于堂，并水不饮，不更胜公乎？"官又辩曰："某虽无功亦无罪。"王曰："公一身处处求自全，某狱某狱，避嫌疑而不言，非负民乎？某事某事，畏烦重而不举，非负国乎？三载考绩之谓何？无功即有罪矣。"官大踧踖[①]，锋棱顿减。王徐顾笑曰："怪公盛气耳。平心而论，要是三四等好官，来生尚不失冠带。促命即送转轮王。"

观此二事，知人心微暧，鬼神皆得而窥。虽贤者一念之私，亦不免于责备。"相在尔室"，其信然乎？

【注释】

① 踧(cù)踖(jí)：恭敬不安之貌。

【导读】

此则叙两事，实为一事。前者以阎罗对农家老妇之尊重以阐明私心之危害；后者则以阎罗对某官之揶揄以阐明事功之重要。既要戒私心，亦要明事功，乃晓岚衡量官吏之标准。因为利己之私心起，则必损人。私心起，则处处求自全、畏烦重而不举。于是乎，种种机械，因是而生；种种冤愆，因是而造。而朝廷设官之目的，则在于理政治民。官职无论大小，职阶无论高低，“皆有利弊之当理”。为官不理事，岂非形同虚设？故此，晓岚提出“无功即有罪矣”。这在当时无疑是振聋发聩之言。

八 宁波吴生，好作北里游。后昵一狐女，时相幽会。然仍出入青楼间。一日，狐女请曰：“吾能幻化，凡君所眷，吾一见即可肖其貌。君一存想，应念而至，不逾于黄金买笑乎？”试之，果倾刻换形，与真无二。遂不复外出。尝与狐女曰：“眠花藉柳，实惬人心，惜是幻化，意中终隔一膜耳。”狐女曰：“不然，声色之娱，本雷光石火。岂特吾肖某某为幻化，即彼某某亦幻化也。岂特某某为幻化，即妾亦幻化也。即千百年来，名姬艳女，皆幻化也。白杨绿草，黄土青山，何一非古来歌舞之场？握雨携云，与埋香葬玉、别鹤离鸾，一曲伸臂顷耳！中间两美相合，或以时刻计，或以日计，或以月计，或以年计，终有诀别之期；及其诀别，则数十年而散，与片刻暂遇而散者，同一悬崖撒手，转瞬成空。倚翠偎红，不皆恍如春梦乎？即夙契原深，终身聚首，而朱颜不驻，白发已侵，一人之身，非复旧态。则当时黛眉粉颊，亦谓之幻化可矣。何独以妾肖某某为幻化也？”吴洒然有悟。后数岁，狐女辞去。吴竟绝迹于狎游。

【导读】

歌舞之场，北里之游，情色虽美，实惬人心，然终为幻境，此乃千古之至理！为何呢？握雨携云，固然令人留连，然埋香葬玉、别鹤离鸾，仅在一曲伸臂之顷耳；倚翠偎红，固然令人向往，然终有诀别之期。即便夙契原深，终身聚首，而朱颜不驻，白发已侵，一人之身，非复旧态。则当时黛眉粉颊，亦谓之幻化。故而，晓岚认为，倚翠偎红，红袖添香，虽情韵悠长，令世人神往，然皆幻也。此与《聊斋》乃大异其趣。晓岚为深于情者，实际并不排斥男女至情，然于北里狎游，却深恶之，其情于此可见。

九 河间唐生，好戏侮，土人至今能道之。所谓“唐啸子”者是也。有塾师好讲无鬼，尝曰：“阮瞻遇鬼[①]，安有是事？僧徒妄造蜚语耳。”唐夜洒土其窗，而呜呜击其户。塾师骇问为谁，则曰：“我二气之良能也。”塾师大怖，蒙首股栗，使二弟子守达旦。次日委顿不起。朋友来问，但呻吟，曰：

"有鬼!"既而知唐所为,莫不拊掌。然自是魅大作,抛掷瓦石,摇撼户牖,无虚夕。初尚以为唐再来,细察之乃真魅,不胜其嬲,竟弃馆而去。盖震惧之后,益以惭恧,其气已馁,狐乘其馁而中之也。妖由人兴,此之谓乎?

【注释】

① 阮瞻(?—312?):字千里,陈留尉氏人。魏晋之际"竹林七贤"之一阮咸之子。生年不详,约卒于晋怀帝永嘉末年,年三十岁。性清虚寡欲,神气冲和。素执无鬼论,著有文集二卷,《唐书·经籍志》传于世。

【导读】

塾师好讲无鬼,故有"唐啸子"捉弄在先,鬼魅大作在后。追根究底,一切劫难,皆塾师自召。晓岚之意,并非明鬼神之实有,而在讥讽塾师之胡说八道。所谓"妖由人兴",此之谓也!

一〇　德州田白岩曰[①]:有额都统者,在滇黔间山行,见道士按一丽女于石,欲剖其心。女哀呼乞救。额急挥骑驰及,遽格道士手。女噭然一声[②],化火光飞去。道士顿足曰:"公败吾事!此魅已媚杀百余人,故捕诛之以除害。但取精已多,岁久通灵,斩其首则神遁去,故必剖其心乃死。公今纵之,又贻患无穷矣。惜一猛虎之命,放置深山,不知泽麋林鹿,劘其牙者几许命也[③]!"匣其匕首,恨恨渡溪去。

此殆白岩之寓言,即所谓一家哭何如一路哭也。姑容墨吏,自以为阴功,人亦多称为忠厚。而穷民之卖儿贴妇,皆未一思,亦安用此长者乎?

【注释】

① 田白岩:田中仪,字无咎,号白岩,诗人田雯之子,德州人。岁贡生,官銮仪卫经历。好诗词,著有《红雨书斋诗集》,收入《国朝山左诗钞》(卢见曾所编)。田中仪为晓岚青年时代最要好的朋友之一。② 噭(jiào):号呼声。③ 劘(mó):磨。

【导读】

鬼魅善伪装,美丽的画皮下常包裹着蛇蝎之心。如果不能透视其本质,常为其所迷惑,中其圈套。额都统乃良善之辈,解"丽女"之厄于危难中。殊不知好心办坏事,放走了"媚杀百余人"之魔女。魔女之遁,贻患无穷。诚所谓"惜一猛虎之命,放置深山,不知泽麋林鹿,劘其牙者几许命也"!晓岚藉此延及官场。所谓:"姑容墨吏,自以为阴功,人亦多称为忠厚。而穷民之卖儿贴妇，皆未一思，亦安用此长者乎？”意即为政之官吏，亦有许多如额都统者，姑容墨吏，自以为阴功，因此博得“忠厚”之名。殊不知因此而祸及更多无辜。故晓岚告诫世人应学习道士，除恶务尽，绝不手软。

一一 献县吏王某，工刀笔，善巧取人财。然每有所积，必有一意外事耗去。有城隍庙道童，夜行廊庑间，闻二吏持簿对算。其一曰：“渠今岁所蓄较多，当何法以销之？”方沉思间，其一曰：“一翠云足矣，无烦迂折也。”是庙往往遇鬼，道童习见，亦不怖。但不知翠云为谁，亦不知为谁销算。俄有小妓翠云至，王某大嬖之，耗所蓄八九；又染恶疮，医药备至，比愈则已荡然矣。人计其平生所取，可屈指数者，约三四万金。后发狂疾暴卒，竟无棺以殓。

【导读】

王某以工刀笔而善巧取钱财，不仅钱财耗尽，且卒至“发狂疾暴卒，竟无棺以殓”。其命运不可谓不悲惨。然追根究底，乃咎由自取。晓岚藉此警醒世人，切不可萌发贪心。一旦萌发贪心，王某之结局即为之榜样。

一二 朱子颖运使言[①]：守泰安日，闻有士人至岱岳深处，忽人语出石壁中，曰：“何处经香，岂有转世人来耶？”剨然震响[②]，石壁中开，贝阙琼楼，涌现峰顶。有耆儒冠带下迎，士人骇愕，问此何地。曰：“此经香阁也。”士人叩经香阁之义，曰：“其说长矣，请坐讲之。昔尼山删定，垂教万年。大义微言，递相授受。汉代诸儒，去古未远，训诂笺注，类能窥见先圣之心；又淳朴未漓，无植党争名之习，惟各传师说，笃溯渊源。沿及有唐，斯文未改。迨乎北宋，勒为注疏十三部，先圣嘉焉。诸大儒虑新说日兴，渐成绝学，建是阁以贮之。中为初本，以五色玉为函，尊圣教也；配以历代官刊之本，以白玉为函，昭帝王表章之功也，皆南面；左右则各家私刊之本。每一部成，必取初印精好者，按次时代，庋置斯阁。以苍玉为函，奖汲古之勤也，皆东西面。并以珊瑚为签，黄金作锁钥。东西两庑，以沉檀为几，锦绣为茵，诸大儒之神，岁一来视，相与列坐于斯阁。后三楹则唐以前诸儒经义，帙以纂组，收为一库。自是以外，虽著述等身，声华盖代，总听其自贮名山，不得入此门一步焉，先圣之志也。诸书至子刻午刻，一字一句，皆发浓香，故题曰‘经香’。盖一元斡运，二气细缊[③]，阴起午中，阳生子半。圣人之心，与天地通。诸大儒阐发圣人之理，其精奥亦与天地通，故相感也。然必传是学者始闻之，他人则否。世儒于此十三部，或焚膏继晷，钻仰终身；或锻炼苛求，百端掊击，亦各因其性识之所根耳。君四世前为刻工，曾手刊《周礼》半部，故余香尚在，吾得以知君之来。”因引使周览阁庑，款以茗果。送别曰：“君善自爱，此地不易至也。”士人回顾，唯万峰插天，杳无人迹。

案此事荒诞，殆尊汉学者之寓言。夫汉儒以训诂专门，宋儒以义理相尚。似汉学粗而宋学精。然不明训诂，义理何由而知？概用诋排，视犹土苴④，未免既成大辂，追斥椎轮；得济迷川，遽焚宝筏。于是攻宋儒者，又纷纷而起。故余撰《四库全书・诗部总序》，有曰：宋儒之攻汉儒，非为说经起见也，特求胜于汉儒而已。后人之攻宋儒，亦非为说经起见也，特不平宋儒之诋汉儒而已。韦苏州诗曰：“水性自云静，石中亦无声；如何两相激，雷转空山惊。”此之谓矣。平心而论，《易》至王弼始变旧说，为宋学之萌芽。宋儒不攻《孝经》，词义明显。宋儒所争，只今文古文字句，亦无关宏旨，均姑置勿议；至《尚书》、《三礼》、《三传》、《毛诗》、《尔雅》诸注疏，皆根据古义，断非宋儒所能；《论语》、《孟子》，宋儒积一生精力，字斟句酌，亦断非汉儒所及。盖汉儒重师传，渊源有自；宋儒尚心悟，研索易深。汉儒或执旧文，过于信传；宋儒或凭臆断，勇于改经。计其得失，亦复相当。唯汉儒之学，非读书稽古，不能下一语；宋儒之学，则人人皆可以空谈其间。兰艾同生，诚有不尽餍人心者。是嗤点之所自来。此种虚构之词，亦非无因而作也。

【注释】

① 朱子颖：名孝纯，汉军正红旗人，先世居山东历城，父亲官至都统。朱子颖自幼能诗善画，其诗伉壮雄豪，有幽、燕气。② 剨(huò)：破裂声。③ 细(yīn)缊(yūn)：同“氤氲”，烟气迷漫状。④ 土苴(jū)：渣滓、糟粕。比喻微贱之物。

【导读】

此则分上下两部分。前部分如晓岚所言，乃为“尊汉学者之寓言”。后则为晓岚由此生发之议论。晓岚毕其一生，皆致力于学术研究。而其学术路径，则在于尊崇汉学，以汉学为宗。文中之议论，崇汉学抑宋儒之倾向甚明。如批驳时人所谓"汉学粗而宋学精"之论曰"不明训诂,义理何由而知?概用诋排,视犹土苴,未免既成大辂,追斥椎轮;得济迷川,遽焚宝筏",评价汉宋之优劣曰"唯汉儒之学,非读书稽古,不能下一语;宋儒之学,则人人皆可以空谈其间"云云,皆可见及晓岚尊汉抑宋之态度。然晓岚并非一味崇扬汉学而贬抑宋学。去取之间,尚能客观论析彼此之优劣、长短。如曰"盖汉儒重师传,渊源有自;宋儒尚心悟,研索易深。汉儒或执旧文,过于信传;宋儒或凭臆断,勇于改经"等等,公平持正,大家之风范存焉!

一三 曹司农竹虚言[①]:其族兄自歙往扬州,途经友人家。时盛夏,延坐书屋,甚轩爽。暮欲下榻其中,友人曰:"是有魅,夜不可居。"曹强居之。夜半,有物自门隙蠕蠕入,薄如夹纸,入室后。渐开展作人形,乃女子也。曹殊不畏。忽披发吐舌,作缢鬼状。曹笑曰:"犹是发,但稍乱。"鬼技穷,倏然灭。及归途再宿,夜半门隙又蠕动。甫露其首,辄唾曰:"又此败兴物耶?"竟不入。此与嵇中散事相类。

夫虎不食醉人,不知畏也。畏则心乱,心乱则神涣,神涣则鬼得乘之。不畏则心定,定则神全,神全则沴戾之气不能干[②]。故记中散是事者,称神志湛然,鬼惭而去。

【注 释】

① 曹竹虚(1735—1798):曹文埴,字近薇,号竹虚,雄村人。乾隆二十五年(1760)传胪,选庶吉士,授编修,在懋勤殿任事。后任翰林院侍读学士,命在南书房行走,教习皇子。乾隆四十二年(1777)回家服父丧。丧满回京,历任左副都御史,刑部、兵部、工部、户部侍郎,兼顺天府府尹。为《四库全书》总裁官之一。著有《石鼓砚斋文钞》二十卷、《诗钞》三十二卷、《直庐集》八卷、《石鼓砚斋试帖》二卷。② 沴(lì)戾:灾气、恶气。

【导读】

曹司农族兄之所以为鬼所畏,关键在于自己之"不畏"。不畏则心神气定,心不乱则神不涣。恶鬼则无隙可入、无机可乘,沴戾之气不能侵入。晓岚颇重气神之作用,于此可见一斑。自古以来,典籍中记不畏狐鬼故事甚多。此则故事中之人鬼对话,诙谐幽默,颇有意趣,值得一读。

一四 董曲江言:默庵先生为总漕时,署有土神马神二祠,惟土神有配。其少子恃才兀傲，谓土神于思老翁，不应拥艳妇；马神年少，正为嘉耦。径移女像于马神祠。俄眩仆不知人。默庵先生闻其事，亲祷移还，乃苏。

又闻河间学署有土神，亦配以女像。有训导谓，黉宫不可塑妇人。乃别建一小祠迁焉。土神凭其幼孙语曰："汝理虽正，而心则私，正欲广汝宅耳。吾不服也。"训导方侃侃谈古礼，猝中其隐。大骇，乃终任不敢居是室。

二事相近。或曰："训导迁庙犹以礼，董渎神甚矣，谴当重。"余谓董少年放诞耳。训导内挟私心，使己有利；外假公义，使人无词。微神发其阴谋，人尚以为能正祀典也。春秋诛心，训导谴当重于董。

【导读】

默庵少子年少放诞，不平于土神老翁拥艳妇，故而移艳妇至年少之马神处，以求得阴阳和谐，此乃公正之举，非渎神也。遭神之谴，更见神之气量狭小。其错在神而非在默庵少子。而后文之训导，"侃侃谈古礼"，却外假公义，内挟私心，有意假公济私，其境界与默庵少子相去甚远。遭神之谴乃咎由自取。晓岚之评价可谓的当。

一五　德州宋清远先生言：吕道士，不知何许人，善幻术，尝客田山疆司农家[①]。值朱藤盛开，宾客会赏。一俗士言词猥鄙，喋喋不休，殊败人意。一少年性轻脱，厌薄尤甚，斥勿多言。二人几攘臂。一老儒和解之，俱不听，亦愠形于色。满座为之不乐。

道士耳语小童，取纸笔，画三符焚之。三人忽皆起，在院中旋折数四，俗客趋东南隅坐，喃喃自语。听之，乃与妻妾谈家事。俄左右回顾若和解，俄怡色自辩，俄作引罪状，俄屈一膝，俄两膝并屈，俄叩首不已；视少年，则坐西南隅花栏上，流目送盼，妮妮软语。俄嬉笑，俄谦谢，俄低唱《浣纱记》，呦呦不已，手自按拍，备诸冶荡之态；老儒则端坐石凳上讲《孟子》齐桓、晋文之事一章。字剖句析，指挥顾盼，如与四五人对语，忽摇手曰"不是"，忽瞋目曰"尚不解耶"。咯咯痨嗽仍不止。众骇笑。道士摇手止之。比酒阑，道士又焚三符，三人乃惘惘痴坐。少选始醒，自称不觉醉眠，谢无礼。众匿笑散。道士曰："此小术，不足道。叶法善引唐明皇入月宫，即用此符。当时误以为真仙，迂儒又以为妄语，皆井底蛙耳。"后在旅馆，符摄一过往贵人妾魂。妾苏后，登车识其路径门户，语贵人急捕之，已遁去。此《周礼》所以禁怪民欤！

【注释】

① 田山疆(1635—1704)：田雯，字紫纶，一字纶霞，号山姜，自号山疆子，晚号蒙斋，德州(今山东省德州市)人。康熙三年(1664)进士。授内阁中书。累迁工部郎中，出督江南学政，巡抚江苏、贵州，官至户部侍郎，以疾告退。《清史稿·文苑一》有传。

【导读】

叙道士之法术。描绘俗士、少年、老儒之情状栩栩如生。

一六 事皆前定，岂不信然。戊子春，余为人题《蕃骑射猎图》曰："白草粘天野兽肥，弯弧爱尔马如飞。何当快饮黄羊血，一上天山雪打围。"是年八月，竟从军于西域。又董文恪公尝为余作《秋林觅句图》[①]。余至乌鲁木齐，城西有深林，老木参云，弥亘数十里。前将军伍公弥泰建一亭于中[②]，题曰"秀野"。散步其间，宛然前画之景。辛卯还京，因自题一绝句曰："霜叶微黄石骨青，孤吟自怪太零丁。谁知早作西行谶，老木寒云秀野亭。"

【注释】

① 董文恪(1699—1769)：即董邦达，字孚存，一字非闻，号东山，富阳县人。雍正元年(1723)拔贡。多次扈从巡幸，充殿试读卷、经筵讲授、武会试总裁等官，补授都察院左都御史，署翰林院掌院学士，迁工部尚书，转礼部，复转工部，赐紫禁城骑马。卒年七十一，一作七十六。谥曰"文恪"。
② 伍弥泰(？—1786)：蒙古正黄旗人。雍正间由荫生袭三等伯。乾隆间曾任散秩大臣、凉州将军、江宁将军、西安将军。做过乌鲁木齐办事大臣。官至东阁大学士，卒谥"文端"。晓岚发配乌鲁木齐时，常去城西秀野亭游玩。秀野亭即伍弥泰在任时所建。

【导读】

晓岚于乾隆三十三年(1768)因"漏言"被贬谪至西域之乌鲁木齐。至贬所后，不经意间，居然发现贬谪之事此前多有征兆，即此则中所提及之数端。于是，他不禁豁然开朗："始知人生有数，早兆于十载之前矣。"既然命该如此，即当默默承受。这一想法居然促使他及时调整心态，适应环境，走出了人生之低谷。数年以后，忆及于此，他仍颇有感慨。

一七 有僧游交河苏吏部次公家，善幻术，出奇不穷，云与吕道士同师。尝抟泥为豕①，咒之，渐蠕动。再咒之，忽作声。再咒之，跃而起矣。因付庖屠以供客，味不甚美。食讫，客皆作呕逆，所吐皆泥也。

有一士因雨留同宿，密叩僧曰："《太平广记》载术士咒片瓦授人，划壁立开，可潜至人闺阁中，师术能及此否？"曰："此不难。"拾片瓦咒良久，曰："持此可往，但勿语，语则术败矣。"士试之，壁果开。至一处，见所慕方卸妆就寝。守僧戒，不敢语，径掩扉。登榻狎昵，妇亦欢洽，倦而酣睡。忽开目，则眠妻榻上也。方互相疑诘，僧登门数之曰："吕道士一念之差，已受雷诛。君更累我耶？小术戏君，幸不伤盛德，后更无萌此念。"既而太息曰："此一念，司命已录之，虽无大谴，恐于禄籍有妨耳。"士果蹭蹬②，晚得一训导，竟终于寒毡。

【注释】

① 抟(tuán)：将物捏聚成团。② 蹭蹬：失势落魄状。

【导读】

术僧善幻术，能抟泥为豕；咒瓦片授人，居然能划壁立开。真可谓"出奇不穷"。然此士，一读书人也，居然萌生藉幻术以行偷鸡摸狗事之念头，与其身份则大相径庭矣！此念一出，其晚年"终于寒毡"之结局乃早已注定。晓岚对衣冠中人行狗彘之事颇鄙薄，文中多有讥刺，毫不留情。此其一例也。

一八 康熙中，献县胡维华以烧香聚众谋不轨。所居由大城、文安一路行，去京师三百余里；由青县、静海一路行，去天津二百余里。维华谋分兵为二：其一出不意，并程抵京师；其一据天津，掠海舟。利则天津之兵亦北趋，不利则遁往天津，登舟泛海去。方部署伪官，事已泄。官军擒捕，围而火攻之，龆龀不遗①。

初，维华之父雄于赀，喜周穷乏，亦未为大恶。邻村老儒张月坪，有女艳丽，殆称国色。见而心醉。然月坪端方迂执，无与人为妾理。乃延之教读。月坪父母柩在辽东，不得返，恒戚戚。偶言及，即捐金使扶归，且赠以葬地；月坪田内有横尸，其仇也，官以谋杀勘。又为百计申辩得释。一日，月坪妻携女归宁，三子并幼，月坪归家守门户，约数日返。乃阴使其党，夜键户而焚其庐。父子四人并烬。阳为惊悼，代营丧葬，且时周其妻女，竟依以为命。或有欲聘女者，妻必与谋，辄阴沮，使不就。久之渐露求女为妾意。妻感其惠，欲许之，女初不愿。夜梦其父曰："汝不往，吾终不畅吾志也。"女乃受命。岁余生维华，女旋病卒。维华竟覆其宗。

【注释】

① 龆(tiáo)龀(chèn)：儿童换牙的年龄。此处指儿童。

【导读】

维华父子可谓深有机心者。其父为娶邻女为妾，工于心计，煞费苦心，手段阴险而毒辣；维华以烧香聚众谋不轨，绞尽脑汁，精心筹划。然"多行不义必自毙"，终以失败而告终。

一九 又，去余家三四十里，有凌虐其仆夫妇死而纳其女者。女故慧黠，经营其饮食服用，事事当意。又凡可博其欢者，冶荡狎昵，无所不至。皆窃议其忘仇。蛊惑既深，惟其言是听。女始则导之奢华，破其产十之七八，又谗间其骨肉，使门以内如寇仇，继乃时说《水浒传》宋江、柴进等事，称为英雄，怂恿之交通盗贼，卒以杀人抵法。抵法之日，女不哭其夫，而阴携卮酒，酬其父母墓曰："父母恒梦中魇我，意恨恨似欲击我，今知之否耶？"人始知其蓄志报复。曰：此女所为，非惟人不测，鬼亦不测也，机深哉！然而不以阴险论。《春秋》原心，本不共戴天者也。

【导读】

似此女者，真可谓有大见识、大智慧者也。其父母为主人凌虐而死，其不共戴天之仇乃不可移易。大仇不报，何以告慰九泉下父母之亡灵？然渠乃一小女子，孱弱无依，欲复大仇，谈何容易？于是乎，当复仇时机未到之时，姑且韬晦隐忍。先是"经营其饮食服用，事事当意。又凡可博其欢者，冶荡狎昵，无所不至"，欲擒故纵，以博得主人之信任，放松其警惕。然后，导之以奢华以破其财，继而谗间其骨肉以离间人心，最后则怂恿其交通盗贼，使之卒以杀人抵法。为报父母之仇，小女子屈居仇人廊下，与仇人同枕共眠，承欢倚笑，忍受着屈辱和误解，表面上含而不露，实际上精心策划，步步为营，逐步实施，终获成功。对小女子之所为，世人颇多訾议。然晓岚却颇赞赏，认为不能"以阴险论"。因为"《春秋》原心，本不共戴天者也"。在妇女地位微贱的封建社会，晓岚能不趋流俗，具有如此识见,亦难能可贵矣!

二〇 余在乌鲁木齐,军吏具文牒数十纸,捧墨笔请判。曰:"凡客死于此者,其棺归籍,例给牒。否则魂不得入关。"以行于冥司,故不用朱判,其印亦以墨。视其文,鄙诞殊甚。曰:"为给照事:照得某处某人,年若干岁,以某年某月某日在本处病故。今亲属搬柩归籍,合行给照。为此牌仰沿路把守关隘鬼卒,即将该魂验实放行,勿得勒索留滞,致干未便。"余曰:"此胥役托词取钱耳。"启将军除其例。

旬日后,或告城西墟墓中鬼哭,无牒不能归故也。余斥其妄;又旬日,或告鬼哭又近城,斥之如故;越旬日,余所居墙外,颥颥有声[1]。余尚以为胥役所伪。越数日,声至窗外。时月明如画,自起寻视,实无一人。同事观御史成曰:"公所持理正,虽将军不能夺也。然鬼哭实共闻,不得照者,实亦怨公。盍试一给之,姑间执谗慝之口。倘鬼哭如故,则公亦有词矣。"勉从其议。是夜寂然。

又,军吏宋吉禄在印房,忽眩仆,久而苏,云见其母至。俄台军以官牒呈。启视,则哈密报吉禄之母来视子,卒于途也。天下事何所不有?儒生论其常耳。余尝作《乌鲁木齐杂诗》一百六十首,中一首云:"白草飕飕接冷云,关山疆界是谁分?幽魂来往随官牒,原鬼昌黎竟未闻。"即此二事也。

【注释】

① 颥颥(rú):鬼哭之声。

【导读】

晓岚于西域贬谪之时,多闻见奇异之事、之物。诸事多见于《阅微》及《乌鲁木齐杂诗》。此乃其中之二也。给照者,妄诞之事也。晓岚所谓"胥役托词取钱",亦并非无因。然一而再、再而三,不得已而从观御史之议。是夜,居然鬼乃"寂然"。此事是否得以证实,晓岚并未明确。然渠藉此论曰"儒生论其常耳"。闲闲之笔,实批评儒生们甚至亦检讨自己遇事即以常论之,常得出与之相左之结论。

二一 清苑张公钺[1],官河南郑州时,署有老桑树,合抱不交。云栖神物,恶而伐之。是夕,其女灯下睹一人,面目手足及衣冠,色皆浓绿,厉声曰:"尔父太横,姑示警于尔!"惊呼媪婢至,神已痴矣。后归戈太仆仙舟，不久下世。

驱厉鬼，毁淫祠，正狄梁公、范文正公辈事，德苟不足以胜之，鲜不致败。

【注释】

① 张钺：字有虔，号毅亭，直隶保定府清苑县（今属河北）人，乾隆三年至六年（1738—1741），乾隆八年至十二年（1743—1747）两任郑州知州。

【导读】

“德苟不足以胜之，鲜不致败”，是重德也，驱鬼亦然！

二二　沧州潘班，善书画，自称“黄叶道人”。尝夜宿友人斋中，闻壁间小语曰：“君今夕毋留人共寝，当出就君。”班大骇，移出。友人曰：“室旧有此怪，一婉娈女子，不为害也。”后友人私语所亲曰：“潘君其终困青衿乎[①]？此怪非鬼非狐，不审何物，遇粗俗人不出，遇富贵人亦不出，惟遇才士之沦落者，始一出荐枕耳。”后潘果坎壈以终[②]。越十余年，忽夜闻斋中啜泣声。次日，大风折一老杏树，其怪乃绝。外祖张雪峰先生尝戏曰：“此怪大佳，其意识在绮罗人上。”

【注释】

① 青衿：青色交领的长衫。古代学子及明清秀才之常服。② 坎壈：命运坎坷不得志。

【导读】

此怪真乃可儿也：遇粗俗人不出，遇富贵人亦不出，惟遇才士之沦落者，始一出荐枕耳。明清时期，科举取士，其终困青衿、坎壈以终之士不知凡几。然此怪不迎俗士、不媚富者，独钟情于才士之沦落者，足见其品格之高。张雪峰先生所谓“此怪大佳，其意识在绮罗人上”之言，颇中肯綮。于中亦可见及晓岚对落第文士之同情。

二三　陈枫崖光禄言[①]：康熙中，枫泾一太学生，尝读书别业。见草间有片石，已断裂剥蚀，仅存数十字。偶有一二成句，似是夭逝女子之碣也。生故好事，意其墓必在左右。每陈茗果于石上，而祝以狎词。越一载余，见丽女独步菜畦间，手执野花，顾生一笑。生趋近其侧，目挑眉语，方相引入篱后灌莽间。女凝立直视，若有所思，忽自批其颊曰：“一百余年，心如古井，一旦乃为荡子所动乎？”顿足数四，奄然而灭。方知即墓中鬼也。

蔡修撰季实曰："古称盖棺论定，于此事，知盖棺犹难论定矣。是本贞魂，犹以一念之差，几失故步。"晦庵先生诗曰："世上无如人欲险，几人到此误平生。"谅哉！

【注 释】

① 陈枫崖(1715—1779)：陈孝泳，字赓言，号枫厓、松崖、枫崖，精篆、隶、金石，博古多识。乾隆十一年(1746)诏修《西清古鉴》，冢宰汪文端荐参预讨论，十七年(1752)中顺天举人。修书成，供奉懋勤殿，授国子助教，累迁至陕西道监察御史，晋授光禄寺正卿。

【导 读】

此太学生非但好事者，且浪荡子矣！夭逝女子，沉睡棺中，与尔何干？乃陈茗果于石上，并祝以狎词，千般撩拨，万般引诱，几使百余年之贞魂毁于一旦。浪子之所为，为世人所不耻，羞列于衣冠矣！鬼女为浪子所诱，芳心微动，亦属常情。惟其能勒马悬崖，又可见其见识之高矣！

二四　王孝廉金英言[①]：江宁一书生，宿故家废园中。月夜有艳女窥窗，心知非鬼即狐。爱其姣丽，亦不畏怖。招使入室，即宛转相就。然始终无一语，问亦不答。惟含笑流盼而已。如是月余，莫喻其故。一日执而固问之，乃取笔作字曰："妾前明某翰林侍姬，不幸夭逝。因平生巧于谗构，使一门骨肉如水火。冥司见谴，罚为喑鬼。已沉沦二百余年，君能为书《金刚经》十部，得仗佛力，超拔苦海，则世世衔感矣。"书生如其所乞。写竣之日，诣书生再拜，仍取笔作字曰："藉金经忏悔，已脱鬼趣。然前生罪重，仅能带业往生，尚须三世作哑妇，方能语也。"

【注 释】

① 王金英：字菊庄，江南江宁人，乾隆二十七年举人，任永平府敬胜书院山长、候选知县，修纂乾隆三十九年《永平府志》。

【导 读】

戒巧于谗构者也。

卷二　滦阳消夏录(二)

一　曾伯祖光吉公，康熙初官镇番守备，云有李太学妻，恒虐其妾，怒辄褫下衣鞭之，殆无虚日。里有老媪能入冥，所谓“走无常”者是也。规其妻曰：“娘子与是妾有夙冤，然应偿二百鞭耳。今妒心炽盛，鞭之殆过十余倍，又负彼债矣。且良妇受刑，虽官法不褫衣，娘子必使裸露以示辱，事太快意，则干鬼神之忌。娘子与我厚，窃见冥籍，不敢不相闻。”妻哂曰：“死媪谩语，欲我禳解取钱耶?”

会经略莫洛遘王辅臣之变[1]，乱党蜂起。李殁于兵，妾为副将韩公所得，喜其明慧，宠专房。韩公无正室，家政遂操于妾。妻为贼所掠，贼破被俘，分赏将士，恰归韩公。妾蓄以为婢，使跪于堂而语之曰：“尔能受我指挥，每日晨起，先跪妆台前，自褫下衣，伏地受五鞭，然后供役，则贷尔命。否则尔为贼党妻，杀之无禁，当寸寸脔尔[2]，饲犬豕。”妻惮死失志，叩首愿遵教。然妾不欲其遽死，鞭不甚毒，俾知痛楚而已。年余，乃以他疾死。计其鞭数，适相当。此妇真顽钝无耻哉！亦鬼神所忌，阴夺其魄也。此事韩公不自讳，且举以明果报。故人知其详。

韩公又言：此犹显易其位也。明季尝游襄、邓间，与术士张鸳湖同舍。鸳湖稔知居停主人妻虐妾太甚[3]，积不平，私语曰：“道家有借形法。凡修炼未成，气血已衰，不能还丹者，则借一壮盛之躯，乘其睡，与之互易。吾尝受此法，姑试之。”次日，其家忽闻妻在妾房语，妾在妻房语。比出户，则作妻语者妾，作妾语者妻也。妾得妻身，但默坐；妻得妾身，殊不甘。纷纭争执，亲族不能判。鸣之官，官怒为妖妄，笞其夫，逐出。皆无可如何。然据形而论，妻实是妾。不在其位，威不能行，竟分宅各居而终。此事尤奇也。

【注释】

① 王辅臣(? —1681)：清初将领。山西大同人。早年参加农民军，嗜赌，一掷千金。后投降阿济格，获得顺治重用，康熙即位后，调为陕西提督，镇守平凉。康熙十三年十二月，叛于宁羌，击杀清陕西经略莫洛。

② 脔(luán)割：切成小块。③ 稔(rén)知：熟知。

【导读】

太学之妻，可谓歹毒者也。为泄其妒愤，居然“恒虐其妾”，且“怒辄褫下衣鞭之，殆无虚日”。而得志后之妾则更胜一筹，鞭无虚日，而“不欲其遽死，鞭不甚毒，俾知痛楚而已”。太学妻受此凌虐，固然咎由自取，不足为惜。而妾之报，无乃又太过欤？封建家庭内部妻妾之关系于此可见，令人不寒而栗。

二　相传有塾师，夏夜月明，率门人纳凉河间献王祠外田塍上。因共讲三百篇拟题，音琅琅如钟鼓。又令小儿诵《孝经》，诵已复讲。忽举首见祠门双古柏下，隐隐有人，试近之。形状颇异，知为神鬼。然私念此献王祠前，决无妖魅。前问姓名，曰毛苌、贯长卿、颜芝，因谒王至此。塾师大喜，再拜请授经义。毛、贯并曰：“君所讲话已闻，都非我辈所解，无从奉答。”塾师又拜曰：“诗义深微，难授下愚。请颜先生一讲《孝经》可乎？”颜回面向内曰：“君小儿所诵，漏落颠倒，全非我所传本，我亦无可著语处。”俄闻传王教曰：“门外似有人醉语，聒耳已久，可驱之去。”

余谓此与爱堂先生所言学究遇冥吏事，皆博雅之士，造戏语以诟俗儒也。然亦“空穴来风，桐乳来巢”乎？

【导读】

藉寓言以讥刺塾士之胡说八道也。将场景置于河间献王祠外田塍上，其讥刺之意更深。

三　先姚安公性严峻，门无杂宾。一日，与一褴褛人对语，呼余兄弟与为礼，曰：“此宋曼殊曾孙，不相闻久矣，今乃见之。明季兵乱，汝曾祖年十一，流离戈马间，赖宋曼殊得存也。”乃为委曲谋生计。因戒余兄弟曰：“义所当报，不必谈因果。然因果实亦不爽。昔某公受人再生恩，富贵后，视其子孙零替，漠如陌路。后病困，方服药，恍惚见其人手授二札，皆未封。视之，则当年乞救书也。覆杯于地，曰：‘吾死晚矣。’是夕卒。”

【导读】

晓岚之父纪容舒(1686—1764)，字迟叟，号竹崖。康熙癸巳(1713)科举人。曾先后任户部四川、山东二司员外郎，刑部江苏司郎中、云南姚安府知府(因此多称其为“姚安公”)。纪容舒宦绩并不显著，但知书达理，讲求实际，曾著有《唐韵考》五卷、《玉台新咏考异》十卷、《杜律疏》八卷等著作，对晓岚为人处事影响甚大。此则即其教诲晓岚兄弟知情重义。晓岚记忆尤深。

四 乾隆庚午[①]，官库失玉器，勘诸苑户。苑户常明对簿时，忽作童子声曰："玉器非所窃，人则真所杀。我即所杀之魂也。"问官大骇，移送刑部。姚安公时为江苏司郎中，与余公文仪等同鞫之。魂曰："我名二格，年十四，家在海淀。父曰李星望。前岁上元，常明引我观灯归，夜深人寂，常明戏调我，我力拒，且言归当诉诸父。常明遂以衣带勒我死，埋河岸下。父疑常明匿我，控诸巡城。送刑部，以事无左证，议别缉真凶。我魂恒随常明行，但相去四五尺，即觉炽如烈焰，不得近。后热稍减，渐近至二三尺，又渐近至尺许。昨乃都不觉热，始得附之。"

又言初讯时，魂亦随之刑部，指其门乃广西司。按所言月日，果检得旧案。问其尸，云在河岸第几柳树旁，掘之亦得，尚未坏。呼其父使辨识，长恸曰："吾儿也。"以事虽幻杳，而证验皆真。且讯问时呼常明名，则忽似梦醒，作常明语；呼二格名，则忽似昏醉，作二格语。互辩数四，始款伏。又父子絮语家事，一一分明。

狱无可疑，乃以实状上闻。论如律。命下之日，魂喜甚。本卖糕为活，忽高唱"卖糕"一声。父泣曰："久不闻此，宛然生时声也。"问儿当何往，曰："吾亦不知，且去耳。"自是再问常明，不复作二格语矣。

【注释】

① 乾隆庚午：乾隆十五年(1750)。

【导读】

常明之勒杀二格可谓神鬼不知矣，然偏偏魂魄附体，如影随形，使官府得以顺藤摸瓜，查明实情，缉捕真凶。岂不应了"怨有头，债有主"之言？故事末尾，结以冤死之卖糕童一声清脆"卖糕"之吆喝，令人凄然泪下。既抒其畅快之意，亦牵人悲恸之肠。可谓别出心裁，匠心独具。

五 南皮张副使受长，官河南开归道时，夜阅一谳牍[①]，沉吟自语曰："自刭死者，刀痕当入重而出轻。今入轻出重，何也？"忽闻背后太息曰："公尚解事。"回顾无一人，喟然曰："甚哉！治狱可畏也。此幸不误，安保他日不误耶？"逐移疾而归。

【注释】

① 谳(yàn)牍:案卷。

【导读】

张副使可谓有心人,刀痕之轻重乃细微不过之迹。而此迹虽微,却事关重大。张副使能知微见著,信为明吏。

六 外祖张雪峰先生,性高洁,书室中几砚精严,图史整肃,恒镭其户,必亲至乃开。院中花木翳如,莓苔绿缛。僮婢非奉使令,亦不敢轻蹈一步。舅氏健亭公,年十一二时,乘外祖他出,私往院中树下纳凉。闻室内似有人行,疑外祖已先归,屏息从窗隙窥之。见竹椅上坐一女子,靓妆如画。椅对面一大镜,高可五尺,镜中之影,乃是一狐。惧弗敢动,窃窥所为。女子忽自见其影,急起绕镜,四周呵之,镜昏如雾。良久归坐,镜上呵迹亦渐消。再视其影,则亦一好女子矣。恐为所见,蹑足而归。

后私语先姚安公。姚安公尝为诸孙讲《大学·修身》章,举是事曰:"明镜空空,故物无遁影。然一为妖气所翳,尚失真形。况私情偏倚,先有所障者乎?"又曰:"非惟私情为障,即公心亦为障。正人君子,为小人乘其机而反激之,其固执决裂,有转致颠倒是非者。昔包孝肃之吏,阳为弄权之状,而应杖之囚,反不予杖,是亦妖气之翳镜也。故正心诚意,必先格物致知。"

【导读】

狐女善伪装。明镜空空,故物无遁形。妖狐自现其本原。而镜昏如雾。则妖狐靓妆如画。为何呢?妖气所翳,失其真形也。此亦如人之心,妖气所翳,私情为障,颠倒是非乃必然之事。非但私情,即便公心,亦会为小人"乘其机而反激之",转致"颠倒是非"者。故而,"正心诚意,必先格物致知",只有格物致知,方能正心诚意。

七 有卖花老妇言:京师一宅近空圃,圃故多狐。有丽妇夜逾短垣,与邻家少年狎。惧事泄,初诡托姓名,欢昵渐洽。度不相弃,乃自冒为圃中狐女。少年悦其色,亦不疑拒。久之,忽妇家屋上,掷瓦骂曰:"我居圃中久,小儿女戏抛砖石,惊动邻里,或有之,实无冶荡蛊惑事。汝奈何污我?"事乃泄。异哉!狐媚恒托于人,此妇乃托于狐。人善媚者比之狐,此狐乃贞于人。

【导读】

此丽女真可谓鲜廉寡耻者！为掩饰其冶荡蛊惑事，居然托之于狐。狐本善媚者，乃知自重。而此女居然连狐不如。文章之别出心裁处，在于此女居然托之于狐，而遭狐所唾骂。如此反衬，更形出此女之卑劣。人不如狐，藉狐以骂尽诸色人等，《阅微》中随处可见，此乃晓岚无限感慨处。

八　有游士以书画自给，在京师纳一妾，甚爱之。或遇宴会，必袖果饵以贻。妾亦甚相得。无何病革，语妾曰："吾无家，汝无归；吾无亲属，汝无依；吾以笔墨为活，汝无食；吾死，汝琵琶别抱，势也，亦理也。吾无遗债累汝，汝亦无父母兄弟掣肘，得行己志，可勿受锱铢聘金，但与约，岁时许汝祭我墓，则吾无恨矣！"妾泣受教。纳之者亦如约，又甚爱之。然妾恒郁郁忆旧恩，夜必梦故夫同枕席，睡中或呢呢呓语。夫觉之，密延术士镇以符箓。梦语止，而病渐作，驯至绵惙[①]。临殁，以额叩枕曰："故人情重，实不能忘，君所深知，妾亦不讳。昨夜又见梦曰：'久被驱遣，今得再来，汝病如是，何不同归？'已诺之矣。能邀格外之惠，还妾尸于彼墓，当生生世世，结草衔环。不情之请，惟君图之。"语讫奄然。夫亦豪士，慨然曰："魂已往矣，留此遗蜕何为？杨越公能合乐昌之镜，吾不能合之泉下乎！"竟如所请。

此雍正甲寅、乙卯间事[②]。余时年十一二，闻人述之，而忘其姓名。余谓再嫁，负故夫也；嫁而有二心，负后夫也。此妇进退无据焉。何子山先生亦曰："忆而死，何如殉而死乎？"何励庵先生则曰："《春秋》责备贤者，未可以士大夫之义，律儿女子，哀其遇可也，悯其志可也。"

【注释】

① 绵惙(chuò)：病情严重，气息仅存。② 雍正甲寅、乙卯：雍正十二年(1735)、十三年。

【导读】

游士与其妾可谓情真意切者！游士生前于其妾抚慰备至、款洽情深。"遇宴会，必袖果饵以贻"，细微之处，足见深情。尤为难得者，乃于绵惙之时，为其妾细剖情势，周密安排。甚而至于，为其殁后生计而促其妾琵琶别抱，而于己，仅求其岁时洒酒祭之而已。其境界不可谓不高矣！其妾亦为重情者。当游士殁后，兑现承诺，且"恒郁郁忆旧恩，夜必梦故夫同枕席，睡中或妮妮呓语”，乃至于随其故夫而去。汤显祖在《牡丹亭》中曰：“生而可以死，死而可以生。生而不可以死，死而不可以生，皆非情之至者。”以此衡之，游士与其妾可谓“情之至者”也。晓岚重“情”，《阅微》开篇即曰“情”乃金石之心。游士与其妾之情深意切无疑为其体现者。文中之所叙之后夫，亦大义士、大豪杰也！所娶之人，身在此间，而心在彼处。渠非但不予计较，反而再三为之筹划。非但酬其与故夫所约，且当其绵惙之际提出“还妾尸于彼墓”之“不情之请”时，又慨然允诺，并践其约。后夫之所为实为难得。

九 屠者许方，尝担酒二罂夜行[①]，倦息大树下。月明如昼，远闻呜呜声，一鬼自丛薄中出，形状可怖。乃避入树后，持担以自卫。鬼至罂前，跃舞大喜，遽开饮。尽一罂，尚欲开其第二罂，缄甫半启，已颓然倒矣。许恨甚，且视之似无他技，突举担击之，如中虚空。因连与痛击，渐纵弛委地，化浓烟一聚。恐其变幻，更捶百余。其烟平铺地面，渐散渐开，痕如淡墨，如轻縠，渐愈散愈薄，以至于无。盖已澌灭矣。

余谓鬼，人之余气也。气以渐而消，故《左传》称新鬼大，故鬼小。世有见鬼者，而不闻见羲、轩以上鬼，消已尽也。酒，散气者也。故医家行血发汗、开郁驱寒之药，皆治以酒。此鬼以仅存之气，而散以满罂之酒，盛阳鼓荡，蒸铄微阴，其消尽也固宜。是澌灭于醉，非澌灭于捶也。

闻是事时，有戒酒者曰：“鬼善幻，以酒之故，至卧而受捶；鬼本人所畏，以酒之故，反为人所困，沉湎者念哉！”有耽酒者曰：“鬼虽无形而有知，犹未免乎喜怒哀乐之心。今冥然醉卧，消归乌有，反其真矣。酒中之趣，莫深于是。佛氏以涅盘为极乐[②]，营营者恶乎知之。”庄子所谓“此亦一是非，彼亦一是非”欤？

【注释】

① 罂(yīng)：古代一种腹大口小之陶器。② 涅盘：又作“涅槃”，佛教语。是佛教全部修习所要达到的最高理想，一般指的是熄灭生死轮回后的境界。

【导读】

鬼，乃人之余气也。酒，散气者也。既为余气，遇酒则易散。此鬼不自量力，耽于饮酒，一罂不足，又有二罂，盛阳鼓荡，蒸铄微阴，结果以酒之故，至卧而受捶，自取灭亡。鬼本人所畏也，然以酒之故，反为人所困。其结果不能不令人深思。文中描摹云烟之化散，云："其烟平铺地面，渐散渐开，痕如淡墨，如轻縠，渐愈散愈薄，以至于无。"如丹青所绘，细致如生，值得称扬。

一〇 沧州张铉耳先生[①]，梦中作一绝句曰："江上秋潮拍岸生，孤舟夜泊近三更。朱楼十二垂杨遍，何处吹箫伴月明？"自跋云："梦如非想，如何成诗？梦如是想，平生未到江南，何以落想至此？莫明其故，姑录存之。桐城姚别峰，初不相识。新自江南来，晤于李锐巅家。所刻近作，乃有此诗。问其年月，则在余梦后岁余。开箧出旧稿示之，共相骇异。世间真有不可解事。宋儒事事言理，此理从何处推求耶？"

又，海阳李漱六名承芳，余丁卯同年也。余厅事挂渊明采菊图，是蓝田叔画。董曲江曰："一何神似李漱六！"余审视信然。后漱六公车入都，乞此画去，云平生所作小照，都不及此。此事亦不可解。

【注释】

① 张铉耳：张延绪，字雪耳，又字铉耳，号安斋，画师米芾，书法宕逸，诗亦古淡。著有《怡草》、《静居集》。

【导读】

铉耳先生平生足迹未及江南，梦中却吟出"朱楼十二垂杨遍，何处吹箫伴月明"之诗句；晓岚厅事所悬挂之渊明采菊图，出自蓝田叔之手。而画中人物，居然神似晓岚之同年李漱六。此两事皆出乎意料。巧合乎？偶然乎？晓岚自不能解。而宋儒喜言理，凡事皆深加推求。晓岚据此事质问道："宋儒事事言理，此理从何处推求耶？"轻蔑讥讽之也。

一一 景城西偏，有数荒冢，将平矣。小时过之，老仆施祥指曰："是即周某子孙，以一善延三世者也。"盖前明崇祯末，河南、山东大旱蝗，草根木皮皆尽，乃以人为粮。官吏弗能禁，妇女幼孩，反接鬻于市，谓之"菜人"。屠者买去，如刲羊豕。周氏之祖，自东昌商贩归，至肆午餐，屠者曰："肉尽，请少待。"俄见曳二女子入厨下，呼曰："客待久，可先取一蹄来。"急出止之，闻长号一声，则一女已生断右臂，宛转地上。一女战栗无人色。见周，并哀呼：一求速死，一求救。周恻然心动，并出资赎之。一无生理，急刺其心死；一携归。因无子，纳为妾，竟生一男，右臂有红丝，自腋下绕肩胛，宛然断臂女也。后传三世乃绝。皆言周本无子，此三世乃一善所延云。

【导读】

晚明时期，灾害频仍，战乱不断，民不聊生。此则所记“河南、山东大旱蝗，草根木皮皆尽，乃以人为粮”之状，乃为现实之反映。可补正史之不足。篇中所叙小女临死之“宛转地上”，凄惨异常，令人恻然心动。末世之惨状，于此可见。

一二　青县农家少妇，性轻佻，随其夫操作，形影不离。恒相对嬉笑，不避忌人。或夏夜并宿瓜圃中。皆薄其冶荡。然对他人，则面如寒铁。或私挑之，必峻拒。后遇劫盗，身受七刃，犹诟詈，卒不污而死。又皆惊其贞烈。

老儒刘君琢曰：“此所谓质美而未学也。惟笃于夫妇，故矢死不二；惟不知礼法，故情欲之感，介于仪容；燕昵之私，形于动静。”辛彤甫先生曰：“程子有言，凡避嫌者，皆中不足。此妇中无他肠，故坦然径行不自疑。此其所以能守死也。彼好立崖岸者，吾见之矣。”先姚安公曰：“刘君正论，辛君有激之言也。”

后其夫夜守豆田，独宿团焦中。忽见妇来，燕婉如平日，曰：“冥官以我贞烈，判来生中乙榜，官县令。我念君不欲往，乞辞官禄为游魂，长得随君。冥官哀我，许之矣。”夫为感泣，誓不他偶。自是昼隐夜来，几二十载。儿童或亦窥见之。此康熙末年事，姚安公能举其姓名居址，今忘矣。

【导读】

此农家少妇，性虽轻佻，所谓“情欲之感，介于仪容；燕昵之私，形于动静”。然仅限于其夫。对他人，则面如寒铁。或私挑之，必峻拒。此举合于伦理，非不知礼法者也。老儒论之过苛。其后遇劫盗，身受七刃，犹诟詈，卒不污而死。即便死后，亦能不恋富贵，苦辞官禄而为游魂，长随其夫。如此农家妇者，世间能有几人？当旌表，而非苛责也。

一三　献县老儒韩生，性刚正，动必遵礼，一乡推祭酒[①]。一日得寒疾。恍惚间，一鬼立前曰：“城隍神唤。”韩念数尽当死，拒亦无益，乃随去。至一官署，神检籍曰：“以姓同，误矣！”杖其鬼二十，使送还。韩意不平，上请曰：“人命至重，神奈何遣愦愦之鬼[②]，致有误拘？倘不检出，不竟枉死耶？聪明正直之谓何！”神笑曰：“谓汝倔强，今果然。夫天行不能无岁差，况鬼神乎？误而即觉，是谓聪明；觉而不回护，是谓正直，汝何足以知之。念汝言行无玷，姑贷汝。后勿如是躁妄也。”霍然而苏。韩章美云。

【注释】

① 祭酒：古代飨宴时酹酒祭神之长者。② 愦愦：昏乱、糊涂。

【导读】

鬼卒勾摄，事关人命。愦愦鬼卒，敷衍行事，张冠李戴，致有误拘。韩生据理力争，指斥在理，其刚正倔强之心见焉。然城隍尊神一扫威严之状，和颜悦色，细加解释，并及时纠正，“杖其鬼二十，使送还”。知错即改，不回护下属，亦值得敬重。《阅微》中之冥官往往如此，胜人间官吏多矣！晓岚扬彼贬此、藉冥官之抑世间官吏之心甚明。

一四　刘少宗伯青垣言[①]：有中表涉元稹会真之嫌者，女有孕，为母所觉。饰言夜恒有巨人来，压体甚重，而色黝黑。母曰：“是必土偶为妖也。”授以彩丝，于来时阴系其足。女窃付所欢，系关帝祠周将军足上。母物色得之，挞其足几断。后复密会，忽见周将军击其腰，男女并僵卧不能起。皆曰：污蔑神明之报也。

夫专其利而移祸于人，其术巧矣！巧者，造物之所忌。机械万端，反而自及，天道也。神恶其崄巇[②]，非恶其污蔑也。

【注释】

① 刘青垣(1736—1808)：刘跃云，字伏先，号青垣。江苏常州府武进县人。乾隆三十一年，考取探花。授翰林院编修。乾隆三十五年，出任山东乡试主考官。嘉庆九年，官至尚书。嘉庆十三年卒。② 崄(xián)巇(xī)：艰险难行。

【导读】

“夫专其利而移祸于人，其术巧矣！巧者，造物之所忌。机械万端，反而自及，天道也。”晓岚颇恶机巧者也。

一五　扬州罗两峰[①]，目能视鬼。曰：“凡有人处皆有鬼。其横亡厉鬼，多年沉滞者，率在幽房空宅中，是不可近，近则为害；其憧憧往来之鬼，午前阳盛，多在墙阴。午后阴盛，则四散游行。可以穿壁而过，不由门户。遇人则避路，畏阳气也，是随处有之，不为害。”又曰：“鬼所聚集，恒在人烟密簇处。僻地旷野，所见殊稀。喜围绕厨灶，似欲近食气。又喜入溷厕，则莫明其故。或取人迹罕到耶？"所画有《鬼趣图》，颇疑其以意造作。中有一鬼，首大于身几十倍，尤似幻妄。

然闻先姚安公言，瑶泾陈公，尝夏夜挂窗卧。窗广一丈。忽一巨面窥窗，阔与窗等，不知其身在何处。急掣剑刺其左目，应手而没。对窗一老仆亦见，云从窗下地中涌出，掘地丈余，无所睹而止。是果有此种鬼矣。茫茫昧昧，吾乌乎质之！

【注释】

① 罗两峰(1733—1799)：罗聘，字遁夫，号两峰，别号花之寺僧，江苏甘泉(今江都)人。清代杰出画家。金农弟子。工诗，好佛学，游踪甚广。画人物、佛像、花果、梅竹、山水，自成风格。作《鬼趣图》，借以讽刺当世。袁枚、钱大昕、翁方纲、姚鼐、纪昀、蒋士铨等为之题咏，名重于时。为"扬州八怪"之一。有《香叶草堂集》。

【导读】

扬州罗两峰，相传"目能视鬼"者，故其叙鬼似乎活灵活现。姚安公所言瑶泾陈公夏夜遇鬼亦似乎灼然有据，"对窗一老仆亦见"。然晓岚对此却颇持怀疑态度，并不完全相信。对罗两峰所画之《鬼趣图》，明确表示"颇疑其以意造作"，"尤似幻妄"。而于姚安公所言瑶泾陈公夏夜所遇之鬼，则曰："茫茫昧昧，吾乌乎质之！"既然非自己亲眼所见，亦无从对质，又何能遽然信之？

一六　景城有刘武周墓，《献县志》亦载。按：武周山后马邑人，墓不应在是。疑为隋刘炫墓。炫，景城人，《一统志》载其墓在献县东八十里。景城距城八十七里，约略当是也。旧有狐居之，时或戏嬲醉人。里有陈双，酒徒也，闻之愤曰："妖兽敢尔！"诣墓所，且数且詈。时耘者满野，皆见其父怒坐墓侧，双跳踉叫号，竞前呵曰："尔何醉至此，乃詈尔父？"双凝视，果父也。大怖叩首，父径趋归。双随而哀乞，追及于村外。方伏地陈说，忽妇媪环绕，哗笑曰："陈双何故跪拜其妻？"双仰视，又果妻也，愕而痴立。妻亦径趋归。双惘惘至家，则父与妻实未尝出，方知皆狐幻化戏之也。惭不出户者数日。闻者无不绝倒。

余谓双不詈狐，何至遭狐之戏，双有自取之道焉；狐不嬲人，何至遭双之詈，狐亦有自取之道焉。颠倒纠缠，皆缘一念之妄起。故佛言一切众生，慎勿造因。

【导读】

晓岚谓双与狐皆有自取之道，藉此以戒造因也。

一七 老仆魏哲闻其父言，顺治初有某生者，距余家八九十里，忘其姓名。与妻先后卒。越三四年，其妾亦卒。适其家佣工人，夜行避雨，宿东岳祠廊下。若梦非梦，见某生荷校立庭前，妻妾随焉。有神衣冠类城隍，磬折对岳神语曰："某生污二人，有罪；活二命，亦有功，合相抵。"岳神佛然曰："二人畏死忍耻，尚可贷。某生活二人，正为欲污二人，但宜科罪，何云功罪相抵也？"挥之出。某生及妻妾亦随出。悸不敢语。

天曙归告家人，皆不能解。有旧仆泣曰："异哉，竟以此事被录乎！此事惟吾父子知之。缘受恩深重，誓不敢言。今已隔两朝，始敢追述。两主母皆实非妇人也。前明天启中，魏忠贤杀裕妃，其位下宫女内监，皆密捕送东厂，死甚惨。有二内监，一曰福来，一曰双桂，亡命逃匿。缘与主人曾相识，主人方商于京师，夜投焉。主人引入密室，吾穴隙私窥。主人语二人曰：'君等声音笑貌，在男女之间，与常人稍异，一出必见获；若改女装，则物色不及。然两无夫之妇，寄宿人家，形迹可疑，亦必败。二君身已净，本无异妇人，肯屈意为我妻妾，则万无一失矣。'二人进退无计，沉思良久，并曲从。遂为办女饰，钳其耳，渐可受珥。并市软骨药，阴为缠足。越数月，居然两好妇矣。乃车载还家，诡言在京所娶。二人久在宫禁，并白皙温雅，无一毫男子状。又其事迥出意想外，竟无觉者。但讶其不事女红，为恃宠骄惰耳。二人感主人再生恩，故事定后亦甘心偕老。然实巧言诱胁，非哀其穷，宜司命之见谴也。信乎，人可欺，鬼神不可欺哉！"

【导读】

明天启朝，魏忠贤与客氏沆瀣一气，把持朝政。淫威之下，人人自危。两太监能劫后余生，乃其大幸，主人保护之功不可没也。然以言语诱之，以情势逼之，将无助之两人纳为妻妾，占为己有，实私心存焉。故遭神谴。人可欺，鬼神不可欺也。

一八 乾隆己卯[①]，余典山西乡试，有二卷皆中式矣。一定四十八名，填草榜时，同考官万泉吕令瀶，误收其卷于衣箱，竟觅不可得；一定五十三名，填草榜时，阴风灭烛者三四，易他卷乃已。揭榜后拆视弥封，失卷者范学敷，灭烛者李腾蛟也[2]。颇疑二生有阴谴。然庚辰乡试，二生皆中试。范仍四十八名，李于辛丑成进士[3]。乃知科名有命，先一年亦不得。彼营营者何为耶？即求而得之，亦必其命所应有，虽不求亦得也。

【注释】

① 乾隆己卯：乾隆二十四年（1759）。② 李腾蛟（1731—1800）：字鼎北，号辛峰，山西芮城人。乾隆进士，历任武清知县、杨村管河通判、遵化知州。③ 辛丑：乾隆四十六年（1781）。

【导读】

晓岚之意，乃曰科名为命中注定。命中有之，即便失去亦会回来；命中没有，即使孜孜经营，亦南柯之梦。此为其信命之又一注脚。此见颇偏颇。范学敷、李腾蛟皆晓岚学生，英敏绩学，后来追随晓岚，皆成社稷栋梁之材。乾隆己卯乡试，皆已中式。因考官之误而失之。错在考官之疏忽大意，非命也。至于后来两人又先后中式，乃凭其才学而得之，亦非命也。

一九 顾员外德懋，自言为东岳冥官，余弗深信也。然其言则有理。曩在裘文达公家，尝谓余曰："冥司重贞妇，而亦有差等。或以儿女之爱，或以田宅之丰，有所系恋而弗去者，下也；不免情欲之萌，而能以礼义自克者，次也；心如枯井，波澜不生，富贵亦不睹，饥寒亦不知，利害亦不计者，斯为上矣。如是者千百不得一，得一则鬼神为起敬。一日，喧传节妇至，冥王改容，冥官皆振衣伫迓。见一老妇儽然来，其行步步渐高，如蹑阶级。比到，则竟从殿脊上过，莫知所适。冥王怃然曰：'此已升天，不在吾鬼录中矣。'"又曰："贤臣亦三等，畏法度者为下；爱名节者为次；乃心王室，但知国计民生，不知祸福毁誉者为上。"又曰："冥司恶躁竞，谓种种恶业，从此而生。故多困踬之，使得不偿失。人心愈巧，则鬼神之机亦愈巧。然不甚重隐逸，谓天地生才，原期于世事有补，人人为巢、许，则至今洪水横流，并挂瓢饮犊之地，亦不可得矣。"又曰："阴律如《春秋》责备贤者，而与人为善。君子偏执害事，亦录以为过；小人有一事利人，亦必予以小善报。世人未明此义，故多疑因果或爽耳。"

【导读】

贞妇分三等、贤臣亦三等，虽均为贞妇、贤臣，但等级不同。其差别在心。私心存焉，则等级有异。惟有抛弃私心，绝假纯真之人方称极品，人神共敬。如文中升天之老妇。其貌不扬，然品行至高，故为人神所敬仰。于隐逸，世人因重其特立独行，品行高洁，不屑与浊流为伍，故多揄扬之。而晓岚则颇不以为然。以为天地生才，原期于世有补。如人人为巢、许，只顾及自我道德之完善，而置国计民生于不顾，则“至今洪水横流，并挂瓢饮犊之地，亦不可得矣”。晓岚从事功的角度否定隐士之所为，迥异于流俗之所见。然揆诸现实，亦不无道理。问题的关键在于对于隐士亦不能一概而论，而应就具体情势具体论析。惟如此，方能得出公允之结论。

二〇　内阁学士永公，讳宁，婴疾[①]，颇委顿。延医诊视，未遽愈，改延一医，索前医所用药帖，弗得。公以为小婢误置他处，责使搜索，云不得且笞汝。方倚枕憩息，恍惚有人跪灯下，曰：“公勿笞婢，此药帖小人所藏。小人即公为臬司时平反得生之囚也。”问：“藏药帖何意？”曰：“医家同类皆相忌，务改前医之方，以见所长。公所服药不误，特初试一剂，力尚未至耳。使后医见方，必相反以立异，则公殆矣。所以小人阴窃之。”公方昏闷，亦未思及其为鬼。稍顷始悟，悚然汗下。乃称前方已失，不复记忆，请后医别疏方。视所用药，则仍前医方也。因连进数剂，病霍然如失。

公镇乌鲁木齐日，亲为余言之，曰：“此鬼可谓谙悉世情矣。”

【注释】

① 婴疾：为疾病所缠扰。

【导读】

医家同类相忌，为显示其医术之高明，务改前医之方。此鬼担心恩人会着此道，故有藏帖之举。渠真可谓谙悉世情者、知情重义者，胜人间世人多矣！

二一　族叔楘庵言[①]：肃宁有塾师，讲程朱之学。一日，有游僧乞食于塾外，木鱼琅琅[②]，自辰逮午不肯息。塾师厌之，自出叱使去，且曰：“尔本异端，愚民或受尔惑耳。此地皆圣贤之徒，尔何必作妄想？”僧作礼曰：“佛之流而募衣食，犹儒之流而求富贵也。同一失其本来，先生何必定相苦？”塾师怒，自击以夏楚[③]。僧振衣起曰：“太恶作剧！”遗布囊于地而去。意必复来，暮竟不至。扪之，所贮皆散钱，诸弟子欲探取。塾师曰：“俟其久而不来再为计。然须数明，庶不争。”甫启囊，则群蜂坌涌[④]，螫师弟面目尽肿[⑤]。号呼扑救。邻里咸惊问，僧忽排闼入曰[⑥]："圣贤乃谋匿人财耶？"提囊径行。临出，合掌向塾师曰："异端偶触忤圣贤，幸见恕。"观者粲然。或曰："幻术也。"或曰："塾师好辟佛，见僧辄诋。僧故置蜂于囊以戏之。"槃庵曰："此事余目击，如先置多蜂于囊，必有蠕动之状，见于囊外。尔时殊未睹也。云幻术者为差近。"

【注释】

① 槃庵：纪自起，字槃庵，配史氏，子一，楠。② 木鱼：佛教法器，用以警戒僧众应昼夜忘寐而思道。有两种，一为圆状鱼形；一为挺直圆形。③ 楚：荆条。④ 坌(bèn)涌：成团地涌过来。⑤ 螫(shì)：有毒腺的虫子刺人。⑥ 排闼(tà)：破门。

【导读】

肃宁之塾师真可谓虚伪透顶！渠表面上一副道貌岸然状。而实际上，从内心到言行，却龌龊见不得人。晓岚藉精妙之语言将其丑恶之嘴脸刻划得入木三分。初，游僧自乞于塾外，与其何干？塾师偏摆出正人君子之神态"自出叱之"。言语之中，处处以圣贤自居。而于僧人，则口口声声以"异端"目之，颇露鄙夷不屑之色。僧人稍加辩解，即"自击以夏楚"。其蛮横无理之态宛然。而当僧人遗布囊于地，塾师触之为"散财"时，则见财眼开，设计筹划以图之。先是心有余悸，恐僧人返回取之，告诫弟子们先不声张，暂且搁起。而暮竟不至，心中大喜，知图财有望，遂谋划如何分配方才妥帖。其手段之老辣，心机之细密，令人刮目相看。与前面光大方正之言语、道貌岸然之神态大相径庭。而文章末尾，晓岚安排了"群蜂坌涌，螫师弟面目尽肿"之结局，别出心裁，闪落人眼，不仅塾师之精心策划化为泡影，而且贪财的塾师及弟子们亦受到应有的惩罚。其讽刺手法之高明，令人佩服。

二二 杜生村，距余家十八里。有贪富室之贿，鬻其养媳为妾者。其媳虽未成婚，然与夫聚已数年，义不再适。度事不可止，乃密约同逃。翁姑觉而追之。二人夜抵余村土神祠，无可栖止，相抱泣。忽祠内语曰："追者且至，可匿神案下。"俄庙祝踉跄醉归，横卧门外。翁姑追至，问踪迹，庙祝呓语应曰："是小男女二人耶？年约若干，衣履若何，向某路去矣。"翁姑急循所指路往。二人因得免。乞食至媳之父母家。父母欲讼官，乃得不鬻。尔时祠中无一人。庙祝曰："吾初不知是事，亦不记作是语。"盖皆土神之灵也。

【导读】

此翁姑大可恶。媳者，犹女也，即便不视为己出，看在亲骨肉份上，亦应尊重之。乃为贪富室之贿，居然鬻其养媳为妾。不耻人伦矣！

二三 于氏，肃宁旧族也。魏忠贤窃柄时，视王侯将相如土苴。顾以生长肃宁，耳濡目染，望于氏如王谢。为侄求婚，非得于氏女不可。

适于氏少子赴乡试，乃置酒强邀至家，面与议。于生念：许之则祸在后日；不许则祸在目前。猝不能决。托言父在难自专。忠贤曰："此易耳。君速作礼，我能即致太翁也。"是夕，于翁梦其亡父，督课如平日，命以二题：一为"孔子曰诺"；一为"归洁其身而已矣"。方构思，忽叩门惊醒。得子书，恍然顿悟。因复书许姻，而附言病颇棘[①]，促子速归。肃宁去京四百余里，比信返，天甫微明，演剧犹未散。于生匆匆束装，途中官吏迎候者已供帐相属。抵家后，父子俱称疾不出。是岁为天启甲子。

越三载而忠贤败，竟免于难。事定后，于翁坐小车，遍游郊外曰："吾三载杜门，仅博得此日看花饮酒。岌乎危哉！"于生濒行时，忠贤授以小像，曰："先使新妇识我面。"于氏于余家为表戚，余儿时尚见此轴。貌修伟而秀削，面白，色隐赤，两颧微露，颊微狭，目光如醉，卧蚕以上，赭石薄晕[②]，如微肿。衣绯红，座旁几上，露列金印九。

【注释】

① 棘：通"急"。② 赭(zhě)：红土。

【导读】

于氏乃魏忠贤家乡肃宁望族，素以清望著称。魏氏发迹前，原本肃宁之市井无赖，目不识丁，然而，"性多狡诈"，"形质丰伟"，"言辞佞利"，终日以赌博为业，"家无担石而一掷百万"。"若起歌曲弦索、弹棋蹴掬事事胜人，里中少年竞相与狎。迷恋青楼翠袖之间，落魄无行，依人醉醒，不问妻子饔餐韦布，游手好闲以穷日月。"（朱长祚《玉镜新谭》卷一《原始》）倾家荡产之后，又混进宫中，当了一名小太监。于生对其底细了如指掌，对其结局亦有所预料。魏忠贤上门求亲之时，正当其烈焰熏天之际。却之，则祸在当前；允之，则祸在今后。进退失据之际，其父以"允诺之"与"归洁其身”处之。既规避当前之祸，亦免去他日之灾。两不违碍，夹缝中得以生存，可谓智矣！文末记忠贤小像曰“貌修伟而秀削，面白，色隐赤，两颧微露，颊微狭，目光如醉，卧蚕以上，赭石薄晕，如微肿”，摹绘如生，颇有价值。

卷三　滦阳消夏录(三)

一　俞提督金鳌言[1]：尝夜行辟展戈壁中，(戈壁者，碎沙乱石，不生水草之地，即瀚海也。)遥见一物，似人非人，其高几一丈，追之甚急。弯弧中其胸，踣而复起[2]，再射之始仆。就视，乃一大蝎虎，竟能人立而行，异哉！

【注 释】

① 俞金鳌(？—1793)：字厚庵(一作厚安)，清天津人。清高宗乾隆七年武进士，五十四年入觐京师，得赐紫禁城骑马。五十八年因病回乡休养，不久去世。晚年声誉既隆，权臣和坤屡相拉拢，而俞金鳌毅然不附，史称有古大臣之风。绘有《金门待漏图》。② 踣(bó)：跌倒。

【导读】

蝎虎乃爬行动物，居然能"人立而行"，异哉！

二　淮镇在献县东五十五里，即《金史》所谓槐家镇也。有马氏者，家忽见变异。夜中或抛掷瓦石，或鬼声呜呜，或无人处突火出。嬲岁余不止。祷禳亦无验。乃买宅迁居。有赁居者，嬲如故，不久亦他徙。以是无人敢再问。有老儒不信其事，以贱价得之。卜日迁居，竟寂然无他，颇谓其德能胜妖。既而有猾盗登门与诟争，始知宅之变异，皆老儒贿盗夜为之，非真魅也。先姚安公曰："魅亦不过变幻耳。老儒之变幻如是，即谓之真魅可矣。"

【导读】

此所谓"儒者"，真可谓卑鄙无耻矣！为掠夺马氏房产，不惜装神弄鬼，玩弄机巧。得到马氏房产，居然还赢得"德能胜妖"之美誉。表面上道貌岸然，实为鬼蜮之辈。姚安公冠之于"真魅"，颇为得当。

三　余家假山上有小楼，狐居之五十余年矣。人不上，狐亦不下。但时见窗扉无风自启闭耳。楼之北曰"绿意轩"，老树阴森，是夏日纳凉处。戊辰七月[1]，忽夜中闻琴声、棋声。奴子奔告姚安公。公知狐所为，了不介意，但顾奴子曰："固胜于汝辈饮博。"次日，告昀曰："海客无心，则白鸥可狎。相安已久，惟宜以不闻不见处之。”至今亦绝无他异。

【注释】

① 戊辰：即乾隆十三年(1748)。

【导读】

狐者，名兽，形似狼，面部较长，耳朵三角形，尾巴长，毛色呈赤黄色。一般昼伏夜出，性狡猾多疑。历代文学家之笔下，常以狡猾、善媚之形象出之。《阅微》中于狐多有所记，约百三十余篇与狐有涉。《阅微》之狐，虽固不脱其本性，但大多知书达意、善解人意，且幽默风趣，胜人之处多矣！与传统所记大相径庭、大异其趣。晓岚藉狐以示寄托之意甚明。另姚安公所谓“海客无心，则白鸥可狎”，体现其博大坦荡之襟怀，足资借鉴。

四 丁亥春[1]，余携家至京师。因虎坊桥旧宅未赎，权住钱香树先生空宅中[2]。云楼上亦有狐居，但扃锁杂物[3]，人不轻上。余戏粘一诗与壁曰：“草草移家偶遇君，一楼上下且平分。耽诗自是书生癖，彻夜吟哦厌莫闻。”一日，姬人启锁取物，急呼怪事。余走视之，则地板尘上，满画荷花，茎叶苕亭，具有笔致。因以纸笔置几上，又粘一诗于壁曰：“仙人果是好楼居，文采风流我不如。新得吴笺三十幅，可能一一画芙蕖？”越数日启视，竟不举笔。以告裘文达公，公笑曰：“钱香树家狐，固应稍雅。”

【注释】

① 丁亥：乾隆三十二年(1767)。② 钱香树(1686—1774)：钱陈群，字主敬，浙江嘉兴人，清朝大臣。号香树。康熙四十四年，圣祖南巡，钱陈群迎驾吴江，献诗。后加太傅，祀贤良祠，谥“文端”。钱陈群诗纯悫朴厚，如其为人。③ 扃(jiōng)：关门。

【导读】

乾隆三十二年(1767)，晓岚丁忧期满返回京师，因虎坊桥旧宅未赎，姑且借居于钱香树先生宅中。钱香树(1686—1774)，即钱陈群，嘉兴人。康熙时进士，官至刑部侍郎。晓岚与之交谊颇深。督学福建时，路过嘉兴，晓岚还曾经准备前往拜访。写有《舟至嘉兴拟谒香树先生》诗，中有“溯洄伊人无限思，一见挑灯眼定明”之句，其无限深情于此可见。香树先生，文雅士也，有趣的是，其居所之狐亦雅。渠之居于空宅，独成一统。不扰民，不媚人，惟以书画为事。所作之画，“满画荷花，茎叶苕亭，具有笔致”。荷花长于夏季，当别的植物皆难以经受住夏日烈焰之炙烤，而惟有荷花亭亭玉立于大地。此狐钟情于荷花，于中颇可见及渠性情之高洁。此则可与前则对看。

五 河间冯树柟，粗通笔札，落拓京师十余年。每遇机缘，辄无成就。干祈于人，率口惠而实不至。穷愁抑郁，因祈梦于吕仙祠。夜梦一人语之曰：“尔无恨人情薄，此因缘尔所自造也。尔过去生中，喜以虚词博长者名。遇有善事，心知必不能举也，必再三怂恿，使人感尔之赞成；遇有恶人，心知必不可贷也，必再三申雪，使人感尔之拯救。虽于人无所损益，然恩皆归尔，怨必归人，机巧已为太甚。且尔所赞成拯救，皆尔身在局外，他人任其利害者也。其事稍稍涉于尔，则退避惟恐不速，坐视人之焚溺，虽一举手之力，亦惮烦不为。此心尚可问乎？由是思维，人于尔貌合而情疏，外关切而心漠视，宜乎不宜？鬼神之责人，一二行事之失，犹可以善抵。至罪在心术，则为阴律所不容。今生已矣，勉修未来可也。”后果寒饿以终。

【导读】

罪在心术，则为阴律所不容，冯树柟事可为其注脚矣！机心太重，穷愁抑郁、寒饿以终适相宜耳！

六 史松涛先生[①]，讳茂，华州人。官至太常寺卿，与先姚安公为契友。余年十四五时，忆其与先姚安公谈一事，曰：某公尝棰杀一干仆。后附一痴婢，与某公辩曰：“奴舞弊当死。然主人杀奴，奴实不甘。主人高爵厚禄，不过于奴之受恩乎？卖官鬻爵，积金至钜万，不过于奴之受赂乎？某事某事，颠倒是非，出入生死，不过于奴之窃弄权柄乎？主人可负国，奈何责奴负主人？主人杀奴，奴实不甘。”某公怒而击之仆，犹呜呜不已。后某公亦不令终，因叹曰：“吾曹断断不至是，然旅进旅退，坐食俸钱，而每责僮婢不事事，毋乃亦腹诽矣乎？”

【注释】

① 史松涛：史茂，字松涛。乾隆二十四年官御史，华州人（今陕西华县）。有《敬陈捕蝗事宜疏》，收在《清经世三编》。

【导读】

窃钩者诛，窃国者侯，自古亦然。主人高爵厚禄、卖官鬻爵、窃弄权柄，平安无事，安之若素，而干仆舞弊些微之事，却遭灭顶之灾，难怪其腹诽不平。晓岚写的虽为家事，然以小喻大，由点及面。寓意不可谓不深刻矣！

七 满媪，余弟乳母也。有女曰荔姐，嫁为近村民家妻。一日，闻母病，不及待婿同行，遽狼狈而来。时已入夜，缺月微明。顾见一人追之急，度是强暴，而旷野无可呼救，乃隐身古冢白杨下，纳簪珥怀中，解络系颈，披发吐舌，瞪目直视以待。其人将近，反招之坐。及逼视，知为缢鬼，惊仆不起，荔姐竟狂奔得免。比入门，举家大骇，徐问得实，且怒且笑，方议向邻里追问。

次日喧传某家少年，遇鬼中恶，其鬼今尚随之，已发狂谵语[①]。后医药符箓皆无验，竟颠痫终身。此或由恐怖之余，邪魅趁机而中之，未可知也；或一切幻象，由心而造，未可知也；或明神殛恶，阴夺其魄，亦未可知也。然均可为狂且戒。

【注释】

① 谵(zhān)：病中说胡话。

【导读】

荔姐可谓智且孝者也！闻母病，心急如焚，不及待与婿同行，居然独自乘夜前往，危难险阻抛诸脑后，惟以母亲之病为念，孝也；缺月微明，突遇歹人追赶，而旷野无人，无可呼救，乃急中生智，纳簪珥怀中，解络系颈，披发吐舌，伪为缢鬼，得以逃过劫难，智矣！而里中少年，趁人之危，伤天害理，后发狂谵语，颠痫终身，乃“明神殛恶，阴夺其魄”也。

八 制府唐公执玉[①]，尝勘一杀人案，狱具矣。一夜秉烛独坐，忽微闻泣声，似渐近窗户。命小婢出视，噭然而仆[②]。公自启帘，则一鬼浴血跪阶下，厉声叱之，稽颡曰[③]：“杀我者某，县官乃误坐某。仇不雪，目不瞑也。”公曰：“知之矣。”鬼乃去。

翌日，自提讯。众供死者衣履，与所见合，信益坚，竟如鬼言改坐某。问官申辩百端，终以为南山可移，此案不动。其幕友疑有他故，微叩公，始具言始末，亦无如之何。

一夕，幕友请见，曰：“鬼从何来？”曰：“自至阶下。”曰：“鬼从何去？”曰：“欻然越墙去[④]。”幕友曰：“凡鬼有形而无质，去当奄然而隐，不当越墙。"因即越墙处寻视。虽甃瓦不裂[⑤]，而新雨之后，数重屋上，皆隐隐有泥迹，直至外垣而下。指以示公曰："此必囚贿捷盗所为也。"公沉思恍然，仍从原谳。讳其事，亦不复深求。

【注释】

① 唐执玉(？—1733)：字益功，江南武进人。康熙四十二年进士，授浙江德清知县。雍正二年，岁三迁礼部侍郎。五年，擢左都御史。九年，以病甚乞解任，许之。十年，病少瘳，命领刑部尚书。十一年春，复命署直隶总督，力辞，上勉之行。三月，卒于官，赐祭葬。执玉重民事，每请从宽大，疏入辄报可。执玉尝曰："吾才拙，政事不如人，可自力者勤耳。勤必自俭始。"养廉岁用十三四，馀归之司库。② 嗷(jiào)然：号呼着。③ 稽颡(sǎng)：叩头，以额触地。④ 欻(xū)然：忽然。⑤ 甃(zhòu)：井，井壁。

【导读】

此乃极为复杂之案例，要不是幕友头脑清醒，几酿成大错。真可谓人命关天，系于一弦。当"鬼魅"深夜造访，自诉冤情，唐公尚将信将疑。然翌日自己亲自提讯，众则供死者衣履与所见合，则不能不信之。唐公谙于勘案，见多识广，此举亦为老成之举，然险为其蒙骗，此囚之机心不可谓不深险矣！然幕友细加辨析，探幽烛微，居然拆穿其诡计，救人性命，可谓富于智慧者。

九　景城南有破寺，四无居人，唯一僧携二弟子司香火。皆蠢蠢如村庸，见人不能为礼。然谲诈殊甚，阴市松脂炼为末，夜以纸卷燃火撒空中，焰光四射，望见趋问，则师弟键户酣寝，皆曰不知。又阴市戏场佛衣，作菩萨罗汉形，月夜或立屋脊，或隐映寺门树下。望见趋问，亦云无睹。或举所见语之，则合掌曰："佛在西天，到此破落寺院何为？官司方禁白莲教，与公无仇，何必造此语祸我？"人益信为佛示现，檀施日多。然寺日颓敝，不肯葺一瓦一椽。曰："此方人喜作蜚语，每言此事多妖异。再一庄严，惑众者益藉口矣。"积十余年，渐致富。忽盗瞰其室，师弟并拷死，罄其资去。官检所遗囊箧，得松脂戏衣之类，始悟其奸。此前明崇祯末事。先高祖厚斋公曰[①]："此僧以不蛊惑为蛊惑，亦至巧矣。然蛊惑所得，适以自戕，虽谓之至拙可也。"

【注释】

① 厚斋公：纪坤，字厚斋，明廪膳生。著有《花王阁剩稿》一卷，载入

《四库全书总目》。配同县董氏，继配河间县增广生宋大壮之女。

【导读】

僧人、道士，乃教人为善者，当具善心、行善事。然此则故事之僧，表面上皆蠢蠢如村庸，却谲诈殊甚。费尽心机，屡行怪异。藉此骗取檀越之信任以敛取钱财。然多行不义必自毙，后来，以财招祸，身死财亡，亦其报矣！厚斋公所谓“以不蛊惑为蛊惑，亦至巧矣。然蛊惑所得，适以自戕，虽谓之至拙可也”，诚为诛心之论。天道昭昭，物无遁形。《阅微》中，僧人、道士多有所记，然品行俱劣，形象不佳，其所为与其身份皆相去甚远，此即其一也。晓岚于僧人、道士之态度，略可见及。

一〇 有书生嬖一娈童[①]，相爱如夫妇。童病将殁，凄恋万状，气已绝，犹手把书生腕，擘之乃开[②]。后梦寐见之，灯月下见之，渐至白昼亦见之。相去恒七八尺。问之不语，呼之不前，即之则却退。缘是惘惘成心疾，符箓劾治无验。

其父姑令借榻丛林，冀鬼不敢入佛地。至则见如故，一老僧曰：“种种魔障，皆起于心。果此童耶？是心所招。非此童耶？是心所幻。但空尔心，一切俱灭矣。”又一老僧曰：“师对下等人说上等法，渠无定力，心安得空？正如但说病证，不疏药物耳。”因语生曰：“邪念纠结，如草生根，当如物在孔中，出之以楔[③]，楔满孔则物自出。尔当思惟此童殁后，其身渐至僵冷，渐至洪胀，渐至臭秽，渐至腐溃，渐至尸虫蠕动，渐至脏腑碎裂，血肉狼藉，作种种色。其面目渐至变貌，渐至变色，渐至变相，如罗刹，则恐怖之念生矣；再思惟此童如在，日长一日，渐至壮伟，无复媚态，渐至鬑鬑有须，渐至修髯如戟，渐至面苍黧，渐至发斑白，渐至两鬓如雪，渐至头童齿豁，渐至伛偻劳嗽，涕泪涎沫，秽不可近，则厌弃之念生矣；再思惟此童先死，故我念彼。倘我先死，彼貌姣好，定有人诱，利饵势胁，彼未必守贞如寡女。一旦引去，荐彼枕席，我在生时对我种种淫语，种种淫态，俱回向是人，恣其娱乐；从前种种昵爱，如浮云散灭，都无余滓，则愤恚之念生矣；再思惟此童如在，或恃宠跋扈，使我不堪，偶相触忤，反面诟谇；或我财不赡，不餍所求，顿生异心，形色索漠；或彼见富贵，弃我他往，与我相遇如陌路人，则怨恨之念生矣。以是诸念起伏生灭于心中，则心无余闲。心无余闲，则一切爱根欲根无处容著，一切魔障不祛自退矣。”

生如所教，数日或见或不见，又数日竟灭迹。至病起往访，则寺中无是二僧。或曰古佛现化，或曰十方常住，来往如云，萍水偶逢，已飞锡他往云。

【注释】

① 嬖(bì)：宠爱。② 擘(bò)：掰开。③ 楔(xiē)：填充空隙的木橛、木片等。

【导读】

两僧所言，各道一端，互为补充。前者乃追溯其中之由，后者道根除之方，俱非同凡响，启人心智。“种种魔障，皆起于心。果此童耶？是心所招。非此童耶？是心所幻。但空尔心，一切俱灭矣”，所谓心乃招魔之源，魔乃心之所幻。欲除其魔，必空其心。那么，如何祛除心中之魔？僧人提示一切皆往坏处着眼。两僧所言，颇为晓岚所首肯。生大病痊愈，魔障祛除即其效也。《阅微》对心中魔障颇多涉及，而多归因于心之所招。而祛除魔障，亦赖于心。此乃晓岚之论。

—— 郭六，淮镇农家妇，不知其夫氏郭，父氏郭也，相传呼为郭六云尔。雍正甲辰、乙巳间[①]，岁大饥，其夫度不得活，出而乞食于四方。濒行，对之稽颡曰：“父母皆老病，吾以累汝矣。”妇故有姿，里少年瞰其乏食，以金钱挑之，皆不应，惟以女工养翁姑。既而必不能赡，则集邻里叩首曰：“我夫以父母托我，今力竭矣，不别作计，当俱死。邻里能助我，则乞助我；不能助我，则我且卖花，毋笑我。（里语以妇女倚门为卖花。）邻里越趄嗫嚅[②]，徐散去。乃恸哭白翁姑，公然与诸荡子游，阴蓄夜合之资，又置一女子。然防闲甚严，不使外人觌其面[③]。或曰是将邀重价，亦不辩也。

越三载余，其夫归。寒温甫毕，即与见翁姑，曰：“父母并在，今还汝。”又引所置女，见其夫曰：“我身已污，不能忍耻再对汝，已为汝别娶一妇，今亦付汝。”夫骇愕未答，则曰：“且为汝办餐。”已往厨下自刭矣。县令来验，目炯炯不瞑。县令判葬于祖坟，而不袝夫墓[④]。曰：“不袝墓，宜绝于夫也；葬于祖坟，明其未绝于翁姑也。”目仍不瞑，其翁姑哀号曰：“是本贞妇，以我二人故至此也。子不能养父母，反绝代养父母者耶？况身为男子不能养，避而委一少妇，途人知其心矣，是谁之过而绝之耶？此我家事，官不必与闻也。”语讫而目瞑。

时邑人议论颇不一，先祖宠予公曰："节孝并重也，节孝不能两全也，此一事非圣贤不能断，吾不敢置一词也。"

【注释】

① 雍正甲辰、乙巳：即雍正二年(1724)、三年。② 趑(zī)趄(jū)：行走困难。③ 觌(dí)：相见。④ 祔(fù)：祭名。合祭新亡者及祖先，称为"祔祭"。

【导读】

郭六，一弱女子也。为践夫之诺，毅然承担责任。至必不能赡，山穷水尽之时，乃叩首邻里，委身花间，忍屈含辱以践夫之诺，宁自污以全其志。殆至夫还，从容还其父母，并阴蓄一女替代之，而自己则往厨下自刭。渠不惟孝妇，亦节妇矣！

一二　御史某之伏法也，有问官白昼假寐，恍惚见之，惊问曰："君有冤耶?"曰："言官受赂鬻章奏，于法当诛，吾何冤?"曰："不冤何为来见我?"曰："有憾于君。"曰："问官七八人，旧交如我者，亦两三人，何独憾我?"曰："我与君有宿隙，不过进取相轧耳，非不共戴天者也。我对簿时，君虽引嫌不问，而阳阳有德色；我狱成时，君虽虚词慰藉，而隐隐含轻薄。是他人据法置我死，而君以修怨快我死也。患难之际，此最伤人心，吾安得不憾?"问官惶恐愧谢曰："然则君将报我乎?"曰："我死于法，安得报君？君居心如是，自非载福之道，亦无庸我报，特意有不平，使君知之耳。"语讫，若睡若醒，开目已失所在，案上残茗尚微温。

后所亲见其惘惘如失，阴叩之，乃具道始末，喟然曰："幸哉！我未下石也，其饮恨犹如是。曾子曰：'哀矜勿喜。'不其然乎?"所亲为人述之，亦喟然曰："一有私心，虽当其罪犹不服，况不当其罪乎?"

【导读】

对簿时，虽引嫌不问，而阳阳有德色；狱成时，虽虚词慰藉，而隐隐含轻薄，此皆私心之流露。据其私心而快其死，患难之际，尤伤人心，亦为失德。对此，晓岚尤其痛诋之。

一三　刘羽冲，佚其名，沧州人。先高祖厚斋公多与唱和。性孤僻，好讲古制，实迂阔不可行。尝倩董天士作画，倩厚斋公题。内《秋林读书》一幅云："兀坐秋树根，块然无与伍。不知读何书，但见须眉古。只愁手所持，或是井田谱。"盖规之也。偶得古兵书，伏读经书，自谓可将十万。会有土寇，自练乡兵与之角。全队溃覆，几为所擒；又得古水利书，伏读经年，自谓可使千里成沃壤，绘图列说于州官。州官亦好事，使试于一村。沟洫甫成，水大至。顺渠灌入，人几为鱼。由是抑郁不自得，恒独步庭阶，摇首自语曰："古人岂欺我哉！"如是日千百遍，惟此六字。不久，发病死。后风清月白之夕，每见其魂在墓前松柏下，摇首独步。侧耳听之，所诵仍此六字也。或笑之，则欻隐。次日伺之，复然。

泥古者愚，何愚乃至是欤！阿文勤公尝教昀曰："满腹皆书能害事；腹中竟无一卷书，亦能害事。国弈不废旧谱，而不执旧谱；国医不泥古方，而不离古方。故曰：'神而明之，存乎其人。'又曰：'能与人规矩，不能使人巧。'"

【导读】

晓岚之高祖纪坤(1570—1642)，字厚斋，明诸生。有诗歌残集《花王阁剩稿》留存。"花王阁"为其晚年"息意逃禅，隐处田间"时所榜居室之名。《花王阁剩稿》其名见于《四库全书》"别集类存目"七，《四库全书总目》卷一八〇撰有提要。《花王阁剩稿》共收诗100余首，"随理随录，不复编次"，大部分写于纪坤晚年特别是明季战乱时。其诗除倾吐下第后之郁闷及描绘明季战乱景况外，多有叙及交游之作。诸多交游对象中，刘羽冲为其突出者。《花王阁剩稿》有《羽冲见示下第诗有岂其真有命搔首问苍苍句戏书答之》、《盛阳先生见余和刘羽冲诗亦和以见规有狂奴犹故态旷达是牢骚句敬赋一篇奉答》、《快哉行》、《寄羽冲》、《秋林读书》等诗记其与羽冲之交往。

此则故事，晓岚生动地塑造了一位"性孤僻，好讲古制，实迂阔不可行"、泥古不化之儒生形象。渠偶得古兵书，伏读经年，则自谓可将兵十万；偶得古水利书，伏读经年，则自谓可使千里成沃壤。结果却连区区土寇也难以制服，"全队溃覆"，"几为所擒"；所设计之沟洫甫成，水大至，顺渠灌入，人几为鱼，身为天下笑。勤于读书固然可敬，然泥古而不知变，勤于读书而不能灵活运用，则可悲，刘羽冲是也。更富有讽刺意义的是，刘羽冲虽于现实数次碰壁，依然未能醒悟。即便抑郁而逝后，其魂依然徘徊于墓前松柏下，摇首独步，仍吟诵着"古人岂欺我哉"六字。最后之笔墨，可谓追魂摄魄，将这位泥古不化儒生之形象铸鼎象物式地展现出来，极富艺术感染力，十分精彩。

一四 明魏忠贤之恶，史册所未睹也。或言其知事必败，阴蓄一骡，日行七百里，以备逋逃；阴蓄一貌类己者，以备代死。后在阜城尤家店，竟用是私遁去。

余谓此无稽之谈也。以天道论之，苟神理不诬，忠贤断无幸免理；以人事论之，忠贤擅政七年，何人不识。使窜伏旧党之家，小人之交，势败则离，有缚献而已矣；使潜匿荒僻之地，则耕牧之中，突来阉宦，异言异貌，骇视惊听，不三日必败；使远遁于封域之外，则严世蕃尚通日本，仇鸾尚交谙达，忠贤无是也。山海阻深，关津隔绝，去又将何往？昔建文行遁，后世方且传疑。然建文失德无闻，人心未去，旧臣遗老，犹有故主之思。燕王称戈篡位，屠戮忠良，又天下之所不与。递相容隐，理或有之。忠贤虐焰薰天，毒流四海，人人欲得而甘心。是时距明亡尚十五年，此十五年中，安得深藏不露乎？故私遁之说，余断不谓然。文安王岳芳曰："乾隆初，县学中忽雷霆击格，旋绕文庙，电光激射，如掣赤练，入殿门复返者十余度。训导王著起曰：'是必有异。'冒雨入视，见大蜈蚣伏先师神位上。钳出掷阶前，霹雳一声，蜈蚣死而天霁。验其背上，有朱书'魏忠贤'字。"是说也，余则信之。

【导读】

魏忠贤之逃遁，早有准备，可能性并非不存在，晓岚却断然否定；而蜈蚣之说，显系乌有，晓岚却宁信其有。为何如此？恶大奸矣！

一五 唐太宗《三藏圣教序》，称风灾鬼难之域，似即今辟展土鲁番地。其地沙碛中，独行之人，往往闻呼姓名，一应，则随去不复返。又有风穴在南山，其大如井，风不时从中出。每出，则数十里外，先闻波涛声，迟一二刻风乃至。所横径之路，阔不过三四里，可急行而避。避不及，则众车以巨绳连缀为一，尚鼓动颠簸，如大江浪涌之舟。或一车独遇，则人马辎重，皆轻若片叶，飘然莫知所往矣。风皆自南而北，越数日自北而南，如呼吸之往返也。

余在乌鲁木齐，接辟展移文，云军校雷庭，于某日人马皆风吹过岭北，杳无踪迹。又昌吉通判报，某日午刻有一人自天而下，乃特纳格尔遣犯徐吉，为风吹至。俄特纳格尔县丞报，徐吉是日逃，计其时刻，自巳至正午，已飞腾二百余里。此在彼不为怪，在他处则异闻矣。徐吉云，被吹时如醉如梦，身旋转如车轮，目不能开，耳如万鼓乱鸣，口鼻如有物拥蔽，气不得出。努力良久，始能一呼吸耳。按：庄子称“大块噫气，其名为风”。气无所不之，不应有穴。盖气所偶聚，因成斯异。犹火气偶聚于巴蜀，遂为火井；水脉偶聚于于阗，遂为河源云。

【导读】

《西域闻见录》卷二“新疆纪略下”记载：“……辟展东北山有风穴，故数百里内多怪风，或黑或黄，掀山飞石……”晓岚亦在《乌鲁木齐杂诗》中状辟展风力之壮伟。诗曰：“城南风穴近山坳，一片涛声万木梢。相约春来牢盖屋，夜深时卷数重茅。”此则故事之本意，与“杂诗”并无二致，皆在于状辟展风力之壮伟，但描绘显然更加细致。值得注意的是，为了渲染风力之壮伟，晓岚特意记录了特纳格尔遣犯徐吉因为逃跑而被巨风吹扬，飞腾二百余里之轶闻，这虽然是不经意的笔墨，目的亦在于渲染风力之壮伟，然于此却注入了丰富的社会内容，反映出部分远离家园的遣犯因不堪边疆囚徒生活而经常逃逸的现实。

一六　何励庵先生言：相传明季有书生，独行丛莽间，闻书声琅琅。怪旷野那得有是，寻之，则一老翁坐墟墓间，旁有狐十馀，各捧书蹲坐。老翁见而起迎，诸狐皆捧书人立。书生念既解读书，必不为祸。因与揖让，席地坐。问“读书何为”，老翁曰：“吾辈皆修仙者也。凡狐之求仙有二途：其一采精气，拜星斗，渐至通灵变化，然后积修正果，是为由妖而求仙。然或入邪僻，则干天律，其途捷而危；其一先炼形为人，既得为人，然后讲习内丹，是为由人而求仙。虽吐纳导引，非旦夕之功，而久久坚持，自然圆满。其途纡而安。顾形不自变，随心而变。故先读圣贤之书，明三纲五常之理，心化则形亦化矣。”书生借视其书，皆《五经》、《论语》、《孝经》、《孟子》之类。但有经文而无注。问：“经不解释，何由讲贯？”老翁曰：“吾辈读书，但求明理。圣贤言语，本不艰深，口相授受，疏通训诂，即可知其义旨，何以注为？”书生怪其持论乖僻，惘惘莫对。姑问其寿，曰：“我都不记。但记我受经之日，世尚未有印板书。”又问：“阅历数朝，世事有无同异？”曰：“大都不甚相远，惟唐以前，但有儒者。北宋后，每闻某甲是圣贤，为小异耳。”书生莫测，一揖而别。后于途间遇此翁，欲与语，掉头径去。

案此殆先生之寓言。先生尝曰:“以讲经求科第,支离敷衍,其词愈美而经愈荒;以讲经立门户,纷纭辩驳,其说愈详而经亦愈荒。”语意若合符节。又尝曰:“凡巧妙之术,中间必有不稳处。如步步踏实,即小有蹉失,终不至折肱伤足[①]。”与所云修仙二途,亦同一意也。

【注释】

① 肱(gōng):手臂。

【导读】

狐之求仙有二途,前者入邪僻,干天律,其途虽捷而危殆;后者吐纳导引,非旦夕之功,然其途虽纡而安。前者虽巧妙而快捷,然中间必有不稳处。后者虽曲折烦难,然稳妥踏实,即小有蹉失,终不至折肱伤足。故而,何励庵先生颇称许后者,藉读圣贤之书,以明三纲五常之理,达到心化则形亦化之目的。而于宋以后儒生讲经求科第、讲经立门户之风气颇多訾议,批评其“支离敷衍,其词愈美而经愈荒”,“纷纭辩驳,其说愈详而经亦愈荒”云云。

一七 益都李词畹言:秋谷先生南游日[①],借寓一家园亭中。一夕就枕后,欲制一诗。方沉思间,闻窗外人语曰:“公尚未睡耶?清词丽句,已心醉十余年。今幸下榻此室,窃听绪论,虽已经月,终以不得质疑问难为恨,虑或仓卒别往,不罄所怀[②],便为平生之歉。故不辞唐突,愿隔窗听挥麈之谈[③],先生能不拒绝乎?”秋谷问君为谁,曰:“别馆幽深,重门夜闭,自断非人迹所到,先生神思夷旷,谅不恐怖,亦不必深求。”问:“何不入室相晤?”曰:“先生襟怀萧散,仆亦倦于仪文,但得神交,何必定在形骸之内耶?”秋谷因日与酬对,于六义颇深。如是数夕,偶乘醉戏问曰:“听君议论,非神非仙,亦非鬼非狐,毋乃山中木客解吟诗乎?”语讫寂然。穴隙窥之,缺月微明,有影蓬蓬然,掠水亭檐角而去。园中老树参天,疑其木魅矣。

词畹又云:秋谷与魅语时,有客窃听。魅谓渔洋山人诗,如名山胜水,奇树幽花,而无寸土艺五谷;如雕栏曲榭,池馆宜人,而无寝室庇风雨;如彝鼎罍洗,斑斓满几,而无釜甑供炊灶;如纂组锦绣,巧出仙机,而无裘葛御寒暑;如舞衣歌扇,十二金钗,而无主妇司中馈;如梁园金谷,雅客满堂,而无良友进规谏。秋谷极为击节。又谓明季诗庸音杂奏，故渔洋救之以清新；近人诗浮响日增，故先生救之以刻露。势本相因，理无偏胜。窃意二家宗派，当调停相济。合则双美，离则两伤。秋谷颇不平之云。

【注释】

① 秋谷先生：赵执信(1662—1744)，字伸符，号秋谷，晚号饴山老人。青州府(今属山东省)人。清代官吏、学者。著作有《饴山诗集》十九卷，《饴山文集》十二卷，《诗余》一卷，《谈龙录》一卷，《声调谱》一卷，《礼俗权衡》两卷等。② 罄(qìng)：尽、用尽。③ 挥麈(zhǔ)：挥动麈尾，晋人清谈时常挥动麈尾以为谈助，后因称谈论为挥麈。麈，一种形似骆驼的鹿类动物。

【导读】

此则故事上、下两部分，皆为秋谷先生所叙。前者记秋谷先生与夜访木魅之酬对；后者记木魅论诗之高见。木魅夜半造访，只为心醉于秋谷先生之清词丽句，仰慕秋谷先生之襟怀萧散。当秋谷先生邀其入室相晤时，又以神交不在形骸之内却之。缺月微明，老树参天，空谷传音，此怪可谓不俗！而其论渔洋山人之诗，云渔洋山人之诗清雅流丽，雅致有余而通俗不够，又谓"明季诗庸音杂奏，故渔洋救之以清新；近人诗浮响日增，故先生救之以刻露"。比喻形象，切中肯綮，俱为高论。此则故事不俗之景中见不俗之人，不俗之人见不俗之论，特别是木魅所谓"仆亦倦于仪文，但得神交，何必定在形骸之内"之论，言人之交往，超越形骸，突破俗务，襟怀萧散，颇有意趣。

一八 王半仙尝访其狐友，狐迎笑曰："君昨夜梦至范住家，欢娱乃尔！"范住者，邑之名妓也。王回忆实有是梦，问何以知。曰："人秉阳气以生，阳亲上，气恒发越于顶。睡则神聚于心，灵光与阳气相映，如镜取影。梦生于心，其影皆现于阳气中，往来生灭，倏忽变形一二寸小人，如画图，如戏剧，如虫之蠕动，即不可告人之事，亦百态毕露，鬼神皆得而见之。狐之通灵者，亦得见之，但不闻其语耳。昨偶过君家，是以见君之梦。"又曰："心之善恶亦现于阳气中。生一善念，则气中一线如烈焰；生一恶心，则气中一线如浓烟。浓烟幂首，尚有一线之光，是畜生道中人；并一线之光而无之，是泥犁狱中人矣。"王问："恶人浓烟幂首，真梦影何由复见？"曰："人心本善，恶念蔽之。睡时一念不生，则此心还其本体，阳气仍自光明。即其初醒时，念尚未起，光明亦尚在。念渐起，则渐昏。念全起，则全昏矣。君不读书，试向秀才问之，孟子所谓夜气，即此是也。”王悚然曰：“鬼神鉴察，乃及于梦寐之中。”

【导读】

人秉阳气以生，阳亲上，气恒发越于顶。睡则神聚于心，灵光与阳气相映，如镜取影。梦生于心，其影皆现于阳气中，往来生灭，倏忽变形一二寸小人，如画图，如戏剧，如虫之蠕动，即不可告人之事，亦百态毕露，鬼神皆得而见之。同时，心之善恶亦现于阳气中。鬼神鉴察，乃及于梦寐之中。此一逻辑，乃晓岚编造以惊悚惩劝世人之术矣！然此阴阳显露之说不落俗套，独成一体，较之于流俗所谓因果之说，似又略显高明。

一九　沧州插花庙尼[①]，姓董氏。遇大士诞辰[②]，治供具将毕，忽觉微倦，倚几暂憩。恍惚梦大士语之曰：“尔不献供，我亦不忍饥；尔即献供，我亦不加饱。寺门外有流民四五辈乞食不得，困饿将殆，尔辍供具以饭之，功德胜供我十倍也。”霍然惊醒，启门出视，果不谬。自是每年供具献毕，皆以施丐者，曰：“此菩萨意也。”

【注释】

① 插花：戴花。宋辛弃疾《定风波·暮春漫兴》词：“少日春怀似酒浓，插花走马醉千钟。” ② 大士：佛教对菩萨的通称。唐湛然《法华文句记》卷二曰：“大士者，《大论》称菩萨为大士，亦曰开士。”亦特指观世音菩萨，此处是也。

【导读】

观世音菩萨曰：“尔不献供，我亦不忍饥；尔即献供，我亦不加饱。寺门外有流民四五辈乞食不得，困饿将殆，尔辍供具以饭之，功德胜供我十倍也。”闻此语，无不令人怦然心动。世俗所谓菩萨心肠，即此之谓也！

卷四　滦阳消夏录（四）

一　姚安公未第时，遇扶乩者，问："有无功名？"判曰："前程万里。"又问："登第当在何年？"判曰："登第却须候一万年。"意谓或当由别途进身。及癸巳万寿科登第[①]，方悟万年之说。后官云南姚安府知府，乞养归，遂未再出。并前程万里之说亦验。

大抵幻术多手法捷巧。惟扶乩一事，则确有所凭附，然皆灵鬼之能文者耳。所称某神某仙，固属假托；即自称某代某人者，叩以本集中诗文，亦多云年远忘记，不能答也。其扶乩之人，遇能书者，则书工，遇能诗者则诗工，遇全不能诗能书者，则虽成篇而迟钝。余稍能诗而不能书，从兄坦居，能书而不能诗。余扶乩，则诗敏捷而书潦草。坦居扶乩则书清整而诗浅率。余与坦居，实皆未容心。盖亦借人之精神，始能运动。所谓鬼不自灵，待人而灵也。蓍龟本枯草朽甲，而能知吉凶，亦待人而灵耳。

【注释】

① 癸巳：康熙五十二年（1713）。

【导读】

古代社会，迷信者众，晓岚则处于信与非信、肯定否定之间。即如扶乩，本迷信形式。晓岚在此则上部分述渠父姚安公扶乩测其功名，颇应验，似信之。然下部分却曰扶乩乃"幻术"，并云"所谓鬼不自灵，待人而灵也。蓍龟本枯草朽甲，而能知吉凶，亦待人而灵耳"。强调的是"鬼不自灵，待人而灵"。似又排斥神鬼之力。此则故事目的在于解释扶乩之本质，然前后颇矛盾，值得注意。

二　辛彤甫先生官宜阳知县时，有老叟投牒曰："昨宿东城门外，见缢鬼五六，自门隙而入，恐是求代。乞示谕百姓，仆妾勿凌虐，债负勿逼索，诸事互让勿争斗，庶鬼无所施其技。"先生震怒，笞而逐之。老叟亦不怨悔，至阶下拊膝曰："惜哉！此五六命，不可救矣！"

越数日，城内报缢死者四。先生大骇，急呼老叟问之，老叟曰："连日昏昏都不记忆，今乃知曾投此牒，岂得罪鬼神，使我受笞耶？”

是时，此事喧传，家家为备，缢而获解者果二：一妇为姑所虐，姑痛自悔艾；一迫于逋欠，债主立为焚券，皆得不死。乃知数虽前定，苟能尽人力，亦必有一二之挽回。又知人命至重，鬼神虽前知其当死，苟一线可救，亦必转借人力以救之。盖气运所至，如严冬风雪，天地亦不得不然。至披裘御雪，墐户避风[①]，则听诸人事，不禁其自为。

【注释】

① 墐(jìn)户：用泥涂塞窗户。

【导读】

晓岚认为，人之生与死，虽皆命数所定，然苟能尽人力，亦必有一二之挽回。即如此则故事中之妇与逋欠者，原本在劫难逃，然则因妇姑痛自悔艾，债主立焚债券，故而皆得不死。此亦如严冬风雪，天地亦不得不然。至披裘御雪，墐户避风，则听诸人事，不禁其自为。从晓岚所论看，命数固然有之，然并不绝对，而命数能否改变，关键在于人事本身。乍一听，渠之所论似隐寓“人定胜命”之意，似颇强调人事在命数中的作用。然渠简单地将改变命数之力归于忠孝伦理方面，无疑又与唯物论者所谓的“人定胜天”思想相去甚远。

三　再从伯灿臣公言[①]：曩有县令，遇杀人狱不能决，蔓延日众。乃祈梦城隍祠。梦神引一鬼，首戴磁盎，盎中种竹十余竿，青翠可爱。觉而检案中有姓祝者，祝竹音同，意必是也。穷治亦无迹；又检案中有名节者，私念曰：“竹有节，必是也。”穷治亦无迹。然二人者九死一生矣。计无复之，乃以疑狱上请别缉杀人者，卒亦不得。

夫疑狱，虚心研鞫，或可得真情。祷神祈梦之说，不过慑伏愚民，绐之吐实耳[②]。若以梦寐之恍惚，加以射覆之揣测[③]，据为信谳，鲜不谬矣！古来祈梦断狱之事，余谓皆事后之附会也。

【注释】

① 灿臣：纪炜，字灿臣，监生，考职州同。配交河贡生苏琪之女。② 绐(dài)：哄骗。③ 射覆：古代一种猜物游戏，亦用以占卜。《汉书·东方朔传》：“上尝使诸数家射覆，置守宫盂下，射之，皆不能中。”颜师古注：“数家，术数之家也。于覆器之下置诸物，令暗射之，故云射覆。”

【导读】

古人断狱，遇到疑案难以决断时，常有藉迷信方法以断之者。然迷信毕竟是迷信，藉此以断案，酿成冤假错案无疑乃必然之事。晓岚虽对扶乩、射覆之事将信将疑，然于此性命攸关之断狱事却颇谨慎，云“祷神祈梦之说，不过慑伏愚民，绐之吐实耳。若以梦寐之恍惚，加以射覆之揣测，据为信谳，鲜不谬矣”！并指出“古来祈梦断狱之事，余谓皆事后之附会也”。体现出了他实事求是的科学态度。

四　雍正壬子六月①，夜大雷雨，献县城西有村民为雷击。县令明公晟往验，饬棺殓矣。越半月余，忽拘一人讯之曰：“尔买火药何为？”曰：“以取鸟。”诘曰：“以铳击雀，少不过数钱，多至两许，足一日用矣。尔买二三十斤，何也？”曰：“备多日之用。”又诘曰：“尔买药未满一月，计所用不过一二斤，其余今贮何处？”其人词穷，刑鞫之，果得因奸谋杀状，与妇并伏法。

或问：“何以知为此人？”曰：“火药非数十斤不能伪为雷。合药必以硫磺。今方盛夏，非年节放爆竹时，买硫磺者可数。吾阴使人至市察买硫磺者谁多。皆曰某匠。又阴察某匠卖药于何人，皆曰某人，是以知之。”又问：“何以知雷为伪作？”曰：“雷击人，自上而下，不裂地。其或毁屋，亦自上而下。今苫草、屋梁皆飞起，土炕之面亦揭去，知火从下起矣。又此地去城五六里，雷电相同。是夜雷电虽迅烈，然皆盘绕云中，无下击之状，是以知之。尔时其妇先归宁，难以研问，故必先得是人，而后妇可鞫。”此令可谓明察矣。

【注释】

① 雍正壬子：雍正十年（1732）。

【导读】

与上则同类，此则所涉亦为断疑狱之事。村民为雷所击属自然之灾，似与人事无涉。然作为县令的明晟却能虚心研鞫、认真调研，终于探明真相，找到真凶。故事生动地塑造了明晟这一县令的形象，简短的对话，将一位办事认真、注重实际，熟谙天文地理、物理机巧之县令形象鲜明地展示了出来。

五　先太夫人外家曹氏，有媪能视鬼。外祖母归宁时，与论冥事，媪曰：“昨于某家见一鬼，可谓痴绝。然情状可怜，亦使人心脾凄动。鬼名某，住某村，家亦小康，死时年二十七八。初死百日后，妇邀我相伴，见其恒坐院中丁香树下。或闻妇哭声，或闻儿啼声，或闻兄嫂与妇诟谇声，虽阳气逼烁不能近，然必侧耳窗外窃听，凄惨之色可掬。后见媒妁至妇房，愕然惊起，张手左右顾。后闻议不成，稍有喜色。既而媒妁再至，来往兄嫂与妇处，则奔走随之，皇皇如有失。送聘之日，坐树下，目直视妇房，泪涔涔如雨。自是妇每出入，辄随其后，眷恋之意更笃。嫁前一夕，妇整束奁具，复徘徊檐外，或倚柱泣，或俯首如有思，稍闻房内嗽声，辄从隙私窥。营营者彻夜。吾太息曰：'痴鬼何必如是！'若弗闻也。娶者入，秉火前行，避立墙隅，仍翘首望妇，吾偕妇出，回顾，见其远远随至娶者家，为门尉所阻，稽颡哀乞，乃得入。入则匿墙隅，望妇行礼，凝立如醉状。妇入房，稍稍近窗。其状一如整束奁具时。至灭烛就寝，尚不去。为中霤神所驱，乃狼狈出。时吾以妇嘱归视儿，亦随之返，见其直入妇室，凡妇所坐处、眠处，一一视到。俄闻儿索母啼，趋出环绕儿四周，以两手相握，作无可奈何状。俄嫂出，挞儿一掌，便顿足拊心，遥作切齿状。吾视之不忍，乃径归，不知其后如何也。后吾私为妇述，妇啮齿自悔。里有少寡议嫁者，闻是事，以死自誓曰：'吾不忍使亡者作是状。'"

嗟乎！君子义不负人，不以生死有异也。小人无往不负人，亦不以生死有异也。常人之情，则人在而情在，人亡而情亡耳。苟一念死者之情状，未尝不戚然感也。儒者见谄渎之求福，妖妄之滋惑，遂累累持无鬼之论，失先王神道设教之深心。徒使愚夫愚妇，悍然一无所顾忌，尚不如此里妪之言，为动人生死之感也。

【导读】

藉一"痴鬼"死后追随再嫁之妇之凄婉情状以震悚人心，是晓岚撰写此故事之初衷。对于鬼神之有无，晓岚实际并不坚信。然藉神道以设教、藉鬼神以警世，却是他所热衷的。他对儒者见谄渎之求福，妖妄之滋惑，遂累累持无鬼之论的做法是极为不满的。认为这一做法，"失先王神道设教之深心。徒使愚夫愚妇，悍然一无所顾忌，尚不如此里妪之言，为动人生死之感也"。这些均体现他在鬼神存在的认识方面所存在的实用功利主义思想。同时，文中"痴鬼"形象之塑造十分生动，值得注意。"痴鬼"真可谓名副其实地"痴"。渠之肉体虽然离开人世，然其灵魂依然眷顾着自己的亲人。晓岚特地选择了再嫁妇再嫁之夜场景，细致地描绘了“痴鬼”闻妇再嫁之惶恐不安、凄然以动之心理过程，以及渠之于前妻出嫁时或徘徊檐外，倚柱而泣；或藏匿墙隅，凝立如醉之状，形象生动，描绘细腻，令人心恻。

六 有山西商，居京师信成客寓，衣服仆马皆华丽，云且援例报捐。一日，有贫叟来访，仆辈不为通，自候于门，乃得见。神意索漠，一茶后别无寒温。叟徐露求助意。咈然曰：“此时捐项且不足，岂复有余力及君？”叟不平，因对众具道西商昔穷困，待叟举火者十余年。复助百金，使商贩渐为富人，今罢官流落，闻其来，喜若更生。亦无奢望，或得曩所助之数稍偿负累，归骨乡井足矣。语讫絮泣，西商亦似不闻。

忽同舍一江西人，自称姓杨，揖西商而问曰：“此叟所言信否？”西商面赧曰：“是固有之。但力不能报为恨耳。”杨曰：“君且为官，不忧无借处。倘有人肯借君百金，一年内乃偿，不取分毫利，君肯举以报彼否？”西商强应曰：“甚愿。”杨曰：“君但书券，百金在我。”西商迫于公论，不得已书券。杨收券，开敝箧，出百金，付西商。西商怏怏持付叟。杨更治具，留叟及西商饮。叟欢甚，西商草草终觞而已。叟谢去，杨数日亦移寓去，从此遂不相闻。

后西商检箧中少百金，鐍封识皆如故，无可致诘。又失一狐皮半臂，而箧中得质票一纸，题钱二千。约符杨置酒所用之数。乃知杨本术士，姑以戏之。同舍皆窃称快。西商惭沮亦移去，莫知所往。

【导读】

山西商人，衣服仆马皆华丽，且援例报捐，富贵得意之态形露于色。然遇到昔日有恩于渠之老叟，却判若两人。先是“神意索漠，一茶后别无寒温”，表现出薄情寡义之态。然后则极力诉穷，称自己“此时捐项且不足，岂复有余力及君”？当杨先生慷慨解囊，答应借资于渠偿债时，渠碍于面子，虽勉强答应，却极不情愿。“面赧”、“强应”、“怏怏”、“草草终觞”诸词将渠此时之心态惟妙惟肖地描摹出来，此则故事写人情世态可谓入木三分。

七 王秃子幼失父母，迷其本姓。育于姑家，冒姓王。凶狡无赖，所至童稚皆走匿，鸡犬亦为不宁。一日，与其徒自高川醉归，夜经南横子丛冢间，为群鬼所遮。其徒股栗伏地，秃子独奋力与斗。一鬼叱曰："秃子不孝，吾尔父也，敢肆殴！"秃子固未识父，方疑惑间，又一鬼叱曰："吾亦尔父也，敢不拜！"群鬼又齐呼曰："王秃子不祭尔母，致饥饿流落于此，为吾众人妻，吾等皆尔父也。"秃子愤怒，挥拳旋舞，所击如中空囊，跳踉至鸡鸣，无气以动，乃自仆丛莽间。群鬼皆嘻笑曰："王秃子英雄尽矣，今日乃为乡党吐气。如不知悔，他日仍于此待尔。"秃子力已竭，竟不敢再语。天晓鬼散，其徒乃掖以归。自是豪气消沮，一夜携妻子遁去，莫知所终。

此事琐屑不足道，然足见悍戾者必遇其敌，人所不能制者，鬼亦忌而共制之。

【导读】

王秃子幼失父母，未受其教，迷失人之本性，凶狡无赖，所至童稚走匿，鸡犬不宁。乡党莫奈其何。然为鬼神之所忌，行走丛冢之间，为群鬼所遮，受尽辱弄，狼狈不堪，所谓"英雄之气尽矣"！大为乡党吐气。晓岚藉此规劝乡间横豪，应谨守规范。否则，最终为鬼神所忌，其结局亦与王秃子同类。

八　乌鲁木齐虎峰书院，旧有遣犯妇缢窗棂上。山长前巴县令陈执礼，一夜明烛观书，闻窗内承尘上窸窣有声。仰视，见女子两纤足，自纸罅徐徐垂下，渐露膝，渐露股。陈先知是事，厉声曰："尔自以奸败，愤恚死，将祸我耶？我非尔仇。将魅我耶？我一生不入花柳丛，尔亦不能惑。尔敢下，我且以夏楚扑尔。"乃徐徐敛足上，微闻叹息声。俄从纸罅露面下窥，甚姣好。陈仰面唾曰："死尚无耻耶！"遂退入。陈灭烛就寝，袖刃以待其来，竟不下。

次日，仙游陈题桥访之，话及是事，承尘上有声如裂帛。后不再见。然其仆寝于外室，夜恒呓语，久而渐疾瘵。垂死时，陈以其相从二万里外。哭甚悲。仆挥手曰："有好妇，尝私就我，今招我为婿，此去殊乐，勿悲也。"陈顿足曰："吾自恃胆力，不移居，祸及汝矣。甚哉！客气之害事也。"后同年六安杨君逢源代掌书院，避居他室，曰："孟子有言：'不立乎岩墙之下。'"

【导读】

女鬼两纤足，自纸罅徐徐垂下，渐露膝，渐露股，意欲魅人。陈执礼以此为耻，厉声斥之，女鬼终为其气势所震慑，羞惭退缩；相反，其仆却以此为乐，为之所惑，至死尚不醒悟。人所不同，一至于此，岂不悲哉！

九　武邑某公，与戚友赏花佛寺经阁前。地最豁厂，而阁上时有变怪，入夜即不敢坐阁下。某公以道学自任，夷然弗信也。酒酣耳热，盛谈《西铭》万物一体之理，满座拱听，不觉入夜。忽阁上厉声叱曰："时方饥疫，百姓颇有死亡。汝为乡宦，既不思早倡义举，施粥舍药，即应趁此良夜，闭户安眠，尚不失为自了汉。乃虚谈高论，在此讲民胞物与①，不知讲至天明，还可作饭餐，可作药服否？且击汝一砖，听汝再讲邪不胜正！"忽一城砖飞下，声若霹雳，杯盘几案俱碎。某公仓皇走出曰："不信程朱之学，此妖之所以为妖欤！"徐步太息而去。

【注释】

① 民胞物与：宋张载《西铭》中曰："民吾同胞，物吾与也。"意谓世人皆为我之同胞；万物皆为我之同辈。后因以谓泛爱一切人和物。

【导读】

某公以道学自任，夷然弗信。整日盛谈《西铭》万物一体之理。高谈阔论，满座拱听，然不预实际，无关民生，终为虚谈。渠之所谈与渠之所为恰好相反。狐之惩罚大快人心！文章成功地运用了反讽的艺术手法，庄谐对举，讽刺颇深。特别是在文末，某公在遭到惩罚后，依然执迷不悟，仓皇之际，徐步太息曰："不信程朱之学，此妖之所以为妖欤！"此一笔墨，追魂摄魄，将其固执之个性鲜活地展示给读者，极富讽刺意义。

一〇　又佃户何大金，夜守麦田。有一老翁来共坐。大金念村中无是人，意是行路者偶憩。老翁求饮，以罐中水与之。因问大金姓氏，并问其祖父，恻然曰："汝勿怖，我即汝曾祖。不祸汝也。"细询家事，忽喜忽悲，临行嘱大金曰："鬼自伺放焰口求食外①，别无他事。惟子孙念念不能忘，愈久愈切。但苦幽明阻隔，不得音问。或偶闻子孙炽盛，辄跃然以喜者数日。群鬼皆来贺；偶闻子孙零替，亦悄然以悲者数日，群鬼皆来唁。较生人之望子孙，殆切十倍。今闻汝等尚温饱，吾又歌舞数日矣。"回顾再四，丁宁勉励而去。先姚安公曰："何大金蠢然一物，必不能伪造斯言。闻之，使人追远之心油然而生。"

【注 释】

① 放焰口:施食于饿鬼之仪轨。焰口,佛教中之饿鬼。《救拔焰口饿鬼经》中曰:“(阿难)即于其夜三更已后,见一饿鬼,名曰焰口。其形丑陋,身体枯瘦,口中火然,咽如针锋,头发蓬乱,爪牙长利,甚可怖畏。”

【导 读】

即便为鬼,依然牵挂眷恋子孙后代:或偶闻子孙炽盛,辄跃然以喜者数日,群鬼皆来贺;偶闻子孙零替,亦悄然以悲者数日,群鬼皆来唁。较生人之望子孙,殆切十倍。晓岚处处将阴间鬼魂与阳间人世对比,以阴间鬼魂之重情重义形之于阳间人世之薄情寡义,既唤起世人追远之心,亦藉古论今,藉阴间以说阳世,抨击现实之意甚明。

一一 乾隆丙子[①],有闽士赴公车。岁暮抵京,仓卒不得栖止,乃于先农坛北破寺中僦一老屋[②]。越十余日,夜半,窗外有人语曰:“某先生且醒,吾有一言。吾居此室久,初以公读书人,数千里辛苦求名,是以奉让。后见先生日外出,以新到京师,当寻亲访友,亦不相怪。近见先生多醉归,稍稍疑之,顷闻与僧言,乃日在酒楼观剧,是一浪子耳。吾避居佛座后,起居出入,皆不相适,实不能隐忍让浪子。先生明日不迁居,吾瓦石已备矣。”僧在对屋,亦闻此语,乃劝士他徙。自是不敢租是屋。有来问者,辄举此事以告云。

【注 释】

① 乾隆丙子:乾隆二十一年(1756)。② 僦(jiù):租住。

【导 读】

空谷传音,不知来自于狐,还是来自于魅。然其温文尔雅、知节达礼之举,却令人肃然起敬。相反,那位日在酒楼观剧、经常大醉而归之浪子虽未露面,却为人所不耻,两相对比,足以令浪子汗颜!

一二 申苍岭先生,名丹,谦居先生弟也。谦居先生性和易,先生性爽豪,而立身端介则如一。里有妇为姑虐而缢者,先生以两家皆士族,劝妇父兄勿涉讼。是夜闻有哭声远远至,渐入门,渐至窗外,且哭且诉,词甚凄楚,深怨先生之息讼。先生叱之曰:“姑虐妇死,律无抵法,即讼亦不能快汝意。且讼必检验,检验必裸露,不更辱两家门户乎?”鬼仍絮泣不已。先生曰:“君臣无狱,父子无狱,人怜汝枉死,责汝姑之暴戾则可。汝以妇而欲讼姑，此一念已干名犯义矣。任汝诉诸明神，亦决不直汝也。”鬼竟寂然去。谦居先生曰：“苍岭斯言，告天下之为妇者可，告天下之为姑者则不可。”先姚安公曰：“苍岭之言，子与子言孝；谦居之言，父与父言慈。”

【导读】

妇不堪妇姑之虐，愤而自缢，咎在于妇姑。父兄为之鸣冤叫屈，乃公正之举。然苍岭先生藉传统道德相威逼、横加阻止，非但迂腐，且横蛮矣！从怨妇身上，亦可见及古代封建礼教观念笼罩下妇女之悲惨命运。

一三 董曲江游京师时，与一友同寓，非其侣也，姑省宿食之赀云尔。友征逐富贵，多外宿。曲江独睡斋中。夜或闻翻动书册，摩弄器玩声。知京师多狐，弗怪也。一夜，以未成诗稿置几上，乃似闻吟哦声，问之弗答。比晓视之，稿上已圈点数句矣。然屡呼之，终不应。至友归寓，则竟夕寂然，友颇自诧有禄相，故邪不敢干。

偶日照李庆子借宿，酒阑以后，曲江与友皆就寝。李乘月散步空圃，见一翁携童子立树下。心知是狐，翳身窃睨其所为。童子曰：“寒甚，且归房。”翁摇首曰：“董公同室固不碍。此君俗气逼人，那可共处？宁且坐凄风冷月间耳。”李后泄其语于他友，遂渐为其人所闻。衔李次骨，竟为所排挤，狼狈负笈返。

【导读】

宁且坐凄风冷月间，亦不愿与俗人共宿，狐翁之境界不可谓不高矣！在人狐之间，晓岚似更偏倚狐类，人狐对比，狐胜于人，如此实际大有深意存焉。

一四 廖姥，青县人，母家姓朱，为先太夫人乳母。年未三十而寡，誓不再适，依先太夫人终其身。殁时年九十有六。性严正，遇所当言，必侃侃与先太夫人争。先姚安公亦不以常媪遇之。余及弟妹，皆随之眠食，饥饱寒暑，无一不体察周至，然稍不循礼，即遭呵禁。约束仆婢，尤不少假借，故仆婢莫不阴憾之。顾司管钥，理庖厨，不能得其毫发私，亦竟无如何也。

尝携一童子，自亲串家通问归，已薄暮矣。风雨骤至，驱避于废圃破屋中。雨入夜未止，遥闻墙外人语曰：“我方投汝屋避雨，汝何以冒雨坐树下？”又闻树下人应曰：“汝毋多言，廖家节妇在屋内。”遂寂然。后童子偶述其事，诸仆婢皆曰："人不近情，鬼亦恶而避之也。"嗟乎！鬼果恶而避之哉？

【导读】

廖媪，性严正，明于是非，颇知进退，于晓岚弟妹之饥饱寒暑，无一不体察周至。而于仆婢，则管束谨严，顾司管钥，理庖厨，仆婢不能得其毫发私。有此媪执掌家事，乃纪家之福也。鬼神之言，乃敬之而非恶之也。晓岚所谓"鬼果恶而避之哉"，实反问正说，驳斥仆婢之滥言矣！

一五 安氏表兄，忘其名字，与一狐为友。恒于场圃间对谈。安见之，他人弗见也。狐自称生于北宋初。安叩以宋代史事，曰："皆不知也。凡学仙者，必游方之外，使万缘断绝，一意精修。如于世有所闻见，于心必有所是非。有所是非必有所爱憎。有所爱憎，则喜怒哀乐之情必迭起循生，以消铄其精气①，神耗而形亦敝矣。乌能至今犹在乎？迨道成以后，来往人间，视一切机械变诈，皆如戏剧；视一切得失胜败，以至于治乱兴亡，皆如泡影。当时即不留意，又焉能一一而记之？即与君相遇，是亦前缘。然数百年来，相遇如君者不知凡几，大都萍水相逢，烟云倏散。夙昔笑言，亦多不记忆。则身所未接者，从可知矣。"

时八里庄三官庙，有雷击蝎虎一事。安问："以物久通灵，多撄雷斧，岂长生亦造物所忌乎？"曰："是有二端：夫内丹导引，外丹服饵，皆艰难辛苦以证道，犹力田以致富，理所宜然；若媚惑梦魇，盗采精气，损人之寿，延己之年，事与劫盗无异，天律不容也。又或恣为妖幻，贻祸生灵，天律亦不容也；若其葆养元神，自全生命，与人无患，于世无争，则老寿之物，正如老寿之人耳，何至犯造物之忌乎？"舅氏实斋先生闻之曰："此狐所言，皆老氏之粗浅者也，然用以自养，亦足矣。"

【注释】

① 消铄（shuò）：消蚀。

【导读】

狐之所论实张扬老氏之主张也。其内在意蕴可分两层：一层以为学仙者应万缘断绝、不与人事，一意精修，免机械爱憎，即便道成之后，亦视人间万事如戏剧，治乱兴亡如泡影。如此即为道之所为矣！二层则论修炼为道之径。内丹导引、外丹服饵皆为证道之正途，犹农夫之力田，辛苦而得道。倘若依靠盗采精气，损人之寿等奸邪之途而得道，则必遭天谴。故应葆养元神，自全生命，与人无患，于世无争。对于狐之所论，晓岚引其舅氏之言以论之，评价此论乃“老氏之粗浅者也”，并称“用以自养，亦足矣”。实斋先生所论，称狐之所论乃“老氏之粗浅者也”，的确切中肯綮。而称“用以自养，亦足矣”，实际上是欲言且止，对狐之所论褒贬参半，认为此论仅能有益于人之修身养性，仅此而已。其潜台词在于，狐之所论对社会人事等别的方面的积极作用似乎不大。这亦正与人们对老子学说的评价相类似。

一六　闽中某夫人喜食猫。得猫则先贮石灰于罂[①]，投猫于内，而灌以沸汤。猫为灰气所蚀，毛尽脱落，不烦挦治[②]，血尽归于脏腑。肉白莹如玉，云味胜鸡雏十倍也。日日张网设机，所捕杀无算。后夫人病危，呦呦作猫声，越十余日乃死。

卢观察抝吉尝为邻居，抝吉子荫文，余婿也，尝为余言之。因言景州一宦家子，好取猫犬之类，拗折其足，捩之向后，观其孑孑跳号以为戏，所杀亦多。后生子女，皆足踵反向前。

又余家奴子王发，善鸟铳，所击无不中，日恒杀鸟数十。惟一子，名济宁州，其往济宁州时所生也。年已十一二，忽遍体生疮，如火烙痕，每一疮内有一铁子，竟不知何由而入，百药不痊，竟以绝嗣。杀业至重，信夫！

余尝怪修善果者，皆按日持斋，如奉律令。而居恒则不能戒杀。夫佛氏之持斋，岂以茹蔬啖果即为功德乎？正以茹蔬啖果，即不杀生耳。今徒曰某日某日观音斋期，某日某日准提斋期，是日持斋，佛大欢喜；非是日也，烹宰溢乎庖，肥甘罗乎俎，屠割惨酷，佛不问也。天下有是事理乎？且天子无故不杀牛，大夫无故不杀羊，士无故不杀犬豕，礼也。儒者遵圣贤之教，固万万无断肉理。然自宾祭以外，特杀亦万万不宜。以一脔之故，遽戕一命；以一羹之故，遽戕数十命，或数百命；以众生无限怖苦，无限惨毒，供我一瞬之适口。与按日持斋之心，无乃稍左乎？东坡先生向持此论，窃以为酌中之道，愿与修善果者一质之。

【注释】

① 罂(yīng)：古代一种陶制容器，其形口大腹小。② 挦(xún)：拔取、摘取。

【导读】

既为世人，则须具好生之德，不可萌杀生之心，否则会招致杀身之祸。闽中某夫人、景州宦家子、奴子王发皆好杀生且无不用其极者，为满足一己之快意，而不惜荼毒生灵，暴殄天物，为造物之所忌，遭其报应，适其宜矣！同时，晓岚还认为，世人既具好生之德，就应尊圣贤之教，不能以一脔之故，遽戕一命；以一羹之故，遽戕数十命，或数百命；以众生无限怖苦，无限惨毒，供我一瞬之适口。特别是那些所谓的"修善果"者，每逢观音斋期，则是日持斋。非是日也，则烹宰溢乎庖，肥甘罗乎俎，屠割惨酷，以为佛不问也。这一仅重形式，而非其实的做法遭晓岚断然否定和严厉批评。

一七 "六合之外，圣人存而不论。"然六合之中，实亦有不能论者。人之死也，如儒者之论，则魂升魄降已耳。即如佛氏之论，鬼亦收录于冥司，不能再至人世也。而世有"回煞"之说。庸俗术士，又有一书，能先知其日辰时刻，与所去之方向，此亦诞妄之至矣。然余尝于隔院楼窗中，遥见其去，如白烟一道，出于灶突之中，冉冉向西南而没。与所推时刻方向无一差也。又尝两次手自启钥，谛视布灰之处，手迹足迹，宛然与生时无二，所亲皆能辨识之。是何说欤？祸福有命，死生有数，虽圣贤不能与造物争，而世有蛊毒魇魅之术，明载于刑律。蛊毒余未见，魇魅则数见之。为是术者，不过瞽者、巫者与土木之工。然实能祸福死生人，历历有验。是天地鬼神之权，任其播弄无忌也。又何说欤？其中必有理焉，但人不能知耳。宋儒于理不可解者皆臆断，以为无是事，毋乃胶柱鼓瑟乎？李又聃先生曰："宋儒据理谈天，自谓穷造化阴阳之本，于日月五星，言之凿凿，如指诸掌，然宋历屡变而愈差，自郭守敬以后，验以实测，证以交食，始知濂、洛、关、闽，于此事全然未解。即康节最通数学，亦仅以奇偶方圆，揣摩影响，实非从推步而知。故持论弥高，弥不免郢书燕说①。夫七政运行，有形可据，尚不能臆断以理，况乎太极先天求诸无形之中者哉？先圣有言，'君子于不知'，盖阙如也。"

【注释】

① 郢书燕说（yuè）：比喻曲解原意，以讹传讹。本事见于《韩非子·外储上》："郢人有遗燕相国书者，夜书，火不明，因谓持烛者曰：'举

烛’，云而过书‘举烛’。举烛，非书意也。燕相受书而说之，曰：‘举烛者，尚明也；尚明也者，举贤而任之。’燕相白王，王大悦，国以治。治则治矣，非书意也。”

【导读】

晓岚生活之清代乾、嘉之世，科学并不昌明，对许多问题的认识，世人尚处于懵懂状态。诸多矛盾和问题迷惑着人们。即如人之死也，儒者之论，则魂升魄降已耳。即如佛氏之论，鬼亦收录于冥司，不能再至人世也。然又有“回煞”之说。且晓岚自己亦有所经历；再如世有蛊毒、魇魅之术，蛊毒渠未见及，魇魅则数见之。鬼魂也好，蛊毒、魇魅也罢，均为神秘之物，说它们不存在，客观上又似乎存在；说它们存在，似乎于理又很难解释。那么，如何来看待这些问题？宋儒则据理谈天，自谓穷造化阴阳之本，于日月五星，言之凿凿，如指诸掌，然而多所臆断，故屡贻笑柄。晓岚的态度则是，既然事物客观存在，就不能轻易地否定，既然不能解释，则姑且存疑。晓岚这种比较稳妥的态度，无疑是值得肯定的。

一八 有两塾师邻村居，皆以道学自任。一日，相邀会讲，生徒侍坐者十余人。方辩论性天，剖析理欲，严词正色，如对圣贤。忽微风飒然，吹片纸落阶下，旋舞不止。生徒拾视之，则二人谋夺一寡妇田，往来密商之札也。

此或神恶其伪，故巧发其奸欤？然操此术者众矣，固未尝一一败也。闻此札既露，其计不行，寡妇之田竟得保。当由茕嫠苦节[①]，感动幽冥，故示是灵异，以阴为呵护云尔。

【注释】

① 茕(qióng)嫠(lí)：孤寡之人。

【导读】

两塾师以道学自任，辩论性天，剖析理欲，严词正色，如对圣贤，似极其庄严。不意微风飒然，吹片纸落阶下，居然为其共谋一寡妇田产之密札。庄严之外表下包藏着祸心，高尚的谈吐背后掩藏着卑污。随风飘落之片札无情地撕开了塾师伪善的面纱，展示出他们道貌岸然面孔下的虚伪。故事构思精巧，对比鲜明，“旋舞不止”一语则更是耐人寻味，发人深思。

一九 李孝廉存其言：蠡县有凶宅，一耆儒与数客宿其中。夜闻窗外拨剌声，耆儒叱曰：“邪不干正，妖不胜德，余讲道学三十年，何畏于汝？”窗外似有女子语曰：“君讲道学，闻之久矣。余虽异类，亦颇涉儒书。《大学》扼要在诚意，诚意扼要在慎独。君一言一动，必循古礼，果为修己计乎？抑犹有几微近名者在乎？君作语录，龂龂于诸儒辩[①]，果为明道计乎？抑犹有几微好胜者在乎？夫修己明道，天理也。近名好胜，则人欲之私也。私欲之不能克，所讲何学乎？此事不以口舌争，君扪心清夜，先自问其何如，则邪之敢干与否，妖之能胜与否，已了然自知矣，何必以声色相加乎？”耆儒汗下如雨，瑟缩不能对。徐闻窗外微哂曰：“君不敢答，犹能不欺其本心，姑让君寝。”又拨剌一声，掠屋檐而去。

【注释】

① 龂龂(yín)：争辩貌。《史记·鲁周公世家论》：“甚矣！鲁道之衰也！洙泗之间龂龂如也。”裴骃集解引徐广曰：“盖幼者患苦长者，长者忿愧自守，故龂龂争辞，所以为道衰也。”唐代刘禹锡《辩易九六论》：“然犹贵听而贱视，龂龂然莫可更也。”

【导读】

《大学》扼要在诚意，诚意扼要在慎独，而慎独扼要则在于摒弃人欲之私也。此耆儒倡言“邪不干正，妖不胜德”，似乎底气十足，然近名好胜之私欲存焉，故窗外女子一语道破其心中隐情，则自知有愧，顿时汗下如雨，瑟缩无语。晓岚颇重诚心，彼时，以道学自任者众，然挂羊头卖狗肉者亦不在少数。这些均为渠所鄙视，甚至痛恨。故在《阅微》中颇多訾议、揶揄。对于晓岚此举，招来了后世许多评论者之微词。如《射鹰楼诗话》二十中即云：“其(指《阅微》)托狐鬼以劝世可也，而托狐鬼以讥刺宋儒则不可。宋儒虽不无可议，不妨直说其弊，托鬼狐以讥刺之，近于狎侮前人，岂君子所出此乎？”此则故事中之所谓“耆儒”，其可恶程度虽然不及那些行狗彘之事讲学者，但内心之虚假伪善却是一致的，故而依然受到抨击。

卷五　滦阳消夏录（五）

一　世称殇子为债鬼[①]，是固有之。卢南石言：朱元亭一子病瘵，绵惙时，呻吟自语曰："是尚欠我十九金。"俄医者投以人参，煎成未饮而逝。其价恰得十九金。此近日事也。

或曰："四海之中，一日之内，殇子不知其凡几，前生逋负者，安得如许之众？"夫死生转毂，因果循环，如恒河之沙，积数不可以测算；如太空之云，变态不可以思议。是诚难拘一格。然计其大势，则冤愆纠结，生于财货者居多。老子曰："天下攘攘，皆为利往；天下熙熙，皆为利来。"人之一生，盖无不役志于是者。顾天地生财，只有此数。此得则彼失，此盈则彼亏。机械于是而生，恩仇于是而起。业缘报复，延及三生。观谋利者之多，可知索偿者之不少矣。史迁有言："怨毒之于人，甚矣哉！"君子宁信其有，或可发人深省也。

【注 释】

① 殇子：未成年而夭亡者。

【导 读】

晓岚认为，人之一生，无不役志于财货。然天地生财，毕竟有限。故而为财货而争者，比比也。于是乎，机械由此而生，恩仇缘是而起。业缘报复，延及三生。观谋利者之多，可知索偿者之不少矣！所谓"冤家债主"之殇子亦应运而生。此则故事，晓岚试图藉追溯殇子由来之本质，显世人对财货之追逐。然其解释立足之处显然有悖常理，不足为信也。

二　罗仰山通政在礼曹时，为同官所轧，动辄掣肘，步步如行荆棘中。性素迂滞，渐恚愤成疾。

一日，郁郁枯坐，忽梦至一山，花放水流，风日清旷，觉神思开朗，垒块顿消。沿溪散步，得一茅舍，有老翁延入小坐，言论颇洽。老翁问何以有病容，罗具陈所苦。老翁太息曰："此有夙因，君所未解。君七百年前为宋黄筌[①]，某即南唐徐熙也[②]。徐之画品，本居黄上。黄恐夺供奉之宠，巧词排抑，使沉沦困顿，衔恨以终。其后辗转轮回，未能相遇，今世业缘凑合，乃得一快其宿仇。彼之加于君者，即君之曾加于彼者也，君又何憾焉！大抵无往不复者，天之道；有施必报者，人之情。既已种因，终当结果。其气机之感，如磁之引针，不近则已，近则吸而不解；其怨毒之结，如石之含火，不触则已，触则激而立生；其终不消释，如疾病之隐伏，必有骤发之日；其终相遇合，如日月之旋转，必有交会之躔[3]。然则种种害人之术，适有自害而已矣。吾过去生中，与君有旧，因君未悟，故为述忧患之由。君与彼已结果矣，自今以往，慎勿造因可也。"罗洒然有省，胜负之心顿尽。数日之内，宿疾全除。

此余十许岁时，闻霍易书先生言。或曰：是卫公延璞事，先生偶误记也。未知其审，并附识之。

【注 释】

① 黄筌：五代后蜀著名宫廷画家。② 徐熙：五代南唐著名宫廷画家。③ 躔(chán)：原指兽之足迹。《尔雅·释兽》："麋……其迹躔。"郭璞注："脚所践处。"此处指交汇之处。

【导 读】

晓岚试图探索世人矛盾纠结之所根源，他认为，究其底里，乃财富为其一，名利私欲为其二也。由此而生种种冤孽，生生世世，彼消此长，回还往复。此则故事又为佛教因果之论。

三　田白岩言：康熙中，江南有征漕之案，官吏伏法者数人。数年后，有一人降乩于其友人家，自言方在冥司讼某公。友人骇曰："某公循吏，且其总督两江，在此案前十余年，何以无故讼之？"乩又书曰："此案非一日之故矣。方其初萌，褫一官，窜流一二吏，即可消患于未萌。某公博忠厚之名，养痈不治，久而溃裂，吾辈遂遘其难。吾辈病民蛊国，不能仇现在之执法者也。追原祸本，不某公之讼而谁讼欤？"书讫，乩遂不动。迄不知九幽之下，定谳如何。《金人铭》曰："涓涓不壅，终为江河；毫末不札，将寻斧柯[1]。"古圣人所见远矣。此鬼所言，要不为无理也。

【注 释】

① 斧柯：指斧柄。《逸周书·和寤》："毫末不掇，将成斧柯。"汉贾谊《新书·审微》："焰焰弗灭，炎炎奈何？萌芽不折，且折斧柄。"

四　里有姜某者，将死，嘱其妇勿嫁。妇泣诺。后有艳妇之色者，以重价购为妾。方靓妆登车，所蓄犬忽人立怒号，两爪抱持啮妇面，裂其鼻准，并盲其一目。妇容既毁，买者委之去。后亦更无觊觎者。此康熙甲午、乙未间事[①]，故老尚有目睹者。皆曰："义哉此犬，爱主人以德；智哉此犬，能攻病之本。"余谓犬断不能见及此，此其亡夫厉鬼所凭也。

【注释】

① 康熙甲午、乙未：即康熙五十三年（1714）、五十四年。

【导读】

姜某之妇仅因再嫁，即遭此厄运，似过于残忍。晓岚于再嫁之妇，特别是不信守承诺者颇鄙薄，故痛斥惩处亦不遗余力。

五　张福，杜林镇人也，以负贩为业。一日，与里豪争路，豪挥仆推堕石桥下。时河冰方结，觚棱如锋刃，颅骨破裂，仅奄奄存一息。里胥故嗛豪，遽闻于官。官利其财，狱颇急。福阴遣母谓豪曰："君偿我命，与我何益。能为我养老母幼子，则乘我未绝，我到官言失足堕桥下。"豪诺之，福粗知字义，尚能忍痛自书状。生供凿凿，官吏无如何也。福死之后，豪竟负约。其母屡控于官，终以生供有据，不能直。豪后乘醉夜行，亦马蹶堕桥死。皆曰："是负福之报矣。"

先姚安公曰："甚哉，治狱之难也！而命案尤难：有顶凶者，甘为人代死；有贿和者，甘鬻其所亲。斯已猝不易诘矣。至于被杀之人，手书供状，云非是人之所杀。此虽皋陶听之，不能入其罪也。倘非负约不偿，致遭鬼殛，则竟以财免矣。讼情万变，何所不有！司刑者可据理率断哉！"

【导读】

此则故事，主要涉及司法问题。姚安公所谓"甚哉，治狱之难也"之感慨及"讼情万变，何所不有！司刑者可据理率断哉"之忠告的确亦振聋发聩。然其揭示民生之艰亦尤为深刻。豪挥仆推堕张福于石桥下而殒命，豪之罪孽深重矣！而张福为了赡养母亲，居然放弃追凶，忍辱负重，固然可敬，然实为无奈之举。张福之遭遇，真实地反映了当时百姓之生存境遇。

六　姚安公言：有孙天球者，以财为命，徒手积累至千金。虽妻子冻饿，视如陌路，亦自忍冻饿，不轻用一钱。病革时，陈所积于枕前，一一手自抚摩，曰："尔竟非我有乎？"呜咽而殁。孙未殁以前，为狐所嬲，每摄其财货去，使窘急欲死，乃于他所复得之，如是者不一。

又有刘某者，亦以财为命，亦为狐所嬲。一岁除夕，凡刘亲友之贫者，悉馈数金。讶不类其平日所为。旋闻刘床前私箧，为狐盗去二百余金，而得谢柬数十纸。盖孙财乃辛苦所得，狐怪其悭啬，特戏之而已。刘财多由机巧剥削而来，故狐竟散之。其处置也颇得宜也。

【导读】

孙天球之财，乃辛苦所得，狐怪其悭啬，故散之而又复还之；刘某之财，乃多由机巧剥削而来，故狐竟散之于亲友之贫者。狐虽异类，然处置得宜。如此看来，狐实充当公平正义之执行者。此外，晓岚为凸现孙天球之悭啬，写其病革时，陈所积于枕前，一一手自抚摩，曰："尔竟非我有乎？"后呜咽而殁。其言其行，生动形象，追魂摄魄般地展示了吝啬鬼之特征，堪与巴尔扎克笔下之葛朗台、吴敬梓笔下之严监生等相媲美。

七　余督学闽中时，幕友钟忻湖言：其友昔在某公幕，因会勘，宿古寺中。月色朦胧，见某公窗下有人影，徘徊良久，冉冉上钟楼去。心知为鬼魅，然素有胆，竟蹑往寻之。至则楼门锁闭，楼上似有二人语。其一曰："君何以空返？"其一曰："此地罕有官吏至，今幸两官共宿，将俟人静讼吾冤。顷窃听所言，非揣摩迎合之方，即消弭弥缝之术，是不足以办吾事。故废然返。"语毕，似有太息声。再听之，竟寂然矣。次日，阴告主人，果变色摇手，戒勿多事。迄不知其何冤也。

余谓此君友，有嗛于主人，故造斯言，形容其巧于趋避，为鬼揶揄耳。若就此一事而论，鬼非目睹，语未耳闻，恍惚杳冥，茫无实据。虽阎罗包老，亦无可措手，顾乃责之于某公乎？

【导读】

鬼魅深夜潜入古寺，期拜谒官吏，俟人静之时讼诉其冤。然窃听彼之所言，竟"非揣摩迎合之方，即消弭弥缝之术"，故失望无功而返。非揣摩迎合之方，即消弭弥缝之术，乃讽刺官吏之明哲保身，巧于趋避也。晓岚久在官场，对官吏之习气作派颇熟谙，心有不满，故藉鬼神以揶揄耳。此则故事藉鬼魂于特定情境之对话以达到讽刺效果，构思亦颇精巧。

八　星士虞春潭，为人推算，多奇中。偶薄游襄汉，与一士人同舟，论颇款洽。久而怪其不眠不食，疑为仙鬼。夜中密诘之。士人曰："我非仙非鬼，文昌司禄之神也[1]。有事诣南岳，与君有缘，故得数日周旋耳。”虞因问之曰：“吾于命理，自谓颇深。尝推某当大贵而竟无验，君司禄籍，当知其由。”士人曰：“是命本贵，以热中削减十之七矣。”虞曰：“仕宦热中，是亦常情，何冥谪若是之重？”士人曰：“仕宦热中，其强悍者必怙权；怙权者必狠而愎。其孱弱者必固位，固位者必险而深。且怙权固位，是必躁竞，躁竞相轧，是必排挤。至于排挤，则不问人之贤否，而问党之异同。不计事之可否，而计己之胜负。流弊不可胜言矣。是其恶在贪酷上。寿且削减，何止于禄乎？”虞阴记其语，越两岁余，某果卒。

【注 释】

① 文昌：即“文昌帝君”，亦即“梓橦帝君”，道家中执掌文昌府事及人间禄籍者。《明史·礼志四》：“梓橦帝君者，记云：‘神姓张名亚子，居蜀七曲山，仕晋战没，人为立庙。唐宋屡封至英显王。道家谓帝命梓橦掌文昌府事及人间禄籍，故元加号为帝君，而天下学校亦有祠祀者。’”

【导 读】

此则故事，晓岚之意在于试图揭示出官场流弊产生的根源。他认为存有热衷仕宦之心乃官场弊端之根源。晓岚这一官场流弊产生之源流论，似不无道理。然揆诸现实，亦只能说渠仅注意到了某些现象，而没有把握其本质。因为仅从人性出发而撇开社会制度来审视当时官场流弊无疑是缺乏说服力的。

九 长山聂松岩，以篆刻游京师。尝馆余家，言其乡有与狐友者，每宾朋宴集，招之同坐。饮食笑语，无异于人，惟闻声而不睹其形耳。或强使相见，曰：“对面不睹，何以为相交？”狐曰：“相交者交以心，非交以貌也。夫人心叵测，险于山川，机阱万端，由斯隐伏。诸君不见其心，以貌相交，反以为密；于不见貌者，反以为疏，不亦悖乎？”田白岩曰：“此狐之阅世深矣。”

【导 读】

此则故事，晓岚实藉狐之口传交友之道。其义有二：一者人心叵测，彼此交往需谨慎处之；二者交友之道在于交心，非貌矣！不见其心，以貌相交，实际有悖于交友之道矣！

一〇 余在乌鲁木齐时，一日，报军校王某差运伊犁军械，其妻独处。

今日过午，门不启，呼之不应，当有他故。因檄迪化同知木金泰往勘。破扉而入，则男女二人，共枕卧裸体相抱，皆剖裂其腹死。男子不知何自来，亦无识者。研问邻里，茫无端绪，拟以疑狱结矣。

是夕，女尸忽呻吟，守者惊视，已复生。越日能言。自供与是人幼相爱，既嫁犹私会。后随夫驻防西域，是人念之不释，复寻访而来；甫至门，即引入室。故邻里皆未觉，虑暂会终离，遂相约同死。受刃时痛极昏迷，倏如梦觉，则魂已离体。急觅是人，不知何往。惟独立沙碛中，白草黄云，四无边际。正彷徨间，为一鬼缚去。至一官府，甚见诘辱。云是虽无耻，命尚未终。叱杖一百，驱之返。杖乃铁铸，不胜楚毒，复晕绝。及渐苏，则回生矣。视其股，果杖痕重叠。驻防大臣巴公曰："是已受冥罚，奸罪可勿重科矣。"余《乌鲁木齐杂诗》有曰："鸳鸯毕竟不双飞，天上人间旧愿违。白草萧萧埋旅榇，一生肠断华山畿①。"即咏此事也。

【注释】

① 华山畿：乐府吴声歌曲名。见《乐府诗集·清商曲辞三·华山畿》引《古今乐录》。相传南朝宋少帝时，南徐一士子从华山畿往云阳，于客舍见有一位年方十八九之年轻貌美女子，深思之，而又无缘得之。遂感心疾而亡。葬之日，牛车过华山，经过女子家门时，牛不肯行。忽然女子点妆沐浴而出，歌曰："华山畿，君既为侬死，独活为谁施？欢若见怜时，棺木为侬开。"歌罢，棺木应声而开，女子则纵身入棺而死，乃合葬，曰"神女冢"。这是一个凄婉动人的爱情故事。

【导读】

王某之妻可谓情之至者也！虽人在天涯，却不能忘怀旧情，乃至于当恋人不远千里寻访而至时，不惜以生命殉情，其感人至深、至切。自古以来，似此女子，能有几人？真所谓"问世间情为何物，直教人生死相许"。然晓岚对此女子之评价却是颇为矛盾的。一方面，他认为，既为人妻，恪守妇道乃其本分。然此女子与情人私会，甚至殉情，这些都是与礼教背道而驰的。因此，理应受到惩处。所以，小说中乃有此女子为一鬼缚去，至一官府，甚见诘辱、叱杖之情节。另一方面，晓岚又激赏于此女子之痴情重义，对他们的行为表示同情和理解。渠所吟之诗即充分表达了此意。

一一　朱青云言：尝与高西园散步水次。时春冰初泮，净绿瀛溶。高曰:“忆晚唐有‘鱼鳞可怜紫,鸭毛自然碧’句,无一字言春水,而晴波滑笏之状,如在目前。惜不记其姓名矣。”朱沉思未对,闻老柳后有人语曰:“此初唐刘希夷诗,非晚唐也。”趋视无一人。朱悚然曰:“白日见鬼矣。”高微笑曰:“如此鬼,见亦大佳,但恐不肯相见耳。”对树三揖而行。归检刘诗,果有此二语。

余偶以告戴东原。东原因言有两生烛下对谈,争《春秋》周正夏正,往复甚苦。窗外忽太息言曰:“左氏周人,不容不知周正朔。二先生何必词费也。”出视窗外,惟一小僮方酣睡。

观此二事儒者日谈考证,讲“曰若稽古”,动至十四万言。安知冥冥之中,无在旁揶揄者乎?

【导读】

某些儒者日谈考证,讲“曰若稽古”,学问似乎高深莫测,实际上舛漏百出、浅陋不堪。晓岚之意,即在于讽刺揶揄此辈,并藉此以告诫儒者治学需谨慎从事。“安知冥冥之中,无在旁揶揄者乎?”另外,从艺术上言,文章以“净绿瀛溶”四字描摹初春水次之景,语言精练,摹绘如生。亦可谓“无一字言春水,而晴波滑笏之状,如在目前也”。

一二　聂松岩言:即墨于生,骑一驴赴京师。中路憩息高岗上,系驴于树,而倚石假寐。忽见驴昂首四顾,浩然叹曰:“不至此地数十年,青山如故,村落已非旧径矣。”于故好奇,闻之跃然起,曰:“此宋处宗长鸣鸡也。日日乘之共谈,不患长途寂寞矣。”揖而与言,驴啮草不应。反复开导,约与为忘形交,驴亦若勿闻。怒而痛鞭之,驴跳掷狂吼,终不能言,竟棰折一足,鬻于屠肆。徒步以归。此事绝可笑。殆睡梦中误听耶?抑此驴夙生冤谴,有物凭之,以激于之怒杀耶?

【导读】

于生脾性暴躁,行事适得其反。徒步而归,为路人所笑,固其宜也!

一三　三叔父仪南公,有健仆毕四,善弋猎,能挽十力弓,恒捕鹑于野[①]。凡捕鹑者必以夜,先以藁秸插地,如禾陇之状,而布网于上;以牛角作曲管,肖鹑声吹之。鹑既集,先微惊之,使渐次避入藁秸中;然后大声惊之,使群飞突起,则悉触网矣。吹管时,其声凄咽,往往误引鬼物至,故必筑团焦自卫[②],而携兵仗以备之。

一夜，月明之下，见老叟来作礼曰："我狐也，儿孙与北村狐构衅，举族械战。彼阵擒我一女，每战必反接驱出，以辱我；我亦阵擒彼一妾，如所施报焉。由此仇益结，约今夜决战于此。闻君义侠，乞助一臂力，则没齿感恩。持铁尺者彼，持刀者我也。"毕故好事，忻然随之往，翳丛薄间。

两阵既交，两狐血战不解，至相抱手搏。毕审视既的，控弦一发，射北村狐踣，不虞弓劲矢铦[3]，贯腹而过。并老叟洞腋殪焉。两阵各惶遽，夺尸弃俘囚而遁。毕解二狐之缚，且告之曰："传与尔族，两家胜败相当，可以解冤矣。"先是北村每夜闻战声，自此遂寂。此与李冰事相类；然冰战江神为捍灾御患，此狐逞其私愤，两斗不已，卒至两伤。是亦不可以已乎？

【注 释】

① 鹑(chún)：鸟名，指鹌鹑。② 团焦：圆形草屋。《尔雅·宫室》："团焦，团标也。……标音瓢，今人谓团瓢，谓为一瓢之地也。"③ 劲(qíng)：强，有力。铦(xiān)：锋利。

【导 读】

两村之狐族构衅，举族械战，怨怨相报，两败俱伤。健仆毕四竭力从中斡旋，乃得以解其夙怨。毕公可谓善解事者矣。晓岚藉此告诫世人与其逞其私愤，怨怨相报，终无宁日，不如彼此谅解，和谐共处。此则故事之叙事结构比较独特，狐族构衅乃其叙事中心，而晓岚没有单刀直入，而是先宕开一笔，描述猎人捕鹑之法，再引出狐族构衅，狐叟求助情节。如此迤逦叙来，水到渠成，如鸿爪雪泥，略无斧凿之痕，真大手笔也！

一四 姚安公在滇时，幕友言署中香橼树下，月夜有红裳女子靓妆立。见人则冉冉没土中。众议发视之。姚安公携卮酒浇树下，自祝之曰："汝见人则隐，是无意于为祟也；又何必屡现汝形，自取暴骨之祸？"自是不复出。又有书斋甚轩敞，久无人居。舅氏安公五章，时相从在滇。偶夏日裸寝其内。梦一人揖而言曰："与君虽幽明异路。然眷属居此，亦有男女之别。君奈何不以礼自处？"矍然醒，遂不敢再往。姚安公尝曰："树下之鬼可谕之以理，书斋之魅能以理喻人。此郡僻处万山中，风俗质朴，浑沌未凿，故异类亦淳良如是也。"

【导 读】

云南处偏远之地，然此地树下之鬼可谕之以理，书斋之魅能以理喻人，足见其风俗质朴，胜京师等地多矣！《阅微》中叙各地风俗人情多矣，然非世情浇薄，即人情冷暖，似此文质彬彬、淳朴重礼之地殊为罕见。晓岚之所以张扬此地之风俗，实大有深意存焉！须细细体会。

一五　表叔王碧伯妻丧，术者言某日子刻“回煞”，全家皆避出。有盗伪为煞神，逾垣入，方开箧攫簪珥，适一盗又伪为煞神来。鬼声呜呜渐近，前盗皇遽避出。相遇于庭，彼此以为真煞神，皆悸而失魂，对仆于地。黎明，家人哭入，突见之，大骇。谛视乃知为盗，以姜汤灌苏，即以鬼装缚送官。沿路聚观，莫不绝倒，据此一事，“回煞”之说当妄矣。然“回煞”形迹，余实屡目睹之。鬼神茫昧，究不知其如何也。

【导读】

“回煞”亦称“归煞”，为一种迷信之说法。说的是人死之后，灵魂还会返舍，返回之时会有凶煞出现。“回煞”形迹，晓岚在《阅微》中多有所述。因渠“实屡目睹之”，故而此前对此颇为肯定。然此则故事叙两盗伪为煞神，不期而遇，彼此妄以为真煞神，皆悸而失魂，对仆于地，其事几令人绝倒。亦使渠怀疑此事之真伪，所谓“鬼神茫昧，究不知其如何也”是也。

一六　佃户二曹妇悍甚，动辄诃詈风雨，诟谇鬼神。邻乡里间，一语不合，即揎袖露臂，携二捣衣杵，奋呼跳掷如虓虎[①]。一日，乘阴雨出窃麦。忽风雷大作，巨雹如鹅卵，已中伤仆地。忽风卷一五斗栲栳堕其前[②]，顶之得不死。岂天亦畏其横欤？或曰：“是虽暴戾，而善事其姑。每与人斗，姑叱之，辄弭伏；姑批其颊，亦跪而受。然则遇难不死，有由矣。”孔子曰：“夫孝，天之经也，地之义也。”岂不然乎？

【注释】

① 虓(xiāo)：虎怒吼状。凶猛。② 栲(kǎo)栳(lǎo)：一种用竹子或柳条编织而成的盛物器具。

【导读】

教孝也！惟其描摹悍妇之“悍”时，云其“动辄诃詈风雨，诟谇鬼神。邻乡里间，一语不合，即揎袖露臂，携二捣衣杵，奋呼跳掷如虓虎”，生动鲜活，乡里悍妇之态跃然纸上。

一七　余在乌鲁木齐，畜数犬。辛卯赐环东归[①]，一黑犬曰四儿，恋恋随行，挥之不去，竟同至京师。途中守行箧甚严，非余至前，虽僮仆不能取一物。稍近，辄人立怒啮。一日，过辟展七达坂达（坂译言山岭，凡七重，曲折陡峻，称为天险），车四辆，半在岭北，半在岭南，日已曛黑，不能全度。犬乃独卧岭巅，左右望而护视之，见人影辄驰视。余为赋诗二首曰："归路无烦汝寄书，风餐露宿且随予。夜深奴子酣眠后，为守东行数辆车。""空山日日忍饥行，冰雪崎岖百廿程。我已无官何所恋，可怜汝亦太痴生。"纪其实也。至京岁余，一夕，中毒死。或曰："奴辈病其司夜严，故以计杀之，而托词于盗。"想当然矣。余收葬其骨，欲为起冢，题曰"义犬四儿墓"。而琢石象出塞四奴之形，跪其墓前，各镌姓名于胸臆，曰赵长明，曰于禄，曰刘成功，曰齐来旺。或曰："以此四奴置犬旁，恐犬不屑。"余乃止。仅题额诸奴所居室，曰"师犬堂"而已。

初，翟孝廉赠余此犬时，先一夕，梦故仆宋遇叩首曰："念主人从军万里，今来服役。"次日得是犬，了然知为遇转生也。然遇在时，阴险狡黠，为诸仆魁。何以作犬反忠荩？岂自知其以恶业堕落，悔而从善欤？亦可谓善补过矣。

【注释】

① 辛卯：乾隆三十六年（1771）。

【导读】

晓岚以为义犬为故仆宋遇转生，乃臆测不可信之事也！然此犬的确非同寻常。世人常视犬为忠义之畜，而此犬实为其中之翘楚。乾隆三十三年（1768），晓岚因漏言而被谪戍西域，过去门生故吏大多为避嫌而离去。孤独寂寞之时，他充分体会到人情冷暖、世态炎凉之真意。而恰在此时，身为异类的义犬四儿却犹如贴心战士般地护卫着他，使他体会到了人世间所不能体会到的真情。令人发指的是，如此难得的守护神居然惨遭人类杀戮，惜乎，悲乎！人不如犬，晓岚在饱含深情地揄扬四儿的同时，实寄寓了对人类邪恶的强烈愤慨之情。

一八 献县城东双塔村，有两僧共一庵。一夕，有两老道士叩门借宿。僧初不允。道士曰："释道虽两教，出家则一。师何所见之不广？"僧乃留之。次日至晚，门不启，呼亦不应。邻人越墙入视，则四人皆不见；而僧房一物不失，道士行囊中藏数十金，亦具在。皆大骇，以闻于官。

邑令粟公千钟来验，一牧童言，村南十余里外枯井中似有死人。驰往视之，则四尸重叠在焉，然皆无伤。粟公曰："一物不失，则非盗；年皆衰老，则非奸；邂逅留宿，则非仇；身无寸伤，则非杀。四人何以同死？四尸何以并移？门扃不启，何以能出？距井窎远，何以能至？事出情理之外。吾能鞫人，不能鞫鬼，人无可鞫，惟当以疑案结耳。"径申上官，上官亦无可驳诘，竟从所议。

应山明公晟，健令也。尝曰："吾至献，即闻是案；思之数年，不能解。遇此等事，当以不解解之。一作聪明，则决裂百出矣。人言粟公愦愦，吾正服其愦愦也。"

【导读】

遇不解之狱，即姑且搁起，以不解解之，此正粟公高明之处。

一九　《左传》言："深山大泽，实生龙蛇。"小奴玉保，乌鲁木齐流人子也。初隶特纳格尔军屯。尝入谷追亡羊，见大蛇巨如柱，盘于高岗之顶，向日晒鳞。周身五色烂然，如堆锦绣；顶一角，长尺许。有群雉飞过，张口吸之，相距四五丈，皆翩然而落，如矢投壶。心知羊为所吞矣，乘其未见，循涧逃归，恐怖几失魂魄。

军吏邬图麟因言：此蛇至毒，而其角能解毒，即所谓"吸毒石"也。见此蛇者，携雄黄数斤，于上风烧之，即委顿不能动。取其角，锯为块。痈疽初起时，以一块著疮顶，即如磁吸铁，相粘不可脱。待毒气吸出，乃自落。置人乳中，浸出其毒，仍可再用。毒轻者乳变绿，稍重者亦青黯，极重者变黑紫。乳变黑紫者吸四五次，乃可尽。余一二次愈矣。

余记从兄懋园家有"吸毒石"，治痈疽颇验；其质非木非石，至是乃知为蛇角矣。

【导读】

释"吸毒石"之来历矣！其描绘毒蛇晒鳞之状曰："周身五色烂然，如堆锦绣"，摹绘如生。"堆"形其身体庞大，"锦绣"与"五色烂然"相照应，状色彩斑斓。蠢蠢巨物，如在目前；蠕动之状，可触可感。思之、感之，令人汗毛直竖，脚底生凉，真大手笔也！

二〇　宁津苏子庚言：丁卯夏[①]，张氏姑妇同刈麦。甫收拾成聚，有大旋风从西来，吹之四散。妇怒，以镰掷之，洒血数滴渍地上。方共检寻所失，妇倚树忽似昏醉，魂为人缚至一神祠。神怒叱曰："悍妇乃敢伤我吏！速受杖。”妇性素刚，抗声曰：“贫家种麦数亩，资以活命。烈日中妇姑辛苦，刈甫毕，乃为怪风吹散，谓是邪祟，故以镰掷之。不虞伤大王使者。且使者来往，自有官路，何以横经民田，败人麦？以此受杖，实所不甘。”神俯首曰：“其词直，可遣去。”妇苏而旋风复至，仍卷其麦为一处。

说是事时，吴桥王仁趾曰：“此不知为何神？不曲庇其私昵，谓之正直可矣。先听肤受之诉，使妇几受刑，谓之聪明则未也。”景州戈荔田曰：“妇诉其冤，神即能鉴，是亦聪明矣。倘诉者哀哀，听者愦愦，君更谓之何？”子庚曰：“仁趾责人无已时，荔田言是。”

【注释】

① 丁卯：乾隆十二年(1747)。

【导读】

张氏妇虽一农妇，然不畏权豪，面对尊神，据理力争，侃侃而谈，大可佩服矣！而其神虽居高位，却能鉴察体恤民情，不曲庇其私昵，及时改正错误，亦大可敬也！晓岚笔下之神怪，往往谦虚谨慎、遇错即改，胜人间官吏多矣，此即为其中之代表。

卷六　滦阳消夏录(六)

一　宏恩寺僧明心言:上天竺有老僧[1],尝入冥。见狰狞鬼卒,驱数千人在一大公廨外,皆褫衣反缚。有官南面坐,吏执簿唱名,一一选择精粗,揣量肥瘠,若屠肆之鬻羊豕。

意大怪之。见一吏去官稍远,是旧檀越[2],因合掌问讯:"是悉何人?"吏曰:"诸天魔众,皆以人为粮。如来运大神力,摄伏魔王,皈依五戒。而部族繁夥,叛服不常。皆曰自无始以来,魔众食人,如人食谷。佛能断人食谷,我即不食人。如是哓哓,即彼魔王亦不能制。佛以孽海洪波,沉沦不返,无间地狱,已不能容。乃牒下阎罗,欲移此狱囚,充彼噉噬;彼腹得果,可免荼毒生灵。十王共议,以民命所关,无如守令,造福最易,造祸亦深。惟是种种冤愆,多非自作,冥司业镜,罪有攸归。其最为民害者,一曰吏,一曰役,一曰官之亲属,一曰官之仆隶。是四种人,无官之责,有官之权。官或自顾考成,彼则惟知牟利,依草附木,怙势作威。足使人敲髓洒膏,吞声泣血,四大洲内,唯此四种恶业至多。是以清我泥犁[3],供其汤鼎。以白皙者、柔脆者、膏腴者充魔王食。以粗材充众魔食。故先为差别,然后发遣,其间业稍轻者,一经脔割烹炮,即化为乌有。业重者,抛余残骨,吹以业风,还其本形,再供刀俎,自二三度至千百度不一。业最重者,乃至一日化形数度,割剥燔炙,无已时也。"僧额手曰:"诚不如削发出尘,可无此虑。"吏曰:"不然,其权可以害人,其力即可以济人。灵山会上,原有宰官;即此四种人,亦未尝无逍遥莲界者也。"语讫忽寤。

僧有侄在一县令署,急驰书促归,劝使改业。此事即僧告其侄,而明心在寺得闻之。虽语颇荒诞,似出寓言;然神道设教,使人知畏,亦警世之苦心,未可绳以妄语戒也。

【注释】

① 上天竺:即上天竺寺。位于浙江杭州市灵隐山飞来峰之南。五代后晋天福年间建,吴越钱俶改建,称天竺观音看经院。② 檀越:梵语"Dānapati"之音译,即施主。③ 泥犁:梵语"Niráya"之音译,即地狱。为

佛教十界中最恶劣之境界。

【导读】

诚如晓岚于文后所评，故事“语颇荒诞，似出寓言；然神道设教，使人知畏，亦警世之苦心”也，此即小说之纲。就叙事结构而言，小说虚构了一个地狱中魔头充食之故事。而其被充食的对象并非官，而是所谓“最为民害者”，即一曰吏，一曰役，一曰官之亲属，一曰官之仆隶。为了起到“神道设教”之作用，晓岚构拟了极为恐怖的地狱场景。其恐怖之处倒并不仅仅在于环境如何，而更在于惩处手段之残酷，即文中所云：“是以清我泥犁，供其汤鼎。……乃至一日化形数度，割剔燔炙，无已时也。”世人常说：道教修今世，佛教修来世。任何人都不可能不关注百年以后的归宿。如果说，当百年以后，佛祖给你安排的是文中所描绘的归宿，能不令人心悸吗？尤其值得注意的是，小说抨击的矛头并不是在朝之“官”，而是那些与“官”联系紧密的吏、役、官之亲属、官之仆隶。在晓岚看来，这四种人，“无官之责，有官之权。官或自顾考成，彼则惟知牟利，依草附木，怙势作威。足使人敲髓洒膏，吞声泣血”。这一观点，见解独到，认识深刻，足以体现出晓岚对封建官僚体系洞悉之深刻、敏锐。

二　先姚安公曰：里有白以忠者，偶买得役鬼符咒一册，冀借此演搬运法，或可谋生。乃依书置诸法物，月明之夜，作道士装，至墟墓间试之。据案对书诵咒，果闻四面啾啾声。俄暴风突起，卷其书落草间，为一鬼跃出攫去。众鬼哗然并出，曰：“尔恃符咒拘遣我，今符咒已失，不畏尔矣。”聚而攒击，以忠踉跄奔逃，背后瓦砾如骤雨，仅得至家。是夜疟疾大作，困卧月余，疑亦鬼为祟也。

一日，诉于姚安公，且惭且愤。姚安公曰：“幸哉，尔术不成，不过成一笑柄耳。倘不幸术成，安知不以术贾祸？此尔福也。尔又何尤焉。”

【导读】

白以忠者，偶买得役鬼之符咒一册，即存非分之想。幸其为鬼魅所阻，其术未成。倘不幸术成，害人害己，其后果即难以逆料。晓岚藉此故事以警醒惩戒那些心术不正者。

三　莆田林教授清标言：郑成功据台湾时，有粤东异僧泛海至，技击绝伦，袒臂端坐，斫以刃，如中铁石；又兼通壬遁风角。与论兵，亦娓娓有条理。成功方招延豪杰，甚敬礼之。

稍久，渐骄蹇。成功不能堪，且疑为间谍，欲杀之而惧不克。其大将刘国轩曰："必欲除之，事在我。"乃诣僧款洽，忽请曰："师是佛地位人，但不知遇摩登伽还受摄否？"僧曰："参寥和尚，久心似沾泥絮矣。"刘因戏曰："欲以刘王大体双一验道力，使众弥信心，可乎？"乃选娈童倡女姣丽善淫者十许人，布茵施枕，恣为媟狎于其侧，柔情曼态，极天下之妖惑。僧谈笑自若，似无见闻。久忽闭目不视，国轩拔剑一挥，首已欻然落矣。

国轩曰："此术非有鬼神，特练气自固耳。心定则气聚，心一动则气散矣。此僧心初不动，故敢纵观。至闭目不视，知其已动而强制，故刃一下而不能御也。"所论颇入微，但不知椎埋恶少，何以能见及此。其纵横鲸窟十余年，盖亦非偶矣。

【导读】

异术各有所凭，然其本则在于心气。心定则气聚，气聚则神聚，故能面对各种诱惑，"谈笑自若，似无见闻"；而心动则气散，气散则神涣，故国轩得以乘虚而入。晓岚颇重心气，所论在《阅微》中多处见及，不可轻易忽略。

四　南皮许南金先生，最有胆。在僧寺读书，与一友共榻。夜半，见北壁燃双炬。谛视，乃一人面出壁中，大如箕，双炬其目光也。友股栗欲死。先生披衣徐起曰："正欲读书，苦烛尽。君来甚善。"乃携一册背之坐，诵声琅琅。未数页，目光渐隐；拊壁呼之，不出矣。

又一夕如厕，一小童持烛随。此面突自地涌出，对之而笑。童掷烛仆地。先生即拾置怪顶，曰："烛正无台，君来又甚善。"怪仰视不动，先生曰："君何处不可往，乃在此间？海上有逐臭之夫，君其是乎？不可辜君来意。"即以秽纸拭其口。怪大呕吐，狂吼数声，灭烛而没。自是不复见。

先生尝曰：鬼魅皆真有之，亦时或见之，惟检点生平，无不可对鬼魅者，则此心自不动耳。

【导读】

此又一不怕鬼之故事。许南金先生面对恶鬼，为何能不乱方寸？心气不乱也。为何能心气不乱？关键在于检点生平，无不可对鬼魅之事。世人所谓"平生不作亏心事，半夜不怕鬼敲门"，即此之谓也。此则故事虽为不怕鬼故事之延续，而其深意却在于告诫世人行事立正。同时，许南金先生面对恶鬼顺势推舟、从容不迫、幽默风趣，亦颇有意趣。

五 戴东原言：明季有宋某者，卜葬地，至歙县深山中。日薄暮，风雨欲来，见岩下有洞，投之暂避。

闻洞内人语曰："此中有鬼，君勿入。"问："汝何以入？"曰："身即鬼也。"宋请一见。曰："与君相见，则阴阳气战，君必寒热小不安。不如君爇火自卫，遥作隔座谈也。"宋问："君必有墓，何以居此？"曰："吾神宗时为县令，恶仕宦者货利相攘，进取相轧，乃弃职归田。殁而祈于阎罗，勿轮回人世。遂以来生禄秩，改注阴官。不虞幽冥之中，相攘相轧，亦复如此。又弃职归墓。墓居群鬼之间，往来嚣杂，不胜其烦，不得已避居于此。虽凄风苦雨，萧索难堪，较诸宦海风波，世途机阱，则如生忉利天矣①。寂历空山，都忘甲子。与鬼相隔者，不知几年；与人相隔者，更不知几年。自喜解脱万缘，冥心造化，不意又通人迹，明朝当即移居。武陵渔人，勿再访桃花源也②。"语讫，不复酬对，问其姓名，亦不答。

宋携有笔砚，因濡墨大书"鬼隐"两字于洞口而归。

【注释】

① 忉(dāo)利天：梵语，即三十三天，六欲天之一。佛教谓须弥山顶四方各有八天城，合中央帝释所居天城，共三十三处，故云。即一般所说的"天堂"。② 桃花源：东晋诗人陶渊明《桃花源记》描绘的一个远离尘嚣、环境幽美的隐居之地。后以"桃花源"为隐居之地的代称。

【导读】

古人云："君子有道则出，无道则隐。"出处问题既反映出文人士大夫的价值取向，同时，亦折射出种种社会情态。人间有隐士，乃社会文化之必然，为世人所司空见惯，早已不足为奇。有趣的是，在晓岚笔下，阴间居然亦有隐士，这在中国文学发展史上的确罕见。然虽为"鬼隐"，迫使其不得不归隐之原因却并无二致，即均为恶仕宦者货利相攘，进取相轧之现状，不得已而为之。由此可见，晓岚在此则故事中，并无意于进行阴阳对比，而是恶仕宦者货利相攘，进取相轧之现状，故有意为之。而且从"鬼隐"所谓"虽凄风苦雨，萧索难堪，较诸宦海风波，世途机阱，则如生忉利天矣"之语看，可见"鬼隐"隐居之心坚决到何种程度！将心比心，亦可推测出晓岚对官场中彼此间尔虞我诈、勾心斗角现状实际上早已极其厌恶，并寄托了他自己渴望早日脱离“苦海”、回归自然之愿望。

六 吴惠叔言：其乡有巨室，惟一子，婴疾甚剧。叶天士诊之，曰：“脉现鬼证，非药石所能疗也。”乃请上方山道士建醮。至半夜，阴风飒然，坛上烛光俱黯碧。道士横剑瞑目，若有所睹。既而拂衣竟出，曰：“妖魅为厉，吾法能祛。至夙世冤愆，虽有解释之法，其肯否解释，仍在本人。若伦纪所关，事干天律，虽缘章拜奏，亦不能上达神霄。此祟乃汝父遗一幼弟，汝兄遗二孤侄，汝蚕食鲸吞，几无余沥。又茕茕孩稚，视若路人。至饥饱寒温，无可告语；疾痛疴痒，任其呼号。汝父茹痛九泉，诉于地府。冥官给牒，俾取汝子以偿冤。吾虽有术，只能为人祛鬼，不能为子驱父也。”果其子不久即逝。后终无子，竟以侄为嗣。

【导读】

藉神道以劝惩矣！

七 芝称瑞草，然亦不必定为“瑞”。静海元中丞在甘肃时，署中生九芝，因以自号。然不久即罢官。舅氏安公五占，停柩在室，忽柩上生一芝，自是子孙式微。今已无龆龀。

盖祸福将萌，气机先动；非常之兆，理不虚来。第为休为咎，不能预测耳。先兄晴湖则曰：“人知兆发于鬼神，而人事应之。不知实兆发于人事，而鬼神应之。亦未始不可预测也。”

【导读】

祥瑞灾祸，古人最为关注。且常以某些征兆以判断之。然晓岚倒并不特别迷信。在他看来，灾祥祸福与否，关键在于人事，亦即其先兄晴湖公所言，人知兆发于鬼神，而人事应之。不知实兆发于人事，而鬼神应之。鬼神与人事关系之调整，可以明显见及晓岚对人事之重视程度实际胜过鬼神。

八 大学士伍公弥泰言，向在西藏，见悬崖无路处，石上有天生梵字大悲咒[①]。字字分明，非人力所能，亦非人迹所到。当时曾举其山名，梵音难记，今忘之矣。公一生无妄语，知确非虚构。天地之大，无所不有。宋儒每于理所无者，即断其必无。不知无所不有，即理也。

【注释】

① 大悲咒：佛教中观世音菩萨经咒之一，即《千手千眼观世音菩萨无

碍大悲心陀罗尼》的简称。旧谓念咒可使死者在阴间消灾。

【导读】

悬崖绝壁,人迹罕至,而梵字大悲咒突现,字字分明,确非虚构,此不能不谓怪异之事。然天地之大,无所不有,诸如此类之怪异事,屡见不鲜,而又无由解释。宋儒每于理所无者,即断其必无。其武断绝对之态度令晓岚极为反感。"不知无所不有,即理也",这实际上是藉批驳宋儒阐明这样的道理:天地之大,无所不有,世人绝不能因为某些问题或者某些现象暂时不能得到解释,而否认其存在的可能。实际上,事物无处不在,理亦无处不在。晓岚这一论断,既批驳了宋儒之观点,又颇辩证,富有哲理。

九 巴里坤、辟展、乌鲁木齐诸山,皆多狐,然未闻有祟人者。惟根克忒有小儿夜捕狐,为一黑影所扑,堕崖伤足。皆曰狐为妖。

此或胆怯目眩,非狐为妖也。大抵自突厥、回鹘以来,即以弋猎为事。今日则投荒者、屯戍者、开垦者、出塞觅食者,搜岩剔穴,采捕尤多。狐恒见伤夷,不能老寿,故不能久而为魅欤?抑僻在荒徼,人已不知导引炼形术,故狐亦不知欤?此可见风俗必有所开,不开则不习;人情沿于所习,不习则不能。道家化性起伪之说,要不为无见。姚安公谓"滇南僻郡,鬼亦淳良",即此理也。

【导读】

巴里坤、辟展、乌鲁木齐诸山,虽皆多狐,然此地之狐,罕有为妖祟人者。何则?此地僻在荒徼,人已不知导引炼形术,故狐亦不知也。故晓岚有"风俗必有所开,不开则不习;人情沿于所习,不习则不能"之论断。此论断揭示出了风俗、人情、环境三者之关系,即各地风俗、人情各有传承,相沿以久。环境未变,风俗、人情沿袭依然。而环境变化,风俗渐开,人情亦随之而变。晓岚虽言之于狐,实际含蕴深刻,阐明了一个深刻道理。

一〇 里人张某,深险诡谲,虽至亲骨肉,不能得其一实语。而口舌巧捷,多为所欺,人号曰"秃项马"。马秃项为无鬃,"鬃"、"踪"同音,言其恍惚闪烁,无踪可觅也。

一日,与其父夜行迷路,隔陇见数人围坐,呼问当何向。数人皆应曰:"向北。"因陷深淖中。又遥呼问之,皆应曰:"转东。"乃几至灭顶,蹩躠泥涂[①]，困不能出。闻数人拊掌笑曰："秃项马，尔今知妄语之误人否？"近在耳畔，而不睹其形，方知为鬼所绐也。

【注释】

① 蹩(bì)踅(qióng)：两腿趔趄仆倒貌。

【导读】

惩戒深险诡谲、机心叵测之徒。晓岚对此恍惚闪烁、无踪可觅之所谓"秃项马"极为痛恨。

一一　妖由人兴，往往有焉。李云举言：一人胆至怯，一人欲戏之。其奴手黑如墨，使藏于室中，密约曰："我与某坐月下，我惊呼有鬼，尔即从窗隙伸一手。"届期呼之，突一手探出，其大如箕，五指挺然如春杵。宾主俱惊，仆众哗曰："奴其真鬼耶？"秉炬持杖入，则奴昏卧于壁角。救之苏，言暗中似有物，以气嘘我，我即迷闷。

族叔棨庵言：二人同读书佛寺，一人灯下作缢鬼状，立于前；见是人惊怖欲绝，急呼："是我，尔勿畏。"是人曰："固知是尔，尔背后何物也？"回顾乃一真缢鬼。盖机械一萌，鬼遂以机械之心，从而应之。斯亦可为螳螂黄雀之喻矣。

【导读】

"螳螂捕蝉，黄雀在后"，机械一萌，鬼遂以机械之心，从而应之。故人之于世，须存心忠厚，不可萌生邪念。"妖由人兴"，妖之有无，关键在于人心也。

一二　刘乙斋廷尉为御史时，尝租西河沿一宅。每夜有数人击柝，声琅琅彻晓；其转更攒点，一一与谯鼓相应。视之则无形，聒耳至不得片刻睡。乙斋故强项，乃自撰一文，指陈其罪，大书粘壁以驱之。是夕遂寂。乙斋自诧不减昌黎之驱鳄也。

余谓："君文章道德，似尚未敌昌黎，然性刚气盛，平生尚不作暧昧事，故敢悍然不畏鬼。又拮据迁此宅，力竭不能再徙，计无复之。惟有与鬼以死相持。此在君，为困兽犹斗；在鬼，为穷寇勿追耳。君不记《太平广记》载周书记与鬼争宅，鬼惮其木强而去乎？"乙斋笑击余背曰："魏收轻薄哉！然君知我者。"

【导读】

乙斋廷尉面对怪异作祟，自撰一文，指陈其罪，大书粘壁以驱之。气势如虹，鬼怪为之退却。大有昌黎驱鳄之势。晓岚认为，乙斋廷尉之所以能取胜，一仗其性刚气盛，平生不作暧昧事；二来拮据迁此宅，力竭不能再徙，计无复之，惟有与鬼以死相持。晓岚之观点颇周全。而其隐意则在于身正则神定，神定则无所畏惧。无所畏惧则气势如虹，鬼怪自然退却矣！另外，此鬼怪知乙斋廷尉拮据迁宅，计无复之，故避其锋芒，为之退却，亦为识时务者。对此，晓岚亦颇赞同。

一三 先祖宠予公，原配陈太夫人，早卒。继配张太夫人，于归日，独坐室中。见少妇揭帘入，径坐床畔，著玄帔黄衫，淡绿裙，举止有大家风。新妇不便通寒温，意谓是群从娣姒或姑姊妹耳。其人絮絮言家务得失，婢媪善恶，皆委曲周至。久之，仆妇捧茶入，乃径出。后阅数日，怪家中无是人；细诘其衣饰，即陈太夫人敛时服也。

死生相妒，见于载籍者多矣。陈太夫人已掩黄墟，犹虑新人未谙料理，现身指示，无问幽明，此何等居心乎？今子孙登科第历仕宦者，皆陈太夫人所出也。

【导读】

死生相妒，见于载籍者多矣，而于女性尤甚。陈太夫人同为女流之辈，已掩黄墟，却能无问幽明，于继配者絮絮言家务得失，婢媪善恶，皆委曲周至。虽幽明异路，其大家之风宛然，令人肃然而生敬意。晓岚在《阅微》中，对封建家庭类似“乌眼鸡”式的妻妾关系多有抨击。此处绘陈太夫人之形貌，展其宽怀之德。无异示一范型，告诫普天下妇人学而习之。

一四 伯高祖爱堂公，明季有声黉序间[①]，刻意郑、孔之学，无间冬夏，读书恒至夜半。一夕，梦到一公廨[②]，榜额曰“文仪”；班内十许人治案牍，一一恍惚如旧识。见公皆讶曰：“君尚迟七年乃当归，今犹早也。”霍然惊，自知不永，乃日与方外游。偶遇道士，论颇洽，留与共饮。道士别后，途遇奴子胡门德，曰：“顷一书忘付汝主，汝可携归。”公视之，皆驱神役鬼符咒也。闭户肄习，尽通其术，时时用为戏剧，以消遣岁月。越七年，至崇祯丁丑[③]，果病卒。卒半日复苏，曰：“我以亵用‘五雷法’，获阴谴。冥司追还此书，可急焚之。”焚讫复卒，半日又苏，曰：“冥司查检，阙三页，饬归取。”视灰中，果三页未尽；重焚之，乃卒。此事姚安公附载家谱中。公闻之先曾祖，曾祖闻之先高祖。高祖即手焚是书者。孰谓竟无鬼神乎？

【注释】

① 黉(hóng)序：古代的学校。② 公廨(xiè)：官署，官吏办公之地。③ 崇祯丁丑：崇祯十年(1637)。

【导读】

此则之所记乃纪氏家族往事。晓岚之父闻之先曾祖，曾祖闻之先高祖。口耳相传，本不足信，而姚安公居然将其附载于家谱中，可见纪氏家人对此事之重视程度。此事对晓岚的影响是显而易见的。从“孰谓竟无鬼神乎”的质问中，我们不难窥觇出此事对晓岚的影响。然而，其实，对于鬼神之有无，晓岚本人实际上至少是持怀疑态度的。这已经从诸多文献资料中得到了印证。既然如此，他为何还要张皇其辞，为鬼神之存在而肆意张本呢？窃以为，其主要用意在于为他自己藉“神道设教”以警悚世人之创作目的服务罢了。试想一想，如果连他自己对鬼神之存在都彻底否定了，他苦心经营的那些劝世故事岂不是痴人说梦，谁还会相信，又如何能完成他自己劝世的初衷呢？此故事于鬼神事尽管言之凿凿，其深层意蕴及其动机亦可作如是观。

一五　余族所居，曰景城，宋故县也。城址尚依稀可辨。或偶于昧爽时，遥望烟雾中，现一城影，楼堞宛然，类乎蜃气①。此事他书多载之，然莫明其理。

余谓凡有形者，必有精气。土之厚处，即地之精气所聚处，如人之有魂魄也。此城周回数里，其形巨矣。自汉至宋千余年，为精气所聚已久，如人之取多用宏，其魂魄独强矣。故其形虽化，而精气之盘结者，非一日之所蓄，即非一日所能散。偶然现象，仍作城形，正如人死鬼存，鬼仍作人形耳。

然古城郭不尽现形，现形者又不常见，其故何欤？人之死也或有鬼，或无鬼。鬼之存也，或见或不见，亦如是而已矣。

【注释】

① 蜃气：亦作“蜄气”，一种因光线折射而使远处景物在半空或地面上显现出奇异幻景的自然现象，经常发生在海上或沙漠地带中。古人误以为蜃吐气而形成，故称。

【导读】

晓岚所论，随意比附，牵强附会，想当然耳！

一六　南宫鲍敬之先生言：其乡有陈生，读书神祠。夏夜袒裼睡庑下，梦神召至座前，诃责甚厉。陈辩曰："殿上先有贩夫数人睡，某避于庑下，何反获愆？"神曰："贩夫则可，汝则不可。彼蠢蠢如鹿豕，何足与较？汝读书，而不知礼乎？"盖《春秋》责备贤者，理如是矣。故君子之于世也，可随俗者随，不必苟异；不可随俗者不随，亦不苟同。世于违理之事，动曰某某曾为之。夫不论事之是非，但论事之有无。自古以来，何事不曾有，人为之可一一据以藉口乎？

【导读】

"夫不论事之是非，但论事之有无。自古以来，何事不曾有，人为之可一一据以藉口乎？"晓岚此言，乃高论也！观乎世人，出言论事，攀比之心甚炽。不论是非曲直，但言事之有无，屡见不鲜。明知有错，亦强词夺理，开口即言张三亦如此，李四也这样，错在别人，自己只不过是照葫芦画瓢，跟在别人后面学样。竭力为自己开脱，硬要争个子丑寅卯。其人其态，令人生厌！

一七　渔洋山人记张巡妾转世索命事，余不谓然。其言曰："君为忠臣，我则何罪？而杀以飨士？"

夫孤城将破，巡已决志捐生。巡当殉国，妾不当殉主乎？古来忠臣仗节，覆宗族，糜妻子者，不知凡几。使人人索命，天地间无纲常矣。使容其索命，天地间亦无神理矣。王经之母，含笑受刃，彼何人乎？

此或妖鬼为祟，托一古事求祭飨，未可知也。或明季诸臣，顾惜身家，偷生视息，造作是言以自解，亦未可知也。儒者著书，当存风化，虽齐谐、志怪，亦不当收悖理之言。

【导读】

晓岚思想有许多开明之处，与同时代迂执之儒自然不能相提并论。但其于纲常伦理，却从不含糊，务必澄清而后已。如此则渔洋山人记张巡妾转世索命事，年代久远，鬼神之事亦原本玄虚。姑妄存之，亦无所谓。然事关纲常伦理，晓岚毫不姑息。其实，渠之所论，虽否定了渔洋山人之所记，然其推测之言，却并无新意，依然是姑妄之言罢了。

一八　南村董天士，不知其名，明末诸生，先高祖老友也。《花王阁剩稿》中，有哭天士诗四首，曰："事事知心自古难，平生二老对相看。飞来遗札惊投箸，哭到荒村欲盖棺。残稿未收新画册，（原注：天士以画自给。）余赀惟卖破儒冠。布衾两幅无妨敛，在日黔娄不畏寒。”“五岳填胸气不平，谈锋一触便纵横。不逢黄祖真天幸，曾怪嵇康太世情。开牖有时邀月入，杖藜到处避人行。料应尘海无堪语，且试骖鸾向紫清。”“百结悬鹑两鬓霜，自餐冰雪润空肠。一生惟得秋冬气，到死不知罗绮香。（原注：天士不娶。）寒贯村醪才破戒，老栖僧舍是还乡。只今一瞑无余事，未要青蝇作吊忙。”“廿年相约谢风尘，天地无情殒此人。乱世逃禅聊解脱，衰年哭友倍酸辛。关河泱漭连兵气，齿发沧浪寄病身。泉下有灵应念我，白杨孤冢亦伤神。”

天士之生平，可以想见。县志不为立传，盖未见先高祖诗也。相传天士殁后，有人见其骑驴上泰山，呼之不应。俄为老树所遮，遂不见。意或尸解登仙欤？抑貌偶似欤？迹其孤僻之性，似于仙为近也。

【导读】

《花王阁剩稿》为晓岚高祖纪坤留存于世之诗歌残集。其中多有怀念亲戚朋友之作。在诸多亲戚朋友之中，董天士为其中之一也。天士一生自甘淡泊，布帛萧然，终生未娶，而惟以书画为业。生则寂寞，死亦寥落。殁后，纪坤颇悲伤。文中所录之诗，即其伤心悲悼之情的表露。晓岚从先祖诗中，感受到天士人格之高雅，颇敬重之。《阅微》中尚记有天士遇狐故事，读之，使人顿生敬意。

一九 先高祖集有《快哉行》一篇，曰：“一笑天地惊，此乐古未有。平生不解饮，满引亦一斗。老革昔媚珰，正士皆碎首。宁知时势移，人事反覆手。当年金谷花，今日章台柳。巧哉造化心，此罚胜枷杻。酒酣谈旧事，因果信非偶。淋漓挥醉墨，神鬼运吾肘。姓名讳不书，聊以存忠厚。时皇帝十载，太岁在丁丑，恢台仲夏月，其日二十九。同观者六人，题者河间叟。”

盖为许显纯诸姬流落青楼作也。初，诸姬隶乐籍时，有以死自誓者。夜梦显纯浴血来曰：“我死不蔽辜，故天以汝等示身后之罚。汝若不从，吾罪益重。”诸姬每举以告客，故有“因果信非偶”句云。

【导读】

前面已曾述及，晓岚高祖纪坤有诗歌残集《花王阁剩稿》留存于后世，为其晚年所作诗歌之汇编。《剩稿》中有诗歌《快哉行》，即此则笔记中所录。关于此诗之写作缘由，前曾有序，交代颇明。曰："刘羽冲折柬邀余及董天士、胡弈光、李丹厓、陈质扶云明日河房看一佳事，比就坐，秘不言。酒数行，则有博徒数辈携妓泛舟喧嬲而过者。羽冲呼起视，叩所以，笑不言，各勒浮大白，乃述始末，慨然感之，为赋《快哉行》一篇。知伤忠厚之旨，然郁郁久矣，一决莫遏，君子或谅其激于义耳。"从诗序看，此诗乃有感于许显纯诸姬流落于青楼而作也。许显纯，河北定兴人。略晓文墨，武进士出身。明天启年间擢锦衣卫都指挥佥事。他为人奸险毒辣，"毒刑锻炼"，与田尔耕等人为魏忠贤"五彪"之一。杨涟、左光斗、周顺昌、黄尊素、王之寀、夏之令等忠良皆惨遭其毒手，崇祯元年(1628)，魏忠贤阉党覆灭，许显纯被斩。许显纯被斩后，其家人风流云散，诸姬流落青楼。世人视之为其作恶之报应。诗歌题曰"快哉"，其意即在于此。魏阉奸党，作恶多端，臭名昭著，为世人所不齿。晓岚更是切齿而痛恨之。其情于《阅微》中多有表露。然此则笔记，晓岚最后以"因果信非偶"结之，一定程度上削弱了其批判之力。

二〇 齐舜庭，前所记剧盗齐大之族也。最剽悍，能以绳系刀柄，掷伤人于两三丈外。其党号之曰"飞刀"。其邻曰张七，舜庭故奴视之，强售其住屋广马厩；且使其党恐之曰："不速迁，祸立至矣。"

张不得已，携妻女仓皇出，莫知所适。乃诣神祠，祷曰："小人不幸为剧盗逼，穷迫无路。敬植杖神前，视所向而往。"杖仆向东北。乃迤逦行乞至天津，以女嫁灶丁，助之晒盐，粗能自给。

三四载后，舜庭劫饷事发，官兵围捕，黑夜乘风雨脱免。念其党有在商舶者，将投之泛海去。昼伏夜行，窃瓜果为粮，幸无觉者。一夕，饥渴交迫，遥望一灯荧然，试叩门。一少妇凝视久之，忽呼曰："齐舜庭在此！"盖追缉之牒，已急递至天津，立赏格募捕矣。众丁闻声毕集，舜庭手无寸刃，乃弭首就擒。

少妇即张七之女也。使不迫逐七至是，则舜庭已变服，人无识者。地距海口仅数里，竟扬帆去矣。

【导读】

"种瓜得瓜，种豆得豆"，善有善报，恶有恶报，不是不报，时候未到。

时候一到，一定会报。舜庭之被逮，乃此俗语之注脚矣！

二一　王兰洲尝于舟次买一童，年十三四，甚秀雅，亦粗知字义。云父殁，家中落，与母兄投亲不遇，附舟南还，行李典卖尽，故鬻身为道路费。与之语，羞涩如新妇，固已怪之。

比就寝，竟弛服横陈。王本买供使令，无他念；然宛转相就，亦意不自持。已而，童伏枕暗泣。问："汝不愿乎？"曰："不愿。"问："不愿何以先就我？"曰："吾父在时，所畜小奴数人，无不荐枕席。有初来愧拒者，辄加鞭笞曰：'思买汝何为？愦愦乃尔！'知奴事主人，分当如是；不如是，则当捶楚。故不敢不自献也。"

王蹶起推枕曰："可畏哉！"急呼舟人鼓楫，一夜追及其母兄，以童还之，且赠以五十金。意不自安，复于悯忠寺礼佛忏悔。梦伽蓝语曰："汝作过改过在顷刻间，冥司尚未注籍，可无庸渎世尊也。"

【导读】

此则之义，晓岚明显在褒扬兰洲之"善改过"。然细而思之，其价值则在于童子之所为及一番解释，揭示了封建社会主仆之间存在的残酷关系。其非人性之举，令人发指！

二二　乌鲁木齐八蜡祠道士，年八十余。一夕，以钱七千布荐下，卧其上而死。众议以是钱营葬。夜见梦于工房吏邬玉麟曰："我守官庙，棺应官给。钱我辛苦所积，乞纳棺中，俟来生我自取。"玉麟悯而从之。葬讫，太息曰："以钱贮棺，埋于旷野，是以璠玙敛也①，必暴骨。"余曰："以钱买棺，尚能见梦；发棺攘夺，其为厉必矣，谁能为七千钱，以性命与鬼争？必无恙。"众皆粲然。然玉麟正论也。

【注释】

① 璠玙：美玉名。《初学记》卷二十七引《逸论语》："璠玙，鲁之宝玉也。孔子曰：美哉，璠玙！远而望之，焕若也；近而视之，瑟若也。"

【导读】

出家人四大皆空，而此道士惟以钱财为念，甘冒破棺暴骨之风险，亦为保钱财而在所不惜。渠之所谓："我守官庙，棺应官给。钱我辛苦所积，乞纳棺中，俟来生我自取。"颇有意趣，其境界尚不如凡间俗人，令人啼笑皆非！又一吝啬之鬼也，同样可与巴尔扎克笔下之葛朗台相提并论！由此亦可见及晓岚对道士之揶揄。

二三 董曲江前辈言：顾侠君刻《元诗选》成，家有五六岁童子，忽举手外指曰："有衣冠者数百人，望门跪拜。"嗟乎！鬼尚好名哉？余谓剔抉幽沉，搜罗放佚，以表章之力，发冥漠之光。其衔感九泉，固理所宜有。至于交通声气，号召生徒，祸枣灾梨，递相神圣，不但有明末造，标榜多诬，即月泉吟社诸人，亦病未离乎客矣。盖植党者多私，争名者相轧。即盖棺以后，论定犹难；况乎文酒流连，唱予和汝之日哉。《昭明文选》，以何逊见存。遂不登一字。古人之所见远矣。

【导读】

古人云："文人相轻，自古亦然。"溯其根源，则在于名利之私存焉。至于后来，此风渐长，乃有广植朋党以助之者，交通声气，号召生徒，祸枣灾梨。流弊所及，乃递相谩骂，甚至到了"几挥老拳"之地步。晓岚对文坛学术此种恶俗，乃深恶而痛绝之。

卷七　如是我闻（一）

曩撰《滦阳消夏录》，属草未定，遽为书肆所窃刊，非所愿也。然博雅君子，或不以为纰缪，且有以新事续告者。因补缀旧闻，又成四卷。欧阳公曰："物尝聚于所好。"岂不信哉！缘是知一有偏嗜，必有浸淫而不自已者，天下事往往如斯，亦可以深长思也。辛亥乾隆五十六年七月二十一日题。

一　太原折生遇兰言：其乡有扶乩者，降坛大书一诗曰："一代英雄付逝波，壮怀空握鲁阳戈①。庙堂有策军书急，天地无情战骨多。故垒春滋新草木，游魂夜览旧山河。陈涛十郡良家子，杜老酸吟意若何？"署名曰"柿园败将"。皆悚然，知为白谷孙公也②。

柿园之役，败于中旨之促战，罪不在公。诗乃以房琯车战自比③，引为己过。正人君子用心，视王化贞辈偾辕误国④，犹百计卸责于人者，真三光之于九泉矣⑤。

大同杜生宜滋，亦录有此诗，"空握"作"辜负"，"春滋"作"春添"，"意若何"作"竟若何"，凡四字不同。盖传写偶异，大旨则无殊也。

【注释】

① 鲁阳戈：《淮南子·览冥训》："鲁阳公与韩构难，战酣日暮，援戈而㧑之，日为之反三舍。"后以"鲁阳戈"谓力挽危局的手段或力量。② 白谷孙公：指孙传庭。明末，官军奉命剿灭李自成领导的农民军，时任兵部右侍郎、陕西总督的孙传庭，在崇祯帝的催促下，明知"兵新募，不堪用"，仍赴河南与李自成战，时"天大雨，粮不至，士卒采青柿以食，冻且馁，故大败"，河南人谓之"柿园之役"。③ 房琯车战：天宝十五年(756)十月，唐肃宗任命宰相房琯统率大军抗击安禄山。房琯"以车二千乘，马步夹之"，欲以复古之春秋车战法取得对安禄山军队的胜利，两军遭遇于咸阳县陈涛斜，"既战，贼顺风扬尘鼓噪，牛皆震骇，因缚刍纵火焚之，人畜挠败，为所伤杀者四万余人，存者数千而已"。(《旧唐书·房琯传》)④ 王化贞：明朝山东诸城人，进士出身。由户部主事历右参议，是东林党重要成员前首辅

叶向高的弟子。史称其“骙而愎，素不习兵，轻视大敌，好谩语”。⑤ 三光：日、月、星。

【导读】

白谷孙公（孙传庭）乃有明一代骁勇，“柿园之役”失败，实乃败于中旨之促战，白谷孙公明知不可为而为之，其勇气大可嘉矣！而尤为难得的是，自此以后，白谷孙公时以房琯车战自比，引为己过，从不诿过于人，其精神更值得敬佩！然同为败将，“素不习兵，轻视大敌，好谩语”之王化贞，不仅不自我反省，反而“百计卸责于人”。两相对比，其境界乃霄壤之别矣！

二　许南金先生言：康熙乙未[①]，过阜城之漫河。夏雨泥泞，马疲不进；息路旁树下，坐而假寐。恍惚见女子拜言曰：“妾黄保宁妻汤氏也，在此为强暴所逼，以死捍拒，卒被数刃以死。官虽捕贼骈诛，然以妾已被污，竟不旌表。冥官哀其贞烈，俾居此地，为横死诸魂长，今四十余年矣。夫异乡丐妇，踽踽独行，猝遇三健男子，执缚于树，肆其淫毒；除骂贼求死，别无他术。其啮齿受玷，由力不敌，非节之不固也。司谳者苛责无已，不亦冤乎？公状貌似儒者，当必明理，乞为白之。”梦中欲询其里居，霍然已醒。后问阜城士大夫，无知其事者；问诸老吏，亦不得其案牍。盖当时不以为烈妇，湮没久矣。

【注释】

① 康熙乙未：康熙五十四年（1715）。

【导读】

封建观念中，不论何种情势，女子失贞均被视为大逆不道、遭人诟弃之事。作为封建文人之晓岚，亦毫不例外看重妇女贞节问题，对节操高尚之烈女贞妇亦不吝赞美之词。但在此则中，渠于弱质丐妇遭贼污求死反不得旌表之事痛惜不已，对失贞女性并不一味苛责，而能因势循情客观对待。由此，我们不难看到渠之不同于普通封建文人之处。

三　张读《宣室志》曰：俗传人死数日，当有禽自柩中出，曰“煞”。太和中，有郑生者，网得一巨鸟，色苍，高五尺余，忽无所见。访里中民讯之，有对者曰：“里中有人死，且数日。卜者言，今日煞当去。其家伺而视之，有巨鸟色苍，自柩中出。君所获果是乎？”此即今所谓“煞神”也。

徐铉《稽神录》曰：彭虎子少壮，有膂力。尝谓无鬼神。母死，俗巫戒之曰："某日殃煞当还，重有所杀，宜出避之。"合家细弱，悉出逃隐。虎子独留不去。夜中有人推门入，虎子皇遽无计，先有一瓮，便入其中，以板盖头。觉母在板上，有人问："板下无人耶？"母曰："无。"此即今所谓"回煞"也。俗云殇子未生齿者，死无煞；有齿者，即有煞。巫觋能预克其期[①]。

家奴孙文举、宋文皆通是术。余尝索视其书，特以年月日时干支推算，别无奇奥。其某日逢某凶煞，当用某符禳解，则诡词取财而已。或有室庐偪仄，无地避煞者，又有压制之法，使伏而不出，谓之"斩殃"，尤为荒诞。然家奴宋遇妇死，遇召巫斩殃；迄今所居室中，夜恒作响，小儿女亦多见其形，似又不尽诬矣。

天地之大，何所不有；幽明之理，莫得而穷。不必曲为之词，亦不必力攻其说。

【注 释】

① 巫觋（xí）：古代称女巫为巫，男巫为觋，合称"巫觋"。后亦泛指以装神弄鬼替人祈祷为职业的巫师。

【导 读】

"回煞"之说，恒闻见于民间之街头巷尾。晓岚亦颇多关注，征古述今，举其所见。然其毕竟属玄虚之事，即便偶有所见，亦难证其实。故渠以折中态度处之，所谓"天地之大，何所不有；幽明之理，莫得而穷。不必曲为之词，亦不必力攻其说"云耳，亦属稳妥之举。

四　景州申君学坤，谦居先生子也。纯厚朴拙，不坠家风，信道学甚笃。

尝谓从兄懋园曰："曩在某寺，见僧以福田诱财物，供酒肉资。因著一论，戒勿施舍。夜梦一神，似彼教所谓伽蓝者，与余侃侃争曰：'君勿尔也。以佛法论，广大慈悲，万物平等。彼僧尼非万物之一耶？施食及于乌鸢，爱惜及于虫鼠，欲其生也。此辈藉施舍以生，君必使之饥而死，曾视之不若乌鸢虫鼠耶？其间破坏戒律，自堕泥犁者，诚比比皆是。然因有枭鸟，而尽戕羽族；因有破獍，而尽戕兽类，有是理耶？以世法论，田不足授，不能不使百姓自谋食。彼僧尼亦百姓之一种，募化亦谋食之一道耳。必以其不耕不织为蠹国耗民，彼不耕不织而蠹国耗民者，独僧尼耶？君何不一一著论禁之也？且天地之大，此辈岂止数十万。一旦绝其衣食之源，羸弱者转乎沟壑，姑勿具论；桀黠者铤而走险，君何以善其后耶？昌黎辟佛，尚曰鳏寡孤独废疾者有养。君无策以养，而徒朘其生[①]，岂但非佛意，恐亦非孔孟意也。驷不及舌[②]，君其图之。'余梦中欲与辩，倏然已觉。其语历历可忆。公以所论为何如？"

懋园沉思良久曰："君所持者正，彼所见者大。然人情所向，'匪今斯今'[③]，岂君一论所能遏？此神刺刺不休，殊多此一争耳。"

【注 释】

① 朘：减少，剥削。② 驷不及舌：意即话已说出，四匹马拉的车亦难以追回，指说话应当慎重。③ 匪今斯今：《诗·周颂·载芟》："匪且有且，匪今斯今，振古如兹。"意为不但现在，自古以来就是如此。

【导 读】

《阅微草堂笔记》以说理见长，论辩色彩极为浓郁，其灵活多样又犀利辛辣的论辩技巧亦令人叹为观止。此则故事记景州申学坤纯厚朴拙，见寺僧以福田诱财物，供其酒肉之资，即奉劝世人勿予施舍。这一举动严重损害了寺僧的实际利益，随即遭到了伽蓝的辩驳。于是有了一段精彩的论辩。其论辩首先从佛法所谓"广大慈悲"、"万物平等"的观点入手，指出僧徒亦为万物之一，亦有生存的权力。而其生计主要来源于众人的施舍，一旦取消了施舍，无异于釜底抽薪，必然导致他们饥饿冻馁而死。其次，他认为破坏戒律自堕泥犁者比比皆是，不能因为有枭鸟的存在而尽戕羽族；因有破獍存在而尽戕兽类。意即不能以偏概全，断了所有僧徒的生计之路。再次，他还指出以世法而论，田地不足，生计难以为继，不能禁止百姓自谋出路。僧尼亦为百姓之一种，募化亦为谋食之一道。如果一定将僧尼不耕不织视为蠹国耗民的话，诸如此类的不耕不织蠹国耗民者不知多少，为何对他们不一一制止，而又独独禁止僧尼呢？复次，他指出其直接后果为羸弱者将转乎沟壑，而那些桀黠之徒则铤而走险。当年韩昌黎辟佛尚曰鳏寡孤独废疾者有养。因此批评其"岂但非佛意，恐亦非孔孟意也"。

伽蓝舌辩的观点未必十分站得住脚，但是其滔滔雄辩却颇吸引读者，论辩之艺术值得总结借鉴。平心而论，文中所提及的寺僧并不缺吃穿，生计本不成问题。他们福田诱财物，目的在于供其酒肉之资。故此，此举对于制止那些僧徒打着宗教的幌子到处招摇撞骗无疑是一个有力的措施。田公之所见为正义之举殆无疑义。既然寺僧明显处于被谴责的地位，要将此局面完全改变，确乎难度较大。这也是读者所关注与期待的。但经过伽蓝的一番舌辩，僧徒变成了被同情的对象，而原本在理的申公反而成为被谴责的对象。其实，从论辩过程及观点来看，伽蓝一方面闭口不谈及寺僧的过错，机智地将寺僧与一般百姓混淆起来，从求生计乃人生之本能的观点出发，将寺僧以福田诱财以供其酒肉与一般性地求生计加以混淆，从而将其推至被同情的境地。再从其所造成的严重后果强化这样做的不合理性，最后又推而广之，提出无论佛道还是儒家均不废鳏寡孤独，将申公推上被告者的地位。伽蓝的论辩冠冕堂皇，其艺术性就在于偏偏避开了文中所提及的寺僧以福田诱财以供其酒肉的基本事实，而以其冠冕堂皇的道理掩饰了寺僧攫财作恶的一面。尽管其所辩的观点未必正确，但其机敏的思路、犀利的言辞、过人的论辩技巧却是令人叹为观止的。

五　同年金门高，吴县人。尝夜泊淮扬之间，见岸上二叟相遇，就坐水次草亭上。一叟曰："君近何事？"一叟曰："主人避暑园林，吾日日入其水阁，观活秘戏图，百媚横生，亦殊可玩。其第五姬尤妖艳，见其与主人剪发为誓，约他年燕子楼中作关盼盼[①]，又约似玉箫再世[②]，重侍韦皋。主人为之感泣。然偶闻其与母窃议，则谓主人已老，宜早储金帛，为琵琶别抱计也。君谓此辈可信乎？"相与太息久之。一叟又曰："闻其嫡甚贤，信乎？"一叟掉头曰："天下之善妒人也，何贤之云！夫妒而嚣争，是为渊驱鱼者也[③]。此妇于妾媵之来，弱者抚之以恩，纵其出入冶游，不复防制，使流于淫佚，其夫自愧而去之；强者待之以礼，阳尊之与己匹，而阴导之与夫抗，使养成骄悍，其夫不堪而去之；有二术所不能饵者，则密相煽构，务使参商两败者，又多有之。幸不即败，而一门之内，诟谇时闻，使其夫入妾之室则怨语愁颜，入妻之室乃柔声怡色。其去就不问而知矣。此天下之善妒人也，何贤之云？"门高窃听所言，服其中理，而不解其日入水阁语。方凝思间，有官舫鸣钲来，收帆欲泊，二叟转瞬已不见。乃悟其非人也。

【注释】

① 关盼盼：唐徐州守帅张愔宠妾，张死后于燕子楼守节多年，因白居

易“歌舞教成心力尽，一朝身去不相随”句悲愤自绝。② 玉箫再世：唐传奇《玉箫传》，玉箫与韦皋两世姻缘的故事。③ 为渊驱鱼：把鱼逐向深水，结果很难捕捉到。比喻把可以依靠的人赶到敌对方面去。

【导读】

纪晓岚颇为关注家庭伦理关系。此篇便由二叟对话活脱脱描画出封建家庭中妻妾争宠、“乌鸡眼”式之家庭关系。若前叟所讲第五妾人前“约作关盼盼”，人后拟计“琵琶别抱”之目的在骗取金帛，后叟所谈及貌“甚贤”之主母更为居心叵测、机关算尽，其为达目的不择手段之残忍冷酷更令人发指。

六 里人王五贤，（幼时闻呼其字，是此二音，不知即此二字否也。）老塾师也。尝夜过古墓，闻鞭扑声，并闻责数曰：“尔不读书识字，不能明理，将来何事不可为？至上干天律时，尔悔迟矣。”谓深更旷野，谁人在此教子弟。谛听，乃出狐窟中。五贤喟然曰：“不图此语闻之此间。”

【导读】

“尔不读书识字，不能明理，将来何事不可为？至上干天律时，尔悔迟矣。”深山旷野，骤闻此语，令人陡生敬意。“不图此语闻之此间”，五贤之喟然一叹，诧异之中饱含敬意。

七 先叔仪南公，有质库在西城。客作陈忠，主买菜蔬。侪辈皆谓其近多余润，宜飨众。忠讳无有。

次日，箧钥不启，而所蓄钱数千，惟存九百。楼上故有狐，恒隔窗与人语，疑所为。试往叩之，果朗然应曰：“九百钱是汝雇值，分所应得，吾不敢取。其余皆日日所干没，原非汝物。今日端阳，已为汝买粽若干，买酒若干，买肉若干，买鸡鱼及瓜菜果实各若干，并泛酒雄黄，亦为买得，皆在楼下空屋中。汝宜早烹炮[①]，迟则天暑，恐腐败。”启户视之，累累具在。无可消纳，竟与众共餐。

此狐可谓恶作剧，然亦颇快意人也。

【注释】

① 烹炮：亦作“烹炰”，烧煮熏炙。

【导读】

狐类亦多公平正直、刚直不阿者。客作陈忠，主买菜蔬，假公济私，中饱私囊。侪辈检举，犹强词否认。不意竟被狐盗其吞没之款购以端阳食物，分与众享，而工钱九百犹存矣。公平处分，而又载以恶作剧之举，此狐之所以为狐也。

八　亥有二首六身，是拆字之权舆矣[①]。汉代图谶[②]，多离合点画。至宋谢石辈[③]，始以是术专门，然亦往往有奇验。

乾隆甲戌[④]，余殿试后，尚未传胪[⑤]，在董文恪公家[⑥]，偶遇一浙士，能测字。余书一"墨"字。浙士曰："龙头竟不属君矣。'里'字拆之为二甲，下作四点，其二甲第四乎？然必入翰林，四点庶字脚、士吉字头，是庶吉士矣。"后果然。

又戊子秋[⑦]，余以漏言获谴，狱颇急，日以一军官伴守。一董姓军官云能拆字，余书"董"字使拆。董曰："公远戍矣，是千里万里也。"余又书"名"字，董曰："下为'口'字，上为外字偏旁，是口外矣。日在西为'夕'，其西域乎？"问："将来得归否？"曰："字形类君，亦类召，必赐环也。"问："在何年？"曰："口为'四'字之外围，而中缺两笔，其不足四年乎？今年戊子，至四年为辛卯，'夕'字'卯'之偏旁，亦相合也。"果从军乌鲁木齐，以辛卯六月还京。

盖精神所动，鬼神通之；气机所萌，形象兆之。与揲蓍灼龟事同一理[⑧]，似神异而非神异也。

【注释】

① 权舆：起始。② 图谶：古代方士或儒生编造的关于帝王受命征验一类的书，多为隐语、预言。始于秦，盛于东汉。③ 谢石：宋人，善测字术。④ 乾隆甲戌：乾隆十九年(1754)。⑤ 传胪：科举中殿试揭晓唱名的一种仪式。殿试公布名次之日，皇帝至殿宣布，由阁门承接，传于阶下，卫士齐声传名高呼，谓之"传胪"。清王士禛《香祖笔记》卷二："四月初四日殿试，初七日传胪。"⑥ 董文恪公(1699—1769)：董邦达，字孚存，一字非闻，号东山，雍乾时期画家，历任翰林院掌院学士、工部尚书、礼部尚书等职，晓岚之师。⑦ 戊子：乾隆三十三年(1768)。⑧ 揲蓍：亦称"揲蓍草"，古代问卜的一种方式。灼龟：古代用火烧炙龟甲，视其裂纹以测吉凶。

【导读】

亥字的头像个"二"字，下面的部分像个"六"字，所以说是"二首六身”。晓岚泄密案，指的是他的亲家卢见曾在任上时，贪没盐商贿赂，朝廷准备查办，晓岚将此消息以拆字之理暗中透露给卢，直接导致渠之被流放至乌鲁木齐。羁押期间，得一军官拆字，后觉流放、归朝皆有所兆。

九　医者胡宫山，不知何许人。或曰：“本姓金，实吴三桂之间谍。三桂败，乃变易姓名。”事无左证，莫之详也。

余六七岁时及见之，年八十余矣，轻捷如猿猱，击技绝伦。尝舟行，夜遇盗，手无寸刃，惟倒持一烟筒，挥霍如风，七八人并刺中鼻孔仆。

然最畏鬼，一生不敢独睡。言少年尝遇一僵尸，挥拳击之，如中木石，几为所搏，幸跃上高树之顶。尸绕树踊距①，至晓乃抱木不动。有铃驮群过，始敢下视。白毛遍体，目赤如丹砂，指如曲钩，齿露唇外如利刃。怖几失魂。

又尝宿山店，夜觉被中蠕蠕动，疑为蛇鼠。俄枝梧撑拄，渐长渐巨，突出并枕，乃一裸妇人。双臂抱持，如巨絙束缚②，接吻嘘气，血腥贯鼻，不觉晕绝。次日得灌救，乃苏。自是胆裂。黄昏以后，遇风声月影，即惴惴却步云。

【注释】

① 踊距：跳跃。② 絙：大绳索。

【导读】

此则形鬼魅之恐怖，颇有章法，真可谓大家之笔法。故事首先用侧笔，说医者胡宫山年虽八十有余，然身体轻捷如猿猱，击技绝伦。而且还特别举一实例，说他“尝舟行，夜遇盗，手无寸刃，惟倒持一烟筒，挥霍如风，七八人并刺中鼻孔仆”，藉此以揄扬渠武艺之如何了得。然而，尽管渠之武艺非同寻常，对于鬼魅却惴惴然。于此可见鬼魅之恐怖。此处用的是侧笔。其次，是近视，藉渠之眼睛正面写鬼魅之恐怖：“白毛遍体，目赤如丹砂，指如曲钩，齿露唇外如利刃。”再次，是零距离接触，所谓“俄枝梧撑拄，渐长渐巨，突出并枕，乃一裸妇人。双臂抱持，如巨絙束缚，接吻嘘气，血腥贯鼻”。彼此双臂抱持，如巨絙束缚，接吻嘘气，血腥贯鼻，即便是再刚强的汉子，亦难免丧魂落魄。如此由远及近，层层递进，多角度渲染，将鬼魅之恐怖渲染得淋漓尽致。读之，令人汗毛直竖、胆战心惊。真大手笔矣！

一〇 史太常松涛言：初官户部主事时，居安南营，与一嫠妇邻。一夕，盗入嫠妇家，穴壁已穿矣。忽大呼曰："有鬼！"狼狈越墙去。迄不知其何所见也。岂神或哀其茕独，阴相之欤！

又戈东长前辈一日饭罢，坐阶下看菊。忽闻大呼曰："有贼！"其声喑呜，如牛鸣盎中。举家骇异。俄连呼不已，谛听乃在庑下炉坑内。急邀逻者来，启视，则傫然一饿夫[1]，昂首长跪。自言前两夕乘暗阑入，伏匿此坑，冀夜深出窃。不虞二更微雨，夫人命移腌虀两瓮置坑板上[2]，遂不能出。尚冀雨霁移下，乃两日不移。饥不可忍，自思出而被执，罪不过杖；不出则终为饿鬼。故反作声自呼耳。其事极奇，而实为情理所必至。录之亦足资一粲也[3]。

【注释】

① 傫(léi)：疲惫、颓丧的样子。② 虀(jī)：古同"齑"。捣碎的姜、蒜、韭菜等。③ 粲：笑。

【导读】

盗乃不义之举，入嫠妇之门而盗之，更是伤天害理，故有神助之。后则故事与《聊斋》中"骂鸭"颇类似，诙谐幽默，富有浓郁的喜剧色彩，而讽谕之义颇深。

一一 河间府吏刘启新，粗知文义。一日，问人曰："枭鸟、破獍是何物[1]？"或对曰："枭鸟食母，破獍食父，均不孝之物也。"刘拊掌曰："是矣。吾患寒疾，昏懵中魂至冥司，见二官连几坐。一吏持牍请曰：'某处狐为其孙啮杀，禽兽无知，难责以人理。今惟议抵不科不孝之罪。'左一官曰：'狐与他兽有别。已炼形成人者，宜断以人律；未炼形成人者，自宜仍断以兽律。'右一官曰：'不然。禽兽他事与人殊，至亲属天性，则与人一理。先王诛枭鸟、破獍，不以禽兽而贷也。宜科不孝，付地狱。'左一官首肯曰：'公言是。'俄吏抱牍下，以掌掴吾，悸而苏。所言历历皆记，惟不解枭鸟、破獍语。窃疑为不孝之鸟兽，今果然也。"

案此事新奇，故阴府亦烦商酌。知狱情万变，难执一端。据余所见，事出律例外者：一人外出，讹传已死。其父母因鬻妇为人妾。夫归，迫于父母，弗能讼也。潜至娶者家，伺隙一见，竟携以逃。越岁缉获，以为非奸，则已别嫁；以为奸，则本其故夫。官无律可引也。

又劫盗之中，别有一类，曰“赶蛋”。不为盗，而为盗之盗。每伺盗外出，或袭其巢，或要诸路，夺所劫之财。一日，互相格斗，并执至官。以为非盗，则实强掠；以为盗，则所掠乃盗赃。官亦无律可引也。

又有奸而怀孕者，决罚后，官依律判生子还奸夫。后生子，本夫恨而杀之。奸夫控故杀其子。虽有律可引，而终觉奸夫所诉，有理无情；本夫所为，有情无理。无以持其平也。不知彼地下冥官遇此等事，又作何判断耳？

【注释】

① 枭鸟、破獍：传说中的恶兽名，比喻恶人或逆子。古者天子常以春秋解祠，祠黄帝用一枭、破獍。枭，鸟名，食母；破獍，兽名，食父。黄帝欲绝其类，使百物祠皆用之。

【导读】

世间各类争执因其缘由各不同，“狱情万变，难执一端”，故此类有理无情、有情无理之“事出例外者”，不可臆断，需多方商酌考辨，方能合于情理。

一二 故城贾汉恒言：张二酉、张三辰，兄弟也。二酉先卒，三辰抚侄如己出，理田产，谋婚娶，皆殚竭心力。侄病瘵[①]，经营医药，殆废寝食。侄殁后，恒忽忽如有失。人皆称其友爱。

越数岁，病革，昏瞀中自语曰[②]：“咄咄怪事！顷到冥司，二兄诉我杀其子，斩其祀，岂不冤哉？”自是口中时喃喃，不甚可辨。一日稍苏，曰：“吾之过矣。兄对阎罗数我曰：‘此子非不可化诲者，汝为叔父，去父一间耳。乃知养而不知教，纵所欲为，恐拂其意。使恣情花柳，得恶疾以终。非汝杀之而谁乎？’吾茫然无以应也，吾悔晚矣。”反手自椎而殁[③]。

三辰所为，亦末俗之所难。坐以杀侄，《春秋》责备贤者耳；然要不得谓二酉苛也。平定王执信，余己卯所取士也[④]。乞余志其继母墓，称母生一弟，曰执蒲；庶出一弟，曰执璧。平时饮食衣服，三子无所异；遇有过，责詈捶楚，亦三子无所异也。贤哉！数语尽之矣。

【注释】

① 瘵（zhài）：病，多指痨病。② 瞀（mào）：目眩，眼花。心绪紊乱。③ 椎：敲打，用椎打击。④ 己卯：乾隆二十四年（1759）。

【导读】

溺爱亦有罪罚。晓岚于此篇中提出以“化诲”严教子弟。三辰虽慈爱，然“知养而不知教”，任其佺恣游而不敢训导“拂其意”，以致“得恶疾以终”。其于事理，虽有过，然责罚亦过重矣。

一三 钱遵王《读书敏求记》载：赵清常殁，子孙鬻其遗书，武康山中，白昼鬼哭。聚必有散，何所见之不达耶？明寿宁侯故第在兴济，斥卖略尽，惟厅事仅存。后鬻其木于先祖。拆卸之日，匠者亦闻柱中有泣声。千古痴魂，殆同一辙。

余尝与董曲江言：“大地山河，佛氏尚以为泡影，区区者复何足云。我百年后，傥图器书玩[①]，散落人间，使赏鉴家指点摩挲曰：‘此纪晓岚故物。’是亦佳话，何所恨哉？”曲江曰：“君作是言，名心尚在。余则谓消闲遣日，不能不借此自娱。至我已弗存，其他何有？任其饱虫鼠，委泥沙耳。故我书无印记，砚无铭识，正如好花朗月，胜水名山，偶与我逢，便为我有。迨云烟过眼，不复问为谁家物矣。何必镌号题名，为后人作计哉！”所见尤洒脱也。

【注释】

① 傥：同“倘”。假使，如果。

【导读】

名士之洒脱犹有次第。赵清常者，痴魂也；晓岚者，名心尚在者也；董曲江者，洒脱名士也。谓稀物珍本、名山胜水，遇之则享之心悦，离之则过眼云烟。人在世间，不可过于执着，其理甚是。

一四 遂堂先生又言：有调其仆妇者，妇不答。主人怒曰：“敢再拒，棰汝死[①]。”泣告其夫，方沉醉，又怒曰：“敢失志，且剚刃汝胸。”妇愤曰：“从不从皆死，无宁先死矣。”竟自缢。官来勘验，尸无伤，语无证，又死于夫侧，无所归咎，弗能究也。然自是所缢之室，虽天气晴明，亦阴阴如薄雾；夜辄有声如裂帛。灯前月下，每见黑气，摇漾似人影，即之则无。如是十余年，主人殁，乃已。未殁以前，昼夜使人环病榻，疑其有所见矣。

【注释】

① 棰（chuí）：用棍子打，杖刑。

【导读】

悲哉此妇！从主志失贞亦死，不从主志忤逆亦死，进退无据，唯死而已。晓岚怜其命运之悲惨，述其死后屡显异兆，虽虚幻不可信，亦大快人心，给人以精神之安慰也。

一五　于道光言：有士人夜过岳庙，朱扉严闭，而有人自庙中出。知是神灵，膜拜呼上圣。其人引手掖之曰："我非贵神，右台司镜之吏，赍文簿到此也。"问："司镜何义？其业镜也耶？"曰："近之，而又一事也。业镜所照，行事之善恶耳。至方寸微暧，情伪万端，起灭无恒，包藏不测，幽深邃密，无迹可窥，往往外貌麟鸾，中韬鬼蜮[①]。隐慝未形[②]，业镜不能照也。南北宋后，此术滋工，涂饰弥缝，或终身不败。故诸天合议，移业镜于左台，照真小人；增心镜于右台，照伪君子。圆光对映，灵府洞然：有拗捩者[③]，有偏倚者，有黑如漆者，有曲如钩者，有拉杂如粪壤者，有混浊如泥滓者，有城府险阻千重万掩者，有脉络屈盘左穿右贯者，有如荆棘者，有如刀剑者，有如蜂虿者[④]，有如虎狼者，有现冠盖影者，有现金银气者。甚有隐隐跃跃，现秘戏图者；而回顾其形，则皆岸然道貌也。其圆莹如明珠，清澈如水晶者，千百之一二耳。如是者，吾立镜侧，籍而记之，三月一达于岳帝，定罪福焉。大抵名愈高，则责愈严；术愈巧，则罚愈重。春秋二百四十年，瘅恶不一[⑤]，惟震夷伯之庙，天特示谴于展氏，隐匿故也。子其识之。"士人拜授教，归而乞道光书额，名其室曰"观心"。

【注释】

① 韬(tāo)：隐藏，隐蔽。蜮(yù)：传说中一种在水里暗中害人的怪物。② 慝(tè)：奸邪，邪恶。③ 拗捩(liè)：扭弯，歪曲，不顺。④ 蜂虿(chài)：蜂和虿，均为有毒刺的螫虫。比喻狠毒凶残。⑤ 瘅(dàn)：憎恨。

【导读】

宋以后，颇多理学家人前至理高论，人后犹行苟且之事。理学家遗风下，世间遂多"伪君子"，所谓"外貌麟鸾，中韬鬼蜮"者也。此篇中之所谓"心镜"照世间隐匿君子脸谱下之百千丑态者，即以寓言形式揭批世俗人情之权变狙诈也。

一六　有歌童扇上画鸡冠，于筵上求李露园题。露园戏书绝句曰："紫紫红红胜晚霞，临风亦自弄夭斜。枉教蝴蝶飞千遍，此种原来不是花。"皆叹其运意双关之巧。露园赴任湖南后，有扶乩者，或以鸡冠请题，即大书此诗。余骇曰："此非李露园作耶？"乩忽不动，扶乩者狼狈去。颜介子叹曰："仙亦盗句。"或曰："是扶乩者本伪托，已屡以盗句败矣。"

【导读】

李露园绝句看上去写的是鸡冠，实际上还暗喻卖唱的男童。男童一般要做女装献艺，甚至成为娈童。因此诗中说他"此种原来不是花"，其中颇有讽刺他们充当成年男人玩弄对象之意。

一七 从兄坦居言：昔闻刘馨亭谈二事：

其一，有农家子为狐媚，延术士劾治。狐就擒，将烹诸油釜。农家子叩额乞免，乃纵去。后思之成疾，医不能疗。狐一日复来，相见悲喜。狐意殊落落，谓农家子曰："君苦相忆，止为悦我色耳，不知是我幻相也。见我本形，则骇避不遑矣。"欻然扑地①，苍毛修尾，鼻息咻咻，目睒睒如炬②，跳掷上屋，长嗥数声而去。农家子自是病痊。此狐可谓能报德。

其一亦农家子为狐媚，延术士劾治。法不验，符箓皆为狐所裂，将上坛殴击。一老媪似是狐母，止之曰："物惜其群，人庇其党。此术士道虽浅，创之过甚，恐他术士来报复。不如且就尔婿眠，听其逃避。"此狐可谓能远虑。

【注 释】

① 欻(xū)：快速。② 睒(shǎn)：闪电貌，晶莹的样子。

【导读】

狐虽为异类，然在《阅微》中多具人性。此则中，前述农家子为狐所媚，乃示其异类之本形以毁其念，可堪称善报德者。后则述狐母高瞻远瞩、深谋远虑。凡此种种，均彰显狐类之善行懿德，不仅高于其他异类，且不逊于人类，晓岚如此处理，实大有深意存焉。

一八 王菊庄言：有书生夜泊鄱阳湖，步月纳凉。至一酒肆，遇数人，各道姓名，云皆乡里。因沽酒小饮，笑言既洽，相与说鬼。搜异抽新，多出意表。

一人曰："是固皆奇，然莫奇于我所见矣。曩在京师避嚣，寓丰台花匠家，邂逅一士共谈。吾言此地花事殊胜，惟墟墓间多鬼可憎。士曰：'鬼亦有雅俗，未可概弃。吾曩游西山，遇一人论诗，殊多精诣，自诵所作，有曰：深山迟见日，古寺早生秋。又曰：钟声散墟落，灯火见人家。又曰：猿声临水断，人语入烟深。又曰：林梢明远水，楼角挂斜阳。又曰：苔痕侵病榻，雨气入昏灯。又曰：鸺鹠岁久能人语[①]，魍魉山深每昼行。又曰：空江照影芙蓉泪，废苑寻春蛱蝶魂[②]。皆楚楚有致。方拟问其居停，忽有铃驮琅琅，欻然灭迹[③]。此鬼宁复可憎耶？'吾爱其脱洒，欲留共饮。其人振衣起曰：'得免君憎，已为大幸，宁敢再入郇厨[④]？'一笑而隐。方知说鬼者即鬼也。"书生因戏曰："此等奇艳，古所未闻。然阳羡鹅笼[⑤]，幻中出幻，乃转辗相生，安知说此鬼者，不又即鬼耶？"数人一时变色，微风飒起，灯光黯然，并化为薄雾轻烟，蒙蒙四散。

【注释】

① 鸺(xiū)鹠(liú)：角鸮属或另一近缘属的一种小耳的鸮。② 蛱(jiá)：蝴蝶的一类，前足短小，触角锤状，成虫赤黄色，对农作物有害。③ 欻(xū)：忽然，迅速。④ 郇厨：即郇公厨。唐代韦陟，袭封郇国公。性侈纵，穷治馔羞，厨中多美味佳肴。后因以"郇公厨"称膳食精美的人家。⑤ 阳羡鹅笼：典出自南朝时志怪小说《续齐谐志》，源于佛教《旧杂譬喻经》中的故事。南朝梁吴均《续齐谐记》载：阳羡许彦负鹅笼而行，遇一书生以脚痛求寄笼中。至一树下，书生出，从口中吐出器具肴馔，与彦共饮，并吐一女子共坐。书生醉卧，女子吐一男子。女子卧，男子复吐一女子共酌。书生欲觉，女子又吐锦帐遮掩书生，即入内共眠。男子另吐一女子酌戏。后次第各吞所吐，书生以铜盘一赠彦而去。后用作幻中生幻，变化无常之典。

【导读】

此篇鬼故事颇有魅力，些许阴森，却并不至于恐怖，反而让人不禁掩卷遐思，"幻中生幻"，层层环套。明清笔记中鬼故事，大多文典精致，此篇几百字中含七联诗，可窥一斑。细读其诗，确实"楚楚有致"，"深山""古寺""病榻""废苑"等意象清寒森森，全无人气。"鸺鹠岁久能人语"句，即妖之写照，至"魍魉山深每昼行"句，直是鬼语。书生鄱阳夜逢鬼，虽未邂逅艳鬼丽妖，亦无缱绻悱恻之爱情，却仍不减此故事之魅力。而湖边酒肆饮酒畅谈的风雅之鬼亦绝无恶意，只是被书生无意揭穿身份，一时羞赧，消失了事。书生最后之言有些许值得玩味，"阳羡鹅笼，幻中出幻"，生命就在这样的回环往复中起承转合。

一九 庚午四月[①]，先太夫人病革时，语子孙曰："旧闻地下眷属，临终时一一相见。今日果然。幸我平生尚无愧色。汝等在世，家庭骨肉，当处处留将来相见地也。”

姚安公曰：“聪明绝特之士，事事皆能知，而独不知人有死；经纶开济之才，事事皆能计，而独不能为死时计。使知人有死，一切作为，必有索然自返者；使能为死时计，一切作为，必有悚然自止者。惜求诸六合之外，失诸眉睫之前也。”

【注释】

① 庚午：乾隆十五年(1750)。

【导读】

佛说生死事大，此文近之。晓岚常以冥间和鬼神世界之幻想来表达其希图世事清明之愿望。鬼神狐妖成为实际执行者与监督者，以此加强道德伦理教化，如此结构作品，正如姚安公所云“聪明绝特之士，事事皆能知，而独不知人有死；经纶开济之才，事事皆能计，而独不能为死时计”，凡事皆需远虑，以期“死”后直面铁面无私之冥司审判。

二〇　一南士以文章游公卿间。偶得一汉玉璜，质理莹白，而血斑彻骨，尝用以镇纸。一日，借寓某公家。方灯下构一文，闻窗隙有声，忽一手探入。疑为盗，取铁如意欲击；见其纤削如春葱，瑟缩而止。穴纸窃窥，乃一青面罗刹鬼。怖而仆地。比苏，则此璜已失矣。疑为狐魅幻形，不复追诘。后于市上偶见，询所从来。辗转经数主，竟不得其端绪。久乃知为某公家奴伪作鬼装所取。

董曲江戏曰：“渠知君是惜花御史，故敢露此柔荑。使遇我辈粗材，断不敢自取断腕。”余谓此奴伪作鬼装，一以使不敢揽执，一以使不复追求。又灯下一掌破窗，恐遭捶击，故伪作女手，使知非盗；且引之窥见恶状，使知非人，其运意亦殊周密。盖此辈为主人执役，即其钝如椎；至作奸犯科，则奇计环生，如鬼如蜮。大抵皆然，不独此一人一事也。

【导读】

为人奴者，“为主人执役，即其钝如椎；至作奸犯科，则奇计环生，如鬼如蜮”。此家奴为盗人玉璜，先伸“纤削如春葱”之指，令人无防，后伪作“青面”女鬼，令人恐怖昏厥，乃顺利盗走玉璜。其机关之巧妙，运意之周密，令人齿寒也。

二一 朱竹坪御史尝小集阎梨材尚书家。酒次，竹坪慨然曰："清介是君子分内事。若恃其清介以凌物，则殊嫌客气不除。昔某公为御史时，居此宅，坐间或言及狐魅，某公痛詈之。数日后，月下见一盗逾垣入。内外搜捕，皆无迹。扰攘彻夜。比晓，忽见厅上卧一老人，欠伸而起曰：'长夏溽暑，（长夏字出黄帝《素问》，谓六月也。王太仆注："读上声。"杜工部"长夏江村事事幽"句，皆读平声，盖注家偶未考也。）偶投此纳凉，致主人竟夕不安，殊深惭愧。'一笑而逝。盖无故侵狐，狐以是戏之也。岂非自取侮哉！"

【导读】

狐虽异类，然既不作恶，何故恃其清介而痛詈之，致自取其侮哉！

二二 俗传鹊蛇斗处为吉壤，就斗处点穴，当大富贵，谓之"龙凤地"。余十一二岁时，淮镇孔氏田中，尝有是事，舅氏安公实斋亲见之。孔用以为坟，亦无他验。

余谓鹊以虫蚁为食，或见小蛇啄取；蛇蜿蜒拒争，有似乎斗。此亦物态之常。必当日曾有地师为人卜葬，指蛇鹊斗处是穴，如陶侃葬母，仙人指牛眠处是穴耳①。后人见其有验，遂传闻失实，谓鹊蛇斗处必吉。然则因陶侃事，谓凡牛眠处必吉乎？

【注释】

① 牛眠处：典出《晋书·周访传》。初，陶侃微时，丁艰，将葬，家中忽失牛而不知所在，遇一老父，谓曰："前冈见一牛眠淤中，其地若葬，位极人臣矣。"又指一小山云："此亦其次，当世出二千石。"后以"牛眠处"为风水吉利之地。

【导读】

鹊以虫蚁为食，或见小蛇啄取；蛇蜿蜒拒争，有似乎斗。此亦物态之常，非吉利之兆也。而有人则偶见之吉利，遂以为定例，谓鹊蛇斗处必吉，此乃大谬矣！晓岚所见极为客观，其识见高于常人。

二三 刘香畹言：沧州近海处，有牧童年十四五，虽农家子，颇白皙。一日，陂畔午睡醒，觉背上似负一物。然视之无形，扪之无质，问之亦无声。怖而返，以告父母，无如之何。

数日后，渐似拥抱，渐似抚摩，既而渐似梦魇，遂为所污。自是媟狎无时。而无形无质无声，则仍如故。时或得钱物果饵，亦不甚多。邻塾师语其父曰："此恐是狐，宜藏猎犬，俟闻媚声时排闼嗾攫之[①]。"父如所教。狐嗷然破窗出，在屋上跳掷，骂童负心。

塾师呼与语曰："君幻化通灵，定知世事。夫男女相悦，感以情也。然朝盟同穴，夕过别船者，尚不知其几。至若娈童，本非女质，抱衾荐枕，不过以色为市耳。当其傅粉熏香，含娇流盼，缠头万锦，买笑千金，非不似碧玉多情，回身就抱。迨富者资尽，贵者权移，或掉臂长辞，或倒戈反噬，翻云覆雨，自古皆然。萧韶之于庾信，慕容冲之于苻坚，载在史册，其尤著者也。其所施者如彼，其所报者尚如此。然则与此辈论交，如抟沙作饭矣。况君所赠，曾不及五陵豪贵之万一，而欲此童心坚金石，不亦颠乎？"语讫寂然。

良久，忽闻顿足曰："先生休矣。吾今乃始知吾痴。"浩叹数声而去。

【注 释】

① 嗾(sǒu)：使狗之声音。

【导 读】

此塾师无丝毫讲学气，世事皆洞明也。"男女相悦，感以情也"，"迨富者资尽，贵者权移，或掉臂长辞，或倒戈反噬，翻云覆雨，自古皆然"，一语道破狐遭"负心"之缘由。娈童皆以色市，本无所谓情，故欲人心坚如石，不可得也。晓岚于好男风之人事颇为鄙夷，故造作此篇以讽世上"颠"、"痴"之人耳。

二四　姜白岩言：有士人行桐柏山中，遇卤簿前导[①]，衣冠形状，似是鬼神，暂避林内。舆中贵官已见之，呼出与语，意殊亲洽。因拜问封秩。曰："吾即此山之神。"又拜问："神生何代？冀传诸人世，以广见闻。"曰："子所问者人鬼，吾则地祇也。夫玄黄剖判[②]，融结万形。形成聚气，气聚藏精，精凝孕质，质立含灵。故神祇与天地并生，惟圣人通造化之原。故燔柴、瘗玉[③]，载在《六经》。自稗官琐纪，创造鄙词，曰刘、曰张，谓天帝有废兴；曰吕、曰冯，谓河伯有夫妇。儒者病焉。紫阳崛起，乃以理诘天，并皇矣之下临[④]，亦斥为乌有。而鬼神之德，遂归诸二气之屈伸矣。夫木石之精，尚生夔罔；雨土之精，尚生羵羊[⑤]。岂有乾坤斡运，元气鸿洞，反不能聚而上升，成至尊之主宰哉？观子衣冠，当为文士。试传吾语，使儒者知圣人飨报之由。"士人再拜而退。然每以告人,辄疑以为妄。

余谓此言推鬼神之末始,植义甚精。然是白岩寓言,托诸鬼神耳。赫赫灵祇,岂屑与讲学家争是非哉?

【注释】

① 卤簿:古代帝王驾出时扈从的仪仗队。出行之目的不同,仪式亦各别。自汉以后亦用于后妃、太子、王公大臣。唐制四品以上皆给卤簿。② 玄黄剖判:指开辟天地。③ 燔柴:古代祭天仪式。将玉帛、牺牲等置于积柴上而焚之。瘞玉:古代祭山礼仪。治礼毕埋玉于坑。④ 皇矣:出自《诗经·皇矣》"皇矣上帝!临下有赫"。《毛序》:"《皇矣》,美周也。天监代殷莫若周,周世世修德莫若文王。"⑤ 羵(fén)羊:古代传说中的土中神怪。

【导读】

身为"地祇"之贵官向书生讲述儒者应循"圣人尊崇上天"之理,其言颇精深,然世人视其为书生杜撰事也,缘由即"赫赫灵祇"脱乎四方人世,不屑"与讲学家争是非"。

二五 裘编修超然言:丰宜门内玉皇庙街,有破屋数间,锁闭已久,云中有狐魅。适江西一孝廉与数友过夏,(唐举子下第后,读书待再试,谓之"过夏"。)取其地幽僻,僦舍于旁。

一日,见幼妇立檐下,态殊妩媚,心知为狐。少年豪宕,意殊不惧。黄昏后,诣门作礼,祝以媟词。夜中闻床前窸窣有声,心知狐至,暗中举手引之。纵体入怀,遽相狎昵,冶荡万状,奔命殆疲。

比月上窗明,谛视乃一白发媪,黑陋可憎。惊问:"汝谁?"殊不愧赧,自云:"本城楼上老狐,娘子怪我饕餮而慵作,斥居此屋,寂寞已数载。感君垂爱,故冒耻自献耳。"孝廉怒,搏其颊,欲缚捶之。撑拄摆拨间,同舍闻声,皆来助捉。忽一脱手,已琤然破窗遁。

次夕,自坐屋檐,作软语相唤。孝廉诟詈,忽为飞瓦所击。又一夕,揭帷欲寝,乃裸卧床上,笑而招手。抽刃向击,始泣骂去。

惧其复至,移寓避之。登车顷,突见前幼妇自内走出。密遣小奴访问,始知居停主人之甥女,昨偶到街买花粉也。

【导读】

此篇甚有意趣。前段颇类明清其他文言小说人狐恋爱之基本模式:

文士期慕艳遇，狐仙幻形为美女就之；后半则陡转疾下，孝廉所遇并非艳女，乃一黑陋可憎、格调低下之狐媪也。这则笔记似乎有意嘲弄书生们的自作多情。而其隐喻的内在的意蕴则是：文人书生所向往的人狐艳遇并非都如他们自己所期望的那样能如愿以偿、充满玫瑰色彩。即便能侥幸邂逅，也是苦涩而令人倒胃的。这无疑是对明清小说人狐恋爱模式的颠覆。

二六 琴工钱生（以鼓琴客裘文达公家，滑稽善谐戏。因面有瘢风，皆呼曰“钱花脸”。来往数年，竟不能举其里居名字也。）言：一选人居会馆，于馆后墙缺见一妇，甚有姿首，衣裳故敝，而修饰甚整洁。意颇悦之。馆人有母年五十余，故大家婢女，进退语言，均尚有矩度，每代其子应门。料其有干才，赂以金，祈谋一晤。对曰：“向未见此，似是新来。姑试侦探，作万一想耳。”

越十许日，始报曰：“已得之矣。渠本良家，以贫故，忍耻出此。然畏人知，俟夜深月黑，乃可来。切勿秉烛，勿言勿笑，勿使僮仆及同馆闻声息，闻钟声即勿留。每夕赠以二金足矣。”选人如所约，已往来月余。一夜，邻弗戒于火。选人惶遽起。僮仆皆入室救囊箧；一人急搴帐，曳茵褥，訇然有声，一裸妇堕榻下，乃馆人母也。莫不绝倒。

盖京师媒妁最奸黠，遇选人纳媵，多以好女引视，而临期阴易以下材，觉而涉讼者有之。幂首入门，背灯障扇，俟定情后始觉，委曲迁就者亦有之。此媪狃于乡风[①]，竟以身代也。

然事后访问四邻，墙缺外实无此妇。或曰：“魅也。”裘文达公曰：“是此媪引致一妓，炫诱选人耳。”

【注释】

① 狃：因袭，拘泥。

【导读】

为人媒者“最为奸黠”，其窥探、引视、牵线，颇多名目机械。而此媪竟以身代之，实乃无耻之尤。此则可与前则对看，皆曝露世风之陋劣。而前者为楼上老狐，居于异类，尚可理解；而后者则为京师良家，尚为此出乖露丑之事，不可囿也。由此颇可见及“皇城根下”世风之一斑。

二七 奴子王廷佑之母言：青县一民家，岁除日，有卖通草花者，叩门呼曰:“伫立久矣,何花钱尚不送出耶?”诘问家中,实无人买花。而卖者坚执一垂髫女子持入。乃正纷扰间,闻一媪急呼曰:“真大怪事,厕中敝帚柄上,竟插花数朵也。”验取,果适所持入。乃锉而焚之,呦呦有声,血出如缕。

此魅既解化形,即应潜养灵气,何乃作此变异,使人知而歼除,岂非自取其败耶?天下未有所成,先自炫耀;甫有所得,不自韬晦者,类此帚也夫!

【导读】

此则故事乃告诫世人,凡事未成之前,即应潜养灵气,深自韬晦,切忌妄自炫耀。相反,则类似此帚,事未成而使人知而歼除。故事虽平淡,而大有深意存焉!

二八 外祖雪峰张公家奴子王玉善射。尝自新河携盐租返,遇三盗,三矢仆之,各唾面纵去。

一日,携弓矢夜行,见黑狐人立向月拜。引满一发,应弦饮羽。归而寒热大作。是夕,绕屋有哭声曰:“我自拜月炼形,何害于汝?汝无故见杀,必相报恨。汝未衰,当诉诸司命耳。”

数日后,窗棱上铿然有声,愕眙惊问[①],闻窗外语曰:“王玉我告汝:我昨诉汝于地府,冥官检籍,乃知汝过去生中,负冤讼辩,我为刑官,阴庇私党,使汝理直不得申,抑郁愤恚,自刺而死。我堕身为狐,此一矢所以报也。因果分明,我不怨汝。惟当日违心枉拷,尚负汝笞掠百余。汝肯发愿免偿,则阴曹销籍,来生拜赐多矣。”语讫,似闻叩额声。王叱曰:“今生债尚不了了,谁能索前生债耶?妖鬼速去,无扰我眠。”遂寂然。世见作恶无报,动疑神理之无据。乌知冥冥之中,有如是之委曲哉。

【注释】

① 眙(chì):直视,瞪。

【导读】

此篇皮里阳秋,指责官员之草菅人命。晓岚让一只黑狐自陈堕身为狐之原因:“我为刑官,阴庇私党”,使负冤讼辩者“抑郁愤恚”。王玉颇强项,为狐所祟,尚叱其速去,有魏晋之风。

二九 雍正甲寅[①],余初随姚安公至京师。闻御史某公性多疑。初典永光寺一宅，其地空旷。虑有盗，夜遣家奴数人，更番司铃柝；犹防其懈，虽严寒溽暑，必秉烛巡视。

不胜其劳，别典西河沿一宅，其地市廛栉比[②]。又虑有火，每屋储水瓮。至夜铃柝巡视，如在永光寺时。

不胜其劳，更典虎坊桥东一宅，与余邸隔数家。见屋宇幽邃，又疑有魅，先延僧诵经，放焰口，钹鼓琤琤者数日，云以度鬼；复延道士设坛召将，悬符持咒，钹鼓琤琤者又数日，云以驱狐。宅本无他，自是以后，魅乃大作，抛掷砖瓦，攘窃器物，夜夜无宁居。婢媪仆隶，因缘为奸，所损失无算。论者皆谓妖由人兴。

居未一载，又典绳匠胡同一宅。去后不通闻问，不知其作何设施矣。姚安公曰："天下本无事，庸人自扰之。其此公之谓乎。"

【注释】

① 雍正甲寅：雍正十二年(1734)。② 廛：古代城市平民的房地。

【导读】

此御史移居数次，先疑有盗，再疑有火，复疑有魅，再疑有狐，前前后后，数次折腾，不胜其劳，终乃妖由人兴，魅乃大作，真可谓"天下本无事，庸人自扰之"。而此公多疑之个性特征亦在数次迁居过程中得到生动展示。此公之所为及其遭遇于世人颇具警示意义。

三〇　钱塘陈乾纬言：昔与数友，泛舟至西湖深处，秋雨初晴，登寺楼远眺。一友偶吟"举世尽从忙里老，谁人肯向死前休"句，相与慨叹。

寺僧微哂曰："据所闻见，盖死尚不休也。数年前，秋月澄明，坐此楼上。闻桥畔有诟争声，良久愈厉。此地无人居，心知为鬼。谛听其语，急遽搀夺，不甚可辨，似是争墓田地界。俄闻一人呼曰：'二君勿喧，听老僧一言可乎。夫人在世途，胶胶扰扰，缘不知此生如梦耳，今二君梦已醒矣，经营百计，以求富贵，富贵今安在乎？机械万端，以酬恩怨，恩怨今又安在乎？青山未改，白骨未枯，孑然惟剩一魂。彼幻化黄粱，尚能省悟；何身亲阅历，反不知万事皆空？且真仙真佛以外，自古无不死之人；大圣大贤以外，自古亦无不消之鬼。并此孑然一魂，久亦不免于澌灭。顾乃于电光石火之内，更兴蛮触之兵戈，不梦中梦乎？'语讫，闻呜呜饮泣声，又闻浩叹声曰：'哀乐未忘，宜乎其未齐得丧。如斯挂碍，老僧亦不能解脱矣。'遂不闻再语，疑其难未已也。”乾纬曰：“此自师粲花之舌耳。然默验人情，实亦为理之所有。”

【导读】

死且不休，此二鬼真痴魂也！世人经营百计，机械万端，死后富贵恩怨终化黄粱，犹不知自省，争诟不休，不亦痴乎？老僧以“万事皆空”化解，虽稍嫌消极避世，亦不无道理。

三一 竹吟与朱青雷游长椿寺，于鬻书画处，见一卷擘窠书曰[①]：“梅子流酸溅齿牙，芭蕉分绿上窗纱。日长睡起无情思，闲看儿童捉柳花。”款题“山谷道人”。方拟议真伪，一乞者在旁睨视，微笑曰：“黄鲁直乃书杨诚斋诗，大是异闻。”掉臂竟去。青雷讶曰：“能作此语，安得乞食？”竹吟太息曰：“能做此语，又安得不乞食！”

余谓此竹吟愤激之谈，所谓名士习气也。聪明颖隽之士，或恃才兀傲，久而悖谬乖张，使人不敢相近者，其势亦可以乞食。或有文无行，久而秽迹恶声，使人不屑齿录者，其势亦可以乞食。是岂可赋感士不遇哉！

【注释】

① 擘(bò)窠(kē)：写字、篆刻时，为求字体大小匀整，以横直界线分格，叫“擘窠”。本文指大字。

【导读】

晓岚之汉学家气质朴直简质，于恃才傲物之辈颇多讥讽。世间有才学者多矣，怀才不遇者亦多矣，晓岚认为德才兼备者寡，而恃才傲物、有文无行者多，而这两者皆不可取，其沦为乞丐之命运固宜同情，然乃自取之耳，其批判之意甚明。

三二 有游士借居万柳堂，夏日，湘帘棐几[①]，列古砚七八，古玉器、铜器、磁器十许，古书册、画卷又十许，笔床、水注、酒盏、茶瓯、纸扇、棕拂之类，皆极精致。壁上所粘，亦皆名士笔迹。焚香宴坐，琴声铿然，人望之若神仙。非高轩驷马，不能登其堂也。一日，有道士二人，相携游览，偶过所居，且行且言曰：“前辈有及见杜工部者，形状殆如村翁。吾曩在汴京，见山谷、东坡，亦都似措大风味。不及近日名流，有许多家事。”

朱导江时偶同行，闻之怪讶，窃随其后。至马车丛杂处，红尘涨合，倏已不见。竟不知是鬼是仙。

【注释】

① 棐(fěi):古通"榧",香榧,常绿乔木。"棐几"即用棐木做的几桌,亦泛指几桌。

【导读】

真文士措大风味,假名流家事许多。晓岚此文刺附庸风雅、腹中空空者也。

三三 莆田林生霈言:闽一县令,罢官居馆舍。夜有盗破扉入。一媪惊呼,刃中脑仆地。僮仆莫能出。巷有逻者,素弗善所为,亦坐视。盗遂肆意搜掠。其幼子年十四五,以锦衾蒙首卧。盗掣取衾,见姣丽如好女,嘻笑抚摩,似欲为无礼。中刃媪突然跃起,夺取盗刀,径负是子夺门出。追者皆被伤,乃仅捆载所劫去。县令怪媪已六旬,素不闻其能技击,何勇鸷乃尔[①]。急往寻视,则媪挺立大言曰:"我某都某甲也,曾蒙公再生恩。殁后执役土神祠,闻公被劫,特来视。宦资是公刑求所得,冥官判饱盗橐[②],我不敢救。至侵及公子,则盗罪当诛。故附此媪与之战。公努力为善。我去矣。"遂昏昏如醉卧。救苏问之,懵然不忆。盖此令遇贫人与贫人讼,剖断亦甚公明,故卒食其报云。

【注释】

① 鸷(zhì):凶猛。② 橐(tuó):口袋。

【导读】

县令罢官后遭到群盗抢劫,无人相救,当危及幼子时,有鬼魂附身于老媪挺身而出,问其故,原是"此令欲贫人与贫人讼,剖断亦颇公明",终得善报,至于被抢之钱财,"是公刑求所得",活该被掠。晓岚以赏罚分明之结局揭示其对官吏贪污之憎恶与断案公明之赞赏,堪谓客观公论也。

三四 州县官长随,姓名籍贯皆无一定,盖预防奸赃败露,使无可踪迹追捕也。姚安公尝见房师石窗陈公一长随,自称山东朱文;后再见于高淳令梁公润堂家,则自称河南李定。梁公颇倚任之。临启程时,此人忽得异疾,乃托姚安公暂留于家,约痊时续往。其疾自两足趾寸寸溃腐,以渐而上,至胸膈穿漏而死。死后检其囊箧,有小册作蝇头字,记所阅凡十七官,每官皆疏其阴事,详载某时某地,某人与闻,某人旁睹,以及往来书札、谳断案牍,无一不备录。其同类有知之者,曰:"是尝挟制数官矣。其妻亦某官之侍婢，盗之窃逃，留一函于几上。官竟弗敢追也。今得是疾，岂非天道哉！”

霍文易书曰：“此辈依人门户，本为舞弊而来。譬彼养鹰，断不能责以食谷，在主人善驾驭耳。如善其便捷，委以耳目腹心，未有不倒持干戈，授人以柄者。此人不足责，吾责彼十七官也。”姚安公曰：“此言犹未揣其本。使十七官者绝无阴事之可书，虽此人日日橐笔，亦何能为哉。”

【导读】

此篇看似闲笔而实有深意：长随死后，其记录十七个官员阴事之账簿白于天下，悉知内情者言其以此要挟过许多官员。晓岚评论道，若官员无私，长随何以挟之？一者，官吏道德败坏；二者，官场中人际关系尔虞我诈。其吏治败坏、人性沦丧之貌活灵活现。

三五 理所必无者，事或竟有；然究亦理之所有也，执理者自太固耳。

献县近岁有二事：一为韩守立妻俞氏，事祖姑至孝。乾隆庚辰[①]，祖姑失明，百计医祷，皆无验。有黠者绐以刲肉燃灯[②]，祈神佑，则可速愈。妇不知其绐也，竟刲肉燃之。越十余日，祖姑目竟复明。夫受绐亦愚矣，然惟愚故诚，惟诚故鬼神为之格。此无理而有至理也。

一为丐者王希圣，足双挛，以股代足，以肘撑之行。一日，于路得遗金二百，移橐匿草间，坐守以待觅者。俄商家主人张际飞仓皇寻至，叩之，语相符，举以还之。际飞请分取，不受。延至家，议养赡终其身。希圣曰：“吾形残废，天所罚也。违天坐食，将必有大咎。”毅然竟去。后困卧裴圣公祠下，（裴圣公不知何时人，志乘亦不能详。士人云，祈雨时有验。）忽有醉人曳其足，痛不可忍。醉人去后，足已伸矣。由是遂能行。至乾隆己卯乃卒[③]。际飞故先祖门客，余犹及见。自述此事甚详。盖希圣为善宜受报，而以命自安，不受人报，故神代报焉。非似无理而亦有至理乎！

戈芥舟前辈尝载此二事于县志，讲学家颇病其语怪。余谓芥舟此志，惟乩仙联句及王生殇子二条，偶不割爱耳。全书皆体例谨严，具有史法。其载此二事，正以见匹夫匹妇，足感神明；用以激发善心，砥砺薄俗，非以小说家言滥登舆记也。汉建安中，河间太守刘照妻葳蕤锁事[④]，载《录异传》；晋武帝时，河间女子剖棺再活事，载《搜神记》。皆献邑故实，何尝不删薙其文哉[⑤]。

【注释】

① 乾隆庚辰：乾隆二十五年(1750)。② 刲(kuī)：割取。③ 乾隆己卯：乾隆二十四年(1749)。④ 葳(wēi)蕤(ruí)：据《太平广记》卷三一六引《录异传·刘照》载：建安中河间太守刘照妇亡，后太守梦见一妇人，往就之，又遗一双锁，太守不能名，妇曰："此萎蕤锁也。以金缕相连，屈伸在人，实珍物。吾方当去，故以相别，慎无告人！""萎蕤"亦写作"葳蕤"。后因以"葳蕤"借指锁。⑤ 薙(tì)：删除。

【导读】

晓岚对于鬼神等灵异事件一直持较为审慎之态度。世间万物特性各异，难免有一些情态各异，缘由却不为人知之轮回异闻难以常理度之。理所必无，事竟有之，则不必太过执理，搁置存疑则是。

三六　外叔祖张公紫衡，家有小圃，中筑假山，有洞曰"泄云"。洞前为艺菊地，山后养数鹤。有王昊庐先生集欧阳永叔、唐彦谦句题联曰："秋花不比春花落，尘梦那知鹤梦长。"颇为工切。一日，洞中笔砚移动，满壁皆摹仿此十四字，拗捩欹斜，不成点画；用笔或自下而上，自右而左，或应连者断，应断者连，似不识字人所书。疑为童稚游戏，重垩而鐍其户[①]。越数日，启视复然，乃知为魅。一夕，闻格格磨墨声，持刃突入掩之。一老猴跃起冲人去。自是不复见矣。不知其学书何意也。

余尝谓小说载异物能文翰者，惟鬼与狐差可信，鬼本人，狐近于人也。其他草木禽兽，何自知声病。至于"浑家门客"并苍蝇草帚亦具能诗，即属寓言，亦不应荒诞至此。此猴岁久通灵，学人涂抹，正其顽劣之本色，固不必有所取义耳。

【注释】

① 垩(è)：用白土涂饰。鐍(jué)：锁闭。

【导读】

"浑家门客"，见于《太平广记》之"滕庭俊"故事：滕庭俊遇见麻大、和且耶两人，自称是"浑家门客"，要与滕联诗，麻大诗曰："自与慎终邻，馨香遂满身。无关好清净，又用去灰尘。"和且耶诗曰："冬日每去依烟火，春至还归养子孙。曾向苻王笔端坐，迩来求食浑家门。"滕庭俊大悦，见房屋华美，亦为诗曰："田文称好客，凡养几多人？如使冯谖在，今希厕下宾。"麻、和二人听了笑着说:“你如何讽刺我俩?”随即安排上饭菜。吃完,有人呼滕,房屋一下变成厕所,也就是“浑家”;麻大变成个扫帚,和且耶变成一只大苍蝇,也就是两位浑家里的“门客”,谁知道方才所吃何物?仔细体会他们的诗,其实即为他们自己身份之谜语,诗句用词造句均诙谐,极富意韵。狐能画荷、猿能学书,前辈风流,何可及也?

晓岚用此典,显然在于讽刺事情之荒诞。由此,亦可见及晓岚之某些文艺思想,即在文学创作中,适当的虚构是不可避免的,但必须要基本合乎情理,而不可完全天马行空,信马由缰。如此则文末所论,小说中多有载异物能文翰之事,渠认为,如果所谓“异类”为鬼与狐大致可信,为何呢?因为文翰之事乃人为之也,而“鬼本人,狐近于人也”。而如果说“浑家门客”并苍蝇草帚亦具能诗,则纯属荒诞,即便是寓言,亦不可信。这说明,晓岚并不完全排斥文学创作中的虚构,但关键在于要合乎情理,不能随心所欲,更不能信口雌黄。晓岚此论,有合理之处,亦有欠妥之处。文学创作要合乎情理自然是对的。但所谓“合乎情理”并不完全在于形态、性情等外在的方面,关键还在于是否合乎现实生活的内在逻辑。以此揆之,晓岚似又不无偏狭。

卷八　如是我闻（二）

一　旭升又言：县吏李懋华，尝以事诣张家口。于居庸关外，夜失道，暂憩山畔神祠。

俄灯光晃耀，遥见车骑杂遝①，将至祠门。意是神灵，伏匿庑下。见数贵官并入祠坐，左侧似是城隍，中四五座则不识何神。数吏抱簿陈案上，一一检视，窃听其语，则勘验一郡善恶也。

一神曰："某妇事亲无失礼，然文至而情不至。某妇亦能得姑舅欢，然退与其夫有怨言。"一神曰："风俗日偷，神道亦与人为善。阴律孝妇延一纪。此二妇减半可也。"佥曰："善。"俄一神又曰："某妇至孝而至淫，何以处之？"一神曰："阳律犯淫罪止杖，而不孝则当诛。是不孝之罪，重于淫也。不孝之罪重，则能孝者福亦重。轻罪不可削重福，宜舍淫而论其孝。"一神曰："服劳奉养，孝之小者；亏行辱亲，不孝之大者。小孝难赎大不孝，宜舍孝而科其淫。"一神曰："孝，大德也，非他恶所能掩。淫，大罚也，非他善所能赎。宜罪福各受其报。"侧坐者磬折请曰："罪福相抵可乎？"神掉首曰："以淫而削孝之福，是使人疑孝无福也；以孝而免淫之罪，是使人疑淫无罪也。相抵恐不可。"一神隔坐言曰："以孝之故，虽至淫而不加罪，不使人愈知孝乎？以淫之故，虽孝而不获福，不使人愈戒淫乎？相抵是。"一神沉思良久曰："此事出入颇重大，请命于天曹可矣。"语讫俱起，各命驾而散。李故老吏，娴案牍，阴记其语；反复思之，不能决。不知天曹作何判断也。

【注释】

① 杂遝（tà）：行人很多，拥挤杂乱。

【导读】

此篇述神灵勘查一郡人之善恶，论断公明果决，取舍标准清楚，遇疑案则根据实际情况反复研究，实在无法裁决也不贸然判断，"此事出入颇重大，请命于天曹可矣"，总之决不敷衍了事。冥官乃执法公正之典范，判决果断公明，极有震慑力。而孝、淫之辩终两难，天神之争论，亦为晓岚本人之困惑。

二 西城将军教场一宅，周兰坡学士尝居之。夜或闻楼上吟哦声，知为狐，弗讶也。及兰坡移家，狐亦他徙。

后田白岩僦居，数月狐乃复归。白岩祭以酒脯，并陈祝词于几曰："闻此蜗庐，曾停鹤驭。复闻飘然远引，似桑下浮图[①]。鄙人匏系一官[②]，萍飘十载，拮据称贷，卜此一廛。数夕来咳笑微闻，似仙舆复返。岂鄙人德薄，故尔见侵？抑夙有因缘，来兹聚处欤？既承惠顾，敢拒嘉宾！惟冀各守门庭，使幽明异路，庶均归宁谧，异苔不害于同岑[③]。敬布腹心，伏惟鉴烛。"

次日，楼前飘堕一帖云："仆虽异类，颇悦诗书，雅不欲与俗客伍。此宅数十年来皆词人栖息，惬所素好，故挈族安居。自兰坡先生恝然舍我[④]，后来居者，目不胜驵侩之容[⑤]，耳不胜歌吹之音，鼻不胜酒肉之气。迫于无奈，窜迹山林。今闻先生山姜之季子，文章必有渊源，故望影来归，非期相扰。自今以往，或检书獭祭[⑥]，偶动芸签；借笔鸦涂，暂磨鸜眼[⑦]。此外如一毫陵犯，任先生诉诸明神。愿廓清襟，勿相疑贰。"末题"康默顿首顿首"。从此声息不闻矣。

白岩尝以此帖示客，斜行淡墨，似匆匆所书。或曰："白岩托迹微官，滑稽玩世，故作此以寄诙嘲。寓言十九，是或然欤！"然此与李庆子遇狐叟事，大旨相类，不应俗人雅魅，叠见一时，又同出于山左。或李因田事而附会，或田因李事而推演，均未可知。传闻异词，姑存其砭世之意而已。

【注释】

① 桑下浮图：高僧不在同一棵树下住三天以上，以避免心生依恋。浮图，代指高僧。② 匏(páo)系(xì)：喻不为时用，赋闲。③ 异苔不害于同岑：异苔同岑，成语，不同的植物生长在同一个山岭上。④ 恝(jiá)：无动于衷，淡然。⑤ 驵(zǎng)侩(kuài)：撮合牲畜交易之人。后泛指经纪人、市侩。⑥ 獭祭：獭常捕鱼陈列于水边，有如陈物而祭，称为"祭鱼"，亦称"獭祭"，后来常以之比喻读书人书籍众多，环绕犹如祭鱼。⑦ 鸜(qú)眼：鸜，古同"鸲"，俗称八哥。端溪砚石有"鸜鸽眼"，后以之代指佳砚。

【导读】

田白岩与狐仙来往之拜帖甚为雅致精彩。李庆子事，见《滦阳消夏录》(四)之"狐避俗士"条。借狐以砭世，乃《阅微》之惯用法。《阅微》之狐颇雅致，知书达礼，此则故事与前所述李庆子事同一类别矣！兰坡、白岩皆为雅士，故狐望影来归。而遇后来居者，目不胜驵侩之容，耳不胜歌吹之音，鼻不胜酒肉之气。故迫于无奈，窜迹山林。此狐雅好峻洁，避粗莽之人，择邻而居，岂不同于孟母三迁？

三 宛平何华峰，官宝庆同知时，山行疲困，望水际一草庵，投之暂憩。榜曰"孤松庵"，门联曰："白鸟多情留我住，青山无语看人忙。"

有老僧应门，延入具茗，颇香洁；而落落无宾主意。室三楹，亦甚朴雅。中悬画佛一轴，有八分书题曰："半夜钟磬寂，满庭风露清。琉璃青黯黯，静对古先生。"不署姓名，印章亦模糊不辨。旁一联曰："花幽防引蝶，云懒怯随风。"亦不题款。指问："此师自题耶？"漠然不应，以手指耳而已。

归途再过其地，则波光岚影，四顾萧然，不见向庵所在。从人记遗烟筒一枝，寻之，尚在老柏下。竟不知是佛祖是鬼魅也。

华峰画有《佛光示现卷》，并自记始末甚悉。华峰殁后，想已云烟过眼矣。

【导读】

此则整篇乃一朦胧诗也！而诗之魂则为神秘之佛境。水际草堂，极雅致静谧，修行地也。门联之诗"白鸟多情留我住，青山无语看人忙"，亦凸显方外之境。老僧应门，而无言语。居室中之无题款之画轴及对联大有深意，而老僧之漠然，亦更增神秘之感。后之波光岚影、四顾萧然之景与此前水际草堂对应，佛境毕现。佛祖焉？鬼魅焉？唤起世人无限遐思。

四 族兄次辰言：其同年康熙甲午孝廉某[①]，尝游嵩山，见女子汲溪水。试求饮，欣然与一瓢；试问路，亦欣然指示。因共坐树下语，似颇涉翰墨，不类田家妇。疑为狐魅。爱其娟秀，且相款洽。女子忽振衣起曰："危乎哉！吾几败。"怪而诘之。赧然曰："吾从师学道百余年，自谓此心如止水。师曰：'汝能不起妄念耳，妄念故在也。不见可欲故不乱，见则乱矣。平沙万顷中，留一粒草子，见雨即芽。汝魔障将至，明日试之，当自知。'今果遇君，问答留连，已微动一念；再片刻则不自持矣。危乎哉！吾几败。"踊身一跃，直上木杪，瞥如飞鸟而去。

【注释】

① 康熙甲午：康熙五十三年（1714）。

【导读】

平沙万顷，留一粒草子，见雨即芽；微动一念，未能自持，魔障即至。人欲之起，起于毫末。故立心稳固，心如止水，丝毫不为外力所动，方能成就大事，此乃晓岚所谓心之定力也。

五 次辰又言：族祖征君公讳灵，康熙已未举博学鸿词[①]。以天性疏放，恐妨游览，称疾不预试。尝至登州观海市，过一村塾小憩。见案上一旧端砚，背刻狂草十六字，曰："万木萧森，路古山深；我坐其间，写《上堵吟》。"侧书"惜哉此叟"四字，盖其号也。问所自来。塾师云："村南林中有厉鬼，夜行者遇之辄病。一日，众伺其出，持兵杖击之，追至一墓而灭。因共发掘，于墓中得此砚。吾以粟一斗易之也。"

案《上堵吟》乃孟达作。是必胜国旧臣，降而复叛，败窜入山以死者。生既进退无据，殁又不自潜藏，取暴骨之祸。真顽梗不灵之鬼哉！

【注释】

① 康熙己未：康熙十八年(1679)。

【导读】

孟达乃三国时魏将，本为巴蜀刘璋部将，后降刘备，在关羽手下担任重要职务。因为关羽走麦城，他没有让关羽入城，间接导致了关羽失败并被孙吴擒杀，因恐惧转投魏国，受到重用，把守战略要地。曹丕死后，孟达失宠，而且一直保持着和诸葛亮的通信关系，于是又想投回蜀国。被司马懿知悉，迅速派兵剿灭。观其一生，可谓"进退无据"，自取祸端。

六 献县王生相御，生一子，有抱之者，辄空中掷与数十钱。知县杨某自往视，乃掷下白金五星。此子旋夭亡，亦无他异。

或曰："王生倩作戏术者搬运之，将托以箕敛。"或曰："狐所为也。"是皆不可知。然居官者遇此等事，即确有鬼凭，亦当禁治，使勿荧民听，正不必论其真妄也。

李又聃先生言：雍正末年，东光城内忽一夜家家犬吠，声若潮涌。皆相惊出视，月下见一人披发至腰，衰衣麻带，手执巨袋，袋内有千百鹅鸭声，挺立人家屋脊上，良久又移过别家。次日，凡所立之处，均有鹅鸭二三只，自檐掷下。或烹而食，与常畜者味无异，莫知何怪。后凡得鹅鸭之家，皆有死丧，乃知为凶煞偶现也。先外舅马公周箓家，是夜亦得二鸭。是岁，其弟靖逆同知庚长公卒。信又聃先生语不谬。

顾自古及今，遭丧者恒河沙数，何以独示兆于是夜？是夜之中，何以独示兆于是地？是地之中，何以独示兆于数家？其示兆皆掷以鹅鸭，又义何所取？鬼神之故，有可知有不可知，存而不论可矣。

【导读】

由此篇可看出晓岚本人之鬼神天命观。“凶煞”一事，世人皆信之，目之为鬼怪作祟；而晓岚独疑之：顾自古及今，遭丧者恒河沙数，何以独示兆于是夜？是夜之中，何以独示兆于是地？是地之中，何以独示兆于数家？其示兆皆掷以鹅鸭，又义何所取？但鬼神到底有无，他亦姑且存疑，未遽作答，表现出审慎严谨之态度。

七　道士王昆霞言：昔游嘉禾，新秋爽朗，散步湖滨。去人稍远，偶遇宦家废圃，丛篁老木，寂无人踪。徙倚其间，不觉昼寝。

梦古衣冠人长揖曰：“岑寂荒林，罕逢嘉客；既见君子，实慰素心。幸勿以异物见摈。”心知是鬼，姑诘所从来。曰：“仆耒阳张湜，元季流寓此邦，殁而旅葬。爱其风土，无复归思。园林凡易十余主，栖迟未能去也。”问：“人皆畏死乐生，何独耽鬼趣？”曰：“死生虽殊，性灵不改，境界亦不改。山川风月，人见之，鬼亦见之；登临吟咏，人有之，鬼亦有之。鬼何不如人？且幽深险阻之胜，人所不至，鬼得以魂游；萧寥清绝之景，人所不睹，鬼得以夜赏。人且有时不如鬼。彼夫畏死而乐生者，由嗜欲撄心，妻孥结恋[1]，一旦舍之入冥漠，如高官解组，息迹林泉，势不能不戚戚。不知本住林泉者，耕田凿井，恬熙相安，原无所戚戚于中也。”问：“六道轮回，事有主者，何以竟得自由？”曰：“求生者如求官，惟人所命。不求生者如逃名，惟己所为。苟不求生，神不强也。”又问：“寄怀既远，吟咏必多。”曰：“兴之所至，或得一联一句，率不成篇。境过即忘，亦不复追索。偶然记忆，可质高贤者，才三五章耳。”因朗吟曰：“残照下空山，暝色苍然合。”昆霞击节。又吟曰：“黄叶……”甫得二字，忽闻噪叫声，霍然而寤，则渔艇打桨相呼也。

再倚柱瞑坐，不复成梦矣。

【注释】

① 孥（nú）：子女，亦指妻子和儿女。

【导读】

晓岚倡言人不如鬼，《阅微》多有所见，而实以鬼喻人，别一境界也；处处对照，又别一寄托也。此则中之鬼物，栖迟幽境，惟耽雅趣，故能乐享风月。而人则嗜欲撄心，妻孥结恋，故常戚戚于中，难求放心。倏然一梦，清风朗月，境界极佳。而含蕴颇深。此时晓岚历经官场沉浮，已勘破世事名利。此篇做鬼之乐，此鬼无拘无束于天地间，任情任意于山水中，当是晓岚晚年心态之映照。

八 古书字以竹简，误则以刀削改之，故曰"刀笔"。黄山谷名其尺牍曰"刀笔"，已非本义。今写讼牒者称"刀笔"，则谓笔如刀耳，又一义矣。余督学闽中时，一生以导人诬告戍边。闻其将败前，方为人构词，手中笔爆然一声，中裂如劈；恬不知警，卒及祸。

又文安王岳芳言：其乡有构陷善类者，方具草，讶字皆赤色。视之，乃血自毫端出。投笔而起，遂辍是业，竟得令终。

余亦见一善讼者，为人画策，诬富民诱藏其妻。富民几破家，案尚未结；而善讼者之妻，竟为人所诱逃。不得主名，竟无所用其讼。

【导读】

"刀笔"原本以刀削改文字之义，后以写讼牒者称"刀笔"，则谓笔如刀耳。自古及今，以笔为刀，构陷善类，置人于死地者，不知凡几。晓岚对此尤为痛恨。此则所举之事，乃对"刀笔"吏之警示矣！

九 冯巨源官赤城教谕时，言赤城山中一老翁，相传元代人也。巨源往见之，呼为仙人。曰："我非仙，但吐纳导引，得不死耳。"叩其术。曰："不离乎丹经而非丹经所能尽，其分刌节度[①]，妙极微芒。苟无口诀真传，但依法运用，如检谱对弈，弈必败；如拘方治病，病必殆。缓急先后，稍一失调，或结为痈疽，或滞为拘挛；甚或精气瞀乱[②]，神不归舍，竟至于颠痫。是非徒无益已也。"问："容成、彭祖之术，可延年乎？"曰："此邪道也，不得法者，祸不旋踵；真得法者，亦仅使人壮盛。壮盛之极，必有决裂横溃之患。譬如悖理聚财，非不骤富，而断无终享之理。公毋为所惑也。"又问："服食延年，其法如何？"曰："药所以攻伐疾病，调补气血，而非所以养生。方士所饵，不过草木金石。草木不能不朽腐，金石不能不消化。彼且不能自存，而谓借其余气，反长存乎？"又问："得仙者，果不死欤？"曰："神仙可不死，而亦时时可死。夫生必有死，物理之常。炼气存神，皆逆而制之者也。逆制之力不懈，则气聚而神亦聚；逆制之力或疏，则气消而神亦消。消则死矣。如多财之家，勤俭则常富，不勤不俭则渐贫；再加以奢荡，则贫立至。彼神仙者，固亦兢兢然恐不自保，非内丹一成，即万劫不坏也。”巨源请执弟子礼。曰：“公于此道无缘，何必徒荒其本业？不如其已。”巨源怅然而返。

景州戈鲁斋为余述之，称其言皆笃实，不类方士之炫惑云。

【注释】

① 刌(cǔn)：割，切。② 瞀(mào)：目眩眼花，心绪混乱。

【导读】

此翁善于取譬，其言颇合物理，颇勘世事。

一〇　老儒刘挺生言：东城有猎者，夜半睡醒，闻窗纸淅淅作响，俄又闻窗下窸窣声，披衣叱问。忽答曰：“我鬼也。有事求君，君勿怖。”问其何事。曰：“狐与鬼自古不并居，狐所窟穴之墓，皆无鬼之墓也。我墓在村北三里许，狐乘我他往，聚族据之，反驱我不得入。欲与斗，则我本文士，必不胜。欲讼诸土神，即幸而得申，彼终亦报复，又必不胜。惟得君等行猎时，或绕道半里，数过其地，则彼必恐怖而他徙矣。然傥有所遇，勿遽殪获①，恐事机或泄，彼又修怨于我也。”猎者如其言。后梦其来谢。

夫鹊巢鸠据，事理本直。然力不足以胜之，则避而不争；力足以胜之，又长虑深思而不尽其力。不求幸胜，不求过胜，此其所以终胜欤！孱弱者遇强暴，如此鬼可矣。

【注释】

① 殪(yì)：杀死。

【导读】

“不求幸胜，不求过胜”，此鬼之所以终胜者也。芸芸众生，以强凌弱者比比皆是，势弱者应从长计议，度各方之势以动。既不可莽撞行事求取一时之胜，亦不可借强者势过于求胜，唯如此，方可终胜矣。《阅微》凝聚了晓岚丰富人生经验与客观辩证态度结合而成之人生哲学，于此鬼狐争穴事可窥一斑。

一一　奇节异烈，湮没无传者，可胜道哉！姚安公闻诸云台公曰：“明季避乱时，见夫妇同逃者，其夫似有腰缠。一贼露刃追之急。妇忽回身屹立，待贼至，突抱其腰。贼以刃击之，血流如注，坚不释手。比气绝而仆，则其夫脱去久矣。惜不得其名姓。”又闻诸镇番公曰：“明季，河北五省皆大饥，至屠人鬻肉，官弗能禁。有客在德州景州间，入逆旅午餐，见少妇裸体伏俎上，绷其手足，方汲水洗涤。恐怖战悚之状，不可忍视。客心悯恻，倍价赎之；释其缚，助之著衣，手触其乳。少妇艴然曰：‘荷君再生，终身贱役无所悔。然为婢媪则可，为妾媵则必不可。吾惟不肯事二夫，故鬻诸此也。君何遽相轻薄耶？’解衣掷地，仍裸体伏俎上，瞑目受屠。屠者恨之，生割其股肉一脔[1]。哀号而已，终无悔意。惜亦不得其姓名。”

【注释】

① 脔（luán）：切成小块的肉。

【导读】

文中所载两事，皆为妇女奇闻，不可谓不惨烈，由此亦可见及明季乱世之一斑。此两妇女，单从奇节而言，不能不令人感佩。然晓岚将其归之于“不事二夫”之说教，似又过偏矣！

一二 余布衣萧客言：有士人宿会稽山中，夜间隔涧有讲诵声。侧耳谛听，似皆古训诂。次日越涧寻访，杳无踪迹。徘徊数日，冀有所逢。忽闻木杪人语曰：“君嗜古乃尔，请此相见。”回顾之顷，石室洞开，室中列坐数十人，皆掩卷振衣，出相揖让。士人视其案上，皆诸经注疏。居首坐者拱手曰：“昔尼山奥旨，传在经师；虽旧本犹存，斯文未丧；而新说叠出，嗜古者稀。先圣恐久而渐绝，乃搜罗鬼录，征召幽灵。凡历代通儒，精魂尚在者，集于此地，考证遗文；以次转轮，生于人世。冀递修古学，延杏坛一线之传。子其记所见闻，告诸同志，知孔孟所式凭，在此不在彼也。”士人欲有所叩，倏似梦醒，乃倚坐老松之下。

萧客闻之，裹粮而往。攀萝扪葛，一月有余，无所睹而返。此与朱子颖所述经香阁事，大旨相类。或曰：“萧客喜谈古义，尝撰《古经解钩沉》，故士人投其所好以戏之。”是未可知。或曰：“萧客造此言，以自托降生之一。”亦未可知也。

【导读】

自宋儒理学出，传究义理者充斥学界，而以训诂解经者稀，晓岚等忧之，故有此篇。“虽旧本犹存，斯文未丧；而新说叠出，嗜古者稀”。“先圣”恐正统经义为后起之“新说”所掩，故令“历代通儒”聚集一处，延续孔孟真义。晓岚作为汉学家之学术气质于此篇可窥一斑。

一三　外祖雪峰张公家，牡丹盛开。家奴李桂，夜见二女凭阑立。其一曰：“月色殊佳。”其一曰：“此间绝少此花，惟佟氏园与此数株耳。”桂知是狐，掷片瓦击之，忽不见。俄而砖石乱飞，窗棂皆损。雪峰公自往视之，拱手曰：“赏花韵事，步月雅人，奈何与小人较量，致杀风景？”语讫寂然。公叹曰：“此狐不俗。”

【导读】

狐自步月赏花，乃雅人韵事，桂奴何必掷片瓦击，殊煞风景。人不如狐！

一四　老仆刘琪言：其妇弟某，尝独卧一室，榻在北牖。夜半觉有手扪搎，疑为盗。惊起谛视，其臂乃从南牖探入，长殆丈许。某故有胆，遽捉执之。忽一臂又破棂而入，径批其颊，痛不可忍。方回手支拒，所捉臂已掣去矣。闻窗外大声曰：“尔今畏否？”方忆昨夕林下纳凉，与同辈自称不畏鬼也。鬼何必欲人畏？能使人畏，鬼亦复何荣？以一语之故，寻衅求胜，此鬼可谓多事矣。裘文达公尝曰：“使人畏我，不如使人敬我。敬发乎人之本心，不可强求。”惜此鬼不闻此语也。

【导读】

裘文达公之语可谓箴言。似此则之鬼，为报复不畏鬼者，寻衅求胜。胜则胜矣，然其名则坏。此鬼可谓气量狭仄，得不偿失。

一五　外叔祖张公雪堂言：十七八岁时，与数友月夜小集。时霜蟹初肥，新笃亦熟，酣洽之际，忽一人立席前，著青笠，衣石蓝衫，蹑镶云履，拱手曰：“仆虽鄙陋，然颇爱把酒持螯。请附末坐可乎？”众错愕不测，姑揖之坐。问姓名，笑不答。但痛饮大嚼，都无一语。醉饱后，蹶然起曰：“今朝相遇，亦是前缘。后会茫茫，不知何日得酬高谊。”语讫，耸身一跃，屋瓦无声，已莫知所在。视椅上有物粲然，乃白金一饼，约略敌是日之所费。或曰：“仙也。”或曰：“术士也。”或曰：“剧盗也。”余为剧盗之说为近之。小时见李金梁辈，其技可以至此。又闻窦二东之党，（二东，献县剧盗。其兄曰大东，皆逸其名，而以乳名传。他书记载，或作窦尔敦，音之转耳。）每能夜入人家，伺妇女就寝，胁以力，禁勿语，并衾褥卷之，挟以越屋数十重。晓钟将动，仍卷之送还。被盗者惘惘如梦。一夕失妇家伏人于室，俟其送还，突出搏击。乃一手挥刀格斗，一手掷妇于床上，如风旋电掣，倏已无踪。殆唐代剑客之支流乎！

【导读】

著青笠，衣石蓝衫，蹑镶云履，一身短打扮。来之疾，去之迅，言语粗豪唐突，寥寥数语，侠客之形貌作派跃然纸上。

一六 有故家子，日者推其命大贵，相者亦云大贵，然垂老官仅至六品。一日扶乩，问仕路崎岖之故。仙判曰："日者不谬，相者亦不谬。以太夫人偏爱之故，削减官禄至此耳。"拜问："偏爱诚不免，然何至削减官禄？"仙又判曰："礼云继母如母，则视前妻之子当如子；庶子为嫡母服三年，则视庶子亦当如子。而人情险恶，自设町畦，所生与非所生，厘然如水火不相入。私心一起，机械万端。小而饮食起居，大而货财田宅，无一不所生居于厚，非所生者居于薄，斯已干造物之忌矣。甚或离间谗构，密运阴谋，诟谇嚣陵，罔循礼法，使罹毒者吞声，旁观者切齿，犹哓哓称所生者之受抑。鬼神怒视，祖考怨恫，不祸谴其子，何以见天道之公哉？且人之受享，只有此数，此赢彼缩，理之自然。既于家庭之内，强有所增；自于仕宦之途，阴有所减。子获利于兄弟多矣，物不两大，亦何憾于坎坷乎？"其人悚然而退。后亲串中一妇闻之，曰："悖哉，此仙！前妻之子，恃其年长，无不吞噬其弟者；庶出之子，恃其母宠，无不凌轹其兄者。非有母为之撑拄，不尽为鱼肉乎？"姚安公曰："是虽妒口，然不可谓无此理也。世情万变，治家者平心处之可矣。"

【导读】

家庭之中，你方唱罢我登场，人人皆知阴谋构陷，一派乌烟瘴气。对封建家庭内部关系，晓岚可谓洞悉入微！

一七 姚安公闻先曾祖润生公言：景城有姜三莽者，勇而戆。一日，闻人说宋定伯卖鬼得钱事，大喜曰："吾今乃知鬼可缚。如每夜缚一鬼，唾使变羊，晓而牵卖于屠市，足供一日酒肉资矣。"于是夜夜荷梃执绳，潜行墟墓间，如猎者之伺狐兔，竟不能遇。即素称有鬼之处，佯醉寝以诱致之，亦寂然无睹。一夕，隔林见数磷火，踊跃奔赴；未至间，已星散去。懊恨而返。如是月余，无所得，乃止。盖鬼之侮人，恒乘人之畏。三莽确信鬼可缚，意中已视鬼蔑如矣，其气焰足以慑鬼，故鬼反避之也。

【导读】

宋定伯卖鬼事见于干宝《搜神记》。定伯之所获，智也！姜三莽者，蠢蠢一莽夫矣，渠确信鬼可缚，心中仅存此念，故意中已视鬼蔑如矣，其气焰足以慑鬼，故鬼反避之也。三莽之胜，勇气也。

一八　申铁蟾，名兆定，阳曲人。以庚辰举人官知县[①]，主余家最久。庚戌秋在陕西试用[②]，忽寄一札与余诀。其词恍惚迷离，抑郁幽咽，都不省为何语。而铁蟾固非不得志者，疑不能明也。

未几，讣音果至。既而见邵二云赞善，始知铁蟾在西安病数月。病愈后，入山射猎，归而目前见二圆物如毬，旋转如风轮，虽瞑目亦见之。如是数日，忽爆然裂，二小婢从中出，称仙女奉邀。魂不觉随之往。至则琼楼贝阙，一女子色绝代，通词自媒。铁蟾固谢，托以不惯居此宅。女子薄怒，挥之出，霍然而醒。越月余，目中见二圆物如前，爆出二小婢亦如前，仍邀之往。已别构一宅，幽折窈窱，颇可爱。问："此何地？"曰："佛桑。"请题堂额。因为八分书"佛桑香界"字。女子再申前议。意不自持，遂定情。自是恒梦游。久而女子亦昼至，禁铁蟾勿与所亲通。遂渐病。病剧时，方士李某以赤丸饵之，呕逆而卒。

其事甚怪。始知前札乃得心疾时作也。铁蟾聪明绝特，善诗歌，又工八分，驰骋名场，翛然以风流自命[③]。与人交，意气如云，邮筒走天下。中年忽慕神仙，遂生是魔障，迷罔以终。妖以人兴，象由心造。才高意广，翻以好异陨生，其可惜也夫。

【注释】

① 庚辰：乾隆二十五年(1760)。② 庚戌：乾隆五十五年(1790)。③ 翛(xiāo)：无拘无束、自由自在的样子。

【导读】

铁蟾乃晓岚挚友，以庚辰举人官知县。聪明绝特，善诗歌，又工八分，驰骋名场，以风流自命。中年忽慕神仙，遂生魔障，迷惘以终。妖以人兴，象由心造，殊堪叹息。晓岚之惋怏之言于世人颇有启示，亦可见及晓岚对所谓神仙之真实感受。

一九　甲与乙相善，甲延乙理家政。及官抚军，并使佐官政，惟其言是从。久而资财皆为所干没，始悟其奸，稍稍谯责之。乙挟甲阴事，遽反噬。甲不胜愤，乃投牒诉城隍。夜梦城隍语之曰：“乙险恶如是，公何以信任不疑？”甲曰：“为其事事如我意也。”神喟然曰：“人能事事如我意，可畏甚矣。公不畏之而反喜之，不公之给而给谁耶？渠恶贯将盈，终必食报。若公则自贻伊戚，可无庸诉也。”此甲亲告姚安公者。事在雍正末年。甲滇人，乙越人也。

【导读】

官场尔虞我诈，受其害者多矣。此则中之某“甲”即为其中之人。晓岚将其原因归于受害者自身之因由，所谓“自贻伊戚”是也。为何“自贻伊戚”？城隍语曰：问题之根源在甲满足于乙能使其“事事如意”。作恶者固然可恶，恶贯将盈，终必食报，乃必然之事。然受害者则不能不深入反思。人能事事如意，顺吾意，惬吾志，当然满心欢喜，谁还会警惕渠在背后策划阴谋诡计？然越是那些表面殷勤者，则愈危险，愈应防备。否则，同样会遭遇某“甲”之境遇。此则故事一来展示世情之险恶，同时亦警醒世人，切切防备身边之小人。

二〇　《杜阳杂编》记李辅国香玉辟邪事，殊怪异，多疑为小说荒唐。然世间实有香玉。先外祖母有一苍玉扇坠，云是曹化淳故物，自明内府窃出。制作朴略，随其形为双螭纠结状。有血斑数点，色如熔蜡。以手摩热，嗅之作沉香气；如不摩热，则不香。疑李辅国玉，亦不过如是，记事者点缀其词耳。先太夫人尝密乞之，外祖母曰：“我死则传汝。”后外祖母殁，舅氏疑在太夫人处。太夫人又疑在舅氏处。卫氏姨母曰：“母在时佩此不去身，殆携归黄壤矣。”侍疾诸婢皆言殓时未见。因此又疑在卫氏姨母处。今姨母久亡，卫氏式微已甚，家藏玩好，典卖略尽，终未见此物出鬻。竟不知其何往也。

【导读】

《杜阳杂编》，唐代苏鹗撰，记载当时奇异之事。香玉之说，谓唐肃宗赐给李辅国两块香玉以辟邪。“辟邪”为兽名，古人雕在玉上用来讨吉利。据说香气“可闻数百步”。一日，其中之一块玉忽大哭，一块玉忽大笑，李辅国把他们砸得粉碎，扔至茅厕。香气弥漫大街数月。《红楼梦》第十九回“情切切良宵花解语，意绵绵静日玉生香”，即用此典。

二一　有客携柴窑片磁[①]，索数百金，云嵌于胄，临阵可以辟火器。然无由知确否。余曰："何不绳悬此物，以铳发铅丸击之。如果辟火，必不碎，价数百金不为多；如碎，则辟火之说不确，理不能索价数百金也。"鬻者不肯，曰："公于赏鉴非当行，殊杀风景。"急怀之去。后闻鬻于贵家，竟得百金。

夫君子可欺以其方，难罔以非其道。炮火横冲，如雷霆下击，岂区区片瓦所能御？且雨过天青，不过泑色精妙耳[②]，究由人造，非出神功，何断裂之余，尚有灵如是耶？余作旧瓦砚歌有云："铜雀台址颓无遗，何乃剩瓦多如斯？文士例有好奇癖，心知其妄姑自欺。"柴片亦此类而已矣。

【注释】

① 柴窑：中国古代五大瓷窑（柴窑、汝窑、官窑、哥窑、定窑）之首，创建于五代后周显德初年（954）之河南，为后周世宗帝柴荣的御窑，从北宋时始称柴窑。柴荣御笔称赞："雨过天青云破处，者般颜色作将来。"象征未来国运如雨过天青。清代柴窑瓷已经很珍贵，据说柴窑瓷久不可得，得到残件碎片，也当珍宝。② 泑（yòu）：古同"釉"。

【导读】

纪晓岚生活之清代，科学并不昌明。此则中，他对柴窑瓷片能御火器者疑惑非常，并据瓷器特性认为其即使再坚硬，从质地言，亦难抵御火炮之冲击，戳穿贩卖者之臆测之言。这表明晓岚之认识论基本是客观辩证的。

二二　昌吉遣犯彭杞，一女年十七，与其妻皆病瘵。妻先殁，女亦垂尽。彭有官田耕作，不能顾女，乃弃置林内，听其生死。呻吟凄楚，见者心恻。同遣者杨熺语彭曰："君大残忍，世宁有是事！我愿舁归疗治，死则我葬，生则为我妻。"彭曰："大善。"即书券付之。越半载竟不起。临殁，语杨曰："蒙君高义，感沁心脾。缘伉俪之盟，老亲慷诺，故饮食寝处，不畏嫌疑；搔仰抚摩，都无避忌。然病骸憔悴，迄未能一荐枕衾，实多愧负。若殁而无鬼，夫复何言；若魂魄有知，当必有以奉报。"呜咽而终。杨涕泣葬之。葬后，夜夜梦女来，狎昵欢好，一若生人；醒则无所睹。夜中呼之，终不出；才一交睫，即弛服横陈矣。往来既久，梦中亦知是梦，诘以不肯现形之由。曰："吾闻诸鬼矣：人阳而鬼阴，以阴侵阳，必为人害。惟睡则敛阳而入阴，可以与鬼相见，神虽遇而形不接，乃无害也。”此丁亥春事[1]，至辛卯春四年矣[2]。余归之后，不知其究竟如何。夫卢充金碗[3]，于古尝闻；宋玉瑶姬[4]，偶然一见。至于日日相觌[5]，皆在梦中，则载籍之所希睹也。

【注释】

① 丁亥：乾隆三十二年(1767)。② 辛卯：乾隆三十六年(1771)。③ 卢充金碗：《搜神记》中之故事，谓范阳人卢充，与鬼女崔氏婚后三日分别，后来崔氏送来一个男孩和一只金碗，还附有一首诗，曰：“煌煌灵芝质，光丽何猗猗。华艳当时显，嘉异表神奇。含英未及秀，中夏罹霜萎。荣耀长幽灭，世路永无施。不悟阴阳运。哲人忽来仪。今时一别后，何得重会时。”④ 宋玉瑶姬：宋玉《高唐赋》、《神女赋》写道，楚怀王梦中与神女相遇，神女自荐枕席，自称是巫山神女，“旦为朝云，暮为行雨”，据说是炎帝之女，本名瑶姬。⑤ 觌(dí)：相见。

【导读】

人鬼之恋模式，然尤为凄惋矣！女子病危待毙，其父听其死生，其心之冷酷可见。然杨熺虽同为遣犯，境遇与其父一样，则舁归疗治，饮食寝处，搔仰抚摩，都无避忌，虽无夫妇之名，却胜过夫妇之情。女子深感之，故其殁后乃荐其枕衾，弛服横陈，以为奉报，其情深矣！杨熺之所得，乃其真情与忠厚之所报矣。

二三　交河苏斗南，雍正癸丑会试归[1]。至白沟河，与一友遇于酒肆中。友方罢官，饮酣后，牢骚抑郁，恨善恶之无报。适一人褶裤急装，系马于树，亦就对坐。侧听良久，揖其友而言曰：“君疑因果有爽耶？夫好色者必病，嗜博者必败，势也；劫财者必诛，杀人者必抵，理也。同好色而禀有强弱，同嗜博而技有工拙，则势不能齐；同劫财而有首有从，同杀人而有误有故，则理宜别论。此中之消息微矣。其间功过互偿，或以无报为报；罪福未尽，或有报而不即报。毫厘比较，益微乎微矣。君执目前所见，而疑天道之难明，岂不颠乎？且君亦何可怨天道，君命本当以流外出身，官至七品。以君机械多端，伺察多术，工于趋避，而深于挤排，遂削减为八品。君迁八品之时，自谓以心计巧密，由九品而升。不知正以心计巧密，由七品而降也。”因附耳密语，语讫，大声曰：“君忘之乎？”友骇汗浃背，问何以能知。微笑曰：“岂独我知，三界孰不知？”掉头上马。惟见黄尘滚滚然，斯须灭迹。

【注释】

① 雍正癸丑：雍正十一年(1733)。

【导读】

“机械多端，伺察多术，工于趋避，深于排挤”，此官自以为无人知晓，窃得其意，而殊不知鬼神察之。正以其算计心机，天道罚其由七品降矣。晓岚可谓混迹官场久矣，描摹官场之中互相倾轧之形，鞭辟入里。人以为心机巧妙、善结党、工挤排者于官场如鱼得水，晓岚则颇有老庄无为气度，擅营心机而自误，可谓警语矣。

二四　乾隆壬戌、癸亥间，村落男妇往往得奇疾。男子则尻骨生尾，如鹿角，如珊瑚枝。女子则患阴挺，如葡萄，如芝菌。有能医之者，一割立愈。不医则死。喧言有妖人投药于井，使人饮水成此病，因以取利。内阁学士永公，时为河间守。或请捕医者治之。公曰：“是事诚可疑，然无实据。一村不过三两井，严守视之，自无所施其术。傥一逮问，则无人复敢医此证，恐死者多矣。凡事宜熟虑其后，勿过急也。”固不许。患亦寻息。郡人或以为镇定，或以纵奸。

后余在乌鲁木齐，因牛少价昂，农颇病。遂严禁屠者，价果减。然贩牛者闻牛贱，皆不肯复来。次岁牛价乃倍贵。弛其禁，始渐平。又深山中盗采金者，殆数百人。捕之恐激变，听之又恐养痈。因设策断其粮道，果饥而散出。然散出之后，皆穷而为盗。巡防察缉，竟日纷纭。经理半载，始得靖。乃知天下事但知其一，不知其二，有收目前之效而贻日后之忧者。始服永公“熟虑其后”一言，真“瞻言百里”也[1]。

【注释】

① 瞻言百里：出自《诗·大雅·荡之什·桑柔》，比喻有远见。

【导读】

“熟虑其后一言”，诚箴言也，乃晓岚多年为官之切身心得。

卷九　如是我闻(三)

一　王征君载扬言:尝宿友人蔬圃中,闻窗外人语曰:"风雪寒甚,可暂避入空屋。"又闻一人语曰:"后垣半圮,偷儿阑入,将奈何?食人之食,不可不事人之事。"意谓僮仆之守夜者。天晓启户,地无人迹,惟二犬偃卧墙缺下,雪没腹矣。

嘉祥曾映华曰:"此载扬寓言,以愧僮仆之负心者也。"余谓犬之为物,不烦驱策而警夜不失职,宁忍寒饿而恋主不他往,天下为僮仆者,实万万不能及。其足使人愧,正不在能语不能语耳。

【导读】

犬之为物,尚能不烦驱策而警夜不失职,宁忍寒饿而恋主不他往。犬之忠于职守可见。惜世间诸多僮仆虽忝为人,其操守却远不及犬。非但不忠于职守,甚或设立陷阱,陷害主人。诸多负心反噬故事,屡见于《阅微》中,与犬之忠于职守、忠于主人品质对比,其境界可谓霄壤之别矣!

二　诸桐屿言:其乡旧家有书楼,恒镉钥。每启视,必见凝尘之上有女子足迹,纤削仅二寸有奇,知为鬼魅。然数十年寂无形声,不知何怪也。

里人刘生,性轻脱,妄冀有王轩之遇[1]。祈于主人,独宿楼上,具茗果酒肴,焚香切祝,明烛就寝。屏息以伺,亦无所见闻,惟渐觉阴森之气砭入肌骨,目能视,耳能听,而口不能言,四肢不能动。久而寒沁肺腑,如卧层冰积雪中,苦不可忍。至天晓,乃能出语,犹若冻僵。至是尢敢复下榻者。此怪形踪可云隐秀,即其料理刘生,不动声色,亦有雅人深致也。

【注释】

① 王轩之遇:《云溪友议》载唐代进士王轩尝泊舟苎罗山下,至西施石,怀想当年在此浣纱的西施,遂题诗石上:"岭上千峰秀,江边细草春。今逢浣纱石,不见浣纱人。"俄而,一自称西施的美女便出现在他眼前。亦吟诗道:"妾自吴宫还越国,素衣千载无人识。当时心比金石坚,今日为君坚不得。"两人欢会而别。

【导读】

晓岚用笔处处照应周全。即如此则故事，前者云凝尘之上女子足迹仅见，足见其来无影、去无踪，行迹诡异；后者状其料理刘生亦不动声色，晓岚称之“隐秀”，前后照应，首尾一致，值得称道。

三 顾非熊再生事，见段成式《酉阳杂俎》，又见孙光宪《北梦琐言》；其父顾况集中，亦载是诗，当非诬造。近沈云椒少宰撰其母陆太夫人志，称太夫人于归，甫匝岁，赠公即卒，遗腹生子恒，周三岁亦殇。太夫人哭之恸，曰：“吾之为未亡人也，以有汝在；今已矣，吾不忍吾家之宗祀，自此而绝也。”于其敛，以朱志其臂，祝曰：“天不绝吾家，若再生以此为验。”时雍正己酉十二月也[①]。是月族人有比邻而居者，生一子，臂朱灼然。太夫人遂抚之以为后，即少宰也。余官礼部尚书时，与少宰同事。少宰为余口述尤详。盖释氏书中，诞妄者原有；其徒张皇罪福，诱人施舍，诈伪者尤多。惟轮回之说，则凿然有证。司命者每因一人一事，偶示端倪，彰神道之教。少宰此事，即借转生之验，以昭苦节之感者也。儒者甚言无鬼，又乌乎知之。

【注释】

① 雍正己酉：雍正七年(1729)。

【导读】

朱臂转生之事奇，陆太夫人苦节抚孤之事更奇。晓岚于鬼神、宗教之态度颇异于笃信者，此篇叙轮回之说凿凿然，然并非自神其教，而是以“转生之验”，“昭苦节之感”也。究其本，乃“神道设教”，与《阅微》“或有益于劝惩”之创作动机颇多呼应。

四 先师赵横山先生，少年读书于西湖，以寺楼幽静，设榻其上。夜闻室中窸窣声，似有人行，叱问：“是鬼是狐，何故扰我？”徐闻嗫嚅而对曰：“我亦鬼亦狐。”又问：“鬼则鬼，狐则狐耳。何亦鬼亦狐也？”良久，复对曰：“我本数百岁狐，内丹已成，不幸为同类所搤杀[①]，盗我丹去。幽魂沉滞，今为狐之鬼也。”问：“何不诉诸地下？”曰：“凡丹由吐纳导引而成者，如血气附形，融合为一，不自外来，人弗能盗也。其由采补而成者，如劫夺之财，本非己物，故人可杀而吸取之。吾媚人取精，所伤害多矣。杀人者死。死当其罪，虽诉神，神不理也。故宁郁郁居此耳。”问：“汝据此楼，作何究竟?”曰:“本匿影韬声,修太阴炼形之法。以公阳光熏烁,阴魄不宁,故出而乞哀,求幽明各适。”言讫,惟闻搏颡声②,问之不复再答。先生次日即移出。尝举以告门人曰:“取非所有者,终不能有,且适以自戕也。可畏哉!”

【注释】

① 搤(è):同“扼”。② 颡(sǎng):额头,脑门儿。

【导读】

晓岚之狐颇不同于《聊斋志异》之狐,后者多可爱狐女与人类书生之浪漫情事,前者则成为晓岚说理之载体。此狐鬼为所害而不能诉诸神明者,以其丹乃采补而成,本非己物,故他狐得以盗之。“取非所有者,终不能有”,乃此则题眼也。

五 余某者,老于幕府,司刑名四十余年。后卧病濒危,灯前月下,恍惚似有鬼为厉者。余某慨然曰:“吾存心忠厚,誓不敢妄杀一人,此鬼胡为乎来耶?”夜梦数人浴血立,曰:“君知刻酷之积怨,不知忠厚亦能积怨也。夫茕茕孱弱,惨被人戕,就死之时,楚毒万状;孤魂饮泣,衔恨九泉,惟望强暴就诛,一申积愤。而君但见生者之可悯,不见死者之可悲,刀笔舞文,曲相开脱。遂使凶残漏网,白骨沈冤。君试设身处地:如君无罪无辜,受人屠割,魂魄有知,旁观谳是狱者改重伤为轻,改多伤为少,改理曲为理直,改有心为无心,使君切齿之仇,纵容脱械,仍纵横于人世,君感乎怨乎?不是之思,而诩诩以纵恶为阴功。被枉死者,不仇君而仇谁乎?”余某惶怖而寤,以所梦备告其子,回手自挞曰:“吾所见左矣!吾所见左矣!”就枕未安而殁。

【导读】

存心忠厚未必不是为人处世之懿德,然一味忠厚,乃至于混淆黑白,颠倒是非,则为害不浅。特别是用于治狱断案,则使孤魂饮泣,衔恨九泉,为害更甚。此则故事中,某吏“存心忠厚,誓不敢妄杀一人”,晓岚并未以此为好官,“但见生者之可悯”,“刀笔舞文,曲相开脱”,殊不知使“凶残漏网,白骨沉冤”。其抨击批判之意显而易见。

六 沧州刘太守果实,襟怀夷旷,有晋人风。与饴山老人、莲洋山人皆友善,而意趣各殊。晚岁家居,以授徒自给。然必孤贫之士,乃容执贽。

修脯皆无几，箪瓢屡空，晏如也。尝买米斗余，贮罂中，食月余不尽，意甚怪之。忽闻檐际语曰："仆是天狐，慕公雅操，日日私益之耳。勿讶也。"刘诘曰："君意诚善。然君必不能耕，此粟何来？吾不能饮盗泉也，后勿复尔。"狐叹息而去。

【导读】

子曰："一箪食，一瓢饮，居陋巷，回也不改其乐！"安贫乐道，乃儒者情怀，沧州刘太守操守峻洁，宁愿挨饿，也不食狐赠之粟，乃真儒士也。

七　雍正丙午、丁未间[①]，有流民乞食过崔庄，夫妇并病疫。将死，持券哀呼于市，愿以幼女卖为婢，而以卖价买二棺。先祖母张太夫人为葬其夫妇，而收养其女，名之"连贵"。其券署父张立，母黄氏，而不著籍贯，问之已不能语矣。连贵自云：家在山东，门临驿路，时有大官车马往来，距此约行一月余。而不能举其县名。又云：去年曾受对门胡家聘。胡家亦乞食外出，不知所往。越十余年，杳无亲戚来寻访，乃以配圉人刘登。登自云：山东新泰人，本姓胡。父母俱殁，有刘氏收养之，因从其姓。小时闻父母为聘一女，但不知其姓氏。登既胡姓，新泰又驿路所经，流民乞食，计程亦可以月余，与连贵言皆符。颇疑其乐昌之镜，离而复合，但无显证耳。

先叔栗甫公曰："此事稍为点缀，竟可以入传奇。惜此女蠢若鹿豕，惟知饱食酣眠，不称点缀，可恨也。"边随园征君曰："'秦人不死，信苻生之受诬；蜀老犹存，知葛亮之多枉。'（四语乃刘知几《史通》之文。苻生事见《洛阳伽蓝记》，葛亮事则见《魏书·毛修之传》。浦二田注《史通》以为未详，盖偶失考。）史传不免于缘饰，况传奇乎？《西楼记》称穆素晖艳若神仙，吴林塘言其祖幼时及见之，短小而丰肌，一寻常女子耳。然则传奇中所谓佳人，半出虚说。此婢虽粗，倘好事者按谱填词，登场度曲，他日红氍毹上，何尝不莺娇花媚耶？先生所论，犹未免于尽信书也。"

【注释】

① 雍正丙午、丁未：雍正四年(1726)、五年。

【导读】

连贵之事颇奇，疑或乐昌分镜故事者也。或叹其粗蠢不称文人点缀，晓岚则认为传奇中才子佳人或亦如连贵，"半出虚说"，若稍加讳饰敷衍，他日亦必"莺娇花媚"。晓岚自身本才子，亦作小说，于传奇戏曲之笔法自然颇为熟稔。此篇若文学评论小品，揭示了传奇为代表之叙事文学的虚构性。由此亦可见及晓岚之某些文艺观点，不可忽视。

八 福州学使署，本前明税珰署也。奄人暴横，多潜杀不辜，故至今犹往往见变怪。余督闽学时，奴辈每夜惊。甲申夏[①]，先姚安公至署，闻某室有鬼，辄移榻其中，竟夕晏然。

昀尝乘间微谏，请勿以千金之躯与鬼角。因诲昀曰："儒者谓无鬼，迂论也，亦强词也。然鬼必畏人，阴不胜阳也；其或侵人，必阳不足以胜阴也。夫阳之盛也，岂恃血气之壮与性情之悍哉！人之一心，慈祥者为阳，惨毒者为阴；坦白者为阳，深险者为阴；公直者为阳，私曲者为阴。故易象以阳为君子，阴为小人。苟立心正大，则其气纯乎阳刚，虽有邪魅，如幽室之中鼓洪炉而炽烈焰，冱冻自消[②]。汝读书亦颇多，曾见史传中有端人硕士为鬼所击者耶？"昀再拜受教。至今每忆庭训，辄悚然如左右也。

【注释】

① 甲申：乾隆二十九年(1764)。② 冱(hù)：闭塞，冻结。

【导读】

晓岚之父姚安公于乾隆二十九年(1764)曾至福州学使署。姚安公论鬼之语乃正大之宏论。渠从大处着眼，立论宏大，为晓岚所折服。于姚安公之宏论中，晓岚亦悟出性气阴阳之真谛。

九 同年项君廷模言：昔尝馆翰林某公家，相见辄讲学。一日，其同乡为外吏者，有所馈赠。某公自陈平生俭素，雅不需此。见其崖岸高峻，遂逡巡携归。某公送宾之后，徘徊厅事前，怅怅惘惘，若有所失，如是者数刻。家人请进内午餐，大遭诟怒。忽闻有数人吃吃窃笑，视之无迹，寻之声在承尘上。盖狐魅云。

【导读】

晓岚刺讲学家可谓极尽能事矣。此则入木三分地描画贪官嘴脸：某公"自陈俭素"坚拒馈赠，送宾后却徘徊厅事前，"怅怅惘惘，若有所失"，迁怒家人，假廉洁而真贪婪者也。晓岚采取前后行为对比及心理描绘等手法，将翰林公之贪婪而虚伪的嘴脸穷神尽相般地展示给世人，极为深刻。

一〇 同年柯禺峰，官御史时，尝借宿内城友人家。书室三楹，东一室隔以纱厨，扃不启。置榻外室南牖下，睡至半夜，闻东室有声如鸭鸣，怪而谛视。时明月满窗，见黑烟一道，从东室门隙出，著地而行，长可丈余，蜿蜒如巨蟒。其首乃一女子，鬟髻俨然，昂而仰视，盘旋地上，作鸭鸣不止。禹峰素有胆，拊榻叱之。徐徐却行，仍从门隙敛而入。天晓，以告主人。主人曰："旧有此怪，或数年一出，不为害，亦无他休咎。"或曰："未买是宅前，旧主有侍姬幽死此室。"未知其审也。

【导读】

《阅微》之语言，简洁洗练，无论叙事状物，均涵蕴丰富，表现力极强。即如此篇，绘怪物之出现，曰"时明月满窗，见黑烟一道，从东室门隙出，著地而行，长可丈余，蜿蜒如巨蟒。其首乃一女子，鬟髻俨然，昂而仰视，盘旋地上，作鸭鸣不止。"语言不多，但形貌宛然，且富有动感，其形、其神，皆栩栩如生，触之可感，目之逼真，臻于化境矣！

一一　故城刁飞万言：其乡有与狐女生子者，其父母怒谇之。狐女涕泣曰："舅姑见逐，义难抗拒。但子未离乳，当且携去耳。"越两岁余，忽抱子诣其夫曰："儿已长，今还汝。"其夫遵父母戒，掉首不与语。狐女太息抱之去。

此狐殊有人理，但抱去之儿，不知作何究竟。将人所生者仍为人，庐居火食，混迹闾阎欤？抑妖所生者即为妖，幻化通灵，潜踪墟墓欤？或虽为妖而犹承父姓，长育子孙，在非妖非人之界欤？虽为人而犹依母党，往来窟穴，在亦人亦妖之间欤？惜见首不见尾，竟莫得而质之。

【导读】

狐女可谓有情有义者：既生子女，为人之母，遇翁姑之怒，则暂且离开，独自担当。两年之后，子已长大，则又追还，续其家之香火，其境界高矣！与为遵父母戒而掉首不与语之夫对比鲜明。

一二　先母张太夫人，尝雇一张媪司炊，房山人也，居西山深处。言其乡有贫极弃家觅食者，素未外出，行半日则迷路，石径崎岖，云阴晦暗，莫知所适。姑枯坐树下，俟天晴辨南北。

忽一人自林中出，三四人随之，并狰狞伟岸，有异常人。心知非山灵即妖魅，度不能隐避，乃投身叩拜，泣诉所苦。其人恻然曰："尔勿怖，不害汝也。我是虎神，今为诸虎配食料。待虎食人，尔收其衣物，足自活矣。"因引至一处，嗷然长啸[①]，众虎坌集[②]。其人举手指挥，语啁哳不可辨。俄俱散去，惟一虎留伏丛莽间。

俄有荷担度岭者，虎跃起欲搏，忽辟易而退。少顷，一妇人至，乃搏食之。捡其衣带，得数金，取以付之，且告曰："虎不食人，惟食禽兽。其食人者，人而禽兽者耳。大抵人天良未泯者，其顶上必有灵光，虎见之即避。其天良澌灭者，灵光全息，与禽兽无异，虎乃得而食之。顷前一男子，凶暴无人理；然攘夺所得，犹恤其寡嫂孤侄，使不饥寒。以是一念，灵光煜煜如弹丸，故虎不敢食。后一妇人，弃其夫而私嫁，尤虐其前妻之子，身无完肤；更盗后夫之金，以贻前夫之女，即怀中所携是也。以是诸恶，灵光消尽，虎视之，非复人身，故为所啖。尔今得遇我，亦以善事继母，辍妻子之食以养，顶上灵光高尺许；故我得而佑之，非以尔叩拜求哀也。勉修善业，当尚有后福。"因指示归路，越一日夜得至家。

张媪之父与是人为亲串，故得其详。时家奴之妇，有虐使其七岁孤侄者，闻张媪言，为之少戢。圣人以神道设教，信有以夫。

【注释】

① 噭(jiào)：古同"叫"，呼喊，鸣叫。② 坌(bèn)：聚积。

【导读】

虎神引虎食人，而悯其贫者使收被食者衣物自活，初觉甚不近事理。而后神言"虎不食人，惟食禽兽。其食人者，人而禽兽者耳"之语，即豁然开朗。人与禽兽仅一线之遥，天良泯者，灵光消散，与禽兽同，故虎敢食之。晓岚作此文，神道设教，使人畏惧，警世之心苦矣。

一三　奴子李福之妇，悍戾绝伦，日忤其姑舅，面詈背诅，无所不至。或微讽以不孝有冥谪，辄掉头哂曰："我持观音斋，诵观音咒，菩萨以甚深法力，消灭罪愆，阎罗王其奈我何？"后婴恶疾，楚毒万端，犹曰："此我诵咒未漱口，焚香用灶火，故得此报，非有他也。"愚哉！

【导读】

晓岚所处之清代，世俗社会大众普遍迷信鬼神，故多淫祀佞佛之举。此则李福之妇忤逆亲长，人言其不孝必有冥谴，此妇却坚信所侍之观音可保其无忧。后身染恶疾，犹执迷于奉神不洁故受神之谴。晓岚以此愚妇之事揭示了人的命运与鬼神祭祀之间并无直接因果，关键则在人本身之向善之心、向善之行，"苟能为善，虽不祭，神亦助之"。由此可见及在祀神问题上，晓岚之识见又明显高出世人一筹。

一四　李芍亭家扶乩，其仙自称“邱长春”[①]。悬笔而书，疾于风雨，字如颠、素之狂草。客或拜求丹方，乩判曰：“神仙有丹诀，无丹方，丹方是烧炼金石之术也。《参同契》炉鼎铅汞，皆是寓名，非言烧炼。方士转相附会，遂贻害无穷。夫金石燥烈，益以火力，亢阳鼓荡，血脉偾张，故筋力似倍加强壮；而消铄真气，伏祸亦深。观艺花者，培以硫黄，则冒寒吐蕊；然盛开之后，其树必枯。盖郁热蒸于下，则精华涌于上，涌尽则立槁耳。何必纵数年之欲，掷千金之躯乎？”其人悚然而起。后芍亭以告田白岩，白岩曰：“乩仙大抵皆托名。此仙能作此语，或真是邱长春欤！”

【注释】

① 邱长春(1148—1227)：即丘处机，字通密，号长春子，后赠号“长春真人”。金代山东登州栖霞人。道教全真道掌教人。

【导读】

此则仙之所言颇为在理。渠表面上言说服丹之弊，而实揭纵欲之害。服丹之害在于，“夫金石燥烈，益以火力，亢阳鼓荡，血脉偾张，故筋力似倍加强壮；而消铄真气，伏祸亦深。观艺花者，培以硫黄，则冒寒吐蕊；然盛开之后，其树必枯。盖郁热蒸于下，则精华涌于上，涌尽则立槁耳”。人之纵欲，虽快一时，而掷千金之躯，不亦同一理乎？

一五　吴云岩家扶乩，其仙亦云“邱长春”。一客问曰：“《西游记》果仙师所作，以演金丹奥旨乎？”批曰：“然。”又问：“仙师书作于元初，其中祭赛国之锦衣卫、朱紫国之司礼监、灭法国之东城兵马司、唐太宗之大学士、翰林院中书科，皆同明制，何也？”乩忽不动。再问之，不复答。知已词穷而遁矣。然则《西游记》为明人依托无疑也。

【导读】

《西游记》之作者，最早有学者称乃出自金元之道士丘处机之手。晓岚以书中祭赛国之锦衣卫、朱紫国之司礼监、灭法国之东城兵马司、唐太宗之大学士、翰林院中书科皆同明制为理由，否定了《西游记》之作者为邱处机的说法，证据确凿。此观点对后世学者考据《西游记》之作者影响深远。

一六　李又聃先生言：东光某氏宅有狐。一日，忽掷砖瓦，伤盆盎。

某氏詈之。夜间人叩窗语曰："君睡否？我有一言：邻里乡党，比户而居，小儿女或相触犯，事理之常，可恕则恕之，必不可恕，告其父兄，自当处置。遽加以恶声，于理毋乃不可。且我辈出入无形，往来不测，皆君闻见所不及，堤防所不到。而君攘臂与为难，庸有幸乎？于势亦必不敌，幸熟计之。"某氏披衣起谢，自是遂相安。会亲串中有以僮仆微衅，酿为争斗，几成大狱者，又聃先生叹曰："殊令人忆某氏狐。"

【导读】

寓言耳！此狐颇懂人情事理，亦善以理、势服人，故而一场纠纷化解无形。反倒是人不知"恕"，亦不通情理，争斗遂成大狱。

一七　同年钟上庭言：官宁德日，有幕友病亟。方服药，恍惚见二鬼曰："冥司有某狱，待君往质。药可勿服也。"幕友言："此狱已五十余年，今何尚未了？"鬼曰："冥司法至严，而用法至慎。但涉疑似，虽明知其事，证人不具，终不为狱成。故恒待至数十年。"问："如是不稽延拖累乎？"曰："此亦千万之一，不恒有也。"是夕果卒。

然则果报有时不验，或缘此欤？又小说所载，多有生魂赴鞫者，或宜迟宜速，各因其轻重缓急欤？要之早晚虽殊，神理终不愦愦，则凿然可信也。

【导读】

《阅微》中，冥间常作为人世之对比出现。晓岚在描述人间官场黑幕重重之时，亦试图构建清正廉明的新秩序。他将鬼蜮冥司充作此类故事构思之载体，构拟出一个公平正直，"司法至严、用法至慎"之冥府司法系统，此亦渠之理想所在。

一八　安邑宋半塘，尝官鄞县。言鄞有一生，颇工文，而偃蹇不第。病中梦至大官署，察其形状，知为冥司。遇一吏，乃其故人，因叩以此病得死否。曰："君寿未尽而禄尽，恐不久来此。"生言："平生以馆谷糊口，无过分之暴殄，禄何以先尽？"吏太息曰："正为受人馆谷而疏于训课，冥司谓无功窃食，即属虚糜。销除其应得之禄，补所探支，故寿未尽而禄尽也。盖'在三'之义[①]，名分本尊。利人修脯，误人子弟，谴责亦最重。有官禄者减官禄，无官禄者则减食禄，一锱一铢，计较不爽。世徒见才士通儒，或贫或夭，动言天道之难明。乌知自误生平，罪多坐此哉！"生怅然而寤，病果不起。临殁，举以戒所亲，故人得知其事云。

【注释】

① 在三：《国语·晋语一》：“‘民生于三，事之如一。’父生之，师教之，君食之。非父不生，非食不长，非教不知，生之族也，故壹事之，唯其所在，则致死焉。”韦昭注：“三，君、父、师也。”后以“在三”为礼敬君、父、师的典故。

【导读】

既为人师，名分本尊，即当恪尽职守。而此生耽其名分，却利人修脯，误人子弟，故遭神谴。恒古以来，子弟教育事至重，不可轻易敷衍。晓岚亦颇重之，于此可见一斑。

一九 道士庞斗枢，雄县人。尝客献县高鸿胪家。先姚安公幼时，见其手撮棋子布几上，中间横斜萦带，不甚可辨；外为八门，则井然可数。投一小鼠，从生门入，则曲折寻隙而出；从死门入，则盘旋终日不得出。以此信鱼腹阵图，定非虚语。然斗枢谓此特戏剧耳。

至国之兴亡，系乎天命；兵之胜败，在乎人谋。一切术数，皆无所用。从古及今，有以壬遁星禽成事者耶？即如符咒厌劾，世多是术，亦颇有验时。然数千年来，战争割据之世，是时岂竟无传？亦未闻某帝某王某将某相死于敌国之魇魅也，其他可类推矣。姚安公曰：“此语非术士所能言，此理亦非术士所能知。”

【导读】

术数固然存在，然以此用之于兴国、战事，则妄矣。晓岚斥术数，而重人事，其识见甚高明，体现出了唯物论之思想。然渠将国之兴亡，归于天命。似乎又堕入唯心主义宿命论之窠臼中，反映出渠思想之矛盾，这是值得我们注意的问题。

二〇 从舅安公介然言：佃户刘子明，家粗裕。有狐居其仓屋中，数十年一无所扰，惟岁时祭以酒五盏、鸡子数枚而已。或遇火盗，辄叩门窗作声，使主人知之。相安已久，一日，忽闻吃吃笑不止。问之不答，笑弥甚。怒而诃之。忽应曰：“吾自笑厚结盟之兄弟，而疾其亲兄弟者也。吾自笑厚其妻前夫之子，而疾其前妻之子者也。何预于君，而见怒如是？”刘大惭，无以应。俄闻屋上朗诵《论语》曰：“法语之言，能无从乎？改之为贵。巽语之言,能无说乎?绎之为贵。”太息数声而寂。刘自是稍改其所为。后余以告邵闇谷[1],闇谷曰:“此至亲密友所难言,而狐能言之;此正言庄论所难入,而狐以诙谐悟之。东方曼倩何加焉!予傥到刘氏仓屋,当向门三揖之。”

【注释】

① 闇(àn):同“暗”。

【导读】

刘子明家狐,“数十年一无所扰”,此可谓德友;能道厚其外友而薄其至亲之言者,此可谓诤友。而能将难言之理以诙谐语悟之者,口角伶俐、幽默多智即其所谓也。

二一 世有圆光术:张素纸于壁,焚符召神,使五六岁童子视之。童子必见纸上突现大圆镜,镜中人物,历历示未来之事,犹卦影也。但卦影隐示其象,此则明著其形耳。庞斗枢能此术,某生素与斗枢狎,尝觊觎一妇,密祈斗枢圆光,观谐否。斗枢骇曰:“此事岂可渎鬼神。”固强之。不得已勉为焚符,童子注视良久曰:“见一亭子,中设一榻,三娘子与一少年坐其上。”三娘子者,某生之亡妾也。方诟责童子妄语,斗枢大笑曰:“吾亦见之。亭中尚有一匾,童子不识字耳。”怒问:“何字?”曰:“‘己所不欲’四字也。”某生默然,拂衣去。或曰:“斗枢所焚实非符,先以饼饵诱童子,教作是语。”是殆近之。虽曰恶谑,要未失朋友规过之义也。

【导读】

“己所不欲,勿施于人”。能运此机巧行规劝之意,斗枢可谓用心良苦!然于心术不正实多规劝。

二二 两世夫妇,如韦皋、玉箫者,盖有之矣。景州李西崖言:乙丑会试[1],见贵州一孝廉,述其乡民家生一子,甫能言,即云我前生某氏之女,某氏之妻,夫名某字某;吾卒时夫年若干,今年当若干;所居之地,距民家四五日程耳。此语渐闻。至十四五岁时,其故夫知有是说,径来寻问。相见涕泗,述前生事悉相符。是夕竟抱被同寝。其母不能禁,疑而窃听,灭烛以后,已娓娓儿女语矣。母怒,逐其故夫去。此子悒悒不食,其故夫亦栖迟旅舍不肯行。一日,防范偶疏,竟相偕遁去,莫知所终。

异哉,此事!古所未闻也。此谓发乎情而不止乎礼矣。

【注释】

① 乙丑：乾隆十年(1745)。

【导读】

小说家故多三生之说，李源圆观事、韦皋玉箫事皆属此类。而此篇之两世姻缘更加离奇，妻已转生为男子，其故夫亦相携而去，超越性别，用情深矣。然晓岚谓之“发乎情而不止乎礼”，对此似颇存微辞，由此可见晓岚之道德观。

二三　东光霍从占言：一富室女，五六岁时，因夜出观剧，为人所掠卖。越五六年，掠卖者事败，供曾以药迷此女。移檄来问，始得归。归时，视其肌肤，鞭痕、杖痕、剪痕、锥痕、烙痕、烫痕、爪痕、齿痕遍体如刻画，其母抱之泣数日。每言及，辄沾襟。先是女自言主母酷暴无人理，幼时不知所为，战栗待死而已；年渐长，不胜其楚，思自裁。夜梦老人曰：“尔勿短见，再烙两次，鞭一百，业报满矣。”果一日缚树受鞭，甫及百而县吏持符到。盖其母御婢极残忍，凡觳觫而侍立者①，鲜不带血痕；回眸一视，则左右无人色。故神示报于其女也。然竟不悛改，后疽发于项死。子孙今亦式微。

从占又云：一宦家妇，遇婢女有过，不加鞭捶，但褫下衣，使露体伏地。自云如蒲鞭之示辱也。后患颠痫，每防守稍疏，辄裸而舞蹈云。

【注释】

① 觳(hú)觫(sù)：恐惧得发抖。

【导读】

此则故事言主人虐待婢女令人发指。晓岚之意，似亦昭示报应，然渠之客观描绘，却极为真实地反映出封建家庭婢女生活之境遇，颇具认识价值。

二四　帝王以刑赏劝人善，圣人以褒贬劝人善。刑赏有所不及，褒贬有所弗恤者，则佛以因果劝人善。其事殊，其意同也。缁徒执罪福之说，诱胁愚民，不以人品邪正分善恶，而以布施有无分善恶。福田之说兴，瞿昙氏之本旨晦矣。

闻有走无常者，以血盆经忏有无利益问冥吏。冥吏曰：“无是事也。夫男女构精，万物化生，是天地自然之气，阴阳不息之机也。化生必产育，产育必秽污，虽淑媛贤耳，亦不得不然，非自作之罪也。如以为罪，则饮食不能不便溺，口鼻不能不涕唾，是亦秽污，是亦当有罪乎？为是说者，盖以最易惑者惟妇女，而妇女所必不免者惟产育，以是为有罪，以是罪为非忏不可；而闺阁之财，无不充功德之费矣。尔出入冥司，宜有闻见，血池果在何处？堕血池者果有何人？乃犹疑而问之欤！”

走无常后以告人，人讫无信其言者。积重不返，此之谓矣。

【导读】

此则乃罪缁徒以佛事牟利也。言缁徒执罪福之说，诱胁愚民，不以人品邪正分善恶，而以布施有无分善恶。福田之说兴，故瞿昙氏之本旨晦矣。即如所谓血盆经忏之问题，文章藉一“走无常”之口批驳其妄，颇有说服力。惜哉，尽管“走无常”言之凿凿，却“人讫无信其言者”，盖积重难返矣！

二五 吴惠叔言：医者某生，素谨厚。一夜有老媪持金钏一双，就买堕胎药。医者大骇，峻拒之。次夕，又添持珠花两枝来。医者益骇，力挥去。越半载余，忽梦为冥司所拘，言有诉其杀人者。至则一披发女子，项勒红巾，泣陈乞药不与状。医者曰：“药以活人，岂敢杀人以渔利！汝自以奸败，与我何尤？”女子曰：“我乞药时，孕未成形，倘得堕之，我可不死。是破一无知之血块，而全一待尽之命也。既不得药，不能不产，以致子遭扼杀，受诸痛苦，我亦见逼而就缢。是汝欲全一命，反戕两命矣。罪不归汝，反归谁乎？”冥官喟然曰：“汝之所言，酌乎事势；彼所执者，则理也。宋以来，固执一理而不揆事势之利害者[1]，独此人也哉？汝且休矣！”拊几有声，医者悚然而寤。

【注释】

① 揆(kuí)：揣测。

【导读】

晓岚乃清代汉学代表人物，其于宋儒之论颇多诟病。此篇医者、女子各执一词，乃是宋儒僵化的女性贞烈观与明末清初昂扬的尊重生命观念之论争。程朱理学及讲学家所遗之毒的不情、迂执和不知变通使得母子悲剧一再上演。斟酌其辞，晓岚激愤无奈之意凿凿纸上。

卷十　如是我闻（四）

一　长山聂松岩言：安丘张卯君先生家，有书楼为狐所据，每与人对语。媪婢童仆，凡有隐慝，必对众暴之。一家畏若神明，惕惕然不敢作过。斯亦能语之绳规，无形之监史矣。然奸黠者或敬事之，则讳其所短，不肯质言。盖聪明有余，正直则不足也。斯狐之所以为狐欤！

【导读】

狐形象之文化意蕴于晓岚处得以颠覆，其“狐性”“聪明有余，正直不足”，好揭人阴事，令人“不敢作过”，晓岚视其为社会秩序之监督维护者，所谓“无形之监史”是也。

二　沧州插花庙老尼董氏言：尝夜半睡醒，闻佛殿磬声铿然，如有人礼拜者。次日，告其徒。曰：“师耳鸣也。”至夜复然，乃潜起蹑足窥之。佛火青荧，依稀辨物，见击磬者乃其亡师，一少妇对佛长跪，喁喁絮祝。回面向内，不识为谁。细听所祝，则为夫病祈福也。恐怖失措，触朱槅有声。阴气冥蒙，灯火骤暗。再明，则已无睹矣。先外祖雪峰张公曰：“此少妇已入黄泉，犹忧夫病，闻之使人增伉俪之情。”

董尼又言：近一卖花媪，夜经某氏墓，突见某夫人魂立树下，以手招之。无路可避，因战栗拜谒。某夫人曰：“吾夜夜在此，待一相识人寄信，望眼几穿，今乃见尔。归告我女我婿：一切阴谋，鬼神皆已全知，无更枉抛心力。吾在冥府，大受鞭笞；地下先亡，更人人唾詈。无地自容，日惟避此树边，苦雨凄风，醉辛万状。尚不知沉沦几载，得付转轮。似闻须所夺小郎资财耗散都尽，始冀有生路也。又婿有密札数纸，病中置螺甸小箧中。嘱其检出毁灭，免为他日口实。”叮咛再三，呜咽而灭。媪潜告其女，女怒曰：“为小郎游说耶！”迨于箧中，见前札，乃始悚然。后女家日渐消败。亲串中知其事者，皆合掌曰：“某夫人生路近矣。”

【导读】

《阅微》之阳间人情冷暖世态炎凉，阴间狐界却颇重情谊。董尼所先言一亡妇者，死犹对佛长跪，为其夫祈福，“闻之使人增伉俪之情”；后言某夫人者，虽亦为鬼，却在规劝阳世亲情倾轧者"勿枉抛心力"。此阳世之情淡于阴间也。

三 沧州瞽者蔡某，每过南门楼下，即有一叟邀之弹唱，且对饮。渐相狎，亦时到蔡家共酌。自云姓蒲，江西人，因贩磁到此。久而觉其为狐，然契分甚深，狐不讳，蔡亦不畏也。

会有以闺阃蜚语涉讼者①，众议不一。偶与狐言及，曰："君既通灵，必知其审。"狐艴然曰②："我辈修道人，岂干预人家琐事？夫房帏秘地，男女幽期，暧昧难明，嫌疑易起。一犬吠影，每至于百犬吠声。即使果真，何关外人之事？乃快一时之口，为人子孙数世之羞，斯已伤天地之和，召鬼神之忌矣。况杯弓蛇影，恍惚无凭，而点缀铺张，宛如目睹。使人忍之不可，辨之不能，往往致抑郁难言，含冤毕命。其怨毒之气，尤历劫难消。苟有幽灵，岂无业报？恐刀山剑树之上，不能不为是人设一坐也。汝素朴诚，闻此事自当掩耳；乃考求真伪，意欲何为？岂以失明不足，尚欲犁舌乎？"投杯径去，从此遂绝。蔡愧悔，自批其颊。恒述以戒人，不自隐匿也。

【注释】

① 阃(kǔn)：内室，借指妇女。② 艴(fú)：生气恼怒貌。

【导读】

"一犬吠影，每至于百犬吠声"，诚哉，斯言！人言可畏，如刀刃人。此狐能不道人之阴事，不闻造作之语，其言鞭辟入里，切中肯綮，洞悉世事真深刻独到耳。

四 舅氏张公梦征言：所居吴家庄西，一丐者死于路，所畜犬守之不去。夜有狼来啖其尸，犬奋啮不使前；俄诸狼大集，犬力尽踣，遂并为所啖。惟存其首，尚双目怒张，眦如欲裂。有佃户守瓜田者亲见之。

又程易门在乌鲁木齐，一夕，有盗入室，已逾垣将出。所畜犬追啮其足。盗抽刃斫之，至死啮终不释。因就擒。时易门有仆，曰龚起龙，方负心反噬。皆曰程太守家有二异：一人面兽心，一兽面人心。

【导读】

犬乃忠心护主者，其主即便为丐，亦尽力护之，不以贵贱荣辱而略有差异，其情可贵；然则其为人者，却负心反噬，真可谓犬之与人，"一人面兽心，一兽面人心"，适相颠倒矣！

五　献县令某，临殁前，有门役夜闻书斋人语曰："渠数年享用奢华，禄已耗尽。其父诉于冥司，探支来生禄一年，治未了事。未知许否也？"俄而令暴卒。董文恪公尝曰："天道凡事忌太甚。故过奢过俭，皆足致不祥。然历历验之，过奢之罚，富者轻而贵者重；过俭之罚，贵者轻而富者重。盖富而过奢，耗己财而已；贵而过奢，其势必至于贪婪。权力重，则取求易也。贵而过俭，守己财而已；富而过俭，其势必至于刻薄，计较明则机械多也。士大夫时时深念，知益己者必损人。凡事留其有余，则召福之道矣。"

小奴玉保言：特纳格尔农家，忽一牛入其牧群，甚肥健。久而无追寻者，询访亦无失牛者，乃留畜之。其女年十三四，偶跨此牛往亲串家。牛至半途，不循蹊径，负女度岭蓦涧，直入乱山。崖陡谷深，堕必糜碎，惟抱牛颈呼号。樵牧者闻声追视，已在万峰之顶，渐灭没于烟霭间。其或饲虎狼，或委溪壑，均不可知矣。皆咎其父贪攘此牛，致罹大害。

余谓此牛与此女，合是夙冤，即驱逐不留，亦必别有以相报也。

【导读】

世人所咎极为得理：倘其父不贪攘此牛，其女何有此祸？由此可见，其父乃为祸端。晓岚以"夙冤"解之，显系牵强。

六　许文木言：其亲串有新得官者，盛具牲醴享祖考。有巫能视鬼，窃语人曰："某家先灵受祭时，皆颜色惨沮，如欲下泪。而后巷某甲之鬼，乃坐对门屋脊上，翘足而笑。是何故也？"后其人到官未久，即伏法。始悟其祖考悲泣之由。而某甲之喜，则终不解。久而有知其阴事者曰："某甲女有色，是尝遣某妪诱以金珠，同宿数夕。人不知而鬼知也，谁谓冥冥中可堕行哉！"

【导读】

《阅微》描述冥官判断阳间官员忠奸勤惰快而准，考绩制度严密。即如此篇，新得官者祭祀祖先，其祖考"颜色惨沮，如欲下泪"，此人到官不久即伏法，于此，官吏德行审查制度之漏洞凸显矣。

七　姚安公言：昔在舅氏陈公德音家，遇骤雨，自巳至午乃息，所雨皆沤麻水也。时西席一老儒方讲学，众因叩曰："此雨究竟是何理？"老儒掉头面壁曰："子不语怪。"

【导读】

老儒讲学，恰遇骤雨，众人叩问其缘由，此讲学者不能解，竟以"子不语怪”之论搪塞掩饰。“掉头面壁”一词将其以道学自任，只知高谈阔论，不务世情世事之态刻画入骨，晓岚笔锋可谓犀利辛辣。

八 刘香畹言：曩客山西时，闻有老儒经古冢，同行者言中有狐。老儒詈之，亦无他异。老儒故善治生，冬不裘，夏不絺①，食不肴，饮不荈②，妻子不宿饱。铢积锱累，得四十金，熔为四铤③，秘缄之。而对人自诉无担石。自詈狐后，所储金或忽置屋颠树杪，使梯而取。或忽在淤泥浅水，使濡而求。甚或忽投圊溷④，使探而濯。或移易其地，大索乃得。或失去数日，从空自堕。或与客对坐，忽纳于帽檐。或对人拱揖，忽铿然脱袖。千变万化，不可思议。一日，忽四铤跃掷空中，如蛱蝶飞翔，弹丸击触，渐高渐远，势将飞去。不得已，焚香拜祝，始自投于怀。自是不复相嬲，而讲学之气焰已索然尽矣。

说是事时，一友曰：“吾闻以德胜妖，不闻以詈胜妖也。其及也固宜。”一友曰：“使周、张、程、朱詈，妖必不兴。惜其古貌不古心也。”一友曰：“周、张、程、朱必不轻詈。惟其不足于中，故悻悻于外耳。”香畹首肯曰：“斯言洞见症结矣。”

【注释】

① 絺(chī)：细葛布做的衣服。② 荈(chuǎn)：茶之老叶，即粗茶。③ 铤(dìng)：古同“锭”，专门铸成的各种形态的金银块，用以货币流通。④ 圊(qīng)溷(hùn)：厕所。

【导读】

老儒“冬不裘，夏不絺”，如此吝啬方积累四十金熔为四锭。其讲学气颇盛，闻人说狐，便诟詈之。狐不祟人而突闻此无故之詈，遂以老儒“铢积锱累”之财戏弄之：“或忽置屋颠树杪”，“或忽投圊溷”，“或与客对坐，忽纳于帽檐”，千变万化，老儒不胜其扰，遂焚香祝祷，自是讲学气衰矣，狐亦不相扰也。老儒“不足于中”而“悻悻于外”之貌跃然纸上。晓岚以老辣之笔将讲学者戏弄之，令人颇觉滑稽、警绝。

九 香畹又言：一孝廉颇善储蓄，而性啬。其妹家至贫，时逼除夕，炊烟不举。冒风雪徒步数十里，乞贷三五金，期明春以其夫馆谷偿。坚以窘辞。其母涕泣助请，辞如故。母脱簪珥付之去，孝廉如弗闻也。是夕，有盗穴壁入，罄所有去。迫于公论，弗敢告官捕。越半载，盗在他县败，供曾窃孝廉家，其物犹存十之七。移牒来问，又迫于公论，弗敢认。其妇惜财不能忍，阴遣子往认焉。孝廉内愧，避弗见客者半载。

夫母子天性，兄妹至情；以啬之故，漠如陌路，此真闻之扼腕矣。乃盗遽乘之，使人一快；失而弗敢言，得而弗敢取，又使人再快。至于椎心茹痛，自匿其瑕，复败于其妇，瑕终莫匿，更使人不胜其快。颠倒播弄，如是之巧，谓非若或使之哉！然能愧不见客，吾犹取其足为善。充此一愧，虽以孝友闻可也。

【导读】

此孝廉真枉为“孝廉”！母子、兄妹骨肉之情抛诸脑后，可恨也；积蓄之财一夕被盗而“迫于公论”不敢告官，可笑也；不待其告官，盗则败矣，自供曾窃其财物犹存，官使来认而不敢认，可悲也；子往认之，孝廉之计算遂败，令人尤觉痛快。唯其自觉有愧，可视作人情冷酷、世态炎凉中仅存之未泯天良也。

一〇 海阳鞠前辈庭和言：一宦家妇临卒，左手挽幼儿，右手挽幼女，呜咽而终，力擘之乃释，目炯炯尚不瞑也。后灯前月下，往往遥见其形，然呼之不应，问之不言，招之不来，即之不见。或数夕不出，或一夕数出，或望之在某人前，而某人反无睹；或此处方睹，而彼处又睹。大抵如泡影空花，电光石火，一转瞬而即灭，一弹指而倏生。虽不为害，而人人意中有一先亡夫人在。故后妻视其子女，不敢生分别心；婢媪童仆视其子女，亦不敢生凌侮心。至男婚女嫁，乃渐不睹。然越数岁或一见，故一家恒惴惴栗栗，如时在其房。或疑为狐魅所托，是亦一说。惟是狐魅扰人，而此不近人。且狐魅又何所取义，而辛苦十余年，为时时作此幻影耶？殆结恋之极，精灵不散耳。为人子女者，知父母之心，殁而弥切如是也。其亦可以怆然感乎？

【导读】

此篇令人闻之怆然感伤。母殁而哀其幼儿受人凌侮，“结恋之极，精灵不散”，魂魄逡巡其家十余年不散，后母婢仆惧其为祟，乃不敢生异心。父母于子女之心乃切切如此，怎不令人感慨崇敬。

一一 庭和又言：有兄死而吞噬其孤侄者，迫胁侵蚀，殆无以自存。一夕，夫妇方酣眠，忽梦兄仓皇呼曰：“起起，火已至。”醒而烟焰迷漫，无路可脱，仅破窗得出。喘息未定，室已崩摧。缓须臾，则灰烬矣。次日，急召其侄，尽还所夺。人怪其数朝之内，忽跖忽夷。其人流涕自责，始知其故。

此鬼善全骨肉，胜于为厉多多矣。

【导读】

兄弟二人，其兄先死，所留遗孤弟不仅不抚育，反吞没胁迫，令其"无以自存"。而火起于危急，其兄之魂仓皇呼之，方得以存活。鬼魂之不计前嫌、以德报怨与人间之锱铢必较、以怨报德简直相距天渊。

一二　戴遂堂先生曰：尝见一巨公，四月八日在佛寺礼忏放生。偶散步花下，遇一游僧，合掌曰："公至此何事？"曰："作好事也。"又问："何为今日作好事？"曰："佛诞日也。"又问："佛诞日乃作好事，余三百五十九日皆不当作好事乎？公今日放声，是眼见功德；不知岁岁庖厨之所杀，足当此数否乎？"巨公猝不能对。知客僧代叱曰："贵人护法，三宝增光。穷和尚何敢妄语！"游僧且行且笑曰："紫衣和尚不语，故穷和尚不得不语也。"掉臂径出，不知所往。一老僧窃叹曰："此阇黎大不晓事①；然在我法中，自是突闻狮子吼矣。"

昔五台僧明玉尝曰："心心念佛，则恶意不生，非日念数声即为功德也。日日持斋，则杀业永除，非月持数日即为功德也。燔炙肥甘，晨昏餍饫，而月限某日某日不食肉，谓之善人。然则苞苴公行，簠簋不饰②，而月限某日某日不受钱，谓之廉吏乎？"与此游僧之言，若相印合。李杏浦总宪则曰："此为彼教言之耳。士大夫终身茹素，势必不行。得数日持月斋，则此数日可减杀；得数人持月斋，则此数人可减杀。不愈于全不持乎？"是亦见智见仁，各明一义。第不知明玉傥在，尚有所辨难否耳。

【注释】

① 阇黎：一译作"阇梨"，梵语 acarya"阿阇黎（梨）"之省也，意为高僧，也泛指僧人、和尚。② 簠（fǔ）簋（guǐ）：两种盛黍稷稻粱之礼器。犹苞苴。指贿赂。

【导读】

某"巨公"仅于佛祖生日时礼忏放生，或以为乃"眼见功德"，或以为其虽不能因限定某月某日如何便为善人、廉吏，但既有此举，"不愈于全不持乎"。《阅微》批判吏治腐败、揭露伪善人性之篇甚多，此类文中时见辛辣之笔。然此篇辛辣之余却颇有姑息迁就之意。

一三 李庆子言：尝宿友人斋中，天欲晓，忽二鼠腾掷相逐，满室如飚轮旋转，弹丸迸跃，瓶彝罍洗[1]，击触皆翻，砰铿碎裂之声，使人心骇。久之，一鼠踊起数尺，复堕于地，再踊再仆，乃僵。视之七窍皆血流，莫测其故。急呼其家僮收检器物，见柈中所晾媚药数十丸，啮残过半。乃悟鼠误吞此药，狂淫无度，牝不胜嬲而窜避，牡无所发泄，蕴热内燔以毙也。友人出视，且骇且笑；既而悚然曰："乃至是哉，吾知惧矣！"尽覆所蓄药于水。

夫燥烈之药，加以锻炼，其力既猛，其毒亦深。吾见败事者多矣，盖退之硫黄，贤者不免。庆子此友，殆数不应尽，故鉴于鼠而忽悟欤！

【注释】

① 罍(léi)：盥洗用的器皿。

【导读】

此乃《阅微》中极为有趣之文：鼠误吞媚药，狂淫无度，牝不胜嬲而窜避，牡无所发泄，蕴热内燔以毙也。此事虽出自于鼠，而实于人则颇有启示。媚药，具燥烈之性，食之适当，应无大碍。如食之过量，恐步此鼠之后尘矣！此外，此篇写牡鼠误食媚药后追逐牝鼠之态，云"忽二鼠腾掷相逐，满室如飚轮旋转，弹丸迸跃，瓶彝罍洗，击触皆翻，砰铿碎裂之声，使人心骇"。状牡鼠之狂淫难忍，牝鼠之狂奔逃窜，令人忍俊不禁，颇有意趣。

一四 人物异类，狐则在人物之间；幽明异路，狐则在幽明之间；仙妖异途，狐则在仙妖之间。故谓遇狐为怪可，谓遇狐为常亦可。

三代以上无可考，《史记·陈涉世家》称篝火作"狐鸣"，曰："大楚兴，陈胜王。"必当时已有是怪，是以托之。吴均《西京杂记》称广川王发栾书冢，击伤冢中狐，后梦见老翁报冤。是幻化人形，见于汉代。张鷟《朝野佥载》称唐初以来，百姓多事狐神，当时谚曰："无狐魅，不成村。"是至唐代乃最多。《太平广记》载狐事十二卷，唐代居十之九，是可以证矣。

诸书记载不一，其源流始末，则刘师退先生所述为详。盖旧沧州南一学究与狐友，师退因介学究与相见，躯干短小，貌如五六十人，衣冠不古不今，乃类道士；拜揖亦安详谦谨。寒温毕，问枉顾意。师退曰："世与贵族相接者，传闻异词，其间颇有所未明。闻君豁达不自讳，故请祛所惑。"狐笑曰："天生万品，各命以名。狐名狐，正如人名人耳。呼狐为狐，正如呼人为人耳。何讳之有？至我辈之中，好丑不一，亦如人类之内，良莠不齐。人不讳人之恶，狐何必讳狐之恶乎？第言无隐。”师退问：“狐有别乎？”曰：“凡狐皆可以修道，而最灵者曰比狐。此如农家读书者少，儒家读书者多也。”问：“比狐生而皆灵乎？”曰：“此系乎其种类。未成道者所生，则为常狐；已成道者所生，则自能变化也。”问：“既成道矣，自必驻颜。而小说载狐亦有翁媪，何也？”曰：“所谓成道，成人道也。其饮食男女，生老病死，亦与人同。若夫飞升霞举，又自一事。此如千百人中，有一二人求仕宦。其炼形服气者，如积学以成名；其媚惑采补者，如捷径以求售。然游仙岛、登天曹者，必炼形服气乃能；其媚惑采补，伤害或多，往往干天律也。”问：“禁令赏罚，孰司之乎？”曰：“小赏罚统于其长，大赏罚则地界鬼神鉴察之。苟无禁令，则来往无形，出入无迹，何事不可为乎！”问：“媚惑采补，既非正道，何不列诸禁令，必俟伤人乃治乎？”曰：“此譬诸巧诱人财，使人喜助，王法无禁也。至夺财杀人，斯论抵耳。《列仙传》载酒家妪①，何尝干冥诛乎！”问：“闻狐为人生子，不闻人为狐生子，何也？”微哂曰：“此不足论。盖有所取无所与耳。”问：“支机别赠，不惮牵牛妒乎？”又哂曰：“公太放言，殊未知其审。凡女则如季姬鄫子之故事②，可自择配。妇则既有定偶，弗敢逾防。若夫赠芍采兰，偶然越礼，人情物理，大抵不殊，固可比例而知耳。”问：“或居人家，或居旷野，何也？”曰：“未成道者未离乎兽，利于远人，非山林弗便也。已成道者事事与人同，利于近人，非城市弗便也。其道行高者，则城市山林皆可居。如大富大贵家，其力百物皆可致，住荒村僻壤与通都大邑一也。”师退与纵谈，其大旨惟劝人学道，曰：“吾曹辛苦一二百年，始化人身。公等现是人身，功夫已抵大半，而悠悠忽忽，与草木同朽，殊可惜也。”师退腹笥三藏③，引与谈禅。则谢曰：“佛家地位绝高，然或修持未到，一入轮回，便迷却本来面目。不如且求不死，为有把握。吾亦屡逢善知识，不敢见异而迁也。”师退临别曰：“今日相逢，亦是天幸。君有一言赠我乎？”踌躇良久，曰：“三代以下恐不好名，此为下等人言。自古圣贤，却是心平气和，无一毫做作。洛、闽诸儒，撑眉努目，便生出如许葛藤。先生其念之。”师退怃然自失。盖师退崖岸太峻，时或过当云。

【注释】

①《列仙传》载酒家妪：即《列仙传》载汉呼子先与酒家妪各骑一竹，

上华阴山仙去事。② 季姬鄫子:《左传》载,鲁僖公十四年(前646),"鄫子季姬来宁,公怒止,以鄫子之不朝也。夏,遇于防而使来朝。"③ 腹笥:语出《后汉书·边韶传》:"边为姓,孝为字,腹便便,五经笥。"笥,书箱。后因称腹中所记之书籍和所有的学问为"腹笥"。

【导读】

狐乃笔记小说之常客,晓岚在此篇初对狐形象之发展演变进行了大致的梳理。后通过刘师退与狐之对话,塑造了一个旷达峻洁、洞明世事的修道狐仙形象,并借狐仙之口讥刺"崖岸太峻"之宋儒。

一五 裘文达公言:尝闻诸石东村曰:有骁骑校,颇读书,喜谈文义。一夜寓直宣武门城上,乘凉散步。至丽谯之东,见二人倚堞相对语;心知为狐鬼,屏息伺之。其一举手北指曰:"此故明首善书院,今为西洋天主堂矣。其推步星象,制作器物,实巧不可阶。其教则变换佛经,而附会以儒理。吾曩往窃听。每谈至无归宿处,辄以天主解结,故迄不能行。然观其作事,心计亦殊黠。"其一曰:"君谓其黠,我则怪其太痴。彼奉其国王之命,航海而来,不过欲化中国为彼教。揆度事势,宁有是理!而自利玛窦以后,源源续至,不偿其所愿终不止,不亦颠欤?"其一又曰:"岂但此辈痴,即彼建首善书院者亦复大痴。奸珰柄国,方阴伺君子之隙,肆其诋排。而群聚清谈,反予以钩党之题目,一网打尽,亦复何尤!且三千弟子,惟孔子则可;孟子揣不及孔子,所与讲肄者公孙丑、万章等数人而已。洛闽诸儒,无孔子之道德,而亦招聚生徒,盈千累百,枭鸾并集,门户交争,遂酿为朋党,而国随以亡。东林诸儒,不鉴覆辙,又骛虚名而受实祸。今凭吊遗踪,能无责备于贤者哉!"方相对叹息,忽回顾见人,翳然而灭。东村曰:"天下趋之若鹜,而世外之狐鬼,乃窃窃不满也。人误耶?狐鬼误耶?"

【导读】

《阅微》中,晓岚于宋学、讲学家之流颇多诟病。此篇即借狐鬼之口,讥讽其近名好胜,门户交争,排斥异己。无孔子之德的洛闽诸儒,所云"门户交争","酿为朋党",宋随其亡于外族,而东林党重蹈覆辙,以清谈受祸,可谓语中其的。

一六 里有崔某者,与豪强讼,理直而弗能伸也;不胜其愤,殆欲自戕。夜梦其父语曰:"人可欺,神则难欺。人有党,神则无党。人间之屈弥甚，则地下之伸弥畅。今日之纵横如志者，皆十年外业镜台前觳觫对簿者也。吾为冥府司茶吏，见判司注籍矣，汝何恚焉！”崔自是怨尤都泯，更不复一言。

【导读】

“人可欺，神则难欺”，此掷地有声之言于晓岚而言，依然表明其对现实司法腐败之无奈。而无奈之余，亦只能于虚无幻想的冥司寄托己身之畅想与希望。

一七 乾隆己卯、庚辰间[①]，献县掘得唐张君平墓志。大中七年明经刘伸撰[②]，字画尚可观，文殊鄙俚。余拓示李廉衣前辈，曰：“公谓古人事事胜今人，此非唐文耶？天下率以名相耀耳。如核其实，善笔札者必称晋，其时亦必有极拙之字。善吟咏者必称唐，其时亦必有极恶之诗。非晋之厮役皆羲、献，唐之屠沽皆李、杜也。西子、东家实为一姓，盗跖、柳下乃是同胞，岂能美则俱美，贤则俱贤耶？赏鉴家得一宋砚，虽滑不受墨，亦宝若球图；得一汉印，虽谬不成文，亦珍逾珠璧。问何所取，曰取其古耳。东坡（案：应作韩愈。）诗曰：‘嗜好与俗殊酸咸。’斯之谓欤！”

【注释】

① 乾隆己卯、庚辰：乾隆二十四年（1759）、二十五年。② 大中七年：唐宣宗大中七年（853）。

【导读】

明清二代“复古”、“拟古”之风倡，如诗文创作所谓“文必秦汉，诗必盛唐”者。晓岚阅唐人墓志铭，觉文辞鄙俚，遂对所谓“古人事事胜今人”之复古论调颇不以为然。指出秦汉亦有粗鄙之文，盛唐亦有不谐之诗，奈何“美则俱美，贤则俱贤”。其论颇有客观辩证之哲学道理。

一八 交河老儒刘君琢，名璞，素谨厚，以长者称。在余家设帐二十余年，从兄懋园（坦居）、从弟东白（羲轩）皆其弟子也。尝自河间岁试归，中途遇雨，借宿民家。主人曰：“家惟有屋两楹，尚可栖止；然素有魅，不知狐与鬼也。君能不畏，则请解装。”不得已宿焉。灭烛以后，承尘上轰轰震响，如怒马奔腾。君琢起著衣冠，长揖仰祝曰：“偃蹇寒儒，偶然宿此，欲祸我耶？我非君仇。欲戏我耶？与君素不狎昵。欲逐我耶？今夜必不能行，明朝亦必不能住，何必多此扰攘耶？”俄闻承尘上似老媪语曰：“客言殊有理，尔辈勿太造次。”闻足音橐橐然，向西北隅去，顷刻寂然矣。君琢尝以告门人曰：“遇意外之横逆，平心静气，或有解时。当时如怒詈之，未必不抛砖掷瓦。”

又刘景南尝僦一寓，迁入之夕，大为狐扰。景南诃之曰：“我自出钱租宅，汝何得鸠占鹊巢？”狐厉声答曰：“使君先居此，我续来争，则曲在我。我居此宅五六十年，谁不知者。君何处不可租宅，而必来共住？是恃气相凌也，我安肯让君？”景南次日遂移去。

何励庵先生曰：“君琢所遇之狐，能为理屈；景南所遇之狐，能以理屈人。”先兄晴湖曰：“屈狐易，能屈于狐难。”

【导读】

无论为理所屈，抑或以理屈人，皆缘于理也。有理则能屈人，无理则为人所屈。理之面前，人人平等，切不可恃气相凌，逆而行之。否则，则自取其辱。

一九 族侄肇先言：有书生读书僧寺，遇放焰口。见其威仪整肃，指挥号令，若可驱役鬼神。喟然曰：“冥司之敬彼教，乃过于儒。”灯影朦胧间，一叟在旁语曰：“经纶宇宙，惟赖圣贤，彼仙佛特以神道补所不及耳。故冥司之重圣贤，在仙佛上；然所重者真圣贤。若伪圣伪贤，则阴干天怒，罪亦在伪仙伪佛上。古风淳朴，此类差稀。四五百年以来，累囚日众，已别增一狱矣。盖释道之徒，不过巧陈罪福，诱人施舍。自妖党聚徒谋为不轨外，其伪称我仙我佛者，千万中无一。儒则自命圣贤者，比比皆是。民听可惑，神理难诬。是以生拥皋比，殁沈阿鼻，以其贻害人心，为圣贤所恶故也。”书生骇愕，问：“此地府事，公何由知？”一弹指间，已无所睹矣。

【导读】

“经纶宇宙，惟赖圣贤，彼仙佛特以神道补所不及耳。故冥司之重圣贤，在仙佛上”。其意乃云经纶宇宙，主要则有赖于圣贤。而所谓仙佛，仅以神道补所不及耳，故冥司素来重圣贤远过于仙佛也。然则冥司所重，为真圣贤，而非伪圣贤也。而最近世道，释道之徒，不过巧陈罪福，诱人施舍。自妖党聚徒谋为不轨外，其伪称我仙我佛者，千万中无一。相反，儒则自命圣贤者，则比比皆是。这些伪圣贤败坏儒家名声，贻害人心。故冥司转而重仙佛。由此可见，冥司转重仙佛，而抑圣贤，不在圣贤本身，在于伪者太多，难以甄辨也。此则故事实际上藉此以批判当时伪道学盛行之风也。

二〇 甲乙有夙怨，乙日夜谋倾甲。甲知之，乃阴使其党某以他途入乙家，凡为乙谋，皆算无遗策；凡乙有所为，皆以甲财密助其费，费省而功倍。越一两岁，大见信，素所倚任者皆退听。

乃乘间说乙曰："甲昔阴调我妇，讳弗敢言，然衔之实次骨。以力弗敌，弗敢撄。闻君亦有仇于甲，故效犬马于门下。所以尽心于君者，固以报知遇，亦为是谋也。今有隙可抵，盍图之。"乙大喜过望，出多金使谋甲。某乃以乙金为甲行赂，无所不曲到。阱即成，伪造甲恶迹及证佐姓名以报乙，使具牒。比庭鞫，则事皆子虚乌有，证佐亦莫不倒戈，遂一败涂地，坐诬论戍。愤恚甚，以昵某久，平生阴事皆在其手，不敢再举，竟气结死。

死时誓诉于地下，然越数十年卒无报。论者谓难端发自乙，甲势不两立，乃铤而走险，不过自救之兵，其罪不在甲。某本为甲反间，各忠其所事，于乙不为负心，亦不能甚加以罪，故鬼神弗理也。此事在康熙末年。《越绝书》载子贡谓越王曰："夫有谋人之心，而使人知之者，危也。"岂不信哉！

【导读】

晓岚于《阅微》中展示了清中叶世俗社会人情冷暖、尔虞我诈之画卷。即如此则，乙谋甲，甲先下手为强，令其党入乙家博取信任充当无间，最终令乙一败涂地。甲、乙彼此倾轧，可谓机关算尽，动人心魄。甲乙二人之博弈乃当时社会现状之缩影。

二一 尝与杜少司寇凝台同宿南石槽，闻两家轿夫相语曰："昨日怪事：我表兄朱某在海淀为人守墓，因入城未返，其妻独宿。闻园中树下有斗声，破窗纸窃窥，见二人攘臂奋击，一老翁举杖隔之，不能止。俄相搏仆地，并现形为狐，跳踉摆拨，触老翁亦仆。老翁蹶起，一手按一狐呼曰：'逆子不孝！朱五嫂可助我。'朱伏不敢出，老翁顿足曰：'当诉诸上神。'恨恨而散。次夜，闻满园铃铛声，似有所搜捕。觉几上瓦瓶似微动，怪而视之，瓶中小语曰：'乞勿言，当报恩。'朱怒曰：'父母恩且不肯报，何有于我！'与瓶掷门外碑趺上，訇然而碎。即闻嗷嗷有声，意其就执矣。"一轿夫曰："斗触父母倒是何大事，乃至为土神捕捉？殊可怖也。"凝台顾余笑曰："非轿夫不能作此言。”

【导读】

狐界俨然为人类之折射，人有忤逆其父母者，狐亦有逆子不孝者。无论人伦、狐类，不孝皆重罪，父母无力惩之，而土神代捕之。唯朱五嫂颇明情理，“父母恩且不肯报，何有于我”，养育大恩尚且忤逆触犯，更何况不相干之人也。渠之所为，乃大快人心之举也！

卷十一　槐西杂志(一)

余再掌乌台，每有法司会谳事，故寓直西苑之日多。借得袁氏婿数楹，榜曰“槐西老屋”。公余退食，辄憩息其间。距城数十里，自僚属白事外，宾客殊稀，昼长多暇，晏坐而已。旧有《滦阳消夏录》、《如是我闻》二书，为书肆所刊刻，缘是友朋聚集，多以异闻相告，因置一册于是地，遇轮直则忆而杂书之，非轮直之日则已。其不能尽忆则亦已。岁月骎寻，不觉又得四卷，孙树馨录为一帙，题曰《槐西杂志》。其体例则犹之前二书耳。自今以往，或竟懒而辍笔欤？则以为《挥麈》之三录可也；或老不能闲，又有所缀欤？则以为《夷坚》之丙志亦可也。壬子六月[①]，观弈道人识。

【注 释】

① 壬子：乾隆五十七年(1792)。

一　《隋书》载兰陵公主死殉后夫[①]，登于《列女传》之首，颇乖史法。(祖君彦檄隋文称[②]，兰陵公主逼幸告终，盖欲甚炀帝之恶，当以史文为正。)沧州医者张作霖言，其乡有少妇，夫死未周岁辄嫁。越两岁，后夫又死，乃誓不再适，竟守志终身。尝问一邻妇病，邻妇忽嗔目作其前夫语曰：“尔甘为某守，不为我守，何也？”少妇毅然对曰：“尔不以结发视我，三年曾无一肝鬲语，我安得为尔守？彼不以再醮轻我，两载之中，恩深义重，我安得不为彼守。尔不自反，乃敢咎人耶？”鬼竟语塞而退。

此与兰陵公主事相类。盖亦豫让众人遇我，众人报之；国士遇我，国士报之之意也。然五伦之中，惟朋友以义合，不计较报施，厚道也。即计较报施，犹直道也。兄弟天属，已不可言报施；况君臣父子夫妇，义属三纲哉！渔洋山人作《豫让桥》诗，曰：“国士桥边水，千年恨不穷；如闻柱厉叔，死报莒敖公。”自谓可以敦薄，斯言允矣。然柱厉叔以不见知而放逐，乃挺身死难，以愧人君不知其臣者。(事见刘向《说苑》。)是犹怨怼之意，特与君较是非，非为君捍社稷也。其事可风，其言则未协乎义，或记载者之失乎？

【注 释】

① 兰陵公主：据《隋书》列传四十五“列女”载：兰陵公主，字阿五，高

祖第五女也。美姿仪，性婉顺，好读书，高祖于诸女中特所钟爱。② 祖君彦（？—618）：范阳人，生年不详，卒于唐高祖武德年间，隋末陷于翟让，终为李密所得，密甚敬之，军书羽檄，皆出君彦手，及密败，为王世充所杀。

【导读】

节妇为古代中国社会特有现象。妇女守节虽为封建传统道德，然晓岚对此表现得颇为开明，他认为妇女可以根据实际情况自主地决定是否守节、为谁守节。他多次表示对节妇的深切同情，在《三十六亭诗》中多有相关诗句："三生谁更问前因，一念缠绵泣鬼神。缘尽扰寻来下路，魂归宛见梦中人。"（《吴烈妇诗》）晓岚深知节妇生活的痛苦，故对于守节一直抱着同情、开明的态度，这在当时是难能可贵的。此外，他由此扩大到生活中其他方面，认为人们应该在现实中要审时度势，不应该教条和僵化。

二　董秋原言[①]：昔为钜野学官时，有门役典守节孝祠，即携家居祠侧。一日秋祀，门役夜起洒扫，其妻犹寝，梦中见妇女数十辈，联袂入祠，心知神降，亦不恐怖。忽见所识二贫媪亦在其中，再三审视，真不谬。怪问其未邀旌表，何亦同来？一媪答曰："人世旌表，岂能遍及穷乡蔀屋？湮没不彰者在在有之。鬼神愍其荼苦，虽祠不设位，亦招之来飨，或藏瑕匿垢，冒滥馨香，虽位设祠中，反不容入。故我二人得至此也。"此事颇创闻。然揆以神理，似当如是。

又献县礼房吏魏某，临终喃喃自语曰："吾处闲曹，自谓未尝作恶业，不虞贫妇请旌，索其常例，冥谪如是其重也。"二事足相发明。信忠孝节义，感天地动鬼神矣。

【注释】

① 董秋原：字寄庐，号曲江，山东平原人。乾隆十七年进士，由庶吉士改东昌府教授。有《旧雨堂诗集》。王昶《蒲褐山房诗话》云："曲江寄兴萧疏，不为绳约。改庶常后，乞假南游，来往苏扬间，寓卢雅雨署中最久。"晓岚与之交谊甚笃。

【导读】

明清两代对于节妇的表彰程序颇为繁琐，晓岚曾在《槐西杂志》四中记录了表彰节妇的严格和繁琐："节妇烈女，学校同举于州郡，州郡条上于台司，乃具奏请旨，下礼曹议，从公论也。礼曹得察核之、进退之，而不得自搜罗之，防私防滥也。”并由此发出“沧海遗珠”之叹。晓岚记载了许多节妇受到鬼神旌表之事，既表现出对妇女之同情，亦是对节妇们之慰藉。

三 族叔行止言：有农家妇与小姑并端丽。月夜纳凉，共睡檐下。突见赤发青面鬼，自牛栏后出，旋舞跳掷，若将搏噬。时男子皆外出守场圃，姑嫂悸不敢语。鬼一一攫搦强污之。方跃上短墙，忽嗷然失声，倒投于地。见其久不动，乃敢呼人。邻里趋视，则墙内一鬼，乃里中恶少某，已昏仆不知人。墙外一鬼屹然立，则社公祠中土偶也。父老谓社公有灵，议至晓报赛。一少年哑然曰：“某甲恒五鼓出担粪，吾戏抱神祠鬼卒置路侧，便骇走，以博一笑；不虞遇此伪鬼，误为真鬼惊踣也。社公何灵哉！”中一叟曰：“某甲日日担粪，尔何他日不戏之，而此日戏之也？戏之术亦多矣，尔何忽抱此土偶也，土偶何地不可置，尔何独置此家墙外也？此其间神实凭之，尔自不知耳。”乃共醵金以祀，其恶少为父母舁去，困卧数日，竟不复苏。

【导读】

此则故事的特色之处，乃在于其文学表述上叙事时间之独特，使得叙事时间愈加精细化。故事时间集中于扮鬼恶少跃上墙头的那一刻，围绕这一刻，故事分为两条线索：其一为恶少冒充恶鬼污人姑嫂；另一条线索是里中少年抱出鬼卒欲吓某甲。两条线索为故事情节发展积蓄力量，相遇于恶少见鬼卒之瞬间。恶少吓昏，少年无心的举动成了惩治恶人的手段，这样特殊的时间刻度彰显了果报之速。对时间刻度的精心选择突出了《阅微》叙事“雍容淡雅，天趣盎然”之特点。

四 田白岩言：尝与诸友扶乩，其仙自称真山民，宋末隐君子也。（按：山民有诗集，今著录《四库全书》中。）倡和方洽，外报某客某客来，乩忽不动。他日复降，众叩昨遽去之故，乩判曰：“此二君者，其一世故太深，酬酢太熟，相见必有谀词数百句。云水散人，拙于应对，不如避之为佳。其一心思太密，礼数太明，其与人语，恒字字推敲，责备无已，闲云野鹤，岂能耐此苛求，故逋逃尤恐不速耳。”后先姚安公闻之，曰：“此仙究狷介之士，器量未宏。”

【导读】

鲁迅评价晓岚为“前清的世故老人”。渠之一生经历坎坷，官阶虽高，但是常有高处不胜寒的感叹。在《又题秋山独眺图》中有“俯见豺狼蹲，侧闻虎豹怒。立久心茫茫，悄然生恐惧”之句，于兹可见渠心境之一斑。渠处世颇小心，于人情世故亦颇有心得，此类故事也多以假托的说法体现在《阅微》中。此则故事即其中之一也。

五 从孙树森言：晋人有以资产托其弟而行商于外者，客中纳妇，生一子。越十余年，妇病卒，乃携子归。弟恐其索还资产也，诬其子抱养异姓，不得承父业，纠纷不决，竟鸣于官。官故愦愦，不牒其商所问其赝，而依古法滴血试，幸血相合，乃笞逐其弟。弟殊不信滴血事，自有一子，刺血验之果不合，遂执以上诉。谓县令所断不足据。乡人恶其贪媢无人理。佥曰：“其妇夙与其私昵，子非其子，血宜不合。”众口分明，具有征验，卒证实奸状。拘妇所欢鞫之，亦俯首引伏。弟愧不自容，竟出妇逐子，窜身逃去，资产反尽归其兄，闻者快之。按陈业滴血[1]，见《汝南先贤传》。则自汉已有此说。然余闻诸老吏曰：“骨肉滴血必相合，论其常也；或冬月以器置冰雪上，冻使极冷，或夏月以盐醋拭器，使有酸咸之味，则所滴之血，入器即凝，虽至亲亦不合。故滴血不足成信谳。”然此令不刺血，则商之弟不上诉，商之弟不上诉，则其妇之野合生子，亦无从而败。此殆若或使之，未可全咎此令之泥古矣。

【注释】

① 陈业滴血：谢承《会稽先贤传》中曰：陈业之兄渡海殒命，同船溺水而亡者数十人，尸身消烂不可辨。陈业仰天泣曰：“吾闻亲者血气相通。”于是滴骨，血立即沁入。其他家属亦效此法，皆寻到自以为是的亲人。

【导读】

晋人年少离家，常年在外，手足之间为金钱财产不惜对簿公堂，这类现象于晋商中并不鲜见。晋商在中国古代经济史上占据着独特的地位，他们首创了中国历史上的“票号”，商路遥远，汇通天下，曾在中国历史上显赫一时。然晋商在获得巨大经济利益之同时，亦多饱尝人世间之艰辛，晓岚曾在《阅微》中曰：“山西人多商于外，十余岁辄从人学贸易，俟蓄积有资，始归纳妇。”在获取大量钱财的同时，个中滋味恐怕只有晋商自己心里才最能明白。

六 先兄晴湖言：有王震升者，暮年丧爱子，痛不欲生。一夜偶过其墓，徘徊凄恋不能去。忽见其子独坐陇头，急趋就之。鬼亦不避，然欲握其手，辄引退。与之语，神意索漠，似不欲闻。怪问其故，鬼哂曰："父子宿缘也，缘尽则尔为尔，我为我矣，何必更相问讯哉！"掉头竟去。震升自此痛念顿消。客或曰："使西河能知此义[①]，当不丧明。"先兄曰："此孝子至情，作此变幻，以绝其父之悲思，如郗超密札之意耳[②]。非正理也。使人存此见，父子兄弟夫妇，均视如萍水之相逢，不日趋于薄哉！"

【注释】

① 西河：即卜商(前507—?)，字子夏，卫(今河南温县)人。孔门十哲之一。② 郗超(336—377)：字景兴，一字嘉宾，东晋高平金乡(今山东金乡)人。桓温辟为掾，转参军，至临海太守。草书亚于二王，紧媚过其父，骨力不及。正草轻利，脱略古法。卒年四十二。

【导读】

王震升痛失爱子，然儿子的魂魄却表现得很冷漠，形同陌路。虽然这样可以缓解王的思念之情，然晓岚对于"父子之情缘尽而陌路"一说，却颇有微辞，表示不同意见。亲情是人类最重要的一种情感，"孝"、"悌"更是传统儒家文化的核心内容。《论语》之"君子务本，本立而道生。孝弟也者，其为仁之本与"、《孟子》之"仁之实，事亲是也"、《孝经》之"夫孝，德之本也，教之所由生也"等，均将"孝"视为仁、义之根本，"人伦之公理"。如果"父子兄弟夫妇，均视如萍水之相逢，不日趋于薄哉"！此话虽出自晴湖公之口，何尝又不是晓岚的观点呢？

七 姚安公监督南新仓时，一廒后壁无故圮。掘之，得死鼠近一石，其巨者形几如猫。盖鼠穴壁下，滋生日众，其穴亦日廓；廓至壁下全空，力不任而覆压也。公同事福公海曰："方其坏人之屋以广己之宅，殆忘其宅之托于屋也耶？"余谓李林甫、杨国忠辈尚不明此理，于鼠乎何尤。

【导读】

"覆巢之下，安有完卵"，即此之谓也！

八 程念伦，名思孝，乾隆癸酉、甲戌间[①]，来游京师，弈称国手。如皋冒祥珠曰："是与我皆第二手，时无第一手，遽自雄耳。"一日，门人吴惠叔等扶乩，问："仙善弈否？"判曰"能"。问："肯与凡人对局否？"判曰"可"。时念伦寓余家，因使共弈。（凡弈谱以子记数，象戏谱以路记数，与乩仙弈，则以象戏法行之，如纵第九路横第三路下子，则判曰“九三”，余皆仿此。）初下数子，念伦茫然不解，以为仙机莫测也，深恐败名，凝思冥索，至背汗手颤，始敢应一子，意犹惴惴。稍久，似觉无他异，乃放手攻击。乩仙竟全局覆没，满室哗然。乩忽大书曰：“吾本幽魂，暂来游戏，托名张三丰耳，因粗解弈，故尔率答，不虞此君之见困，吾今逝矣。”惠叔慨然曰：“长安道上，鬼亦诳人。”余戏曰：“一败即吐实，犹是长安道上钝鬼也。”

【注释】

① 乾隆癸酉、甲戌：乾隆十八年(1753)、十九年。

【导读】

长安道上，鬼亦诳人，世间之人，似此鬼者众矣！所谓神道，貌似神秘，仙机莫测，实际上不过尔尔，其本质即如黔中之驴也。

九 房师孙端人先生，文章淹雅而性嗜酒。醉后所作，与醒时无异。馆阁诸公，以为“斗酒百篇”之亚也。督学云南时，月夜独饮竹丛下，恍惚见一人注视壶盏，状若朵颐，心知鬼物，亦不恐怖。但以手按盏曰：“今日酒无多，不能相让。”其人瑟缩而隐。醒而悔之曰：“能来猎酒，定非俗鬼。肯向我猎酒，视我亦不薄。奈何辜其相访意。”市佳酿三巨碗，夜以小几陈竹间，次日视之，酒如故。叹曰：“此公非但风雅，兼亦狷介。稍与相戏，便涓滴不尝。”幕客或曰：“鬼神但歆其气，岂真能饮？”先生慨然曰：“然则饮酒宜及未为鬼时，勿将来徒歆其气。”先生侄渔珊，在福建学幕为余述之，觉魏晋诸贤，去人不远也。

【导读】

此则故事颇有情致：通过酒将人和鬼联系在一起，创作了两个超出凡尘之人、鬼形象。酒在中国文化中有着特定的含义，故事中的人和鬼因为酒而有了往来，虽然并没有深交，但是其独特之处已经表现了出来。结尾“觉魏晋诸贤，去人不远也”更表现了晓岚对名士生活之向往。

一〇 霍丈易书言，闻诸海大司农曰：“有世家子，读书坟园。园外居民数十家，皆巨室之守墓者也。一日，于墙缺见丽女露半面，方欲注视，已避去。越数日，见于墙外采野花，时时凝睇望墙内，或竟登墙缺，露其半身，以为东家之窥宋玉也。颇萦梦想，而私念居此地者皆粗材，不应有此艳质；又所见皆荆布，不应此女独靓妆，心疑为狐鬼，故虽流目送盼，而未通一词。一夕，独立树下，闻墙外二女私语，一女曰：'汝意中人方步月，何不就之？'一女曰：'彼方疑我为狐鬼，何必徒使惊怖？'一女又曰：'青天白日安有狐鬼，痴儿不解事至此！'世家子闻之窃喜，褰衣欲出。忽猛省曰：'自称非狐鬼，其为狐鬼也确矣。天下小人未有自称小人者，岂惟不自称，且无不痛诋小人以自明非小人者，此魅用此术也。'掉臂竟返。次日密访之，果无此二女。此二女亦不再来。"

【导读】

狐鬼为达到媚人之目的，故意施以伎俩，称言自己非狐鬼，以迷惑对方，然"自称非狐鬼，其为狐鬼也确矣"。真真是欲盖弥彰！晓岚以此总结道："天下小人未有自称小人者，岂惟不自称，且无不痛诋小人以自明非小人者。"告诫世人应提高警惕，勿为表面现象所蒙骗。

一一　吴林塘言：曩游秦陇，闻有猎者在少华山麓，见二人儽然卧树下。呼之犹能强起。问："何困踬于此？"其一曰："吾等皆为狐魅者也。初，我夜行失道，投宿一山家。有一少女绝妍丽，伺隙调我。我意不自持，即相媟狎。为其父母所窥，甚见詈辱。我拜跪，始免捶挞。既而闻其父母絮絮语，若有所议者。次日，竟纳我为婿，惟约山上有主人女，须更番执役，五日一上直，五日乃返，我亦安之。半载后，病瘵，夜嗽不能寝，散步林下。闻有笑语声，偶往寻视，见屋数楹有人，拥我妇坐石看月。不胜恚忿，力疾欲与角。其人亦怒曰：'鼠辈乃敢瞰我妇！'亦奋起相搏。幸其亦病惫，相牵并仆。妇安坐石上，嬉笑曰：'尔辈勿斗，吾明告尔，吾实往来于两家，皆托云上直，使尔辈休息五日，蓄精以供采补耳。今吾事已露，尔辈精亦竭，无所用尔辈，吾去矣。'奄忽不见。两人迷不能出，故饿踣于此，幸遇君等得拯也。"其一人语亦同。猎者食以干糒[①]，稍能举步，使引视其处。二人共诧曰："向者墙垣故土，梁柱故木，门故可开合，窗故可启闭，皆确有形质，非幻影也，今何皆土窟耶？院中地平如砥，净如拭，今何土窟以外，崎岖不容足耶？窟广不数尺，狐自容可矣，何以容我二人，岂我二人之形亦为所幻化耶？"一人见对面崖上有破磁，曰："此我持以登楼，失手所碎，今峭壁无路，当时何以上下耶？"四顾徘徊，皆惘惘如梦。二人恨狐女甚，请猎者入山捕之。猎者曰："邂逅相遇，便成佳偶，世无此便宜事。事太便宜，必有不便宜者存。鱼吞钩贪饵故也，猩猩刺血[②]，嗜酒故也，尔二人宜自恨，亦何恨于狐。”二人乃悯默而止。

【注释】

① 干糒：干饭，干粮。② 猩猩刺血：后汉高诱注《淮南鸿烈解》曰：猩猩，兽名，知人姓字，嗜酒。人以酒搏之，饮不息，醉而被擒。唐代的《独异志》记一人将猩猩与酒一起装在囊中献与县令，县令问所献何物，猩猩答道：“斗酒并仆耳。”县令爱其有灵，放之。在宋代的《朝野佥载》中，猩猩们被捉后将陆续被食，于是猩猩们“自推肥者相送，流涕而别”。此处喻贪酒误事。

【导读】

《阅微》中多有颠覆人鬼相恋之传统浪漫意蕴者，此亦其一也。深山旷野，邂逅佳丽，缱绻缠绵。殊不知狐女乃为采补计耳，待男子精尽即抽身。更为可恶者，狐女施以伎俩，轮值交换，玩弄两男子于股掌之上，而两男子竟蠢蠢不知，真可悲矣！

一二　林塘又言：有少年为狐所媚，日渐羸困，狐犹时时来。后复共寝，已疲顿不能御女。狐乃披衣欲辞去，少年泣涕挽留。狐殊不顾。怒责其寡情，狐亦怒曰：“与君本无夫妇义，特为采补来耳。君膏髓已竭，吾何所取而不去？此如以势交者，势败则离，以财交者，财尽则散。当其委曲相媚，本为势与财，非有情于其人也。君于某家某家，皆向日附门墙，今何久绝音问耶，乃独责我？”其音甚厉，侍疾者闻之皆太息。少年乃反面向内，寂无一言。

【导读】

此则故事虽藉狐女之绝情以鞭挞书生之势利与无情。然狐女所谓“此如以势交者，势败则离，以财交者，财尽则散”，点破了世间交往之本质，足以发人深省。

一三　汪旭初言：见扶乩者，其仙自称张紫阳。叩以《悟真篇》[①]，弗能答也。但判曰“金丹大道，不敢轻传”而已。会有仆妇窃资逃，仆叩问：“尚可追捕否？”仙判曰：“尔过去生中，以财诱人。买其妻，又诱之饮博，仍取其财。此人今世相遇，诱汝妇逃者，买妻报；并窃资者，取财报也。冥数先定，追捕亦不得，不如已也。”旭初曰：“真仙自不妄语。然此论一出，凡奸盗皆诿诸夙因，可勿追捕，不推波助澜乎？”乩不能答。有疑之者曰：“此扶乩人多从狡狯恶少游，安知不有人匿仆妻，而教之作此语?”阴使人侦之。薄暮，果赴一曲巷，登屋脊密伺，则聚而呼卢，仆妇方艳饰行酒矣。潜呼逻卒围所居，乃弭首就缚。律禁师、巫，为奸民窜伏其中也。蓝道行尝假此术以败严嵩[②]。论者不甚以为非，恶嵩故也。然杨、沈诸公[③]，喋血碎首而不能争者，一方士从容谈笑，乃制其死命，则其力亦大矣。幸所排者为嵩，使因而排及清流，虽韩、范、富、欧阳，能与枝梧乎？故乩仙之术，士大夫偶然游戏，倡和诗词，等诸观剧则可。若借卜吉凶，君子当怖其卒也。

【注 释】

①《悟真篇》：北宋张伯端所著，为道教丹道论著。② 蓝道行：明嘉靖帝身边道士。徐阶推荐并买通了他，他在扶乩的时候，显现出“分宜父子，奸险弄权”的字样，世宗问：“上天为何不诛杀他呢?”蓝道行诡称“留待皇帝正法”。由此除掉了严嵩。③ 杨、沈诸公：指杨继盛、沈练。明代嘉靖朝大臣，因参劾严嵩而惨死。

【导读】

扶乩之事，民间颇普遍，士大夫亦颇信之，诈伪者则多利用人们这一心理行骗，此即其一也。故晓岚告诫世人不要轻信之。

一四　先师桂林吕公闇斋言：其乡有官邑令者，莅任之日，梦其房师某公，容色憔悴，若重有忧者。邑令蹙然迎拜曰：“旅榇未归，是诸弟子之过也，然念之未敢忘。今幸托荫得一官，将拮据营窀穸矣[①]。”盖某公卒于戍所，尚浮厝僧院也。某公曰：“甚善，然归我之骨，不如归我之魂。子知我骨在滇南，不知我魂羁于此也。我初为此邑令，有试垦汙莱者[②]，吾误报升科。诉者纷纷，吾心知其词直，而恐干吏议，百计回护，使不得申，遂至今为民累，土神诉与东岳，岳神谓事由疏舛，虽无自利之心，然恐以检举妨迁擢，则其罪与自利等，牒摄吾魂，羁留于此，待此浮粮减免，然后得归。困苦饥寒，所不忍道，回思一时爵禄，所得几何，而业海茫茫，竟杳无崖岸，诚不胜泣血椎心。今幸子来官此，傥念平生知遇，为叮请蠲除，则我得重入转轮，脱离鬼趣，虽生前遗蜕，委诸蝼蚁，亦非所憾矣。”邑令检视旧牍，果有此事，后为宛转请豁，又恍惚梦其来别云。

【注 释】

① 窀(zhūn)穸(xī)：墓地。② 汙莱：“汙”同“污”，荒地之意。

【导读】

某乡邑令因为一时之回护，导致了魂被羁押的惨剧，这是官场的真实写照，结尾"回思一时爵禄，所得几何，而业海茫茫，竟杳无崖岸"，对官员们提出警醒，有很强的震慑力。

一五　交河及方言曰："说鬼者多诞，然亦有理似可信者。雍正乙卯七月，泊舟静海之南。微月朦胧，散步岸上，见二人坐柳下对谈。试往就之，亦欣然延坐。谛听所说，乃皆幽冥事。疑其为鬼，瑟缩欲遁。二人止之曰：'君勿讶，我等非鬼：一走无常，一视鬼者也。'问：'何以能视鬼？'曰：'生而如是，莫知所以然。'又问：'何以走无常？'曰：'梦寝中忽被拘役，亦莫知所以然也。'共话至二鼓，大抵缕陈报应。因问：'冥司以儒理断狱耶？以佛理断狱耶？'视鬼者曰：'吾能见鬼，而不能与鬼语，不知此事。'走无常曰：'君无须问此，只问己心。问心无愧，即阴律所谓善；问心有愧，即阴律所谓恶。公是公非，幽明一理，何分儒与佛乎？'其说平易，竟不类巫觋语也。"

【导读】

此则故事介绍了当时乡间比较流行之所谓"走无常"。"幽明一理，何分儒与佛乎？"此语表现出晓岚思想之开明。渠虽为儒者，然于事物之判断却并非迂执一理，墨守成规。

一六　里有视鬼者曰："鬼亦恒憧憧扰扰，若有所营，但不知所营何事；亦有喜怒哀乐，但不知其何由。大抵鬼与鬼竞，亦如人与人竞耳。然微阴不足敌盛阳，故莫不畏人。其不畏人者，一由人据所居，鬼刺促不安，故现变相驱之去；一由祟人求祭享；一由桀骜强魂，戾气未消。如人世无赖，横行为暴，皆遇气旺者避，遇运蹇者乃敢侵。或有冤魂厉魄，得请于神，报复以申积恨者，不在此数。若夫欲心所感，淫鬼应之，杀心所感，厉鬼应之，愤心所感，怨鬼应之，则皆由其人之自召，更不在此数矣。我尝清明上冢，见游女踏青，其妖媚弄姿者，诸鬼随之嬉笑；其幽闲贞静者，左右无一鬼。又尝见学宫有数鬼，教谕鲍先生出，（先生讳梓，南宫人，官献县教谕，载县志循吏传。）则瑟缩伏草间。训导某先生出，则跳掷自如。然则鬼之敢侮与否，尤视乎其人哉！"

【导读】

视鬼者认为鬼亦恒憧憧扰扰，若有所营，但不知所营何事，亦有喜怒哀乐，但不知其何由。这也许是从人的角度测度鬼得出的结论。晓岚认为鬼性同人情，不同之人，所应之鬼也不一样。鬼之敢侮与否，尤视乎其人也！

一七 先师汪文端公言：有欲谋害异党者，苦无善计。有黠者密侦知之，阴裹药以献，曰："此药入腹即死，然死时情状，与病卒无异；虽蒸骨验之[①]，亦与病卒无异也。"其人大喜，留之饮。归则以是夕卒矣。盖先以其药饵之为灭口计矣。公因太息曰："献药者杀人以媚人，而先自杀也。用其药者，先杀人以灭口，而口终不可灭也。纷纷机械何为乎？"张樊川前辈时在坐，因言有好娈童者，悦一宦家子，度无可得理，阴属所爱姬托媒妪招之，约会于别墅，将执而胁污焉。届期，闻已至，疾往掩捕。突失足堕荷塘板桥下，几于灭顶。喧呼掖出，则宦家子已遁，姬已鬓乱钗横矣。盖是子美秀，姬亦悦之故也。后无故开阁放此姬。婢妪乃稍泄其事。阴谋者鬼神所忌，殆不虚矣。

【注释】

① 蒸骨：古代一种验尸方法：将一具尸骨洗净，用细麻绳串好，挖出一个长5尺、宽3尺、深2尺的地窖，里面堆放柴炭，将地窖四壁烧红，除去炭火，泼入好酒二升、酸醋五升，乘着地窖里升起的热气，把尸骨抬放到地窖中，盖上草垫，大约一个时辰以后，取出尸骨，放在明亮处，迎着太阳撑开一把红油伞，进行尸骨的检验。

【导读】

欲用媚药杀人者竟为人所杀，欲杀人灭口，却无法灭口；欲得娈童，无奈竟先为姬所得。令人不禁感叹："纷纷机械何为乎？"

一八 卖花者顾媪，持一旧磁器求售。似笔洗而略浅[①]，四周内外及底皆有泑色，似哥窑而无冰纹，中平如砚，独露磁骨，边线界画甚明，不出入毫发，殊非剥落。不知何器，以无用还之。后见《广异志》载嵇胡见石室道士案头朱笔及杯语，《乾巽子》载何元让之所见天狐有朱盏笔砚语，又《逸史》载叶法善有持朱钵画符语。乃悟唐以前无朱砚，点勘文籍则研朱于杯盏；大笔濡染，则贮朱于钵。杯盏略小而口哆，以便掭笔；钵稍大而口敛，以便多注浓沈也。顾媪所持，盖即朱盏，向来赏鉴家未及见耳。急呼之来，问："此盏何往？"曰："本以三十钱买得，云出自井中，因公斥为无用，以二十钱卖诸杂物摊上，今将及一年，不能复问所在矣。”深为惋惜。世多以高价市赝物，而真古器或往往见摈。余尚非规方竹漆断纹者，而交臂失之尚如此。然则蓄宝不彰者，可胜数哉！余后又得一朱盏，制与此同，为陈望之抚军持去。乃知此物世尚多有，第人不识耳。

【注 释】

① 笔洗：古代一种文房用具，是用来盛水洗笔之器皿，以形制乖巧、种类繁多、雅致精美而备受青睐。

【导 读】

晓岚酷爱收藏，除了朱盏之外，还有砚台、烟斗等各类器物。此类相关记载，体现出渠之文人雅趣，而其所谓“世多以高价市赝物，而真古器或往往见摈”之感慨，亦真实反映出世情之一斑。

一九 先师介公野园言：亲串中有不畏鬼者，闻有凶宅，辄往宿。或言西山某寺后阁，多见变怪。是岁值乡试，因僦住其中。奇形诡状，每夜环绕几榻间，处之恬然，然亦弗能害也。一夕月明，推窗四望，见艳女立树下，咥然曰：“怖我不动，来魅我耶？尔是何怪，可近前。”女亦咥然曰：“尔固不识我，我尔祖姑也，殁葬此山。闻尔日日与鬼角，尔读书十余年，将徒博一不畏鬼之名耶？抑亦思奋身科目，为祖父光、为门户计耶？今夜而斗争，昼而倦卧，试期日近，举业全荒，岂尔父尔母遣尔裹粮入山之本志哉？我虽居泉壤，于母家不能无情，故正言告尔。尔试思之。”言讫而隐。私念所言颇有理，乃束装归。归而详问父母，乃无是祖姑。大悔，顿足曰：“吾乃为黠鬼所卖。”奋然欲再往，其友曰：“鬼不敢以力争，而幻其形以善言解，鬼畏尔矣，尔何必追穷寇！”乃止。此友可谓善解纷矣。然鬼所言者正理也，正理不能禁，而权词能禁之，可以悟销熔刚气之道也。

【导 读】

书生夜读山中，不专心于功课，却每日思及与鬼角斗。自称祖姑之鬼，乃劝谕道：“尔日日与鬼角，尔读书十余年，将徒博一不畏鬼之名耶？抑亦思奋身科目，为祖父光，为门户计耶？今夜而斗争，昼而倦卧，试期日近，举业全荒，岂尔父尔母遣尔裹粮入山之本志哉！”其言严正刚直，颇为晓岚所赏：“然鬼所言者正理也，正理不能禁，而权词能禁之，可以悟销熔刚气之道也。”其语颇可见及晓岚规劝天下痴顽士子之苦心也！

二〇　育婴堂、养济院，是处有之。惟沧州别有一院养瞽者，而不隶于官。瞽者刘君瑞曰："昔有选人陈某过沧州，资斧匮竭，无可告贷，进退无路，将自投于河。有瞽者悯之，倾囊以助其行。选人入京，竟得官，荐至州牧。念念不能忘瞽者，自赍数百金，将申漂母之报[①]。而遍觅瞽者不可得，并其姓名无知者。乃捐金建是院，以收养瞽者。此瞽者与此选人，均可谓古之人矣。"君瑞又言："众瞽者留室一楹，旦夕炷香拜陈公。"余谓陈公之侧，瞽者亦宜设一坐。君瑞嗫嚅曰："瞽者安可与官坐？"余曰："如以其官而祀之，则瞽者自不可坐；如以其义而祀之，则瞽者之义与官等，何不可坐耶？"此事在康熙中。君瑞告余在乾隆乙亥、庚子间[②]，尚能举居是院者为某某，今已三十余年，不知其存与废矣。

【注 释】

① 漂母之报：汉将韩信落魄时，曾得淮阴城漂洗衣服老妇一饭之赠，乃发誓报之。后指馈食于人的恩惠。《史记·淮阴侯列传》："信钓于城下，诸母漂，有一母见信饥，饭信，竟漂数十日。信喜，谓漂母曰：'吾必有以重报母。'母怒曰：'大丈夫不能自食，吾哀王孙而进食，岂望报乎？'信至国，召所从食漂母，赐千金。" ② 乾隆乙亥、庚子：乾隆四十四年(1779)、四十五年。

【导 读】

举办养瞽院乃是善举，选人陈某于困窘时，受瞽人之助，得以度过难关。为申漂母之报，办养瞽院以酬答之。晓岚颇赞赏此一做法，并把帮助陈生的瞽者看得非常高，"如以其官而祀之，则瞽者自不可坐；如以其义而祀之，则瞽者之义与官等，何不可坐耶"？表现出晓岚开明的态度。这对于一位封建社会的朝廷大员来说是难能可贵的。

二一　邱孝廉二田言：永春山中有废寺，皆焦土也。相传初有僧居之，僧善咒术。其徒夜或见山魈，请禁制之。僧曰："人自人，妖自妖，两无涉也。人自行于昼，妖自行于夜，两无害也。万物并生，各适其适，妖不禁人昼出，而人禁妖夜出乎？"久而昼亦嬲人，僧寮无宁宇，始施咒术。而气候已成，党羽已众，竟不可禁制矣。愤而云游，求善劾治者偕之归。登坛檄将，雷火下击，妖歼而寺亦烬焉。僧拊膺曰："吾之罪也，夫吾咒术始足以胜之，而弗肯胜也；吾道力不足以胜之，而妄欲胜也。博善化之虚名，溃败决裂乃至此。养痈贻患,我之谓也夫。"

【导读】

僧善咒术,其徒夜或见山魈,请禁制之。而僧却不以为意,任其作为,最后导致山魈气候已成,党羽已众,竟不可禁制矣。幸得劾治者之助,登坛檄将,雷火下击,方将妖孽歼灭。僧人颇为后悔自己"博善化之虚名,溃败决裂乃至此"的行为导致了这样不可挽回的结果。养痈贻患,值得以此为戒。

二二　人字汪场中有积柴(俗谓之"垛")多年矣。土人谓中有灵怪,犯之多致灾祸;有疾病祷之亦或验。莫敢撷一茎,拈一叶也。雍正乙巳,岁大饥,光禄公捐粟六千石,煮粥以赈。一日,柴不给,欲用此柴,而莫敢举手。乃自往祝曰:"汝既有神,必能达理。今数千人枵腹待毙,汝岂无恻隐心?我拟移汝守仓,而取此柴活饥者,谅汝不拒也。"祝讫,麾众拽取,毫无变异。柴尽,得一秃尾巨蛇,蟠伏不动;以巨畚舁入仓中,斯须不见。从此亦遂无灵。然迄今六七十年,无敢窃入盗粟者。以有守仓之约故也。

物至毒而不能不为理所屈,妖不胜德,此之谓矣。

【导读】

晓岚在《阅微》中数次表达"妖由人兴"、"气衰遇鬼"之观念。"妖由人兴"出自《左传·庄公十四年》:"妖由人兴也。人无衅焉,妖不自作。"这是古人用来解释奇异现象的一种认识,然晓岚则将其纳入到儒家所说的"修德以治妖"的看法中,突出了儒家思想的正统地位。

二三　景州李晴嶙言:有刘生训蒙于古寺。一夕,微月之下,闻窗外窸窣声;自隙窥之,墙缺似有二人影,急呼有盗。忽隔墙语曰:"我辈非盗,来有求于君者也。"骇问:"何求?"曰:"猥以夙业,堕饿鬼道中,已将百载。每闻僧厨炊煮,辄饥火如焚。窥君似有慈心,残羹冷粥,赐一浇奠,可乎?"问:"佛家经忏,足济冥途,何不向寺僧求超拔?"曰:"鬼逢超拔,是亦前因。我辈过去生中,营营仕宦,势盛则趋附,势败则掉臂如路人。当其得志,本未扶穷救厄,造有善因;今日势败,又安能遇是善缘乎?所幸货赂丰盈,不甚爱惜,孤寒故旧,尚小有周旋。故或能时遇矜怜,得一沾余沥。不然,则如目连母键在大地狱中①,食至口边,皆化猛火,虽佛力亦无如何矣。"生恻然悯之,许如所请,鬼感激呜咽去。

自是每以残羹剩酒浇墙外，亦似有肸蛮，然不见形，亦不闻语。越岁余，夜闻墙外呼曰："久叨嘉惠，今来别君。"生问："何往？"曰："我二人无计求脱，惟思作善以自拔。此林内野鸟至多，有弹射者，先惊之使高飞；有网罟者，先驱之使勿入。以是一念，感动神明，今已得付转轮也。"生尝举以告人曰："沉沦之鬼，其力犹可以济物，人奈何谢不能乎？"

【注释】

① 目连母犍在大地狱中："目连"原名为"大目犍"。"目连"为其略称。《盂兰盆经》中叙述目连始得六通后，欲度化父母以报哺育之恩，却发现亡母生于饿鬼道中。目连盛饭奉母，但食物尚未入口便化成火炭，其母不能得食。目连哀痛，于是乞求佛陀。佛陀告诉目连，其母罪根深结，非一人之力所能拯救，应仗十方众僧之力方能救度。于是教他在七月十五僧自恣日，为父母供养十方大德众僧，以此大功德解脱其母饿鬼之苦。

【导读】

此则故事藉鬼魅自己"现身说法"以警戒那些趋炎附势、见利忘义之徒，斥责他们"过去生中，营营仕宦，势盛则趋附，势败则掉臂如路人，当其得志，本未扶穷救厄，造有善因，今日势败，又安能遇是善缘乎"？这些人死后无法得食，继续沉沦阴间受着苦难，为当年在世之业报也。

二四　族兄中涵知旌德县时，近城有虎暴，伤猎户数人，不能捕。邑人请曰："非聘徽州唐打猎，不能除此患也。"（休宁戴东原曰："明代有唐某，甫新婚而戕于虎。其妇后生一子，祝之曰：'尔不能杀虎，非我子也。后世子孙，如不能杀虎，亦皆非我子孙也。'故唐氏世世能捕虎。"）乃遣吏持币往，归报唐氏选艺至精者二人，行且至。至则一老翁，须发皓然，时咯咯作嗽；一童子十六七耳。大失望，姑命具食。老翁察中涵意不满，半跪启曰："闻此虎距城不五里，先往捕之，赐食未晚也。"遂命役导往。役至谷口，不敢行。老翁哂曰："我在，尔尚畏耶？"入谷将半，老翁顾童子曰："此畜似尚睡，汝呼之醒。"童子作虎啸声。果自林中出，径搏老翁。老翁手一短柄斧，纵八九寸，横半之，奋臂屹立。虎扑至，侧首让之。虎自顶上跃过，已血流仆地。视之，自颔下至尾闾，皆触斧裂矣。乃厚赠遣之。老翁自言炼臂十年，炼目十年，其目以毛帚扫之不瞬，其臂使壮夫攀之，悬身下缒不能动。

庄子曰:“习伏众神。巧者不过习者之门。”信夫!尝见史舍人嗣彪,暗中捉笔书条幅,与秉烛无异。又闻静海励文恪公,剪方寸纸一百片,书一字其上,片片向日叠映,无一笔丝毫出入。均习而已矣,非别有谬巧也。

【导读】

此则故事不足五百字,然情节丰富、完整,形象鲜明突出。先抑后扬的烘托手法的成功运用,是这篇小说最大的特色:作品一开头即将形势的严峻气氛渲染得浓浓的,“近城有虎暴,伤猎户数人,不能捕”。作者在这里用的是“虎暴”而非一般的“虎患”,可见其虎肆虐的程度。而“伤猎户数人,不能捕”则更加强化了虎患的危机感。在这种情况下,官府不得已急忙遣吏持币,归报以打猎而著名的徽州唐氏选技艺至精者二人前来打虎。但是,出乎众人意料的,来的却是一老翁带一童子,作品对老翁的描绘是“须发皓然,时咯咯作嗽”,一副老态龙钟的样子,与暴虎的强暴形成鲜明的对比。众人均很失望,心中不由得嘀咕:这一老一少能制服得了凶猛的老虎吗?文势一顿。在明显地感觉到了众人的疑虑后,老翁决定先往捕之,再回来吃饭。虽说众人依然心存疑虑,但其精神可嘉,令人刮目相看,文势开始上扬。到了山谷谷口,引路的县役因害怕而不敢前行,被老翁奚落了一顿,并曰:“我在,尔尚畏耶?”一副泰然自若的神情。入谷将半,老翁估计离虎不远,便命随行童子作虎啸声,将其引出。最后作者从正面描绘了老翁伏虎的情景,只见猛虎“果自林中出,径搏老翁”。而“老翁手一短柄斧,纵八九寸,横半之,奋臂屹立。虎扑至,侧首让之。虎自顶上跃过,已血流仆地。视之,自颔下至尾闾,皆触斧裂矣”。这里虽然仅寥寥数字,但将老翁与虎短兵相接的搏斗场面渲染得惊心动魄,突出表现出老翁超人的胆识与过人的技艺。恰好与前面所描绘的那位看似羸弱的老翁形成极为鲜明的对比。到此,文势达到高潮。鲜明地展示出人物的艺术个性。小说的最后才交代老翁自言炼臂十年,炼目十年,其目以毛帚扫之不瞬,其臂使壮夫攀之,悬身下槌不能动,补足了老翁的笔墨。整个小说的中心人物是这位胆识过人而又身怀绝技的伏虎英雄,在小说的开头,作者并没有将其特殊之处介绍出来,反而通过描绘外貌、展示众人心理失望等手法写其如何羸弱、如何令人失望。而后文势则步步上扬,逐步层层叠叠地铺垫,特别是与老虎正面搏斗的场景更是惊心动魄,集中地展示老翁的个性特征。使人物大无畏的精神与高超的技艺展现得淋漓尽致。

二五 李庆子言：山东民家，有狐居其屋数世矣。不见其形，亦不闻其语；或夜有火烛盗贼，则击扉撼窗，使主人知觉而已。屋或漏损，则有银钱铿然坠几上。即为修葺，计所给恒浮所费十之二。若相酬者，岁时必有小馈遗置窗外。或以食物答之，置其窗下，转瞬即不见矣。从不出嬲人，儿童或反嬲之，戏以瓦砾掷窗内，仍自窗还掷出。或欲观其掷出，投之不已，亦掷出不已，终不怒也。一日，忽檐际语曰："君虽农家，而子孝弟友，妇姑娣姒皆婉顺，恒为善神所护，故久住君家避雷劫。今大劫已过，敬谢主人，吾去矣。"自此遂绝。从来狐居人家，无如是之谨饬者。其有得于老氏"和光"之旨欤？卒以谨饬自全，不遭劾治之祸，其所见加人一等矣。

【导读】

狐在农家与人和谐相处，因为农家子孝弟友，妇姑娣姒皆婉顺，恒为善神所护，互不相扰。并且狐每次皆给农家相应报酬，彼此相安无事。晓岚认为其以谨饬自全，不遭劾治之祸，其所见加人一等矣。可见晓岚对于家庭和睦之重视程度。

二六 曹慕堂宗丞言[①]：有夜行遇鬼者，奋力与角。俄群鬼大集，或抛掷沙砾，或牵拽手足。左右支吾，大受捶击，颠踣者数矣。而愤恚弥甚，犹死斗不休。忽坡上有老僧持灯呼曰："檀越且止！此地鬼之窟宅也，檀越虽猛士，已陷重围。客主异形，众寡异势，以一人气血之勇，敌此辈无穷之变幻，虽贲、育无幸胜也。况不如贲、育者乎？知难而退，乃为豪杰。何不暂忍一时，随老僧权宿荒刹耶？"此人顿悟，奋身脱出，随其灯影而行，群鬼渐远，老僧亦不知所往。坐息至晓，始觅得路归。此僧不知是人是鬼，可谓善知识耳。

【注释】

① 曹慕堂（1719—1787）：字孝如，号慕堂，山西汾阳人。乾隆十九年进士，官至内阁侍读学士，宗人府丞。性恬淡，为官清慎，晚好性命之学。著有《紫云山房诗文稿》。与纪晓岚"交最契"。

【导读】

古人曰："识时务者为俊杰。"此夜行者夜行遇鬼，不畏强暴，独立与之力角，其志固然可嘉。然独自陷入鬼窟，不管如何英勇，其失败之结局乃是注定的。与其吃眼前之亏,不如退而避其锋芒,再寻战机。诚如老僧所言:“客主异形,众寡异势,以一人气血之勇,敌此辈无穷之变幻,虽贲、育无幸胜也。况不如贲、育者乎?”有时候大丈夫知难而退,亦不失为豪杰。

二七 自黄村至丰宜门(俗谓之南西门)凡四十里,泉源水脉,络带钩连,积雨后污潦沮洳,车马颇为阻滞。有李秀者,御空车自固安返,见少年约十五六,娟丽如好女,蹩躠泥涂,状甚困惫。时日已将没,见秀行过,有欲附载之色,而愧沮不言。秀故轻薄,挑与语,邀之同车,忸怩而上。沿途市果饵食之,亦不甚辞。渐相软款,间以调谑,面孿微笑而已①。行数里后视其貌似稍苍,尚不以为意。又行十余里,暮色昏黄,觉眉目亦似渐改。将近南苑之西门,则广颡高颧,鬑鬑有须矣。自讶目眩,不敢致诘。比至逆旅下车,乃须髩皓白,成一老翁,与秀握手作别曰:“蒙君见爱,怀感良深。惟暮齿衰颜,今夕不堪同榻,愧相负耳。”一笑而去,竟不知为何怪也。秀表弟为余厨役,尝闻秀自言之,且自悔少年无状,致招狐鬼之侮云。

【注释】

① 孿(luán):病体拘曲的意思。

【导读】

此则故事仍然打破书生艳遇的叙事模式:李秀邂逅一位“端丽如好女”少年。这一情节为惯常艳遇模式之开头。但是出乎意料的是,最终少年变成了老人,这样一个带有玩笑意味的结局成为对轻薄子最好的惩戒和讽刺。更奇异的是叙述少年变化的过程:行数里后,其貌稍苍;又行十余里,觉眉目亦似渐改;将近南苑之西门,则广颡高颧,鬑鬑有须矣;比至逆旅下车,乃须髩皓白,成一老翁。令人不得不佩服叙述者丰富的想像力,令人不禁莞尔一笑,耐人寻味。

二八 文安王岳芳言:有杨生者,貌姣丽,自虑或遇强暴,乃精习技击。十六七时,已可敌数十人。会诣通州应试,暂住京城。偶独游陶然亭,遇二回人,强邀入酒肆。心知其意,姑与饮啖,且故索珍味食。二回人喜甚,因诱至空寺,左右挟坐,遽拥于怀。生一手按一人,并踣于地。以足踏背,各解带反接,抽刀拟颈曰:“敢动者死!”褫其下衣并淫之,且数之曰:“尔辈年近三十,岂足供狎昵!然尔辈污人多矣,吾为孱弱童子复仇也。”徐释其缚,掉臂径出。

后与岳芳同行，遇其一于途，顾之一笑。其人掩面鼠窜去，乃为岳芳具道之。岳芳曰："戕命者使还命，攘财者使还财，律也。此当相偿者也。惟淫人者有治罪之律，无还使受淫之律，此不当偿者也。子之所为，谓之快心则可，谓之合理则未也。"

【导读】

晓岚述此故事与清代中期的好"娈童"、好男风有很大的关系。清代中期的情况是"泣童割袖之风盛行于今，执役无俊仆，皆以为不韵；侑酒无歌童，便为不欢"。以致形成了只"有歌童而无名妓"的局面。清史学者赵翼曾经对此评价道："京师梨园中有色艺者，士大夫往往与相狎。"正是处在这样的社会环境中，晓岚塑造了这个容貌俊秀、武功盖世的杨生形象，既能保护自己，又为受害者报了仇。这个故事让人联想到《红楼梦》中柳湘莲痛殴薛蟠的故事，真大快人心。

二九　从侄虞惇言：闻诸任丘刘宗万曰："有旗人赴任丘催租，适村民夜演剧，观至二鼓乃散。归途酒渴，见树旁茶肆，因系马而入。主人出，言火已熄，但冷茶耳。入室良久，捧茶半杯出，色殷红而稠粘，气似微腥。饮尽，更求益，曰：'瓶已罄矣。当更觅残剩，须坐此稍待，勿相窥也。'既而，久待不出，潜窥门隙，则见悬一裸女子，破其腹，以木撑之，而持杯刮取其血。惶骇退出，乘马急奔。闻后有追索茶钱声，沿途不绝。比至居停，已昏瞀坠仆。居停闻马声出视，扶掖入。次日乃苏，述其颠末。共往迹之，至系马之处，惟平芜老树，荒冢累累，丛棘上悬一蛇，中裂其腹，横支以草茎而已。"

此与裴硎《传奇》载卢涵遇盟器婢子杀蛇为酒事相类[①]。然婢子留宾，意在求偶。此鬼鬻茶胡为耶？鬼所需者冥镪，又向人索钱何为耶？

【注 释】

① 卢涵遇盟器婢子杀蛇为酒：唐代裴硎《传奇》中的一篇，其中有婢子杀蛇为酒，以此求偶故事。

【导读】

此则故事妙处在于其奇幻性与文学性之交融，在"大小""久暂""人兽"之辨：当假的虚幻梦境被"真物件"实证后，虚幻和现实被缝合了，边缘模糊了，跨界和返回的奥义让所有故事中的"亲历者"和故事的"阅读者"都产生了僭越的愉悦，这就是"玄想"文学带来的极致快乐。

三〇 同郡某孝廉未第时，落拓不羁，多来往青楼中。然倚门者视之，漠然也。惟一妓名椒树者（此妓佚其姓名，此里巷中戏谐之称也。）独赏之。曰："此君岂长贫贱者哉！"时邀之狎饮，且以夜合资供其读书。比应试，又为捐金治装，且为其家谋薪米。孝廉感之，握臂与盟曰："吾傥得志，必纳汝。"椒树谢曰："所以重君者，怪姊妹惟识富家儿；欲人知脂粉绮罗中，尚有巨眼人耳。至白头之约，则非所敢闻。妾性冶荡，必不能作良家妇；如已执箕帚，仍纵怀风月，君何以堪？如幽闭闺阁，如坐囹圄，妾又何以堪！与其始相欢合，终致仳离，何如各留不尽之情，作长相思哉！"后孝廉为县令，屡招之不赴。中年以后，车马日稀，终未尝一至其署，亦可云奇女子矣。使韩淮阴能知此意，乌有"鸟尽弓藏"之憾哉。

【导读】

此则故事中之椒树，不仅富有侠义柔情，不慕虚荣，更是个洞悉世情之"巨眼人"，是个奇女子，颇有"秦淮八艳"中寇白门之风采，令人感佩不已。晓岚记录此事，除有褒扬椒树之意外，还隐含着人要耐得住寂寞，时刻保持冷静，认清自己的处境和周围环境，如此方能不像韩信那样功成被杀。其内在意蕴颇耐人寻味。

三一 胶州法南野，飘泊长安，穷愁颇甚。一日，于李符千御史座上，言曾于泺口旅舍见二诗，其一曰："流落江湖十四春，徐娘半老尚风尘。西楼一枕鸳鸯梦，明月窥窗也笑人。"其二曰："含情不忍诉琵琶，几度低头掠鬓鸦。多谢西川贵公子，肯持红烛赏残花。"不署年月姓名，不知谁作也。余曰："此君自寓坎坷耳，然五十六字足抵一篇琵琶行矣。"

【导读】

旅社中所见诗，用歌妓的流离来寓指自己坎坷的身世，让人读来不胜唏嘘，感慨不已。

三二 益都李生文渊，南涧弟也[①]。嗜古如南涧，而博辩则过之。不幸夭逝，南涧乞余志其墓。匆匆未果，并其事状失之，至今以为憾也。一日，在余生云精舍讨论古礼，因举所闻一事曰：博山有书生，夜行林莽间，见贵官坐松下，呼与语。谛视，乃其已故表丈某公也。不得已近前拜谒。问家事甚悉，生因问："古称体魄藏于野，而神依于庙主。丈人有家祠，何为在此？"某公曰："此泥于古不墓祭之文也。夫庙祭地也，主祭位也，神之来格，以是地是位为依归焉耳。如神常居于庙，常附于主，是世世祖妣与子孙人鬼杂处也。且有庙有主，为有爵禄者言之耳。今一邑一乡之中，能建庙者万家不一二，能立祠者千家不一二，能设主者百家不一二，如神依主而不依墓，是百千亿万贫贱之家，其祖妣皆无依之鬼也，有是理耶？知鬼神之情状者，莫若圣人。明器之礼，自夏后氏以来矣。使神在主而不在墓，则明器当设于庙，乃皆瘗之于墓中，是以器供神，而置于神所不至也，圣人顾若是颠耶？卫人之祔离之，殷礼也；鲁人之祔合之，周礼也。孔子善周，使神不在墓，则墓之分合，了无所异，有何善不善耶？礼曰：'父殁而不忍读，父之书手泽存焉尔。母亡而不忍用其杯棬，口泽存焉尔。'一物之微，尚且如是，顾以先人体魄，视如无物，而别植数寸之木，曰此吾父吾母之神也。毋乃不知类耶？寺钟将动，且与子别。子今见吾，此后可毋为竖儒所惑矣。"生匆遽起立，东方已白。视之正其墓道前也。

【注释】

① 李文藻(1730—1778)，字素伯，号南涧，山东益都人。乾隆二十五年进士，为纪晓岚所取士，交谊最深。文藻于德州、菏泽等书院主讲多年，后官广东恩平知县、桂林府同知。嗜古好学，著作多散佚。后人辑有《南涧文集》二卷，又有《南涧先生遗文》二卷，补编一卷。

【导读】

晓岚多次强调，学习的目的是要"实心励实学，实学求实用"。对那些一味读死书、不懂得变通的人，语多讽刺。对那些空谈性理的讲学家更表示出了厌恶之情，多次借狐、鬼之口揶揄讽刺他们。这个故事中也表现出了晓岚考证、探源的思维方式。

三三　陈裕斋言：有僦居道观者，与一狐女狎，靡夕不至。忽数日不见，莫测何故。一夜，搴帘含笑入。问其旷隔之由，曰："观中新来一道士，众目曰仙，虑其或有神术，姑暂避之。今夜化形为小鼠，自壁隙潜窥，直大言欺世者耳。故复来也。"问："何以知其无道力？"曰："伪仙伪佛，技止二端：其一故为静默，使人不测；其一故为颠狂，使人疑其有所托。然真静默者，必淳穆安恬，凡矜持者伪也；真托于颠狂者，必游行自在，凡张皇者伪也。此如君辈文士，故为名高，或迂僻冷峭，使人疑为狷；或纵酒骂座，使人疑为狂，同一术耳。此道士张皇甚矣，足知其无能为也。"时共饮钱稼轩先生家，先生曰："此狐眼光如镜，然词锋太利，未免不留余地矣。"

【导读】

《阅微》中塑造了许多狐鬼形象，它们洒脱自然，超凡脱俗，言语行为充满着睿智和机敏，话语往往一针见血，直指人心，晓岚则藉此抒发感慨，针砭时弊。即如此则，晓岚由仙佛而文士，联类相比，揭去它（他）们或故为静默，使人不测；或故为颠狂，使人疑其有所托之伪装，颇具讽刺意义。但最终晓岚等仍认为此狐眼光如镜，然词锋太利，未免不留余地矣，所持依然为冲和、淡然之态度。

三四 司炊者曹媪，其子僧也。言尝见粤东一宦家，到寺营斋，云其妻亡已十九年。一夕，灯下见形曰："自到黄泉，无时不忆，尚冀君百年之后，得一相见。不意今配入转轮，从此茫茫万古，无复会期。故冒冥司之禁，赂监送者来一取别耳。"其夫骇痛，方欲致词，忽旋风入室卷之去，尚隐隐闻泣声。故为饭僧礼忏，资来世福也。此夫此妇，可谓两个不相负矣。《长恨歌》曰："但令心如金钿坚，天上人间会相见。"安知不以此一念，又种来世因耶！

【导读】

妻子去世，面临转轮，从此茫茫万古，无复会期，特来别夫。晓岚虽然也认为他们可谓两个不相负矣，但却强调不应以此一念，又种来世因耶。显得有些不近人情。

三五 李樵风言：杭州涌金门外有渔舟，泊神祠下，闻祠中人语嘈杂。既而神诃曰："汝曹野鬼，何辱文士？罪当笞。"又闻辩诉曰："人静月明，诸幽魂暂游水次，稍释羁愁，此二措大独讲学谈诗，刺刺不止。众皆不解，实所厌闻。窃相耳语，微示不满，稍稍引去则有之，非敢有所触犯也。"神默然少顷，曰："论文雅事，亦当择地择人。先生休矣。"俄而磷火如萤，自祠中出，遥闻吃吃笑不已，四散而去。

【导读】

讲学家在诸魂于水边游玩之时，仍在讲学谈诗，刺刺不止。在这样放松、游玩的美好时刻，讲学家们却只能扫人兴致，缺乏对自然的审美能力。虽说冥事，仍是现实情况的反映，"论文雅事，亦当择地择人。先生休矣"。也是晓岚对讲学家们善意的劝诫。

卷十二　槐西杂志(二)

一　安中宽言:有人独行林莽间,遇二人,似是文士,吟哦而行。一人怀中落一书册,此人拾得。字甚拙涩,波磔皆不甚具,仅可辨识。其中或符箓、或药方、或人家春联,纷糅无绪,亦间有经书古文诗句。展阅未竟,二人遽追来夺去,倏忽不见。疑其狐魅也。一纸条飞落草间,俟其去远,觅得之。上有字曰:"《诗经》于字皆音乌,《易经》无字左边无点。"

余谓此借言粗材之好讲文艺者也,然能刻意于是,不愈于饮博游冶乎?使读书人能奖励之,其中必有所成就。乃薄而挥之,斥而笑之,是未思圣人之待互乡、阙党二童子也。讲学家崖岸过峻,使人甘于自暴弃,皆自沽己名,视世道人心如膜外耳。

【导读】

乾隆年间有人称晓岚为"天下文人士子之师",此故事恰是极好之例证。即使看到的是两个鬼,也称之为"似是文士吟哦而行"。其中"粗材之好讲文艺者,不愈于饮博游冶乎"?更是体现了河间师劝诫士人努力学习,不要耽于玩乐之良苦用心。

二　景州宁逊公,能以琉璃舂碎调漆,堆为擘窠书。凹凸皴皱,俨若石纹,恒挟技游富贵家。喜索人酒食,或闻燕集,必往搀末席。一日,值吴桥社会,以所作对联匾额往售。至晚,得数金。忽遇十数人邀之,曰:"我辈欲君殚一月工,堆字若干,分赠亲友,冀得小津润。今先屈先生一餐,明日奉迎至某所。"宁大喜,随入酒肆,共恣饮啖。至漏下初鼓,主人促闭户。十数人一时不见,座上惟宁一人。无可置辩,乃倾囊偿值。懊恼而归。不知为幻术,为狐魅也。李露园曰:"此君自宜食此报。"

【导读】

狐妖假意请宁逊公吃饭,肆意饮啖之后消失不见,他不得不倾囊偿值。狐妖与宁逊公开了个无伤大雅的玩笑,是他平日"喜索人酒食"之报应。宁逊懊恼而归的结局令人忍俊不禁。

三　某公眷一娈童,性柔婉,无市井态,亦无恃宠骄纵意。忽泣涕数日，目尽肿。怪诘其故。慨然曰："吾日日荐枕席，殊不自觉。昨寓中某与某童狎，吾穴隙窃窥，丑难言状，与横陈之女迥殊。因自思吾一男子，而受污如是，悔不可追，故愧愤欲死耳。"某公譬解百方，终怏怏不释。后竟逃去。或曰："已改易姓名，读书游泮矣！"梅禹金有《青泥莲花记》[1]，若此童者，亦近于青泥莲花欤！

又奴子张凯，初为沧州隶，后夜闻罪人暗泣声，心动辞去，鬻身于先姚安公。年四十余无子。一日，其妇临蓐[2]，凯愀然曰："其女乎？"已而果然。问："何以知之？"曰："我为隶时，有某控其妇与邻人张九私。众知其枉，而事涉暧昧，无以代白也。会官遣我拘张九。我禀曰：'张九初五日以逋赋拘，初八日笞十五去矣，今不知所往，乞宽其限。'官检征比册，良是，怒某曰：'初七日张九方押禁，何由至汝妇室乎？'杖而遣之，其实别一张九，吾借以支吾得免也。去岁，闻此妇死。昨夜梦其向我拜，知其转生为我女也。"后此女嫁为贾人妇，凯夫妇老且病，竟赖其孝养以终。杨椒山有《罗刹成佛记》。若此奴者，亦近于罗刹成佛欤？

【注释】

① 梅禹金（1549—1615）：即梅鼎祚，字禹金，号胜乐道人。安徽宣城（今宣州）人。② 临蓐：临产。

【导读】

此两则笔记均为由某事联想到的相关故事：一为他人之娈童，穴隙窃窥，知其丑陋而逃，犹如淤泥中之青莲；一为暗中帮助含冤之人，得到好报，正是佛教之因果。两个故事内容有异，然其意则相类，均劝人为善，迷途知返。

四　冯平宇言：有张四喜者，家贫佣作。流转至万全山中，遇翁媪留治圃。爱其勤苦，以女赘之。越数岁，翁媪言往塞外省长女，四喜亦挈妇他适，久而渐觉其为狐，耻与异类偶，伺其独立，潜弯弧射之，中左股。狐女以手拔矢，一跃直至四喜前，持矢数之曰："君太负心，殊使人恨！虽然，他狐媚人，苟且野合耳。我则父母所命，以礼结婚，有夫妇之义焉。三纲所系，不敢仇君。君既见弃，亦不敢强住聒君。"握四喜之手痛哭，逾数刻，乃蹶然逝。四喜归，越数载，病死，无棺以敛。狐女忽自外哭入，拜谒姑舅，具述始末。且曰："儿未嫁，故敢来也。"其母感之，詈四喜无良。狐女俯不语，邻妇不平，亦助之詈。狐女嗔视曰："父母詈儿，无不可者。汝奈何对人之妇，詈人之夫？"振衣竟出，莫知所往。去后，于四喜尸旁得白金五两，因得成葬。后四喜父母贫困，往往于盎中箧内，无意得钱米，盖亦狐女所致也。皆谓此狐非惟形化，人心亦化人矣。

或又谓狐虽知礼，不至此。殆平宇故撰此事，以愧人之不如者。姚安公曰："平宇虽村叟，而立心笃实，平生无一字虚妄。与之谈，讷讷不出口，非能造作语言者也。"

【导读】

人狐之结合，多是在特殊的因缘下彼此相悦而成。此则故事中的人狐结合更像普通人之间的结合。狐女有情有义，即使无辜被休，当丈夫家遇到困难的时候，还是义无反顾地来帮忙，恰是"此狐非惟形化，人心亦化人矣"。此狐女之表现更像是儒家传统影响下的古代妇女。晓岚塑造这样的狐女形象，目的在于为了给民众树立典范，规范民间社会关系。

五　卢观察抝吉言[①]：茌平县有夫妇相继死，遗一子，甫周岁。兄嫂咸不顾恤，饿将死。忽一少妇排门入，抱儿于怀，詈其兄嫂曰："尔弟夫妇尸骨未寒，汝等何忍心至此！不如以儿付我，犹可觅一生活处也。"挈儿竟出，莫知所终。邻里咸目睹之。有知其事者曰："其弟在日，常昵一狐女。意或不忘旧情，来视遗孤乎？"是亦张四喜妇之亚也。

【注释】

① 卢谦(1713—1785)，字抝吉，号蕴斋，卢见曾长子，德州人。曾官刑部陕西司郎中、湖广司郎中、祁州知州、广平府同知。纪之长女嫁其子荫文。乾隆五十年卒，纪昀为撰墓志铭。

【导读】

家庭琐事、家庭矛盾为《阅微》中重要的故事类型，充分体现了晓岚对百姓之人文关怀。此则故事中少妇一句"尔弟夫妇尸骨未寒，汝等何忍心至此"？更是对于那些淡泊骨肉亲情之人的谴责与良心拷问。

六　张一科，忘其何地人。携妻就食塞外，佣于西商。西商昵其妻，挥金如土，不数载，资尽归一科，反寄食其家。妻厌薄之，诟谇使去。一科曰："微是人无此日，负之不祥。"坚不可。妻一日持梃逐西商，一科怒詈。妻亦反詈曰："彼非爱我，昵我色也；我亦非爱彼，利彼财也。以财博色，色已得矣，我原无所负于彼；以色博财，财不继矣，彼亦不能责于我。此而不遣，留之何为？"一科益愤，竟抽刃杀之，先以百金赠西商，而后自首就狱。

又一人忘其姓名，亦携妻出塞。妻病卒，因不能归，且行乞。忽有西商招至肆，赠五十金。怪其太厚，固诘其由，西商密语曰："我与尔妇最相昵，尔不知也。尔妇垂殁，私以尔托我。我不忍负于死者，故资尔归里。"此人怒掷于地，竟格斗至讼庭。二事相去不一月。

相国温公时镇乌鲁木齐。一日，宴僚佐于秀野亭，座间论及。前竹山令陈题桥曰："一不以贫富易交，一不以死生负约，是虽小人，皆古道可风也。"公颦蹙曰："古道诚然。然张一科曷可风耶？"后杀妻者拟抵，而谳语甚轻；赠金者拟杖，而不云枷示。公沉思良久，慨然曰："皆非法也。然人情之薄久矣，有司如是上，即如是可也。"

【导读】

故事中人物对于这个世界都有着异常清醒之认识，"彼非爱我，昵我色也；我亦非爱彼，利彼财也"。不过是世俗的财色交易，但是故事中仍有人坚持道义，虽然这种坚持处在一个尴尬的地位。不过，虽然此事皆非法也，然人情之薄久矣，有司如是上，即如是可也。对社会亦有益。

七　"去去复去去，凄恻门前路。行行重行行，辗转犹含情。含情一回首，见我窗前柳；柳北是高楼，珠帘半上钩。昨为楼上女，帘下调鹦鹉；今为墙外人，红泪沾罗巾。墙外与楼上，相去无十丈；云何咫尺间，如隔千重山？悲哉两决绝，从此终天别。别鹤空徘徊，谁念鸣声哀？徘徊日欲晚，决意投身返。手裂湘裙裾，泣寄稿砧书。可怜帛一尺，字字血痕赤。一字一酸吟，旧爱牵人心。君如收覆水，妾罪甘鞭捶。不然死君前，终胜生弃捐。死亦无别语，愿葬君家土。傥化断肠花，犹得生君家。"

右见《永乐大典》，题曰《李芳树刺血诗》。不著朝代，亦不详芳树始末，不知为所自作，如窦玄妻诗；为时人代作如焦仲卿妻诗也。世无传本，余校勘《四库》。偶见之，爱其缠绵悱恻，无一毫怨怒之意，殆可泣鬼神。令馆吏录出一纸，久而失去。今于役滦阳，检点旧帙，忽于小箧内得之。沈湮数百年，终见于世，岂非贞魂怨魄，精贯三光，有不可磨灭者乎？陆耳山副宪曰："此诗次韩蕲王孙女诗前；彼在宋末，则芳树必宋人。"以例推之，想当然也。

【导读】

李芳树刺血诗，果然看来字字皆是血，更有一种直指人心的力量。晓岚更看重其中隐忍、敦厚的感情，爱其缠绵悱恻，无一毫怨怒之意，殆可泣鬼神。由此可以见及晓岚论诗之“温柔敦厚”之旨。

八　侍姬沈氏，余字之曰明玕。其祖长洲人，流寓河间，其父因家焉。生二女，姬其次也。神思朗彻，殊不类小家女。常私语其姊曰：“我不能为田家妇。高门华族，又必不以我为妇，庶几其贵家媵乎？”其母微闻之，竟如其志。性慧黠，平生未尝忤一人。初归余时，拜见马夫人。马夫人曰：“闻汝自愿为人媵，媵亦殊不易为。”敛衽对曰：“惟不愿为媵，故媵难为耳。既愿为媵，则媵亦何难。”故马夫人始终爱之如娇女。尝语余曰：“女子当以四十以前死，人犹悼惜。青裙白发，作孤雏腐鼠，吾不愿也。”亦竟如其志，以辛亥四月二十五日卒。年仅三十。

初仅识字，随余检点图籍，久遂粗知文义，亦能以浅语成诗。临终，以小照付其女，口诵一诗，请余书之曰：“三十年来梦一场，遗容手付女收藏。他时话我生平事，认取姑苏沈五娘。”泊然而逝。方病剧时，余以侍值圆明园，宿海淀槐西老屋。一夕，恍惚两梦之，以为结念所致耳。既而知其是夕晕绝，移二时乃苏，语其母曰：“适梦至海淀寓所，有大声如雷霆，因而惊醒。”余忆是夕，果壁上挂瓶绳断堕地，始悟其生魂果至矣。故题其遗照有曰：“几分相似几分非，可是香魂月下归。春梦无痕时一瞥，最关情处在依稀。”又曰：“到死春蚕尚有丝，离魂倩女不须疑。一声惊破梨花梦，恰记铜瓶坠地时。”即记此事也。

【导读】

晓岚风流倜傥、才华横溢，颇得女人之缘。据文献记载，陪侍渠身边之女性不少。而在诸多女性中，沈氏当为渠所最为钟爱者之一。沈氏之受宠，不在于其容颜相貌之出众，而在于其温柔贤淑，且粗通文墨。封建家庭中，闺帷关系至为复杂，《金瓶梅》、《红楼梦》等古典名著皆有述及。沈氏能在这样的环境中，安于命运，不争宠，不嫉妒，温柔贤淑，的确难能可贵，故为晓岚所敬重。此则笔记实为沈氏之传记。简略的笔触间蕴涵着晓岚之对沈氏之深厚情谊与依恋不舍之情。

九　李又聃先生言[①]：有张子克者，授徒村落，岑寂寡俦。偶散步场阛间，遇一士，甚温雅。各道姓名，颇相款洽。自云家住近村，里巷无可共语者，得君如空谷之足音也。

因共至塾，见童子方读《孝经》。问张曰："此书有今文古文，以何为是？"张曰："司马贞言之详矣。近读《吕氏春秋》，见《审微篇》中引诸侯一章，乃是今文。七国时人所见如是，何处更有古文乎？"其人喜曰："君真读书人也。"自是屡至塾，张欲报谒，辄谢以贫无栖止，夫妇赁住一破屋，无地延客。张亦遂止。

一夕，忽问："君畏鬼乎？"张曰："人未离形之鬼，鬼已离形之人耳，虽未见之，然觉无可畏。"其人恧然曰："君既不畏，我不欺君，身即是鬼。以生为士族，不能逐焰口，争钱米。叨为气类，求君一饭可乎？"张契分既深，亦无疑惧，即为具食，且邀使数来。考论图籍，殊有端委。

偶论太极、无极之旨，其人怫然曰："于传有之：'天道远，人事迩。'《六经》所论皆人事，即《易》阐阴阳，亦以天道明人事也，舍人事而言天道，已为虚杳；又推及先天之先，空言聚讼，安用此为？谓君留心古义，故就君求食，君所见乃如此乎？"拂衣竟起，倏已影灭，再于相遇处候之，不复睹矣。

【注释】

① 李若龙，字又聃，直隶东光人。雍正十三年举人。文词精粹，诗类香山。纪文达公谓为一生得力师。诗载《畿辅诗传》，著有《又聃诗草》。其事迹见于《东光县志》卷八。

【导读】

轻天道，重人事，实事求是，乃晓岚一直所倡导之思想。为人如此，学问如此，做人亦如此。这一思想在《阅微》中多有表露，此即一也。张子克者，授徒村落，岑寂寡俦。偶遇一士，明知为鬼，然相交款洽，契分既深，亦无疑惧。考论图籍，颇引以为同调。然当张偶论太极、无极之旨，则唤起鬼士怫然之怒。渠坦言人事之道，直斥空疏玄虚之学。引经据典，酣畅淋漓。实为代晓岚言之矣！

一〇 余督学闽中时，院吏言：雍正中，学使有一姬堕楼死，不闻有他故，以为偶失足也。

久而有泄其事者，曰：姬本山东人，年十四五，嫁一窭人子[①]。数月矣，夫妇甚相得，形影不离。会岁饥不能自活，其姑卖诸贩鬻妇女者。与其夫相抱，泣彻夜，啮臂为志而别。夫念之不置，沿途乞食，兼程追及贩鬻者，潜随至京师，时于车中一觌面。幼年怯懦，惧遭诃詈，不敢近相视，挥涕而已。既入官媒家，时时候于门侧，偶得一睹，彼此约勿死。冀天上人间，终一相见也。

后闻为学使所纳，因投身为其幕友仆，共至闽中。然内外隔绝，无由通问，其妇不知也。一日病死。妇闻婢媪道其姓名、籍贯、形状、年齿，始知之。时方坐笔捧楼上，凝立良久，忽对众备言始末，长号数声，奋身投下死。学使讳言之，故其事不传，然实无可讳也。

大抵女子殉夫，其故有二：一则撑柱纲常，宁死不辱，此本乎礼教者也；一则忍耻偷生，苟延一息，冀乐昌破镜，再得重圆。至望绝势穷，然后一死以明志，此生于情感者也。此女不死于贩鬻之手，不死于媒氏之家，至玉玷花残，得故夫凶问而后死，诚为太晚。然其死志则久定矣，特私爱缠绵，不能自割。彼其意中，固不以当死不死为负夫之恩，直以可待不待为辜夫之望。哀其遇，悲其志，惜其用情之误则可矣。必执春秋大义，责不读书之儿女，岂与人为善之道哉！

【注 释】

① 窭(jù)人：泛指贫困之人。

【导 读】

古代女子殉夫，或为礼教，或为情感。然此女不死于贩鬻之手，不死于媒氏之家，至玉玷花残，得故夫凶问而后死，诚为太晚。晓岚并不以此而责难之，而颇谕扬其志节，以为“必执春秋大义，责不读书之儿女，岂与人为善之道哉”。颇开明，亦颇具同情心。

一一　壬申七月[①]，小集宋蒙泉家[②]，偶谈狐事。聂松岩曰：贵族有一事，君知之乎？曩以乡试在济南，闻有纪生者，忘其为寿光为胶州也。尝暮遇女子独行，泥泞颠蹶，倩之扶掖，念此必狐女，姑试与昵，亦足以知妖魅之情状。因语之曰：“我识尔，尔勿诳我。然得妇如尔亦自佳。人静后可诣书斋，勿在此相调，徒多迂折。”女子笑而去，夜半果至，狎媟者数夕，觉渐为所惑，因拒使勿来。狐女怨詈不肯去。生正色曰：“勿如是也。男女之事，权在于男。男求女，女不愿，尚可以强暴得；女求男，男不愿，则心如寒铁，虽强暴亦无所用之。况尔为盗我精气来，非以情合，我不为负尔情。尔阅人多矣，难以节言，我亦不为堕尔节。始乱终弃，君子所恶，为人言之，不为尔曹言之也。尔何必恋恋于此，徒为无益。”狐女竟词穷而去。乃知一受蛊惑，缠绵至死，符箓不能驱遣者，终由情欲牵连，不能自割耳。使泊然不动，彼何所取而不去哉。

【注释】

① 壬申：乾隆十七年(1752)。② 宋蒙泉(1703—1768)：宋弼，字仲良，号蒙泉，山东德州人。乾隆十年进士，历官编修、续文献通考纂修官、甘肃按察使等。

【导读】

晓岚认为两情相悦之事，主动权在男子一方，因此，男子应该有自制力不受鬼怪的魅惑，克制自己的情欲，毕竟终由情欲牵连，不能自割耳。使泊然不动，彼何所取而不去哉。

一二　法南野又说一事曰：里有恶少数人，闻某氏荒冢有狐，能化形媚人。夜携罝罛布穴口[①]，果掩得二牝狐。防其变幻，急以锥刺其髀，贯之以索，操刃胁之曰：“尔果能化形为人，为我辈行酒，则贷尔命，否则立磔尔！”二狐嗥叫跳掷，如不解者，恶少怒，刺杀其一；其一乃人语曰：“我无衣履，及化形为人，成何状耶？”又以刃拟颈，乃宛转成一好女子，裸无寸缕。众大喜，迭肆无礼，复拥使侑觞，而始终掣索不释手。狐妮妮软语，祈求解索，甫一脱手，已瞥然逝。归未到门，遥见火光，则数家皆焦土，杀狐者一女焚焉。知狐之相报也，狐不扰人，人乃扰狐，多行不义，其及也宜哉。

【注释】

① 罝(jū)罛(gǔ)：网。

【导读】

此则笔记写人狐相遇故事。晓岚笔下之书生遇狐事，少了许多旖旎缠绵之情致，多了许多洞彻世事的精明和自律。晓岚写作此事，目的在于劝诫，即所谓“终由情欲牵连，不能自割耳。使泊然不动，彼何所取而不去哉”。“多行不义，其及也宜哉”，以此告诫人们不要耽于情欲。

一三　清远先生亦说一事曰：朱某一婢，粗材也。稍长，渐慧黠，眉目亦渐秀媚，因纳为妾。颇有心计，摒挡井井，米盐琐屑，家人纤毫不敢欺，欺则必败。又善居积，凡所贩鬻，来岁价必贵，朱以渐裕，宠之专房。

一日忽谓朱曰:“君知我为谁?”朱笑曰:“尔颠耶?”因戏举其小名曰:“尔非某耶?”曰:“非也,某逃去久矣,今为某地某人妇,生子已七八岁。我本狐女,君九世前为巨商,我为司会计。君遇我厚,而我干没君三千余金。冥谪堕狐身,炼形数百年,幸得成道,然坐此负累,终不得升仙,故因此婢之逃,幻其貌以事君。计十余年来,所入足以敌所逋,今尸解去矣。我去之后,必现狐形。君可付某仆埋之。彼必裂尸而取革,君勿罪彼。彼四世前为饿殍时,我未成道,曾啖其尸,听彼磔我,庶冤可散也。”俄化狐仆地,有好女长数寸,出顶上,冉冉去,其貌则别一人矣。朱不忍而自埋之,卒为此仆窃发,剥卖其皮。朱知为夙业,浩叹而已。

【导读】

“夙冤”一词在《阅微》中时常出现,果报轮回因此成为晓岚揆度世间万物的一种思维方式,即如此则,狐来报恩是夙缘,最后被戮尸,也是夙冤,“夙冤”贯穿始终。不过,狐女“颇有心计,摒挡井井,米盐琐屑,家人纤毫不敢欺,欺则必败。又善居积,凡所贩鬻,来岁价必贵”的描写充满了生活的气息,亦代表了普通人的愿望。

一四　某侍郎夫人卒,盖棺以后,方陈祭祀,忽一白鸽飞入帏,寻视无睹。俶扰间,烟焰自棺中涌出,连甍累栋,顷刻并焚。闻其生时,御下严,凡买女奴,成券入门后,必引使长跪,先告戒数百语,谓之教导。后即褫衣反接,挞百鞭,谓之试刑。或转侧,或呼号,挞弥甚。挞至不言不动,格格然如击木石,始谓之知畏,然后驱使。安州陈宗伯夫人,先太夫人姨也,曾至其家,常曰其僮仆婢媪,行列进退,虽大将练兵无如是之整齐也。又余常至一亲串家,丈人行也。入其内室,见门左右悬二鞭,穗皆有血迹,柄皆光泽可鉴。闻其每将就寝,诸婢一一缚于凳,然后覆之以衾,防其私遁或自戕也。后死时,两股疽溃露骨,一若杖痕。

【导读】

“凡买女奴,成券入门后,必引使长跪,先告戒数百语,谓之教导。后即褫衣反接,挞百鞭,谓之试刑。或转侧,或呼号,挞弥甚。挞至不言不动,格格然如击木石,始谓之知畏,然后驱使。”由这一段文字可见,主人对待家婢、童仆,御之有术;种种酷刑,令人发指。由此可以见及封建家庭主母残酷之一斑,极有认识价值。

一五　蔡葛山先生曰[①]："吾校《四库》书，坐讹字夺俸者数矣。惟一事深得校书力：吾一幼孙，偶吞铁钉，医以朴硝等药攻之，不下，日渐尫弱。后校《苏沈良方》，见有小儿吞铁物方，云剥新炭皮，研为末，调粥三碗，与小儿食，其铁自下。依方试之，果炭屑裹铁钉而出。乃知杂书亦有用也。此书世无传本，惟《永乐大典》收其全部。余领书局时，属王史亭排纂成帙。苏沈者，苏东坡、沈存中也。二公皆好讲医药，宋人集其所论，为此书云。"

【注释】

① 蔡新(1707—1799)，字次明，号葛山，福建漳浦人。乾隆元年进士，为上书房总师傅近四十年。官至文华殿大学士兼吏部尚书。著有《缉斋诗文集》。乾隆四十九年会试，蔡新与晓岚为正副考官。晓岚有《书蔡葛山相国延禧堂寿言后》，自称"老门生"，谓"从公游最久，辱公知亦最深"。卒谥文恭。

【导读】

文达公于中药中医亦颇有研究，多次于《阅微》中记载相关内容。蔡葛山校订《四库全书》，发现了这个有用的医方，救了其孙一命，何其幸运！渠校刊书时曾经坐讹字夺俸者数矣，可见校书之艰难。

一六　叶守甫，德州老医也，往来余家，余幼时犹及见之。忆其与先姚安公言：常从平原诣海丰，夜行失道，仆从皆迷。风雨将至，四无村墟，望有废寺，往投暂避。寺门虚掩，而门扉隐隐有白粉大书字。敲火视之，则"此寺多鬼，行人勿住"二语也。进退无路，乃推门再拜曰："过客遇雨，求神庇荫；雨止即行，不敢久稽。"闻承尘板上语曰："感君有礼，但今日大醉，不能见客，奈何？君可就东壁坐，西壁蝎窟，恐遭其螫，渴勿饮檐溜，恐有蛇涎。殿后酸梨已熟，可摘食也。"毛发植立，噤不敢语。雨稍止，即惶遽拜谢出，如脱虎口焉。

姚安公曰："题门榜示，必伤人多矣，而君得无恙，且得其委曲告语，盖以礼自处，无不可以礼服者。以诚相感，无不可以诚动者。虽异类无间也。君非惟老于医，抑亦老于涉世矣。"

【导读】

此怪大有趣，不是伺机害人，而是指点人何处有蝎窟，何处有酸梨，何处水不能喝，颇有主人细致入微照顾之感。此怪之所以如此，皆因德州老医以礼自处，无不可以礼服者。以诚相感，无不可以诚动者，虽异类亦无间也。

一七 朱导江言：新泰一书生，赴省乡试。去济南尚半日程，与数友乘凉早行。黑暗中有二驴追逐行，互相先后，不以为意也。稍辨色后，知为二妇人。既而审视，乃一妪，年约五六十，肥而黑；一少妇年约二十，甚有姿首。书生频目之，少妇忽回顾失声曰："是几兄耶？"生错愕不知所对。少妇曰："我即某氏表妹也。我家法中表兄妹不相见，故兄不识妹。妹则尝于帘隙窥兄，故相识也。"书生忆原有表妹嫁济南，因相款语。问："早行何适？"曰："昨与妹婿往问舅母疾，本拟即日返。舅母有讼事，浼妹婿入京[①]，不能即归。妹早归为治装也。"流目送盼，情态嫣然，且微露十余岁时一见相悦意。书生心微动。至路歧，邀至家具一饭。欣然从之。约同行者晚在某所候。至钟动不来。次日亦无耗。往昨别处循歧路寻之，得其驴于野田中，鞍尚未解，遍物色村落间，绝无知此二妇者。再询，访得其表妹家，则表妹殁已半年余。其为鬼所惑，怪所啖，抑或为盗所诱，均不可知。而此人遂长已矣。此亦足为少年佻薄者戒也。

时方可村在座，言："游秦陇时，闻一事与此相类，后有合窆于妻墓者，启圹，则有男子尸在焉。不知地下双魂，作何相见。焦氏《易林》曰'两夫共妻，莫适为雌'，若为此占矣。"戴东原亦在座，曰："《后汉书》尚有三夫共妻事，君何见不广耶？"余戏曰："二君勿喧。山阴公主面首三十人，独忘之欤？然彼皆不畏其夫者。此鬼私藏少年，不虑及后来之合窆，未免纵欲忘患耳。"东原喟然曰："纵欲忘患，独此鬼也哉！"

【注释】

① 浼(měi)：恳求。

【导读】

登徒子为鬼所惑，迷失自我，莫知所终。此亦足为少年佻薄者戒也。不过，晓岚重点强调的是纵欲忘患，使得身败名裂，不可收拾。此尤值得为世人所重视也。

一八 杂说称娈童始黄帝(钱詹事辛楣如此说。辛楣能举其书名，今忘之矣。)殆出依托。比顽童始见《商书》，然出梅赜伪古文，亦不足据。

《逸周书》称“美男破老”，殆指是乎？《周礼》有不男之讼，注谓天阉不能御女者。然自古及今，未有以不能御女成讼者；经文简质，疑其亦指此事也。凡女子淫佚，发乎情欲之自然，娈童则本无是心，皆幼而受给，或势劫利饵言。

相传某巨室喜狎狡童，而患其或愧拒，乃多买端丽小儿未过十岁者；与诸童媟戏时，使执烛侍侧。种种淫状，久而见惯，视若当然。过三数年，稍长可御，皆顺流之舟矣。有所供养僧规之曰：“此事世所恒有，不能禁檀越不为，然因其自愿。譬诸挟妓，其过尚轻；若处心积虑，凿赤子之天真，则恐干神怒。”某不能从，后卒罹祸。夫术取者造物所忌，况此事而以术取哉！

【导读】

晓岚认为，凡女子淫佚，发乎情欲之自然。娈童则本无是心，皆幼而受给，或势劫利饵言。故劝诫世人：但若处心积虑，凿赤子之天真，则恐干神怒，为自己造成恶果，受到报应。某巨室“后卒罹祸”即其明证也。

一九 东光王莽河，即胡苏河也。旱则涸，水则涨，每病涉焉。外舅马公周箓言雍正末，有丐妇一手抱儿，一手扶病姑，涉此水。至中流，姑蹶而仆，妇弃儿于水，努力负姑出。姑大诟曰：“我七十老妪，死何害！张氏数世，待此儿延香火，尔胡弃儿以拯我？斩祖宗之祀者尔也！”妇泣不敢语，长跪而已。越两日，姑竟以哭孙不食死。妇呜咽不成声，痴坐数日，亦立槁。不知其何许人，但于其姑詈妇时，知为姓张耳。

有著论者，谓儿与姑较，则姑重；姑与祖宗较，则祖宗重。使妇或有夫，或尚有兄弟，则弃儿是。既两世穷嫠，止一线之孤子，则姑所责者是，妇虽死有余悔焉。

姚安公曰：“讲学家责人无已时。夫急流汹涌，少纵即逝，此岂能深思长计时哉！势不两全，弃儿救姑，此天理之正，而人心之所安也。使姑死而儿存，终身宁不耿耿耶？不又有责以爱儿弃姑者耶？且儿方提抱，育不育未可知。使姑死而儿又不育，悔更何如耶？此妇所为，超出恒情已万万。不幸而其姑自殒，以死殉之，其亦可哀矣！犹沾沾焉而动其喙，以为精义之学，毋乃白骨衔冤、黄泉赍恨乎？孙复作《春秋尊王发微》，二百四十年内，有贬无褒。胡致堂作《读史管见》，三代以下无完人。辨则辨矣，非吾之所欲闻也。"

【导读】

《阅微》中有许多现实状况与传统儒家道德产生矛盾而难以平衡、难以解决之问题，此即其中之一。丐妇面临着湍急的洪水，是救幼儿，抑或救婆婆？这都是一个两难抉择的问题。显然，传统儒学旧有的标准已经无法衡量此事。纪氏家族对此表现得非常开通，姚安公所谓"夫急流汹涌，少纵即逝，此岂能深思长计时哉"，"此妇所为，超出恒情已万万"等言语，正体现了他们实事求是的精神及以人为本的思想。

二〇　郭石洲言：朱明经静园，与一狐友。一日，饮静园家，大醉，睡花下。醒而静园问之曰："吾闻贵族醉后多变形，故以衾覆君而自守之，君竟不变，何也？"曰："此视道力之浅深矣。道力浅者能化形幻形耳，故醉则变，睡则变，仓皇惊怖则变；道力深者能脱形，犹仙家之尸解，已归人道，人其本形矣，何变之有？"静园欲从之学道，曰："公不能也，凡修道人易而物难，人气纯，物气驳也；成道物易而人难，物心一，人心杂也。炼形者先炼气，炼气者先炼心，所谓志气之帅也。心定则气聚而形固，心摇则气涣而形萎。广成子之告黄帝，乃道家之秘要，非庄叟寓言也。深岩幽谷，不见不闻，惟凝神导引，与天地阴阳往来消息，阅百年如一日，人能之乎？"朱乃止。

因忆丁卯同年某御史[①]，尝问所昵伶人曰："尔辈多矣，尔独擅场，何也？"曰："吾曹以其身为女，必并化其心为女，而后柔情媚态，见者意消。如男心一线犹存，则必有一线不似女，乌能争蛾眉曼睩之宠哉？若夫登场演剧为贞女，则正其心，虽笑谑亦不失其贞；为淫女，则荡其心，虽庄坐亦不掩其淫；为贵女，则尊重其心，虽微服而贵气存；为贱女，则敛抑其心，虽盛妆而贱态在；为贤女，则柔婉其心，虽怒甚无遽色；为悍女，则拗戾其心，虽理诎无巽词。其他喜怒哀乐，恩怨爱憎，一一设身处地，不以为戏，而以为真，人视之竟如真矣。他人行女事而不能存女心，作种种女状而不能有种种女心，此我所以独擅场也。"

李玉典曰："此语猥亵不足道，而其理至精。此事虽小，而可以喻大。天下未有心不在是事而是事能诣极者，亦未有心心在是事而是事不诣极者。心心在一艺，其艺必工；心心在一职，其职必举。小而僚之丸、扁之轮，大而皋、夔、稷、契之营四海，其理一而已矣。此与炼气炼心之说，可互相发明也。”

【注释】

① 丁卯：乾隆十二年(1747)。

【导读】

此则笔记分前后两部分，前半部分为晓岚对道教炼丹术的整体认知，强调炼形者先炼气，炼气者先炼心：如果想要练成高等级的“气”，就要专注本心，练就其心。这样才能真正修道。后半段故事讲述伶人的表演技巧，突出心心在一艺，其艺必工；心心在一职，其职必举的观点，亦可看作是晓岚对戏剧表演的认识。前后两部分相互发明、彼此映证。这一观点对戏剧表演及艺术创作乃至于为人行事均具有重要的指导意义。

二一　石洲又言：一书生家有园亭，夜雨独坐。忽一女子搴帘入，自云家在墙外，窥宋已久，今冒雨相就。书生曰：“雨猛如是，尔衣履不濡，何也？”女词穷，自承为狐。问：“此间少年多矣，何独就我？”曰：“前缘。”问：“此缘谁所记载？谁所管领？又谁以告尔？尔前生何人？我前生何人？其结缘以何事？在何代何年？请道其详。”狐仓卒不能对。嗫嚅久之曰：“子千百日不坐此，今适坐此。我见千百人不相悦，独见君相悦，其为前缘审矣，请勿拒。”书生曰：“有前缘者必相悦。吾方坐此，尔适自来，而吾漠然心不动，则无缘审矣，请勿留。”女趑趄间，闻窗外呼曰：“婢子不解事，何必定觅此木强人。”女子举袖一挥，灭灯而去。或云是汤文正公少年事。余谓狐魅岂敢近汤公，当是曾有此事，附会于公耳。

【导读】

故事中之“汤文正公”被鬼怪称为“木强人”，他不仅正气凛然，而且充满智慧，对鬼怪的考证般的询问和斥责到表现了他耿直、刻板的个性，堪称士子们之榜样，这正是《阅微》大多数士子的风格。与《聊斋志异》中多情温柔的书生形象大异其趣。

二二　景城之北，有横冈坡陀，形家谓余家祖墓之来龙。其属地姜氏，明末妒余族之盛，建真武祠于上，以厌压之。崇祯壬午[①]，兵灾，余家不绝如线。后祠渐圮，余族乃渐振，祠圮尽而复盛焉。其地今鬻于从侄信夫。时乡中故老已稀，不知旧事，误建土神祠于上，又稍稍不靖。余知之，急属信夫迁去,始安。

相地之说,或以为有,或以为无。余谓刘向校书,已列此术为一家,安得谓之全无;但地师所学之不精,又或缘以为奸利,所言尤不足据,不宜溺信之耳。若凿然有验者,固未可诬也。

【注 释】

① 崇祯壬午:明崇祯十五年(1642)。

【导 读】

相地之说,自古即充满神秘色彩,或以为有,或以为无。流传至今仍有风水堪舆之术,晓岚家族受其影响,令其印象深刻。但晓岚对此保持着较为清醒的头脑,认识到相地之术与地师所学有很大关系,不应溺信。

二三 《象经》始见《庾开府集》[①],然所言与今法不相符。《太平广记》载棋子为怪事,所言略近今法,而亦不同。北人喜为此戏,或有耽之忘寝食者。景城真武祠未圮时,中有一道士酷好此,因共以"棋道士"呼之。其本姓名乃转隐。一日,从兄方洲入所居,见几上置一局,止三十一子,疑其外出,坐以相待。忽闻窗外喘息之声,视之,乃二人四手相持,共夺一子,力竭并培也。癖嗜乃至于此!

南人则多嗜弈,亦颇有废时失事者。从兄坦居言:丁卯乡试,见场中有二士,画号板为局,拾碎炭为黑子,剔碎石灰块为白子,对著不止,竟俱曳白而出。夫消闲遣日,原不妨偶一为之;以此为得失喜怒,则可以不必。东坡诗曰:"胜固欣然,败亦可喜。"荆公诗曰:"战罢两奁收白黑,一样何处有亏成?"二公皆有胜心者,迹其生平,未能自践此言,然其言则可深思矣。

辛卯冬,有以"八仙对弈图"求题者,画为韩湘、何仙姑对局,五仙旁观,而铁拐李枕一壶卢睡。余为题曰:"十八年来阅宦途,此心久似水中凫。如何才踏春明路,又看仙人对弈图。""局中局外两沉吟,犹是人间胜负心。那似顽仙痴不省,春风蝴蝶睡乡深。"今老矣,自迹生平,亦未能践斯言,盖言则易耳。

【注 释】

①《庾开府集》:作者庾信(513—581),字子山,南阳新野(今属河南)人。他自幼随父亲梁代诗人庾肩吾出入于萧纲的宫廷,后来又与徐陵一起任萧纲的东宫学士,成为宫体文学的代表作家。后奉命出使西魏,北周

代魏后，更迁为骠骑大将军、开府仪同三司。庾信一方面身居显贵，一方面又深切思念故国乡土，为自己身仕敌国而羞愧，因不得自由而怨愤。如此至老，死于隋文帝开皇元年。

【导读】

晓岚酷爱下棋，直以“观弈道人”自号，《阅微》中也多有对弈的故事。东坡、荆公为文人之代表，二者对于下棋亦颇有心得，棋语之中多有感悟人世之语。棋局胜负与人世相争非常相似，晓岚也借此发出“局中局外两沉吟，犹是人间胜负心”的感慨，他经历了宦海浮沉，看过了世态万象，对于弈局更是别有一番滋味在心头吧。

二四　明天启中，西洋人艾儒略作《西学》[①]，凡一卷。言其国建学育才之法，凡分六科：勒铎理加者，文科也；斐录所费哑者，理科也；默弟济纳者，医科也；勒斯义者，法科也；加诺搦斯者，教科也；陡禄日亚者，道科也。其教授各有次第，大抵从文入理，而理为之纲。文科如中国之小学，理科如中国之大学，医科、法科、教科皆其事业，道科则彼法中所谓尽性至溟至命之极也。其致力亦以格物穷理为要，以明体达用为功，与儒学次序略似；特所格之物皆器数之末，所穷之理又支离怪诞而不可诘，是所以为异学耳。末附《唐碑》一篇，明其教之久入中国。碑称贞观十二年，大秦国阿罗木远将经像来献，即于义宁坊敕造大秦寺一所，度僧二十一人云云。

考《西溪丛语》，贞观五年，有传法穆护何禄，将祆教诣阙奏闻。敕令长安崇化坊立祆寺，号大秦寺，又名波斯寺。至天宝四年七月，敕波斯经教，出自大秦，传习而来，久行中国。爰初建寺，因以为名；将以示人，必循其本，其两京波斯寺，并宜改为大秦寺。天下诸州县有者准此。

《册府元龟》载，开元七年，吐火罗鬼王上表献解天文人大慕阇，智慧幽深，问无不知。伏乞天恩唤取问诸教法，知其人有如此之艺能；请置一法堂，依本教供养。

段成式《酉阳杂俎》载，孝亿国界三千馀里，举俗事祆，不识佛法。有祆祠三千馀所。又载德建国乌浒河中有火祆祠，相传其神本自波斯国来。祠内无像，于大屋下作小庐舍向西，人向东礼神。有一铜马，国人言自天而下。据此数说，则西洋人即所谓波斯，天主即所谓祆神，中国具有记载，不但此碑也。

又杜预注《左传》次睢之社曰："睢受汴，东经陈留，是谯彭城入泗。此水次有祆神，皆社祠之。"

顾野王《玉篇》亦有祆字[②]，音阿怜切，注为祆神。徐铉据以增入《说文》。

宋敏求《东京记》载宁远坊有祆神庙[③]，注曰："《四夷朝贡图》云：康国有神名祆毕，国有火祆祠，或传石勒时立此。"是祆教其来已久，亦不始于唐。

岳珂《桯史》记番禺海獠，其最豪者号白番人，本占城之贵人，留中国以通往来之货，屋室侈靡逾制。性尚鬼而好洁，平居终日，相与膜拜祈福。有堂焉以祀，如中国之佛，而实无像设，成为聱牙。亦莫能晓，竟不知为何神。有碑高袤数丈，上皆刻异书如篆籀，是为像主，拜者皆向之。是祆教至宋之末年，尚由贾舶达广州。而利玛窦之初来，乃诧为亘古未有。

艾儒略既援唐碑以自证，其为祆教更无疑义。乃当时无一人援据古事，以决源流。盖明自万历以后，儒者早年攻八比，晚年讲心学，即尽一生之能事，故征实之学全荒也。

【注释】

① 艾儒略(Julios Aleni，1582—1649)是明末清初以来中国的著名耶稣会传教士。1582 年生于意大利的布雷西亚，曾在耶稣会开办的学校里学习，毕业后教授文学两年。1620 年至杭州，与李之藻、杨廷筠、金尼阁等合作，介绍西方学术，1623 年出版了介绍世界地理的《职方外纪》和西欧大学课程教学大纲的《西学凡》，1624 年出版了心理学著作《性学粗述》。1649 年卒于延平，葬在福州。②《玉篇》：梁顾野王作《玉篇》，属于字典，共统计汉字 16917 字。③《东京记》：宋敏求著，今已不传。

【导读】

此篇虽离故事较远，但是也有较大的价值。此时虽离"开眼看世界"的时代尚有一段时间，但是也反映了吾国这个老大帝国此时开始接触西方的近代文明。晓岚作为文坛领袖，自然最关心教育问题，故对当时西方的教育科别多加分类纪录并记述之。此事更见晓岚在当时算是一个比较开明之人，对于尚不熟悉的西方教育科别并不是一味存有偏见，而是理智地加以分析，并将自己原有的知识结构与之对照，实乃有较广阔胸襟之人所为。

二五　田氏姊言：赵庄一佃户，夫妇甚相得。一旦，妇微闻夫有外遇，未确也。妇故柔婉，亦不甚愠，但戏语其夫："尔不爱我而爱彼，吾且缢矣。"次日，馌田间，遇一巫能视鬼，见之骇曰："尔身后有一缢鬼，何也？"乃知一语之戏，鬼已闻之矣。

夫横亡者必求代，不知阴律何所取，殆恶其轻生，使不得速入转轮；且使世人闻之，不敢轻生欤？然而又启鬼瞰之渐，并闻有缢鬼诱人自裁者。故天下无无弊之法，虽神道无如何也。

【导读】

戏言竟招致缢鬼，这样写作许是为了让后人不再有轻生之念，然又存缢鬼诱人之说，阴律如此，人间法也是如此，晓岚不由得感叹"天下无无弊之法"，即使神道也无可奈何。但对于当时之晓岚来说，也惟有感叹而已。

二六　姚安公言：霸州有老儒，古君子也，一乡推祭酒。家忽有狐祟，老儒在家则寂然，老儒出则撼窗扉、毁器物、掷污秽，无所不至。老儒缘是不敢出，闭户修省而已。时霸州诸生以河工事愬州牧，期会于学宫，将以老儒列牒首。老儒以狐祟不至，乃别推一王生。自后王生坐聚众抗官伏法，老儒得免焉。此狱兴而狐去，乃知为尼其行也。是故小人无瑞，小人而有瑞，天所以厚其毒；君子无妖，君子而有妖，天所以示之警。

【导读】

因为狐祟在家中自省，躲过了诉讼一劫，得免灾难。塞翁失马，焉知非福，老儒乃是一古君子，正是晓岚所说的，君子无妖，君子而有妖，则必是天所以示警于人。不过晓岚也从反面强调，小人无瑞，小人而有瑞，乃是天在厚其毒。晓岚也以此告诫世人，警示百姓。

二七　杨槐亭言：即墨有人往劳山，寄宿山家。所住屋有后门，门外缭以短墙为菜圃。时日已薄暮，开户纳凉，见墙头一靓妆女子，眉目姣好，仅露其面，向之若微笑。方凝视间，闻墙外众童子呼曰："一大蛇身蟠于树，而首阁于墙上。"乃知蛇妖幻形，将诱而吸其血也。仓皇闭户，亦不知其几时去。设近之，则危矣。

【导读】

一垣短墙，靓妆女子，总是能引起人无数遐想。然最美丽的往往是最危险可怕的。墙外众童子的呼叫，透露出了一大蛇身蟠于树，而首阁于墙上的可怕现实。此则故事让人联想到《聊斋志异》中的“画皮”。

二八　王庆垞一媪，恒为走无常，（即《滦阳消夏录》所记见送妇再醮之鬼者。）有贵家姬问之曰：“我辈为妾媵，是何因果？”曰：“冥律小善恶相抵，大善恶则不相掩。姨等皆积有小善业，故今生得入富贵家，又兼有恶业，故使有一线之不足也。今生如增修善业，则恶业已偿，善业相续，来生益全美矣。今生如增造恶业，则善业已销，恶业又续，来生恐不可问矣。然增修善业，非烧香拜佛之谓也。孝亲敬嫡，和睦家庭乃真善业耳。”一姬又问：“有子无子，是必前定。祈一检问，如冥籍不注，吾不更作痴梦矣。”曰：“此不必检，但常作有子事，虽注无子，亦改注有子；若常作无子事，虽注有子，亦改注无子也。”

先外祖雪峰张公，为王庆曹氏婿，平生严正，最恶六婆，独时时引与语，曰：“此妪所言虽未必皆实，然从不劝妇女布施佞佛，是可取也。”

【导读】

布施佞佛能否真正地消灾弭祸、增福添寿？晓岚认为，增修善业，非烧香拜佛之谓也。孝亲敬嫡，和睦家庭乃真善业耳。意为欲消灾弭祸、增福添寿，关键并不在于布施佞佛，而在于自己实际之所为。即如有子与无子，关键依然在于自我表现：常作有子事，虽注无子，亦改注有子；若常作无子事，虽注有子，亦改注无子也。晓岚这一观点尽管是唯心之言，然更加实际，明显胜当时专注于布施佞佛而不及其余之世人一筹。

二九　翰林院供事茹某（忘其名，似是茹铤）言：曩访友至邯郸，值主人未归，暂寓城隍祠。适有卖瓜者息担横卧神座前，一卖线叟寓祠内，语之曰：“尔勿若是，神有灵也。”卖瓜者曰：“神岂在此破屋内？”叟曰：“在也。吾常夜起纳凉，闻殿中有人声。蹑足潜听，则有狐陈诉于神前，大意谓邻家狐媚一少年，将死未绝之顷，尚欲取其精。其家愤甚，伏猎者以铳矢攻之。狐骇，现形奔。众噪随其后，狐不投己穴，而投里许外一邻穴。众布网穴外，熏以火，阖穴皆殪，而此狐反乘隙遁。故讼其嫁祸。城隍曰：‘彼杀人而汝受祸，讼之宜也。然汝子孙亦有媚人者乎？’良久，应曰：‘亦有。’‘亦曾杀人乎？’又良久，应曰：‘或亦有。’‘杀几人乎？’狐不应，城隍怒，命批其颊，乃应曰：‘实数十人。’城隍曰：‘杀数十命，偿以数十命，适相当矣，此怨魄所凭，假手此狐也，尔何讼焉？’命检籍示之，狐乃泣去。尔安得谓神不在乎？”乃知祸不虚生，虽无妄之灾，亦必有所以致之。但就事论事者，不能一一知其故耳。

【导读】

此狐惹祸，嫁祸于彼狐，导致彼狐“阖穴皆殪”。彼狐讼之理直气壮，然城隍一番究问，竟使彼狐无语以对，泣而归之，可见祸不虚生，虽无妄之灾，亦必有所以致之。神灵无处不在，亦足为人所戒，凡事千万不要抱侥幸心理。

三〇　族侄肇先言：曩中涵叔官旌德时，有掘地遇古墓者，棺骸俱为灰土，惟一心存，血色犹赤，惧而投诸水。有石方尺余。尚辨字迹，中涵叔闻而取观。乡民惧为累，碎而沈之，讳言无是事，乃里巷讹传。中涵叔罢官后，始购得录本。其文曰：“白璧有瑕，黄泉蒙耻。魂断水湄，骨埋山趾。我作誓词，祝霾圹底。千百年后，有人发此。尔不贞耶，消为泥滓。尔傥衔冤，心终不死。末题‘壬申三月，耕石翁为第五女作’。”盖其女冤死，以此代志。观心仍不朽，知受枉为真，然翁无姓名，女无夫族，岁月无年号，不知为谁，无从考其始末。遂令奇迹不彰，其可惜也夫。

【导读】

此等惨烈之故事，读来令人颇为震撼。棺中女子至死观心仍不朽，知受枉为真，可见其受冤之深。想来此女生前亦是因为守节之事深受误解，遂令奇迹不彰，奇冤不得彰表，一心犹存以示冤屈。晓岚对此深表同情，录之于是，昭于世人，亦算是一份迟来的昭雪。由此亦可见及晓岚对妇女不幸遭遇之同情。

三一　许文木言：康熙末年，鬻古器李鹭汀，其父执也。善六壬[①]，惟晨起自占一课，而不肯为人卜。曰：“多泄未来，神所恶也。”有以康节比之者，曰：“吾才得六七分耳。尝占得某日当有仙人扶竹杖来，饮酒题诗而去，焚香候之。乃有人携一雕竹纯阳像求售，侧倚一贮酒壶卢，上刻‘朝游北海’一诗也。康节安有此失乎？”年五十余无子，惟蓄一妾。

一日，许父造访，闻其妾泣，且絮语曰：“此何事而以戏人，其试我乎？”又闻鹭汀力辩曰：“此真实语，非戏也。”许父叩反目之故。鹭汀曰：“事殊大奇！今日占课，有二客来市古器：一其前世夫，尚有一夕缘；一其后夫，结好当在半年内，并我为三，生在一堂矣。吾以语彼，彼遽恚怒。数定无可移，我不泣而彼泣，我不讳而彼讳之，岂非痴女子哉！”越半载，鹭汀果死。妾鬻于一翰林家，嫡不能容，过一夕即遣出。再鬻于一中书舍人家，乃相安云。

【注释】

① 六壬：动用阴阳五行进行占卜凶吉的方法之一，与遁甲、太乙合称“三式”。

三二 叶旅亭言：其祖犹及见刘石渠。一日夜饮，有契友逼之召仙女。石渠命扫一室，户悬竹帘，燃双炬于几。众皆移席坐院中，而自禹步持咒，取界尺拍案一声，帘内果一女子亭亭立。友视之，乃其妾也。奋起欲殴，石渠急拍界尺一声，见火光蜿蜒如掣电，已穿帘去矣。笑语友曰：“相交二十年，岂有真以君妾为戏者。适摄狐女，幻形激君一怒为笑耳。”友急归视，妾乃刺绣未辍也。如是为戏，庶乎在不即不离间矣。余因思李少君致李夫人，但使远观，而不使相近，恐亦是摄召精魅，作是幻形也。

【导读】

幻形故事古已有之，然大都侧重幻形故事本身的奇异和所幻之形的奇异上，作者把所有美好的事物均通过幻形表现出来。不过，晓岚似乎意不在此，他更多的带着滑稽之叙述手法，在不即不离间之幻形是为了激君一怒为笑耳。其亦为劝惩戒乎？

三三 费长房劾治百鬼，乃后失其符，为鬼所杀。明崇俨卒，剚刃陷胸，莫测所自。人亦谓役鬼太苦，鬼刺之也。恃术者终以术败，盖多有之。

刘香畹言：有僧善禁咒，为狐诱至旷野，千百为群，嗥叫搏噬。僧运金杵，击踣人形一老狐，乃溃围出。后遇于途，老狐投地膜拜曰：“曩蒙不杀，深自忏悔。今愿皈依受五戒。”僧欲摩其顶，忽掷一物幂僧面，遁形而去。其物非帛非革，色如琥珀，粘若漆，牢不可脱。瞀闷不可忍，使人奋力揭去，则面皮尽剥，痛晕殆绝，后痂落无复人状矣。

又一游僧，榜门曰“驱狐”。亦有狐来诱，僧识为魅，摇铃诵梵咒。狐骇而逃。旬月后，有媪叩门，言家近墟墓，日为狐扰，乞往禁治。僧出小镜照之，灼然人也，因随往。媪导至堤畔，忽攫其书囊掷河中，符箓法物，尽随水去。妪亦奔匿秫田中，不可踪迹。方懊恼间，瓦砾飞击，面目俱败。幸赖梵咒自卫，狐不能近，狼狈而归。次日即愧遁，久乃知妪即土人，其女与狐昵；因其女赂以金，使盗其符耳。

此皆术足以胜狐，卒为狐算。狐有策而僧无备，狐有党而僧无助也。况术不足胜而轻与妖物角乎？

【导读】

此则两个故事皆述得道僧人为狐所败故事，得道僧人道术不可谓不高，为何皆为狐所算？晓岚认为，此乃“狐有策而僧无备，狐有党而僧无助也”。两次袭击，狐皆精心策划，有备而来。狐狸不可谓不狡猾，而僧人之大意亦为其致败之主要原因。此故事亦提醒世人特别是有特长之人切不可恃术傲物，而常需谨慎从事。“恃术者终以术败”，其教训不可谓不深矣！

三四 画士张无念，寓京师樱桃斜街。书斋以巨幅阔纸为窗帧，不著一棂，取其明也。每月明之夕，必有一女子全影在帧心。启户视之，无所睹，而影则如故，以不为祸祟，亦姑听之。

一夕谛视，觉体态生动，宛然入画。戏以笔四周钩之，自是不复见；而墙头时有一女子露面下窥。忽悟此鬼欲写照，前使我见其形，今使我见其貌也。与语不应，注视之亦不羞避，良久乃隐。因补写眉目衣纹，作一仕女图。夜闻窗外语曰：“我名亭亭。”再问之，已寂。乃并题于帧上。后为一知府买去(或曰是李中山)。

或曰：“狐也，非鬼也，于事理为近。”或曰：“本无是事，无念神其说耳。”是亦不可知。然香魂才鬼，恒欲留名于后世。由今溯古，结习相同，固亦理所宜有也。

【导读】

为女鬼画形，画师可谓风雅，女鬼更是别有一番情致。整个故事透着文人化的色彩和审美趣味。晓岚一句“然香魂才鬼，恒欲留名于后世”，亦体现出自明代以来社会上颇盛的才女崇拜。

三五 姚安公官刑部江苏司郎中时，西城移送一案，乃少年强污幼女者，男年十六，女年十四。盖是少年游西顶归，见是女撷菜圃中，因相逼胁。逻卒闻女号呼声，就执之。讯未竟，两家父母俱投词，乃其未婚妻，不相知而误犯也。于律未婚妻和奸有条，强奸无条。方拟议间，女供亦复改移，称但调谑而已，乃薄责而遣之。或曰：“是女之父母受重赂，女亦爱此子丰姿，且家富，故造此虚词以解纷。”

姚安公曰：“是未可知，然事止婚姻，与贿和人命，冤沈地下者不同。其奸未成，无可验；其贿无据，难以质。女子允矣，父母从矣，媒保有确证，邻里无异议矣。两造之词，亦无一毫之牴牾矣。君子可欺以其方，不能横加锻炼，入一童子远戍也。”

【导读】

此事大奇，本应是一桩犯罪案件，却峰回路转，急转直下，最终竟成就一番美好姻缘。晓岚通过此事强调君子可欺以其方，不能横加锻炼，虽然也是一种认识，但仍有回护之嫌，毕竟在今人看来，事有凑巧，罪行似乎并不能因此而减轻。

三六　文水李华廷言：去其家百里一废寺，云有魅，无敢居者。有贩羊者十余人，避雨宿其中。夜闻呜呜声，暗中见一物，臃肿团圞，不辨面目，蹒跚而来，行甚迟重。众皆无赖少年，殊不恐怖，共以破砖掷击，中声铮然，渐缩退欲却。觉其无能，噪而追之，至寺门坏墙侧，屹然不动。逼视，乃一破钟，内多碎骨，意其所食也。次日，告土人，冶以铸器，自此怪绝。

此物之钝极矣，而亦出嬲人，卒自碎其质。殆见夫善幻之怪，有为祟者，从而效之也。

余家一婢，沧州山果庄人也。言是庄故盗薮，有人见盗之获利，亦从之。行捕者急，他盗格斗跳免，而此人就执伏法焉。其亦此钟之类也夫。

【导读】

此则故事颇有深意，貌似说钝怪，实则寓指世人。妖物之钝极矣，仍效仿他物为祟者，最终导致了自己的毁灭。人类世界中也不乏此类事件，不能正确看待自己，一味盲从，从而效之，往往因此而败。

三七　舅氏安公介然言：有柳某者，与一狐友，甚昵。柳故贫，狐恒周其衣食。又负巨室钱，欲质其女。狐为盗其券，事乃已。时来其家，妻子皆与相问答，但惟柳见其形耳。

狐媚一富室女，符箓不能遣，募能劾治者予百金。柳夫妇素知其事。妇利多金，怂恿柳伺隙杀狐。柳以负心为歉。妇谇曰：“彼能媚某家女，不能媚汝女耶？昨以五金为汝女制冬衣，其意恐有在，此患不可不除也。”柳乃阴市砒霜，沽酒以待。狐已知之。

会柳与乡邻数人坐，狐于檐际呼柳名，先叙相契之深，次陈相周之久，次乃一一发其阴谋，曰："吾非不能为尔祸，然周旋已久，宁忍便作寇仇？"又以布一匹，棉一束自檐掷下，曰："昨尔幼儿号寒苦，许为作被，不可失信于孺子也！"众意不平，咸诮让柳。狐曰："交不择人，亦吾之过，世情如是，亦何足深尤？吾姑使知之耳。"太息而去。

柳自是不齿于乡党，亦无肯资济升斗者。挈家夜遁，竟莫知所终。

【导读】

狐与柳某之交往，恰为人类之间交往之折射。朋友忘恩负义，以怨报德，应该是最让人痛心的事情。柳某确实令人不齿，与之相对的是，狐的理智和冷静，让人佩服，面对柳某一家，它并不是一味埋怨，而是强调自己交不择人，亦吾之过，世情如是，亦何足深尤。狐宽容、重情义，虽为兽类，却颇具人心。柳某一家虽为人类，却相距甚远。

三八 侍姬郭氏，其父大同人，流寓天津。生时，其母梦鬻端午彩符者，买得一枝，因以为名。年十三归余。生数子，皆不育，惟一女，适德州卢荫文，晖吉观察子也。晖吉善星命，尝推其命，寿不能四十，果三十七而卒。

余在西域时，姬已病瘵，祈签关帝，问："尚能相见否？"得一签曰："喜鹊檐前报好音，知君千里有归心。绣帏重结鸳鸯带，叶落霜雕寒色侵。"谓余即当以秋冬归，意甚喜。时门人邱二田在寓闻之，曰："见则必见，然末句非吉语也。"后余辛卯六月还。姬病良已，至九月，忽转剧，日渐沈绵，遂以不起。

殁后，晒其遗箧，余感赋二诗，曰："风花还点旧罗衣，惆怅酴醾片片飞。恰记香山居士语：'春随樊素一时归。'（姬以三月三十日亡，恰送春之期也。）百折湘裙飐画栏，临风还忆步珊珊。明知神谶曾先定，终惜'芙蓉不耐寒'。"（未必长如此，"芙蓉不耐寒"，寒山子诗也，即用签中意也。）

【导读】

郭彩符为晓岚颇为钟情之侍妾，惜乎年寿不永。她的离世让晓岚悲伤不已，不仅赋诗以示纪念，还为此找到神谶做依据，"终惜芙蓉不耐寒"，给人留下不胜怅惘之情。

三九 霍养仲言：一旧家壁悬仙女骑鹿图，款题“赵仲穆”，不知确否也。（仲穆名雍，松雪之子也[①]。）每室中无人，则画中人缘壁而行，如灯戏之状。一日，预系长绳于轴首，伏人伺之。俟其行稍远，急掣轴出，遂附形于壁上，彩色宛然，俄而渐淡，俄而渐无，越半日而全隐。疑其消散矣。

余尝谓画无形质，亦无精气，通灵幻化，似未必然；古书所谓画妖，疑皆有物凭之耳。后见林登《博物志》载北魏元兆，捕得云门黄花寺画妖，兆诘之曰：“尔本虚空，画之所作，奈何有此妖形？”画妖对曰“形本是画，画以象真；真之所示，即乃有神。况所画之上，精灵有凭可通。此臣之所以有感，感而幻化，臣实有罪”云云。其言似亦近理也。

【注释】

① 松雪：即赵孟頫。

【导读】

古人于“画妖”之认识多种多样，不过赵雍这张仙女骑鹿图确实非常有趣。晓岚对此的记述体现出了文人趣味，他还为这种现象找到了一定的依据，即精灵有凭可通，感而幻化。

四〇 骁骑校萨音绰克图与一狐友。一日，狐仓皇来曰：“家有妖祟，拟借君坟园栖眷属。”怪问：“闻狐祟人，不闻有物更祟狐，是何魅欤？”曰：“天狐也，变化通神，不可思议；鬼出电入，不可端倪。其祟人，人不及防；或祟狐，狐亦弗能睹也。”问：“同类何不相惜欤？”曰：“人与人同类，强凌弱，智绐愚，宁相惜乎？”

魅复遇魅，此事殊奇。天下之势，辗转相胜；天下之巧，层出不穷，千变万化，岂一端所可尽乎？

【导读】

狐妖世界，千变万化，晓岚笔下的狐妖更像是人类世界的折射，狐妖反问人类：“人与人同类，强凌弱，智绐愚，宁相惜乎？”既是对祟狐事件的解释，也从另一个角度体现着人类对自身之认识。

卷十三　槐西杂志（三）

一　丁卯同年郭彤纶，戊辰上公车[①]，宿新中驿旅舍。灯下独坐吟哦，闻窗外曰："公是文士，西壁有一诗请教。"出视无所睹；至西壁拂尘寻视，有旅邸卧病诗八句，词甚凄苦，而鄙俚不甚成句。岂好济壁人，死尚结习未忘耶？抑欲彤纶传其姓名，俾人知某甲旅卒于是，冀家人归其骨也？

【注释】

① 戊辰：乾隆十三年（1748）。

【导读】

将自己之诗作流传于世乃古代士子们之心愿，许多人至死尚结习未忘。晓岚对此表示十分同情，并在《阅微》中将诗作记录流传，以示慰藉。此即其中之一也。

二　吴惠叔言：太湖有渔户嫁女者，舟至波心，风浪陡作，舵师失措，已欹仄欲沉。众皆相抱哭，突新妇破帘出，一手把舵，一手牵篷索，折戗飞行，直抵婿家，吉时犹未过也。洞庭人传以为奇，或有以越礼讥者，惠叔曰："此本渔户女，日日船头持篙橹，不能责以必为宋伯姬也。"

又闻吾郡有焦氏女，不记何县人，已受聘矣。有谋为媵者，中以蜚语，婿家欲离婚。父讼于官，而谋者陷阱已深，非惟证佐凿凿，且有自承为所欢者。女见事急，竟倩邻媪导至婿家，升堂拜姑曰："女非妇比，贞不贞有明证也。儿与其献丑于官媒，仍为所诬，不如献丑于母前。"遂阖户弛服，请姑验。讼立解。此较操舟之新妇更越礼矣。然危急存亡之时，有不得不如是者。讲学家动以一死责人，非通论也。

【导读】

此则中故事大有奇处：第一个故事中，危急关头，新妇挺身而出，化险为夷，不仅救了一船人的性命，亦挽救了自己的婚礼。渔女的果敢、操船的技术堪称一奇。第二个故事中女子以献丑于姑的方法来证明自己的清白，其胆识和气度亦非常人可比。讲学家对此所谓"违礼"行为动以一死责人，而晓岚不仅未加苛责，反而大加赞赏，充分体现了他思想之开明。

三　杨雨亭言：劳山深处，有人兀坐木石间，身已与木石同色矣。然呼吸不绝，目炯炯尚能视。此婴儿炼成，而闭不能出者也。不死不生，亦何贵于修道，反不如鬼之逍遥矣。大抵仙有仙骨，质本清虚；仙有仙缘，诀逢指授。不得真传而妄意冲举，因而致害者不一。此人亦其明鉴也。或曰："以刃破其顶，当兵解去。"此亦臆度之词，谈何容易乎！

【导读】

晓岚对于成仙之事大抵持敬而远之的态度：不甚相信，亦不甚反对。对于打坐、修炼成仙的人则多有劝导之意。毕竟，在他看来，仙有仙骨，质本清虚，仙有仙缘，诀逢指授。如果自己妄加修炼、不得真传，而妄意冲举，反而会招致祸害。由此亦见晓岚面对成仙问题的理智判断。

四　古者大夫祭五祀，今人家惟祭灶神。若门神、若井神、若厕神、若中霤神，或祭或不祭矣。但不识天下一灶神欤？一城一乡一灶神欤，抑一家一灶神欤？如天下一灶神，如火神之类，必在祀典，今无此祀典也；如一城一乡一灶神，如城隍社公之类，必有专祀，今未见处处有专祀也；然则一家一灶神耳，又不识天下人家，如恒河沙数，天下灶神亦当如恒河沙数，此恒河沙数之灶神，何人为之？何人命之？神不太多耶？人家迁徙不常，兴废亦不常，灶神之闲旷者何所归？灶神之新增者何自来？日日铨除移改，神不又太烦耶？此诚不可以理解。

然而遇灶神者，乃时有之。余小时见外祖雪峰张公家，一司爨妪好以秽物扫入灶。夜梦乌衣人呵之，且批其颊。觉而颊肿成痈，数日巨如杯，脓液内溃，从口吐出，稍一呼吸辄入喉，呕哕欲死。立誓虔祷，乃愈。是又何说欤？或曰："人家立一祀必有一鬼凭之，祀在则神在，祀废则神废，不必一一帝所命也。"是或然矣。

【导读】

灶神乃是中国古代民间常见的一种神，沧州乡间此祭更多。晓岚对此颇为关心，并且延续了清儒追根究底的思维方式，以此表达自己的疑问："灶神然则一家一灶神耳，又不识天下人家如恒河沙数，天下灶神亦当如恒河沙数，此恒河沙数之灶神，何人为之，何人命之，神不太多耶？"不管问题的结果如何，晓岚这种科学思辨的精神还是很值得嘉奖的。

五　崔崇屽，汾阳人，以卖丝为业。往来于上谷、云中有年矣。一岁，折阅十余金，其曹偶有怨言。崇屽恚愤，以刀自剖其腹。肠出数寸，气垂绝。主人及其未死，急呼里胥与其妻至，问："有冤耶？"曰："吾拙于贸易，致亏主人资本。我实自愧，故不欲生，与人无预也。其速移我返，毋以命案为人累。"主人感之，赠数十金为棺敛费。奄奄待尽而已。有医缝其肠纳之腹中，敷药结痂，竟以渐愈，惟遗矢从刀伤处出，谷道闭矣。后贫甚，至鬻其妻。旧共卖丝者怜之，各赠以丝，俾拈线自给。渐以小康，复娶妻生子。至乾隆癸巳、甲午间[①]，年七十乃终。其乡人刘炳为作传，曹受之侍御录以示余，因撮其大略。

夫贩鬻丧资，常事也。以十余金而自戕，崇屽可谓轻生矣。然其本志，则以本无毫发私，而其迹有似于干没，心不能白，以死自明，其平生之自好可知也。濒死之顷，对众告明里胥，使官府无可疑；切嘱其妻，使眷属无可讼，用心不尤忠厚欤？当死不死，有天道焉，事似异而非异也。

【注释】

① 乾隆癸巳、甲午间：乾隆三十八(1773)、三十九年。

【导读】

做生意难有只赚不赔，诚如晓岚所言：夫贩鬻丧资常事也，以十余金而自戕，崇屽可谓轻生矣。不过，晓岚看重崔崇屽的不是这一点，他看重的是他心不能白，以死自明，对自己的信誉看得比性命还重要，才有了在常人眼中无法理解的结果，崔崇屽这种行为也足以震撼世人并警醒之。

六　文安王丈紫府言：瀛州一宦家娶妇，甫却扇[①]，新婿失声狂奔出。众追问故，曰："新妇青面赤发。状如奇鬼，吾怖而走。"妇故中人姿，莫解其故。强使复入，所见如前，父母迫之归房，竟伺隙自缢。既未成礼，女势当归。时贺者尚满堂，其父引之遍拜诸客，曰："小女诚陋，然何至惊人致死哉！"

《幽怪录》载卢生娶宏农令女事，亦同于此，但婿未死耳。此殆夙冤，不可以常理论也。自讲学家言之，则必曰："是有心疾，神虚目眩耳。"

【注释】

① 却扇：《世说新语·假谲》言晋人温峤之堂姑母委托温峤为其女儿物色夫婿。几天后，温峤云已经物色，门第与身世不低于自己。婚礼时，新娘用手拨开纱扇，发现新郎就是温峤。这就是"却扇"一词的出典。清代

平步青之《霞外攟屑》言："古时婚礼，侍儿以纱扇蔽新妇，彻扇曰却扇。"南北朝庾信之《为上黄侯世子赠妇》诗云："分杯帐里，却扇床前。"亦用温峤娶妇的典故。古代行婚时新妇以扇遮脸，交拜完后撤去，后用以指完婚。

【导读】

世间奇事确有，不能一一以常理论之，晓岚记下此事，似专为与讲学家迂执一理而辩。

七　选人某，在虎坊桥租一宅。或曰："中有狐，然不为患，入居者祭之则安。"某性啬不从，亦无他异。既而纳一妾，初至日，独坐房中。闻窗外帘隙，有数十人悄语，品评其妍媸，忸怩不敢举首。既而灭烛就寝，满室吃吃作笑声。（"吃吃"，笑不止。出《飞燕外传》。或作"嗤嗤"，非也。又有作"咥咥"者，盖据毛亨《诗传》。然《毛传》"咥咥"乃笑貌，非笑声也。）凡一动作，辄高唱其所为，如是数夕不止，诉于正乙真人，其法官汪某曰："凡魅害人，乃可劾治。若止嬉笑，于人无损，譬互相戏谑，未酿事端，即非王法之所禁。岂可以猥亵细事，渎及神明？"某不得已，设酒肴拜祝。是夕寂然。某喟然曰："今乃知应酬之礼不可废。"

【导读】

读完此则故事不禁莞尔：某人因为吝啬打破了入宅需祭狐的常规，遭到狐妖的百般戏弄，只好酒肴拜祝，事情终于平息。某人发出"今乃知应酬之礼不可废"之感叹。其中之无奈、尴尬不仅是他真实的心态反应，也是世间人与人之间交往的折射。让人在会心的笑罢之后，留下更多的则是思考。

八　王符九言：凤凰店民家，有儿持其母履戏，遗后圃花架下，为其父所拾。妇大遭诟诘，无以自明，拟就缢。忽其家狐祟大作，妇女近身之物，多被盗掷弃他处，半月余乃止。遗履之疑，遂不辩而释，若阴为此妇解结者。莫谕其故。

或口："其姑性严厉，有婢私孕，惧将投缳。妇窃后圃钥纵之逃。有是阴功，故神遣狐救之欤？"或又曰："即为神佑，何不遣狐先收履，不更无迹乎？"符九曰："神正以有迹，明因果也。"余亦以符九之言为然。

【导读】

此则故事以神之有迹，明因果也。但从中更能看到的是古代妇女之悲惨和辛酸，她们无法保护自己的名誉和性命，只能把真相大白的愿望寄托在因果报应上，其境遇大可悲矣！

九　朱定远言：一士人夜坐纳凉，忽闻屋上有噪声。骇而起视，则两女自檐际格斗，堕，厉声问曰："先生是读书人，姊妹共一婿，有是礼耶？"士人噤不敢语。女又促问。战栗嗫嚅曰："仆是人，仅知人礼。鬼有鬼礼，狐有狐礼，非仆之所知也。"二女唾曰："此人模棱不了事，当别问能了事人耳。"仍纠结而去。

苏味道模棱，诚自全之善计也。然以推诿偾事，获谴者亦在在有之。盖世故太深，自谋太巧，恒并其不必避者而亦避，遂于其必当为者而亦不为，往往坐失事机，留为祸本，决裂有不可收拾者。此士人见诮于狐，其小焉者耳。

【导读】

模棱之法固然能保身，古代历史上亦有其成功范例，如"苏味道模棱，诚自全之善计也"。然言语圆滑，处世瞻前顾后，却往往给人世故太深，自谋太巧的印象。如此行事往往会带来负面效应，导致其不必避者而亦避，于其必当为者而亦不为之后果；往往坐失事机，留为祸本，决裂有不可收拾者。亦当为世人所警。

一〇　宋子刚言：一老儒训蒙乡塾，塾侧有积柴，狐所居也。乡人莫敢犯，而学徒顽劣，乃时秽污之。一日，老儒往会葬，约明日返。诸儿因累几为台，涂朱墨演剧。老儒突返，各挞之流血，恨恨复去。众以为诸儿大者十一二，小者七八岁耳，皆怪师太严。次日老儒返，云昨实未归，乃知狐报怨也。有欲讼诸土神者，有议除积柴者，有欲往诟詈者。中一人曰："诸儿实无礼，挞不为过，但太毒耳。吾闻胜妖当以德，以力相角，终无胜理。冤冤相报，吾虑祸不止此也。"众乃已。此人可谓平心，亦可谓远虑矣。

【导读】

此则故事描绘了一幅乡间私塾的教学风情图。虽托名狐妖，但焉得不是现实中师生关系之反映。众儿戏狐，反遭狐妖幻形老师责打。其间种种，颇有野趣。最终晓岚是要说明胜妖当以德，以力相角，终无胜理的道理，不提倡冤冤相报的做法。如此处理，可谓远虑矣！

一一　刘友韩侍御言：向寓山东一友家，闻其邻女为狐媚。女父迹知其穴，百计捕得一小狐，与约曰："能舍我女，则舍尔子。"狐诺之，舍其子而狐仍至。詈其负约，则谢曰："人之相诳者多矣，而责我辈乎？"女父恨甚，使女阳劝之饮，而阴置砒焉。狐中毒变形，踉跄去。越一夕，家中瓦砾交飞，窗扉震撼，群狐合噪来索命。女父厉声道始末，闻似一老狐语曰："悲哉！彼徒见人皆相诳，从而效尤。不知天道好还，善诳者终遇诳也。主人词直，犯之不祥，汝曹随我归矣。"语讫寂然，此狐所见，过其子远矣。

【导读】

狐妖与人互相欺骗，招致彼此疯狂报复。狐妖且振振有词，认为人之相诳者多矣，自己不过效仿而已。晓岚借老狐之口加以驳斥："彼徒见人皆相诳，从而效尤，不知天道好还，善诳者终遇诳也。"既是对狐妖言论之反驳，亦为对人世互相欺骗之反思与警示。

一二　先兄晴湖言[①]：沧州吕氏姑家（余两胞姑皆适吕氏，此不知为二姑家、五姑家也。）门外有巨树，形家言其不利。众议伐之，尚未决。夜梦老人语曰："邻居二三百年，忍相戕乎？"醒而悟为树之精，曰："不速伐，且为妖矣。"议乃定。

此树如不自言，事尚未可也。天下有先期防祸，弥缝周章，反以触发祸机者，盖往往如是矣。（闻李太仆敬堂，某科磨勘试卷，忽有举人来投刺。敬堂拒未见。然私讶曰："卷其有疵乎？"次日检之，已勘过无签，覆加详核，竟得其谬，累停科，此举人如不干谒，已漏网矣。）

【注释】

① 纪晴湖，纪晫（1706—1777），晓岚同父异母兄。

【导读】

树妖本欲自保反而招致速伐之祸，所谓弄巧成拙、欲盖弥彰也。晓岚所以说天下有先期防祸，弥缝周章，反以触发祸机者，盖往往如是矣。预先设计、追求反倒不如顺其自然的好，此篇颇有深意。

一三　奴子王敬，王连升之子也。余旧有质库在崔庄，从官久，折阅都尽，群从鸠赀复设之，召敬司夜焉。一夕，自经于楼上，虽其母其弟，莫测何故也。客作胡兴文居于楼侧，其妻病剧。敬魂忽附之语，数其母弟之失，曰："我自以博负死，奈何多索主人棺敛费，使我负心！此来明非我志也。"或问："尔怨索负者乎？"曰："不怨也。使彼负我，我能无索乎？"又问：

"然则怨诱博者乎?"曰:"亦不怨也。手本我手,我不博,彼能握我手博乎?我安意候代而已。"初附语时,人以为病者瞀乱耳;既而序述生平、寒温故旧,语音宛然敬也。皆叹曰:"此鬼不昧本心,必不终沦于鬼趣。"

【导读】

赌博在彼时乡间乃极盛行之事,许多乡民沉溺于此,甚至导致丧命。这个故事中赌鬼之魂现身说法,以第一人称直述的方式剖白自己的心境,以此来劝诫豪赌之人。既有可信度又有说服力,一句"手本我手,我不博,彼能握我手博乎"?正是诘问那些为自己赌博行为找借口的人们,希望他们因此而远离此业。

一四 李玉典言:有旧家子,夜行深山中,迷不得路。望一岩洞,聊投憩息,则前辈某公在焉。惧不敢进,然某公招邀甚切,度无他害,姑前拜谒。寒温劳苦如平生。略问家事,共相悲慨。因问:"公佳城在某所,何独游至此?"某公喟然曰:"我在世无过失,然读书第随人作计,为官第循分供职,亦无所树立。不意葬数年后,墓前忽见一巨碑,螭额篆文,是我官阶姓字;碑文所述,则我皆不知,其中略有影响者,又都过实。我一生朴拙,意已不安,加以游人过读,时有讥评;鬼物聚观,更多姗笑。我不耐其聒,因避居于此。惟岁时祭扫,到彼一视子孙耳。"士人曲相宽慰曰:"仁人孝子,非此不足以荣亲。蔡中郎不免愧词,韩吏部亦尝谀墓,古多此例,公亦何必介怀?"某公正色曰:"是非之公,人心具在;人即可诳,自问已惭。况公论具存,诳亦何益?荣亲当在显扬,何必以虚词招谤乎?不谓后起者流,所见皆如是也。"拂衣竟起,士人惘惘而归。

余谓此玉典寓言也。其妇翁田白岩曰:"此事不必果有,此论则不可不存。"

【导读】

此篇大有深意。晓岚为官半生,十分看重亦非常爱惜自己名誉,希望去世后人们实事求是地评价自己的一生。但是往往有人追求夸大其词的表扬,故事中鬼魂自惭之语"加以游人过读,时有讥评,鬼物聚观,更多姗笑"正是对这类人的讥刺。毕竟,是非之公,人心具在。人即可诳,自问已惭。而且,荣亲当在显扬,何必以虚词招谤乎?只要实实在在的做人和做事,何必追求那些浮华的荣誉呢。通过此故事亦可见晓岚之正直、公允。

一五　交河老儒刘君琢，居于闻家庙，而设帐于崔庄。一日，夜深饮醉，忽自归家。时积雨之后，道途间两河皆暴涨，亦竟忘之。行至河干，忽又欲浴，而稍惮波浪之深。忽旁有一人曰："此间原有可浴处，请导君往。"至则有盘石如渔矶，因共洗濯。君琢酒少解，忽叹曰："此去家不十余里，水阻迂折，当多行四五里矣。"其人曰："此间亦有可涉处，再请导君。"复摄衣径度。将至家，其人匆匆作别去。叩门入室，家人骇路阻何以归？君琢自忆，亦不知所以也。揣摩其人，似高川贺某，或留不住（村名，其取义则未详。）赵某。后遣子往谢两家，皆言无此事。寻河中盘石，亦无踪迹。始知遇鬼。

鬼多嬲醉人，此鬼独扶导醉人。或君琢一生循谨，有古君子风，醉涉层波，势必危，殆神阴相而遣之欤？

【导读】

此事不由让人想起《聊斋志异》中的王六郎，同是乡民与异类交往，两个故事都写到异类帮助乡民，彼此之间毫无心机，也没有利益之争，显得非常自然淳朴。这种"友情"似乎也得到了晓岚的肯定，即使他仍然将之归结为因果报应之类的结果。

一六　奴子董柱言：景河镇某甲，其兄殁，寡嫂在母家。以农忙，与妻共诣之，邀归助馌饷。至中途，憩破寺中。某甲使妇守寺门。而入与嫂调谑。嫂怒叱，竟肆强暴。嫂愤拒呼救，去人窎远，无应者。妇自入沮解，亦不听。会有馌妇踣于途，碎其瓶罍，客作五六人皆归就食。适经过，闻声趋视，具陈状。众共愤怒，纵其嫂先行，以二人更番持某甲，裸其妇而迭淫焉。频行，叱曰："尔淫嫂，有我辈证，尔当死；我辈淫尔妇，尔嫂决不为证也。任尔控官，吾辈午餐去矣。"某甲反叩额于地，祈众秘其事。

此所谓假公济私者也。与前所记杨生事同一非理，而亦同一快人意。后乡人皆知，然无肯发其事者：一则客作皆流民，一日耘毕，得值即散，无从知为谁何；一则恶某甲故也。皆曰："馌妇之踣，不先不后，是岂非若或使之也哉！"

【导读】

乡民某甲觊觎其寡嫂，并最终发展为犯罪之行为。其妻坐视，亦有其不对之处。流民激于义愤，以某甲之道还治某甲之身，虽然同样亦犯罪行为，多少有点侠义的色彩。然对于某甲之妻似有惩罚过重之嫌。可见当时乡间缺乏法制，混乱的情况。惩治犯罪为了一快人意，也只能采取这样以暴制暴的办法。不过，晓岚似更倾向于将其归为果报轮回之说。

一七 余乡产枣，北以车运供京师，南随漕舶以贩鬻于诸省。土人多以为恒业。枣未熟时，最畏雾，雾浥之则瘠而皱，存皮与核矣。每雾初起，或于上风积柴草焚之，烟浓而雾散；或排鸟铳迎击，其散更速。盖阳气盛则阴霾消也。

凡妖物皆畏火器。史丈松涛言：山陕间每山中黄云暴起，则有风雹害稼。以巨炮迎击，有堕蛤蟆如车轮大者。余督学福建时，山魈或夜行屋瓦上，格格有声。遇辕门鸣炮，则踉跄奔迸，顷刻寂然。鬼亦畏火器。余在乌鲁木齐，曾以铳击厉鬼，不能复聚成形（语详《滦阳消夏录》）。盖妖鬼亦皆阴类也。

【导读】

晓岚喜谈鬼，他自己亦有很多所谓遇鬼经历。他不仅熟知有关鬼的典故，对于如何应对也颇多认识。因为盖妖鬼亦皆阴类也，所以在他的认识中，用火或炮则能击之，使之不能复聚成形。这亦属于古人对鬼怪之认知。

一八 董秋原言：东昌一书生，夜行郊外。忽见甲第甚宏壮，私念此某氏墓，安有是宅，殆狐魅所化欤？稔闻《聊斋志异》青凤、水仙诸事，冀有所遇，踯躅不行。俄有车马从西来，服饰甚华。一中年妇女揭帏指生曰："此郎即大佳，可延入。"生视车后，一幼女妙丽如神仙，大喜过望。既入门，即有二婢出邀。生既审为狐，不问氏族，随之入。亦不见主人出，但供张甚盛，饮馔丰美而已。生候合卺，心摇摇如悬旌。至夕，箫鼓喧阗。一老翁搴帘揖曰："新婿入赘，已到门。先生文士，定习婚仪，敢屈为傧相，三党有光。"生大失望。然原未议婚，无可复语，又饫其酒食，难以遽辞。草草为成礼，不别而归。家人以失生一昼夜，方四出觅访。生愤愤道所遇。闻者莫不拊掌曰："非狐戏君，乃君自戏也。"

余因言：有李二混者，贫不自存，赴京师谋食。途遇一少妇骑驴，李趁与语，微相调谑。少妇不答亦不嗔。次日，又相遇，少妇掷一帕与之，鞭驴径去。回顾曰："吾今日宿固安也。"李启其帕，乃银簪珥数事，适资斧竭，持诣质库；正质库昨夜所失。大受拷掠，竟自诬为盗，是乃真为狐戏矣。秋原曰："不调少妇，何缘致此，仍谓之自戏可也。"

【导读】

此故事大有意趣，突破了传统的思维方式，结尾出人意表，给人以惊奇的审美感受。书生熟读《聊斋志异》，原本希冀有青凤、水仙诸事，没想到原来是为人做傧相，大失所望。自己尚觉得愤愤不平，周遭之人不仅嘲笑他还指出问题的症结是非狐戏君，乃君自戏也。如果不是书生自己存了非份之想，想来也不至于遭此一戏。

一九　蒲田李生裕翀言：有陈至刚者，其妇死，遗二子一女。岁余，至刚又死。田数亩，屋数间，俱为兄嫂收去。声言以养其子女，而实虐遇之。俄而屋后夜夜闻鬼哭，邻人久不平，心知至刚魂也。登屋呼曰："何不祟尔兄？哭何益？"魂却退之数丈外，呜咽应曰："至亲者兄弟，情不忍祟；父之下，兄为尊矣。礼亦不敢祟，吾乞哀而已。"兄闻之感动，詈其嫂曰："尔使我不得为人也。"亦登屋呼曰："非我也，嫂也。"魂又呜咽曰："嫂者，兄之妻，兄不可祟，嫂岂可祟也。"嫂愧不敢出，自后善视其子女，鬼亦不复哭矣。使遭兄弟之变者尽如是，鬼尚有阋墙之衅乎？

【导读】

鬼魂之亲人受到亲兄弟的虐待，却不愿加以报复，而是反复强调"至亲者兄弟，情不忍祟，父之下，兄为尊矣。礼亦不敢祟，吾乞哀而已"。在今天看来多少显得有些迂腐。但是晓岚对于此鬼大加赞赏，倡导用隐忍来维护纲常礼教的做法，以此来维护封建社会秩序，以求家安人平。

二〇　王德圃言[①]：有县吏夜息松林，闻有泣声。吏故有胆，寻往视之，则男女二人，并坐石几上，喁喁絮语，似夫妇相别者。疑为淫奔，诘问其由。男子起应曰："尔勿近，我鬼也。此女吾爱婢，不幸早逝，虽葬他所，而魂常依此。今被配入转轮，从此一别，茫茫万古，故相悲耳。"问："生为夫妇，各有配偶，岂死后又颠倒移换耶？"曰："惟节妇守贞者，其夫在泉下暂留，待死后同生人世，再续前缘，以补其一生之茕苦。余则前因后果，各以罪福受生，或及待，或不及待，不能齐矣。尔宜自去，吾二人一刻千金，不能与尔谈冥事也。"张口嘘气，木叶乱飞。吏悚然反走，后再过其地，知为某氏墓也。德圃为凝斋先生作《秋灯丛话》，漏载此事，岂德圃偶未言及，抑先生偶失记耶？

【注释】

① 王德圃（1724—1807）：王昶，字德圃，一字芹德，号述庵，又号兰泉，清浦人。历官江西、直隶、陕西按察使，江西布政使，礼部侍郎。乾隆五十八年辞归，后历主娄东书院、敷文书院。工诗文、好金石之学，著述颇多，有《春融堂诗文集》、《金石粹编》等，是乾嘉时代著名学者之一。

【导读】

此故事无疑是写给那些苦苦守贞节的女性的。一句“惟节妇守贞者，其夫在泉下暂留，待死后同生人世，再续前缘，以补其一生之茕苦”，与其说是希望之语，不如说是自欺欺人之词，不过是给那些生活困苦的节妇们再加上一道锁链罢了，这一点体现出晓岚思想落后的一面。

二一　先外祖母曹太恭人，尝告先太夫人曰：“沧州一宦家妇，不见容于夫，郁郁将成心疾，性情乖剌，琴瑟愈不调。会有高行尼至，诣问因果。尼曰：‘吾非冥吏，不能稽配偶之籍也；亦非佛菩萨，不能照见三生也。然因缘之理，则吾知之矣。夫因缘无无故而合者也。大抵以恩合者必相欢，以怨结者必相忤。又有非恩非怨亦恩亦怨者，必负欠使相取相偿也，如是而已。尔之夫妇，其以怨结者乎？天所定也，非人也。虽然，天定胜人，人定亦胜天。故释迦立法，许人忏悔，但消尔胜心，戢尔傲气，逆来顺受，以情感而不以理争，修尔内职，事翁姑以孝，处娣姒以和，待媵妾以恩，尽其在我，而不问其在人，庶几可以挽回乎？徒问往因，无益也。’妇用其言，果相睦如初。”

先太夫人尝以告诸妇曰：“此尼所说，真闺阁中解冤神咒也。信心行持，无不有验，如或不验，尚是行持未至耳。”

【导读】

宦家妇无法和家人和睦相处，尼姑教她消胜心，戢傲气，逆来顺受，以情感而不以理争，修内职，事翁姑以孝，处娣姒以和，待媵妾以恩。牺牲自己的个性来迎合家里人，以求和睦相处。此尼虽是宗门中人，却语多儒家传统道德标准，其内容与封建社会要求妇女的“四德”大同小异，以此来要求妇女之言行，规范其作为，以期达到阖家安宁之目的。

二二　蔡太守必昌云：判冥，论者疑之。然朱竹君之先德，（唐人称人故父曰“先德”，见《北梦琐言》。)蔡君先告以亡期；蔡君之母，亦自预知其亡期，皆日辰不爽。是又何说欤？朱石君抚军，言其他事甚悉。石君非妄语人也。顾郎中德懋亦云判冥。后自言以泄漏阴府事，谪为社公，无可验也。

余尝闻其论冥律，已载《滦阳消夏录》中。其论鬼之存亡，亦颇有理。大意谓人之余气为鬼，气久则渐消，其不消者有三：忠孝节义，正气不消；猛将劲卒，刚气不消；鸿材硕学，灵气不消。不遽消者亦三：冤魂恨魄，茹痛黄泉，其怨结则气亦聚也；大富大贵，取多用宏，其精壮则气亦盛也；儿女缠绵，埋忧赍恨，其情专则气亦凝也。至于凶残狠戾，气亦不遽消，然堕泥犁者十之九，又不在此数中矣。言之凿凿，或亦有所征耶。

【导读】

晓岚于此再一次谈到了鬼与人之关系，他认为忠孝节义，正气不消；猛将劲卒，刚气不消；鸿材硕学，灵气不消，“气”在中国传统文化中是个非常复杂的问题，夹杂着灵魂不灭的认识，这种对“气”的认识，隐隐带着道教对“气”的认识。

二三　从侄虞惇，甲辰闰三月官满城教谕时[1]，其同官戴君邀游抱阳山，戴携彭、刘二生，从山前往。虞惇偕弟汝侨、子树璟及金、刘二生，由山后观牛角洞、仙人室诸胜。方升山麓，遥见一人岩上立，意戴君遣来迎也。相距尚里许，急往赴之。愈近，其人渐小，至则白石一片，倚岩植立，高尺五六寸，广四五寸耳。绝不类人形，而望之如人。奇矣！凡物远视必小，欧罗巴人所谓视差也。此石远视大，而近视小，抑又奇矣。迨下山里许，再回视之，仍如初见状。众谓此石有灵，拟上山携取归。彭生及树璟先往觅，不得。汝侨又与二刘生同往，道路依然，物物如旧，石竟不可复睹矣。

盖邃谷深崖，神灵所宅，偶然示现，往往有之。是山所谓仙人室者，在峭壁之上，人不能登。土人每遥见洞口人来往，其必炼精羽化之徒矣。

【注释】

① 甲辰：乾隆四十九年(1784)。

【导读】

此则故事并无十分奇特之处，然其中所谓“凡物远视必小，欧罗巴人所谓视差也”之言透露了晓岚接受了一部分西方文明之信息。当时西方文化不仅已经传入中国，并且在文人士大夫中产生了较大影响，由此可见一斑。

二四 申丈苍巅言：刘智庙有两生应科试，夜行失道。见破屋，权投栖止。院落半圮，亦无门窗，拟就其西厢坐。闻树后语曰："同是士类，不敢相拒。西厢是幼女居，乞勿入，东厢是老夫训徒地，可就坐也。"心知非鬼即狐，然疲极不能再进，姑向树拱揖，相对且坐。忽忆当向之问路，再起致词，则不应矣。暗中摸索，觉有物触手，扪之，乃身畔各有半瓜。谢之，亦不应。质明将行，又闻树后语曰："东去二里，即大路矣。"一语奉赠："《周易》互体，究不可废也。"不解所云，叩之又不应。比就试策，果问互体。场中皆用程朱说，惟二生依其语对，并列前茅焉。

【导读】

此则故事并非侧重于叙述两生遇鬼事，而是通过书生遇鬼事强调"周易互体，究不可废也"之学术观点。结尾处，两书生以这样的观点回答考卷上的问题，名列前茅，而其他人皆用程朱说未能取得好成绩，晓岚以此来间接批评程朱学说中不太合理之处。

二五 乾隆甲子，余在河间应科试。有同学以帕幂首，云堕驴伤额也。既而有同行者知之，曰："是于中途遇少妇，靓妆独立官柳下，忽按辔问途。少妇曰：'南北驿路，车马往来，岂有迷途之患？尔直欺我孤立耳。'忽有飞瓦击之，流血被面。少妇径入秫田去，不知是人是狐是鬼也。但未见举手而瓦忽横击，疑其非人，鬼又不应白日出，疑其狐矣。"高梅村曰："此不必深问。无论是人是狐是鬼，总之当击耳。"

又丁卯秋[①]，闻有京官子，暮过横街东，为娼女诱入室。突其夫半夜归，胁使尽解衣履，裸无寸缕，负置门外丛冢间。京官子无计，乃号呼称遇鬼，有人告其家，迎归。姚安公时官户部，闻之笑曰："今乃知鬼能作贼。此均足为佻薄者戒也。"

【注释】

① 丁卯：乾隆十二年(1747)。

【导读】

鬼怪白日现形以示警示，还有误中娼女之圈套，这些都是因为自身的轻佻和不端的行为所致。二者均受到了惩罚，晓岚强调此足为佻薄者戒也。特别是娼女涉及圈套一事，时至今日仍存在，这个自古有之的伎俩，仍不断地有人上当，与其自身的不端有很大关系，值得今人警醒。

二六 季廉夫言：泰兴有贾生者，食饩于庠，而癖好符录禁咒事。寻师访友，炼五雷法，竟成。后病笃，恍惚见鬼来摄。举手作诀，鬼不能近。既而家人闻屋上金铁声，奇鬼狰狞，汹涌而入。咸悚惶避出。遥闻若相格斗者，彻夜乃止。比晓视之，已伏于床下死，手掊地成一深坎，莫知何故也。

夫死生数也，数已尽矣，犹以小术与人争，何其不知命乎？

【导读】

五雷法乃是道教之雷法，然在清代中期，已经少了些宗教意味，重点都落在了"法术"上。不管道人俗人与否，只要是"法术爱好者"皆可演练之，故事中的贾生就是私自演练雷法最终丧命。晓岚则认为此为小术，贾生是自寻死路，他的结局是"何其不知命"所致。

二七 廉夫又言：钟太守光豫官江宁时，有幕友二人，表兄弟也。一司号籍，一司批发，恒在一室同榻寝。一夕，一人先睡，一人犹秉烛，忽见案旁一红衣女子坐，骇极呼其一醒，拭目惊视，则非女子，乃奇形鬼也。直前相搏，二人并昏仆。次日，众怪门不启，破扉入，视其先见者已死，后见者气息仅属，灌治得活。乃具述夜来状。

鬼无故扰人，事或有之；至现形索命，则未有无故而来者。幕府宾佐非官，而操官之权，笔墨之间，动关生死，为善易，为恶亦易，是必冤谴相寻，乃有斯变。第不知所缘何事耳。

【导读】

幕友一职，在古代社会极为特别，诚如晓岚所言"幕府宾佐非官，而操官之权"。他们秉笔之时，常常决定着案件的判决，所以说"笔墨之间，动关生死，为善易，为恶亦易"。晓岚记下这个故事是为了警戒幕友，希望他们正直、行善，能够为死者申冤，还他们一个公道。

二八 乌鲁木齐军吏茹大业言：古浪回民有踞佛殿饮博者，寺僧孤弱，勿能拒也。一夜，饮方酣，一人舒拇指呼曰："一。"突有大拳，如五斗栲栳[①]，自门探入，五指齐张，厉声呼曰："六。"举掌一拍，烛灭几碎，十余人并惊仆。至晓，乃各渐苏，自是不敢复至矣。

佛于众生无计较心，其护法善神之示现乎？

【注释】

① 栲(kǎo)栳(lǎo)：一种用竹子或柳条编织而成的盛物器具。

【导读】

晓岚藉这一故事告诉人们要有所畏惧。有所畏惧则不敢肆意妄为。故事中的古浪回民，在佛殿饮博，对其丝毫没有敬畏和尊重可言，最终招致护法善神的惩罚。寺僧的软弱似乎也透露出佛教彼时衰微的信息。

二九 献县刑房吏王瑾，初作吏时，受贿欲出一杀人罪。方濡笔起草，纸忽飞著承尘上，旋舞不下。自是不敢枉法取钱，恒举以戒其曹偶，不自讳也。后一生温饱，以老寿终。

又一吏恒得贿舞文，亦一生无祸，然三女皆为娼。其次女事发当杖，伍伯夙戒其徒曰："此某师傅女(土俗呼吏曰"师傅")，宜从轻。"女受杖讫，语鸨母曰："微我父曾为吏，我今日其殆矣。"嗟乎！乌知其父不为吏，今日原不受杖哉！

【导读】

清代之刑事、民事诉讼，书吏之作用是很大的。一旦书吏受贿，那么笔下极有可能颠倒黑白，混淆事实。晓岚深知决狱之难，因此对书吏要求异常严格，故事中的书吏因为受贿竟灾及后代，乃为受贿不能秉公之人之戒也！

三〇 交河有姊妹二妓，皆为狐所媚，羸病欲死。其家延道士劾治，狐不受捕。道士怒，趣设坛，牒雷部。狐化形为书生，见道士曰："炼师勿苦相仇也。夫采补杀人，诚干天律，然亦思此二女者何人哉！饰其冶容，蛊惑年少，无论其破人之家，不知凡几，废人之业，不知凡几，间人之夫妇，不知凡几，罪皆当死。即彼摄人之精，吾摄其精，彼致人之疾，吾致其疾，彼戕人之命，吾戕其命。皆所谓请君入瓮，天道宜然，炼师何必曲庇之？且炼师之劾治，谓人命至重耳。夫人之为人，以有人心也。此辈机械万端，寒暖百变，所谓人面兽心者也。既已兽心，即以兽论。以兽杀兽，事理之常，深山旷野，相食者不啻恒河，可一一上渎雷部耶？"道士乃舍去。

论者谓道士不能制狐，造此言也。然其言则深切著明矣。

【导读】

妓女为狐妖所魅，此类故事殊属罕见。而且，对于狐妖的制裁也不能以常规方法简单了事，正如狐妖所说，妓女摄人之精，吾摄其精，妓女致人之疾，吾致其疾，妓女戕人之命，吾戕其命，皆所请君入瓮。如此看来，狐妖之所为竟还有为民除害的意味，道士最后亦舍狐而去。世态万千，岂可一以论之。

三一　鱼门又言：游士某，在广陵纳一妾，颇娴文墨。意甚相得，时于闺中倡和。一日，夜饮归，僮婢已睡，室内暗无灯火。入视阒然，惟案上一札曰："妾本狐女，僻处山林，以夙负应偿，从君半载。今业缘已尽，不敢淹留。本拟暂住待君，以展永别之意，恐两相凄恋，弥难为怀。是以茹痛竟行，不敢再面。临风回首，百结柔肠。或以此一念，三生石上，再种后缘，亦未可知耳！诸惟自爱，勿以一女子之故，至损清神。则妾虽去，而心稍慰矣。"某得书悲感，以示朋旧，咸相嘻叹。以典籍尝有此事，勿致疑也。

后月余，妾与所欢北上，舟行被盗，鸣官待捕；稽留淮上者数月，其事乃露。盖其母重鬻于人，伪以狐女自脱也。周书昌曰："是真狐女，何伪之云？吾恐志异诸书所载，始遇仙姬，久而舍去者，其中或不无此类也乎？"

【导读】

此故事大有意趣：游士之妾，为了脱身与所欢北上，竟然假冒狐妖离开游士，虽是人形，却具兽心。如此变幻，讥刺之意颇明。

三二　余在翰林日，侍读索公尔逊，同斋戒于待诏厅，（厅旧有何义门书"衡山旧署"一匾，又联句一对。今联句尚存，匾则久亡矣。）索公言：前征霍集占时，奉参赞大臣檄调。中途逢大雪，车仗不能至，仅一行帐随，姑支以憩。苦无枕，觅得三四死人首，主仆枕之，夜中并蠕蠕掀动，叱之乃止。

余谓此非有鬼，亦非因叱而止也。当断首时，生气未尽，为严寒所束，郁伏于中，得人气温蒸，冻解而气得外发，故能自动。已动则气散，故不再动矣。凡物生性未尽者，以火炙之皆动，是其理也。索公曰："从古战场，不闻逢鬼，吾心恶之，谓吾命衰也。今日乃释此疑。"

【导读】

战场上将士相枕死人头颅，导致头颅蠕蠕掀动，如此怪异恐怖之事，在晓岚看来并不可怕，并非鬼怪现象，乃是生气未尽。因为凡物生性未尽者，以火炙之皆动。晓岚的解释正确与否暂先不论，可贵的是他这种探求真相，寻求科学道理的精神。由此亦可看出晓岚并不是盲目地相信所谓鬼怪，而且不断地为之找到合理的解释，或者说，狐、鬼、怪正是晓岚为奇异事件找到的解释，成为其认识客观世界的一种方法，虽然这种方法在今天看来有这样那样的局限性。此外，从这个故事中，读者也可看到战争的残酷和清代将士浴血奋战的悲壮场景，如此详细地记录战争中的细节，此亦为《阅微》叙述故事之特色。

三三　有选人在横街夜饮，步月而归，其寓在珠市口，因从香厂取捷径。一小奴持烛笼行，中路踣而灭。望一家灯未息，往乞火。有妇应门，邀人茗饮。心知为青楼，姑以遣兴。然妇羞涩低眉，意色惨沮。欲出，又牵袂固留。试调之，亦宛转相就。适携数金，即以赠之。妇谢不受，但祈曰："如念今宵爱，有长随某住某处，渠久闲居，妻亡子女幼，不免饥寒，君肯携之赴任，则九泉感德矣。"选人戏问："卿可相随否？"泫然曰："妾实非人，即某妻也。为某不能赡子女，故冒耻相求耳。"选人悚然而出，回视乃一新冢也。后感其意，竟携此人及子女去。

求一长随，至鬼亦荐枕。长随之多财可知。财自何来？其蠹官而病民可知矣。

【导读】

此故事颇有深意，亦颇多晓岚感慨之词。某官为自己求一长随，甚至连鬼亦冒耻荐枕，为其丈夫求取这一职位。晓岚不禁发出感慨："长随之多财，不知财自何来，其蠹官而病民可知矣。"的确，仅仅成为官之随从即能多金，可以想见官员本身贪污之多。

三四　王方湖言：蒙阴刘生，尝宿其中表家。偶言家有怪物，出没不恒，亦不知其潜何所。但暗中遇之，辄触人倒，觉其身坚如铁石。刘故喜猎，恒以鸟铳随，曰："若然，当携此自防也。"书斋凡三楹，就其东室寝。方对灯独坐，见西室一物向门立。五官四体，一一似人，而目去眉约二寸，口去鼻仅分许，部位乃无一似人。刘生举铳拟之，即却避。俄手掩一扉，出半面外窥，作欲出不出状。才一举铳，则又藏。似惧出而人袭其后者。刘生亦惧怪袭其后，不敢先出也。如是数回，忽露全面，向刘生摇手吐舌，忽发铳一击，则铅丸中扉上，怪已冲烟去矣。

盖诱人发铳，使一发不中，不及再发，即乘机遁也。两敌相持，先动者败，此之谓乎？使忍而不发，迟至天晓，此怪既不能透壁穿窗，势必由户出，则必中铳；不出，则不能不现形矣。然自此知其畏铳。

后伏铳窗棂，伺出击之，琤然仆地，如檐瓦堕裂声。视之，乃破瓮一片。儿童就近沿无泑处戏笔画作人面，笔墨拙涩，随意涂抹其状，一如刘生所见云。

【导读】

此故事有两点颇值得注意：其一，刘生与"怪物"之对敌，刘生数次举铳欲击之，数次都被"怪物"避之。所谓"两敌相持，先动者败"，体现了晓岚的军事素养，他曾做过兵部侍郎，其关注点和对于问题看法多有旁人不及之处。其二，故事中所谓的"怪物"不过是破瓮一片，儿童在上面游戏题画，这样的结局似乎对鬼怪的有无给出了答案，体现了晓岚对鬼怪的认识。

三五 有富室子病危，绝而复苏，谓家人曰："吾魂至冥司矣。吾尝捐金活二命，又尝强夺某女也。今活命者在冥司具状保，而女之父亦诉牒喧辩。尚未决，吾且归也。"越二日，又绝而复苏曰："吾不济矣。冥吏谓夺女大恶，活命大善，可相抵。冥王谓活人之命，而复夺其女，许抵可也。今所夺者此人之女，而所活者彼人之命；彼人活命之德，报此人夺女之仇，以何解之乎？既善业本重，未可全销，莫若冥司不刑赏，注来生恩自报恩，怨自报怨可也。"语讫而绝。

案欧罗巴书不取释氏轮回之说，而取其天堂地狱，亦谓善恶不相抵，是绝恶人为善之路也。大抵善恶可抵，而恩怨不可抵，所谓冤家债主，须得本人是也。寻常善恶可抵，大善大恶不可抵。曹操赎蔡文姬，不得不谓之义举，岂足抵篡弑之罪乎？曹操虽未篡，然以周文王自比，其志则篡也。特畏公议耳。至未来生中，人未必相遇，事未必相值。故因缘凑合者，或在于数世之后耳。

【导读】

富家子弟既有善行，又曾经做恶，冥界以此相抵而判。大抵人性都有善恶两方面，所谓人无完人。其善恶之行，晓岚认为善恶可抵，而恩怨不可抵，寻常善恶可抵，大善大恶不可抵，想来是使人有所畏惧，不能奢想肆意行恶之后，做善事即能补偿。其目的在于阻止世人作恶也。

三六　宋村厂（从弟东白庄名，土人省语呼“厂里”。）仓中旧有狐。余家未析箸时，姚安公从王德庵先生读书是庄。仆隶夜入仓院，多被瓦击，而不见其形，惟先生得纳凉其中，不遭扰戏。然时见男女往来，且木榻藤枕，俱无纤尘，若时拂拭者。

一日，暗中见一人循墙走，似是一翁。呼问之曰：“吾闻狐不近正人，吾其不正乎？”翁拱手对曰：“凡兴妖作祟之狐，则不敢近正人。若读书知礼之狐，则乐近正人。先生君子也，故虽少妇稚女，亦不相避，信先生无邪心也。先生何反自疑耶？”先生曰：“虽然，幽明异路，终不相宜，相接请勿见形，可乎？”翁磬折曰：“诺。”自是不复睹矣。

【导读】

王德庵，乃端方有礼之儒者，其端正的品格体现在此故事中。他自己先持“狐不近正人”的看法，看到狐妖后对自己产生了怀疑，狐妖对此解释为“凡兴妖作祟之狐，则不敢近正人，若读书知礼之狐，则乐近正人”。但是王德庵并没有为其恭维话所动，仍要求狐妖不再现形，体现了他正直、自重的为人。

三七　瑞彰又言：尝偕数友游西山，至林峦深处，风日暄妍，泉石清旷，杂树新绿，野花半开。眺赏间，闻木杪诵书声。仰视无人，因揖而遥呼曰：“在此朗吟，定为仙侣。叨同儒业，可请下一谈乎？”诵声忽止，俄琅琅又在隔溪。有欲觅路追寻者，瑞彰曰：“世外之人，趁此良辰，尚耽研典籍。我辈身列黉宫，乃在此携酒榼看游女，其鄙而不顾宜矣。何必多此跋涉乎？”众乃止。

【导读】

此故事写到方外异类点醒世人，劝诫士子趁着青春大好时光，耽研典籍，抓紧读书。特别是其中一人悔过之语：“我辈身列黉宫，乃在此携酒榼看游女，其鄙而不顾，宜矣。”可谓深得劝诫人之心，亦为天下士子戒。

三八　沧州有一游方尼，即前为某夫人解说因缘者也。不许妇女至其寺，而肯至人家。虽小家以粗粝为供，亦欣然往。不劝妇女布施，惟劝之存善心，作善事。外祖雪峰张公家，一范姓仆妇，施布一匹。尼合掌谢讫，置几上片刻，仍举付此妇曰：“檀越功德，佛已鉴照矣。既蒙见施，布即我布。今已九月，顷见尊姑犹单衫。谨以奉赠，为尊姑制一絮衣，可乎？”仆妇踧踖无一词，惟面赧汗下。姚安公曰：“此尼乃深得佛心，惜闺阁多传其轶事，竟无人能举其名。”

【导读】

妇人施佛很大方，布施布一匹，然于自己婆婆却很残忍，竟然连棉衣都不做。多亏游方尼深识大体，将布转赠此妇，请其为婆婆制棉衣一件。晓岚在指责妇人的同时，也为游方尼的善心感动。姚安公说此尼乃深得佛心，也是对她最好的褒扬，即不在乎布施之多少，重点在于善心和善行。

三九 先太夫人乳母廖媪言：四月二十八日，沧州社会也，妇女进香者如云。有少年于日暮时，见城外一牛车向东去，载二女，皆妙丽，不类村妆。疑为大家内眷，又不应无一婢媪，且不应坐露车。正疑思间，一女遗红帕于地，其中似裹数百钱，女及御者皆不顾。少年素朴愿，恐或追觅为累，亦未敢拾。归以告母，谯诃其痴。越半载，邻村少年为二狐所媚，病瘵死。有知其始末者，曰：“正以拾帕索帕，两相调谑媾合也。”母闻之，憬然悟曰：“吾乃知痴是不痴，不痴是痴。”

【导读】

少年路遇貌似大家闺秀少女，少女故意留下裹钱的手帕，老实的少年没敢拾取，其母竟骂其痴，最后才真相大白，少女遗帕不过是狐妖的计谋。“痴是不痴，不痴是痴”，此言充满了辩证意味，告诫人们要端正生活态度，不要被外物迷惑而失其本性。

四〇 先师陈文勤公言：有一同乡，不欲著其名，平生亦无大过恶，惟事事欲利归于己，害归于人，是其本志耳。一岁，北上公车，与数友投逆旅。雨暴作，屋尽漏。初觉漏时，惟北壁数尺无渍痕。此人忽称感寒，就是榻蒙被取汗。众知其诈病，而无词以移之也。雨弥甚，众坐屋内如露宿，而此人独酣卧。俄北壁颓圮。众未睡皆急奔出；此人正压其下，额破血流，一足一臂并折伤，竟舁而归。此足为有机心者戒矣。

因忆奴子于禄，性至狡。从余往乌鲁木齐，一日早发，阴雨四合。度天欲雨，乃尽置其衣装于车箱，以余衣装覆其上。行十余里，天竟放晴，而车陷于淖，水从下入，反尽濡焉。其事亦与此类。信巧者造物之所忌也。

【导读】

“聪明反被聪明误”，总想为自己获利，不惜损害别人的利益；总想占便宜，反而招致了损失。不管是陈文勤的同乡，还是晓岚的仆人，他们使出各种计策为自己获利，天道有常，最终受损失的是他们自己。

四一　沈淑孙，吴县人。御史芝光先生孙女也。父兄早死，鞠于祖母。祖母，杨文叔先生妹也，讳芬，字瑶季，工诗文，画花卉尤精。故淑孙亦习词翰，善渲染。幼许余侄汝备，未嫁而卒。病革时，先太夫人往视之。沈夫人泣呼曰：“招孙（其小字也），尔祖姑来矣，可以相认也。”时已沉迷，独张目视，泪承睫，举手攀太夫人钏。解而与之，亲为贯于臂，微笑而瞑。始悟其意，欲以纪氏物敛也。

初病时，自知不起，画一卷，缄封甚固，恒置枕函边，问之不答。至是亦悟其留与太夫人。发之，乃雨兰一幅，上题曰：“独坐写幽兰，图成只自看；怜渠空谷里，风雨不胜寒。”盖其家庭之间，有难言者，阻滞嫁期，亦是故也。太夫人悲之，欲买地以葬。姚安公谓于礼不可，乃止。后其柩附漕船归，太夫人尚恍惚梦其泣拜云。

【导读】

晓岚这则故事写得情真意切，感人至深。沈淑孙这位命运多舛的才女，孤身一人，鞠于祖母，顾影自怜，却未嫁而卒，渠之不俗才华令人感到惋惜，渠之凄苦人生经历又令人心生同情。晓岚在抒发自己痛悼之情的同时又描摹细致了沈淑孙临终前的细节，不仅令纪氏家族伤心不已，也让几百年后的读者不胜欷歔。此外，从沈淑孙的身上，不难看出林黛玉的影子，令人遐想万端。

四二　梁豁堂言：有廖太学，悼其宠姬，幽郁不适。姑消夏于别墅，窗俯清溪，时开对月。一夕，闻隔溪旁掠冤楚声，望似缚一女子，伏地受杖。正怀疑凝眺，女子呼曰：“君乃在此，忍不相救耶？”谛视，正其宠姬，骇痛欲绝。而崖陡水深，无路可过。问：“尔葬某山，何缘在此？”姬泣曰：“生前恃宠，造孽颇深。殁被谪配于此，犹人世之军流也。社公酷毒，动辄鞭箠。非大放焰口，不能解脱也。”语讫，为众鬼牵曳去。廖爱恋既深，不违所请，乃延僧施食，冀拔沉沦。

月余后，声又如前。趋视，则诸鬼益众，姬裸身反接，更摧辱可怜。见廖哀号曰:“前者法事未备,而牒神求释,被驳不行。社公以祈灵无验,毒虐更增,必七昼夜水陆道场,始能解此厄也。”廖猛省若社公不在,谁此监刑?社公如在,鬼岂敢斥言其恶?且社公有庙,何为来此?毋乃黠鬼幻形,给求经忏耶?姬见廖凝思,又呼曰:“我实是某,君毋过疑。”廖曰:“此灼然伪矣!”因诘曰:“汝身有红痣,能举其生于何处,则信汝矣。”鬼不敢答,斯须间稍稍散去。自是遂绝。

此可悟世情狡狯,虽鬼亦然。又可悟情有所牵,物必抵隙。廖自云有灶婢殁葬此山下,必其知我眷念,教众鬼为之。又可悟外患突来,必有内间矣。

【导读】

此故事颇有深意:众鬼冒充太学宠姬,以求施放焰口。太学上当之后猛醒,方才揭穿鬼之谎言。此事虽是说鬼,仍是将之比人事,世间充满着狡狯、欺骗,稍不留意便会上当,即可悟世情狡狯,虽鬼亦然。但是晓岚也强调如果太学没有宠姬,就不会有漏洞为鬼所钻,即情有所牵,物必抵隙。这两个结论颇值得今人思考。

四三 舅祖陈公德音家,有婢恶猫窃食,见则挞之。猫闻其咳笑即逃避。一日,舅祖母郭太安人使守屋。闭户暂寝,醒则盘中失数梨,旁无他人。猫犬又无食梨理,无以自明,竟大受捶楚。至晚,忽得于灶中,大以为怪。验之一一有猫爪齿痕,乃悟猫故衔去,使亦以窃食受挞也。

“蜂虿有毒”,信哉!婢愤恚,欲再挞猫。郭太安人曰:“断无纵汝杀猫理。猫既被杀,恐冤冤相报,不知出何变怪矣。”此婢自此不挞猫,猫见此婢亦不复窜避。

【导读】

晓岚在《阅微》中大量记述家庭琐事,此即一例。仆人与主人的关系也许是晓岚家庭中重要的一部分,他十分注意搜集相关故事。婢女恨猫窃食,见则挞之,招致了猫的报复,盖冤冤相报,不知出何变怪矣。然“此婢不挞猫,猫见此婢亦不复窜避”的认识也有其局限性。

四四 桐城耿守愚言:一士子游嵩山,搜剔古碑,不觉日晚。时方盛夏,因藉草眠松下。半夜露零,寒侵衣袖,噤而醒。偃卧看月,遥见数人从小径来,敷席山岗,酌酒环坐。知其非人,惧不敢起,姑侧听所言。一人曰:“二公谪限将满,当入转轮,不久重睹白日矣,受生何所,已得消息否?”

上坐二人曰："尚不知也。"既而皆起，曰："社公来矣。"俄一老人扶杖至，对二人拱手曰："顷得冥牒，来告喜音：二公前世良朋，来生嘉耦。"指右一人曰："公官人。"指左人一曰："公夫人也。"右者顾笑，左者默不语。社公曰："公何悒悒？阎罗王宁误注哉！此公性刚直，刚则凌物，直则不委曲体人情。平生多所树立，亦多所损伤，故沉沦几二百年，乃得解脱。然究君子之过，故仍得为达官。公本长者，不肯与人为祸福，然事事养痈不治，亦贻患无穷，故堕鬼趣二百年，谪堕女身，以平生深而不险，柔而不佞，故不失富贵。又以此公多忤，而公始终与相得，故生是因缘，神理分明，公何悒悒哉？"众哗笑曰："渠非悒悒，直初作新妇，未免娇羞耳。有酒有肴，请社公相礼，先为合卺可乎？"酬酢喧杂，不复可辨，晨鸡俄唱，各匆匆散去。不知为前代何许人也。

【导读】

生活于晓岚时代的人对于婚姻前定还是持肯定的态度，对于一世夫妇从何而来充满了好奇与遐想。毕竟在那个恋爱、婚姻都不能自主的时代，人们也只能通过猜想和前世因果来找到根据。但是，晓岚的重点并非在此，他通过夫妇两人的转世，其实是为了说明这两人性格上的缺陷，很富有代表性。其一人性刚直，刚则凌物，直则不委曲体人情，平生多所树立，亦多所损伤，不过终究是君子之过，故仍得为达官，转世为男子。第二人不肯与人为祸福，然事事养痈不治，亦贻患无穷，谪堕女身，以平生深而不险，柔而不佞，故不失富贵。当今时代这两样性格的人依然都有，如能认识到自己的缺点，人生则必有另一番际遇。

四五　李应弦言：甲与乙邻居世好，幼同嬉戏，长同砚席，相契如兄弟。两家男女时往来，虽隔墙，犹一宅也。或为甲妇造谤，谓私其表弟。甲侦无迹，然疑不释，密以情告乙，祈代侦之。乙故谨密畏事，谢不能。甲私念未侦而谢不能，是知其事而不肯侦也，遂不再问，亦不明言。然由是不答其妇。妇无以自明，竟郁郁死。死而附魂于乙，曰："莫亲于夫妇。夫妇之事，乃密祈汝侦，此其信汝何如也。使汝力白我冤，甲疑必释；或阳许侦而徐告以无据，甲疑亦必释。汝乃虑脱侦得实，不告则负甲，告则汝将任怨也。遂置身事外，恝然自全，致我赍恨于泉壤，是杀人而不操兵也。今日诉汝于冥王，汝其往质。"竟颠痫数日死。甲亦曰："所以需朋友，为其缓急相资也。此事可欺我，岂能欺人？人疏者或可欺，岂能欺汝？我以心腹托汝，无则当言无，直诃责我勿以浮言间夫妇，有则宜密告我，使善为计，勿以秽声累子孙。乃视若路人，以推诿启疑窦，何贵有此朋友哉！”遂亦与绝。死竟不吊焉。

乙岂真欲杀人哉？世故太深，则趋避太巧耳。然畏小怨，致大怨；畏一人之怨，致两人之怨，卒杀人而以身偿，其巧安在乎？故曰：非极聪明人，不能作极懵懂事。

【导读】

甲与乙交好，并视乙为知己，甚至将闺房秘事都托与乙来侦查。但是由于乙的自保心理，使甲妇蒙冤而死，也丢失了甲的友情。皆因世故太深，则趋避太巧耳。乙本是惧怕甲妇衔恨自己，反而招致更大的怨恨，畏一人之怨，致两人之怨，最终杀人而以身偿，其巧安在乎？故曰：非极聪明人，不能作极懵懂事。亦即常言所谓“聪明反被聪明误”之道理，于今大有借鉴之处。

四六　特纳格尔为唐金满县地，尚有残碑。吉木萨有唐北庭都护府故城，则李卫公所筑也。周四十里，皆以土墼垒成。每墼厚一尺，阔一尺五六寸，长二尺七八寸。旧瓦亦广尺余，长一尺五六寸。城中一寺已圮尽，石佛自腰以下陷入土，犹高七八尺。铁钟一，高出人头，四围皆有铭，锈涩模糊，一字不可辨识。惟刮视字棱，相其波磔，似是八分书耳。城中皆黑煤，掘一二尺乃见土。额鲁特云：“此城昔以火攻陷，四面炮台，即攻城时所筑。”其为何代何人，则不能言之。盖在准噶尔前矣。城东南山岗上一小城，与大城若相犄角。额鲁特云：“以此一城阻碍，攻之不克，乃以炮攻也。”庚寅冬，乌鲁木齐提督标增设后营，余与永余斋（名庆，时为迪化城督粮道，后官至湖北布政使。）奉檄筹画驻兵地，万山丛杂，议数日未定。余谓余斋曰：“李卫公相度地形，定胜我辈。其所建城必要隘，盍因之乎？”余斋以为然，议乃定。即今古城营也。（本名“破城”，大学士温公为改此名。）其城望之似悬孤，然山中千蹊万径，其出也必过此城，乃知古人真不可及矣。褚筠心学士修《西域图志》时，就访古迹，偶忘语此，今附识之。

【导读】

在这个故事中，以勘测地形为由头，得出李靖定胜我辈，其所建城，必要隘的结论，并发出古人真不可及矣的感叹。李靖不仅在朝臣之中享有盛誉，在民间也留下了许多传说，故晓岚对此多有关注。

四七 桐城姚别峰[1]，工吟咏，书仿赵吴兴，神骨逼肖。尝摹吴兴体作伪迹，熏暗其纸，赏鉴家勿能辨也。与先外祖雪峰张公交相善，往来恒主其家，动淹旬月。后闻其观潮没于水，外祖甚悼惜之。余小时多见其笔迹，惜年幼不知留意，竟忘其名矣。

舅祖紫衡张公（先祖母与先母为姑侄，凡祖母兄弟，惟雪峰公称外祖，有服之亲，从其近也；余则皆称舅祖，统于尊也。）尝延之作书，居宅西小园中。一夕月明，见窗上有女子影，出视则无。四望园内，似有翠裙红袖，隐隐树石花竹间。东就之则在西，南就之则在北。环走半夜，迄不能一睹，倦而憩息。闻窗外语曰："君为书《金刚经》一部，则妾当相见拜谢。不过七千余字，君肯见许耶？"别峰故好事，急问："卿为谁？"寂不应矣。适有宣纸素册，次日，尽谢他笔墨，一意写经。写成，炷香供几上，觊其来取。夜中已失之。至夕，徘徊怅望，果见女子冉冉花外来，叩颡至地。别峰方举手引之，挺然起立，双目上视，血淋漓胸臆间，乃自刭鬼也。噭然惊仆，馆僮闻声持烛至，已无睹矣。顿足恨为鬼所卖。

雪峰公曰："鬼云拜谢，已拜谢矣。鬼不卖君，君自生妄念，于鬼何尤？"

【注释】

① 姚别峰（1732—1815）：姚鼐，字姬传，一字梦谷，人称"惜抱先生"，安徽桐城人。乾隆二十八年进士，官刑部郎中。历主江宁、扬州等地书院凡四十年。治学以经为主，兼及子史诗文，为桐城派主要作家。著有《惜抱轩全集》，选有《古文辞类纂》。晓岚有《题姚姬传书左墨溪事后》等文。

【导读】

此则故事叙述姚鼐为鬼所骗，抄写《金刚经》的经历。但雪峰公并不认为这是鬼之过，乃是别峰自生妄念，于鬼无尤，颇多警示之意。故事中姚别峰的形象刻画得较为突出，其多才、洒脱不羁的个性颇为鲜明。

四八 于南溟明经曰："人生苦乐，皆无尽境；人心忧喜，亦无定程。曾经极乐之境，稍不适则觉苦；曾经极苦之境，稍得宽则觉乐矣。尝设帐康宁屯，馆室湫隘，几不可举头。门无帘，床无帐，院落无树。久旱炎郁，如坐炊甑；解衣午憩，蝇扰扰不得交睫。烦躁殆不可耐，自谓此猛火地狱也。久之，倦极睡去，梦乘舟去大海中，飓风陡作，天日晦冥，樯断帆摧，心胆碎裂，顷刻覆没。忽似有人提出，掷于岸上，即有人持绳束缚，闭置地窖中。暗不睹物，呼吸亦咽塞不通，恐怖窘急，不可言状。俄闻耳畔唤声，霍然开目，则仍卧三脚木榻上。觉四体舒适，心神开朗，如居蓬莱、方丈间也。是夕月明，与弟子散步河干，坐柳下，敷陈此义，微闻草际叹息曰：'斯言中理，我辈沉沦水次，终胜于地狱中人。'"

【导读】

此则故事多出世之语，且多比喻之词。通过一场梦而认清人世，体味人生，正是所谓"人生苦乐，皆无尽境，人心忧喜，亦无定程，曾经极乐之境，稍不适则觉苦，曾经极苦之境，稍得宽则觉乐矣"。此种劝人劝世之语对于现实中怨天尤人之辈无疑是一剂良药。

四九 田白岩曰："名妓月宾，尝来往渔洋山人家，如东坡之于琴操也。"苏斗南因言少时见山东一妓，自云月宾之孙女，尚有渔洋所赠扇。索观之，上画一临水草亭，傍倚二柳，题"庚寅三月道冲写"①。不知为谁。左侧有行书一诗曰："烟缕濛濛蘸水青，纤腰相对斗娉婷。樽前试问香山老，柳宿新参第几星？"不署名字，一小印已模糊。斗南以为高年耆宿，偶赋闲情，故讳不自著也。

余谓诗格风流，是新城宗派。然渔洋以辛卯夏卒②，庚寅是其前一岁，是时不当有老友。"香山老"定指何人，如云自指，又不当云"试问"。且词意轻巧，亦不类老笔。或是维摩丈室，偶留天女散花，他少年代为题扇，以此调之。妓家借托盛名，而不解文义，遂误认颜标耳③。

【注释】

① 庚寅：乾隆三十五年(1770)。② 辛卯：乾隆三十六年(1771)。③ 颜标：唐宣宗大中八年(854)甲戌科状元及第。该科进士三十人。考官乃侍郎郑薰。颜标科考时，主考官误认其为颜真卿后人，当时藩镇割据，郑薰为了勉励忠烈，有意取颜标为状元，宣宗照准。至谢恩之日才知颜标出身贫寒，与鲁郡公颜真卿并无瓜葛。有人嘲讽道："主司头脑太冬烘，错认颜标作鲁公。"

【导读】

文人与妓女的交往总是一个令人津津乐道的话题。晓岚虽多次规劝文人士子要专心于举业，但对于渔洋山人与妓女月宾交往之事，并没有表现出反对之意，而是抱着一种闲适、优游的态度，体现出别样之文人情怀。

五〇 列子谓蕉鹿之梦[①]，非黄帝孔子不能知。谅哉斯言！余在西域，从办事大臣巴公履视军台。巴公先归，余以未了事暂留，与前副将梁君同宿。二鼓有急递，台兵皆差出，余从睡中呼梁起，令其驰送，约至中途，遇台兵则使接递。梁去十余里，相遇即还，仍复酣寝。次日告余曰："昨梦公遣我赍廷寄，恐误时刻，鞭马狂奔。今日髀肉尚作楚，真大奇事！"以真为梦，仆隶皆粲然。余《乌鲁木齐杂诗》曰："一笑挥鞭马似飞，梦中驰去梦中归。人生事事无痕过，（东坡诗："事如春梦了无痕。"）蕉鹿何须问是非？"即纪此事也。

又有以梦为真者，族兄次辰言：静海一人，就寝后，其妇在别屋夜绩。此人忽梦妇为数人劫去，噩而醒，不自知其梦也。遽携梃出门追之。奔十余里，果见旷野数人携一妇，欲肆强暴。妇号呼震耳。怒焰炽腾，力奋死斗，数人皆被创逸去。近前慰问，乃近村别一人妇，为盗所劫者也。素亦相识，姑送还其家。惘惘自返，妇绩未竟，一灯尚荧然也。此则鬼神或使之，又不以梦论矣。

【注释】

① 蕉鹿之梦：典出《列子·周穆王》卷三：郑人有薪于野者，遇骇鹿，御而击之，毙之。恐人见之也，遽而藏诸隍中，覆之以蕉，不胜其喜。俄而遗其所藏之处，遂以为梦焉。顺涂而咏其事。傍人有闻者，用其言而取之。既归，告其室人曰："向薪者梦得鹿，而不知其处；吾今得之，彼直真梦矣。"室人曰："若将是梦见薪者之得鹿邪？讵有薪者邪？今真得鹿，是若之梦真邪？"夫曰："吾据得鹿，何用知彼梦我梦邪？"薪者之归，不厌失鹿。访之国相。国相曰："梦与不梦，臣所不能辨也。欲辨觉梦，唯黄帝、孔丘。今亡黄帝、孔丘，孰辨之哉？且恂士师之言可也。"于是有人就把恍惚如梦的糊涂事儿，叫做"蕉鹿"（蕉，即枲，是大麻的雄株，亦谓之"枲麻"）。

【导读】

人与梦是个无尽又充满趣味的话题，自庄生开始就有了梦蝶之迷茫与不解。晓岚所说的两个梦不仅倘恍迷离，更加具有社会实用性，先是梁君梦中送公文，后有乡人梦中救民妇，充满了神奇性。

五一　临清李名儒言：其乡屠者买一牛，牛知为屠也，缒不肯前。鞭之则横逸。气力殆竭，始强曳以行。牛过一钱肆，忽向门屈两膝跪，泪滂滂下。钱肆悯之，问知价钱八千，如数乞赎。屠者恨其狞，坚不肯卖，加以子钱亦不许，曰："此牛可恶，必剚刃而甘心，虽万贯不易也。"牛闻是言，蹶然自起，随之去。屠者煮其肉于釜，然后就寝。五更，自起开釜，妻子怪不回，疑而趋视，则已自投釜中，腰以上与牛俱糜矣。

夫凡属含生，无不畏死。不以其畏而悯恻，反以其畏而恚愤，牛之怨毒，加寻常数等矣。厉气所凭，报不旋踵，宜哉！先叔仪南公，尝见屠者许学牵一牛。牛见先叔跪不起，先叔赎之，以与佃户张存。存豢之数年，其驾耒服辕，力作较他牛为倍，然则恩怨之间，物犹如此，人可不深长思哉！

【导读】

天下生者，畏死乃是常理，救死求生亦是常理，但屠者竟因恨牛畏死将其置于死地，实在悖于人情。晓岚认为凡属含生，无不畏死，不以其畏而悯恻，反以其畏而恚愤，最终招致了自己的灭亡。反观晓岚的叔叔仪南公救牛，则得其倍力之报，晓岚在这里也表现出了人与自然界的生灵，人与社会和谐共存的认识。正是恩怨之间，物犹如此，人可不深长思哉！

五二　甲与乙望衡而居，皆宦裔也。其妇皆以姣丽称，二人相契如弟兄，二妇亦相契如姊妹。乙俄卒，甲妇亦卒，乃百计图谋娶乙妇。士论讥焉。纳币之日，厅事有声登登然，如挝叠鼓。却扇之夕，风扑花烛灭者再，人知为乙之灵也。一日，甲妇忌辰，悬画像以祀，像旁忽增一人影，立妇侧，左手自后凭其肩，右手戏摩其颊，画像亦侧眸流盼，红晕微生，谛视其形，宛然如乙。似淡墨所渲染，而绝无笔痕；似隐隐隔纸映出，而眉目衣纹，又纤微毕露。心知鬼祟，急裂而焚之。然已众目共睹，万口喧传矣。异哉，岂幽冥恶其薄行，判使取偿于地下，示此变幻，为负死友者戒乎？

【导读】

某甲在某乙死后，本应安慰照顾乙妇，然渠却百计谋娶乙妇，充当了不光彩的负友的角色。乙于是在冥间使出种种手段，显灵以示报复。晓岚认为示此变幻，为负死友者戒。在中国社会，这种娶友人之妻之行为，无论在儒家传统道德中还是在社会普遍认识中，都是负友弃义的行为。

卷十四　槐西杂志（四）

一　林教谕清标言：曩馆崇安，传有士人居武夷山麓，闻采茶者言，某岩月夜有歌吹声，遥望皆天女也。士人故佻达，借宿山家，月出辄往，数夕无所遇。山家亦言有是事，但恒在月望，岁或一两闻，不常出也。士人托言习静，留待旬余。

一夕，隐隐似有声，乃潜踪急往，伏匿丛薄间。果见数女皆殊绝，一女方拈笛欲吹，瞥见人影，以笛指之，遽僵如束缚。然耳目犹能视听。俄清响透云，曼声动魄，不觉自赞曰："虽遭禁制，然妙音媚态已具赏矣。"语未竟，突一帕飞蒙其首，遂如梦魇，无闻无见，似睡似醒。迷惘约数刻，渐似苏息。诸女叱群婢曳出，谯呵曰："痴儿无状，乃窥伺天上花耶？"趣折修篁，欲行箠楚。士人苦自申理，言性耽音律，冀窃听幔亭法曲，如李謩之傍宫墙，实不敢别有他肠，希彩鸾甲帐。一女微哂曰："悯汝至诚，有小婢亦解横吹，姑以赐汝。"士人匐匍叩谢，举头已杳。回顾其婢，广颡巨目，短发鬇鬙[1]，腰腹彭亨，气咻咻如喘。惊骇懊恼，避欲却走。婢固引与狎，捉搦不释。愤击仆地，化一豕嗥叫去，岩下乐声，自此遂绝。

观于是婢，殆是妖，非仙矣。或曰："仙借豕化婢戏之也。"倘或然欤？

【注 释】

① 鬇(péng)鬙(sēng)：头发散乱貌。

【导 读】

士人佻达，见天女欲亲近之。虽然诚恳、执著，但却得不到天女青睐，反被百般戏弄。特别是结尾，赐给士人一位"广颡巨目，短发鬇鬙，腰腹彭亨，气咻咻如喘"的婢女，与先前曼妙的想象相差良多。这样的结局不仅取得了很强的喜剧效果，也给那些佻达之士予以警示。体现了晓岚独特的幽默感和创作风格。

二　刘燮甫言：有一学子，年十六七；聪俊韶秀，似是近上一流，甚望成立。一日，忽发狂谵语，如见鬼神。俟醒时问之，自云："景城社会观戏，不觉夜深，归途过一家求饮。唯一少妇，取水饮我，留我小坐，言其夫应官外出，须明日方归。流目送盼，似欲相就，爱其婉媚，遂相燕好。临行涕泣，嘱勿再来。以二钏赠我。次日视之，铜青斑斑，微有银色，似多年土中者。心知是鬼，而忆念不忘，昨再至其地，徘徊寻视，突有黑面长髯人，手批我颊。跄踉奔归，彼亦随至。从此时时见之，向我诟厉。我即忽睡忽醒，不知其他也。”父母为诣墓设奠，并埋其钏，俄其子嗔目呼曰：“我妇失钏，疑有别故；而未得主名，仅倒悬鞭五百，转鬻远处。今见汝窃来，乃知为汝所诱。此何等事，可以酒食金钱谢耶？”颠痫月余，竟以不起。然则钻穴逾墙，即地下亦尚有祸患矣。

【导读】

少年夜遇好妇，演出一段缠绵悱恻的故事。这本是志怪小说中经常出现的情节，但是晓岚却并不止于描绘这些情节，渠将注意力放在了艳情发生之后的各种矛盾。强调“然则钻穴逾墙，即地下亦尚有祸患矣”的道理，以此来警戒世人，透露出渠劝世警人之良苦用心。

三　李云举言：东光有薰狐者，每载燧挟罟，来往墟墓间。一夜，伏伺之际，见一方巾襕衫人，自墓顶出，齁齁（苦侯反。说文曰：“鬼声也。”）长啸，群狐四集，围绕丛薄，狰狞嗥叫，齐呼捕此恶人，煮以作脯。薰狐者无路可逃，乃攀援上高树。方巾者指挥群狐，令锯树倒。即闻锯声訇訇然。薰狐者窘急，俯而号曰：“如蒙见释，不敢再履此地。”群狐不应，锯声更厉。如是号再三。方巾者曰：“果尔可设誓。”誓讫，鬼狐具不见。

此鬼此狐，均可谓善了事矣。盖侵扰无已，势不得不铤而走险，背城借一。以群狐之力，原不难于杀一人；然杀一人易，杀一人而激众人之怒，不焚巢犁穴不止也。仅使知畏而纵之，姑取和焉，则后患息矣。有力者不尽其力，乃可以养其威；屈人者使人易从，乃可以就服。召陵之役，不责以僭王，而责以苞茅，使易从也。屈完来盟即旋师，不尽其力，以养威也。讲学家说《春秋》者，动议齐桓之小就，方城汉水之固，不识可一战胜乎？一战而不胜，天下事尚可为乎？淮西符离之事，吾征诸史册矣。

【导读】

此故事大有深意。虽然说的是狐鬼之事，更是人世的反映。薰狐者竟然受到狐妖的疯狂报复，当其向狐妖求饶时，狐妖也适时地放过了他，正是“有力者不尽其力，乃可以养其威；屈人者使人易从，乃可以就服”的道理。晓岚每每就故事生发开去，体现其独特的智慧和认识问题的深度。

四　虞惇又言：落星石北有渔梁，土人世擅其利，岁时以特牲祀梁神。偶有人教以毒鱼法，用芫花于上流挼渍，则下流鱼虾皆自死浮出，所得十倍于网罟。试之良验。因结团焦于上流，日施此术。一日，天方午，黑云自龙潭暴涌出，狂风骤雨，雷火赫然，燔其庐为烬。众惧，乃止。

夫佃渔之法，肇自庖羲；然数罟不入，仁政存焉。绝流而渔，圣人尚恶；况残忍暴殄，聚族而坑哉！干神怒也宜矣。

【导读】

渔梁土人竟然用毒鱼的办法来大批量捕鱼，实在是残忍，暴殄天物，难怪遭到了天神的惩罚，导致了房子被烧。晓岚反对聚族而坑的方法，正是人与自然界和谐相处的体现，尊重客观规律，尊重生物，收益的最终是人类。晓岚在三百年前已经有了这样的认识，实属难得！

五　周书昌曰[①]："昔游鹊华，借宿民舍。窗外老树森翳，直接冈顶。主人言时闻鬼语，不辨所说何事也。是夜月黑，果隐隐闻之，不甚了了。恐惊之散去，乃启窗潜出，匍匐草际，渐近窃听。乃讲论韩、柳、欧、苏文，各标举其佳处。一人曰：'如此乃是中声，何前后七子，必排斥不数，而务言秦汉，遂启门户之争？'一人曰：'质文递变，原不一途。宋末文格猥琐，元末文格纤秾，故宋景濂诸公，力追韩、欧，救以春容大雅。三杨以后，流为台阁之体，日就肤廓，故李崆峒诸公，又力追秦、汉，救以奇伟博丽。隆万以后，流为伪体，故长沙一派又反唇焉。大抵能挺然自为宗派者，其初必各有根柢，是以能传其后，亦必各有流弊，是以互诋。然董江都、司马文园文格不同，同时而不相攻也。李、杜、王、孟诗格不同，亦同时而不相攻也。彼所得者深焉耳。后之学者，论甘则忌辛，是丹则非素，所得者浅焉耳。'语未竟，我忽作嗽声，遂乃寂然，惜不尽闻其说也。"

余曰："此与李词畹记饴山事，均以平心之论，托诸鬼魅语，已尽无庸歇后矣。"书昌微愠曰："永年百无一长，然一生不能作妄语。先生不信，亦不敢固争。"

【注释】

① 周书昌(1730—1791)：周永年，字书昌，济南历城人，曾读书于佛峪林汲泉畔，故自号"林汲山人"。清代学者，藏书家，我国第一个公共图

书馆创议人。周永年青年时代即嗜读书与藏书，1771 年举进士，后任翰林院编修，协助纪昀编纂《四库全书》，《四库全书》编成后，由纪昀编撰《四库全书总目提要》及《简明目录》，周永年分担释家、道家典籍提要的编写。曾任校勘《永乐大典》纂修兼分校官，后充文渊阁校理。乾隆四十四年充贵州乡试副考官。

【导读】

质文递变，原不一途。大抵能挺然自为宗派者，其初必各有根柢，是以能传其后，亦必各有流弊，是以互诋。然董江都、司马文园文格不同，同时而不相攻也。李、杜、王、孟诗格不同，亦同时而不相攻也。彼所得者深焉耳。后之学者，论甘则忌辛，是丹则非素，故所得者浅焉耳。晓岚论文之嬗变，可谓深得其壶奥！

六　袁愚谷制府[1]，（讳守侗，长山人，官至直隶总督，谥“清悫”。）少与余同砚席，又为姻家。自言三四岁时，尚了了记前生。五六岁时，即恍惚不甚记。今则但记是一岁贡生，家去长山不远；姓名籍贯，家世事迹，全忘之矣。余四五岁时，夜中能见物，与昼无异。七八岁后，渐昏暗。十岁后遂全无睹。或夜半睡醒，偶然能见，片刻则如故。十六七后以至今，则一两年或一见，如电光石火，弹指即过。盖嗜欲日增，则神明日减耳。

【注释】

① 袁愚谷（1723—1783）：讳守侗，字执冲，号愚谷，山东长山人。乾隆时举人，由内阁中书累官直隶总督，以清节著，卒谥“清悫”。晓岚在《袁清悫公诗集序》中称他“以经济立功名，以操守励风节，载在国史，光耀汗青”。他是诗人王渔洋的孙女婿，能诗。乾隆十三至十九年间，守侗方官京师，为应礼部试，与纪昀、钱大昕、卢文弨、秦大士等结为文社，商榷制义，诗酒往还，交谊最契。

【导读】

晓岚仅在这则故事中称自己有特异功能，能够夜间辨物，随着年龄的增长，这项特异功能则消失了。此事差可信，他的朋友袁守桐幼时能够记前生，这样的说法则更为神奇，长大后则全然不记，只能归结为嗜欲日增，则神明日减。可见，晓岚等文人对神奇之事颇有兴趣。

七　景州李西崖言：其家一佃户，最有胆。种瓜亩余，地在丛冢侧。

熟时恒自守护，独宿草屋中，或偶有形声，亦恬不为惧。一夕，闻鬼语嘈杂，似相喧诟。出视，则二鬼冢上格斗，一女鬼痴立于旁，呼问其故。一人曰："君来大佳，一事乞君断曲直：天下有对其本夫，调其定婚之妻者耶？"其一人语亦同。佃户呼女鬼曰："究竟汝与谁定婚？"女鬼腼腆良久，曰："我本妓女。妓家之例，凡多钱者，皆密订相嫁娶。今在冥途，仍操旧术，实不能一一记姓名，不敢言谁有约，亦不敢言谁无约也。"佃户笑且唾曰："何处得此二痴物！"举首则三鬼皆逝矣。

又小时闻舅祖陈公（讳颖孙，岁久失记其字号。德音公之弟，庚子进士，仙居知县秋亭之祖也。）说亲见一事曰："亲串中有殁后妾改适者，魂附病婢灵语曰：'我昔问尔，尔自言不嫁，今何负心？'妾殊不惧，从容对曰：'天下有夫尚未亡，自言必改适者乎？公此问先愦愦，何怪我如是答乎？'"二事可互相发明也。

【导读】

妓女为鬼仍操旧业，导致两人为之相争。然妓家本无定数，两人为此相争，何其无聊！妾媵改嫁，招致故夫质询，妾则振振有词："天下有夫尚未亡，自言必改适者乎？"恰是有理之举。为此发怒，确实愦愦。

八　乌鲁木齐千总某，患寒疾。有道士踵门求诊，云有夙缘，特相拯也。会一流人高某妇，颇能医，见其方，骇曰："桂枝下咽，阳盛乃亡。药病相反，乌可轻试？"力阻之。道士叹息曰："命也夫！"振衣竟去，然高妇用承气汤，竟愈。乃以道士为妄。余归以后，偶阅邸抄，忽见某以侵蚀屯粮伏法，乃悟道士非常人，欲以药毙之，全其首领也。

此与旧所记兵部书吏事相类，岂非孽由自作，非智力所可挽回欤？

【导读】

看似救命却为害命；看似害命，实则以后为之救命。虽然晓岚对道士行为的解释有些牵强，但也是为了说明孽由自作，非智力所可挽回的道理。这种认识带有一定的天命难违的宿命论之色彩。

九　姚安公云：人家有奇器妙迹，终非佳事。因言癸巳同年牟丈瀜家（不知即牟丈，不知或牟丈之伯叔，幼年听之未审也。）有一砚，天然作鹅卵形，色正紫，一鸜鹆眼如豆大，突出墨池中心，旋螺纹理分明，瞳子炯炯有神气。拊之，腻不留手。叩之，坚如金铁。呵之，水出如露珠。下墨无声，数磨即成浓沈。无款识铭语，似爱其浑成，不欲椎凿。匣亦紫檀根所雕，出入无滞，而包裹无纤隙，摇之无声。背有“紫桃轩”三字，小仅如豆，知为李太仆日华故物也（太仆有说部名《紫桃轩杂缀》）。平生所见宋砚，此为第一。然后以珍惜此砚忤上官，几罹不测，竟恚而撞碎。祸将作时，夜闻砚若呻吟云。

【导读】

牟瀜因为珍惜自己的砚台忤上官，几罹不测，文人自己的爱物竟然招致了祸端，亦可算是文人的痴处。让人联想到《红楼梦》中的石呆子。在晓岚的眼中，毕竟人家有奇器妙迹终非佳事。这种说法虽然有不甚完善处，亦是文人处于弱势，出于自我保护之无奈。

一〇 亲串家厅事之侧有别院，屋三楹。一门客每宿其中，则梦见男女裸逐，粉黛杂沓，四周环绕，备诸媟状。初甚乐观久，而夜夜如是，自疑心病也。然移住他室则不梦，又疑为妖。然未睡时寂无影响，秉烛至旦，亦无见闻。其人亦自相狎戏，如不睹旁尚有人，又似非魅，终莫能明。一日，忽悟书厨贮牙镌石琢横陈像，凡十余事，秘戏册卷大小亦十余事，必此物为祟。乃密白主人尽焚之。

有知其事者曰：“是物何能为祟哉！此主人征歌选妓之所也，气机所感，而淫鬼应之，此君亦青楼之狎客也，精神所注，而妖梦通之。水腐而后蠛蠓生，酒酸而后醯鸡集，理之自然也。市肆鬻杂货者，是物不少，何不一一为祟？宿是室者非一人，何不一一入梦哉？此可思其本矣。徒焚此物无益也。某氏其衰乎？”不十年，而屋易主。

【导读】

人住在屋中无缘无故受到淫邪之魅的侵扰，原来是气机所感，而淫鬼应之，不同之气，感应到的邪魅则不同。然正如晓岚所说，气机所感，水腐而后蠛蠓生，酒酸而后醯鸡集，理之自然也。故人首先要培养自己的正气，以敌邪魅。

一一 明公恕斋尝为献县令[①]，良吏也。官太平府时，有疑狱，易服自察访之。偶憩小庵，僧年八十余矣，见公合掌肃立，呼其徒具茶。徒遥应曰：“太守且至，可引客权坐别室。”僧应曰：“太守已至，可速来献。”公大骇曰：“尔何以知我来？”曰：“公一郡之主也，一举一动，通国皆知之，宁独老僧！"又问："尔何以识我？"曰："太守不能识一郡之人，一郡之人，则孰不识太守？"问："尔知我何事出？"曰："某案之事，两造皆遣其党，布散道路间久矣。彼皆阳不识公耳。"公怃然自失，因问："尔何独不阳不识？"僧投地膜拜曰："死罪死罪！欲得公此问也。公为郡不减龚、黄，然微不慊于众心者，曰好访。此不特神奸巨蠹，能预为蛊惑计也；即乡里小民孰无亲党，孰无恩怨乎哉？访甲之党则甲直而乙曲；访乙之党则甲曲而乙直。访其有仇者，则有仇者必曲。访其有恩者，则有恩者必直。至于妇人孺子，闻见不真；病媪衰翁，语言昏愦，又可据为信谳乎？公亲访犹如此，再寄耳目于他人，庸有幸乎？且夫访之为害，非仅听讼为然也，闾阎利病，访亦为害，而河渠堤堰为尤甚。小民各私其身家，水有利则遏以自肥；水有患则邻国为壑，是其胜算矣。孰肯揆地形之大局，为永远安澜之计哉？老僧方外人也，本不应预世间事，况官家事耶？第佛法慈悲，舍身济众，苟利于物，固应冒死言之耳。惟公俯察焉。"公沈思其语，竟不访而归。次日遣役送钱米。归报公曰："公返之后，僧谓其徒曰：'吾心事已毕。'竟泊然逝矣。"

此事杨丈汶川尝言之。姚安公曰："凡狱情虚心研察，情伪乃明，信人信己皆非也。信人之弊，僧言是也；信己之弊，亦有不可胜言者。安得再一老僧，亦为说法乎？"

【注释】

① 明公恕斋：即明晟，籍贯湖北应山，乾隆年间人，曾任献县令。

【导读】

晓岚对于官员为政之道，颇有心得，亦能充分认识到基层官吏责任之重大。即太守不能识一郡之人，一郡之人，则孰不识太守。晓岚通过老僧之口，表达了对官员巡访的认识，因为种种原因寻访的结果并不能访到真实的情况，反倒蒙蔽了事实真相。此外，晓岚对决狱之事，颇为看重，认为此事关系到社会的稳定和封建统治的稳固。他强调：凡狱情虚心研察，情伪乃明，信人信己皆非也。因此一定要小心谨慎，绝不可偏听偏信。

一二　胡厚庵先生言：有书生昵一狐女。初遇时，以二寸许壶卢授生，使佩于衣带，而自入其中。欲与晤，则拔其楔，便出燕婉，去则仍入而楔之。

一日，行市中，壶卢为偷儿剪去，从此遂绝，意恒怅怅。偶散步郊外，以消郁结，闻丛翳中有相呼者，其声狐女也。就往与语，匿不肯出，曰："妾已变形，不能复与君见矣。"怪诘其故，泣诉曰："采补炼形，狐之常理。近不知何处一道士，又搜索我辈，供其采补。捕得禁以神咒，即僵如木偶，一听其所为。或有道力稍坚，吸之不吐者，则蒸以为脯。血肉既啖，精气亦为所收。妾入壶卢，盖避此难，不意仍为所物色，攘之以归。妾畏罹汤镬，已献其丹，幸留残喘。然失丹以后，遂复兽形，从此炼形，又须二三百年，始能变化。天荒地老，后会无期，感念旧恩，故呼君一诀。努力自爱，毋更相思也。生愤恚曰："何不诉于神？"曰："诉者多矣，神以为悖入悖出，自作之愆；杀人人杀，相酬之道，置不为理也。乃知百计巧取，适以自戕。自今以往，当专心吐纳，不复更操此术矣。"

此事在乾隆丁巳、戊午间[①]，厚庵先生曾亲见此生。后数年，闻山东雷击一道士，或即此道士淫杀过度，又伏天诛欤？螳螂捕蝉，黄雀在后，挟弹者又在其后，此之谓矣。

【注释】

① 乾隆丁巳、戊午：乾隆二年(1737)、三年。

【导读】

狐妖媚人以获得采补之用，道士再捉狐来获得采补，如此悖入悖出，自作之愆，杀人人杀，相酬之道，最终导致两败俱伤，无法挽回。晓岚通过这个故事是要向士人说明百计巧取，适以自戕的道理。投机取巧只能蒙蔽一时，不能蒙蔽一世。

一三　何子山先生言：雍正初，一道士善符箓。尝至西山极深处，爱其林泉，拟结庵习静，土人言是鬼魅之巢窟，伐木采薪，非结队不敢入，乃至狼虎不能居，先生宜审。弗听也。俄而鬼魅并作，或窃其屋材，或魇其工匠，或毁其器物，或污其饮食。如行荆棘中，步步挂碍；如野火四起，风叶乱飞，千手千目，应接不暇也。道士怒，结坛召雷将。神降则妖已先遁，大索空山无所得。神去，则数日复集。如是数回，神恶其渎，不复应。乃一手结印，一手持剑，独与战，竟为妖所踣，拔须败面，裸而倒悬。遇樵者得解，狼狈逃去。

道士盖恃其术耳。夫势之所在，虽圣人不能逆；党之已成，虽帝王不能破。久则难变，众则不胜诛也。故唐去牛、李之倾轧，难于河北之藩镇。

道士昧众寡之形，客主之局，不量力而撄其锋，取败也宜哉。

【导读】

道士虽然有法力，然渠昧众寡之形，客主之局，不量力而撄其锋，导致了自己的失败。晓岚通过这个故事向世人说明："夫势之所在，虽圣人不能逆，党之已成，虽帝王不能破。久则难变，众则不胜诛也。"痼疾难以根治，久则为患，所以治理宜趁未结时，这也是晓岚为官多年，对官场、人事之体悟与认知。

一四　小人之计万变，每乘机而肆其巧。小时，闻村民夜中闻履声，以为盗，秉炬搜捕，了无形迹。知为魅也，不复问。既而胠箧者知其事[①]，乘夜而往。家人仍以为魅，偃息勿省。遂饱所欲去。此犹因而用之也。

邑有令，颇讲学，恶僧如仇。一日，僧以被盗告。庭斥之曰："尔佛无灵，何以庙食？尔佛有灵，岂不能示报于盗，而转渎官长耶？"挥之使去。语人曰："使天下守令用此法，僧不沙汰而自散也。"僧固黠甚，乃阳与其徒修忏祝佛，而阴赂丐者，使捧衣物跪门外，状若痴者。皆曰佛有灵坛，檀施转盛。

此更反而用之，使厄我者助我也。人情如是，而区区执一理与之角，乌有幸哉！

【注释】

① 胠(qū)箧：原指撬开箱子，后泛指偷盗。

【导读】

冒充鬼怪来偷盗，僧人贿赂乞丐使之假扮释徒，以证实佛有灵。正是小人之计万变，每机乘而肆其巧。晓岚生活的时代，人情如是，应以洞察，而区区执一理与之角，乌有幸哉！

一五　张某、瞿某，幼同学，长相善也。瞿与人讼，张受金，刺得其阴谋，泄于其敌。瞿大受窘辱，衔之次骨。然事密无左证，外则未相绝也。俄张死，瞿百计娶得其妇。虽事事成礼，而家庭共语，则仍呼曰张几嫂。妇故朴愿，以为相怜相戏，亦不较也。一日，与妇对食，忽跃起自呼其名曰："瞿某，尔何太甚耶？我诚负心，我妇归汝，足偿矣。尔必仍呼嫂，何也？妇再嫁常事，娶再嫁妇亦常事。我既死，不能禁妇嫁，即不能禁汝娶也。我已失朋友义，亦不能责汝娶朋友妇也。今尔不以为妇，仍系我姓呼为嫂，是尔非娶我妇，乃淫我妇也。淫我妇者，我得而诛之矣。”竟颠狂数日死。

夫以直报怨，圣人不禁。张固小人之常态，非不共之仇也。计娶其妇，报之已甚矣；而又视若倚门妇，玷其家声，是已甚之中，又已甚焉。何怪其愤激为厉哉！

【导读】

朋友之义为五伦之中的重要内容。此则中之张某、瞿某，虽为幼年朋友，然二人之所为均愧当“朋友”二字。先是张某出卖瞿某，致使其诉讼受窘，后瞿某百计娶得张妇，以此羞辱张某。二人冤冤相报，最终导致了瞿某的灭亡。晓岚认为，不须以小人之计对待小人，毕竟以直报怨，圣人不禁，此乃正确的做法。这个故事还透露给读者一个信息，即当时对于妇女再嫁态度的宽容：“妇再嫁常事，娶再嫁妇亦常事。”这种认识充满着人性的光辉，在当时无疑难能可贵。

一六　一恶少感寒疾，昏愦中魂已出舍，怅怅无所适。见有人来往，随之同行。不觉至冥司，遇一吏，其故人也。为检籍良久，蹙额曰：“君多忤父母，于法当付镬汤狱，今寿尚未终，可且反，寿终再来受报可也。”恶少惶怖，叩首求解脱。吏摇首曰：“此罪至重，微我难解脱，即释迦牟尼亦无能为力也。”恶少泣涕求不已，吏沉思曰：“有一故事君知乎？一禅师登座，问：‘虎颔下铃，何人能解？’众未及对。一沙弥曰：‘何不令系铃人解。’得罪父母，还向父母忏悔，或希冀可免乎？”少年虑罪业深重，非一时所可忏悔。吏笑曰：“又有一故事，君之闻杀猪王屠，放下屠刀，立地成佛乎？”遣一鬼送之归。霍然遂愈。自是洗心涤虑，转为父母所爱怜，后年七十余乃终。虽不知其果免地狱否，然观其得寿如是，似已许忏悔矣。

【导读】

恶少多忤父母，在阴间于法当付镬汤狱，惟有向父母忏悔，才能挽回寿命。不管阴间刑法有无，这是对天下不孝之子的警戒，使之有所畏惧，维护父母子女之大伦。

一七　许文木言：老僧澄止，有道行。临殁谓其徒曰：“我持律精进，自谓是四禅天人。世尊嗔我平生议论，好尊佛而斥儒。我相未化，不免仍入轮回矣。”其徒曰：“崇奉世尊，世尊反嗔乎？”曰：“此世尊所以为世尊也。

若党同而伐异，扬己而抑人，何以为世尊乎？我今乃悟，尔见犹左耳。”

因忆杨槐庭言：乙丑上公车时，偕同年数人行。适一僧同宿逆旅，偶与闲谈。一同年目止之曰：“君奈何与异端语？”僧不平曰：“释家诚与儒家异，然彼此均各有品地。果为孔子，可以辟佛，颜、曾以下勿能也；果为颜、曾，可以辟菩萨，郑、贾以下勿能也；果为郑、贾，可以辟阿罗汉，程、朱以下勿能也；果为程、朱，可以辟诸方祖师，其依草附木，自托讲学者，勿能也。何也？其分量不相及也。先生而辟佛，毋乃高自位置乎？”同年怒且笑曰：“惟各有品地，故我辈儒可辟汝辈僧也。”几于相哄而散。

余谓各以本教而论，譬如居家，三王以来，儒道之持世久矣，虽再有圣人勿能易，犹主人也。佛自西域而来，其空虚清净之义，可使驰骛者息营求，忧愁者得排遣。其因果报应之说，亦足警戒下愚，使回心向善，于世不为无补。故其说得行于中国，犹挟技之食客也。食客不修其本技，而欲变更主人之家政，使主人退而受教，此佛者之过也。各以末流而论，譬如种田，儒犹耕耘者也，佛家失其初旨，不以善恶为罪福，而以施舍不施舍为罪福。于是惑众蠹财，往往而有，犹侵越疆畔，攘窃禾稼者也。儒者舍其耒耜，荒其阡陌，而皇皇持梃荷戈，日寻侵越攘窃者与之格斗，即格斗全胜，不知己之稼穑如何也，是又非儒之颠耶？

夫佛自汉明帝后，蔓延已二千年，虽尧、舜、周、孔复生，亦不能驱之去。儒者父子、君臣、兵刑、礼乐，舍之则无以治天下，虽释迦出世，亦不能行彼法于中土。本可以无争，徒以缁徒不胜其利心，妄冀儒绌佛伸，归佛者檀施当益富。讲学者不胜其名心，著作中苟无辟佛数条，则不足见卫道之功。故两家语录，如水中泡影，旋生旋灭，旋灭旋生，互相诟厉而不止。然两家相争，千百年后，并存如故。两家不争，千百年后，亦并存如故也。各修其本业可矣。

【导读】

此则故事有两点非常值得读者注意：其一，晓岚对于佛教之态度及认识。清代中期正是居士佛教兴起的时代。晓岚作为文坛领袖，朝中重臣，却很少见到他对于佛教的论述，在这个故事中，他集中表现了对佛教的认识：“夫佛自汉明帝后，蔓延已二千年，虽尧舜周孔复生，亦不能驱之去。儒者父子君臣兵刑礼乐，舍之则无以治在下，虽释迦出世，亦不能行彼法于中土。”

其二，故事中体现了儒家思维影响下的佛教表述，即“果为孔子，可以辟佛，颜、曾以下勿能也；果为颜、曾，可以辟菩萨，郑、贾以下勿能也；果为郑、贾，可以辟阿罗汉，程、朱以下勿能也；果为程、朱，可以辟诸方祖师”。这种表述方式在《四库全书总目提要》“墨家”中也可看到，类似的表述方法体现了晓岚等长期浸淫在儒教文化中的士大夫对于佛教的认识，较有代表性。

一八 毛其人言：有耿某者，勇而悍。山行遇虎，奋一梃与斗，虎竟避去，自以为中黄，佽飞之流也[①]。

偶闻某寺后多鬼，时嬲醉人，愤往驱逐。有好事数人随之往。至则日薄暮，乃纵饮至夜，坐后垣上待其来。二鼓后，隐隐闻啸声，乃大呼曰：“耿某在此！”倏人影无数，涌而至，皆吃吃笑曰：“是尔耶，易也耳。”耿怒跃下，则鸟兽散去，遥呼其名而詈之。东逐则在西，西逐则在东，此没彼出，倏忽千变。耿旋转如风轮，终不见一鬼。疲极欲返，则嘲笑以激之。渐引渐远，突一奇鬼当路立，锯牙电目，张爪欲搏。急奋拳一击，忽噭然自仆，指已折，掌已裂矣。乃误击墓碑上也。群鬼合声曰：“勇哉！”瞥然俱杳。诸壁上观者闻耿呼痛，共持炬舁归。卧数日，乃能起。右手遂废。从此猛气都尽，竟唾面自干焉。

夫能与虓虎敌，而不能不为鬼所困，虎斗力，鬼斗智也。以有限之力，欲胜无穷之变幻，非天下之痴人乎？然一惩即戒，毅然自返，虽谓之大智慧人，亦可也。

【注释】

① 佽飞：官名。汉时少府属官有左弋十二官令、丞。武帝太初元年（前104），改左弋为佽飞。职掌弋射，有九丞、两尉。

【导读】

耿某能够敌虎，却不能祛鬼，反导致了唾面自干的结果。耿某不可谓不勇，然鬼与之乃是斗智也，以有限之力，欲胜无穷之变幻，非天下之痴人乎？耿某没有做到一惩即戒，毅然自返，认不清自己的优势和弱势，这种缺乏大智慧的表现是其失败的根本原因。

一九 河豚惟天津至多，土人食之如园蔬，然亦恒有死者，不必家家皆善烹治也。姨丈惕园牛公言：有一人嗜河豚，卒中毒死。死后见梦于妻子曰："祀我何以无河豚耶？"此真死而无悔也。又姚安公言：里有人，粗温饱，后以博破家。临殁语其子曰："必以博具置棺中。如无鬼，与白骨同为土耳。于事何害？如有鬼，荒榛蔓草之间，非此何以消遣耶？"比大殓，佥曰："死葬之以礼，乱命不可从也。"其子曰："独不云事死如事生乎？生不能几谏，殁乃违之乎？我不讲学，诸公勿干预人家事。"卒从其命。

姚安公曰："非礼也，然亦孝思无已之心也。吾恶夫事事遵古礼，而思亲之心，则漠然者也。"

【导读】

吃河豚而死竟然要求用河豚祭祀，赌博败家竟然要求其子以博具置于棺中，真可谓死而无悔。虽然这样做有悖于礼，但正如其子所说："生不能几谏，殁乃违之乎？"晓岚对此表示理解，并反对讲学家们一味强调事事遵古礼，漠然不顾众人思亲之心。

二〇　一奴子业针工，其父母鬻身时，未鬻此子，故独别居于外。其妇年二十余，为狐所媚，岁余病瘵死。初不肯自言，病甚，乃言狐初来时为女形，自言新来邻舍也。留与语，渐涉谑，继而渐相逼，遽前拥抱，遂昏昏如魇。自是每夜辄来，来必换一形，忽男忽女，忽老忽少，忽丑忽好，忽僧忽道，忽鬼忽神，忽今衣冠，忽古衣冠，岁余无一重复者。至则四肢缓纵，口噤不能言，惟心目中了了而已。狐亦不交一言，不知为一狐所化，抑众狐更番而来也。其尤怪者，妇小姑偶入其室，突遇狐出，一跃即逝。小姑所见是方巾道袍人，白须鬖鬖；妇所见则黯黑垢腻，一卖煤人耳。同时异状，更不可思议耳。

【导读】

狐妖在志怪小说中经常见到，但是像晓岚笔下这样忽男忽女，忽老忽少，忽丑忽好，忽僧忽道，忽鬼忽神，忽今衣冠，忽古衣冠，岁余无一重复者的狐妖还是非常难遇的。更神奇的是，同时同地，不同之人看到的狐妖则形象不同，更不可思议。从表层看，晓岚状狐之多变与怪异。而从深层看，殆晓岚隐喻世间人心之百变乎？

二一　及孺爱先生言[1]：（先生于余为疏从表侄，然幼时为余开蒙，故始终待以师礼。）交河有人田在冢旁，去家远，乃筑室就之。夜恒闻鬼语，习见不怪也。一夕，闻冢间呼曰："尔狼狈何至是?"一人应曰："适路遇一女，携一童子行。见其面有衰气，死期已近，未之避也。不虞女忽一嚏，其气中人，如巨杵舂撞（平声），伤而仆地，苏息良久，乃得归，今胸鬲尚作楚也。"此人默记其语。次日，耘者聚集，具述其异，因问："昨日谁家女子傍晚行，致中途遇鬼?"中一宋姓者曰："我女昨晚同我子自外家归，无遇鬼事也。"众以为妄语。数日后，宋女为强暴所执，捍刃抗节死。乃知贞烈之气，虽屈衰绝，尚刚劲如是也。鬼魅畏正人，殆以此夫。

【注释】

① 及孺爱：名慈，直隶交河人。雍正年间岁贡生，隆平县（旧县名，在今河北省南部，已与尧山县合并为隆尧县）训导。据民国间《交河县志》记载，博古嗜学，世事从未问闻，特己待人，光明坦白，群推士林楷模。

【导读】

民女为强暴所执，捍刃抗节死，本是令人悲惨之事，然晓岚却"强调乃知贞烈之气，虽屈衰绝，尚刚劲可以伤鬼也"。这一说法虽然牵强，但仍能感受到晓岚通过鬼魅畏正人的道理来劝导读者向善为正之心意。

二二　张完质舍人言：有与狐为友者，将商于外，以家事托狐。凡火烛盗贼，皆为警卫；童婢或作奸，皆摘发无遗。家政井井，逾于商未出时。惟其妇与邻人昵，狐若弗知。

越两岁，商归，甚德狐。久而微闻邻人事，又甚咎狐。狐谢曰："此神所判，吾人敢违也?"商不服曰："鬼神祸淫，乃反导淫哉?"狐曰："是有故。邻人前世为巨室，君为司出纳，因其倚信，侵蚀其多金。冥判以妇偿负，一夕准宿妓之价销金五星，今所欠祗七十余金矣。销尽自绝，君何躁焉！君倘未信，试以所负偿之，观其如何耳。"

商乃诣邻人家曰："闻君贫甚，仆此次幸多赢，谨以八十金奉助。"邻人感且愧，自是遂与妇绝。岁暮，馈肴品示谢，甚精腆。计其所值，正合七十余金所赢数。

乃知夙生债负，受者毫厘不能增，与者毫厘不能减也。是亦可畏也已。

【导读】

此故事大奇，某人雇狐妖为管家，火烛盗贼为之警卫，童婢奸诈，为之揭发，最终家政井井有条。某人妇与邻人有染，狐还百般劝诫，以前生之债未偿来加以解释。晓岚更以“乃知夙生债负，受者毫厘不能增，与者毫厘不能减也。是亦可畏也已”作结，藉此劝诫欠债者。由是观之，《阅微》中之狐妖的形象，更富生活气息，亦更通人情世故。

二三 族侄竹汀言：有农家妇少寡，矢志不嫁，养姑抚子有年矣。一日，见华服少年，从墙缺窥伺。以为过客误入，詈之去。次日复来，念近村无此少年，土人亦无此华服，心知是魅，持梃驱逐。乃复抛掷砖石，损坏器物。自是日日来，登墙自道相悦意。妇无计，哭诉于社公祠，亦无验。越七八日，白昼晦冥，雷击裂村南一古墓，魅乃绝，不知是狐是鬼也。

以妖媚人，已干天律，况媚及柏舟之妇，其受殛也固宜。顾必迟久而后应，岂天人一理。事关殊死，亦待奏请而后刑，由社公辗转上闻，稍稽时日乎？然匹妇一哭，遽达天听，亦足见孝弟之通神明矣。

【导读】

鬼魅欲现形媚害贞妇，最终招致雷劈。晓岚于此不过为了表达“然匹妇一哭，遽达天听，亦足见孝弟之通神明矣”之意，来鼓励劝导人们遵守孝悌规则，维护封建社会的纲常和秩序。

二四 沧州一带海滨，煮盐之地，谓之“灶炮”。袤延数百里，并斥卤不可耕种。荒草粘天，略如塞外，故狼多窟穴于其中。捕之者掘地为阱，深数尺，广三四尺，以板覆其上，中凿圆孔如盂大，略如枷状。人蹲阱中，携犬子或豚子，击使嗥叫。狼闻声而至，必以足探孔中攫之。人即握其足立起，肩以归。狼隔一板，爪牙无所施其利也。然或遇其群行，则亦能搏噬，故见人则以喙据地嗥，众狼毕集，若号令然。亦颇为行客道途患。

有富室偶得二小狼，与家犬杂畜，亦与犬相安。稍长，亦颇驯，竟忘其为狼。一日，主人昼寝厅事，闻群犬呜呜作怒声，惊起周视，无一人，再就枕将寐，犬又如前。乃伪睡以俟，则二狼伺其未觉，将啮其喉，犬阻之不使前也。乃杀而取其革。此事从侄虞惇言。

狼子野心，信不诬哉！然野心不过遁逸耳；阳为亲昵，而阴怀不测，更不止于野心矣。兽不足道，此人何取而自贻患耶。

【导读】

富室养狼，致狼为患，可见狼子野心，信不诬哉！晓岚由此想到野心不过遁逸耳，阳为亲昵，而阴怀叵测，更不止于野心矣。人类之中正不乏此阴怀叵测之人，需要人们提防。不过，明知危险则应避之，岂有取而自贻患的道理？此亦足以警醒世人。

二五 田村一农妇，甚贞静。一日馌饷，有书生遇于野，从乞瓶中水。妇不应，出金一锭投其袖。妇掷且詈。书生惶恐遁。晚告其夫，物色之，无是人，疑其魅也。数日后，其夫外出，阻雨不得归。魅乃幻其夫形，作冒雨归者，入与寝处。草草息灯，遽相媟戏。忽电光射窗，照见乃向书生。妇恚甚，爪败其面，魅甫跃出窗，闻呦然一声，莫知所往。次早夫归，则门外一猴脑裂死，如刃所中也。

盖妖之媚人，皆因其怀春而媾合。若本无是心，而乘其不意，变幻以败其节，则罪当以与强污等。揆诸神理，自必不容。而较前记竹汀所说事，其报更速。或社公权微，不能立断；此遇天神立殛之？抑彼尚未成，此则已玷，可以不请而诛欤？

【导读】

此则故事正面分析了妖幻形媚人的原因，“盖妖之媚人，皆因其怀春而媾合”，但对于一些怪妖受惩罚之事又无从解释，只能归结为“若本无是心，而乘其不意，变幻以败其节，则罪当以与强污等。揆诸神理，自必不容”。此乃牵强之说矣，值得注意。

二六 同年邹道峰言：有韩生者，丁卯夏读书山中[①]。窗外为悬崖，崖下为涧。涧绝陡，两岸虽近，然可望而不可至也。月明之夕，每见对岸有人影，虽知为鬼，度其不能越，亦不甚怖。久而见惯，试呼与语，亦响应。自言是堕涧鬼，在此待替。戏以余酒，凭窗洒涧内，鬼下就饮，亦极感谢，自此遂为谈友，诵肄之暇，颇消岑寂。

一日试问：“人言鬼前知。吾今岁应举，汝知我得失否？”鬼曰：“神不检籍，亦不能前知，何况于鬼？鬼但能以阳气之盛衰，知人年运；以神光之明晦，知人邪正耳。若夫禄命，则冥官执役之鬼，或旁窥窃听而知之；城市之鬼，或辗转相传而闻之，山野之鬼勿能也。城市之中，亦必捷巧之鬼乃闻之，钝鬼亦勿能也。譬君静坐此山，即官府之事不得知，况朝廷之机密乎？”

一夕闻隔涧呼曰：“与君送喜。顷城隍巡山，与社公相语，似言今科解元是君也。”生亦窃自贺。及榜发，解元乃韩作霖，鬼但闻其姓同。其生太息曰：“乡中人传官里事，果若斯乎？”

【注释】

① 丁卯：乾隆十二年(1747)。

【导读】

韩生问应举之事，鬼则列出冥官执役之鬼、城市之鬼、山野之鬼探事之不同。这种解释在其他志怪小说中亦未曾见。但最终鬼仅以传闻告知韩生中举，导致其空欢喜一场。结尾处韩生发出感叹，乡中人传官里事，辗转相传而闻之，错误百出。也许晓岚曾经在沧州乡间听到乡人传官里事，故有此感慨。此亦反映世情之一斑。

二七　王史亭编修言：有崔生者，以罪戍广东。恐携孥有意外，乃留其妻妾，只身行。到戍后，穷愁抑郁，殊不自聊；且回思少妇登楼，弥增忉怛。

偶遇一叟，自云姓董，字无念。言颇契，愍其流落，延为子师，亦甚相得。一夕，宾主夜酌，楼高月满，忽动离怀，把酒倚栏，都忘酬酢。叟笑曰：“君其有‘云鬟玉臂’之感乎？托在契末，已早为经纪，但至否未可知，故先不奉告，旬月后当有耗耳。”

又半载，叟忽戒僮婢扫治别室，意甚匆遽。顷之，则三小肩舆至，妻妾及一婢揭帘出矣。惊喜怪问，皆曰：“得君信相迓，嘱随某官眷属至。急不能久待，故草草来。家事托几房几兄代治，约岁得租米，岁岁鬻金寄至矣。”问：“婢何来？”曰：“即某官之媵，嫡不能容，以贱价就舟中鬻得也。”生感激拜叟，至于涕零。从此完聚成家，无复故园之梦。越数月，叟谓生曰：“此婢中途邂逅，患难相从，当亦是有缘，似当共侍巾栉，无独使向隅也。”

又数载，遇赦得归。生喜跃不能寝，而妻妾及婢俱惨惨有离别之色。生慰之曰：“尔辈念主人恩耶？倘不死，会有日相报耳。”皆不答，惟趣为生治装。濒行，翁治酒作饯，并呼三女出曰：“今日事须明言矣。”因拱手对生曰：“老夫地仙也。过去生中，与君为同官。殁后，君百计营求，归吾妻子，恒耿耿不忘。今君别鹤离鸾，自合为君料理；但山川绵邈，二孱弱女子，何以能来？因摄招花妖先至君家中半年，窥尊室容貌语言，摹拟具似；并刺知家中旧事，使君有证不疑。渠本三姊妹，故多增一婢耳。渠皆幻相，君勿复思，到家相对旧人，仍与此间无异矣。”生请与三女俱归，叟曰：“鬼神各有地界，可暂出不可久越也。”三女握手作别，洒泪沾衣。俯仰间已俱不见。登舟时遥见立岸上，招之不至。

归后，妻子具言家日落，赖君岁岁寄金来，得活至今，盖亦此叟所为也。使世间离别人，皆逢此叟，则无复牛衣银河之恨矣。

史亭曰：“信然。然粤东有地仙，他处亦必有地仙；董仙有此术，他仙亦必有此术。所以无人再逢者，当由过去生中，原未受恩，故不肯竭尽心力，缩地补天耳。”

【导读】

这是一个非常美好的故事，崔生因罪流徙，地仙为了帮助他，以花妖幻其妻妾之形，使得崔生在异地仍能享受幸福的家庭生活。彼时由于交通不便，流徙他地的人与家人动辄相隔千里，只能相望两地，长吁短叹，绝无崔生如此幸运。晓岚不禁感慨道：“世间离别人，皆逢此叟，则无复牛衣银河之恨矣。”寄托了他美好的愿望，充满了人性化的色彩。

二八　有客在泊镇宿妓，与以金。妓反覆审谛，就灯铄之，微笑曰：“莫纸锭否？”怪问其故。云数日前粮艘演剧赛神，往看至夜深归。遇少年与以金，就河干草屋野合。至家探怀，觉太轻，取出乃一纸锭，盖遇鬼也。因言相近一妓家，有客赠衣饰甚厚。去后皆已箧中物，钥故未启，疑为狐所给矣。客戏曰：“天道好还。”

又瞽者刘君瑞言：青县有人与狐友，时共饮甚昵。忽久不见，偶过丛莽，闻有呻吟声，视之，此狐也。问：“何狼狈乃尔？”狐愧沮良久曰：“顷见小妓颇壮盛，因化形往宿，冀采其精。不虞妓已有恶疮，采得之后，毒渗命门，与平生所采混合为一，如油入面，不可复分。遂溃裂蔓延，达于面部。耻见故人，故久疏来往耳。”此又狐之败于妓者，机械相乘，得失倚伏，胶胶扰扰，将伊于胡底乎？

【导读】

妓女阅人多矣，却仍为人所骗，无怪客人说客：“天道好还。”狐妖本意采妓之精为补，没想到因此感染到恶疮，导致遂溃裂蔓延，达于面部。此狐又败于妓者。机械相乘，得失倚伏，胶胶扰扰，机关算尽，冥冥之中似乎早有定数。

二九 李千之侍御言：某公子美丰姿，有卫玠璧人之目。雍正末，值秋试，于丰宜门内租僧舍过夏，以一室设榻，一室读书。每晨兴，书室几榻笔墨之类，皆拂拭无纤尘；乃至瓶插花，砚池注水，亦皆整顿如法，非粗材所办。忽悟北地多狐女，或藉通情愫，亦未可知。于意亦良得。既而盘中稍稍置果饵，皆精品。虽不敢食，然益以美人之贻，拭目以待佳遇。一夕月明，潜至北牖外，穴纸窃窥，冀睹艳质，夜半器具有声，果一人在室料理。谛视，则修髯伟丈夫也。怖而却走，次日即移寓。移时，承尘上似有叹声。

【导读】

晓岚在此先描述了一幅红袖添香夜读书的美好场景，所谓“每晨兴，书室几榻笔墨之类，皆拂拭无纤尘；乃至瓶插花，砚池注水，亦皆整顿如法”，多么令人向往之图景！也难怪公子浮想联翩，乃至于“拭目以待佳遇”。然而不曾想到狐妖并非红粉佳丽，却是个修髯伟丈夫，令公子大大出乎意料。美好的开头与倒胃之结局形成强烈反差，完全颠覆了传统意义上的狐恋模式。令人忍俊不禁，亦发人深省。

三〇 康师，杜林镇僧也。北俗呼僧多以姓，故名号不传焉。工疡医。余小时曾及见之。言其乡人家一婢，怀春死。魂不散，时出祟人。然不现形，不作声，亦不附人语，不使人病。惟时与少年梦中接，稍尪瘦，则别媚他少年，亦不至杀人。故为祟而不以为祟。即尝为所祟者，亦梦境恍惚，莫能确执。如是数十年，不为人所畏，亦不为人所劾治。真黠鬼哉！可谓善藏其用，善遁于虚，善留其不尽，善得老氏之旨矣。然终有人知之，有人传之，则黠巧终无不败也。

【导读】

婢女之魂恒出媚人，却不断地变换着对象，不至杀人，自己亦不至为祟，可谓善藏其用，善遁于虚，善留其不尽，善得老氏之旨矣。不过再狡猾的鬼怪也终究会被人消灭的。此怪身上颇见世间黠人之影。

三一 相传康熙中，瓜子店火（在正阳门之南而偏东），有少年病瘵不能出，并屋焚焉。火熄，掘之，尸已焦，而有一狐与俱死。知其病为狐媚也。然不知狐何以亦死，或曰：“狐情重，救之不出，守之不去也。”或曰：“狐媚人至死，神所殛也。”是皆不然。

狐鬼乃能变幻，而鬼能穿屋透壁出（罗两峰云尔）。鬼有形无质，纯乎气也;气无所不达,故莫能碍。狐能大能小,与龙等,然有形有质,质能化而小,不能化而无。故有隙即遁,而无隙则碍不能出。虽至灵之狐,往来亦必由户牖,此少年未死间,狐尚来媚,猝遇火发,户牖具焰,故并为烬焉耳。

【导读】

狐妖与人一起被火燔死,此事亦为大奇,故事中对于鬼的一番分析,则在一定程度上透露出了当时文人的审美情趣和执着考证的特点。

三二 门人徐通判敬儒言:其乡有富室,昵一婢,宠眷甚至。婢亦倾意向其主,誓不更适。嫡心妒之而无如何。会富室以事他出,嫡密召女侩鬻诸人。

待富室归,则以窃逃报。家人知主归,事必有变也,伪向女侩买出,而匿诸尼庵。婢自到女侩家,即直视不语,提之立则立,扶之行则行,捺之卧则卧,否则如木偶,终日不动,与之食则食,与之饮则饮,不与亦不索也,到尼庵亦然。医以为愤恚痰迷,然药之不效,至尼庵仍不苏。如是不死不生者月余。富室归,果与嫡操刃斗,屠一羊,沥血告神,誓不与俱生。

家人度不可隐,乃以实告。急往尼庵迎归,痴如故。富室附耳呼其名,乃霍然如梦觉。自言初到女侩家,念此特主母意,主人当必不见弃,因自奔归,虑为主母见,恒藏匿隐处,以待主人之来。今闻主人呼,喜而出也。因言家中某日见某人某人,某日作某事,历历不爽,乃知其形去而魂归也。

因是推之,知所谓离魂倩女,其事当不过如斯。特小说家点缀成文以作佳话,至云魂归后,衣皆重著,尤为诞谩。著衣者乃其本形,顷刻之间,襟带不解,岂能层层搀入,何不云衣如委蜕,尚稍近事理乎?

【导读】

富室欲纳婢女为妾,导致女主人嫉恨,出此婢,家人借机买下,以待富室。此时婢则恍恍惚惚,如若离魂之状,直至富室回来将其迎回家。晓岚对于离魂之事非常感兴趣,一方面是受中国古代离魂文化的影响;另一方面则与他个人经历相关。据他所述,他的侍姬曾经离魂与之相见。但他更为追求离魂的真实性,反对“特小说家点缀成文以作佳话”的做法,力图为离魂等奇特现象找到合理的解释,即合乎理,这也算晓岚的偏执之处吧。

三三　客作田不满，（初以其取不自满假之义，称其命名有古意。既乃知以饕餮得此名，取田填同音也。）夜行失道，误经墟墓间，足踏一骷髅。骷髅作声曰：“毋败我面！且祸尔。”不满戆且悍，叱曰：“谁遣尔当路。”骷髅曰：“人移我于此，非我当路也。”不满又叱曰：“尔何不祸移尔者？”骷髅曰：“彼运方盛，无如何也。”不满笑且怒曰：“岂我衰耶？畏盛而凌衰，是何理耶？”骷髅作泣曰：“君气亦盛，故我不敢祟，徒以虚词恫喝也。畏盛凌衰，人情皆尔，君乃责鬼乎？哀而拨入土窟中，君之惠也。”不满冲之竟过，惟闻背后呜呜声，卒无他异。

余谓不满无仁心，然遇卤莽之人，而以大言激其怒，鬼亦有过焉。

【导读】

田不满路遇骷髅，与之对峙路间，最后骷髅委顿，言：“君气亦盛，故我不敢祟，徒以虚词恫喝也。”田不满在气势上压倒了骷髅，最终安然脱险。不过骷髅所说“畏盛凌衰，人情皆尔”亦是一针见血地指出了人性中丑恶的一面。《阅微》中有不少故事涉及人遇骷髅的故事，让人联想到《庄子》中人与骷髅的对话。研究二者的同异，亦是不错的话题。

三四　蒋茗生编修言：一士人北上，泊舟北仓、杨柳青之间。（北仓去天津二十里，杨柳青距天津四十里。）时已黄昏，四顾渺漫，去人家稍远，独一小童倚树立，姣丽特甚；然衣裳华洁，而神意不似大家儿。士故轻薄，自上岸与语，口操南音，自云流落在此，已有人相约携归，时尚未至，渐相款洽，因挑以微词，解扇上汉玉佩为赠。赧颜谢曰：“君是解人，亦不能自讳。然故人情重，实不忍别抱琵琶。”置佩而去。士人意未已，欲觇其居停，蹑迹从之。数十步外倏已灭迹，惟丛莽中一小坟，方悟为鬼也。

女子事夫，大义也，从一则为贞，野合乃为荡耳。男子而抱衾裯，已失身矣，犹言从一，非不揣本而齐末乎？然较反面负心，则终为差胜也。

【导读】

士子所遇容貌俊秀之小童，虽为鬼怪，却是人间娈童现象的反映。晓岚对于娈童实不忍别抱琵琶的态度，表示出不理解，认为是舍本逐末的事情。毕竟男子而抱衾裯，已失身矣，犹言从一，非不揣本而齐末乎？由此也可看出晓岚是比较反感娈童之事，并以此劝诫天下士子。

三五　先师陈白崖先生言[1]：业师某先生(忘其姓字，似是姓周)笃信洛、闽，而不骛讲学名，故穷老以终，声华阒寂。然内行醇至，粹然古君子也。尝税居空屋数楹。一夜，闻窗外语曰："有事奉白，虑君恐怖，奈何？"先生曰："第入无碍。"入则一人戴首于项，两手扶之；首无巾而身襕衫，血渍其半。先生拱之坐，亦谦逊如礼。先生问："何语？"曰："仆不幸，明末戕于盗，魂滞此屋内。向有居者，虽不欲为祟，然阴气阳光，互相激薄，人多惊悸，仆亦不安。今有一策：邻家一宅，可容君眷属。仆至彼多作变怪，彼必避去；有来居者，扰之如前，必弃为废宅。君以贱价售之，迁居于彼，仆仍安居于此。不两得乎？"先生曰："吾平生不作机械事，况役鬼以病人乎？义不忍为。吾读书此室，图少静耳。君既在此，即改以贮杂物，日扃锁之可乎？"鬼愧谢曰："徒见君案上有性理，故敢以此策进。不知君竟真道学，仆失言矣。既荷见容，即托宇下可也。"后居之四年，寂无他异。盖正气足以慑之矣。

【注释】

① 陈白崖：清代乾隆年间钱塘人，曾撰一联曰"事能知足心常惬，人到无求品自高"，由此可见其心性。

【导读】

业师遇鬼，鬼本欲帮忙贱价获他宅，为业师严词拒绝："吾平生不作机械事，况役鬼以病人乎？"表现出正直之品格。业师之正气使得鬼感到非常惭愧："徒见君案上有性理，故敢以此策进，不知君竟真道学。"这一席话既是对业师的表扬，亦是对当时空谈性理的"假道学"们之辛辣讽刺。

三六　景州方夔典言：少尝患心气不宁，稍作劳则如簌簌动。服枣仁、远志之属，时作时止，不甚验也。偶遇友人家扶乩，云是纯阳真人，因拜乞方。乩判曰："此证现于心，而其原出于脾，脾虚则子食母气故也。可炒白术常服之。"试之果验。

夔典又言：尝向乩仙问科第。乩判曰："场屋文字，只笔酣墨饱，书味盎然，即中式矣。何必预问乎？"后至乾隆丙辰登进士[1]。本房同考官，出阅卷簿视之，所注批词即此八字也。然则科名前定，并批词亦前定乎？

【注释】

① 乾隆丙辰：乾隆元年(1736)。

【导读】

晓岚于中医亦颇有研究，在《阅微》中也多有相关内容记载。方夔典得了疑难杂症，全赖乩仙的帮助，更得问及科考之事，且与后来的结果完全吻合。事太奇，抑或是巧合，但当时人特别是士子对于乩仙的相信和依赖程度可见一斑。

三七　高梅村言：有二村民同行，一人偶便旋，蹴起片瓦，下有一罂。瓦上刻一字，则同行者姓也。惧为所见，托故自返，而潜伏荟翳中；望其去远，乃往私取。则满罂皆清水矣。不胜其恚，举而尽饮之。时日已暮，无可栖止，忆同行者家尚近，径往借宿。夜中忽患霍乱，呕泄并作，秽其席几遍；愧不自容，竟宵遁。质明，其家视之，则皆精银，如熔汁泻地成片然。

余谓此语，特供谐笑，未必真有。而梅村坚执谓不诬。然则物各有主，非人力可强求，凿然信矣。

【导读】

奇哉！某人取了本应属于他人之水，又宿于其人之家，腹泻之物竟是白银。晓岚也觉得此事太过神奇："余谓此语，特供谐笑，未必真有。"但丝毫不影响展示"然则物各有主，非人力可强求，凿然信矣"的道理，晓岚认为拿了本不属于自己之物，迟早是要还回去的，同理，是属于自己之物，则终会回归。这种意识在清代中期似乎十分普遍，不由得让人联想起《红楼梦》中金钏那句"金簪子掉在井里头"的话来。

三八　梅村又言：有姜挺者，以贩布为业，恒携一花犬自随。一日独行，途遇一叟呼之住。问："不相识，何见招？"叟遽叩首有声，曰："我狐也。夙生负君命，三日后君当嗾花犬断我喉。冥数已定，不敢逃死，然窃念事隔百余年，君转生人道，我堕为狐，必追杀一狐，与君何益，且君已不记被杀事，偶杀一狐亦无所快于心，愿纳女自赎可乎？"姜曰："我不敢引狐入室，亦不欲乘危劫人女。贳则贳汝，然何以防犬终不噬也？"曰："君但手批一帖，曰：'某人夙负，自愿销除。'我持以告神，则犬自不噬。冤家债主，解释须在本人，神不违也。"适携记簿纸笔，即批帖予之。叟喜跃去。

后七八载，姜贩布渡大江，突遇暴风，帆不能落，舟将覆。见一人直上樯竿杪，掣断其索，骑帆俱落，望之似是此叟，转瞬已失所在矣。

皆曰："此狐能报恩。"余曰："此狐无术自救，能数千里外救人乎？此神以好生延其寿，遣此狐耳。”

【导读】

狐本应死于姜挺之手，姜氏放过了向自己乞命之狐。故事结尾处狐救了遇险恩人，人们皆认为是狐有情，晓岚则认为是神以好生延其寿，遣此狐耳。不管怎样说，这个故事都表现了劝人向善，人与自然和谐相处之思想。

三九 周泰宇言：有刘哲者，先与一狐女狎，因以为继妻。操作如常人，孝舅姑，睦娣姒，抚前妻子女如己出，尤人所难能。老而死，其尸亦不变狐形。

或曰：“是本奔女，讳其事，托言狐也。”或曰：“实狐也，炼成人道，未得仙，故有老有死，已解形，故死而尸如人。”余曰：“皆非也，其心足以持之也。凡人之形，可以随心化。郗皇后之为蟒，封使君之为虎，其心先蟒先虎，故其形亦蟒亦虎也。旧说狐本淫妇阿紫所化，其人而狐心也，则人可为狐；其狐而人心也，则狐亦可为人。缁衣黄冠，或坐蜕不仆；忠臣烈女，或骸存不腐，皆神足以持其形耳。此狐死不变形，其类是夫！”泰宇曰：“信然。相传刘初纳狐，不能无疑惮，狐曰：‘妇欲宜家耳，苟宜家，狐何异于人？且人徒知畏狐，而不知往往与狐侣。彼妇之容止无度，生疾损寿，何异狐之采补乎？彼妇之逾墙钻穴，密会幽欢，何异狐之冶荡乎？彼妇之长舌离间，生衅家庭，何异狐之媚惑乎？彼妇之隐盗赀产，私给亲爱，何异狐之攘窃乎？彼妇之嚣凌诟谇，六亲不宁，何异狐之祟扰乎？君何不畏彼而反畏我哉？’是狐之立志，欲在人上矣。宜其以人始以人终也。若所说种种类狐者，六道轮回，惟心所造，正恐眼光落地，不免堕入彼中耳。”

【导读】

此则故事似乎道出了晓岚写作《阅微》之动机和目的。在他看来，人与狐的界限并不是不可逾越的：“其人而狐心也，则人可为狐；其狐而人心也，则狐亦可为人。”正因如此，狐妖与人类的关系最为密切，晓岚也不止一次表示过神奇之事中“唯狐差可相信”。故他记录下的许多狐妖故事其实是为了更深刻地反映人类社会。在晓岚看来，人之心与形有时并不是统一的，那些“缁衣黄冠，或坐蜕不仆；忠臣烈女，或骸存不腐，皆神足以持其形耳”。而那些逾墙钻穴、密会幽欢、长舌离间、生衅家庭的人何异于人面兽心。然有的狐之立志，欲在人上矣。这种充满辩证色彩的论述，体现了晓岚实事求是之精神。

四〇 古者世禄世官，故宗子必立后，支子不祭，则礼无必立后之文。孟皮不闻有后，亦不闻孔子为立后，非嫡故也。支子之立后，其为茕嫠守志，不忍节妇之无祀乎？譬诸士本无主诔，而县贲父，则始诔，死职故也。童子本应殇，而汪锜则不殇，卫社稷故也。礼以义起，遂不可废。凡支子之无后者，亦遂沿为例不可废，而家庭之难，即往往由是作焉。

董曲江言：东昌有兄弟三人，仲先死无后。兄欲以其子继，弟亦欲以其子继。兄曰弟当让兄。弟曰兄子幼而其子长，弟又当让兄。讼经年，卒为兄夺。弟恚甚，郁结成疾。疾甚时，语其子曰："吾必求直于地下。"既而昏眩，经半日复苏，曰："岂特阳官悖哉，阴官之悖乃更甚。顷魂游冥司，陈诉此事，一阴官诘我曰：'汝为汝兄无后耶？汝兄已有后矣，汝特为赀产争耳。见兽于野，两人并逐，捷足者先得，汝何讼焉？'竟不理也。夫争继原为赀产，乃瞋目与我讲宗祀，何不解事至此耶？多置纸笔我棺中，我且诉诸上帝也。"

此真至死不悟者欤？曲江曰："吾犹取其不自讳也。"

【导读】

嫡长子在中国古代封建社会中的地位非同寻常，家族的财产、地位主要由嫡长子继承。由此引发兄弟阋墙之事亦不少。故事中的弟弟只关心继承资产，对于冥判瞋目及其与之讲宗祀关系颇感厌烦。可见宗族观念、传统礼数甚至骨肉亲情都敌不过钱财资产，晓岚对此至死不悟者表示了批评。此外，这个故事还透露给读者一个信息，即当时乡间百姓诉讼的现状，由于诉讼资源贫乏等原因，他们似乎在现实中无法实现诉讼要求，只能求助于人世之外的审判。

四一 己卯典试山西时，陶序东以乐平令充同考官。卷未入时，共闲话仙鬼事。序东言：有友尝游南岳，至林壑深处，见女子倚石坐花下，稔闻智琼、兰香事，遽往就之。女子以纨扇障面，曰："与君无缘，不宜相近。"曰："缘自因生，不可从此种因乎？"女子曰："因须夙造，缘须两合，非一人欲种即种也。"翳然灭迹，疑为仙也。

余谓情欲之因缘，此女所说是也。至恩怨之因缘，则一人欲种即种，又当别论矣。

【导读】

晓岚认为，因缘有两种，即情欲之因缘和恩怨之因缘。情欲之因缘乃是因须夙造，缘须两合，是两厢情愿的事，需得机缘巧合，非一人欲种即种也。而恩怨之因缘，则一人欲种即种，与人为的因素关系非常大。所以人与仙鬼遇合并不是人人都能演化成一段缠绵佳话的，姑且算是晓岚对于人与仙鬼相爱故事的一种理解。

四二 大同宋中书瑞言：昔在家中戏扶乩，乩动，请问仙号。即书曰："我本住深山，来往白云里。天风忽飒然，云动如流水。我偶随之游，飘飘因至此。荒村茅舍静，小坐亦可喜。莫问我姓名，我忘已久矣。且问此门前，去山凡几里？"书讫，乩遂不动，或者此乃真仙欤？

【导读】

扶乩之事多次出现在《阅微》中，但是它到底是否灵验，晓岚自己似乎也没把握：既在故事中表述对乩仙的信任，同时又怀疑乩仙的"龙蛇混杂""良莠不齐"，真假难辨。然而，渠对于"莫问我姓名，我忘已久矣，且问此门前，去山凡几里"这样一个世外高人的乩仙，则表示了相信，认为其大概是真仙，从中似乎亦透露出了晓岚向往归隐之意。

四三 和和呼通诺尔之战，兵士有没蕃者。乙亥平定伊犁[①]，望大兵旗帜，投出宥死，安置乌鲁木齐，呼之曰"小李陵"。此人不知李陵为谁，亦漫应之，久而竟迷其本名。己丑、庚寅间[②]，余在乌鲁木齐，犹见其人，已老矣。

言在准噶尔转鬻数主，皆司牧羊。大兵将至前一岁八月中旬，夜栖山谷，望见沙碛有火光。西域诸部，每互相钞掠，疑为劫盗。登冈眺望，乃见一巨人，长丈许，衣冠华整，侍从秉炬前导，约七八十人。俄列队分立，巨人端拱向东拜，意甚虔肃，知为山灵。时适准噶尔乱，已微闻阿睦尔撒纳款塞请兵事，窃意或此地当内属，故鬼神预东向耶？既而果然。时尚不知八月中旬为圣节，归正后，乃悟天声震叠，为遥祝万寿云。

【注释】

① 乙亥：乾隆二十年(1755)。② 己丑、庚寅：乾隆三十四年(1755)、三十五年。

【导读】

此则故事在晓岚记述有关乌鲁木齐的风物、异闻篇章中是非常特殊的。番兵遇到山中巨人遥祝乾隆皇帝寿辰，这个显得有些突兀的故事与晓岚的人生经历有很大关系。乾隆四十三年，晓岚被贬谪到乌鲁木齐，过着“空山日日忍饥行”的日子，塞外的艰苦和对前途命运的忧惧，使得晓岚日日盼着回到京师。于是，在他的《乌鲁木齐杂诗》中多次对乾隆皇帝歌功颂德。这个故事中山中巨人能够遥祝万岁，恐怕多是出于晓岚自己的心意。

四四 甘肃李参将，名璇，精康节观梅之术，占事多验。

平定西域时，从大学士温公在军营。有兵士遗火，焚辕前枯草，阔丈许。公使占何祥，曰：“此无他，公数日内当有密奏耳。火得枯草，行最速，急递之象也；烟气上升，上达之象也，知为密奏。凡密奏，当焚草也。”公曰：“我无当密奏事。”曰：“遗火亦无心，非预定也。”既而果然。

其占人终身，则使随手拈一物；或同拈一物，而所断又不同。至京师时，一翰林拈烟筒，曰：“贮火而其烟呼吸通于内，公非冷局官也；然位不甚通显，尚待人吹嘘故也。”问：“历官当几年？”曰：“公毋怪直言。火本无多，一熄则为灰烬，热不久也。”问：“寿几何？”摇首曰：“铜器原可经久，然不见百年烟筒也。”其人愠去。后岁余，竟如所言。

又一郎官同在座，亦拈此烟筒，观其复何所云，曰：“烟筒火已息，公必冷官也。已置于床，是曾经停顿也；然再拈于手，是又遇提携复起矣。将来尚有热时，但热又占与前同耳。”后亦如所言。

【导读】

晓岚等官场中人，最关心就是自己的仕途命运，于是对于占验颇为看重。甚至一些平常物象也被认为是某种征兆，比如故事中李璇对于士兵遗火的解释。当人无法把握自己的命运时便只好借助这种神奇手段，其中“将来尚有热时，但热又占与前同耳”等语正是晓岚等人官场经历的真实写照。

四五 舅氏实斋安公言：程老，村夫子也。女颇韶秀，偶门前买脂粉，为里中少年所挑，泣告父母。惮其暴横，弗敢较。然恚愤不可释。居恒郁郁，故与一狐友，每至辄对饮。一日，狐怪其惨沮。以实告。狐默默去。

后此少年复过其门，见女倚门笑，渐相软语，遂野合于小圃空屋中。临别，女涕泣不舍，相约私奔。少年因夜至门外，引以归。防程老追索，以刃拟妇曰："敢泄者死！"越数日，无所闻；知程老讳其事，意甚得，益狎阒无度。后此女渐露妖迹，乃知为魅；然相悦甚，弗能遣也。岁余病瘵，惟一息仅存，此女乃去。百计医药，幸得不死，赀产已荡然。夫妇露栖，又尫弱不任力作，竟食妇夜合之资，非复从前之悍气矣。

程老不知其由，向狐述说。狐曰："是吾遣黠婢戏之耳。必假君女形，非是不足饵之也；必使知为我辈，防败君女之名也；濒危而舍之，其罪不至死也。报之已足，君无更怏怏矣。"

此狐中之朱家、郭解欤？其不为已甚，则又非朱家、郭解所能也。

【导读】

此则故事描写了一个颇有侠义风范的老狐。程老的女儿遭里中少年调戏，老狐为之报仇，派出一黠婢幻化成程老之女，与少年私奔，最终使得少年尫弱不任力作，竟食妇夜合之资，非复从前之悍气矣。且老狐办事掌握分寸，考虑周详，圆满地完成了这项任务。晓岚称其为狐中之朱家、郭解，甚至老狐比后者尚有胜处。可见晓岚为人之公允，并不因为狐妖乃是异类，而否定其佳处。

四六　北方之桥，施栏楯以防失足而已。闽中多雨，皆于桥上覆以屋，以庇行人。邱二田言：有人夜中遇雨，趋桥屋。先有一吏携案牍，与军役押数人避屋下，枷锁琅然。知为官府录囚，惧不敢近，但畏缩于一隅。中一囚号哭不止，吏叱曰："此时知惧，何如当日勿作耶？"囚泣曰："吾为吾师所误也。吾师日讲学，凡鬼神报应之说，皆斥为佛氏之妄语。吾信其言，窃以为机械能深，弥缝能巧，则种种惟所欲为，可以终身不败露；百年之后，气反太虚，冥冥漠漠，并毁誉不闻，何惮而不恣吾意乎？不虞地狱非诬，冥王果有。始知为其所卖，故悔而自悲也。"一囚曰："尔之堕落由信儒，我则以信佛误也。佛家之说，谓虽造恶业，功德即可以消灭；虽堕地狱，经忏即可以超度。吾以为生前焚香布施，殁后延僧持诵，皆非吾力所不能。既有佛法护持，则无所不为，亦非地府所能治。不虞所谓罪福，乃论作事之善恶，非论舍财之多少。金钱虚耗，舂煮难逃，向非恃佛之故，又安敢纵恣至此耶？"语讫长号，诸囚亦皆痛哭。乃知其非人也。

夫《六经》具在，不谓无鬼神；三藏所谈，非以敛财赂。自儒者沽名，佛者渔利，其流弊遂至此极。佛本异教，缁徒藉是以谋生，是未足为责。儒者亦何必乃尔乎？

【导读】

此则故事大有趣，情节虽然简单，却深刻地批判了无所畏惧的讲学家和一部分佛教信徒。讲学家持无鬼之论，认为其凡鬼神报应之说，皆斥为佛氏之妄语，以至于种种惟所欲为，可以终身不败露；故事中的佛教信徒则因为相信虽造恶业，功德即可以消灭。于是他有佛法护持，则无所不为。但最终两人都吞下了恶行的苦果。晓岚写这个故事的最终目的无非是教人有所畏惧，不可肆无忌惮，也直接批判了“儒者沽名，佛者渔利，其流弊遂至此极”之现状。

四七 倪媪，武清人，年未三十而寡。舅姑欲嫁之，以死自誓。舅姑怒，逐诸门外，使自谋生。流离艰苦，抚二子一女，皆婚嫁，而皆不才。茕茕无倚，惟一女孙度为尼，乃寄食佛寺，仅以自存，今七十八岁矣。所谓青年矢志，白首完贞者欤！余悯其节，时亦周之，马夫人尝从容谓曰：“君为宗伯，主天下节烈之旌典。而此媪失诸目睫前，其故何欤？”

余曰：“国家典制，具有条格。节妇烈女，学校同举于州郡，州郡条上于台司，乃具奏请旨，下礼曹议，从公论也。礼曹得察核之，进退之，而不得自搜罗之，防私防滥也。譬司文柄者，棘闱墨牍，得握权衡，而不能取未试遗材，登诸榜上。此媪久去其乡，既无举者；京师人海，又谁知流寓之内，有此孤嫠？沧海遗珠，盖由于此。岂余能为而不为欤？”

念古来潜德，往往借稗官小说，以发幽光。因撮厥大凡，附诸琐录。虽书原志怪，未免为例不纯，于表章风教之旨，则未始不一耳。

【导读】

老节妇含辛茹苦，却仍无法得到彰表。此与清代彰表之程序有关：“国家典制，具有条格，节妇烈女，学校同举于州郡，州郡条上于台司，乃具奏请旨，下礼曹议，从公论也。礼曹得察核之，进退之，而不得自搜罗之，防私防滥也。”如果说当时的百姓是弱势群体，那么节妇就是弱势中的弱势，她们被泯灭乡间，凄惨地离世。晓岚虽对此多表同情，但也无可奈何，徒增感慨。

卷十五　姑妄听之(一)

余性耽孤寂[①]，而不能自闲。卷轴笔砚，自束发至今，无数十日相离也。三十以前，讲考证之学，所坐之处，典籍环绕如獭祭[②]。三十以后，以文章与天下相驰骤[③]，抽黄对白[④]，恒彻夜构思。五十以后，领修秘籍，复折而讲考证。今老矣，无复当年之意兴，惟时拈纸墨，追录旧闻，姑以消遣岁月而已。故已成《滦阳消夏录》等三书，复有此集。缅昔作者，如王仲任、应仲远，引经据古，博辨宏通；陶渊明、刘敬叔、刘义庆，简淡数言，自然妙远。诚不敢妄拟前修，然大旨期不乖于风教[⑤]。若怀挟恩怨，颠倒是非，如魏泰、陈善之所为，则自信无是矣。适盛子松云欲为剞劂[⑥]，因率书数行弁于首。以多得诸传闻也，遂采庄子之语，名曰《姑妄听之》。乾隆癸丑七月二十五日[⑦]，观弈道人自题。

【注释】

① 耽：喜好。② 獭祭：这里比喻典籍之多。③ 驰骤：指在某个领域纵横自如，悉心研讨，而有所建树。④ 抽黄对白：谓只求对仗工稳。⑤ 乖：背离，违背。⑥ 剞(jī)劂(jué)：雕板，刻印。⑦ 乾隆癸丑：乾隆五十八年(1793)。

一　冯御史静山家，一仆忽发狂自挝[①]，口作谵语云[②]：“我虽落拓以死，究是衣冠。何物小人，傲不避路？今惩尔使知。”静山自往视之，曰：“君白昼现形耶？幽明异路，恐于理不宜。君隐形耶？则君能见此辈，此辈不能见君，又何从而相避？”其仆俄如昏睡，稍顷而醒，则已复常矣。

门人桐城耿守愚，狷介自好[③]，而喜与人争礼数。余尝与论此事，曰：“儒者每盛气凌轹，以邀人敬，谓之自重。不知重与不重，视所自为。苟道德无愧于圣贤，虽王侯拥篲不能荣[④]，虽胥靡版筑不能辱[⑤]。可贵者在我，则在外者不足计耳。如必以在外为重轻，是待人敬我我乃荣，人不敬我我即辱。舆台仆妾，皆可操我之荣辱，毋乃自视太轻欤？”守愚曰：“公生长富贵，故持论如斯。寒士不贫贱骄人，则崖岸不立，益为人所贱矣。”余曰：“此田子方之言，朱子已驳之。其为客气不待辩，即就其说而论，亦谓道德本重，不以贫贱而自屈，非毫无道德，但贫贱即可骄人也。信如君言，则乞丐较君为更贫，奴隶较君为更贱，群起而骄君，君亦谓之能立品乎？先师陈白崖先生，尝手题一联于书室曰：‘事能知足心常惬，人到无求品自高。’斯真探本之论，七字可以千古矣。”

【注释】

① 挝(zhuā)：敲打。② 谵语：胡乱之语。③ 狷介：孤高洁身。④ 拥篲：拿扫帚扫门，表示恭恭敬敬迎接宾客或长者。⑤ 胥靡：古代服劳役之奴隶或刑徒。

【导读】

鬼魅不自修，白昼现形于世，则幽明异路，于理不宜；隐形则不能为世人所见。晓岚藉此昭示世人，道德品性贵在自修，“苟道德无愧于圣贤，虽王侯拥篲不能荣，虽胥靡版筑不能辱。可贵者在我，则在外者不足计耳”。

二　卜者童西硐言：尝见有二人对弈，一客预点一弈图，如黑九三、白六五之类，封置笥中[①]。弈毕发视，一路不差。竟不知其操何术。

按《前定录》载：开元中，宣平坊王生，为李揆卜进取。授以一缄，可数十纸，曰：“君除拾遗日发此。”后揆以李璆荐，命宰臣试文词：一题为《紫丝盛露囊赋》，一题为《答吐蕃书》，一题为《代南越献白孔雀表》。揆自午至酉而成，凡涂八字，旁注两句。翌日，授左拾遗。旬馀，乃发王生之缄视之，三篇皆在其中，涂注者亦如之。是古有此术，此人偶得别传耳。

夫操管运思，临枰布子，虽当局之人，有不能预自主持者。而卜者乃能先知之。是任我自为之事，尚莫逃定数，巧取强求，营营然日以心斗者，是亦不可以已乎！

【注释】

① 笥：竹制的匣子。

【导读】

此则故事表层之意为世间之事，皆有定数，非人力可为，不可强求，世人则不必营营然日以心斗。其目的则在于藉此息人间争斗之心。

三　陈来章先生，余姻家也。尝得一古砚，上刻云中仪凤形。梁瑶峰相国为之铭曰：“其鸣将将，乘云翱翔。有妫之祥[①]，其鸣归昌[②]。云行四方，以发德光。”时癸巳闰三月也[③]，（按：原题惟作闰月，盖古例如斯。）至庚子[4]，为人盗去。丁未[5]，先生仲子闻之，多方购得。癸丑六月[6]，复乞铭于余。余又为之铭曰："失而复得，如宝玉大弓。孰使之然？故物适逢。譬威凤之翀云[7]。翩没影于遥空。及其归也，必仍止于梧桐。"

故家子孙，于祖宗手泽，零落弃掷者多矣。余尝见媒媪携玉佩数事，云某公家求售。外裹残纸，乃北宋椠《公羊传》四页，为怅惘久之。闻之于先人已失之器，越八载购得，又乞人铭以求其传。人之用心，盖相去远矣。

【注释】

① 妫：姓，虞舜居妫汭，因以为氏。这里指圣贤。② 归昌：谓凤凰集鸣。③ 癸巳：乾隆三十八年(1773)。④ 庚子：乾隆四十五年(1780)。⑤ 丁未：乾隆五十二年(1787)。⑥ 癸丑：乾隆五十八年(1793)。⑦ 威凤：瑞鸟。旧说凤有威仪，故称。翀：向上直飞，同"冲"。

【导读】

前人丢失古砚，历经八年方才购得，后又乞人为其作传，对于此事，晓岚怅惘于今人随意丢弃祖先流传之物，告诫后人应认真收藏祖先之珍宝遗产。

四　董家庄佃户丁锦，生一子曰二牛。又一女赘曹宁为婿，相助工作，甚相得也。二牛生一子曰三宝。女亦生一女，因住母家，遂联名曰四宝。其生也同年同月，差数日耳。姑嫂互相抱携，互相乳哺，襁褓中已结婚姻。三宝、四宝又甚相爱，稍长，即跬步不离。小家不知别嫌疑，于二儿嬉戏时，每指曰："此汝夫，此汝妇也。"二儿虽不知为何语，然闻之则已稔矣。七八岁外，稍稍解事，然俱随二牛之母同卧起，不相避忌。

会康熙辛丑至雍正癸卯[1]，岁屡歉，锦夫妇并殁。曹宁先流转至京师，贫不自存，质四宝于陈郎中家。(不知其名，惟知为江南人。)二牛继至，会郎中求馆僮，亦质三宝于其家，而诫勿言与四宝为夫妇。郎中家法严，每笞四宝，三宝必暗泣；笞三宝，四宝亦然。郎中疑之，转质四宝于郑氏，(或云，即貂皮郑也。)而逐三宝。三宝仍投旧媒媪，又引与一家为馆僮。久而微闻四宝所在，乃夤缘入郑氏家[2]。数日后，得见四宝，相持痛哭。时已十三四矣。郑氏怪之，则诡以兄妹相逢对。郑氏以其名行第相连，遂不疑。然内外隔绝，仅出入时相与目成而已。

后岁稔，二牛、曹宁并赴京赎子女，辗转寻访至郑氏。郑氏始知其本夫妇，意甚悯恻，欲助之合卺，而仍留服役。其馆师严某，讲学家也，不知古今事异，昌言排斥曰："中表为婚礼所禁，亦律所禁，违之且有天诛。主人意虽善，然我辈读书人，当以风化为己任。见悖理乱伦而不沮，是成人之恶，非君子也。"以去就力争。郑氏故良懦，二牛、曹宁亦乡愚，闻违法罪重，皆慑而止。后四宝鬻为选人妾，不数月病卒。三宝发狂走出，莫知所终。

或曰："四宝虽被迫胁去，然毁容哭泣，实未与选人共房帏。惜不知其详耳。"果其如是，则是二人者，天上人间，会当相见，定非一瞑不视者矣。惟严某作此恶业，不知何心，亦不知其究竟。然神理昭昭，当无善报。或又曰："是非泥古，亦非好名。殆觊觎四宝，欲以自侍耳。"若然，则地狱之设，正为斯人矣！

【注释】

① 康熙辛丑：康熙六十年(1721)。雍正癸卯：雍正元年(1723)。② 夤缘：本指攀附上升，后喻攀附权贵，向上巴结。

【导读】

三宝、四宝青梅竹马，虽为中表姻戚，然情深似海，其中虽屡遭跌蹶，但其情一也。然馆师严某以封建伦理礼教、律法为理由而将他们强行拆散，导致有情人劳燕分飞：四宝嫁为人妾，郁郁而终；三宝亦发狂出走。晓岚对馆师之所为极为不满，相信这一对有情人"天上人间，会当相见"，一定会有一美满之结局。同时，亦告诫严某为代表的所谓读书知礼之人，对于有情男女勿苛刻相胁，否则必遭天谴，表现出在婚姻问题上的开明态度。

五　乾隆戊午[①]，运河水浅，粮艘衔尾不能进，共演剧赛神，运官皆在。方演《荆钗记·投江》一出，忽扮钱玉莲者长跪哀号，泪随声下，口喃喃诉不止，语作闽音，啁哳无一字可辨。知为鬼附，诘问其故，鬼又不能解人语。或投以纸笔，摇首似道不识字，惟指天画地，叩额痛哭而已。无可如何，掖于岸上，尚呜咽跳掷，至人散乃已。久而稍苏，自云突见一女子，手携其头自水出。骇极失魂，昏然如醉，以后事皆不知也。

此必水底羁魂，见诸官会集，故出鸣冤。然形影不睹，言语不通，遣善泅者求尸，亦无迹。旗丁又无新失女子者，莫可究诘。乃连衔具牒，焚于城隍祠。越四五日，有水手无故自刭死。或即杀此女子者，神谴之欤？

【注释】

① 乾隆戊午:乾隆三年(1738)。

【导读】

运河上演神剧时,扮者被女鬼附体,指天画地,叩额痛苦。众人寻其尸身于水下,不得,亦无法昭雪其冤情。不久,有水手无故自到而死,盖即杀此女子者,而神遣之也。以此告诫世人,天理昭昭,作恶必有报。

六 郑太守慎人言:尝有数友论闽诗,于林子羽颇致不满。夜分就寝,闻笔砚格格有声,以为鼠也。次日,见几上有字二行,曰:"如'檄雨古潭暝,礼星寒殿开',似钱、郎诸公,都未道及,可尽以为唐摹晋帖乎?"

时同寝数人,书皆不类。数人以外,又无人能作此语者。知文士争名,死尚未已。郑康成为厉之事,殆不虚乎。

【导读】

文人相轻,亦重名节,虽死犹化为厉鬼以争名,可哂亦可悲也!

七 "遗秉"、"滞穗",寡妇之利,其事远见于周雅。乡村麦熟时,妇孺数十为群,随刈者之后,收所残剩,谓之拾麦。农家习以为俗,亦不复回顾,犹古风也。人情渐薄,趋利若骛,所残剩者不足给,遂颇有盗窃攘夺,又浸淫而失其初意者矣。故四五月间,妇女露宿者遍野。

有数人在静海之东,日暮后趁凉夜行,遥见一处有灯火,往就乞饮。至则门庭华焕,僮仆皆鲜衣,堂上张灯设乐,似乎燕宾。遥望三贵人据榻坐,方进酒行炙[①]。众陈投止意,阍者为白主人,颔之。俄又呼回,似附耳有所嘱。阍者出,引一媪悄语曰:"此去城市稍远,仓卒不能致妓女。主人欲于同来女伴中,择端正者三人侑酒荐寝,每人赠百金,其馀亦各有犒赏。媪为通词,犒赏当加倍。"媪密告众。众利得资,怂恿幼妇应其请。遂引三人入,沐浴妆饰,更衣裙侍客。诸妇女皆置别室,亦大有酒食。至夜分,三贵人各拥一妇入别院,阖家皆灭烛就眠。诸妇女行路疲困,亦酣卧不知晓。比日高睡醒,则第宅人物,一无所睹,惟野草芃芃[②],一望无际而已。寻觅三妇,皆裸露在草间。所更衣裙已不见,惟旧衣抛十馀步外,幸尚存。视所与金,皆纸铤。疑为鬼,而饮食皆真物,又疑为狐。或地近海滨,蛟螭水怪所为欤?

贪利失身,乃只博一饱。想其惘然相对,忆此一宵,亦大似邯郸枕上矣[5]。先兄晴湖则曰："舞衫歌扇，仪态万方，弹指繁华，总随逝水。鸳鸯社散之日，茫茫回首，旧事皆空，亦与三女子裸露草间，同一梦醒耳！岂但海市蜃楼，为顷刻幻景哉？"

【注释】

① 行炙：传送烤肉。亦指酒宴时上菜。② 芃(péng)芃：茂盛貌。③ 邯郸：以"邯郸梦"喻虚幻之事。

【导读】

一群拾麦妇女为求一饱、贪求小利而竟失身于鬼狐。讽世道荒乱，德之不修，节之不重。告诫世人"弹指繁华，总随逝水"，繁华快乐终究是短暂的，到头来终究为空，正所谓"鸳鸯社散之日，茫茫回首，旧事皆空"，希望世人修品性，重名节，勿贪利失节，亦其中颇含佛家"色空"之意。

八　郑慎人言：曩与数友往九鲤湖，宿仙游山家。夜凉未寝，出门步月。忽轻风泠然，穿林而过，木叶簌簌，栖鸟惊飞。觉有种种花香，沁人心骨。出林后沿溪而去，水禽亦磔格乱鸣[1]，似有所见，然凝睇无睹也，心知为仙灵来往。次日，寻视林内，微雨新晴，绿苔如罽，步步皆印弓弯，又有跣足之迹，然总无及三寸者。溪边泥迹亦然，数之，约二十馀人。指点徘徊，相与叹异，不知是何神女也。

慎人有四诗纪之，忘留其稿，不能追忆矣。

【注释】

① 磔格：象声词。鸟鸣声。

【导读】

晓岚一生虽致力于学术，然亦颇有情趣，于诗歌创作亦颇有心得。《阅微》中诸多篇章颇有诗情画意。此则笔记形同一首朦胧诗也。笔记状仙女之过处，先是"轻风泠然，穿林而过，木叶簌簌，栖鸟惊飞"，风过而叶落，叶落而栖鸟惊飞；随之则是种种花香，沁人心骨。沿溪而去，水禽亦磔格乱鸣。第二天，寻视林内，微雨新晴，绿苔如罽，步步皆印弓弯，又有跣足之迹，然总无及三寸者。溪边泥迹亦然。全篇写轻风、木叶、栖鸟、花香、水禽，唯独未写仙女，然读者时时感受仙女过处，用笔俭省，动静相间，处处烘托，朦朦胧胧，唤起读者无限遐思，真神来之笔也！

九　三座塔(蒙古名古尔板苏巴尔，汉唐之营州柳城县，辽之兴中府。

今为喀刺沁右翼地。)金巡检言:(裘文达公之侄婿,偶忘其名。)有樵者山行遇虎,避入石穴中,虎亦随入。穴故嵌空而缭曲,辗转内避,渐不容虎。而虎必欲搏樵者,努力强入。樵者窘迫,见旁一小窦,尚足容身,遂蛇行而入。不意蜿蜒数步,忽睹天光,竟反出穴外。乃力运数石,窒虎退路,两穴并聚柴以焚之。虎被熏灼,吼震岩谷,不食顷,死矣。此事亦足为当止不止之戒也。

【导读】

樵者山行遇虎,不得已避入石穴。虎亦随入。此乃你死我活关键之时,樵者利用缭曲之洞形,蜿蜒数步,竟反出穴外,占得先机,反置猛虎于死地。樵者于生死关头,审时度势,情急之间,化险为夷,可谓智矣!而虎先处优势,然未能审时度势,当止不止,将优势化为劣势,终致困死,可谓愚矣!晓岚藉此告诫世人凡事勿过其甚,当止则止,识时务者乃为俊杰。

一〇　陈句山前辈移居一宅,搬运家具时,先置书十馀箧于庭。似闻树后小语曰:"三十馀年,此间不见此物也。"视之阒如[②]。或曰:"必狐也。"句山掉首曰:"解作此语,狐亦大佳。"

【注释】

① 阒如:空虚貌。

【导读】

狐之语犹如空谷传音,将渠对书之渴想淋漓尽致地传达出来,令人顿生敬仰之情。此语出自狐之口,真大不简单。《阅微》中之狐大多知书达礼,喜书爱画,富有浓郁之文化气息。这实际上寄托了晓岚自己的文化追求。此则故事,篇幅短小,然构思精巧,涵蕴丰富,乃《阅微》中之佳作也。

一一　献县一令,待吏役至有恩。殁后,眷属尚在署,吏役无一存问者[①]。强呼数人至,皆狰狞相向,非复曩时。夫人愤恚,恸哭柩前,倦而假寐。恍惚见令语曰:"此辈无良,是其本分。吾望其感德已大误,汝责其负德,不又误乎?"霍然忽醒,遂无复怨尤。

【注释】

① 存问:慰问。

【导读】

吏役之嘴脸凸显世情之冷暖、人情之冷漠。县令之言乃洞悉世情之语。

一二 康熙末，张歌桥（河间县地）有刘横者（横读去声，以其强悍得此称，非其本名也。）居河侧。会河水暴满，小舟重载者往往漂没。偶见中流一妇，抱断橹浮沉波浪间，号呼求救。众莫敢援，横独奋然曰："汝曹非丈夫哉，乌有见死不救者！"自掉舴艋追三四里[①]，几覆没者数，竟拯出之，越日，生一子。

月馀，横忽病，即命妻子治后事。时尚能行立，众皆怪之。横太息曰："吾不起也。吾援溺之夕，恍惚梦至一官府。吏卒导入，官持簿示吾曰：'汝平生积恶种种，当以今岁某日死，堕豕身，五世受屠割之刑。幸汝一日活二命，作大阴功，于冥律当延二纪。今销除寿籍，用抵业报，仍以原注死日死。缘期限已迫，恐世人昧昧，疑有是善事，反促其生，故召尔证明，使知其故。今生因果并完矣，来生努力可也。'醒而心恶之，未以告人。今届期果病，尚望活乎？"既而竟如其言。此见神理分明，毫厘不爽。乘除进退，恒合数世而计之。勿以偶然不验，遂谓天道无知也。

【注释】

① 舴艋：小船。

【导读】

刘横者，生平积恶甚多，然能"一日活二命"，前者当诛，后者当赞。晓岚藉此昭示天理公道：善有善报，恶有恶报。

一三 吴僧慧贞言：有浙僧立志精进，誓愿坚苦，胁未尝至席[①]。一夜，有艳女窥户。心知魔至，如不见闻。女蛊惑万状，终不能近禅榻。后夜夜必至，亦终不能使起一念。女技穷，遥语曰："师定力如斯，我固宜断绝妄想。虽然，师忉利天中人也，知近我则必败道，故畏我如虎狼。即努力得到非非想天，亦不过柔肌著体，如抱冰雪；媚姿到眼，如见尘壒[②]，不能离乎色相也。如心到四禅天，则花自照镜，镜不知花；月自映水，水不知月，乃离色相矣。再到诸菩萨天，则花亦无花，镜亦无镜，月亦无月，水亦无水，乃无色无相，无离不离，为自在神通不可思议。师如敢容我一近，而真空不染，则摩登伽一意皈依，不复再扰阿难矣。"僧自揣道力足以胜魔，坦然许之。偎倚抚摩，竟毁戒体。懊丧失志，侘傺以终。

夫"磨而不磷，涅而不缁"，惟圣人能之，大贤以下弗能也。此僧中于一激，遂开门揖盗。天下自恃可为，遂为人所不敢为，卒至溃败决裂者，皆此僧也哉！

【注释】

① 胁(xié)：身体从腋下到肋骨尽处部分。② 尘壒(ài)：灰尘、尘埃。

一四 德慎斋扶乩，其仙降坛不作诗，自署名曰“刘仲甫”，众不知为谁。有一国手在侧[①]，曰：“是南宋国手，著有《棋诀》四篇者也。”因请对弈。乩判曰：“弈则我必负。”固请，乃许。乩果负半子。众曰：“大仙谦挹，欲奖成后进之名耶?”乩判曰：“不然。后人事事不及古，惟推步与弈棋则皆胜古。或谓因古所及，更复精思，故已到竿头，又能进步，是为推步言，非为弈棋言也。盖风气日薄，人情日巧，其倾轧攻取之术，两机激薄[②]，变幻万端，吊诡出奇，不留馀地。古人不肯为之事，往往肯为；古人不敢冒之险，往往敢冒；古人不忍出之策，往往忍出。故一切世事心计，皆出古人上。弈棋亦心计之一，故宋元国手，至明已差一路，今则差一路半矣。然古之国手，极败不过一路耳。今之国手，或败至两路三路，是则踏实蹈虚之辨也。”问：“弈竟无常胜法乎?”又判曰：“无常胜法，而有常不负法，不弈则常不负矣。仆猥以夙慧，得作鬼仙。世外闲身，名心都尽。逢场作戏，胜败何关?若当局者角争得失，尚慎旃哉[③]！”四座有经历世故者，多喟然太息。

【注释】

① 国手：才艺技能(如棋艺、医道等)冠绝全国的人。② 激薄：接触，撞击。③ 旃(zhān)：文言助词，相当于“之”或“之焉”。

【导读】

此则笔记构思极精巧，表面言棋道，而实际讽世情。弈棋之精髓在于算计与机巧。“后人事事不及古，惟推步与弈棋则皆胜古”，乃讽刺今人之精于算计与机巧也。“风气日薄，人情日巧，其倾轧攻取之术，两机激薄，变幻万端，吊诡出奇，不留馀地。古人不肯为之事，往往肯为；古人不敢冒之险，往往敢冒；古人不忍出之策，往往忍出。故一切世事心计，皆出古人上。弈棋亦心计之一，故宋元国手，至明已差一路，今则差一路半矣。”这些话说得很艺术，讽刺却极深刻。

一五 季沧洲言：有狐居某氏书楼中数十年矣，为整理卷轴，驱除虫鼠，善藏弆者不及也[①]。能与人语，而终不见其形。宾客宴集，或虚置一席，亦出相酬酢。词气恬雅，而谈言微中，往往倾其座人。

一日，酒纠宣觞政，约各言所畏，无理者罚，非所独畏者亦罚。有云畏讲学者，有云畏名士者，有云畏富人者，有云畏贵官者，有云畏善谀者，有云畏过谦者，有云畏礼法周密者，有云畏缄默慎重、欲言不言者。最后问狐，则曰："吾畏狐。"众哗笑曰："人畏狐可也，君为同类，何所畏？请浮大白。"狐哂曰："天下惟同类可畏也。夫瓯、越之人，与溪、霅不争地；江海之人，与车马不争路。类不同也。凡争产者，必同父之子；凡争宠者必同夫之妻；凡争权者，必同官之士；凡争利者，必同市之贾。势近则相碍，相碍则相轧耳。且射雉者媒以雉，不媒以鸡鹜；捕鹿者由以鹿，不由以羊豕。凡反间内应，亦必以同类。非其同类，不能投其好而入，伺其隙而抵也。由是以思，狐安得不畏狐乎？"座有经历险阻者，多称其中理。独一客酌酒狐前曰："君言诚确。然此天下所同畏，非君所独畏，仍宜浮大白。"乃一笑而散。

余谓狐之罚觞，应减其半。盖相碍相轧，天下皆知之。至伏肘腋之间，而为心腹之大患；托水乳之契，而藏钩距之深谋，则不知者或多矣。

【注 释】

① 弆(jǔ)：收藏，保藏。

【导 读】

"盖相碍相轧，天下皆知之。至伏肘腋之间，而为心腹之大患；托水乳之契，而藏钩距之深谋，则不知者或多矣。"晓岚对世情之洞悉，可谓鞭辟入里，似更高于狐一筹！

一六 蘅洲言：其乡某甲甚朴愿，一生无妄为。一日昼寝，梦数役持牒摄之去。至一公署，则冥王坐堂上，鞫以谋财杀某乙。某乙至，亦执甚坚。盖某乙自外索逋归，天未曙，趁凉早发。遇数人，见腰缠累然，共击杀之，携赀遁，弃尸岸旁。某甲适棹舴艋过，见尸大骇，视之，识为某乙，尚微有气。因属邻里，抱置舟上，欲送之归。某乙垂绝，忽稍苏，张目见某甲，以为众夺财去，某甲独载尸弃诸江也。故魂至冥司，独讼某甲。冥王检籍，云盗为某某，非某甲。某乙以亲见固争。冥吏又以冥籍无误理，与某乙固争。冥王曰："冥籍无误，论其常也。然安知千百万年不误者，不偶此一误乎？我断之不如人质之也，吏言之不如囚证之也。”故拘某甲。某甲具述载送意。照以业镜，如所言。某乙乃悟。某甲初窃怪误拘，冥王告以故，某甲亦悟。遂别治某乙狱，而送某甲归。夫折狱之明决，至冥司止矣；案牍之详确，至冥司亦止矣。而冥王若是不自信也，又若是不惮烦也，斯冥王所以为冥王欤！

【导读】

一无名小卒某甲，白天睡觉时，梦见被押至冥间，进行审问，原来是因为某乙在路上遭人抢劫，被人谋杀。某甲在路上遇到遇害的某乙，急忙进行救助，某乙在临终时，迷糊中看见某甲，以为是某甲杀害了他，所以在冥王处状告某甲。故冥王拘其生魂对簿冥府，案情遂明。晓岚感慨冥府决狱讼之英明，盖冀人世官府断狱清明也。

一七 “仲尼不为已甚”，岂仅防矫枉过直哉，圣人之所虑远也。老子曰：“民不畏死，奈何以死畏之！”夫民未尝不畏死，至知必死乃不畏。至不畏死，则无事不可为矣。

小时闻某大姓为盗劫，悬赏格购捕。半岁馀，悉就执，亦俱引伏。而大姓恨盗甚[①]，以多金赂狱卒，百计苦之：至足不躡地，胁不到席，束缚不使如厕，裤中蛆虫蠕蠕嘬股髀，惟不绝饮食，使勿速死而已。盗恨大姓甚，私计强劫得财，律不分首从斩；轮奸妇女，律亦不分首从斩。二罪从一科断，均归一斩，万无加至磔裂理。乃于庭鞫时，自供遍污其妇女。官虽不据以录供，而众口坚执，众耳共闻，迄不能灭此语。不善大姓者又从而附会，谓盗已论死足蔽罪，而不惜多金又百计苦之，其衔恨次骨正以此。人言籍籍[②]，亦无从而辨此疑，遂大为门户玷，悔已无及。

夫劫盗骈戮[③]，不能怨主人；即拷掠追讯，桎梏幽系，亦不能怨主人，法所应受也。至虐以法外，则其志不甘。掷石击石，力过猛必激而反。取一时之快，受百世之污，岂非已甚之故乎？然则圣人之所虑远矣。

【注释】

① 大姓：世家大族。② 籍籍：形容喧哗纷乱的样子。③ 骈戮：一并被杀。

【导读】

盗贼固然可恨，某大姓将其付之有司，按司法程序处置，盗贼自然会受到法律之制裁。不意大姓另生枝节，于法外施虐，百计苦之，至过激而贻害无穷。大姓亦自蒙其羞。仲尼所谓"不为已甚"乃箴世良言，不可忽视！

一八 霍养仲言：雍正初，东光有农家，粗具中人产。一夕，有劫盗，不甚搜财物，惟就衾中曳其女，掖入后圃，仰缚曲项老树上，盖其意本不在劫也。女哭詈。客作高斗，睡圃中，闻之跃起，挺刃出与斗。盗尽披靡，女以免。女恚愤泣涕，不语不食，父母宽譬终不解，穷诘再三，始出一语曰："我身裸露，可令高斗见乎？"父母喻意，竟以妻斗。

此与楚钟建事适相类。然斗始愿不及此，徒以其父病，主为医药；及死为棺敛，葬以隙地，而招其母司炊煮，故感激出死力耳。罗大经《鹤林玉露》载咏朱亥诗曰："高论唐虞儒者事，负君卖友岂胜言。凭君莫笑金椎陋，却是屠沽解报恩。"至哉言乎！

【导读】

农家女遭劫，客作高斗奋力解救。女之父母竟以女妻之。然高斗本因感恩而行事，不料竟得好处。可谓知恩图报，终有善果。

一九 太白诗曰："徘徊映歌扇，似月云中见；相见不相亲，不如不相见。"此为冶游言也。人家夫妇有睽离阻隔，而日日相见者，则不知是何因果矣。

郭石洲言：中州有李生者，娶妇旬馀而母病，夫妇更番守侍，衣不解结者七八月。母殁后，谨守礼法，三载不内宿。后贫甚，同依外家。外家亦仅仅温饱，屋宇无多，扫一室留居。未匝月，外姑之弟远就馆，送母来依姊。无室可容，乃以母与女共一室，而李生别榻书斋，仅早晚同案食耳。阅两载，李生入京规进取，外舅亦携家就幕江西。后得信，云妇已卒。

李生意气懊丧，益落拓不自存，仍附舟南下觅外舅。外舅已别易主人，随往他所。无所栖托，姑卖字糊口。一日，市中遇雄伟丈夫，取视其字曰："君书大好。能一岁三四十金，为人书记乎？"李生喜出望外，即同登舟。烟水渺茫，不知何处。至家，供张亦甚盛。及观所属笔札，则绿林豪客也。无可如何，姑且依止。虑有后患，因诡易里籍姓名。

主人性豪侈，声伎满前，不甚避客。每张乐，必召李生。偶见一姬，酷肖其妇，疑为鬼。姬亦时时目李生，似曾相识。然彼此不敢通一语。盖其外舅江行，适为此盗所劫，见妇有姿首，并掠以去。外舅以为大辱，急市薄槥，诡言女中伤死，伪为哭敛，载以归。妇惮死失身，已充盗后房。故于是相遇，然李生信妇已死，妇又不知李生改姓名，疑为貌似，故两相失。大抵三五日必一见，见惯亦不复相目矣。如是六七年。

一日，主人呼李生曰："吾事且败，君文士不必与此难。此黄金五十两，君可怀之，藏某处丛荻间。候兵退，速觅渔舟返。此地人皆识君，不虑其不相送也。"语讫，挥手使急去伏匿。未几，闻哄然格斗声。既而闻传呼曰："盗已全队扬帆去，且籍其金帛妇女。"时已曛黑，火光中窥见诸乐伎皆披发肉袒，反接系颈，明日，岛上无一人，痴立水次。良久，忽一人棹小舟呼曰："某先生耶？大王故无恙，且送先生返。"行一日夜，至岸。惧遭物色，乃怀金北归。

至则外舅已先返。仍住其家，货所携，渐丰裕。念夫妇至相爱，而结褵十载[①]，始终无一月共枕席。今物力稍充，不忍终以薄槥葬。拟易佳木，且欲一睹其遗骨，亦夙昔之情。外舅力沮不能止，词穷吐实。

急兼程至豫章，冀合乐昌之镜。则所俘乐伎，分赏已久，不知流落何所矣。每回忆六七年中，咫尺千里，辄惘然如失。又回忆被俘时，缧绁鞭笞之状，不知以后摧折，更复若何，又辄肠断也。从此不娶。闻后竟为僧。

戈芥舟前辈曰："此事竟可作传奇，惜末无结束，与《桃花扇》相等。虽曲终不见，江上峰青，绵邈含情，正在烟波不尽，究未免增人怊怅耳。"

【注释】

① 褵（lí）：古时妇女出嫁时佩戴的配巾。

【导读】

兵荒马乱，患难夫妻共处一屋檐之下，却咫尺天涯，几经周折，最终竟失之交臂。此则故事真实地展现了兵荒马乱之际，普通百姓流离失所、悲欢离合之生存境遇。故事情节复杂、叙述婉转。读之，使人如行山阴道上，应接不暇，与《阅微》别的篇章叙述简约之风格明显不同。故事之结尾，打破了传统大团圆的模式，"虽曲终不见，江上峰青，绵邈含情，正在烟波不尽"，给读者以无限之想象空间，真实地反映了当时的历史现状，具有较强的社会意义。

二〇　金可亭（此浙江金孝廉，名嘉炎。与金大司农同姓同号，各自一人。)言:有赵公者,官监司。晚岁家居,得一婢曰紫桃,宠专房,他姬莫当夕。紫桃亦婉娈善奉事①,呼之必在侧,百不一失。赵公固聪察,疑有异,于枕畔固诘。紫桃自承为狐,然夙缘当侍公,与公无害。昵爱久,亦弗言。家有园亭,一日立两室间,呼紫桃。则两室各一紫桃出。乃大骇。紫桃谢曰:“妾分形也。”

偶春日策杖郊外,逢道士与语,甚有理致。情颇洽,问所自来。曰:“为公来。公本谪仙,限满当归三岛。今金丹已为狐所盗,不可复归。再不治,虑寿限亦减。仆公旧侣,故来视公。”赵公心知紫桃事,邀同归。

道士踞坐厅事,索笔书一符,曼声长啸。邸中纷纷扰扰,有数十紫桃,容色衣饰,无毫发差,跪庭院皆满。道士呼真紫桃出。众相顾曰:“无真也。”又呼最先紫桃出。一女叩额曰:“婢子是。”道士叱曰:“尔盗赵公丹已非,又呼朋引类,务败其道,何也?”女对曰:“是有二故:赵公前生,炼精四五百年,元关坚固,非更番迭取不能得。然赵公非碌碌者,见众美遝进②,必觉为蛊惑,断不肯纳。故终始共幻一形,匿其迹也。今事已露,愿散去。”

道士挥手令出,顾赵公太息曰:“小人献媚旅进,君子弗受也。一小人伺君子之隙,投其所尚,众小人从而阴佐之,则君子弗觉矣。《易·姤卦》之初六,一阴始生,其象为系于金柅③。柅以止车,示当止也。不止则履霜之初,即坚冰之渐。浸假而《剥卦》六五至矣。今日之事,是之谓乎?然苟无其隙,虽小人不能伺;苟无所好,虽小人不能投。千金之堤,溃于蚁漏,有罅故也。公先误涉旁门,欲讲容成之术;既而耽玩艳冶,失其初心。嗜欲日深,故妖物乘之而麕集。衅因自起,于彼何尤?此始此终,固亦其理。驱之而不谴,盖以是耳。吾来稍晚,于公事已无益。然从此摄心清静,犹不失作九十翁。”再三珍重,瞥然而去。赵公后果寿八十馀。

【注释】

① 娈:美好。② 遝:同“沓”。众多的样子。③ 柅:止车之木。

【导读】

人之一生,最畏有隙。一旦有隙,小人则会伺君子之隙,投其所尚,众小人从而阴佐之,即便是金刚之躯,亦能败之。所谓“千金之堤,溃于蚁漏”是也。然苟无其隙,虽小人不能伺;苟无所好,虽小人不能投。君子不可不深思矣!

二一　居卫河侧者言：河之将决，中流之水必凸起，高于两岸；然不知其在何处也。至棒椎鱼集于一处，则所集之处不一两日溃矣。父老相传，验之百不失一。棒椎鱼者，象其形而名，平时不知在何所，网钓亦未见得之者，至河暴涨乃麕至[①]。护堤者见其以首触岸，如万杵齐筑，则决在斯须间矣，岂非数哉！

然唐尧洪水，天数也；神禹随刊，则人事也。惟圣人能知天，惟圣人不委过于天。先事而绸缪，后事而补救，虽不能消弭，亦必有所挽回。

【注释】

① 麕：同"群"。

【导读】

河之将决，棒椎鱼集于将决之处。护堤者据此虽不能止其决，亦必有所挽回。晓岚藉此告诫世人事发生前应周全考虑，事发后要及时补救，这样，即使不能消除原先的过错，亦能够于事有所挽回。

二二　先曾祖母王太夫人八旬时，宾客满堂。奴子李荣司茶酒，窃沧酒半罂，匿房内。夜归将寝，闻罂中有鼾声，怪而撼之。罂中忽语曰："我醉欲眠，尔勿扰。"知为狐魅，怒而极撼之。鼾益甚。探手引之，则一人首出罂口，渐巨如斗，渐巨如栲栳。荣批其颊，则掉首一摇，连罂旋转，砰然有声，触瓮而碎，已涓滴不遗矣。荣顿足极骂，闻梁上语曰："长孙无礼！（长孙，荣之小名也。）许尔盗不许我盗耶？尔既惜酒，我亦不胜酒。今还尔。"据其项而呕，自顶至踵，淋漓殆遍。

此与余所记西城狐事相似而更恶作剧。然小人贪冒，无一事不作奸，稍料理之。未为过也。

【导读】

李荣偷酒，反遭狐精偷吃，并受其侮辱。晓岚借以讽刺那些贪婪奸诈之人为人所不耻，鬼神亦诛之。

二三　安州陈大宗伯，宅在孙公园。（其后废墟即孙退谷之别业。）后有楼贮杂物，云有狐居，然不甚露形声也。一日，闻似相诟谇；忽乱掷牙牌于楼下，琤琤如雹。数之，得三十一扇，惟阙二四一扇耳。二四幺二，牌家谓之至尊，（以合为九数故也。）得者为大捷。疑其争此二扇，怒而抛弃欤？余儿时曾亲见之。

杜工部大呼五白，韩昌黎博塞争财，李习之作《五木经》，杨大年喜叶子戏，偶然寄兴，借此消闲，名士风流，往往不免。乃至“元邱校尉”亦复沿波。余性迂疏，终以为非雅戏也。

【导读】

晓岚藉狐精掷牙牌事表达对前朝名人嗜博之看法，认为杜工部大呼五白，韩昌黎博塞争财，李习之作《五木经》，杨大年喜叶子戏，虽名士风流，偶然寄兴，借此消闲，也不为妨，但终非雅戏。委婉地批评了这些名人的作派。此事对现代名士亦不无启发。一些所谓的现代名士，放浪行骸，呼四吆六，美其名曰“名士风流”，实有碍观瞻，影响形象。晓岚之言应时时在耳也！

二四　门人葛观察正华，吉州人。言其乡有数商，驱骡纲行山间。见樵径上立一道士，青袍棕笠，以麈尾招其中一人曰：“尔何姓名？”具以对。又问籍何县，曰：“是尔矣。尔本谪仙，今限满当归紫府。吾是尔本师，故来导尔。尔宜随我行。”此人私念平生不能识一字，鲁钝如是，不应为仙人转生；且父母年已高，亦无弃之求仙理，坚谢不往。道士太息，又招众人曰：“彼既堕落，当有一人补其位。诸君相遇，即是有缘，有能随我行者乎？千载一遇，不可失也。”众亦疑骇无应者，道士咈然去[①]。众至逆旅，以此事告人。或云仙人接引，不去可惜。或云恐或妖物，不去是。有好事者，次日循樵径探之。甫登一岭，见草间残骸狼藉，乃新被虎食者也。惶遽而返。

此道士殆虎伥欤？故无故而致非常之福，贪冒者所喜，明哲者所惧也。无故而作非分之想，侥悻者其偶，颠越者其常也[②]。谓此人之鲁钝，正此人之聪明可矣。

【注释】

① 咈然：不悦貌。② 颠越：废失。

【导读】

此则故事乃告诫世人：不义之财，贪心的人才会要；明智的人绝不会贪求；非分之想，侥幸成功的人很少，废失却是常有的事。不要贪求不属于你的东西，否则必会得不偿失。

二五　宋人咏蟹诗曰：“水清讵免双螯黑，秋老难逃一背红。”借寓朱勔之贪婪必败也。然他物供庖厨，一死焉而已。惟蟹则生投釜甑，徐受蒸煮，由初沸至熟，至速亦逾数刻，其楚毒有求死不得者。意非夙业深重，不堕是中。

相传赵公宏燮官直隶巡抚时，（时直隶尚未设总督。）一夜梦家中已死僮仆媪婢数十人，环跪阶下，皆叩额乞命，曰："奴辈生受豢养恩[①]，而互结朋党，蒙蔽主人，久而枝蔓牵缠，根柢胶固，成牢不可破之局。即稍有败露，亦众口一音，巧为解结，使心知之而无如何。又久而阴相掣肘，使不如众人之意，则不能行一事。坐是罪恶，堕入水族，使世世罹汤镬之苦。明日主人供膳蟹，即奴辈后身，乞见赦宥。"公故仁慈，天曙，以梦告司庖，饬举蟹投水，且为礼忏作功德。时霜蟹肥美，使宅所供，尤精选膏腴。奴辈皆窃笑曰："老翁狡狯，造此语怖人耶！吾辈岂受汝绐者。"竟效校人之烹，而以已放告；又干没其功德钱，而以佛事已毕告。赵公竟终不知也。

此辈作奸，固其常态；要亦此数十僮仆婢媪者，留此锢习[②]，适以自戕。请君入瓮，此之谓欤！

【注释】

① 豢养：喂养，饲养。② 锢：通"痼"。经久难愈之疾病。

【导读】

"水清讵免双螯黑，秋老难逃一背红。"此诗乃藉咏蟹以预示贪婪作恶者之命运，如宋代奸臣朱勔然。故事中已死僮仆媪婢数十人死后为蟹正渠辈作恶之报应。遗憾的是，赵公之家奴明知故事，却不吸取教训，重蹈覆辙，岂不可恶！岂不可悲！

二六　里媪遇饭食凝滞者，即以其物烧灰存性，调水服之。余初斥其妄，然亦往往验。审思其故，此皆油腻凝滞者也。盖油腻先凝，物稍过多，则遇之必滞。凡药物入胃，必凑其同气[①]。故某物之灰，能自到某物凝滞处。凡油腻得灰即解散，故灰到其处，滞者自行，犹之以灰浣垢而已。若脾弱之凝滞，胃满之凝滞，气郁之凝滞，血瘀痰结之凝滞，则非灰所能除矣。

【注释】

① 凑：会合，聚集。

【导读】

晓岚从老妪用灰和水来治消化不良的毛病追本溯源，深层思考到治病的原理，还举一反三到考虑到灰不能治脾弱、胃满、气郁、血瘀痰结凝滞等疾患，有一定道理。

二七 乌鲁木齐军校王福言：曩在西宁，与同队数人入山射生。遥见山腰一番妇独行，有四狼随其后。以为狼将搏噬，番妇未见也，共相呼噪。番妇如不闻。一人引满射狼，乃误中番妇，倒掷堕山下。众人惊悔，视之，亦一狼也。四狼则已逸去矣。盖妖兽幻形，诱人而啖，不幸遭殪也。岂恶贯满盈，若或使之欤！

【导读】

豺狼毕竟是豺狼，不仅凶狠，且狡诈。然聪明反被聪明误，原本欲幻形，诱人而啖，谁知道不幸遭殪，真是恶贯满盈，自取灭亡！

卷十六　姑妄听之(二)

一　天下事,情理而已。然情理有时而互妨。

里有姑虐其养媳者,惨酷无人理,遁归母家。母怜而匿别所,诡云未见,因涉讼。姑以朱老与比邻,当见其来往,引为证。朱私念言女已归,则驱人就死;言女未归,则助人离婚。疑不能决,乞签于神,举筒屡摇,签不出。奋力再摇,签乃全出。是神亦不能决也。

辛彤甫先生闻之曰:"神殊愦愦。十岁幼女,而日日加炮烙,恩义绝矣。听其逃死不为过。"

【导读】

天下事,情理而已。然情理有时而互妨。即如此篇,年幼之养媳恒遭其姑酷虐。不得已而逃走,为求生也。人见而怜之,乃必然合情之举。犹豫不决时,然乞签于神,而神却不能决,愦愦也。晓岚卒章引辛彤甫之言,明情大于理之意,藉此阐明自己观点,体现了其人本主义思想。

二　《新齐谐》(即《子不语》之改名。)载雄鸡卵事,今乃知竟实有之。其大如指,顶形似闽中落花生,不能正圆,外有斑点,向日映之,其中深红如琥珀,以点目眚①,甚效。德少司空成、汪副宪承霈皆尝以是物合药。然不易得,一枚可以值十金。阿少司农迪斯曰:"是虽罕睹,实亦人力所为。以肥壮雄鸡闭笼中,纵群雌绕笼外,使相近而不能相接。久而精气抟结,自能成卵。"此亦理所宜然。然鸡秉巽风之气②,故食之发疮毒。

其卵以盛阳不泄,郁积而成,自必蕴热,不知何以反明目?又《本草》之所不载,医经之所未言,何以知其能明目?此则莫明其故矣。汪副宪曰:"有以蛇卵售欺者,但映日不红,即为伪托。"亦不可不知也。

【注释】

① 目眚(shěng):眼疾之一,指目生翳。② 巽(xùn)风:东南风。

【导读】

笔记体小说多搜罗奇闻异事,《阅微》亦莫逾斯矩。此则故事详述雄鸡卵一事,征引他书,佐以人证,意"实有之"。又详述致雄鸡卵之途径及辨伪方法，怪诞而能自释其理。然于其能明目的功效存疑，增添了考究意味。

三　沈媪言：里有赵三者，与母俱佣于郭氏。母殁后年余，一夕，似梦非梦，闻母语曰："明日大雪，墙头当冻死一鸡，主人必与尔。尔慎勿食。我尝盗主人三百钱，冥司判为鸡以偿。今生卵足数而去也。"次日，果如所言。赵三不肯食，泣而埋之。反覆穷诘，始吐其实。此数年内事也。然则世之供车骑受刲煮者，必有前因焉，人不知耳。此辈之狡黠攘窃者，亦必有后果焉，人不思耳。

【导读】

因果报应乃志怪小说的常用题材，清代笔记小说亦常如此。此则故事以赵三母因盗主人钱三百，轮回为鸡生卵以偿之事明因果报应之义，期以达到作者劝诫邪恶，复淳世风的目的。故事中心情节为常见的"托梦"情节。

四　余十一二岁时，闻从叔灿若公言：里有齐某者，以罪戍黑龙江，殁数年矣。其子稍长，欲归其骨，而贫不能往，恒蹙然如抱深忧。一日，偶得豆数升，乃屑以为末，水抟成丸；衣以赭土①，诈为卖药者以往，姑以给取数文钱供口食耳。乃沿途买其药者，虽危症亦立愈。转相告语，颇得善价，竟藉是达戍所，得父骨，以箧负归。归途于窝集遇三盗，急弃其资斧，负箧奔。盗追及，开箧见骨，怪问其故。涕泣陈述。共悯而释之，转赠以金。方拜谢间，一盗忽擗踊大恸曰②："此人孱弱如是，尚数千里外求父骨。我堂堂丈夫，自命豪杰，顾乃不能耶？诸君好住，吾今往肃州矣。"语讫，挥手西行，其徒呼使别妻子，终不反顾，盖所感者深矣。惜人往风微，无传于世。余作《滦阳消夏录》诸书，亦竟忘之。癸丑三月三日③，宿海淀直庐，偶然忆及，因录以补志乘之遗。傥亦潜德未彰，幽灵不泯，有以默启余衷乎！

【注释】

① 赭土：红土。② 擗踊：擗，捶胸；踊，以脚顿地。极度悲哀状。③ 癸丑：乾隆五十八年(1793)。

【导读】

"孝"乃中华民族传统美德。孝子孝妇故事自古传唱不衰。此则故事叙人子历尽艰辛于千里之外终得以迁父骨还乡，途中更是感化强盗改过行孝。作者恐乡间细民，人往风微，无传于世，特补著以彰其德，由此可见晓岚对孝道之推崇。

五 南皮郝子明言：有士人读书僧寺，偶便旋于空院，忽有飞瓦击其背。俄闻屋中语曰："汝辈能见人，人则不能见汝辈。不自引避，反嗔人耶？"方骇愕间，屋内又语曰："小婢无礼，当即笞之，先生勿介意。然空屋多我辈所居，先生凡遇此等处，宜面墙便旋，勿对门窗，则两无触忤矣。"此狐可谓能克己。

余尝谓僮仆吏役与人争角而不胜，其长恒引以为辱，世态类然。夫天下至可耻者，莫过于悖理。不问理之曲直，而务求我所隶属人不能犯以为荣，果足为荣也耶？

昔有属官私其胥魁，百计袒护。余戏语之曰："吾侪身后，当各有碑志一篇，使盖棺论定，撰文者奋笔书曰：'公秉正不阿，于所属吏役，犯法者一无假借。'人必以为荣，谅君亦以为荣也。又或奋笔书曰：'公平生喜庇吏役，虽受赇骫法[①]，亦一一曲为讳匿。'人必以为辱，谅君亦以为辱也。何此时乃以辱为荣，以荣为辱耶？"先师董文恪曰："凡事不可载入行状，即断断不可为。"斯言谅矣。

【注释】

① 赇：贿赂的财物。骫法：枉法。

【导读】

此则故事将虚幻之狐仙故事与现实生活联系起来，使得故事具有多义性。一方面，狐仙尚能克己，不与人争胜，宽容忍让，而童仆吏役则以与人争角不胜为辱，以人不能犯我为荣；另一方面，狐仙尚能严格要求婢女，不徇私偏袒，而官员却喜庇吏役，贪赃枉法。二者皆是人不如狐仙之处。此则故事不仅反映了现实生活的黑暗面，也寄寓了作者劝诫官员正直为官之善意。

六 侍鹭川言：（侍氏未详所出，疑本侍其氏，明洪武中，凡复姓皆令去一字，因为侍氏也。）有贾于淮上者，偶行曲巷，见一女姿色明艳，殆类天人。私访其近邻。曰："新来未匝月[①]，只老母携婢数人同居，未知为何许人也。"贾因赂媒媪觇之。其母言："杭州金姓，同一子一女往依其婿，不幸子遘疾，卒于舟；二仆又乘隙窃资逃，茕茕孤嫠，惧遭强暴，不得已税屋权住此，待亲属来迎，尚未知其肯来否？”语讫，泣下。媒舔以既无所归，又无地主，将来作何究竟，有女如是，何不于此地求佳婿，暮年亦有所依。母言：“甚善，我亦不求多聘币。但弱女娇养久，亦不欲草草。有能制衣饰奁具约值千金者，我即许之。所办仍是渠家物，我惟至彼一阅视，不取纤芥归也。”媒以告贾，贾私计良得。

旬日内，趣办金珠锦绣[2]，殚极华美，一切器用，亦事事精好。先亲迎一日，邀母来观，意甚惬足。次日，箫鼓至门，乃坚闭不启。候至数刻，呼亦不应。询问邻舍，又未见其移居，不得已逾墙入视，则阒无一人。遍索诸室，惟破床堆髑髅数具，乃知其非人。回视家中，一物不失，然无所用之，重鬻仅能得半价，懊丧不出者数月，意莫测此魅何所取。或曰：“魅本无意惑贾，贾妄生窥伺，反往觇魅，魅故因而戏弄之。”是于理当然。或又曰：“贾富而悭，心计可以析秋毫。犯鬼神之忌，故魅以美色颠倒之。”是亦理所宜有也。

【注释】

① 匝：满。② 趣(cù)：督促。

【导读】

此则故事叙写富商垂涎美色，贪图便宜，反倒为狐魅所戏弄，以至人财两失的故事。此处之狐魅仅略施小计戏弄，一洗恐怖意味，反增几分趣味。狐魅形象亦显得有几分可爱。

七 《宣室志》载陇西李生左乳患痈[1]，一日痈溃，有雉自乳飞出，不知所之。《闻奇录》载崔尧封外甥李言吉左目患瘤，剖之有黄雀鸣噪而去。其事皆不可以理解。札阁学郎阿亲见其亲串家小婢项上生疮，疮中出一白蝙蝠。知唐人记二事非虚。岂但“六合之外，存而不论”哉？

【注释】

① 痈：毒疮。

【导读】

笔记小说搜奇猎异，多叙天下闻所未闻之事。但笔记小说虽则叙写荒诞之事，但皆意图夸大其真实性，以示所言非虚。此则故事所叙痈瘤之中飞出动物来实属荒诞无稽，但作者不仅征引《宣室志》、《闻奇录》二书，且举出人证，此则笔记小说之笔法。

八　曹慕堂宗丞有乩仙所画《醉钟馗图》，余题以二绝句曰："一梦荒唐事有无，吴生粉本几临摹；纷纷画手多新样，又道先生是酒徒。""午日家家蒲酒香，终南进士亦壶觞；太平时节无妖疠，任尔闲游到醉乡。"画者题者，均弄笔狡狯而已。

一日午睡初醒，听窗外婢媪悄语说鬼：有王媪家在西山，言曾月夕守瓜田，遥见双灯自林外冉冉来，人语嘈杂，乃一大鬼醉欲倒，诸小鬼掖之踉跄行，安知非醉钟馗乎？

天地之大，无所不有。随意画一人，往往遇一人与之肖；随意命一名，往往有一人与之同。无心暗合，是即化工之自然也。

【导读】

文人雅士作"醉钟馗"之画与诗只是戏谑罢了，岂知真有人亲眼见过醉钟馗的模样。天地之大，无奇不有。随心画像，有人相像，随心命名，有人相同，皆因无心暗合。真可谓神奇矣！

九　相传魏环极先生尝读书山寺，凡笔墨几榻之类，不待拂拭，自然无尘。初无为意，后稍稍怪之。一日晚归，门尚未启，闻室中窸窣有声，从隙窃觇，见一人方整饬书案。骤入掩之，其人瞥穿后窗去。急呼令近，其人遂拱立窗外，意甚恭谨。问："汝何怪？"磬折对曰："某狐之习儒者也。以公正人，不敢近，然私敬公，故日日窃执仆隶役，幸公勿讶。"先生隔窗与语，甚有理致。自是虽不敢入室，然遇先生不甚避，先生亦时时与言。

一日，偶问："汝视我能作圣贤乎？"曰："公所讲者道学，与圣贤各一事也。圣贤依乎中庸，以实心励实行，以实学求实用。道学则务语精微，先理气，后彝伦①，尊性命，薄事功，其用意已稍别。圣贤之于人有是非心，无彼我心，有诱导心，无苛刻心。道学则各立门户，不能不争，既已相争，不能不巧诋以求胜②。以是意见，生种种作用，遂不尽可令孔孟见矣。公刚大之气，正直之情，实可质鬼神而不愧，所以敬公者在此。公率其本性，为圣为贤亦在此。若公所讲，则固各自一事，非下愚之所知也。"公默然遣之。后以语门人曰："是盖因明季党祸，有激而言，非笃论也。然其抉摘情伪，固可警世之讲学者。"

【注释】

① 彝伦：指伦常。② 巧诋：以不实之语进行诋毁。

【导读】

此则故事亦涉狐仙，只不过此狐是习儒之狐，尚能谈儒论道。借狐之言，批评道家各立门户，争吵不休甚至诋毁取胜，而又以此来影射党祸之乱。特别值得注意的是，晓岚藉狐之口，将道学与圣贤明确地区分，鲜明地表明了晓岚的某些思想，即一、崇尚实事求是，讲求事功，“以实心励实行，以实学求实用”；二、反对各立门户、巧诋以求胜之作风。

一〇　沧州南一寺临河干，山门圮于河，二石兽并沉焉。阅十余岁，僧募金重修，求二石兽于水中，竟不可得。以为顺流下矣。棹数小舟，曳铁钯，寻十余里无迹。

一讲学家设帐寺中，闻之笑曰：“尔辈不能究物理。是非木柹，岂能为暴涨携之去？乃石性坚重，沙性松浮，湮于沙上，渐沉渐深耳。沿河求之，不亦颠乎？”众服为确论。

一老河兵闻之，又笑曰：“凡河中失石，当求之于上流。盖石性坚重，沙性松浮，水不能冲石，其反激之力，必于石下迎水处啮沙为坎穴。渐激渐深，至石之半，石必倒掷坎穴中。如是再啮，石又再转，转转不已，遂反溯流逆上矣。求之下流，固颠，求之地中，不更颠乎？”如其言，果得于数里外。

然则天下之事，但知其一，不知其二者多矣，可据理臆断欤？

【导读】

乾嘉时期，考据之风盛行。晓岚博闻强识，深谙考据之法。此则故事围绕如何寻到沉入水中的石兽而提出了三种不同的观点，最终阐明只知其一，不知其二，主观臆断皆不可取的道理。笔记小说还具有知识性，此则故事也包含了清人对一些物理现象的认知。同时，尤其值得注意的是，两种不同的观点分别出自于讲学家及老河兵。在世人眼中，讲学家知识渊博，对诸如此类之事的判断应该胸有成竹，八九不离十的。所以，他的一番高论出来以后，众人皆“服为确论”。殊不知，揆诸实际，竟与实际相差甚远。而老河兵地位低微，学识远不及讲学家，然最终却是他的观点合乎实际。这实际应了古人所谓“纸上得来终觉浅，实践得来方为真”的道理。由此亦可明显看出晓岚作为封建士大夫对实践与事实的尊重、对平民百姓的尊敬，这在当时无疑是十分难能可贵的。

一一　里有少年，无故自掘其妻墓，几见棺矣。时耕者满野，见其且詈且掘，疑为颠痫，群起阻之。诘其故，坚不肯吐，然为众手所牵制，不能复掘，荷锸恨恨去。皆莫测其所以然也。

越日，一牧者忽至墓下，发狂自挝曰："汝播弄是非，间人骨肉多矣。今乃诬及黄泉耶？吾得请于神，不汝贷也。"因缕陈始末，自啮其舌死。

盖少年恃其刚悍，顾盼自雄，视乡党如无物。牧者惎焉[①]，因为造谤曰："或谓某帷薄不修，吾固未信也。昨偶夜行，过其妻墓，闻林中呜呜有声，惧不敢前，伏草间窃视。月明之下，见七八黑影至墓前，与其妻杂坐调谑，媟声艳语，一一分明，人言其殆不诬耶？"有闻之者以告少年，少年为其所中，遽有是举。方窃幸得计，不虞鬼之有灵也。

小人狙诈，自及也宜哉！然亦少年意气凭陵，乃招是忌。故曰"君子不欲多上人"。

【注释】

① 惎(jì)：憎恶、忌恨。

【导读】

牧者因心生嫉妒，无故造谣生事，毁谤死人，最终恶鬼附身，自啮而死，自是罪有应得。作者以之劝诫人要心存善念，不做违背良心之事。而少年刚愎自用，意气凭陵才招致忌恨，作者藉此劝诫世人应谦虚守礼。

一二　杨雨亭言：登莱间有木工，其子年十四五，甚姣丽。课之读书[①]，亦颇慧。一日，自乡塾独归，遇道士对之诵咒，即惘惘不自主，随之俱行。至山坳一草庵，四无居人，道士引入室，复相对诵咒。心顿明了。然口噤不能声，四肢缓弹不能举[②]。又诵咒，衣皆自脱。道士掖伏榻上，抚摩偎倚，调以媟词，方露体近之，忽蹶起却坐曰："修道二百余年，乃为此狡童败乎？"沉思良久，复偃卧其侧，周身玩视，慨然曰："如此佳儿，千载难遇。纵败吾道，不过再炼气二百年，亦何足惜！"奋身相逼，势已万万无免理。间不容发之际，又掉头自语曰："二百年辛苦，亦大不易。"掣身下榻，立若木鸡。俄绕屋旋行如转磨，突抽壁上短剑，自刺其臂，血如涌泉，欹倚呻吟，约一食顷，掷剑呼此子曰："尔几败，吾亦几败，今幸俱免矣。"更对之诵咒，此子觉如解束缚，急起披衣。道士引出门外，指以归路。口吐火焰，自焚草庵，转瞬已失所在，不知其为妖为仙也。

余谓妖魅纵淫，断无顾虑。此殆谷饮岩栖，多年胎息[3]，偶差一念，魔障遂生。幸道力原深，故忽迷忽悟，能勒马悬崖耳。老子称不见可欲，使心不乱，若已见已乱，则非大智慧不能猛省，非大神通不能痛割。此道士于欲海横流，势不能遏，竟毅然一决，以楚毒断绝爱根，可谓地狱劫中证天堂果矣。其转念可师，其前事可勿论也。

【注释】

① 课：督促。② 亸(duǒ)：下垂。③ 胎息：道家的一种修炼方法。

【导读】

娈童之风，历代皆有。此则故事也可说是清代娈童现象的反映。故事以道士在色与道、灵与肉的艰难抉择中最终幡然悔悟，弃色而择道的经历来劝诫人：地狱天堂就在一念之间，要能抵挡诱惑。虽寄语道家，却融入了佛教色彩。此篇状道士在色道、灵肉之间痛苦挣扎的过程十分细腻。道士先是“披伏榻上，抚摩偎倚，调以媟词”，然“方露体近之”时，忽“蹶起却坐”，颇为迟疑。沉思良久，又复“偃卧其侧”，深感遇到如此佳儿，千载难逢。纵其败道，不过再炼气二百年而已。于是，又“奋身相逼”。间不容发之际，又自悔道：“二百年辛苦，亦大不易。”掣身下榻，立若木鸡。俄又绕屋旋行如转磨，突抽壁上短剑，自刺其臂，血如涌泉，欹倚呻吟。如此几经周折、几经反复，呕心沥血，终于从欲念中起拔。晓岚通过人物的动作及心理描写，将道士之痛苦选择过程十分生动地展现出来，极富感染力。

一三　朱秋圃初入翰林时，租横街一小宅，最后有破屋数楹，用贮杂物。一日偶入检视，见尘壁仿佛有字迹。拂拭谛观，乃细楷书二绝句，其一曰：“红蕊几枝斜，春深道韫家。枝枝都看遍，原少并头花。”其二曰：“向夕对银釭，含情坐绮窗。未须怜寂寞，我与影成双。”墨迹黯淡，殆已多年。又有行书一段，剥落残缺，玩其句格，似是一词，惟末二句可辨，曰：“天孙莫怅阻银河，汝尚有牵牛相忆。”不知是谁家娇女，寄感摽梅[1]。然不畏人知，濡毫题壁，亦太放诞风流矣。余曰：“摽梅三章，非女子自赋耶？”秋圃曰：“旧说如是，于心终有所格格[2]。忆先儒有一说，云是女子父母所作，(按：此宋戴岷隐之说。)是或近之。”倪余疆闻之，曰：“详词末二语，是殆思妇之作，遣脱辐之变者也。二公其皆失之乎！”

既而秋圃揭换壁纸，又得数诗，其一曰：“门掩花空落，梁空燕不来，惟余双小婢，鞋印在青苔。”其二曰：“久已梳妆懒，香奁偶一开。自持明镜看，原让赵阳台。”又一首曰：“咫尺楼窗夜见灯，云山似阻几千层。居家翻作无家客，隔院真成退院僧。镜里容华空若许，梦中晤对亦何曾？侍儿劝织回文锦，懒惰心情病未能。”则余疆之说信矣。后为程文恭公诵之，公俯思良久，曰：“吾知之，吾不言。”既而曰：“语语负气，不见答也亦宜。”

【注释】

① 摽梅：语出《诗经·召南·摽有梅》。摽梅，谓梅子成熟而落下。后以“摽梅”比喻女子已到结婚年龄。② 格格：扞格，互相抵触。

【导读】

晓岚精通诗词格律，在《阅微》中亦不可避免地会将赋诗填词放进去。文人之间讨论诗歌也就成为题材之一。然而即便是这样的雅趣亦带有明显考据色彩。

一四 季渊六言：有佃户所居枕旷野。一夕，闻兵仗格斗声，阖家惊骇，登墙视之，无所睹。而战声如故，至鸡鸣乃息。知为鬼也。次日复然。病其聒不已，共谋伏铳击之，果应声啾啾奔散。既而屋上屋下，众声合噪曰：“彼劫我妇女，我亦劫彼妇女为质，互控于社公，社公愦愦，劝以互抵息事。俱不肯伏，故在此决胜负，何预汝事？汝以铳击我，今共至汝家，汝举铳则我去，汝置铳则我又来，汝能夜夜自昏至晓，发铳不止耶？”思其言中理，乃跪拜谢过，大具酒食纸钱送之去。然战声亦自此息矣。

夫不能不为之事，不出任之，是失几也；不能不除之害，不力争之，是养痈也。鬼不干人，人反干鬼，鬼有词矣，非开门揖盗乎？孟子有言，乡邻有斗者，被发缨冠而往救之，则惑也。虽闭户可也。

【导读】

此则故事叙写两派鬼互相争斗，大动干戈，影响佃户，佃户伏铳击之，鬼前来争辩。最后佃户审时度势，觉得鬼之所言颇为中理，故“跪拜谢过，大具酒食纸钱送之去”。战声亦自此而息。晓岚藉此晓明这样一个道理：“夫不能不为之事，不出任之，是失几也；不能不除之害，不力争之，是养痈也。”即当进则进，当退则退，把握时机，适时进退。这对于世人处事具有明显指导意义。

一五 伊(尹)松林舍人言：有赵延洪者，性伉直，嫉恶至严，每面责人过，无所避忌。偶见邻妇与少年语，遽告其夫。夫侦之有迹，因伺其私会骈斩之，携首鸣官。官已依律勿论矣。越半载，赵忽发狂自挝，作邻妇语与索命，竟啮断其舌死。

夫荡妇逾闲[1]，诚为有罪。然惟其亲属得执之，惟其夫得杀之，非乱臣贼子人人得而诛者也。且所失者一身之名节，所玷者一家之门户，亦非神奸巨蠹，弱肉强食，虐焰横煽，沉冤莫雪，使人人公愤者也。律以隐恶扬善之义，即转语他人，已伤盛德。倘伯仁由我而死，尚不免罪有所归，况直告其夫，是诚何意，岂非激以必杀哉！游魂为厉，固不为无词，观事经半载，始得取偿，其必得请于神，乃奉行天罚矣。然则以讦为直，固非忠厚之道，抑亦非养福之道也。

【注释】

① 闲：法度，界限，多指礼义道德规范。

【导读】

此则故事记一喜讦人阴事者而遭报应之事。此事本身并不为奇，关键是晓岚对此事的看法值得注意。从晓岚之初衷言，他对这位名“赵延洪”者是极为鄙薄的。他认为，荡妇逾闲的确有伤风化，固然有罪。但这毕竟是他们自己家里之事，惟其亲属得执之，惟其夫得杀之。又非乱臣贼子，人人得而诛之也。再者，所失者一身之名节，所玷者一家之门户，亦非神奸巨蠹，弱肉强食，虐焰横煽，沉冤莫雪，使人人公愤者也。而这位好事者，却喜揽闲事，以讦为直，最终将原本未犯死罪者置于死地，此固非忠厚之道也；另外，在封建社会里，特别是在程朱理学盛行时，妇女失贞实际上也是罪不可赦的。此处晓岚所表现出的宽容态度，亦反映了当时一部分开明之士对这一问题的新认识。这是值得注意的。

一六　御史佛公伦，姚安公老友也。言贵家一佣奴，以游荡为主人所逐。衔恨次骨[1]，乃造作蜚语，诬主人帷薄不修[2]，缕述其下烝上报状，言之凿凿，一时传布。主人亦稍闻之，然无以钳其口，又无从而与辩，妇女辈惟爇香吁神而已。一日，奴与其党坐茶肆，方抵掌纵谈[3]，四座耸听，忽嗷然一声，已仆于几上死，无由检验，以痰厥具报。官为敛埋，棺薄土浅，竟为群犬搰食[4]，残骸狼藉。始知为负心之报矣。

佛公天性和易，不喜闻人过，凡僮仆婢媪，有言旧主之失者，必善遣使去，鉴此奴也。尝语昀曰："宋党进闻平话说韩信，(优人演说故实，谓之"平话"。《永乐大典》所载，尚数十部。)即行斥逐。或请其故。曰：'对我说韩信，必对韩信亦说我，是乌可听？'千古笑其愦愦，不知实绝大聪明。彼但喜对我说韩信，不思对韩信说我者，乃真愦愦耳。"真通人之论也。

【注释】

① 次骨：犹入骨，形容程度极深。② 帷薄不修：家门淫乱之讳语。③ 抵掌：击掌，指人谈话时的高兴神情，亦因指快谈。④ 搰(hú)：发掘。

【导读】

在《阅微》中，晓岚惯常采用以一两个相关联的小故事来阐明一个道理或批判一种现象的叙事结构模式。此则故事采用了两个正反方面的小故事：一个是造谣生事的佣奴自食恶果，暴毙而亡；一个是辞退演说平话的优人，不说人是非，更不听人说是非，哪怕那个人只是历史人物。作者对第二个小故事的主人公大加赞赏，反映了作者对搬弄是非之辈的厌恶之情。

一七　莆田林生霈言：闻泉州有人，忽灯下自顾其影，觉不类己形。谛审之，运动转侧，虽一一与形相应，而首巨如斗，发蓬鬙如羽葆[1]，手足皆钩曲如鸟爪，宛然一奇鬼也。大骇，呼妻子来视，所见亦同。自是每夕皆然，莫喻其故，惶怖不知所为。邻有塾师闻之曰："妖不自兴，因人而兴，子其阴有恶念，致罗刹感而现形欤？"其人悚然具服，曰："实与某氏有积仇，拟手刃其一门，使无遗种，而跳身以从鸭母。(康熙末，台湾逆寇朱一贵结党煽乱，一贵以养鸭为业，闽人皆呼为鸭母云。)今变怪如是，毋乃神果惊我乎！且辍是谋，观子言验否？"是夕鬼影即不见，此真一念转移，立分祸福矣。

【注释】

① 鬙(sēng)：头发散乱貌。

【导读】

此则故事描述了一人因心怀恶念而外形发生变化，有如邪祟附身。阐明祸患的根源在于人的内心，即"妖不自兴，因人而兴"之理，意在劝喻世人摒除内心邪恶，一心从善。

一八　李阿亭言：滦州民家，有狐据其仓中居，不甚为祟；或偶然抛掷砖瓦，盗窃饮食耳。后延术士劾治，殪数狐，且留符曰："再至则焚之。"狐果移去。然时时幻形为其家妇女，夜出与邻舍少年狎，甚乃幻其幼子形，与诸无赖同卧起。大播丑声，民固弗知。一日，至佛寺，闻禅室嬉笑声。穴纸窃窥，乃其女与僧杂坐。愤甚，归取刃，其女乃自内室出。始悟为狐复仇，再延术士。术士曰："是已窜逸，莫知所之矣。"

夫狐魅小小扰人，事所恒有，可以不必治，即治亦罪不至死。遽骈诛之，实为已甚，其衔冤也固宜。虽有符可恃，狐不能再逞，而相报之巧，乃卒生于所备外。然则君子于小人，力不足胜，固遭反噬；即力足胜之，而机械潜伏，变端百出，其亦深可怖已。

【导读】

此则故事写狐为术士所驱，然术士一走狐便来报复，防不胜防，无可奈何。晓岚对于整件事情的看法，固然属中庸之道，能息事宁人则息事宁人，凡事留有余地，亦可看出晓岚希望人狐和谐相处之愿望。

一九　董曲江前辈言：有讲学者，性乖僻，好以苛礼绳生徒。生徒苦之，然其人颇负端方名，不能诋其非也。

塾后有小圃，一夕，散步月下，见花间隐隐有人影。时积雨初晴，土垣微圮，疑为邻里窃蔬者。迫而诘之，则一丽人匿树后，跪答曰："身是狐女，畏公正人不敢近，故夜来折花。不虞为公所见，乞曲恕。"言词柔婉，顾盼间百媚俱生。讲学者惑之，挑与语。宛转相就，且云妾能隐形，往来无迹。即有人在侧亦不睹，不至为生徒知也。因相燕昵。

比天欲晓，讲学者促之行。曰："外有人声，我自能从窗隙去，公无虑。"俄晓日满窗，执经者麕至，女仍垂帐偃卧。讲学者心摇摇，然尚冀人不见。忽外言某媪来迓女[1]。女披衣径出，坐皋比上，理鬓讫，敛衽谢曰："未携妆具，且归梳沐。暇日再来访，索昨夕缠头锦耳。"乃里中新来角妓，诸生徒贿使为此也。讲学者大沮，生徒课毕归早餐，已自负衣装遁矣。外有余必中不足，岂不信乎？

【注释】

① 迓（yà）：迎接。

【导读】

讲学家之受辱乃必然之事也。表面道貌岸然，心中男盗女娼，好色贪淫，其丑行哪得不昭然天下？

二〇 李秋崖言：一老儒家，有狐居其空仓中，三四十年未尝为祟。恒与人对语，亦颇知书，或邀之饮亦肯出，但不见其形耳。

老儒殁后，其子亦诸生，与狐酬酢如其父[①]。狐不甚答，久乃渐肆扰。生故设帐于家，而兼为人作讼牒，凡所批课文，皆不遗失；凡作讼牒，则甫具草辄碎裂，或从手中掣其笔。凡修脯所入[②]，毫厘不失；凡刀笔所得，虽扃锁严密，辄盗去。凡学子出入，皆无所见；凡讼者至，或瓦石击头面流血，或檐际作人语，对众发其阴谋。

生苦之，延道士劾治，登坛召将，摄狐至。狐侃侃辨曰："其父不以异类视我，与我交至厚，我亦不以异类自外，视其父如兄弟。今其子自堕家声，作种种恶业，不陨身不止。我不忍坐视，故挠之使改图，所攫金皆埋其父墓中，将待其倾覆，周其妻子，实无他肠。不虞炼师之见谴，生死惟命。"道士蹶然下座[③]，三揖而握手曰："使我亡友有此子，吾不能也。微我不能，恐能者千百无一二，此举乃出尔曹乎！"不别主人，太息径去。其子愧不自容，誓辍是业，竟得考终。

【注释】

① 酬酢：应酬交往。② 修脯：旧时称送给老师的礼物或酬金。③ 蹶然：疾起貌。

【导读】

此则故事中狐仙真是大义之狐，友人死后，尚能尽力规劝故人之子行善积德，不惟如此，还替其预先储存败落之时以供乏用的金钱。狐尚且能如此劝诫后辈，现实生活中的长者则往往怕损害了自己的宽厚之名而不愿去做。与此狐相比，乃相去千里矣！晓岚藉此讽世之意甚明。

二一 乾隆丙辰、丁巳间[①]，户部员外郎长公泰有仆妇，年二十余，中风昏眩，气奄奄如缕，至夜而绝。次日，方为营棺敛，手足忽动，渐能屈伸。俄起坐，问："此何处？"众以为犹谵语也。既而环视室中，意若省悟，喟然者数四，默默无语，从此病顿愈。

然察其语音行步，皆似男子，亦不能自梳沐，见其夫若不相识。觉有异，细诘其由。始自言本男子，数日前死，魂至冥司，主者检算未尽，然当谪为女身，命借此妇尸复生，觉倏如睡去，倏如梦醒，则已卧板榻上矣。问其姓名里贯，坚不肯言，惟曰事已至此，何必更为前世辱。遂不穷究。

初不肯与仆同寝，后无词可拒，乃曲从，然每一荐枕，辄饮泣至晓。或窃闻其自语曰："读书二十年，作官三十余年，乃忍耻受奴子辱耶？"其夫又尝闻呓语曰："积金徒供儿辈乐，多亦何为？"呼醒问之，则曰未言。知其深讳，亦姑置之。长公恶言神怪事，禁家人勿传，故事不甚彰，然亦颇有知之者。越三载余，终郁郁病死。讫不知其为谁也。

【注释】

① 乾隆丙辰、丁巳：乾隆元年(1636)、二年。

【导读】

借尸还魂是鬼怪小说最常见的情节，此则故事记载男子借女尸还阳的奇异之事，因神与形乖离，以至仅历三载即郁郁而终，真世间奇闻。

二二　先师裘文达公言：有郭生，刚直负气。偶中秋燕集，与朋友论鬼神，自云不畏。众请宿某凶宅以验之，郭慨然仗剑往。宅约数十间，秋草满庭，荒芜蒙翳。扃户独坐，寂无见闻。四鼓后，有人当户立。郭奋剑欲起，其人挥袖一拂，觉口噤体僵，有如梦魇，然心目仍了了。其人磬折致词曰："君固豪士，为人所激，因至此。好胜者常情，亦不怪君。既蒙枉顾，本应稍尽宾主意。然今日佳节，眷属皆出赏月，礼别内外，实不欲公见。公又夜深无所归。今筹一策，拟请君入瓮，幸君勿嗔，觞酒豆肉，聊以破闷，亦幸勿见弃。"遂有数人舁郭置大荷缸中，上覆方桌，压以巨石。

俄隔缸笑语杂遝①，约男妇数十，呼酒行炙，一一可辨。忽觉酒香触鼻，暗中摸索，有壶一，杯一、小盘四，横阁象箸二。方苦饥渴，且姑饮啖。复有数童子绕缸唱艳歌，有人扣缸语曰："主人命娱宾也。"亦靡靡可听。良久又扣缸语曰："郭君勿罪，大众皆醉，不能举巨石。君且姑耐，贵友行至矣。"语讫，遂寂。

次日，众见门不启，疑有变，逾垣而入。郭闻人声，在缸内大号。众竭力移石，乃闯然出，述所见闻，莫不拊掌。视缸中器具，似皆己物。还家讯问，则昨夕家燕，并酒肴失之，方诟谇大索也②。此魅可云狡狯矣。然闻之使人笑不使人怒，当出瓮时，虽郭生亦自哑然也。真恶作剧哉。

余容若曰："是犹玩弄为戏也。曩客秦陇间，闻有少年随塾师读书山寺。相传寺楼有魅，时出媚人。私念狐女必绝艳，每夕诣楼外，祷以媟词，冀有所遇。一夜，徘徊树下，见小鬟招手。心知狐女至，跃然相就。小鬟悄语曰：'君是解人，不烦絮说。娘子甚悦君，然此何等事，乃公然致祝！主人怒君甚，以君贵人，不敢祟，惟约束娘子颇严。今夜幸他出，娘子使来私招君。君宜速往。'少年随之行，觉深闺曲弄，都非寺内旧门径。至一房，朱槅半开，虽无灯，隐隐见床帐。小鬟曰：'娘子初会，觉腼腆，已卧帐内。君第解衣，径登榻，无出一言，恐他婢闻也。'语讫，径去。少年喜不自禁，遽揭其被，拥于怀而接唇。忽其人惊起大呼。却立愕视，则室庐皆不见，乃塾师睡檐下乘凉也。塾师怒，大施夏楚[3]。不得已吐实，竟遭斥逐。此乃真恶作剧矣。"

文达公曰："郭生恃客气，故仅为魅侮；此生怀邪心，故竟为魅陷。二生各自取耳，岂魅有善恶哉！"

【注释】

① 杂遝：纷杂繁多貌。② 诟谇：辱骂。③ 夏楚：古代学校两种体罚越礼犯规者的用具。泛指用棍棒等体罚。

【导读】

此则故事包括两小故事，皆是为人为狐魅所戏弄的诙谐之事。晓岚对此的态度仍然是被戏弄乃咎由自取，与狐魅无关，祸患则自招之。

二三　李村有农家妇，每早晚出馌，辄见女子随左右。问同行者，则不见。意大恐怖。后乃渐随至家，然恒在院中，或在墙隅，不入寝室。妇逼视，即却走；妇返即仍前。知为冤对。

因遥问之。女子曰："汝前生与我皆贵家妾，汝妒我宠，以奸盗诬我致幽死。今来取偿，讵汝今生事姑孝，恒为善神所护，我不能近，故日日相随。揆度事势，万万无可相报理。汝倘作道场度我，我得转轮，即亦解冤矣。"妇辞以贫。女子曰："汝贫非虚语，能发念诵佛号万声，亦可度我。"问："此安得能度鬼？"曰："常人诵佛号，佛不闻也，特念念如对佛，自摄此心而已。若忠臣孝子，诚感神明，诵佛号，则声闻三界，故其力与经忏等。汝是孝妇，知必应也。"妇如所说，发念持诵，每诵一声，则见女子一拜。至满万声，女子不见矣。此事故老时说之，知笃志事亲，胜信心礼佛。

【导读】

此为因果报应题材之演绎，然女鬼虽有冤屈却不能直接索农妇命，因为农妇今生行孝，为善神所护，二者之间的恩怨采取了诵经超度这样相对较为和平的方式来消解。虽难逃劝善窠臼，但此则故事又多以层含义，即行善积德可以化解厄运。

二四 景少司马介兹官翰林时，斋宿清秘堂。（此因乾隆甲子御题“集贤清秘”额，因相沿称之，实无此堂名。）积雨初晴，微月未上，独坐廊下。闻瀛洲亭中语曰：“今日楼上看西山，知杜紫微‘雨余山态活’句，真神来之笔。”一人曰：“此句佳在‘活’字，又佳在‘态’字烘出‘活’字，若作山色山翠，则兴象俱减矣。”疑为博晰之等尚未睡，纳凉池上，呼之不应，推户视之，阒无人迹。次日，以告晰之。晰之笑曰：“翰林院鬼，故应作是语。”

【导读】

在清代，诗词是文人雅士装点门面的工具，也是点缀生活的乐趣之源。晓岚精于诗赋律对，在他的笔下鬼尚且具有文人雅士的特长，亦能把玩诗味。

二五 朱介如言：尝因中暑眩瞀[①]，觉忽至旷野中，凉风飒然，意甚爽适。然四顾无行迹，莫知所向。遥见数十人前行，姑往随之。至一公署，亦姑随入。见殿阁宏敞，左右皆长廊，吏役奔走，如大官将坐衙状。中一吏突握其手曰：“君何到此？”视之，乃亡友张恒照。悟为冥司，因告以失路状。张曰：“生魂误至，往往有此，王见之亦不罪，然未免多一诘问。不如且坐我廊屋，俟放衙，送君返，我亦欲略问家事也。”入坐未几，王已升座，自窗隙窃窥，见同来数十人，以次庭讯。语不甚了了，惟一人昂首争辩，似不服罪。王举袂一挥，殿左忽现大圆镜，围约丈余。镜中现一女子反缚受鞭像。俄似电光一瞥，又现一女子忍泪横陈像。其人叩额曰[②]：“伏矣。”即曳去。良久放衙，张就问子孙近状。朱略道一二，张挥手曰：“勿再言，徒乱人意。”因问：“顷所见者业镜耶？”曰：“是也。”问：“影必肖形，今无形而现影，何也？”曰：“人镜照形，神镜照心，人作一事，心皆自知，既已自知，即心有此事，心有此事，即心有此事之象，故一照而毕现也。若无心作过，本不自知，则照亦不见，心无是事，即无是象耳。冥司断狱，惟以有心无心别善恶，君其识之。”又问：“神镜何以能照心？”曰：“心不可见，缘物以形。体魂已离，存者性灵。神识不灭，如灯荧荧。外光无翳[③]，内光虚明，内外莹澈，故纤芥必呈也。”语讫，遽曳之行，觉此身忽高忽下，如随风败箨[④]，倏然惊醒，则已卧榻上矣。此事在甲子七月[5]，怪其乡试后期至，乃具道之。

【注释】

① 眩瞀：昏愦，迷乱。② 颡（sǎng）：头。③ 翳：遮蔽，隐藏。④ 箨：笋壳。⑤ 甲子：乾隆九年（1744）。

【导读】

此则故事怪诞离奇，以一人误入冥界为线索，重点描述了冥界中能一照心识别善恶的神镜。阐明了作者善恶皆由心生的观点。

二六 图裕斋前辈言：有选人游钓鱼台[1]。时西顶社会，游女如织。薄暮，车马渐稀，一女子左抱小儿，右持鼗鼓[2]，袅袅来。见选人，举鼗一摇，选人一笑，女子亦一笑。选人故狡黠，揣女子装束类贵家，而抱子独行，又似村妇，踪迹诡异，疑为狐魅，因逐之絮谈。女子微露夫亡子幼意。选人笑语之曰："毋多言，我知尔，亦不惧尔。然我贫，闻尔辈能致财。若能赡我，我即从尔去。"女子亦笑曰："然则同归耳。"至其家屋，不甚宏壮，而颇华洁，亦有父母姑姊妹。彼此意会，不复话氏族，惟献酬款洽而已。酒阑就宿，备极燕婉。次日入城，携小奴及襆被往，颇相安。惟女子冶荡无度，奔命殆疲。又渐使拂枕簟，侍梳沐，理衣裳，司洒扫，至于烟筒茗碗之役，亦遣执之。久而其姑若姐妹，皆调谑指挥视如僮婢。选人耽其色，利其财，不能拒也。一旦，使涤厕腧[3]，选人不肯。女子愠曰："事事随汝意，此乃不随我意耶？"诸女亦助之诮责，由此渐相忤。既而每夜出不归，云亲戚留宿。又时有客至，皆曰中表，日嬉笑燕饮，或琵琶度曲，而禁选人勿至前。选人恚愤，女子亦怒，且笑曰："不如是，金帛从何来？使我谢客易，然一家三十口，须汝供给，汝能之耶？"选人知不可留，携小奴入京，僦住屋。次日再至，则荒烟蔓草，无复人居，并衣装不知所往矣。选人本携数百金，善治生，衣颇褴褛。忽被服华楚，皆怪之。具言赘婿状，人亦不疑。俄又褴褛，讳不自言。后小奴私泄其事，人乃知之。曹慕堂宗丞曰："此魅窃逃，犹有人理，吾所见有甚于此者矣。"

【注释】

① 选人：唐代称候补、候选的官员，后沿用之。② 鼗（yáo）：鼓名，俗称拨浪鼓。③ 厕腧：便器。

【导读】

选人贪图安逸，妄想依靠别人获得财物，遂寄食于狐仙，多次遭受凌辱。故事以选人由穷便富，后又由富变穷之经历，劝诫世人应安守本分，脚踏实地作人，依赖他人来致富达贵最终的结局必然是水中捞月。

二七 武强张公令誉，康熙丁酉举人[①]，刘景南之妇翁也。言有选人纳一姬，聘币颇轻。惟言其母爱女甚，每月当十五日在寓，十五日归宁。悦其色美而值廉，竟曲从之。后一选人纳姬，约亦如是，选人初不肯，则举此选人为例。询访信然，亦曲从之。二人本同年，一日话及，前选人忽省曰："君家阿娇，归宁上半月耶？下半月耶？"曰："下半月。"前选人大悟，忽引入内室视之，果一人也。盖其初鬻之时，已预留再鬻地矣。张公淳实君子，度必无妄言，惟是京师鬻女之家，虽变幻万状，亦必欺以其方，故其术一时不遽败。若月月克日归宁，已不近事理，又不时往来于两家，岂人不能闻。是必败之道，狡黠者断不出此。或传闻失实，张公误听之欤？然紫陌看花，动多迷路。其造作是语，固亦不为无因耳。

【注释】

① 康熙丁酉：康熙五十六年(1717)。

【导读】

一女乃轮值二夫，鬻女者真可谓生财有道。人情之狡诈于此可见！

卷十七　姑妄听之(三)

一　族侄竹汀言：文安有佣工古北口外者，久无音问。其父母值岁荒，亦就食口外，且觅子，亦久无音问。后乃有人见之泰山下。

言昔至密云东北，日已暮，风云并作。遥见山谷有灯光，漫往投止。至则土屋数楹，围以秫篱，有老妪应门，问其里贯，入以告。又遣问姓名年岁，并问："曾有子出口否？子何名？年几何岁？"具以实对。忽有女子整衣出，延入上坐，拜而侍立，促老妪督婢治酒肴，意甚亲昵。莫测其由，起而固诘，则失声伏地曰："儿不敢欺翁姑。儿狐女也，尝与翁姑之子为夫妇。本出相悦，无相媚意。不虞其爱恋过度，竟以瘵亡。心恒愧悔，故誓不别适，依其墓以居，今无意与翁姑遇，幸勿他往，儿尚能养翁姑。"初甚骇怖，既而见其意真切，相持涕泣，留共居。狐女奉事无不至，转胜于有子。

如是六七年，狐女忽遣老妪市一棺，且具锸畚。怪问其故。欣然曰："翁姑宜贺儿，儿奉事翁姑，自追念逝者，聊尽寸心耳，不期感动土神，闻于岳帝。岳帝悯之，许不待丹成，解形证果，今以遗蜕合窆[①]，表同穴意也。"引至侧室，果一黑狐卧榻上，毛光如漆，举之轻如叶，扣之乃作金石声，信其真仙矣。葬事毕，又启曰："今隶碧霞元君为女官，当往泰山，请共往。"故相偕至此，僦屋与土人杂居。狐女惟不使人见形，其供养仍如初也。后不知其所终。此与前所记狐女略相近。然彼有所为而为，故仅得逭诛，此无所为而为，故竟能成道。天上无不忠不孝之神仙，斯言谅哉。

【注释】

① 窆(biǎn)：将棺木葬入圹穴。

【导读】

此则笔记记载了一狐积累善行得道故事，宣扬了道家的无为而为之修道思想，又糅合了儒家的忠孝思想。

二　库尔喀喇乌苏(库尔喀喇，译言黑；乌苏，译言水也。)台军李印，尝随都司刘德行山中。见悬崖老松贯一矢，莫测其由。晚宿邮舍[①]，印乃言昔过是地，遥见一骑飞驰来，疑为"玛哈沁"，伏深草伺之。渐近，则一物似人非人，据马上，马乃野马也。知为怪，发一矢，中之。嗡然如钟声，化黑烟去，野马亦惊逸。今此矢在树，知为木妖也。问："顷见之何不言？"曰："射时彼原未见我。彼既有灵，恐闻之或报复，故宁默也。"其机警多类此。

一日，塔尔巴哈台押逋寇满答尔至[②]，命印接解。以铁杻贯手[③]，以铁链从马腹横锁其足。时已病，奄奄仅一息。与之食亦不甚咽，在马上每欲倒掷下，赖挚足得不堕[④]，但虑其死，不虑其逃也。至戈壁两马相并，又作欲堕状。印举手引之。突挺然而起，以杻击印仆马下，即旋辔驰入戈壁去。戈壁东北连科布多，绵亘数百里，古无人迹，竟莫能追。始知其病者伪也。参将岳济，坐是获重谴，印亦长枷。既而伊犁复捕得满答尔，盖额鲁特来降者，赏赉最厚。满答尔贪饵而出，因就擒。讯其何以敢再至，则曰："我罪至重，谅必不料我来；我随众而来，亦必不疑其中有我。"其所计良是，而不虞识其顶上箭瘢也。以印之巧密，而卒为术愚；以满答尔之深险，而卒以诈败。日以心斗，诚不知其所穷。然任智终遇其敌，未有千虑不一失者，则定理也。

【注 释】

① 邮舍：驿站，馆驿。② 逋寇：逃寇，流寇。③ 杻(chǒu)：手铐。④ 挚：拴缚。

【导 读】

此则故事记载了李印和犯人满答尔之间的斗争，李印本机警至人，而满答尔魔高一丈，竟从李印手上逃走。而以满答尔之心机，仍为官府所诱捕。再高明的智谋也会遭到更强的对手而失败，再阴险的伎俩最终亦会败露。阐明了因巧致祸的道理。

三　梁豁堂言：有粤东大商，喜学仙，招纳方士数十人，转相神圣，皆曰冲举可坐致。所费不赀，然亦时时有小验。故信之益笃。

一日，有道士来访，虽敝衣破笠，而神采落落，如独鹤孤松。与之言，微妙元远，多出意表。试其法，则驱役鬼神，呼召风雨，如操券也；松鲈、台菌、吴橙、闽荔，如取携也；星娥琴竽，玉女歌舞，犹仆隶也。握其符，十洲三岛，可以梦游。出黍颗之丹，点瓦石为黄金，百炼不耗。粤商大骇服，诸方士自顾不及，亦稽首称圣师，皆愿为弟子，求传道。道士曰："然则择日设坛，当一一授汝。”至期，道士登座，众拜讫，道士问：“尔辈何求？”曰：“求仙。”问：“求仙何以求诸我？”曰：“如是灵异，非真仙而何？”道士轩渠良久，曰：“此术也，非道也。夫道者冲漠自然，与元气为一，乌有如是种种哉！盖三教之放失久矣。儒之本旨，明体达用而已。文章记诵，非也；谈天说性，亦非也。佛之本旨，无生无灭而已。布施供养，非也；机锋语录，亦非也。道之本旨，清净冲虚而已。章咒符录，非也；炉火服饵，亦非也。尔所见种种，是皆章咒符录事，去炉火服饵，尚隔几尘，况长生乎？然无所征验，遽斥其非，尔必谓誉其所能，而毁其所不能，徒大言耳。今示以种种能为，而告以种种不可为，尔庶几知返乎！儒家释家，情伪日增，门径各别，可勿与辩也。吾疾夫道家之滋伪，故因汝好道，姑一正之。”因指诸方士曰：“尔之不食，辟谷丸也。尔之前知，桃偶人也。尔之烧丹，房中药也。尔之点金，缩银法也。尔之入冥，茉莉根也。尔之召仙，摄灵魂也。尔之返魂，役狐魅也。尔之搬运，五鬼术也。尔之辟兵，铁布衫也。尔之飞跃，鹿卢蹻也。名曰道流，皆妖人耳。不速解散，雷部且至矣。”振衣欲起。众牵衣叩额曰：“下士沉迷，已知其罪，幸逢仙驾，是亦前缘，忍不一度脱乎？”道士却坐，顾粤商曰：“尔曾闻笙歌锦绣之中，有一人挥手飞升者乎？”顾诸方士曰：“尔曾闻炫术鬻财之辈，有一人脱屣羽化者乎？夫修道者须谢绝万缘，坚持一念，使此心寂寂如死，而后可不死；使此气绵绵不停，而后可长停。然亦非枯坐事也。仙有仙骨，亦有仙缘。骨非药物所能换，缘亦非情好所能结。必积功累德，而后列名于仙籍，仙骨以生；仙骨既成，真灵自尔感通，仙缘乃凑。此在尔辈之自度，仙家安有度人法乎？”因索纸大书十六字曰：“内绝世缘，外积阴骘；无怪无奇，是真秘密。”投笔于案，声如霹雳，已失所在矣。

【导读】

古代儒、释、道三教并立，世人趋之若骛，但各有所侧重。从表面上看，世人热衷于诸道，但对其精髓的把握却有失偏颇，以至于失其本而得其末。对此，晓岚颇多微辞。故藉此篇某道士之言以矫枉纠偏。道士所言落脚处虽在道教，而实亦兼及儒、释二教。如其所谓“夫道者冲漠自然，与元气为一，乌有如是种种哉……炉火服饵，亦非也”云云，皆切中肯綮。同时，道士还批判了当时旁门左道惑祸人的现象，斥责其“名曰道流，皆妖人耳”，这些均抨击时弊，具有较强的现实意义。

四 康熙癸巳秋[①]，宋村厂佃户周甲，不胜其妇之捶楚，夜伺妇寝，逃匿破庙，将待晓，介邻里乞怜[②]。妇觉之，追迹至庙，对神像数其罪，叱使伏受鞭。庙故有狐。鞭甫十余，方哀呼，群狐合噪而出曰：“世乃有此不平事！”齐夺甲置墙隅，执其妇，褫无寸缕，即以其鞭鞭之，至流血未释。突狐妇又合噪而出，曰：“男子但解护男子。渠背妻私匿某家女，不应死耶？”亦夺其妇置墙隅，而相率执甲。群狐格斗争救，喧哄良久。守田者疑为劫盗，大呼鸣铳为声援。狐乃各散。妇已委顿，甲竭蹶负以归[③]。王得庵先生时设帐于是，见妇在途中犹喃喃骂也。

先生尝曰：“快哉诸狐，可谓礼失而求野。狐妇乃恶伤其类，又别执一理，操同室之戈。盖门户分而朋党起，朋党盛而公论淆，轇轕纷纭[④]，是非蜂起，其相轧也久矣。”

【注 释】

① 康熙癸巳：康熙五十二年(1713)。② 介：依靠，凭借。③ 竭蹶：颠仆倾跌，行步匆遽貌。④ 轇(jiāo)轕(gé)：交错、纠葛不清。

【导 读】

明清以来，朋党蔚然而起。朝中大臣按照地域、师生关系等分成各种不同的利益群体。朋党之出现，严重地影响了朝中行政。诚如晓岚所言：“盖门户分而朋党起，朋党盛而公论淆，轇轕纷纭，是非蜂起，其相轧也久矣。”此则故事记一泼妇虐待丈夫以至被群狐教训，而狐妇见同类受辱，以与群狐纷争。晓岚之目的，实藉此以抨击朝中朋党相争，互相倾轧的丑陋现象。以小见大，涵蕴深刻。

五 邱县丞天锦言：西商有杜奎者，不知其乡贯，其语似泽、潞人也。刚劲有胆，不畏鬼神。空宅荒祠，所至恒襆被独宿，亦无所见闻。偶行经六盘山麓，日已曛黑，遂投止。废堡破屋，荒烟蔓草，四无人踪。度万万无寇盗，解装绊马，拾枯枝爇火御寒，竟展衾安卧。

方欲睡间，闻有哭声。谛听之，似在屋后，似出地下。时榾柮方燃[①]，室明如昼，因侧眠握刀以待之。俄声渐近，已在窗外黑处呜呜不已，然终不露形。杜叱问曰：“平生未曾见尔辈。是何鬼物？可出面言。”暗中有应者曰：“身是女子，裸无寸缕，愧难相见。如不见弃，许入被中，则有物蔽形，可以对语。”杜知其欲相媚惑，亦不惧之，微哂曰：“欲入即入。”阴风飒然，已一好女共枕矣。

羞容觍觍[2]，掩面泣曰：“一语才通，遽相偎倚，人虽冶荡，何至于斯？缘有苦情，迫于陈诉，虽嫌造次，勿讶淫奔。此堡故群盗所居，妾偶独行，为其所劫，尽褫衣裳簪珥，缚弃涧中。夏浸寒泉，冬埋积雪，沉阴冱冻，万苦难名。后恶党伏诛，废为墟莽。无人可告，茹痛至今。幸空谷足音，得见君子，机缘难再，千载一时，故忍耻相投，不辞自献，拟以一宵之爱，乞市薄槥，移骨平原。庶地气少温，得安营魄。倘更作佛事，超拔转轮，则再造之恩，誓世世长执巾栉。”语讫拭泪，纵体入怀。杜慨然曰：“本谓尔为妖，乃沉冤如是！吾虽耽花柳，然乘人窘急，挟制求欢，则落落丈夫，义不出此。汝既畏冷，无妨就我取温，如讲幽期，则不如径去。”女伏枕叩额，亦不再言。杜拥之酣眠，帖然就抱。天晓已失所在。乃留数日，为营葬营斋。

越数载归里，有邻家小女，见杜辄恋恋相随。后老而无子，求为侧室。父母不肯，女自请相从，竟得一男。知其事者，皆疑为此鬼后身也。

【注释】

① 榾(gǔ)柮(duò)：树根疙瘩、木柴块。② 觍(tiǎn)觍(miǎn)：羞愧貌。

【导读】

此则故事颇为曲折，亦耐人寻味。奇在起先以为女子是魅惑的女鬼，没想却是含冤而死的冤魂，杜奎则是落落丈夫，并非一般贪色好淫的轻薄子，仗义助人，冤魂投胎之后竟成为了杜奎的妻子，为其延续香火，以报答恩情。此则故事比一般的因果轮回写得更具有人情味。

六　益都有书生，才气飚发，颇为隽上。一日，晚凉散步，与村女目成[1]。密遣仆妇通词，约某夕虚掩后门待。生潜踪匿影，方暗中扪壁窃行，突火光一掣，朗若月明，见一厉鬼当户立。狼狈奔回，几失魂魄。次日至塾，塾师忽端坐大言曰：“吾辛苦积得小阴骘[2]，当有一孙登第。何逾墙钻穴，自败成功？幸我变形阻之，未至削籍，然亦殿两举矣。尔受人修脯，教人子弟，何无约束至此耶？”自批其颊十余，昏然仆地。方灌治间，宅内仆妇亦自批其颊曰：“尔我家三世奴，岂朝秦暮楚者耶？幼主妄行，当劝戒，不从则当告主人。乃献媚希赏，几误其终身，岂非负心耶？后再不悛[3]，且褫尔魄！”语讫亦昏仆。并久之，乃苏。门人李南涧曾亲见之。

盖祖父之积累如是其难，子孙之败坏如是其易也。祖父之于子孙如是其死尚不忘也，人可不深长思乎！然南涧言此生终身不第，颇颔以终[4]。殆流荡不返，其祖亦无如何欤？抑或附形于塾师，附形于仆妇，而不附形于其孙，亦不附形于其子，犹有溺爱者存，故终不知惩欤？

【注释】

① 目成：通过眉目传情来结成亲好。② 阴骘：阴德。③ 悛：悔改。④ 颇颔：因饥饿而面黄肌瘦的样子。

【导读】

此又是一则先祖亡魂显灵，训斥后辈，督其走正道故事。先祖亡灵先后附身于塾师和丫环身上，教导后辈走正道。命丧黄泉仍关注着子孙后辈的发展，可谓可怜天下父母心！

七　狐魅，人之所畏也。里有罗生者，读小说杂记，稔闻狐女之姣丽，恨不一遇。近郊古冢，人云有狐，又云时或有人与狎昵。乃诣其窟穴，具贽币牲醴，投书求婚姻。且云或香闺娇女，并已乘龙，或鄙弃樗材[1]，不堪倚玉，则乞赐一艳婢，用充贵媵，衔感亦均。再拜置之而返，数日寂然。

一夕，独坐凝思，忽有好女出灯下，嫣然笑曰：“主人感君盛意，卜今吉日，遣小婢三秀来充下陈，幸见收录。”因叩谒如礼，凝眸侧立，妖媚横生。生大欣慰，即于是夜定情。自以为彩鸾甲帐，不是过也。婢善隐形，人不能见，虽远行别宿，亦复相随。益惬生所愿。

惟性饕餮，家中食物多被窃。食物不足则盗衣裳器具，鬻钱以买，亦不知谁为料理，意有徒党同来也。以是稍谯责之，然媚态柔情，摇魂动魄，低眉一盼，亦复回嗔。又冶荡殊常，蛊惑万状，卜夜卜昼，靡有已时，尚嗛嗛不足[2]。以是家为之凋，体亦为之敝。久而疲于奔命，怨詈时闻，渐起衅端，遂成仇隙。呼朋引类，妖祟大兴，日不聊生。

延正一真人劾治，婢现形抗辩曰：“始缘祈请，本异私奔，继奉主命，不为苟合。手札具存，非无故为魅也。至于盗窃淫佚，狐之本性，振古如是，彼岂不知？既以耽色之故，舍人而求狐，乃又责狐以人理，毋乃悖欤？即以人理而论，图声色之娱者，不能惜畜养之费。既充妾媵，即当仰食于主人，所给不敷，即不免私有所取。家庭之内，似此者多。较攘窃他人，终为有间。若夫闺房燕昵，何所不有？圣人制礼，亦不能立以程限，帝王定律，亦不能设以科条。在嫡配尚属常情，在姬侍又其本分。录以为罪，窃有未甘。”真人曰：“鸠众肆扰，又何理乎？”曰：“嫁女与人，意图求取。不满所欲，聚党喧哄者，不知凡几，未闻有人科其罪，乃科罪于狐欤？”

真人俯思良久，顾罗生笑曰：“君所谓求仁得仁，亦复何怨？老夫耄矣[3]，不能驱役鬼神，预人家儿女事。”后罗生家贫如洗，竟以瘵终。

【注释】

① 樗(chū)材：喻无用之材。樗，臭椿树。② 嗛嗛：不满足貌。③ 耄：年老貌。

【导读】

罗生垂涎狐仙美色，多次许愿希望能得狐仙相伴，而狐仙真正到来之后，一系列的纷争又使其不堪忍受，万般无奈，乃请术士驱逐，而狐仙据理力争，术士亦不再理会。此则故事亦是反应作者一贯的主张：祸患恒自招尔。特别值得一提的是，此狐口舌便捷，言辞犀利、声声在理，所言虽针对罗生，实藉此骂尽人间诸色，特别是好色之徒。同时，此则故事亦是对传统人狐艳遇模式之颠覆，颇有意趣。

八　周景垣前辈言：有巨室眷属，连舻之任，晚泊大江中。俄一大舰来同泊，门灯樯帜，亦官舫也。日欲没时，舱中二十余人，露刃跃过，尽驱妇女出舱外。有靓妆女子隔窗指一小妇曰：“此即是矣。”群盗应声曳之去。一盗大呼曰：“我即尔家某婢父，尔女酷虐我女，鞭捶炮烙无人理。幸逃出遇我。尔追捕未获。衔冤次骨，今来复仇也。”言讫，扬帆顺流去，斯须灭影。缉寻无迹，女竟不知其所终，然情状可想矣。

夫贫至鬻女，岂复有所能为？而不虑其能为盗也。婢受惨毒，岂复能报，而不虑其父能为盗也。此所谓蜂虿有毒欤[1]！

又李受公言：有御婢残忍者，偶以小过闭空房，冻饿死，然无伤痕。其父讼不得直，反受笞。冤愤莫释，夜逾垣入，并其母女手刃之。缉捕多年，竟终漏网。是不为盗亦能报矣。

又言京师某家火，夫妇子女并焚，亦群婢怨毒之所为。事无显证，遂无可追求。是不必有父亦自能报矣。

余有亲串[2]，鞭笞婢妾，嬉笑如儿戏，间有死者。一夕，有黑气如车轮，自檐堕下，旋转如风，啾啾然有声，直入内室而隐。次日，疽发于项如粟颗，渐以四溃，首断如斩。是人所不能报，鬼亦报之矣。

人之爱子，谁不如我？其强者衔冤茹痛，郁结莫申，一决横流，势所必至。其弱者横遭荼毒，赍恨黄泉，哀感三灵，岂无神理！不有人祸，必有天刑，固亦理之自然耳。

【注释】

① 虿(chài)：蝎子一类的毒虫。② 亲串：亲戚。

【导读】

此则故事虽仍属因果报应类题材，但意义明显有所区别。其不同之处即在于是为弱者复仇。奴婢，虽地位悲微，但毕竟为父母所养，起码的人格应该是具备的。然似此中主人，对奴婢酷虐鞭笞，"鞭捶炮烙无人理"，实在是大过其分，故一报还一报，亦自取其咎也。《阅微》中多有诸如此类的题材，这些故事真实地反映了当时下层百姓的生存境遇，颇有认识价值，由此亦可见及晓岚人权平等之思想。

九　闽人有女未嫁卒，已葬矣。阅岁余，有亲串见之别县。初疑貌相似，然声音体态无相似至此者。出其不意，从后试呼其小名，女忽回顾。知不谬，又疑为鬼。归告其父母，开冢验视，果空棺。共往踪迹。初阳不相识。父母举其胸胁瘢痣，呼邻妇密视，乃具伏。觅其夫，则已遁矣。盖闽中茉莉花根，以酒磨汁饮之一寸，可尸蹶一日，服至六寸尚可苏，至七寸乃真死。女已有婿，而私与邻子狎，故磨此根使诈死。待其葬而发墓共逃也。婿家鸣官捕得邻子，供词与女同。时吴林塘官闽县，亲鞫是狱。欲引开棺见尸律，则人实未死，事异图财；欲引药迷子女例，则女本同谋，情殊掠卖。无正条可以拟罪，乃仍以奸拐本律断。人情变幻，亦何所不有乎？

【导读】

闽中茉莉花根，以酒磨汁饮之一寸，可尸蹶一日，服至六寸尚可苏，至七寸乃真死。茉莉花根虽为神奇之物，然生死仅在分寸之间。小女子为自己的幸福，置生死于度外，其志大可嘉矣！由此使人想到明代汤显祖《牡丹亭》中"生而可以死，死而可以生"之杜丽娘。在古代封建社会里，似此女子真可谓奇女子矣！

一〇　张石粼先生，姚安公同年老友也。性伉直，每面折人过；然慷慨尚义，视朋友之事如己事，劳与怨皆不避也。尝梦其亡友某公盛气相诘曰："君两为县令，凡故人子孙零替者，无不收恤。独我子数千里相投，视如陌路，何也？"先生梦中怒且笑曰："君忘之欤？夫所谓朋友，岂势利相攀援，酒食相征逐哉？为缓急可恃，而休戚相关也。我视君如弟兄，吾家奴结党以蠹我[①]，其势蟠固。我无可如何，我尝密托君察某某。君目睹其奸状，而恐招嫌怨，讳不肯言。及某某贯盈自败，君又博忠厚之名，百端为之解脱。我事之偾不偾[②]，我财之给不给，君皆弗问，第求若辈感激，称长者而已。是非厚其所薄，薄其所厚乎？君先陌路视我，而怪我视君如陌路，君忘之欤？"其人瑟缩而去。此五十年前事也。大抵士大夫之习气，类以不谈人过为君子，而不计其人之亲疏，事之利害。

余尝见胡牧亭为群仆剥削，至衣食不给。同年朱学士竹君奋然代为驱逐，牧亭生计乃稍苏。又尝见陈裕斋殁后，孀妾孤儿，为其婿所凌逼。同年曹宗丞慕堂亦奋然鸠率旧好，代为驱逐，其子乃得以自存。一时清议，称古道者百不一二，称多事者十恒八九也。

又尝见崔总宪应阶娶孙妇，赁彩轿亲迎，其家奴互相钩贯，非三百金不能得，众喙一音。至前期一两日，价更倍昂。崔公恚愤，自求朋友代赁。朋友皆避怨不肯应，甚有谓彩轿无定价，贫富贵贱各随其人为消长，非他人所可代赁，以巧为调停者。不得已以己所乘轿结彩增用之。一时清议，谓坐视非理者亦百不一二，谓善体下情者亦十恒八九也。彼一是非，此一是非，将乌乎质之哉？

【注 释】

① 蠹：损害，败坏。② 偾：毁坏，败坏。

【导 读】

此则故事叙写的是现实生活中的人情世态，有些人能在危急之时帮助好友，有些人则撒手不管。文中有一段对朋友的精辟论述："夫所谓朋友，岂势利相攀援，酒食相征逐哉？为缓急可恃，而休戚相关也。"可谓字字珠玑！

一一 朱青雷言：尝谒椒山祠，见数人结伴入，众皆叩拜，中一人独长揖。或诘其故。曰："杨公员外郎，我亦员外郎，品秩相等，无庭参礼也。"或又曰："杨公忠臣。"佛然曰[①]："我奸臣乎？"于大羽因言：聂松岩尝骑驴，遇一治磨者嗔不让路。治磨者曰："石工遇石工，(松岩，安邱张卯君之弟子，以篆刻名一时。)何让之有？"余亦言：交河一塾师，与张晴岚论文相诋。塾师怒曰："我与汝同岁入泮，同至今日皆不第，汝何处胜我耶？"

三事相类。虽善辩者无如何也。田白岩曰："天地之大，何所不有？遇此种人，惟当以不治治之，亦于事无害，必欲其解悟，弥出葛藤[2]。尝见两生同寓佛寺，一詈紫阳，一詈象山，喧诟至夜半。僧从旁解纷，又谓异端害正，共与僧斗。次日，三人破额，诣讼庭。非天下本无事，庸人自扰之乎？"

【注释】

① 怫然：愤怒貌。② 葛藤：比喻事物纠缠不清或话语噜苏繁冗。

【导读】

为人处世的态度，当以谦和隐忍为上，不应以戾气而挑起争端，此亦晓岚处事行事之道。

一二 从侄汝夔言：甲乙并以捕狐为业，所居相距十余里。一日，伺得一冢有狐迹，拟共往，约日落后会于某所。乙至，甲已先在，同至冢侧，相其穴，可容人。甲令乙伏穴内，而自匿冢畔丛薄中[1]，待狐归穴，甲御其出路，而乙在内禽絷之。乙暗坐至夜分，寂无音响，欲出与甲商进止。呼良久，不应。试出寻之，则二墓碑横压穴口，仅隙光一线，阔寸许，重不可举。乃知为甲所卖。

次日，闻外有叱牛声，极力号叫。牧者始闻，报其家往视。鸠人移石，已幽闭一昼夜矣。疑甲谋杀，率子弟诣甲，将报讼官。至半途，乃见甲裸体反缚柳树上。众围而唾詈，或鞭扑之。

盖甲赴约时，路遇馌妇相调谑，因私狎于秫丛。时盛暑，各解衣置地。甫脱手，妇跃起，掣其衣走，莫知所向。幸无人见，狼狈潜归。未至家，遇明火持械者，见之呼曰："奴在此。"则邻家少妇三四，睡于院中，忽见甲解衣就同卧，惊唤众起，已弃衣逾墙遁。方共里党追捕也。甲无以自白，惟呼天而已。乙述昨事，乃知皆为狐所卖。然伺其穴而掩袭，此戕杀之仇也。戕杀之仇，以游戏报之，一闭使不出，而留隙使不死；一褫其衣使受缚无辩，而人觉即遁，使其罪亦不至死。犹可谓善留余地矣。

【注释】

① 丛薄：草木丛生处。

【导读】

甲、乙两人乃捕狐者。于狐而言，乃天敌也。甲、乙行踪为狐所知，最后“以游戏报之，一闭使不出，而留隙使不死；一褫其衣使受缚无辩，而人觉即遁，使其罪亦不至死”。此狐可谓善留余地者也。晓岚藉此故事宣扬了民间“吃亏是福”、“得饶人处且饶人”之道德教化之义。

一三 胡牧亭言：其乡一富室，厚自奉养，闭门不与外事，人罕得识其面。不善治生而财终不耗，不善调摄而终无疾病。或有祸患，亦意外得解。尝一婢自缢死，里胥大喜[①]，张其事报官。官亦欣然即日来。比陈尸检验，忽手足蠕蠕动。方共骇怪，俄欠伸，俄转侧，俄起坐，已复苏矣。官尚欲以逼污投缳，锻炼罗织，微以语导之。婢叩首曰：“主人妾媵如神仙，宁有情到我？设其到我，方欢喜不暇，宁肯自戕？实闻父不知何故为官所杖杀，悲痛难释，愤恚求死耳，无他故也。”官乃大沮去，其他往往多类此。

乡人皆言其蠢然一物，乃有此福，理不可明。偶扶乩召仙，以此叩之。乩判曰：“诸公误矣，其福正以其蠢也。此翁过去生中，乃一村叟，其人淳淳闷闷，无计较心；悠悠忽忽，无得失心；落落漠漠，无爱憎心；坦坦平平，无偏私心；人或凌侮，无争竞心；人或欺绐，无机械心；人或谤詈，无嗔怒心；人或构害，无报复心。故虽槁死牖下，无大功德，而独以是心为神所福，使之食报于今生。其蠢无知识，正其身异性存，未昧前世善根也。诸君乃以为疑，不亦误耶！”时在侧者，信不信参半。吾窃有味斯言也。余曰：“此先生自作传赞，托诸斯人耳。然理固有之。”

【注释】

① 里胥：里长。

【导读】

其乡一富室，深居简出，然“不善治生而财终不耗，不善调摄而终无疾病。或有祸患，亦意外得解”。渠之所以尽享此福，关键在于其处世之道，即所谓：“淳淳闷闷，无计较心；悠悠忽忽，无得失心；落落漠漠，无爱憎心；坦坦平平，无偏私心；人或凌侮，无争竞心；人或欺绐，无机械心；人或谤詈，无嗔怒心；人或构害，无报复心。”此亦晓岚所推崇的理想处世方法。

一四 杨槐亭前辈有族叔，夏日读书山寺中。至夜半，弟子皆睡，独秉烛咿唔。倦极假寐，闻叩窗语曰：“敢敬问先生，此往某村当从何路？”怪问为谁？曰："吾鬼也。溪谷重复，独行失路。空山中鬼本稀疏，偶一二无赖贱鬼，不欲与言，即问之，亦未必肯相告。与君幽明虽隔，气类原同，故闻书声而至也。"具以告之，谢而去。后以语槐亭，槐亭怃然曰："吾乃知孤介寡合，即作鬼亦难。"

【导读】

槐亭所谓"孤介寡合，即作鬼亦难"，戏谑挑侃语也！此鬼闻书声而至，可见为鬼中之文雅士，似此文雅之士，居然落落寡合，独行失路，连指路者亦难以寻觅到。世态之大略可见一斑。

一五 胶州法南墅，尝偕一友登日观。先有一道士倚石坐，傲不为礼。二人亦弗与言。俄丹曦欲吐，海天滉耀，千汇万状，不可端倪。南墅吟元人诗曰："'万古齐州烟九点，五更沧海日三竿。'不信然乎！"道士忽哂曰："昌谷用作梦天诗，故为奇语。用之泰山，不太假借乎？"南墅回顾，道士即不再言。既而踆乌涌上[①]，南墅谓其友曰："太阳真火，故入水不濡也。"道士又哂曰："公谓日自海出乎？此由不知天形，故不知地形；不知地形，故不知水形也。盖天椭圆如鸡卵，地浑圆如弹丸，水则附地而流，如核桃之皴皱[②]。椭圆者东西远而上下近，凡有九重，最上曰宗动，元气之表，无象可窥。次为恒星，高不可测。次七重，则日月五星各占一重，随大气旋转，去地且二百余万里，无论海也。浑圆者地无正顶，身所立处皆为顶，地无正平，目所见处皆为平。至广漠之野，四望天地相接处，其圆中规，中高而四隤之证也[③]，是为地平。圆规以外，目所不见者，则地平下矣。湖海之中，四望天水相合处，亦圆中规，是又水随地形，中高四隤之证也。然江河之水狭且浅，夹以两岸，行于地中，故日出地上，始受日光。惟海至广至深，附于地面，无所障蔽，故中高四隤之处，如水晶球之半。日未至地平，倒影上射，则初见如一线；日将近地平，则斜影横穿，未明先睹。今所见者，是日之影，非日之形。是天上之日影隔水而映，非海中之日影浴水而出也。至日出地平，则影斜落海底，转不能见矣。儒家盖尝见此景，故以为天包水，水浮地，日出入于水中。而不知日自附天，水自附地。佛家未见此景，故以须弥山四面为四州，日环绕此山，南昼则北夜，东暮则西朝，是日常旋转，平行竟不入地。证以今日所见，其谬更无庸辩矣。"

南墅惊其博辩，欲与再言。道士笑曰："更竟其说。子不知九万里之围圆，以渐而迤，以渐而转，渐迤渐转，遂至周环，必以为人能正立，不能倒立，拾杨光先之说，苦相诘难。老夫慵惰，不能与子到大郎山上看南斗，（大郎山在亚禄国，与中国上下反对，其地南极出地三十五度，北极入地三十五度。）不如其已也。"振衣径去，竟莫测其何许人。

【注释】

① 踆乌：古代传说有三足乌居于太阳中，后因以踆乌借指太阳。② 皴（cūn）：物体表面有皱纹，毛糙。③ 隤：崩颓，坠下。

【导读】

此则故事借道士之口反映了当时人对天、地、日出等地理现象的朴素认识，渠之所言，虽未必完全正确，但客观反映了当时人们对大自然可贵的探索精神。

一六 周化源言：有二士游黄山，留连松石，日暮忘归。夜色苍茫，草深苔滑，乃共坐于悬崖之下。仰视峭壁，猿鸟路穷，中间片石斜欹，如云出岫。缺月微升，见有二人坐其上，知非仙即鬼，屏息静听。右一人曰："顷游岳麓，闻此翁又作何语？"左一人曰："去时方聚讲《西铭》，归时又讲《大学衍义》也。"右一人曰："《西铭》论万物一体，理原如是。然岂徒心知此理，即道济天下乎？父母之于子，可云爱之深矣，子有疾病，何以不能疗？子有患难，何以不能救？无术焉而已。此犹非一身也。人之一身，虑无不深自爱者，己之疾病，何以不能疗？己之患难，何以不能救？亦无术焉而已。今不讲体国经野之政，捍灾御变之方，而曰吾仁爱之心，同于天地之生物，果此心一举，万物即可以生乎？吾不知之矣。至《大学》条目，自格致以至治平，节节相因，而节节各有其功力。譬如土生苗，苗成禾，禾成谷，谷成米，米成饭，本节节相因。然土不耕则不生苗，苗不灌则不得禾，禾不刈则不得谷，谷不舂则不得米，米不炊则不得饭，亦节节各有其功力。西山作《大学衍义》，列目至齐家而止，谓治国平天下可举而措之。不知虞舜之时，果瞽瞍允若而洪水即平，三苗即格乎？抑犹有治法在乎？又不知周文之世，果太姒徽音而江汉即化，崇侯即服乎？抑别有政典存乎？今一切弃置，而归本于齐家，毋亦如土可生苗，即炊土为饭乎？吾又不知之矣。"左一人曰："琼山所补治平之道其备乎？"右一人曰："真氏过于泥其本，丘氏又过于逐其末，不究古今之时势，不揆南北之情形，琐琐屑屑，缕陈多法，且一一疏请施行，是乱天下也。即其海运一议，胪列历年漂失之数[1]，谓所省转运之费，足以相抵。不知一舟人命，讵止数十，合数十舟即逾千百，又何为抵乎？亦妄谈而已矣。”左一人曰：“是则然矣。诸儒所述封建井田，皆先王之大法，有太平之实验，究何如乎？”右一人曰：“封建井田，断不可行，驳者众矣。然讲学家持是说者，意别有在，驳者未得其要领也。夫封建井田不可行，微驳者知之，讲学者本自知之。知之而必持是说，其意固欲借一必不行之事，以藏其身也。盖言理言气，言性言心，皆恍惚无可质，谁能考未分天地之前，作何形状；幽微暧昧之中，作何情态乎？至于实事，则有凭矣。试之而不效，则人人见其短长矣。故必持一不可行之说，使人必不能试，必不肯试，必不敢试，而后可号于众曰：‘吾所传先王之法，吾之法可为万世致太平，而无如人不用何也！’人莫得而究诘，则亦相率而劝曰：‘先生王佐之才，惜哉不竟其用’云尔。以棘刺之端为母猴，而要以三月斋戒乃能观，是即此术。第彼犹有棘刺，犹有母猴，故人得以求其削。此更托之空言，并无削之可求矣。天下之至巧，莫过于是。驳者乃以迂阔议之，乌识其用意哉！”相与太息者久之，划然长啸而去。二士窃记其语，颇为人述之。有讲学者闻之，曰：“学求闻道而已。所谓道者，曰天曰性曰心而已。忠孝节义，犹为末务，礼乐刑政，更末之末矣。为是说者，其必永嘉之徒也夫！”

【注释】

① 胪列：罗列，列举。

【导读】

晓岚之心性，崇实黜虚，尤其鄙视讲学家之虚伪。《阅微》中多有痛诋讲学家之篇章。此篇亦为类似之作。与其他篇章略有区别的是，此则故事主要是通过两人对话以揭示讲学家之精神实质，十分深刻。从对话看，晓岚批判的矛头主要集中于两个方面：一是讲学家学问之“虚”。晓岚认为，凡事应讲求“术”，无“术”则万事不可为。正如“父母之于子，可云爱之深矣，子有疾病，何以不能疗？子有患难，何以不能救？无术焉而已。人之一身，虑无不深自爱者，己之疾病，何以不能疗？己之患难，何以不能救？亦无术焉而已”。同样的道理，治理国家亦十分讲求“术”。然而，宋儒所谓之“术”，根本“不讲体国经野之政，捍灾御变之方”，而一味论所谓的“万物一理”等空疏学问，无益于国计民生。二是讲学家故弄玄虚以沽名钓誉。晓岚认为，如封建井田，断不可行，驳者众矣。然讲学家持是说者，意别有在。其意何在呢？其意乃欲借一必不行之事，以藏其身也。再如，讲学家言理言气，言性言心，皆恍惚无可质，谁能考未分天地之前，作何形状！幽微暧昧之中，作何情态乎？至于实事，则有凭矣。试之而不效，则人人见其短长矣。故必持一不可行之说，使人必不能试，必不肯试，必不敢试，而后可号于众曰：“吾所传先王之法，吾之法可为万世致太平，而无如人不用何也！”人莫得而究诘，则亦相率而劝曰，“先生王佐之才，惜哉不竟其用”云尔。这些论述，言辞犀利，切中要害，将讲学家之内在本质痛快淋漓地揭示出来。

一七　壬午顺天乡试[①]，与安溪李延彬前辈同分校。偶然说虎，延彬曰：“里有入山樵采者，见一美妇隔涧行，衣饰华丽，不似村妆。心知为魅，伏丛薄中觇所往。适一鹿引麑下涧饮，妇见之，突扑地化为虎，衣饰委地如蝉蜕，径搏二鹿食之。斯须仍化美妇，整顿衣饰，款款循山去。临流照影，妖媚横生，几忘其曾为虎也。”秦涧泉前辈曰：“妖媚蛊惑，但不变虎形耳，捕噬之性则一也。偶露本质，遽相惊讶，此樵何少见多怪乎！”

【注释】

① 壬午：乾隆二十七年(1762)。

【导读】

衣饰华丽，款款隔涧而行，一旦猎物出现，则扑地化为虎，衣饰委地如蝉蜕，搏猎物食之。妖媚蛊惑，诱物入吾彀中，类似于《聊斋》中“画皮”。诸如此类之所谓“美女蛇”、“美女虎”，人世间亦比比也，世人不可不防矣！

一八　仁我又言：有盗劫一富室，攻楼门垂破。其党手炬露刃，迫胁家众曰：“敢号呼者死！且大风，号呼亦不闻，死何益！”皆噤不出声。一灶婢年十五六，睡厨下，乃密持火种，黑暗中伏地蛇行，潜至后院，乘风纵火，焚其积柴。烟焰烛天，阖村惊起，数里内邻村亦救视。大众既集，火光下明如白昼，群盗格斗不能脱，竟骈首就擒。主人深感此婢，欲留为子妇。其子亦首肯，曰：“具此智略，必能作家，虽灶婢何害。”主人大喜，趣取衣饰，即是夜成礼。曰：“迟则讲尊卑，论良贱，是非不一，恐有变局矣。”亦奇女子哉！

【导读】

月黑风高之夜，盗贼攻劫富室，众人为暴力所慑，噤不出声。值此危难之时，灶婢乃挺身而出，密持火种，黑暗中伏地蛇行，潜至后院，乘风纵火，引大众齐集，擒拿贼首，解其困厄。小女子非惟勇也，亦智矣，真奇女子哉！灶婢本地位悲微，封建社会中，颇遭欺凌，属弱势群体，主人能不惟身份、地位、门第，留为子妇，亦可见及主人之识见之高，值得称道。

一九 朱导江言：有妻服已释，忽为礼忏者，意甚哀切，过于初丧。问之，初不言。所亲或私叩之，乃泫然曰："亡妇相聚半生，初未觉其有显过。顷忽梦至冥司，见女子数百人，锁以银铛，驱以骨朵，入一大官署中。俄闻号呼凄惨，栗魄动魂。既而一一引出，并流血被骭[①]，匍匐膝行，如牵羊豕。中一人见我招手，视即亡妇。惊问：'何罪至此？'曰：'坐事事与君怀二意。初谓家庭常态，不意阴律至严，与欺父欺君竟同一理，故堕落如斯。'问：'二意者何事？'曰：'不过骨肉之中私庇子女，奴隶之中私庇婢媪，亲串之中私庇母党，均使君不知而已。今每至月朔，必受铁杖三十，未知何日得脱，此累累者皆是也。'尚欲再言，已为鬼卒曳去。多年伉俪，未免有情，故为营斋造福耳。"

夫同牢之礼[②]，于情最亲，亲则非疏者所能间；敌体之义，于分本尊，尊则非卑者所能违。故二人同心，则家庭之纤微曲折，男子所不能知与知而不能自为者，皆足以弥缝其阙。苟徇其私爱，意有所偏，则机械百出，亦可于耳目所不及者，无所不为。种种衅端，种种败坏，皆从是起。所关者大，则其罪自不得轻。况信之者至深，托之者至重，而欺其不觉，为所欲为，在朋友犹属负心，应干神谴；则人原一体，分属三纲者，其负心之罪不更加倍蓰乎？寻常细故，断以严刑，因不得谓之深文矣。

【注释】

① 骭：小腿。② 同牢：古代婚礼中，新夫妇共食一牲的仪式。

【导读】

家庭为社会之细胞。家庭稳固，则社会稳定。而家庭稳定，关键在于夫妻谐和。晓岚站在封建士大夫立场上，对社会之稳定倾注了满腔之心力，故更关心家庭关系之谐和。此则故事，晓岚对存有二意之妻严加惩处，认为"竟与欺父欺君同一理"，可见渠对这一问题之重视程度。

二〇 人情狙诈，无过于京师。

余尝买罗小华墨十六铤，漆匣黯敝，真旧物也。试之，乃抟泥而染以黑色，其上白霜，亦盦于湿地所生[①]。又丁卯乡试[②]，在小寓买烛，爇之不燃。乃泥质而幂以羊脂。又灯下有唱卖炉鸭者，从兄万周买之。乃尽食其肉，而完其全骨，内傅以泥，外糊以纸，染为炙爆之色，涂以油，惟两掌头颈为真。又奴子赵平以二千钱买得皮靴，甚自喜。一日骤雨，著以出，徒跣而归。盖鞠则乌油高丽纸揉作绉纹[③]，底则糊粘败絮，缘之以布。其他作伪多类此。然犹小物也。

有选人见对门少妇甚端丽，问之，乃其夫游幕，寄家于京师，与母同居。越数月，忽白纸糊门，合家号哭，则其夫讣音至矣。设位祭奠，诵经追荐，亦颇有吊者。既而渐鬻衣物，云乏食，且议嫁。选人因赘其家。又数月，突其夫生还。始知为误传凶问。夫怒甚，将讼官。母女哀吁，乃尽留其囊箧，驱选人出。越半载，选人在巡城御史处，见此妇对簿。则先归者乃妇所欢，合谋挟取选人财，后其夫真归而败也。黎丘之技，不愈出愈奇乎！又西城有一宅，约四五十楹，月租二十余金。有一人住半载余，恒先期纳租，因不过问。一日，忽闭门去，不告主人。主人往视，则纵横瓦砾，无复寸椽，惟前后临街屋仅在。盖是宅前后有门，居者于后门设木肆，贩鬻屋材，而阴拆宅内之梁柱门窗，间杂卖之。各居一巷，故人不能觉。累栋连甍，搬运无迹，尤神乎技矣。

然是五、六事，或以取贱值，或以取便易，因贪受饵，其咎亦不尽在人。钱文敏公曰："与京师人作缘，斤斤自守，不入陷阱已幸矣。稍见便宜，必藏机械，神奸巨蠹，百怪千奇，岂有便宜到我辈。"诚哉是言也。

【注释】

① 盦(ān)：古代盛食物之器。② 丁卯：乾隆十二年(1747)。③ 鞠：靴之筒。

【导读】

皇城根儿，天子脚下，本应风俗醇谨。殊不知，却是人情狙诈、民风恶劣，上述五六事，机械百端，神奸巨蠹，百怪千奇，与皇城首善之区之名殊不相称。京城尚且如此，更勿论别的地方。清代民风历历可见。

卷十八　姑妄听之(四)

一　马德重言:沧州城南,盗劫一富室,已破扉入,主人夫妇并被执,众莫敢谁何。有妾居东厢,变服逃匿厨下,私语灶婢曰:"主人在盗手,是不敢与斗。渠辈屋脊各有人,以防救应,然不能见檐下。汝抉后窗循檐出[①],密告诸仆:各乘马执械,四面伏三五里外。盗四更后必出,四更不出,则天晓不能归巢也。出必挟主人送,苟无人阻,则行一二里必释,不释恐见其去向也。俟其释主人,急负还而相率随其后,相去务在半里内。彼如返斗即奔还,彼止亦止,彼行又随行。再返斗仍奔,再止仍止,再行仍随行,如此数四,彼不返斗则随之得其巢,彼返斗则既不得战,又不得遁,逮至天明,无一人得脱矣。"婢冒死出告,众以为中理,如其言,果并就擒。重赏灶婢。妾与嫡故不甚协,至是亦相睦。后问妾何以办此?泫然曰:"吾故盗魁某甲女,父在时,尝言行劫所畏惟此法,然未见有用之者。今事急姑试,竟侥幸验也。"

故曰,用兵者务得敌之情。又曰,以贼攻贼。

【注 释】

① 抉:戳,穿。

【导 读】

主人夫妇能解困厄,按文中所言,是所谓"用兵者务得敌之情"也好,"以贼攻贼"也罢。这些因素实际上都均非关键所在。其关键所在还在于其妾之深明大义与谋划运筹。妾与嫡故不甚协,危难之际,按说她实际上完全可以作壁上观。然而在此关键时,她却能捐弃前嫌,深自谋划,拯救主人夫妇于水火之中,真难能可贵。晓岚在《阅微》中曾数次描绘在关键时候能挺身而出的婢女或小妾,除了褒扬她们的勇气与智慧外,实际上还隐含着一种人格平等的价值期望。这是值得注意的。

二　常山峪道中加班轿夫刘福言:(九卿肩舆,以八人更番,出京则加四人,谓之"加班"。)长姐者,忘其姓,山东流民之女。年十五六,父母就食于赤峰,(即乌蓝哈达,乌蓝译言红,哈达译言峰也,今建为赤峰州。)租田以耕。一日，入山采樵，遇风雨，避岩下。雨止已昏黑，畏虎不敢行，匿草间。遥见双炬，疑为虎目。至前则官役数人，衣冠不古不今，叱问何人。以实告。官坐石上，令曳出。众呼跪，长姐以为山神，匍匐听命。官曰："汝夙孽应充我食。今就擒，当啖尔。速解衣伏石上，无留寸缕，致挂碍齿牙。"知为虎王，觳觫祈免。官曰："视尔貌尚可，肯侍我寝，当赦尔。后当来往于尔家，且福尔。"长姐愤怒跃起曰："岂有神灵肯作此语？必邪魅也。啖则啖耳，长姐良家女，不能蒙面作此事。"拾石块奋击，一时奔散，此非其力足胜之，其气足胜之。其贞烈之心足以帅其气也。故曰："其为气也，至大至刚。"

【导读】

此则故事虽晓岚倡扬贞烈故调。然渠之所谓贞女之胜，"此非其力足胜之，其气足胜之"、"其为气也，至大至刚"云云颇值得注意。在《阅微》中，晓岚极为注重"气"之沉积、历炼，以及刚大正气在驱除邪恶中的作用。此处亦不可忽略。

三　张太守墨谷言：德、景间有富室，恒积谷而不积金，防劫盗也。康熙、雍正间，岁频歉，米价昂。闭廪不肯粜升谷，冀价再增。乡人病之，而无如何。有角妓号玉面狐者曰："是易与，第备钱以待可耳。"乃自诣其家曰："我为鸨母钱树，鸨母顾虐我。昨与勃豀，约我以千金自赎。我亦厌倦风尘，愿得一忠厚长者托终身，念无如公者。公能捐千金，则终身执巾栉。闻公不喜积金，即钱二千贯亦足抵。昨有木商闻此事，已回天津取资。计其到当在半月外。我不愿随此庸奴。公能于十日内先定，则受德多矣。"张故惑此妓，闻之惊喜，急出谷贱售。廪已开，买者坌至，不能复闭，遂空其所积，米价大平。谷尽之日，妓遣谢富室曰："鸨母养我久，一时负气相诟，致有是议。今悔过挽留，义不可负心。所言姑俟诸异日。"富室原与私约，无媒无证，无一钱聘定，竟无如何也。

此事李露园亦言之，当非虚谬。闻此妓年甫十六七，遽能办此，亦女侠哉！

【导读】

妓者，乃追欢卖笑者，其地位之卑微可想而知矣。然此"玉面狐"者，却能在"岁频歉，米价昂。闭廪不肯粜升谷"之关键时期，挺身而出，以身自许，解众人之困厄，真侠女也！渠之地位虽卑微，然其人格却高大。令人想起关汉卿笔下之赵盼儿等众多妓者侠女。晓岚不以身份、地位、年齿取人，对下层妇女表示敬重，这在当时无疑是极为难得的。

四 莫雪崖言：有乡人患疫，困卧草榻，魂忽已出门外，觉顿离热恼，意殊自适。然道路都非所曾经，信步所之。偶遇一故友，相见悲喜。忆其已死，忽自悟曰："我其入冥耶？"友曰："君未合死，离魂到此耳。此境非人所可到，盍同游览，以广见闻。"

因随之行，所经城市墟落，都不异人世，往来扰扰，亦各有所营。见乡人皆目送之，然无人交一语也。乡人曰："闻有地狱，可一观乎？"友曰："地狱如囚牢，非冥官不能启，非冥吏不能导，吾不能至也。有三数奇鬼，近乎地狱，君可以往观。"

因改循歧路，行半里许，至一地，空旷如墟墓。见一鬼，状貌如人，而鼻下则无口。问："此何故？"曰："是人生时，巧于应对，谀词颂语，媚世悦人，故受此报，使不能语。或遇焰口浆水，则饮以鼻。"又见一鬼，尻耸向上①，首折向下，面著于腹，以两手支拄而行。问："此何故？"曰："是人生时，妄自尊大，故受此报，使不能仰面傲人。"又见一鬼，自胸至腹，裂罅数寸，五脏六腑，虚无一物。问："此何故？"曰："是人生时，城府深隐，人不能测，故受是报，使中无匿形。"又见一鬼，足长二尺，指巨如椎，踵巨如斗，重如千斛之舟②，努力半刻，始移一寸。问："此何故？"曰："此人生时，高材捷足，事事务居人先，故受是报，使不能行。"又见一鬼，两耳拖地，如曳双翼，而混沌无窍。问："此何故？"曰："此人生时，怀忌多疑，喜闻蜚语，故受此报，使不能听。是皆按恶业浅深，待受报期满，始入转轮。其罪减地狱一等，如阳律之徒流也。"俄见车骑杂遝③，一冥官经过，见乡人惊曰："此是生魂，误游至此，恐迷不得归，谁识其家，可导使去。"友跪启是旧交。官即令送返。将至门，大汗而醒，自是病愈。

雪崖天性爽朗，胸中落落无宿物，与朋友谐戏，每俊辩横生。此当是其寓言，未必真有。然庄生列子，半属寓言，义足劝惩，固不必刻舟求剑尔。

【注释】

① 尻：臀部。② 斛：量词，多用于粮食，古代十斗为一斛，南宋末年改

为五斗。③ 遝：通“沓”，纷多聚积。

【导读】

此则故事一寓言耳，乃晓岚藉示阴报以惩戒人世间之四类人：即“巧于应对，谀词颂语，媚世悦人”者、“妄自尊大”者、“城府深隐”者以及“怀忌多疑，喜闻蜚语”者。此四类人，品行不端，乃晓岚深自嫌憎之人。

五 王梅序言：交河有为盗诬引者[①]，乡民朴愿，无以自明，以赂求援于县吏。吏闻盗之诬引，由私调其妇，致为所殴，意其妇必美，却赂而微示以意曰：“此事秘密，须其妇潜身自来，乃可授方略。”居间者以告乡民。乡民惮死失志，呼妇母至狱，私语以故。母告妇，咈然不应也。

越两三日，吏家有人夜扣门。启视，则一丐妇，布帕裹首，衣百结破衫，闯然入。问之不答，且行且解衫与帕，则鲜妆华服艳妇也。惊问所自，红潮晕颊，俯首无言，惟袖出片纸。就所持灯视之，某人妻三字而已。吏喜过望，引入内室，故问其来意。妇掩泪曰：“不喻君语，何以夜来？既已来此，不必问矣，惟祈毋失信耳。”吏发洪誓，遂相燕婉。潜留数日，大为妇所蛊惑，神志颠倒，惟恐不得当妇意。妇暂辞去，言村中日日受侮，难于久住，如城中近，君租数楹，便可托庇荫，免无赖凌藉，亦可朝夕相往来。吏益喜，竟百计白其冤。狱解之后，遇乡民，意甚索漠[②]。以为狎昵其妇，愧相见也。后因事到乡，诣其家，亦拒不见。知其相绝，乃大恨。

会有挟妓诱博者讼于官，官断妓押归原籍。吏视之，乡民妇也，就与语。妇言苦为夫禁制，愧相负，相忆殊深，今幸相逢，乞念旧时数日欢，免杖免解。吏又惑之，因告官曰：“妓所供乃母家籍，实县民某妻，宜究其夫。”盖觊怂恿官卖，自买之也。

遣拘乡民，乡民携妻至，乃别一人。问乡里皆云不伪。问吏何以诬乡民？吏不能对。第曰风闻。问闻之何人？则噤无语。呼妓问之，妓乃言吏初欲挟污乡民妻，妻念从则失身，不从则夫死，值妓新来，乃尽脱簪珥，赂妓冒名往，故与吏狎识。今当受杖，适与相逢，因仍诳托乡民妻，冀脱棰楚。不虞其又有他谋，致两败也。官覆勘乡民，果被诬。姑念其计出救死，又出于其妻，释不究，而严惩此吏焉。

神奸巨蠹，莫吏若矣，而为村妇所笼络，如玩弄婴孩。盖愚者恒为智者败，而物极必反，亦往往于所备之外，有智出其上者突起而胜之。无往不复，天之道也。使智者终不败，则天地间惟智者存，愚者断绝矣，有是理哉！

【注释】

① 诬引：无中生有地攀引他人入罪。② 索漠：冷漠淡漠貌。

【导读】

晓岚曰："神奸巨蠹，莫吏若矣。"此言信然！朴愿乡民，为盗所诬引，求告无门，乃求助官吏。作为官吏，实事求是地解民困厄，乃义不容辞之份内职责。却为一己之私，假公济私，满足自己之私欲。最终为村妇所笼络，被玩弄于股掌之上。此吏可恶，更可悲、可笑！晓岚对诸如此类之吏颇鄙薄，对此，《阅微》中多有涉及，此即其一也。

六　同年龚肖夫言：有人四十余无子，妇悍妒，万无纳妾理，恒郁郁不适。偶至道观，有道士招之曰："君气色凝滞，似有重忧，道家以济物为念，盍言其实，或一效铅刀之用乎！"异其言，具以告。道士曰："固闻之，姑问君耳。君为制鬼卒衣装十许具，当有以报命。如不能制，即假诸伶官亦可也。"心益怪之，然度其诳取无所用，当必有故，姑试其所为。

是夕，妇梦魇，呼不醒，且呻吟号叫声甚惨。次日，两股皆青黯。问之，秘不言，吁嗟而已。三日后复然。自是每三日后皆复然。半月后，忽遣奴唤媒媪，云将买妾。人皆弗信，其夫亦虑后患，殊持疑。既而妇昏瞀累日，醒而促买妾愈急，布金于案，与僮仆约：三日不得必重抶[1]，得而不佳亦重抶。观其状，似非诡语。觅二女以应，并留之。是夕即整饰衾枕，促其夫入房。举家骇愕，莫喻其意，夫亦惘惘如梦境。

后复见道士，始知其有术能摄魂：夜使观中道众为鬼装，而道士星冠羽衣坐堂上，焚符摄妇魂，言其祖宗翁姑，以斩祀不孝，具牒诉冥府，用桃杖决一百，遣归，克期令纳妾。妇初以为噩梦，尚未肯，俄三日一摄，如征比然。其昏瞀累日，则倒悬其魂，灌鼻以醋，约三日不得好女子，即付泥犁也。

摄魂小术，本非正法。然法无邪正，惟人所用，如同一戈矛，用以杀掠则劫盗，用以征讨则王师耳。术无大小，亦惟人所用，如不龟手药，可以洴澼絖[2]，亦可以大败越师耳。道士所谓善用其术欤！至嚣顽悍妇，情理不能喻，法令不能禁，而道士能以术制之。尧牵一羊，舜从而鞭，羊不行，一牧竖驱之则群行。物各有所制，药各有所畏。神道设教，以驯天下之强梗，圣人之意深矣。讲学家乌乎识之？

【注释】

① 抶(chì)：笞击，鞭打。② 洴(píng)澼(pì)絖(kuàng)：洴澼，漂洗；絖，丝棉絮。语见《庄子·逍遥游》："宋人有善为不龟手之药者，世世以洴澼絖为事。"

【导读】

明清文言小说中多有制服悍妇之篇章。此则故事虽亦同类，但此悍妇之妒危及封建家庭香火延续之根本大事，故晓岚极为重视。按渠之一般思维逻辑，摄魂小术，本非正道，亦渠经常反对之事。然此篇中却对道士所用之术持肯定态度。并为之辩解曰："法无邪正，惟人所用，如同一戈矛，用以杀掠则劫盗，用以征讨则王师耳。术无大小，亦惟人所用，如不龟手药，可以洴澼絖，亦可以大败越师耳。"由此可见，晓岚之心，并非仅在于一般意义上的悍妇之妒，而在于香火之延续矣！

七　瞽者刘君瑞言：一瞽者年三十余，恒往来卫河旁，遇泊舟者，必问："此有殷桐乎？"又必申之曰："夏殷之殷，梧桐之桐也。"有与之同宿者，其梦中呓语亦惟此二字。问其姓名，则旬日必一变，亦无深诘之者。如是十余年，人多识之，或逢其欲问，辄呼曰："此无殷桐，别觅可也。"

一日，粮艘泊河干，瞽者问如初。一人挺身上岸，曰："是尔耶？殷桐在此，尔何能为？"瞽者狂吼如虓虎，扑抱其颈，口啮其鼻，血淋漓满地。众前拆解，牢不可开，竟共堕河中，随流而没。后得尸于天妃宫前，(海口不受尸，凡河中求尸不得，至天妃宫前必浮出。)桐捶其左胁骨尽断，终不释手，十指抠桐肩背，深入寸余。两颧两颊，啮肉几尽。迄不知其何仇，疑必父母之冤也。

夫以无目之人，侦有目之人，其不得决也；以孱弱之人，搏强横之人，其不敌亦决也。如较伍胥之楚仇，其报更难矣。乃十余年坚意不回，竟卒得而食其肉，岂非精诚之至，天地亦不能违乎？宋高宗之歌舞湖山，究未可以势弱解也。

【导读】

此则故事，虽未道明瞽者与"殷桐"者到底存有何仇。但瞽者复仇之精神却令人震撼。

八 《新齐谐》载冥司榜吕留良之罪曰："辟佛太过。"此必非事实也。

留良之罪，在明亡以后，即不能首阳一饿，追迹夷齐，又不能戢影逃名[1]，鸿冥世外，如真山民之比。乃青衿应试，身列胶庠，其子葆中，亦高掇科名，以第二人入翰苑。则久食周粟，断不能自比殷顽，何得肆作谤书，荧惑黔首？诡托于桀犬之吠尧，是首鼠两端，进退无据，实狡黠反覆之尤。核其生平，实与钱谦益相等。殁罹阴谴，自必由斯。

至其讲学辟佛，则以尊朱之故，不得不辟陆、王为禅。既已辟禅，自不得不牵连辟佛，非其本志，亦非其本罪也。金人入梦以来，辟佛者多，辟佛太过者亦多。以是为罪，恐留良转有词矣。抑尝闻五台僧明玉之言曰：辟佛之说，宋儒深而昌黎浅，宋儒精而昌黎粗。然而披缁之徒，畏昌黎不畏宋儒，衔昌黎不衔宋儒也。盖昌黎所辟，檀施供养之佛也，为愚夫妇言之也。宋儒所辟，明心见性之佛也，为士大夫言之也。天下士大夫少而愚夫妇多，僧徒之所取给，亦资于士大夫者少，资于愚夫妇者多。使昌黎之说胜，则香积无烟，祇园无地，虽有大善知识，能率恒河沙众，枵腹露宿而说法哉[2]！此如用兵者先断粮道，不攻而自溃也。故畏昌黎甚，衔昌黎亦甚。使宋儒之说胜，不过尔儒理如是，儒法如是，尔不必从我；我佛理如是，佛法如是，我亦不必从尔。各尊所闻，各行所知，两相枝拄，未有害也。故不畏宋儒，亦不甚衔宋儒。然则唐以前之儒，语语有实用，宋以后之儒，事事皆空谈。讲学家之辟佛，于释氏毫无所加损，徒喧哄耳。录以为功，固为党论，录以为罪，亦未免重视留良耳。

【注释】

① 戢(jí)：藏匿。② 枵(xiāo)：空也。

【导读】

晓岚博闻强志，目光如炬，对许多问题具有独到的见解。此则笔记实论辩之作。渠之所论，其实包括两个问题，却又彼此关联。其一，针对袁枚《新齐谐》中记载冥司榜吕留良之罪曰"辟佛太过"提出异议。认为吕留良在明亡以后，既不能首阳一饿，追迹夷齐，又不能戢影逃名，鸿冥世外，如真山民之比。乃青衿应试，身列胶庠，其子葆中，亦高掇科名，以第二人入翰苑。则久食周粟，断不能自比殷顽，如何能得以肆作谤书，荧惑黔首？

核其生平，实际上与钱谦益等类似。其二，对比韩愈之辟佛与宋儒之辟佛彼此之间的异同。他认为披缁之徒，畏昌黎不畏宋儒，衔昌黎不衔宋儒也。为何会如此呢？是因为“辟佛之说，宋儒深而昌黎浅，宋儒精而昌黎粗”也。盖昌黎所辟，檀施供养之佛也，为愚夫妇言之也。宋儒所辟，明心见性之佛也，为士大夫言之也。天下士大夫少而愚夫妇多，僧徒之所取给，亦资于士大夫者少，资于愚夫妇者多。如果宋儒之说胜的话，不过相互论辩，可各持一端，亦无伤大雅；而一旦韩愈之说胜，则香积无烟，祇园无地，佛徒们只能枵腹露宿。晓岚从实用功利角度论说二者之异同及影响，切中肯綮，颇有说服力。

九 蛇能报冤，古记有之，他毒物则不能也。然闻故老之言曰：“凡遇毒物，无杀害心，则终不遭螫[①]；或见即杀害，必有一日受其毒。”验之颇信。是非物之知报，气机相感耳。狗见屠狗者群吠，非识其人，亦感其气也。又有生啖毒虫者，云能益力，毒虫中人或至死，全贮其毒于腹中，乃反无恙，此又何理欤？崔庄一无赖少年习此术，尝见其握一赤练蛇，断其首而生啮，如有余味，殆其刚悍鸷忍之气[②]，足以胜之乎？力何必益？即益力，方药亦颇多，又何必是也？

【注释】

① 螫（shì）：毒虫或蛇咬刺。② 刚悍：强悍。鸷忍：凶残。

【导读】

晓岚以为毒蛇报冤、狗吠屠夫之缘由非此类动物知道报冤，而是气机相感所致，同时，却又疑惑生啖毒虫者为何无恙。旨在劝诫世人不要随意杀生。

一〇 贾公霖言：有贸易来往于樊屯者，与一狐友。狐每邀之至所居，房舍一如人家，但出门后，回顾则不见耳。一夕，饮狐家。妇出行酒，色甚妍丽。此人醉后心荡，戏捘其腕[①]。妇目狐，狐侧睨笑曰：“弟乃欲作陈平耶？”亦殊不怒，笑谑如平时。

此人归后，一日忽家中客作控一驴送其妇来，云得急信，君暴中风，故借驴仓皇连夜至。此人大骇，以为同伴相戏也。旅舍无地容眷属，呼客作送归，客作已自去。距家不一日程，时甫辰巳，乃自控送妇。中途遇少年与妇摩肩过，手触妇足。妇怒詈，少年惟笑谢，语涉轻薄。此人愤与相搏，致驴惊逸入歧路，蜀秫方茂，斯须不见。此人舍少年追妇，寻蹄迹行一二里，驴陷淖中，妇则不知所往矣。野田连陌，四无人踪，彻夜奔驰，彷徨至晓。姑骑驴且返，再商觅妇。未及数里，闻路旁大呼，曰："贼得矣。"则邻村驴昨夜被窃，方四出缉捕也。众相执缚，大受捶楚，赖遇素识，多方辩说始得免。懊丧至家，则纺车琤然，妇方引线，问以昨事，茫然不知。始悟妇与客作及少年，皆狐所幻，惟驴为真耳。狐之报复恶矣，然衅则此人自启也。

【注释】

① 捘(zùn)：按、搓捏。

【导读】

此又一则狐仙报复之事。人狐本来和谐相处，但人醉后失态，轻薄狐友之妇，以至狐幻化报复使之受苦。然人理屈，亦无可如何。作者以之劝喻"朋友妻，不可欺"。

一一 门人郝瑗，孟县人，余己卯典试所取士也。成进士，授进贤令。菲衣恶食，视民事如家事。仓库出入，月月造一册。预储归途舟车费，扃一笥中，虽窘急不用铢两。囊箧皆结束室中，如治装状，盖无日不为去官计。人见其日日可去官，亦无如之何。后患病乞归，不名一钱，以授徒终于家。

闻其少时，值春社游人如织，见一媪将二女村妆野服，而姿致天然。瑗与同行，未尝侧盼，忽见妪与二女踏乱石，横行至绝涧，鹄立树下，怪其不由人径，若有所避。转凝睇视之，媪从容前致词曰："节物暄妍[1]，率儿辈踏青，各觅眷属，以公正人不敢近，亦乞公毋近儿辈，使刺促不宁。"瑗悟为狐魅，掉臂去之。然则花月之妖，为人心自召明矣。

【注释】

① 暄妍：天气暖和，景色明媚。

【导读】

此则故事先叙郝瑗为官清正廉明，后追叙其少年时遇狐魅而不惑，阐明"花月之妖，人心自召"之理。

一二 木兰伐官木者，遥见对山有数虎。悬崖削壁，非迂回数里不能至；人不畏虎，虎亦不畏人也。俄见别队伐木者，冲虎径过。众顿足危栗，然人如不见虎，虎如不见人也。数日后，相晤话及。别队者曰：“是日亦遥见众人，亦似遥闻呼噪声，然所见乃数巨石，无一虎也。”

是殆命不遭咥乎[1]？然命何能使虎化石，其必有司命者矣。司命者空虚无朕，冥漠无知，又何能使虎化石，其必天与鬼神矣。天与鬼神能司命，而顾谓天即理也，鬼神二气之良能也。然则理气浑沦，一屈一伸，偶遇斯人怒而搏者，遂峙而嶙峋乎[2]？吾无以测之矣。

【注释】

① 咥(dié)：咬，啮。② 嶙峋：形容气节高尚，气概不凡。

【导读】

遥见为虎，近视为石，或是肖虎之石亦未惟不可能。然作者以为是有一股力量使得真虎猛然间变成了石虎，推溯而上，在司命者、鬼神、天之间又疑而不能断。

一三 景州高冠瀛，以梦高江村而生，故亦名士奇。笃学能文，小试必第一，而省闱辄北[1]，竟坎壈以终。年二十余时，日者推其命[2]，谓天官、文昌、魁星贵人，皆集于一宫，于法当以鼎甲入翰林，而是岁只得食饩[3]，计其一生遭遇，亦无更得志于食饩者。盖其赋命本薄，故虽极盛之运，所得不过如是也。

田白岩曰：“张文和公八字，日者以其一生仕履，较量星度，其开坊仅抵一衿耳。此与冠瀛之命可以互勘，术家宜以此消息，不可徒据星度，遽断休咎也。”

又尝见一术士，云凡阵亡将士，推其死绥之岁月，运必极盛。盖尽节一时，垂名千古，馨香百世，荣逮子孙，所得有在王侯将相之上者故也。立论极奇，而实有至理。此又法外之意，不在李虚中等格局中矣。

【注释】

① 省闱：唐宋时试进士由尚书省礼部主持，故称。又称礼闱。元以后，称各行省主持的考试，中式者为举人。又称乡闱。② 日者：古时以占候卜蓍为业的人。③ 食饩：指明清时经考试取得廪生资格的生员享受廪膳补贴。亦即成为廪生。

【导读】

古代著述中凡有不平常之人降生，则必有异象产生。要么本人做过奇异的预示将来非富即贵的好梦，要么便有江湖术士说其运势该当如何如何。然对于高冠瀛的命运，术士说法不一。由此亦可见相术之虚妄。

一四　吉木萨台军言：尝逐雉入深山中，见悬崖之上，似有人立。越涧往视，去地不四五丈，一人衣紫氆氇[①]，面及手足皆黑，毛茸茸长寸许；一女子甚姣丽，作蒙古装，惟跣足不靴[②]，衣则绿氆氇也，方对坐共炙肉。旁侍黑毛人四五，皆如小儿身，不著寸缕，见人嘻笑，其语非蒙古，非额鲁特，非回部，非西番。啁哳如鸟，不可辨观。其情状似非妖物，乃跪拜之，忽掷一物于崖下，乃熟野骡肉半肘也。又拜谢之，皆摇手，乃携以归。足三四日食。再与牧马者往迹，不复见矣。意其山神欤。

【注释】

① 氆氇：藏语音译，为我国西北少数民族手工生产的一种羊毛织品。可以做床毯、衣服等。② 跣：赤脚，光着脚。

【导读】

在圣人孔子将原始神话肢解，赋予解释的理由之后，把圣人提高到神一样的高度加以膜拜，官方地以圣人取代神祇的地位之后，原始的神话只能零碎地流传于民间。但民间对于鬼神的敬畏与好奇还是有增无减。从通俗小说以遇鬼为异，遇神为奇的描述便可暂窥一斑。此则故事亦可能是将猩猩猿猴之类的动物误认为山神了。

一五　辟尘之珠，外舅马公周箓曾遇之，确有其物，而惜未睹其形也。初，隆福寺鬻杂珠宝者，布茵于地（俗谓之摆摊），罗诸小箧于其上，虽大风霾，无点尘。或戏以囊有“辟尘珠”。其人椎鲁[①]，漫笑应之，弗信也。如是半载，一日，顿足大呼曰：“吾真误卖至宝矣！”盖是日飞尘忽集，始知从前果珠所辟也。

按医书有“服响豆法”。响豆者，槐实之夜中爆响者也。一树只一颗，不可辨识，其法槐始花时，即以丝网幂树上[②]，防鸟鹊啄食。结子熟后，多缝布囊贮之，夜以为枕，听无声者即弃去，如是递枕，必有一囊作爆声者。取此一囊，又多分小囊贮之，枕听初得一响者则又分，如二枕渐分至仅存二颗，再分枕之，则响豆得矣。此人所鬻之珠，谅亦无几，如以此法分试，不数刻得矣，何至交臂失之乎？乃漫然不省，卒以轻弃，当缘禄相原薄耳。

【注释】

① 椎鲁：愚钝、鲁钝。② 幂：覆盖，遮掩。

【导读】

避尘之珠，实为闻所未闻之物，而作者著录于此，不惟符合作者搜奇猎异的意趣，也符合笔记小说之体例。

一六 乾隆甲辰[①]，济南多火灾。四月杪[②]，南门内西横街又火，自东而西，巷狭风猛，夹路皆烈焰。有张某者，草屋三楹在路北，火未及时，原可挈妻孥出；以有母柩，筹所以移避，既势不可出，夫妇与子女四人抱棺悲号，誓以身殉。时抚标参将，方督军扑救，隐隐闻哭声，令标升后巷屋寻声，至所居，垂绠使缒出[③]。张夫妇并呼曰："母柩在此，安可弃也？"其子女亦呼曰："父母殉父母，我不当殉父母乎？"亦不肯上。俄火及，标军越屋避去，仅以身免。以为阖门并煨烬，遥望太息而已。乃火熄，巡视其屋，岿然独存，盖回飚忽作，火转而北，绕其屋后，焚邻居一质库，始复西也。非鬼神呵护，何以能然。

此事在癸丑七月[④]，德州山长张君庆源录以寄余，与余《滦阳消夏录》载孀妇事相类，而夫妇子女，齐心同愿，则尤难之难。夫二人同心，其利断金，况六人乎？庶女一呼，雷霆下击，况六人并纯孝乎？精诚之至，哀感三灵，虽有命数，亦不能不为之挽回。人定胜天，此亦其一。事虽异闻，即谓之常理可也。余于张君不相识，而张君间关邮致，务使有传，则张君之志趣可知矣。因为点定字句，录之此编。

【注释】

① 乾隆甲辰：乾隆四十九年(1784)。② 杪(miǎo)：尽头，多指年月或季节的末尾。③ 绠：绳索。④ 癸丑：乾隆五十八年(1793)。

【导读】

传统的"孝"文化中除了父母生前躬行孝道之外，父母死后的丧葬、祭祀亦算在孝道之内。因此也就不难理解此则故事中大妇与子女四人以身护棺之非常举动。此种愚孝虽为不可取之行为，但我们也难以脱离时代去苛责作者宣扬伦理道德、善恶有报之良苦用心。

一七 奴子傅显，喜读书，颇知文义，亦稍知医药，性情迂缓，望之如偃蹇老儒。一日，雅步行市上，逢人辄问："见魏三兄否？"（奴子魏藻，行三也。)或指所在,复雅步以往。比相见,喘息良久,魏问:“相见何意?”曰:“适在苦水井前,遇见三嫂在树下作针黹[①],倦而假寝,小儿嬉戏井旁,相距三五尺耳。似乎可虑,男女有别,不便呼三嫂使醒,故走觅兄。”魏大骇,奔往,则妇已俯井哭子矣。

夫僮仆读书,可云佳事,然读书以明理,明理以致用也。食而不化至昏愦僻谬,贻害无穷,亦何贵此儒者哉。

【注释】

① 黹(zhǐ):做针线,刺绣。

【导读】

笔记小说取材于生活,于日常小故事之中寄托了作者的寓意,或批判世象,或猎奇取乐。此则故事借傅显好读书却为书中礼教所缚以至耽误救人时机,令小儿命丧黄泉之事来批评那些食古不化之儒者。

一八 武强一大姓,夜有劫盗,群起捕逐。盗逸去,众合力穷追,盗奔其祖茔松柏中,林深月黑,人不敢入,盗亦不敢出。相持之际,树内旋飚四起,砂砾乱飞,人皆眯目不相见,盗乘间突围得脱。

众相诧异,先灵何反助盗耶?主人夜梦其祖曰:“盗劫财不能不捕,官捕得而伏法,盗亦不能怨主人,若未得财可勿追也,追而及盗,还斗伤人,所失不大乎?即众力足殪盗,盗殪则必告官,官或不谅,坐以擅杀,所失不更大乎?且我众乌合,盗皆死党,盗可夜夜伺我,我不能夜夜备盗也,一与为仇,隐忧方大,可不深长思乎?旋风我所为解此结也,尔又何尤焉。”主人醒而喟然曰:“吾乃知老成远虑,胜少年盛气多矣。”

【导读】

先祖显灵之事无论于通俗小说还是志怪小说都是常见之题材。此则故事写先祖显灵放走盗贼的故事,颇为警醒的是其放走盗贼的缘由。揭示了民众不要轻易与人结怨以求自身平安,得饶人处且饶人的处世原则。

一九 宝坻王泗和,余姻家也。尝示余《书艾孝子事》一篇,曰:“艾子诚,宁河之艾邻村人。父文仲,以木工自给。偶与人斗,击之踣[①],误以为死,惧而逃。虽其妻莫知所往,第仿佛传闻,似出山海关尔。是时妻方娠越两月,始生子诚,文仲不知已有子。子诚幼鞠于母[②],亦不知有父也。迨稍有知,乃问母父所在,母泣语以故,子诚自是惘惘如有失,恒絮问其父之年齿状貌，及先世之名字，姻娅之姓氏里居。亦莫测其意，姑一一告之，比长[3]，或欲妻以女，子诚固辞曰：‘乌有其父流离，而其子安处室家者？’始知其有志于寻父，徒以孀母在堂，不欲远离耳。然文仲久无音耗，子诚又生未出里闾，天地茫茫，何从踪迹？皆未信其果能往，子诚亦未尝议及斯事，惟力作以养母，越二十年母以疾卒。营葬毕，遂治装裹粮赴辽东，有沮以存亡难定者，子诚泣然曰：‘苟相遇，生则共返，殁则负骨归，苟不相遇，宁老死道路间，不生还矣。’众挥涕而送之。子诚出关后，念父避罪亡命，必潜踪于僻地，凡深山穷谷，险阻幽隐之处，无不物色，久而资斧既竭，行乞以糊口，凡二十载，终无悔心。一日，于马家城山中遇老父，哀其穷饿，呼与语，询得其故，为之感泣，引至家，款以酒食。俄有梓人携具入，计其年与父相等，子诚心动，谛审其貌，与母所说略相似，因牵裾泣涕，具述其父出亡年月，且缕述家世及戚党，冀其或是。是人且骇且悲，似欲相认，而自疑在家未有子，子诚具陈始末，乃嗷然相持哭。盖文仲辗转逃避，乃至是地，已阅四十余年，又变姓名为王友义，故寻访无迹，至是始偶相遇也。老父感其孝，为谋归计，而文仲流落久，多逋负滞不能行。子诚乃踉跄奔还，质田宅，贷亲党，得百金再往，竟奉以归。归七年以寿终。子诚得父之后，始娶妻，今有四子，皆勤俭能治生。昔文安王原寻亲万里之外，子孙至今为望族，子诚事与相似，天殆将昌其家乎？子诚佃种余田，所居距余别业仅二里。余重其为人，因就问其详，而书其大略如右。俾学士大夫，知陇亩间有是人也。时癸丑重阳后二日。”案子诚求父多年，无心忽遇，与宋朱寿昌寻母事同，皆若有神助，非人力所能为。然精诚之至，故哀感幽明，虽谓之人力亦可也。

【注释】

① 踣(bó)：向前仆倒。② 鞠：生养、抚育。③ 比：等到。

【导读】

此则孝子故事，颇为感人。二十年侍奉母亲终老，二十年千里迢迢出关寻父。精诚所至，金石为开，历尽艰辛，终寻得父返。然作者恒不能脱离“善有善报”的因果之论，总将个人锲而不舍之精神与“天佑善人”之类的观点相联系，此乃晓岚难以摆脱的时代局限。

二〇　引据古义，宜征经典，其余杂说，参酌而已，不能一一执为定论也。

《汉书·五行志》以一产三男列于人疴[1]，其说以为母气盛也，故谓之咎征。然成周八士，四乳而生，圣人不以为妖异，抑又何欤？夫天地氤氲，万物化醇，非地之自能生也；男女构精，万物化生，非女之自能生也。使三男不夫而孕，谓之人疴可矣；既为有父之子，则父气亦盛可知，何独以为阴盛阳衰乎？循是以推，则嘉禾专车，异亩同颖，见于《书序》者，亦将谓地气太盛乎？大抵《洪范五行》，说多穿凿，而此条之难通为尤甚。不得以源出伏胜，遂以传为经。国家典制，凡一产三男，皆予赏赉，一扫曲学之陋说，真千古定议矣。余修《续文献通考》，于"祥异考"中，变马氏之例，削去此门，遵功令也。

癸丑七月草此书成[2]，适仪曹以题赏一产三男本稿请署。偶与论此，因附记于书末。

【注释】

① 疴(kē)：疾病。② 癸丑：乾隆五十八年(1793)。

【导读】

一产三男的多胞胎现象本是自然的生育现象，然汉代以之为疴，圣人的降生被神话化。至晓岚身处之清代，已经能认识到须有男女才能繁衍后代，此时还奖赏一产三男的现象，一扫曲学之陋说，亦可谓社会之进步。

卷十九　滦阳续录(一)

景薄桑榆，精神日减，无复著书之志，惟时作杂记，聊以消闲。《滦阳消夏录》等四种，皆弄笔遣日者也。年来并此懒为，或时有异闻，偶题片纸；或忽忆旧事，拟补前编，又率不甚收拾，如云烟之过眼，故久未成书。今岁五月，扈从滦阳，退直之馀，昼长多暇，乃连缀成书，命曰《滦阳续录》。缮写既完，因题数语，以志缘起。若夫立言之意，则前四书之序详矣，兹不复衍焉。嘉庆戊午七夕后三日[①]，观弈道人书于礼部直庐。时年七十有五。

【注释】

① 嘉庆戊午：嘉庆三年(1798)。

一　嘉庆戊午五月，余扈从滦阳，将行之前，赵鹿泉前辈云：有瞽者郝生，主彭芸楣参知家，以揣骨游士大夫间[①]，语多奇验。惟揣胡祭酒长龄，知其四品，不知其状元耳。在江湖术士中，其艺差精。郝自称河间人，余询乡里无知者，殆久游于外欤？郝又称其师乃一僧，操术弥高，与人接一两言，即知其官禄。久住深山，立意不出，其事太神，则余不敢信矣。

案：相人之法，见于《左传》，其书《汉志》亦著录，惟太素脉[②]、揣骨二家，前古未闻。太素脉至北宋始出，其授受渊源，皆支离附会，依托显然。余于《四库全书总目》已详论之。揣骨亦莫明所自起。

考《太平广记》一百三十六引《三国·典略》称：北齐神武与刘贵、贾智等射猎，遇盲妪，遍扪诸人[③]，云并当贵；及扪神武，云皆由此人，似此术南北朝已有。又《定命录》称：天宝十四载，东阳县瞽者马生，捏赵自勤头骨，知其官禄。刘公《嘉话录》称：贞元末，有相骨山人，瞽双目。人求相，以手扪之，必知贵贱。《剧谈录》称：开成中，有龙复本者，无目，善听声揣骨。是此术至唐乃盛行也。流传既古，当有所受，故一知半解，往往或中，较太素脉稍有据耳。

【注释】

① 揣骨：旧时相术的一种。是一种通过揣摸人的骨骼，据其高低、大

小、长短等以推断人的贫富、智愚、贵贱、寿夭的相术。② 太素脉：旧时相术之一。是一种通过人体脉搏变化来预言人的贵贱、吉凶、祸福的方术，因其通过中医诊脉方法来达到这个目的，故被看成是一种特殊的相术。③ 扪：抚摸。

【导读】

相术之说，乃以人之面貌、五官、骨骼、气色、体态、手纹之类，推测人生吉凶祸福、贵贱夭寿的相面之术。相术之作，历代不乏。如《麻衣相法》、《柳庄相法》诸作，不一而足。此以瞽者郝生之揣骨相人，"语多奇验"，进而考究相人之法之授受渊源，并征引历代典籍关于相术之真实记载，其考、案相结之体例，与《聊斋志异》风格殊异，亦不乖其"笔记"体例之名耳。

二　胡中丞太初、罗山人两峰，皆能视鬼。恒阁学兰台，亦能见之，但不能常见耳。戊午五月①，在避暑山庄直庐偶然话及。兰台言：鬼之形状仍如人，惟目直视。衣纹则似片片挂身上，而束之下垂，与人稍殊。质如烟雾，望之依稀似人影。侧视之，全体皆见；正视之，则似半身入墙中，半身凸出。其色或黑或苍，去人恒在一二丈外，不敢逼近。偶猝不及避，则或瑟缩匿墙隅，或隐入坎井，人过乃徐徐出。盖灯昏月黑，日暮云阴，往往遇之，不为讶也。所言与胡、罗二君略相类，而形状较详。知幽明之理，不过如斯。其或黑或苍者，鬼本生人之馀气，渐久渐散，以至于无。故《左传》称新鬼大，故鬼小。殆由气有厚薄，斯色有浓淡欤？

【注释】

① 戊午：嘉庆三年(1798)。

【导读】

孔子不语怪、力、乱、神，于鬼神之说持谨慎态度，"敬鬼神而远之"。而传统志怪小说，如《搜神记》、《幽冥录》之流，则据前人旧说或自身所见，"撰集古今神祇灵异人物变化"，"以发明神道之不诬"。晓岚秉此传统，屡有纪异。此则以胡太初与罗两峰"皆能视鬼"之事为引子，具体详述兰台所见鬼之形状、特征。从兰台所言"鬼之形状仍如人"，衣饰"与人稍殊"来看，鬼神之状，不过是根据人之生活状况略加变异而成，乃现实生活之曲折反映。而晓岚归之于"气"，认为"鬼本生人之馀气"，随时间久远，而渐至于无。且以气之厚薄、使得色有浓淡，而鬼有新故，则于本已玄乎的鬼神之说，更添玄幻耳。

三 门人伊比部秉绶言：有书生赴京应试，寓西河沿旅舍中。壁悬仕女一轴，风姿艳逸，意态如生。每独坐，辄注视凝思，客至或不觉。一夕，忽翩然自画下，宛一好女子也。书生虽知为魅，而结念既久，意不自持，遂相与笑语嬿婉[①]。比下第南归，竟买此画去。

至家，悬之书斋，寂无灵响，然真真之唤弗辍也。三四月后，忽又翩然下。与话旧事不甚答，亦不暇致诘，但相悲喜。自此狎媟无间，遂患羸疾[②]。

其父召茅山道士劾治。道士熟视壁上，曰："画无妖气，为祟者非此也。"结坛作法。次日有一狐殪坛下。知先有邪心，以邪召邪，狐故得而假借。其京师之所遇，当亦别一狐也。

【注释】

① 嬿婉：欢好、和美。② 羸疾：羸疢，痼疾。

【导读】

狐文化渊源深厚，是中国传统文化中较为独特且颇具魅力的现象之一。狐最早作为图腾、瑞兽性质纳入人们视野，后逐渐演变为狐神、狐仙之类妖精。狐与女性的关联使狐妖雌性化倾向得以审美强化和意象定型，既不避其狐性淫佚的内在特质，也多有阐发狐妖美善合一的完美女子典型，导致了文学史上对狐意象毁誉参半的价值判断。此则故事以书生两次与画中女子"狎媟无间"的人生体验，一反传统文学着眼于狐色诱人的简单定位，而以"其父召茅山道士劾治"，结坛作法，来阐述"境由心造"的哲学命题。不再停留于对狐妖诱人这一外在形象的简单贬斥，而从书生本身角度剖析其"先有邪心"的内在机制，"以邪召邪，狐故得而假借"，深化了狐色诱人这一文学现象在哲学层面的理解和阐释。

四 吴茂邻，姚安公门客也。见二童互詈[①]，因举一事曰：交河有人尝于途中遇一叟泥滑失足，挤此人几仆。此人故暴横，遂辱詈叟母。叟怒欲与角，忽俯首沉思，揖而谢罪，且叩其名姓居址，至歧路别去。

此人至家，其母白昼闭房门，呼之不应，而喘息声颇异。疑有他故，穴窗窥之，则其母裸无寸丝，昏昏如醉，一人据而淫之。谛视，即所遇叟也。

愤激叫呶[2]，欲入捕捉，而门窗俱坚固不可破。乃急取鸟铳，自棂外击之，嗷然而仆，乃一老狐也。邻里聚观，莫不骇笑。

此人詈狐之母，特托空言，竟致此狐实报之，可以为善詈者戒。此狐快一朝之愤，反以陨身，亦足为睚眦必报者戒也。

【注释】

① 詈(lì)：骂，责备。② 叫呶：喧哗叫闹。

【导读】

因果报应是志怪小说常用的表现手法和操作手段。此则故事亦不逾斯矩。先叙此人"辱詈叟母"，后其母遭叟"据而淫之"，此第一层面之因果报应；叟因泄一朝之愤，淫人老母，终被人鸟铳击之，"反以陨身"，此第二层面之因果报应。晓岚于故事末尾拈出"可以为善詈者戒"和"足为睚眦必报者戒"两层警示，深化了故事主旨。

五 宋代有神臂弓，实巨弩也。立于地而踏其机，可三百步外贯铁甲，亦曰"克敌弓"。洪容斋试词科，有《克敌弓铭》是也。宋军拒金，多倚此为利器。军法不得遗失一具，或败不能携，则宁碎之，防敌得其机轮仿制也。元世祖灭宋，得其式，曾用以制胜。至明乃不得其传，惟《永乐大典》尚全载其图说。然其机轮一事一图，但有长短宽窄之度与其牝牡凸凹之形，无一全图。余与邹念乔侍郎穷数日之力，审谛逗合，讫无端绪。余欲钩摹其样，使西洋人料理之。先师刘文正公曰："西洋人用意至深，如算术借根法，本中法流入西域，故彼国谓之'东来法'。今从学算，反秘密不肯尽言。此弩既相传利器，安知不阴图以去，而以不解谢我乎？《永乐大典》贮在翰苑，未必后来无解者，何必求之于异国。"余与念乔乃止。"维此老成，瞻言百里"。信乎？所见者大也。

【导读】

《阅微》以"笔记体"行文，多以实录精神采撷日常所见所闻，不惟录写神异鬼怪之说，且将生活中奇器淫巧之物实录之。如上述两则故事，一写鸟铳之威，一叙巨弩之神，侧面凸现当时军事技术之发展水平，且反映出人们对于机巧工艺的真实态度，直可补正史之阙。

六 宛平陈鹤龄，名永年，本富室，后稍落。其弟永泰先亡，弟妇求析箸，不得已从之。弟妇又曰："兄公男子能经理，我一孀妇，子女又幼，乞与产三分之二。”亲族皆曰：“不可。”鹤龄曰：“弟妇言是，当从之。”弟妇又以孤寡不能征逋负，欲以赀财当二分，而以积年未偿借券，并利息计算，当鹤龄之一分。亦曲从之。后借券皆索取无著，鹤龄遂大贫。此乾隆丙午事也[①]。陈氏先无登科者，是年，鹤龄之子三立，竟举于乡。放榜之日，余同年李步玉居与相近，闻之喟然曰：“天道固终不负人。”

【注释】

① 乾隆丙午：乾隆五十一年(1786)。

【导读】

写人与叙事乃中国古代小说研究中的两个核心命题。此则故事以陈鹤龄礼让弟媳之实例展现出二人对于财货物资的不同态度。文章以弟媳两次乞求多分物产与赀财之言，凸显其贪财爱物之品质，与陈鹤龄的曲从礼让形成鲜明对比。而结处以陈鹤龄之子三立，“竟举于乡”的意外结局，一方面暗示了民间传统价值体系中“吃亏是福”的道德教化意义，另一方面与通俗小说中善恶因果报应的叙事思路有异曲同工之妙。

七　长城以外，万山环抱，然皆坡陀如冈阜。至王家营迤东，则嵚崎秀拔[①]，皴皱皆含画意。盖天开地献，灵气之所钟故也。

有罗汉峰，宛似一僧趺坐[②]，头项胸腹臂肘，历历可数。

有磬锤峰，即《水经注》所称武列水侧有孤石云举者也，上丰下锐，屹若削成。余修《热河志》时，曾蹑梯挽绠至其下，乃无数石卵与碎砂凝结而成，亘古不圮，莫明其故。

有双塔峰，亭亭对立，远望如两浮图，拔地涌出。无路可上，或夜闻上有钟磬经呗声，昼亦时有片云往来。乾隆庚戌[③]，命守吏构木为梯，遣人登视。一峰周围一百六步，上有小屋。屋中一几一香炉，中供片石，镌“王仙生”三字。一峰周围六十二步，上种韭二畦。塍畛方正，如园圃之所筑。是决非人力所到，不谓之仙踪灵迹不得矣。

耳目之前，惝恍莫测尚如此，讲学家执其私见，动曰“此理之所无”，不亦颠乎。（距双塔峰里许有关帝庙，住持僧悟真云：乾隆壬寅，一夜大雷雨，双塔峰坠下一石佛，今尚供庙中。然仅粗石一片，其一面略似佛形而已。此事在庚戌前八年，毋乃以此峰尚有灵异，欲引而归诸彼法欤？疑以传疑，并附著之。）

【注释】

① 嵚(qīn)崎(qí):险峻不平。② 趺(fū)坐:盘腿端坐。③ 乾隆庚戌:乾隆五十五年(1790)。

【导读】

纪昀博闻强识,以著述之笔写奇异之事,少有纯乎描摹山水的闲适之作。此则以长城以外罗汉峰、磬锤峰、双塔峰之惝恍莫测,生发出对讲学家执其私见,动曰"此理之所无"的质疑,于写景之外,更有现实层面之责难。

八　舅氏张公梦征言:(亦字尚文,讳景说。)沧州吴家庄东一小庵,岁久无僧,恒为往来憩息地。有月作人,每于庵前遇一人,招之坐谈,颇相投契。渐与赴市沽饮,情益款洽。偶询其乡贯居址,其人愧谢曰:"与君交厚,不敢欺,实此庵中老狐也。"月作人亦不怖畏,来往如初。

一日复遇,挈鸟铳相授曰:"余狎一妇,余弟亦私与狎,是盗嫂也。禁之不止,殴之则余力不敌,愤不可忍,将今夜伺之于路歧,与决生死。闻君善用铳,俟交斗时,乞发以击彼,感且不朽。月明如昼,君望之易辨也。"月作人诺之,即所指处伏草间,既而私念曰:"其弟无礼,诚当死。然究所媚之外妇,彼自有夫,非嫂也。骨肉之间,宜善处置,必致之死,不太忍乎?彼兄弟犹如此,吾时与往来,倘有睚眦,虑且及我矣。"因乘其纠结不解,发一铳而两杀之。

《棠棣》之诗曰:"兄弟阋于墙①,外御其侮。"家庭交构,未有不归于两伤者。舅氏恒举此事为子侄戒。盖是人负两狐归,尝目睹也。

【注释】

① 阋(xì):争吵,争斗。

【导读】

于故事情节中展现人物心理变化的微妙过程,为古代小说中常见之表现人物性格的手法之一。勿论冯梦龙《醒世恒言》之《卖油郎独占花魁》中秦重在目睹花魁娘子绝世佳容之后由惊艳到自卑、由自卑到庆幸、由庆幸而欲一夜风流的曲折心理变化,单就此则故事而论,月作人在与老狐交往过程中,由允诺助狐杀弟到私念老狐不可信任而发一铳而两杀之的心理波动历程,反映出月作人有负两狐的性格特质。当然,此则故事之主旨不在于此,其在以二狐争妇终至双双殒命之事,阐述"家庭交构,未有不归于两伤者"的传统道德价值观。

九　司庖杨媪言：其乡某甲，将死，嘱其妇曰："我生无馀赀，身后汝母子必冻饿，四世单传，存此幼子。今与汝约：不拘何人，能为我抚孤则嫁之，亦不限服制月日，食尽则行。"嘱讫，闭目不更言，惟呻吟待尽。越半日，乃绝。有某乙闻其有色，遣媒妁请如约。妇虽许婚，以尚足自活，不忍行。数月后，不能举火，乃成礼。合卺之夜，已灭烛就枕，忽闻窗外叹息声。妇识其謦咳[①]，知为故夫之魂，隔窗呜咽，语之曰："君有遗言，非我私嫁。今夕之事，于势不得不然，君何以为祟？"魂亦呜咽曰："吾自来视儿，非来祟汝。因闻汝啜泣卸妆，念贫故使汝至于此，心脾凄动，不觉喟然耳。"某乙悸甚，急披衣起曰："自今以往，所不视君子如子者，有如日。"灵语遂寂。后某乙耽玩艳妻，足不出户。而妇恒惘惘如有失。某乙倍爱其子以媚之，乃稍稍笑语。七八载后，某乙病死，无子，亦别无亲属。妇据其赀，延师教子，竟得游泮。又为纳妇，生两孙。至妇年四十馀，忽梦故夫曰："我自随汝来，未曾离此。因吾子事事得所，汝虽日与彼狎昵，而念念不忘我，灯前月下，背人弹泪，我皆见之，故不欲稍露形声，惊尔母子，今彼已转轮，汝寿亦尽，馀情未断，当随我同归也。"数日，果微疾，以梦告其子，不肯服药，荏苒遂卒。其子奉棺合葬于故夫，从其志也。程子谓"饿死事小，失节事大"，是诚千古之正理，然为一身言之耳。此妇甘辱一身，以延宗祀，所全者大，似又当别论矣。杨媪能举其姓氏里居，以碎璧归赵，究非完美，隐而不书。闵其遇，悲其志，为贤者讳也。

又吾乡有再醮故夫之三从表弟者，两家所居，距一牛鸣地。嫁后乃以亲串礼回视其姑，三数日必一来问起居，且时有赡助，姑赖以活。殁后，出赀敛葬，岁恒遣人祀其墓。

又京师一妇，少寡，虽颇有姿首，而针黹烹饪，皆非所能。乃谋于翁姑，伪称己女，鬻为宦家妾，竟养翁姑终身。是皆堕节之妇，原不足称；然不忘旧恩，亦足励薄俗。君子与人为善，固应不没其寸长。讲学家持论务严，遂使一时失足者，无路自赎，反甘心于自弃，非教人补过之道也。

【注释】

① 謦(qǐng)咳：咳嗽。亦借指谈笑，谈吐。

【导读】

"三从四德"本是封建社会对妇女道德品格的基本要求，尤其对女性贞洁意识之强调，几成传统妇女道德诉求的基本规范。某甲之妇，以其夫临终之言，为延宗祀，改嫁他人，终使子嗣成长成人。虽有悖“饿死事小，失节事大”之千古正理，但也得到纪昀“所全者大，似又当别论”的理解宽容，体现出纪晓岚对于封建传统伦理思想的圆融变通态度。而某甲临终托言，允妇改嫁之无奈与其妻改适他人之寡欢，以及后来“以碎璧归赵，究非完美”，但终于合葬的故事结局，无不使故事笼罩上一层悲怨凄婉的文学氛围。

一〇　杨雨亭言，莱州深山，有童子牧羊，日恒亡一二，大为主人扑责。留意侦之，乃二大蛇从山罅出[①]，吸之吞食。其巨如瓮，莫敢撄也。童子恨甚，乃谋于其父，设犁刀于山罅，果一蛇裂腹死。惧其偶之报复，不敢复牧于是地。时往潜伺，寂无形迹，意其他徙矣。半载以后，贪是地水草胜他处，乃驱羊往牧。牧未三日，而童子为蛇吞矣。盖潜匿不出，以诱童子之来也。童子之父有心计，阳不搜索，而阴祈营弁藏一炮于深草中，时密往伺察。两月以外，见石上有蜿蜒痕，乃载燧夜伏其旁。蛇果下饮于涧，簌簌有声，遂一发而糜碎焉。还家之后，忽发狂自挝曰：“汝计杀我夫，我计杀汝子，适相当也。我已深藏不出，汝又百计以杀我，则我为枉死矣，今必不舍汝。”越数日而卒。俚谚有之曰：“角力不解，必同仆地；角饮不解，必同沉醉。”斯言虽小，可以喻大矣。

【注释】

① 罅(xià)：缝隙，间隙。

【导读】

这是一则人蛇斗智的故事，也是一篇比较典型的具有“寓言”特征的小说。其一，就创作主体而言，述说故事只是为了实现作者表达某一寓意的途径。其中故事仅为载体，而实现寓意才是目的。作者的目的并非在于将故事叙述完整，而是要通过这一则故事表达某种寓意，即最后俚谚所言：“角力不解，必同仆地；角饮不解，必同沈醉。”其更深层的道理是：世上之事，得解即解，循环相报，必然两败俱伤；其二，作者集中笔力塑造了父子俩以及毒蛇的形象，较之于一般性的寓言故事，似乎更注重情节及细节的描绘以及典型人物的刻画。篇中三个形象的性格都比较突出。其子机智而幼稚，其父老成而工于心计，毒蛇的阴险而又愚蠢，均活现纸上。而这一切又是通过生动的情节及细节描绘展示出来的。如写其父的复仇行为，他在痛失爱子的情况下，压抑住自己内心的悲痛，“阳不搜索”，而是“阴祈营弁藏一炮于深草中，时密往伺察”。两月以外，“见石上有蜿蜒痕，乃载燧夜伏其旁”，终于将毒蛇消灭。他的老成而有心计的个性也通过这些细致的细节描摹显露出来，充分体现出小说了的文体特征。

一一　孟鹭洲自记巡视台湾事曰：“乾隆丁酉[①]，偶与友人扶乩，乩赠余以诗曰：‘乘槎万里渡沧溟，风雨鱼龙会百灵。海气粘天迷岛屿，潮声簸地走雷霆。鲸波不阻三神鸟，鲛室争看二使星。记取白云飘渺处，有人同望蜀山青。’时将有巡视台湾之役，余疑当往。数日，果命下。六月启行，八月至厦门，渡海，驻半载始归。归时风利，一昼夜即登岸。去时飘荡十七日，险阻异常。初出厦门，即雷雨交作，云雾晦冥。信帆而往，莫知所适。忽腥风触鼻，舟人曰：‘黑水洋也。’其水比海水凹下数十丈，阔数十里，长不知其所极。黝然而深，视如泼墨。舟中摇手戒勿语，云其下即龙宫，为第一险处，度此可无虞矣。至白水洋，遇巨鱼鼓鬣而来，举其首如危峰障日，每一拨刺，浪涌如山，声砰訇如霹雳。移数刻始过尽，计其长，当数百里。舟人云来迎天使，理或然欤？既而飓风四起，舟几覆没。忽有小鸟数十环绕樯竿。舟人喜跃，称天后来拯。风果顿止，遂得泊澎湖。圣人在上，百神效职，不诬也。遐思所历，一一与诗语相符，非鬼神能前知欤？时先大夫尚在堂，闻余有过海之役，命兄到赤嵌来视余。遂同登望海楼，并末二句亦巧合。益信数皆前定，非人力所能为矣。戊午秋，扈从滦阳，与晓岚宗伯话及。宗伯方草《滦阳续录》，因书其大略付之，或亦足资谈柄耶？”(以上皆鹭洲自序。)

考唐钟辂作《定命录》，大旨在戒人躁竞[②]，毋涉妄求。此乩仙预告未来，其语皆验，可使人知无关祸福之惊恐，与无心聚散之踪迹，皆非偶然。亦足消趋避之机械矣。

【注释】

① 乾隆丁酉：乾隆四十二年(1777)。② 躁竞：急于进取而争竞。

【导读】

谶是古代巫师或方士以谶术制作的一种隐语或预言，作为吉凶之符验或征兆，又称谶语、符谶、图谶等，具有鲜明的迷信色彩。谶语是中国传统文化中的特殊现象，一般有谣谶、诗谶、语谶等不同形式。此则以孟鹭洲巡视台湾，友人扶乩赠诗，后来所历，“一一与诗语相符”，实乃诗谶无疑。但纪昀藉此得出“数皆前定，非人力所能为”之宿命观念，则颇显拘泥，未必尽然。

一二 高密单作虞言：山东一巨室，无故家中廪自焚，以为偶遗火也。俄怪变数作，阖家大扰。一日，厅事上砰磕有声，所陈设玩器俱碎。主人性素刚劲，厉声叱问曰：“青天白日之下，是何妖魅，敢来为祟？吾行诉尔于神矣！”梁上朗然应曰：“尔好射猎，多杀我子孙，衔尔次骨，至尔家伺隙八年矣。尔祖宗泽厚，福运未艾，中霤神、灶君、门尉，禁我弗使动，我无如何也。今尔家兄弟外争，妻妾内讧，一门各分朋党，俨若寇仇。败征已见，戾气应之，诸神不歆尔祀，邪鬼已阚尔室①，故我得而甘心焉。尔尚愦愦哉！”其声愤厉，家众共闻。主人悚然有思，抚膺太息曰：“妖不胜德，古之训也，德之不修，于妖乎何尤？”乃呼弟及妻妾曰：“祸不远矣，幸未及也。如能共释宿憾，各逐私党，翻然一改其所为，犹可以救。今日之事，当自我始。尔等听我，祖宗之灵，子孙之福也；如不听我，我披发入山矣。”反复开陈，引咎自责，泪涔涔渍衣袂。众心感动，并伏几哀号，立逐离间奴婢十馀人，凡彼此相轧之事，并一时顿改。执豕于牢，歃血盟神曰②：“自今以往，怀二心者如此豕！”方彼此谢罪，闻梁上顿足曰：“我复仇而自漏言，我之过也夫！”叹诧而去。此乾隆八九年间事。

【注释】

① 阚(kàn)：探望，临近。② 歃(shà)血：古代盟会中的一种仪式。盟约宣读后，参加者用口微吸所杀牲之血，以示诚意。一说，以指蘸血，涂于口旁。

【导读】

此则故事以妖魅索报，主人断然思悔，终使妖魅“叹诧而去”之事，劝人有过则改，与物为善。其语言描写颇能展现人物之性格态度。如写家中妖魅作祟，用“厉声叱问”展现主人性素刚劲、不胜其烦的状态，而用“朗然应曰”来描摹妖魅针对主人质问的回答，体现出妖魅理直气壮的神情；待妖魅数落完毕，则用“抚膺太息曰”来凸显主人悔恨其“德之不修”的现实，并积极地实施一系列挽救措施，而以妖魅“顿足曰”来描摹其索报复仇不成的无限失意之情。寥寥数语，人物神态、性情皆跃然纸上。

卷二十　滦阳续录(二)

一　谓无神仙，或云遇之；谓有神仙，又不恒遇。刘向、葛洪、陶弘景以来，记神仙之书，不啻百家；所记神仙之名姓，不啻千人。然后世皆不复言及。后世所遇，又自有后世之神仙。岂保固精气，虽得久延，而究亦终归迁化耶？又神仙清静，方士幻化，本各自一途。诸书所记，凡幻化者皆曰神仙，殊为无别。

有王媪者，房山人，家在深山。尝告先母张太夫人曰：山有道人，年约六七十，居一小庵，拾山果为粮，掬泉而饮，日夜击木鱼诵经，从未一至人家。有就其庵与语者，不甚酬答，馈遗亦不受。王媪之侄佣于外，一夕，归省母，过其庵前。道人大骇曰："夜深虎出，尔安得行！须我送尔往。"乃琅琅击木鱼前导，未半里果一虎突出。道人以身障之，虎自去，道人不别亦自去。后忽失所在。此或似仙欤？

从叔梅庵公言：尝见有人使童子登三层明楼上，（北方以覆瓦者为暗楼，上层作雉堞形以备御寇者为明楼。）以手招之，翩然而下，一无所损。又以铜盂投溪中，呼之，徐徐自浮出。此皆方士禁制之术，非神仙也。

舅氏张公健亭言：砖河农家，牧数牛于野，忽一时皆暴死。有道士过之，曰："此非真死，为妖鬼所摄耳。急灌以吾药，使脏腑勿坏。吾为尔劾治，召其魂。"因延至家，禹步作法。约半刻，牛果皆蹶然起。留之饭，不顾而去。有知其事者曰："此先以毒草置草中，后以药解之耳。不肯受谢，示不图财，为再来荧惑地也。吾在山东，见此人行此术矣。"此语一传，道士遂不复至。

是方士之中，又有真伪，何皆曰神仙哉。

【导读】

鲁迅《中国小说史略》称："中国本信巫，秦汉以来，神仙之说盛行，汉末又大畅巫风，而鬼道愈炽；会小乘佛教亦入中土，渐见流传。凡此皆张皇鬼神，称道灵异，故自晋迄隋，特多鬼神志怪之书。"古来志怪之作，凡记神仙方士之作，皆主要着力宣扬神道、着意于怪异事迹的记载。此处纪昀以道人驱虎助人、方士以禁制之术惑人、道士作法骗人的三则故事，阐明神仙、方士之别，方士之中，又有真伪之理，与传统志怪以侈谈鬼神，称道灵异为目的迥别，在某种层面具有理性思辨之意义。

二　李南涧言：其邻县一生，故家子也。少年佻达，颇渔猎男色。一日，自亲串家饮归，距城稍远，云阴路黑，度不及入，微雪又簌簌下。方踌躇间，见十许步外有灯光，遣仆往视，则茅屋数间，四无居人，屋中惟一童一妪。问："有栖止处否？"妪曰："子久出外，惟一孙与我住此。尚有空屋两间，不嫌湫隘[①]，可权宿也。"遂呼童系二马树上，而邀生入坐。妪言老病须早睡，嘱童应客。童年约十四五，衣履破敝，而眉目极姣好。试挑与言，自吹火煮茗，不甚答。渐与谐笑，微似解意，忽乘间悄语曰："此地密迩祖母房，雪晴当亲至公家乞赏也。"生大喜慰，解绣囊玉玦赠之，亦羞涩而受。软语良久，乃掩门持灯去。生与仆倚壁倦憩，不觉昏睡。

比醒则屋已不见，乃坐人家墓柏下，狐裘貂冠，衣裤靴袜，俱已褫无寸缕矣。裸露雪中，寒不可忍。二马亦不知所在。幸仆衣未褫，乃脱其敝裘蔽上体，蹩躠而归[②]，诡言遇盗。俄二马识路自归，已尽剪其尾鬣。衣冠则得于溷中，并狼藉污秽，灼然非盗。无可置词，仆始具泄其情状。乃知轻薄招侮，为狐所戏也。

【注释】

① 湫(jiǎo)隘：低下狭小。② 蹩(bié)躠(xiè)：奔走，奔波。

【导读】

此则故事文词清丽，叙事委婉，以邻县一生因轻薄招侮，为狐所戏之事，阐述狐妖人性化之一面。从叙事层面言，本则故事善于铺垫，以邻县一生夜黑借宿为开端，乘间戏童、童将计就计为发展，皆未透露其为狐之实质。直待衣裤鞋袜皆被狐脱去，才点出其为狐所戏之本质。从语言角度看，此则故事在渲染环境、揣摩语言、展现神态、描写动作等诸多方面，文词简洁传神，颇类《聊斋志异》之叙述语言也。

三　朱青雷言：曾见一长卷，字大如杯，怪伟极似张二水。首题纪梦十首，而蠹蚀破烂，惟二首尚完整可读。其一曰："梦到蓬莱顶，琼楼碧玉山。波浮天半壁，日涌海中间。遥望仙官立，翻输野老闲。云帆三十丈，高挂径西还。"其二曰："郁郁长生树，层层太古苔。空山未开凿，元气尚胚胎。灵境在何处，梦游今几回。最怜鱼鸟意，相见不惊猜。”年月姓名，皆已损失，不知谁作也。尝为李玉典书扇，并附以跋。

或曰：“此青雷自作，托之古人。”然青雷诗格婉秀如秦少游小石调，与二诗笔意不近。或又曰：“诗字皆似张东海。”《东海集》余昔曾见，不记有此二诗否，待更考之。（青雷跋谓，前诗后四句，未经人道。然昌黎诗：“我能屈曲自世间，安能从汝求神仙？”即是此意，特袭取无痕耳。）

【导读】

与强调故事性的笔记小说不同，此则记录则更似“笔记”之体而非“笔记小说”之体。笔记以内容论在于“杂”，以形式言在于“散”。长长短短，有闻即录。此则故事即不以故事为胜，而倾力于诗歌作者之辨。以朱青雷所见之长卷“纪梦十首”为题，考辨其作者来源，并引录其诗歌，可谓完全不具有笔记小说特性，与其说为小说，倒不如视为诗话之作。于此，可见笔记之体的驳杂繁芜。

四　同郡有富室子，形状臃肿，步履蹒跚；又不修边幅，垢腻恒满面。然好游狭斜，遇妇女必注视。一日独行，遇幼妇，风韵绝佳，时新雨泥泞，遽前调之，曰：“路滑如是，嫂莫要扶持否？”幼妇正色曰：“尔勿愦愦，我是狐女，平生惟拜月炼形，从不作媚人采补事。尔自顾何物，乃敢作是言，行且祸尔。”遂掬沙屑洒其面。惊而却步，忽堕沟中，努力踊出，幼妇已不知所往矣。自是心恒惴惴，虑其为祟，亦竟无患。数日后，友人邀饮，有新出小妓侑酒。谛视，即前幼妇也。疑似惶惑，罔知所措。强试问之曰：“某日雨后，曾往东村乎？”妓漫应曰：“姊是日往东村视阿姨，吾未往也。姊与吾貌相似，公当相见耶？”语殊恍惚，竟莫决是怪是人，是一是二，乃托故逃席去。去后，妓述其事曰：“实憎其丑态，且惧行强暴，姑诳以伪词，冀求解免。幸其自仆，遂匿于麦场积柴后。不虞其以为真也。”席中莫不绝倒。一客曰：“既入青楼，焉能择客？彼固能千金买笑者也，盍挈尔诣彼乎？”遂偕之同往，具述妓翁姑及夫名氏，其疑乃释。（妓姊妹即所谓大杨、二杨者，当时名士多作《杨柳枝词》，皆借寓其姓也。）妓复谢，以小时固识君，昨喜见怜，故答以戏谑，何期反致唐突，深为歉仄，敢抱衾枕以自赎。吐词娴雅，恣态横生。遂大为所惑，留连数夕。召其夫至，计月给夜合之资。狎昵经年，竟殒于消渴。

先兄晴湖曰："狐而人，则畏之，畏死也；人而狐，则非惟不畏，且不畏死，是尚为能充其类也乎？行且祸汝，彼固先言。是子也死于妓，仍谓之死于狐可也。"

【导读】

讲究叙事策略是古代小说具体操作的重要手段之一。此则故事在叙事层面颇有特色，具体体现在：一是通过人狐关系的错位设置来凸显故事情节。按照古代志怪小说之常规设置理念，一般以狐妖幻化为人之形式来构建故事情节，此处则一反常规思路，以幼妇诈狐，躲过富室子之骚扰的人物处理模式，新人耳目。二是以富室子这一人物的心理变化来推动故事情节之发展。通过其独行戏妇、惊惧堕沟、邀饮再遇、托故逃席等一系列动作、心理描写，较为合理地刻画出富室子欲戏不果、反遭调戏的狼狈处境，体现出作者高超的叙事技巧。

五 海中三岛十洲，昆仑五城十二楼，词赋家沿用久矣。朝鲜、琉球、日本诸国，皆能读华书。日本余见其五京地志及山川全图，疆界袤延数千里，无所谓仙山灵境也。朝鲜、琉球之贡使，则余尝数数与谈，以是询之，皆曰东洋自日本以外，大小国土凡数十，大小岛屿不知几千百，中朝人所必不能至者，每帆樯万里，商舶往来，均不闻有是说。惟琉球之落漈，似乎三千弱水。然落漈之舟，偶值潮平之岁，时或得还，亦不闻有白银宫阙，可望而不可即也。然则三岛十洲，岂非纯构虚词乎？

《尔雅》、《史记》，皆称河出昆仑，考河源有二：一出和阗，一出葱岭。或曰葱岭其正源，和阗之水入之。或曰和阗其正源，葱岭之水入之。双流既合，亦莫辨谁主谁宾。然葱岭、和阗，则皆在今版图内，开屯列戍四十馀年，即深岩穷谷，亦通耕牧。不论两山之水，孰为正源，两山之中，必有一昆仑，确矣。而所谓瑶池、悬圃、珠树、芝田，概乎未见，亦概乎未闻。然则五城十二楼，不又荒唐矣乎！

不但此也，灵鹫山在今拔达克善，诸佛菩萨，骨塔具存，题记梵书，一一与经典相合，尚有石室六百馀间，即所谓大雷音寺，回部游牧者居之。我兵追剿波罗泥都、霍集占，曾至其地，所见不过如斯。种种庄严，似亦藻绘之词矣。相传回部祖国，以铜为城，近西之回部，云铜城在其东万里；近东之回部，云铜城在其西万里。彼此遥拜，迄无人曾到其地。因是以推，恐南怀仁《坤舆图说》所记五大人洲，珍奇灵怪，均此类焉耳。周编修书昌则曰："有佛缘者，然后能见佛界；有仙骨者，然后能见仙境。未可以寻常耳目，断其有无。曾见一道士游昆仑归，所言与旧记不殊也。"是则余不知之矣。

【导读】

唐前志怪小说就内容划分有地理博物、鬼神怪异和佛法灵异三类。地理博物一类，如《山海经》、《博物志》、《神异经》之流，往往体现出人们对于周围世界的粗浅认识和原始观念，拥有知识性和文学性兼具的内在特质。此处对书中所记之"海中三岛十洲，昆仑五城十二楼"进行考辨，除予人以地理博物相关的知识外，亦具有了志怪小说的雏形，有学者称之为"准志怪小说"，不为无理。

六　槐亭又言：有学茅山法者，劾治鬼魅，多有奇验。有一家为狐所祟，请往驱除。整束法器，克日将行。有素识老翁诣之曰："我久与狐友。狐事急，乞我一言，狐非获罪于先生，先生亦非有憾于狐也。不过得其贽币，故为料理耳。狐闻事定之后，彼许馈廿四金。今愿十倍其数，纳于先生，先生能止不行乎？"因出金置案上。此人故贪惏，当即受之。次日，谢遣请者曰："吾法能治凡狐耳。昨召将检查，君家之祟乃天狐，非所能制也。"得金之后，意殊自喜，因念狐既多金，可以术取。遂考召四境之狐，胁以雷斧火狱，俾纳贿焉。征索既频，狐不胜扰，乃共计盗其符印，遂为狐所凭附，颠狂号叫，自投于河。群狐仍摄其金去，铢两不存。人以为如费长房、明崇俨也。后其徒阴泄之，乃知其致败之故。

夫操持符印，役使鬼神，以驱除妖疠，此其权与官吏侔矣。受赂纵奸，已为不可；又多方以盈其谿壑，天道神明，岂逃鉴察。微群狐杀之，雷霆之诛，当亦终不免也。

【导读】

中国文言志怪小说善于张皇神怪，称道灵异，以神仙方术、妖魔鬼怪之事来影射社会现实生活。诸多故事往往都是现实生活之曲折反映。此则故事以"学茅山法者"因贪恋多金，纳贿于狐，以致不仅不惩罚狐祟，反而以术索贿，终遭群狐计盗其符印，落得"颠狂号叫，自投于河"的下场。此类受赂纵奸之事，何尝不是以方士与狐妖之事来写社会上"操持符印"

之徒索贿受贿之现状?

七 天高地远，鬼神茫昧，似与人无预。而有时其应如响，殚人之智力，不能与争。

沧州上河涯，有某甲女，许字某乙子。两家皆小康，婚期在一二年内矣。有星士过某甲家，阻雨留宿。以女命使推。星士沉思良久，曰："未携算书，此命不能推也。"觉有异，穷诘之。始曰："据此八字，侧室命也。君家似不应至此。且闻嫁已有期，而干支无刑克，断不再醮。此所以愈疑也。"有黠者闻此事，欲借以牟利，说某甲曰："君家赀几何，如以嫁女必多费，益不支矣，命既如是，不知先诡言女病，次诡言女死，市空棺速葬；而夜携女走京师，改名姓，鬻为贵家妾，则多金可坐致矣。"某甲从之。

会有达官嫁女，求美媵。以二百金买之。越月馀，泛舟送女，南行至天妃闸，阖门俱葬鱼腹，独某甲女遇救得生。以少女无敢收养，闻于所司。所司问其由来。女在是家未久，仅知主人之姓，而不能举其爵里；惟父母姓名居址，言之凿凿。乃移牒至沧州，其事遂败。

时某乙子，已与表妹结婚，无改盟理。闻某甲之得多金也，愤恚欲讼。某甲窘迫，愿仍以女嫁其子。其表妹家闻之，又欲讼。纷纭轇轕[①]，势且成大狱。两家故旧戚众为调和，使某甲出赀往迎女，而为某乙子之侧室，其难乃平。女还家后，某乙子已亲迎。某乙以牛车载女至家，见其姑，苦辩非己意。姑曰："既非尔意，鬻尔时何不言有夫?"女无词以应。引使拜嫡，女稍趑趄[②]。姑曰："尔卖为媵时，亦不拜耶?"又无词以应，遂拜如礼。姑终身以奴畜之。

此雍正末年事。先祖母张太夫人，时避暑水明楼，知之最悉。尝语侍婢曰："其父不过欲多金，其女不过欲富贵，故生是谋耳。乌知非徒无益，反失所本有哉！汝辈视此，可消诸妄念矣。"

【注释】

① 轇(xiāo)轕(gé)：交错、杂乱，引申为纠缠不清。② 趑(zī)趄(qiè)：疑惧不决，犹豫观望。

【导读】

就故事情节构建而言，此则故事的某甲女的结局与冯梦龙《喻世明言》中之"蒋兴哥重会珍珠衫"中王三巧的结局有异曲同工之妙。《蒋兴哥重会珍珠衫》展现的是襄阳商人蒋兴哥与妻子王三巧之间的婚姻由合而分,又由分而合的错综复杂故事,而以王三巧“妻还作妾”的现实结局阐述“殃祥果报无虚谬”的宿命观念。此则故事以某甲贪多金,其女慕富贵,而导致其女妻变为妾的现实遭遇,与王三巧之结局同一构意,此类因果相报故事的构意,无非是出于警戒当世人“消诸妄念”的现实目的而已。

八 先四叔母李安人,有婢曰文鸾,最怜爱之。会余寄书觅侍女,叔母于诸侄中最喜余,拟以文鸾赠。私问文鸾,亦殊不拒。叔母为制衣裳簪珥,已戒日脂车。有妒之者,嗾其父多所要求,事遂沮格。文鸾竟郁郁发病死。余不知也,数年后,稍稍闻之,亦如雁过长空,影沉秋水矣。

今岁五月,将扈从启行,摒挡小倦,坐而假寐。忽梦一女翩然来。初不相识,惊问:“为谁?”凝立无语。余亦遽醒,莫喻其故也。及家人会食,余偶道之,第三子妇,余甥女也,幼在外家与文鸾嬉戏,又稔知其赍恨事,瞿然曰:“其文鸾也耶?”因具道其容貌形体,与梦中所见合。是耶非耶?何二十年来,久置度外,忽无因而入梦也?询其葬处,拟将来为树片石。皆曰:“丘陇已平,久埋沉于荒榛蔓草,不可识矣。”姑录于此,以慰黄泉。

忆乾隆辛卯九月,余题秋海棠诗曰:“憔悴幽花剧可怜,斜阳院落晚秋天。词人老大风情减,犹对残红一怅然。”宛似为斯人咏也。

【导读】

自从干宝《搜神记》纪异搴神,以“发神明之不诬”以来,历代笔记小说即多注重征实性。此则所记文鸾欲为侍女不成,“郁郁发病死”,以致二十年后入纪晓岚梦之怪异奇事,虽颇具神异气色,却乃纪昀所亲身经历之事,不为虚构也。此笔记一体,所记非虚之例也。

九 景州李露园言:燕、齐间有富室失偶,见里人新妇而艳之。阴遣一媪,税屋与邻,百计游说,厚赂其舅姑,使以不孝出其妇,约勿使其子知。又别遣一媪与妇家素往来者,以厚赂游说其父母,伪送妇还。舅姑亦伪作悔意,留之饭,已呼妇入室矣。俄彼此语相侵,仍互诟,逐妇归,亦不使妇知。于是买休卖休,与母家同谋之事,俱无迹可寻矣。

既而二媪诈为媒,与两家议婚。富室以惮其不孝辞,妇家又以贫富非偶辞,于是谋取之计亦无迹可寻矣。迟之又久,复有亲友为作合,乃委禽焉。其夫虽贫,然故士族,以迫于父母,无罪弃妇,已怏怏成疾,犹冀破镜再合；闻嫁有期，遂愤郁死，死而其魂为厉于富室，合卺之夕，灯下见形，挠乱不使同衾枕，如是者数夜。改卜其昼，妇又恚曰："岂有故夫在旁，而与新夫如是者？又岂有三日新妇，而白日闭门如是者？"大泣不从，无如之何。乃延术士劾治。术士登坛焚符，指挥叱咤，似有所睹，遽起谢去，曰："吾能驱邪魅，不能驱冤魂也。"延僧礼忏，亦无验。忽忆其人素颇孝，故出妇不敢阻，乃再赂妇之舅姑，使谕遣其子。舅姑虽痛子，然利其金，姑共来怒詈。鬼泣曰："父母见逐，无复住理。且讼诸地下耳。"从此遂绝。

不半载，富室竟死。殆讼得直欤？富室是举，使邓思贤不能讼，使包龙图不能察。且恃其钱神，至能驱鬼，心计可谓巧矣，而卒不能逃幽冥之业镜。闻所费不下数千金，为欢无几，反以殒生。虽谓之至拙可也。巧安在哉！

【导读】

此则故事构思颇与《阅微》他则故事不同。一般而言，《阅微》中之故事皆先述故事情节，后加议论阐明主旨。此则故事则开端、结尾处皆有议论，以全面揭橥故事所包孕之道理，中间则举一与前述道理相应之故事以印证之。此类操作方式与话本小说之"入话"用诗词韵语或小故事候客垫场、点明故事本事；散场词以总结故事主旨，点明教化意识等具体操作在外在形式上有颇多类似之处。

卷二十一　滦阳续录(三)

一　德州李秋崖言:尝与数友赴济南秋试,宿旅舍中。屋颇湫陋。而旁一院,屋二楹,稍整洁,乃锁闭之。怪主人不以留客,将待富贵者居耶?主人曰:"是屋有魅,不知其狐与鬼,久无人居,故稍洁,非敢择客也。"一友强使开之,展襆被独卧,临睡大言曰:"是男魅耶?吾与尔角力。是女魅耶?尔与吾荐枕。勿瑟缩不出也。"闭户灭烛,殊无他异。人定后,闻窗外小语曰:"荐枕者来矣。"方欲起视,突一巨物压身上,重若磐石,几不可胜。扪之,长毛鬖鬖[①],喘如牛吼。此友素多力,因抱持搏击。此物亦多力,牵拽起仆,滚室中几遍。诸友闻声往视,门闭不得入,但听其砰訇而已。约二三刻许,魅要害中拳,噭然遁。

此友开户出,见众人环立,指天画地,说顷时状,意殊自得也。时甫交三鼓,仍各归寝。此友将睡未睡,闻窗外又小语曰:"荐枕者真来矣。顷欲相就,家兄急欲先角力,因尔唐突。今渠已愧沮不敢出,妾敬来寻盟也。"语讫,已至榻前,探手抚其面,指纤如春葱,滑泽如玉,脂香粉气,馥馥袭人。心知其意不良,爱其柔媚,且共寝以观其变。遂引之入衾,备极缱绻。至欢畅极时,忽觉此女腹中气一吸,即心神恍惚,百脉沸涌,昏昏然竟不知人。

比晓,门不启,呼之不应,急与主人破窗入,噀水喷之[②],乃醒,已儽然如病夫[③]。送归其家,医药半载,乃杖而行。自此豪气都尽,无复轩昂意兴矣。力能胜强暴,而不能不败于妖冶。

欧阳公曰:"祸患常生于忽微,智勇多困于所溺。"岂不然哉!

【注释】

① 鬖(sàn)鬖:头发下垂貌。② 噀(xùn):含在口中喷出。③ 儽(léi)然:疲困貌。

【导读】

此则故事在叙事技巧层面之最大特点即善于运用对比手法来推动故事情节和描摹人物形象。一以友人角斗强暴,使魅噭然遁去之胜,与友人惑于女魅,以致"儽然如病夫"之败对比;二以友人胜强暴之后"意殊自得"之态,与败于妖冶之后“豪气都尽，无复轩昂意兴”之况对比；三以妖魅前之彪悍强暴与后之温柔缱绻对比。诸般对比，使故事情节陡生风云，人物性格陡生变化。在对比中凸显作者“祸患常生于忽微，智勇多困于所溺”的立意主旨。

二　安公介然言：束州有贫而鬻妻者，已受币，而其妻逃。鬻者将讼，其人曰：“卖休买休，厥罪均，币且归官，君何利焉？今以妹偿，是君失一再婚妇，而得一室女也，君何不利焉？”鬻者从之。

或曰：“妇逃以全贞也。”或曰：“是欲鬻其妹而畏人言，故托诸不得已也。”既而其妻归，复从人逃，皆曰：“天也。”

【导读】

此则故事文字简洁，而情节尚宛转，且主旨亦有多重理解，可当短篇佳制。于简短文字间，将贫而鬻妻者鬻妻不果，转以妹偿之事完整展现，末尾加以“或曰”，以增加故事的多重阐释。

三　表兄安伊在言：县人有与狐女昵者，多以其妇夜合之资，买簪珥脂粉赠狐女。狐女常往来其家，惟此人见之，他人不见也。一日，妇诟其夫曰：“汝财自何来，乃如此用？”狐女忽暗中应曰：“汝财自何来，乃独责我？”闻者皆绝倒。余谓此自伊在之寓言，然亦足见惟无瑕者可以责人。

赛商鞅者，不欲著其名氏里贯，老诸生也。挈家寓京师。天资刻薄，凡善人善事，必推求其疵类，故得此名。钱敦堂编修殁，其门生为经纪棺衾，赡恤妻子，事事得所。赛商殃曰：“世间无如此好人。此欲博古道之名，使要津闻之，易于攀援奔竞耳。”一贫民母死于路，跪乞钱买棺，形容枯槁，声音酸楚。人竞以钱投之。赛商鞅曰：“此指尸敛财，尸亦未必其母。他人可欺，不能欺我也。”过一旌表节妇坊下，仰视微哂曰：“是家富贵，仆从如云，岂少秦宫、冯子都耶？此事须核，不敢遽言非，亦不敢遽言是也。”平生操论皆类此。人皆畏而避之，无敢延以教读者，竟困顿以殁。殁后，妻孥流落，不可言状。有人于酒筵遇一妓，举止尚有士风。讶其不类倚门者，问之，即其小女也。亦可哀矣。

先姚安公曰：“此老生平亦无大过，但务欲其识加人一等，故不觉至是耳。可不戒哉。”

【导读】

赛商鞅因天资刻薄，凡善事善人，必吹毛求疵，苛求其非。既非议钱敦堂编修门生之赠恤，又指斥贫民乞钱买棺为“指尸敛财”，其自作聪颖，欲“识加人一等”之态，跃然纸上。其生平虽无大过，但因刻薄待人，以致妻孥流落，小女为妓，故事劝人为善，为恶必惩之主旨立现。

四 乾隆壬午九月[①]，门人吴惠叔邀一扶乩者至，降仙于余绿意轩中。下坛诗曰：“沈香亭畔艳阳天，斗酒曾题诗百篇。二八妖娆亲捧砚，至今身带御炉烟。”“满城风叶蓟门秋，五百年前感旧游。偶与蓬莱仙子遇，相携便上酒楼家。”余曰：“然则青莲居士耶?”批曰：“然。”赵春涧突起问曰：“大仙斗酒百篇，似不在沈香亭上。杨贵妃马嵬陨玉，年已三十有八，似尔时不止十六岁。大仙平生足迹，未至渔阳，何以忽感旧游？天宝至今，亦不止五百年，何以大仙误记?”乩惟批“我醉欲眠”四字。再叩之，不动矣。

大抵乩仙多灵鬼所托，然尚实有所凭附。此扶乩者，则似粗解吟咏之人，炼手法而为之，故必此人与一人共扶，乃能成字，易一人则不能书。其诗亦皆流连光景，处处可用。知决非古人降坛也。尔日猝为春涧所中，窘迫之状可掬。

后偶与戴庶常东原谈及，东原骇曰：“尝见别一扶乩人，太白降坛，亦是此二诗，但改‘满城’为‘满林’，‘蓟门’为‘大江’耳。”知江湖游士，自有此种稿本，转相授受，固不足深诘矣。（宋蒙泉前辈亦曰：有一扶乩者至德州，诗顷刻即成，后检之，皆村书《诗学大成》中句也。）

【注释】

① 乾隆壬午：乾隆二十七年(1762)。

【导读】

江湖游士，坑蒙拐骗，历朝历代有之。明万历间，张应俞将社会上种种骗术传闻编成《杜骗新书》一书，历数社会诸项骗术。其中如“丢包骗”、“换银骗”、“露财骗”、“妇人骗”等，仍是今日行骗者之“保留曲目”。此处以门人吴惠叔之邀乩仙事为例现身说法，揭露骗术，并以戴东原、宋蒙泉等人经历附之，以佐证乩仙之骗，足以发人警戒。

五 董天士先生，前明高士，以画自给，一介不妄取，先高祖厚斋公老友也，厚斋公多与唱和，今载于《花王阁剩稿》者，尚可想见其为人。故老或言其有狐妾，或曰天士孤僻，必无之。

伯祖湛元公曰:“是有之,而别有说也。吾闻诸董空如曰:天士居老屋两楹,终身不娶;亦无仆婢,井臼皆自操。一日晨兴,见衣履之当著者,皆整顿置手下,再视则盥漱俱已陈。天士曰:‘是必有异,其妖将媚我乎?’窗外小语应曰:‘非敢媚公,欲有求于公。难于自献,故作是以待公问也。’天士素有胆,命之入。入辄跪拜,则娟静好女也。问其名,曰:‘温玉。’问何求,曰:‘狐所畏者五:曰凶暴,避其盛气也;曰术士,避其劾治也;曰神灵,避其稽察也;曰有福,避其旺运也;曰有德,避其正气也。然凶暴不恒有,亦究自败。术士与神灵,吾不为非,皆无如我何。有福者运衰亦复玩之。惟有德者则畏而且敬。得自附于有德者,则族党以为荣,其品格即高出侪类上。公虽贫贱,而非义弗取,非礼弗为。倘准奔则为妾之礼,许侍巾栉[①],三生之幸也;如不见纳,则乞假以虚名,为画一扇,题曰某年月日为姬人温玉作,亦叨公之末光矣。’即出精扇置几上,濡墨调色,拱立以俟。天士笑从之。女自取天士小印印扇上,曰:‘此姬人事,不敢劳公也。’再拜而去。次日晨兴,觉足下有物,视之,则温玉。笑而起曰:‘诚不敢以贱体玷公,然非共榻一宵,非亲执媵御之役,则姬人字终为假托。’遂捧衣履侍洗漱讫,再拜曰:‘妾从此逝矣。’瞥然不见,遂不再来。岂明季山人声价最重,此狐女亦移于风气乎?然襟怀散朗,有王夫人林下风,宜天士之不拒也。”

【注释】

① 巾栉:巾和梳篦。泛指盥洗用具。

【导读】

此以狐妾温玉索扇于前明高士董天士,天士笑从之事为故事梗概。其中寓意,虽未明言,却包孕颇多。其一,狐本奸猾,为荣族党,欲投天士为妾,先为董天士俱陈盥漱,后动之以情,以狐所畏者历述其有德,使得天士笑从,欣然题画,岂非善于钻营之辈写照乎?其二,董天士,前明高士,非义弗取,非礼弗为之人,几句吹捧,立即笑从,或人人皆乐听美言乎?其三,明季山人,清初声价最重,狐妖献殷勤于天士,“亦移于风气”,或世风推崇所致也。

六　先姚安公曰:“子弟读书之馀,亦当使略知家事,略知世事,而后可以治家,可以涉世。明之季年,道学弥尊,科甲弥重,于是黠者坐讲心学，以攀援声气；朴者株守课册，以求取功名。致读书之人，十无二三能解事。崇祯壬午[①]，厚斋公携家居河间，避孟村土寇。厚斋公卒后，闻大兵将至河间，又拟乡居。濒行时，比邻一叟顾门神叹曰：‘使今日有一人如尉迟敬德、秦琼，当不至此。’汝两曾伯祖，一讳景星，一讳景辰，皆名诸生也。方在门外束襆被，闻之，与辩曰：‘此神荼、郁垒象，非尉迟敬德、秦琼也。’叟不服，检邱处机《西游记》为证。二公谓委巷小说不足据，又入室取东方朔《神异经》与争。时已薄暮，检寻既移时，反覆讲论又移时，城门已阖，遂不能出。次日将行，而大兵已合围矣。城破，遂全家遇难。惟汝曾祖光禄公、曾伯祖镇番公及叔祖云台公存耳。死生呼吸，间不容发之时，尚考证古书之真伪，岂非惟知读书不预外事之故哉！”

姚安公此论，余初作各种笔记，皆未敢载，为涉及两曾伯祖也。今再思之，书痴尚非不佳事，古来大儒似此者不一，因补书于此。

【注释】

① 崇祯壬午：崇祯十五年(1642)。

【导读】

读书治学，不可坐讲心学，以攀援声气；亦不能株守课册，以求功名。古来于读书之事，或以修身为重，曰“两耳不闻窗外事，一心只读圣贤书”；或以治国为目的，称“家事、国事、天下事，事事关心”。此处以大兵围城之关键时刻，尚考证古书之真伪，本末不辨，轻重不分，是真不善读书之人也。

七　门人有作令云南者，家本苦寒，仅携一子一僮，拮据往，需次会城。久之，得补一县，在滇中，尚为膏腴地。然距省城窎远，其家又在荒村，书不易寄。偶得鱼雁，亦不免浮沈，故与妻子几断音问。惟于坊本搢绅中，检得官某县而已。偶一狡仆舞弊，杖而遣之。此仆衔次骨。其家事故所备知，因伪造其僮书，云主人父子先后卒，二棺今浮厝佛寺[①]，当措资来迎，并述遗命，处分家事甚悉。

初，令赴滇时，亲友以其朴讷，意未必得缺；即得缺，亦必恶。后闻官是县，始稍稍亲近，并有周恤其家者，有时相馈问者。其子或有所称贷，人亦辄应，且有以子女结婚者。乡人有宴会，其子无不与也。及得是书，皆大沮，有来唁者，有不来唁者。渐有索逋者[②]，渐有道途相遇似不相识者。

僮奴婢媪皆散，不半载，门可罗雀矣。

既而令托入觐官寄千二百金至家迎妻子，始知前书之伪。举家破涕为笑，如在梦中。亲友稍稍复集，避不敢见者，颇亦有焉。

后令与所亲书曰："一贵一贱之态，身历者多矣；一贫一富之态，身历者亦多矣。若夫生而忽死，死逾半载而复生，中间情事，能以一身亲历者，仆殆第一人矣。"

【注释】

① 浮厝(cuò)：谓暂时把灵柩停放在地面上，周围用砖石等砌起来掩盖，或暂时浅埋，以待改葬。② 索逋：催讨欠债。

【导读】

人情冷暖，世态炎凉一直是中国古代小说所力图揭橥的社会生活现状之一。《儒林外史》中描写范进中举一段，胡屠夫之势利庸俗、众乡邻之趋炎附势、张敬斋之攀亲套近，无不栩栩如生，跃然纸上。此处以作令云南者死而复生之事，全面刻画众乡邻亲戚之喜富嫌贫之众生相，与"范进中举"一节所述有异曲同工之妙。

八　汪编修守和为诸生时，梦其外祖史主事珥携一人同至其家，指示之曰："此我同年纪晓岚，将来汝师也。"因窃记其衣冠形貌。后以己酉拔贡应廷试[①]，值余阅卷，擢高等。授官来谒时，具述其事。且云衣冠形貌，与今毫发不差，以为应梦。迨嘉庆丙辰会试，余为总裁，其卷适送余先阅，(凡房官荐卷，皆由监试御史先送一主考阅定，而复转轮公阅。)复得中式。殿试以第二人及第，乃知梦为是作也。

按：人之有梦，其故难明。《世说》载卫玠问乐令梦，乐云是想，又云是因。而未深明其所以然。戊午夏，扈从滦阳，与伊子墨卿以理推求，有念所专注，凝神生象，是为意识所造之梦，孔子梦周公是也。有祸福将至，朕兆先萌，与见乎蓍龟[②]，动乎四体相同，是为气机所感之梦，孔子梦奠两楹是也。其或心绪瞀乱，精神恍惚，心无定主，遂现种种幻形，如病者之见鬼，眩者之生花，此意想之歧出者也。或吉凶未著，鬼神前知，以象显示，以言微寓，此气机之旁召者也。虽变化杳冥，千态万状，其大端似不外此。至占梦之说，见于《周礼》，事近祈禳，礼参巫觋，颇为攻《周礼》者所疑。然其文亦见于《小雅》"大人占之"，固凿然古经载籍所传，虽不免多所附会，要亦实有此术也。惟是男女之爱，骨肉之情，有凝思结念，终不一梦者，则意识有时不能造。仓卒之患，意外之福，有忽至而不知者，则气机有时不必感。且天下之人，如恒河沙数，鬼神何独示梦于此人？此人一生得失，亦必不一，何独示梦于此事？且事不可泄，何必示之？既示之矣，而又隐以不可知之象，疑以不可解之语。（如《酉阳杂俎》载梦得枣者，谓枣字似两来字，重来者，呼魄之象，其人果死。《朝野佥载》崔湜梦座下听讲而照镜，谓座下听讲，法从上来，镜字，金旁竟也。小说所说梦事，如此迂曲者不一。）是鬼神日日造谜语，不已劳乎？事关重大，示以梦可也；而猥琐小事，亦相告语，（如《敦煌实录》载宋补梦人坐桶中，以两杖极打之，占桶中人为肉食，两杖象两箸，果得饱肉食之类。）不亦亵乎？大抵通其所可通，其不可通者，置而不论可矣。至于《谢小娥传》，其父兄之魂，既告以为人劫杀矣。自应告以申春、申兰，乃以"田中走，一日夫"隐申春，以"车中猴，东门草"隐申兰，使寻索数年而后解，不又颠乎？此类由于记录者欲神其说，不必实有是事。凡诸家所占梦事，皆可以是观之，其法非太人之旧也。

【注释】

① 己酉：乾隆五十四年（1789）。② 蓍（shī）龟：古人以蓍草与龟甲占卜凶吉，因以指占卜。

【导读】

人之有梦，其故难明。此处按语以大段文字阐述梦之所由，足启人心智，直可当一心理分析文章读也。除用大段按语剖析，并用多则梦中验证之事以附之，来申述梦与现实之印证，夹于按语前后，亦与《阅微草堂笔记》故事常以按语附于文末不同也。

卷二十二　滦阳续录（四）

一　刘香畹言：有老儒宿于亲串家，俄主人之婿至，无赖子也。彼此气味不相入，皆不愿同住一屋，乃移老儒于别室。其婿睨之而笑，莫喻其故也。

室亦雅洁，笔砚书籍皆具。老儒于灯下写书寄家，忽一女子立灯下，色不甚丽，而风致颇娴雅。老儒知其为鬼，然殊不畏，举手指灯曰："既来此，不可闲立，可剪烛。"女子遽灭其灯，逼而对立。老儒怒，急以手摩砚上墨沈，掴其面而涂之，曰："以此为识，明日寻汝尸，锉而焚之。"鬼呀然一声去。

次日，以告主人。主人曰："原有婢死于此室，夜每出扰人；故惟白昼与客坐，夜无人宿。昨无地安置君，揣君耆德硕学，鬼必不出。不虞其仍现形也。"乃悟其婿窃笑之故。此鬼多以月下行院中，后家人或有偶遇者，即掩面急走。他日留心伺之，面上仍墨污狼藉。鬼有形无质，不知何以能受色？当仍是有质之物，久成精魅，借婢幻形耳。

《酉阳杂俎》曰："郭元振尝山居，中夜，有人面如盘，瞚目出于灯下[①]。元振染翰题其颊曰：'久戍人偏老，长征马不肥。'其物遂灭。后随樵闲步，见巨木上有白耳，大数斗，所题句在焉。"是亦一证也。

【注释】

① 瞚（shùn）目：眨眼。

【导读】

主人以为儒者"耆德硕学"，故"鬼必不出"，然"不虞其仍现形也"，是以知即高德硕学未必不为鬼犯；然儒者凛然持守，怒而掌掴其面，亦可谓儒士中之勇者，究以其"耆德硕学"故也。作者所敬之儒，岂唯唯诺诺者哉！

二　乌鲁木齐农家多就水灌田，就田起屋，故不能比间而居。往往有自筑数椽，四无邻舍，如杜工部诗所谓"一家村"者。且人无徭役，地无丈量，纳三十亩之税，即可坐耕数百亩之产。故深岩穷谷，此类尤多。

有吉木萨军士，入山行猎，望见一家，门户坚闭，而院中似有十馀马，鞍辔悉具。度必“玛哈沁”所据，噪而围之。“玛哈沁”见势众，弃锅帐突围去。众惮其死斗，亦遂不追。入门，见骸骨狼藉，寂无一人，惟隐隐有泣声。寻视，见幼童约十三四，裸体悬窗棂上。解缚问之，曰：“‘玛哈沁’四日前来，父兄与斗不胜，即一家并被缚。率一日牵二人至山溪洗濯，曳归，共脔割炙食，男妇七八人并尽矣。今日临行，洗濯我毕，将就食，中一人摇手止之。虽不解额鲁特语，观其指画，似欲支解为数段，各携于马上为粮。幸兵至，弃去，今得更生。”泣絮絮不止。悯其孤苦，引归营中，姑使执杂役。童子因言其家尚有物埋窖中。营弁使导往发掘，则银币衣物甚多。细询童子，乃知其父兄并劫盗。其行劫必于驿路近山处，瞭见一二车孤行，前后十里无援者，突起杀其人，即以车载尸入深山，至车不能通，则合手以巨斧碎之，与尸及襆被并投于绝涧，惟以马驮货去。再至马不能通，则又投羁绁于绝涧，纵马任其所往，共负之由鸟道归，计去行劫处数百里矣。归而窖藏一两年，乃使人伪为商贩，绕道至辟展诸处卖于市，故多年无觉者。而不虞“玛哈沁”之灭其门也。童子以幼免连坐，后亦牧马坠崖死，遂无遗种。

此事余在军幕所经理，以盗已死，遂置无论。由今思之，此盗踪迹诡秘，猝不易缉；乃有“玛哈沁”来，以报其惨杀之罪。“玛哈沁”食人无餍，乃留一童子，以明其召祸之由。此中似有神理，非偶然也。盗姓名久忘，惟童子坠崖时，所司牒报记名秋儿云。

【导读】

童子以其年幼免“连坐”，知世间之法犹有情也；然终不免坠崖而死，故又知冥冥之中天理不爽。童子不为“玛哈沁”所杀，迨天存之以明其父兄之恶迹也，恶者终为恶者所杀，晓岚之意甚明。

三　老仆施祥尝曰：“天下惟鬼最痴。鬼据之室，人多不住。偶然有客来宿，不过暂居耳，暂让之何害？而必出扰之。遇禄命重、血气刚者，多自败；甚或符箓劾治，更蹈不测。即不然，而人既不居，屋必不葺，久而自圮，汝又何归耶？”老仆刘文斗曰：“此语诚有理。然谁能传与鬼知？汝毋乃更痴于鬼。”姚安公闻之，曰：“刘文斗正患不痴耳。”

祥小字举儿，与姚安公同庚，八岁即为公伴读。数年，始能暗诵《千字文》，开卷乃不识一字。然天性忠直，视主人之事如己事，虽嫌怨不避。尔时家中外倚祥，内倚廖媪，故百事皆井井。雍正甲寅[①]，余年十一，元夜偶买玩物。祥启张太夫人曰："四官今日游灯市，买杂物若干。钱固不足惜，先生明日即开馆，不知顾戏弄耶？顾读书耶？"太夫人首肯曰："汝言是。"即收而键诸箧。此虽细事，实言人所难言也。今眼中遂无此人，徘徊四顾，远想慨然。

【注释】

① 雍正甲寅：雍正十二年(1734)。

【导读】

痴憨之人每存其天性，刚直而鬼不能犯，此作者屡言之，然此文所记，迨人情而非鬼事也。祥之言鬼，足见其憨，祥以买玩物之事禀太夫人，足见其直，"此虽细事"，终非常人所易到也。憨人直语，正世间真理也。一叹！

四　从叔梅庵公言：族中有二少年(此余小时闻公所说，忘其字号，大概是伯叔行也。)闻某墓中有狐迹，夜携铳往，共伏草中伺之，以背相倚而睡。醒则二人之发交结为一，贯穿缭绕，猝不可解；互相牵掣，不能行，亦不能立；稍稍转动，即彼此呼痛。胶扰彻晓，望见行路者，始呼至，断以佩刀，狼狈而返。愤欲往报，父老曰："彼无形声，非力所胜；且无故而侵彼，理亦不直。侮实自召，又何仇焉？仇必败滋甚。"二人乃止。此狐小虐之使警，不深创之以激其必报，亦可谓善自全矣。然小虐亦足以激怒，不如敛戢勿动，使伺之无迹弥善也。

【导读】

鬼狐若不小虐，安知有鬼狐？则又无此故事矣。狐以小谑使人警，而不深创以激人愤，固为善自全者。而作者安以"小谑亦足以激怒，不如敛戢勿动"之言告鬼狐弥善之策？作者何又似祥老之痴耶？

五　宣武门子城内，如培塿者五，砌之以砖，土人云"五火神墓"。明成祖北征时，用火仁、火义、火礼、火智、火信制飞炮，破元兵于乱柴沟。后以其术太精，恐或为变，杀而葬于是。立五竿于丽谯侧，岁时祭之，使鬼有所归，不为厉焉。后成祖转生为庄烈帝，五人转生李自成、张献忠诸贼，乃复仇也。此齐东之语，非惟正史无此文，即明一代稗官小说，充栋汗牛，亦从未言及斯人斯事也。

戊子秋[①]，余见汉军步校董某，言闻之京营旧卒云："此水平也。京城地势，惟宣武门最低，衢巷之水，遇雨皆汇于子城。每夜雨太骤，守卒即起，视此培塿，水将及顶，则呼开门以泄之；没顶，则门扉为水所壅，不能启矣。今日久渐忘，故或有时阻碍也。其城上五竿，则与白塔信炮相表里。设闻信炮，则昼悬旗、夜悬灯耳。与五火神何与哉。"此言似乎近理，当有所受之。

【注释】

① 戊子：乾隆三十三年(1768)。

【导读】

全书多言鬼神，力证鬼神之实，此篇则证鬼神之虚也。作者为学，精于考证，此亦考证也，学者之精神于此见之。

六　科场拨卷，受拨者意多不惬，此亦人情；然亦视其卷何如耳。壬午顺天乡试[①]，余充同考官，(时阅卷尚不回避本省。)得一"合字卷"，文甚工而诗不佳。因甫改试诗之制，可以恕论，遂呈荐主考梁文庄公，已取中矣。临填草榜，梁公病其"何不改乎此度"句侵下文"改"字，(题为"始吾于人也"四句。)驳落。别拨一"合字备卷"与余，先视其诗，第六联曰："素娥寒对影，顾兔夜眠香。"(题为《月中桂》。)已喜其秀逸。及观其第七联曰："倚树思吴质，吟诗忆许棠。"遂跃然曰："吴刚字质，故李贺《李凭箜篌引》曰：'吴质不眠倚桂树，露脚斜飞湿寒兔。'此诗选本皆不录，非曾见《昌谷集》者不知也。华州试《月中桂》诗，举许棠为第一人。棠诗今不传，非曾见王定保《摭言》、计敏夫《唐诗纪事》者不知也，中彼卷之'开花临上界，持斧有仙郎'，何如中此诗乎！微公拨入，亦自愿易之。"即朱子颖也。

放榜后，时已九月，贫无絮衣。蒋心馀素与唱和，借衣与之。乃来见，以所作诗为贽。余丙子扈从时[②]，古北口车马壅塞，就旅舍小憩，见壁上一诗，剥残过半，惟三四句可辨。最爱其"一水涨喧人语外，万山青到马蹄前"二语，以为"云中路绕巴山色，树里河流汉水声"不是过也。惜不得姓名，及展其卷，此诗在焉。乃知针芥契合，已在六七年前，相与叹息者久之。

子颖待余最尽礼，殁后，其二子承父之志，见余尚依依有情。翰墨因缘，良非偶尔，何尝以拨房为亲疏哉！（余严江舟中诗曰："山色空濛淡似烟，参差绿到大江边。斜阳流水推篷坐，处处随人欲上船。"实从"万山"句夺胎。尝以语子颖曰："人言青出于蓝，今日乃蓝出于青。"子颖虽逊谢，意似默可。此亦诗坛之佳话，并附录于此。）

【注释】

① 壬午：乾隆二十七年(1762)。② 丙子：乾隆二十一年(1756)。

【导读】

此述人情也。翰墨因缘，师生情谊，历历可见。然人情之后，似亦有循环道理寓于其中，方回首时，皆具前缘者也。

七　先师介野园先生，官礼部侍郎。扈从南巡，卒于路。卒前一夕，有星陨于舟前。卒后，京师尚未知，施夫人梦公乘马至门前，骑从甚都，然伫立不肯入；但遣人传语曰："家中好自料理，吾去矣。"匆匆竟过，梦中以为时方扈从，疑或有急差遣，故不暇入。觉后，乃惊怛。比凶问至，即公卒之夜也。

公屡掌文柄，凡四主会试，四主乡试，其他杂试，殆不可缕数。尝有恩荣宴诗曰："鹦鹉新班宴御园，（案："鹦鹉新班"不知出典，当时拟问公，竟因循忘之。）摧颓老鹤也乘轩。龙津桥上黄金榜，四见门生作状元。"丁丑年作也。于文襄公亦赠以联曰："天下文章同轨辙，门墙桃李半公卿。"可谓儒者之至荣。然日者推公之命云："终于一品武阶，他日或以将军出镇耶？"公笑曰："信如君言，则将军不好武矣。"

及公卒，圣心悼惜，特赠都统。盖公虽官礼曹，而兼摄副都统。其扈从也，以副都统班行，故即武秩进一阶。日者之术，亦可云有验矣。

【导读】

此文所记，有类于诗话等者。"诗话者，辨句法，备古今，纪圣德，录异事，正讹误也"，亦可视为笔记之一种。其中断章警句、布衣诗侣及声名未显者多有藉之以存。

八　乩仙多伪托古人，然亦时有小验。温铁山前辈（名温敏，乙丑进士，官至盛京侍郎。）尝遇扶乩者，问寿几何。乩判曰："甲子年华有二秋。"以为当六十二，后二年卒，乃知二秋为二年。盖灵鬼时亦能前知也。

又闻山东巡抚国公，扶乩问寿。乩判曰："不知。"问："仙人岂有所不知？”判曰：“他人可知，公则不可知，修短有数，常人尽其所禀而已。若封疆重镇，操生杀予夺之权，一政善，则千百万人受其福，寿可以增；一政不善，则千百万人受其祸，寿亦可以减。此即司命之神不能预为注定，何况于吾？岂不闻苏颋误杀二人，减二年寿；娄师德亦误杀二人，减十年寿耶？然则年命之事，公当自问，不必问吾也。”此言乃凿然中理，恐所遇竟真仙矣。

【导读】

巡抚公所遇之乩者，亦可谓微言善讽者也。作者以其为真仙，实因其道得至理也。寿数之盈缩，非定于天，乃在于所为事之善恶，此足以为世人警，亦足以为官者戒。

九　族叔育万言：张歌桥之北，有人见黑狐醉卧场屋中，（场中守视谷麦小屋，俗谓之场屋。）初欲擒捕，既而念狐能致财，乃覆以衣而坐守之。狐睡醒，伸缩数四，即成人形。甚感其护视，遂相与为友。狐亦时有所馈赠。一日，问狐曰：“设有人匿君家，君能隐蔽弗露乎？”曰：“能。”又问：“君能凭附人身狂走乎？”曰：“亦能。”此人即恳乞曰：“吾家酷贫，君所惠不足以赡，而又愧于数渎君。今里中某甲甚富，而甚畏讼。顷闻觅一妇司庖，吾欲使妇往应。居数日，伺隙逃出，藏君家；而吾以失妇，阳欲讼。妇尚粗有姿首，可诬以蜚语，胁多金。得金之后，公凭附使奔至某甲别墅中，然后使人觅得，则承惠多矣。”狐如所言，果得多金。

觅妇返后，某甲以在其别墅，亦不敢复问。然此妇狂疾竟不愈，恒自妆饰，夜似与人共嬉笑，而禁其夫勿使前。急往问狐，狐言无是理，试往侦之。俄归而顿足曰：“败矣，是某甲家楼上狐，悦君妇之色，乘吾出而彼入也。此狐非我所能敌，无如何矣！”此人固恳不已。狐正色曰：“譬如君里中某，暴横如虎，使彼强据人妇，君能代争乎？”后其妇颠痫日甚，且具发其夫之阴谋，针灸劾治皆无效，卒以瘵死。

里人皆曰：“此人狡黠如鬼，而又济以狐之幻，宜无患矣。不虞以狐召狐，如螳螂黄雀之相伺也。古诗曰：‘利旁有倚刀，贪人还自贼。’信矣。”

【导读】

此人之计可谓善矣，“而又济以狐之幻，宜无患矣”，然天理报应亦在此时。伺其后者，岂螳螂黄雀耶？唯一善恶循环之理耳。

一〇　门人王廷绍言：忻州有以贫鬻妇者，去几二载。忽自归，云初被买时，引至一人家，旋有一道士至，携之入山，意甚疑惧。然业已卖与，无如何。道士令闭目，即闻两耳风飕飕。俄令开目，已在一高峰上。室庐华洁，有妇女二十馀人，共来问讯。云此是仙府，无苦也。因问："到此何事？"曰："更番侍祖师寝耳。此间金银如山积，珠翠锦绣，嘉肴珍果，皆役使鬼神，随呼立至。服食日用，皆比拟王侯。惟每月一回小痛楚，亦不害耳。"因指曰："此处仓库，此处庖厨，此我辈居处，此祖师居处。"指最高处两室曰："此祖师拜月拜斗处，此祖师炼银处。"亦有给使之人，然无一男子也。

自是每白昼则呼入荐枕席，至夜则祖师升坛礼拜，始各归寝。惟月信落红后，则净褫内外衣，以红绒为巨绠，缚大木上，手足不能丝毫动；并以绵丸窒口，喑不能声。祖师持金管如箸，寻视脉穴，刺入两臂两股肉内，吮吸其血，颇为酷毒。吮吸后，以药末糁创孔，即不觉痛，顷刻结痂。次日痂落如初矣。

其地极高，俯视云雨皆在下。忽一日狂飚陡起，黑云如墨压山顶，雷电激射，势极可怖。祖师惶遽，呼二十馀女，并裸露环抱其身，如肉屏风。火光入室者数次，皆一掣即返。俄一龙爪大如箕，于人丛中攫祖师去。霹雳一声，山谷震动，天地晦冥。觉昏瞀如睡梦，稍醒则已卧道旁。

询问居人，知去家仅数百里。乃以臂钏易敝衣遮体，乞食得归也。忻州人尚有及见此妇者，面色枯槁，不久患瘵而卒。盖精血为道士采尽矣。

据其所言，盖即烧金御女之士。其术灵幻如是，尚不免于天诛。况不得其传，徒受妄人之蛊惑，而冀得神仙，不亦傎哉①。

【注释】

① 傎（diān）：荒唐，荒谬。

【导读】

室华庐洁，金银山积，珠翠锦绣，嘉肴珍果，役鬼使神，号为仙府者，实乃敲骨吸髓之地，贪富恋贵者敢不自警。然作者之意非尽在此也。中国之儒，对于佛、道之态度多有矛盾者，或信其理而斥其术，或喜其术而昧其理，或理并术皆不信之。本文之态度，乃在信与不信之间，既信鬼神之有，又斥道术之邪，此所谓世俗迷信中之道德理性者也。

一一　江南吴孝廉，朱石君之门生也。美才夭逝，其妇誓以身殉，而屡缢不能死。忽灯下孝廉形见，曰："易彩服则死矣。"从其言，果绝。孝廉乡人录其事征诗，作者甚众。余亦为题二律。而石君为作墓志，于孝廉之坎坷、烈妇之慷慨，皆深致悼惜，而此事一字不及。

或疑其乡人之粉饰，余曰："非也，文章流别，各有体裁。郭璞注《山海经》、《穆天子传》，于西王母事铺叙綦详。其注《尔雅·释地》，于'西至西王母'句，不过曰'西方昏荒之国'而已，不更益一语也。盖注经之体裁当如是耳。金石之文，与史传相表里，不可与稗官杂记比，亦不可与词赋比。石君博极群书，深知著作之流别，其不著此事于墓志，古文法也，岂以其伪而削之哉。"

余老多遗忘，记孝廉名承绂，烈妇之姓氏，竟不能忆。姑存其略于此，俟扈跸回銮[1]，当更求其事状，详著之焉。

【注释】

① 扈(hù)跸(bì)：随侍皇帝出行至某处。跸，指帝王的车驾或行幸之处。

【导读】

夫死妇殉，破残人性，而作者津津道此，并以"文章流别，各有体裁"，力证其非伪，虽具说服力，但其时代局限亦流露殆尽。

一二　老仆施祥，尝乘马夜行至张白。四野空旷，黑暗中有数人掷沙泥，马惊嘶不进。祥知是鬼，叱之曰："我不至尔墟墓间，何为犯我？"群鬼揶揄曰："自作剧耳，谁与尔论理。"祥怒曰："既不论理，是寻斗也。"即下马，以鞭横击之，喧哄良久，力且不敌；马又跳踉掣其肘。意方窘急，忽遥见一鬼狂奔来，厉声呼曰："此吾好友，尔等毋造次。"群鬼遂散，祥上马驰归，亦不及问其为谁。次日，携酒于昨处奠之，祈示灵响，寂然不应矣。祥之所友，不过厮养屠沽耳。而九泉之下，故人之情乃如是。

【导读】

"祥之所友，不过厮养屠沽耳。而九泉之下，故人之情乃如是"，此鬼真鬼中之侠义者也。祥以鞭击群鬼，鬼不惧不退，且欲揶揄于祥，其一反鬼之险恶面目，亦真憨直可爱。

一三　门人吴钟侨，尝作《如愿小传》，寓言滑稽，以文为戏也。后作蜀中一令，值金川之役，以监运火药殁于路。诗文皆散佚，惟此篇偶得于故纸中，附录于此。其词曰：

如愿者，水府之女神，昔彭泽清洪君以赠庐陵欧明者是也。以事事能给人之求，故有是名。水府在在皆有之，其遇与不遇，则系人之禄命耳。有四人同访道，涉历江海，遇龙神召之，曰："鉴汝等精进，今各赐如愿一。"即有四女子随行。其一人求无不获，意极适。不数月病且死，女子曰："今世之所享，皆前生之所积；君夙生所积，今数月销尽矣。请归报命。"是人果不起。又一人求无不获，意犹未已。至冬月求鲜荔巨如瓜者。女子曰："溪壑可盈，是不可餍，非神道所能给。"亦辞去。又一人所求有获有不获，以咎女子。女子曰："神道之力，亦有差等，吾有能致不能致也。然日中必昃，月盈必亏。有所不足，正君之福。不见彼先逝者乎？"是人惕然，女子遂随之不去。又一人虽得如愿，未尝有求。如愿时为自致之，亦蹙然不自安。女子曰："君道高矣，君福厚矣，天地鉴之，鬼神佑之，无求之获，十倍有求，可无待乎我；我惟阴左右之而已矣。"他日相遇，各道其事，或喜或怅，曰："惜哉，逝者之不闻也。"

此钟侨弄笔狡狯之文，偶一为之，以资惩劝，亦无所不可。如累牍连篇，动成卷帙，则非著书之体矣。

【导读】

"弄笔狡狯之文，偶一为之，以资惩劝，亦无所不可。如累牍连篇，动成卷帙，则非著书之体矣。"连篇累牍者，岂非作者之书乎？读者可发一笑。

一四　里有丁一士者，矫捷多力，兼习技击、超距之术。两三丈之高，可翩然上；两三丈之阔，可翩然越也。余幼时犹及见之，尝求睹其技。使余立一过厅中，余面向前门，则立前门外面相对；余转面后门，则立后门外面相对。如是者七八度，盖一跃即飞过屋脊耳。后过杜林镇，遇一友，邀饮桥畔酒肆中。酒酣，共立河岸。友曰："能越此乎？"一士应声耸身过。友招使还，应声又至。足甫及岸，不虞岸已将圮，近水陡立处开裂有纹。一士未见，误踏其上，岸崩二尺许。遂随之坠河，顺流而去。素不习水，但从波心踊起数尺，能直上而不能旁近岸，仍坠水中。如是数四，力尽，竟溺焉。

盖天下之患，莫大于有所恃。恃财者终以财败，恃势者终以势败，恃智者终以智败，恃力者终以力败。有所恃，则敢于蹈险故也。田侯松岩于滦阳买一劳山杖，自题诗曰："月夕花晨伴我行，路当坦处亦防倾。敢因恃尔心无虑，便向崎岖步不平。"斯真阅历之言，可贵而佩者矣。

【导读】

一士勇武，深为之叹，奈何多勇之士，竟殒命于此。"恃财者终以财败，恃势者终以势败，恃智者终以智败，恃力者终以力败"，此古代中国之辩证法，亦生命经验之积累，然世人若以此而裹足不前，盖亦非勇者。勇不滥用，持敬守仁，如是而已。

一五　又景城天齐庙一僧，住持果成之第三弟子。士人敬之，无不称曰三师父，遂佚其名。果成弟子颇不肖，多散而托钵四方。惟此僧不坠宗风，无大刹知客市井气，亦无法座禅师骄贵气。戒律精苦，虽千里亦打包徒步，从不乘车马。先兄晴湖尝遇之中途，苦邀同车，终不肯也。官吏至庙，待之礼无加。田夫野老至庙，待之礼不减。多布施、少布施、无布施，待之礼如一。禅诵之馀，惟端坐一室，入其庙如无人者。其行事如是焉而已。然里之男妇，无不曰三师父道行清高。及问其道行安在，清高安在，则茫然不能应。其所以感动人心，正不知何故矣。尝以问姚安公，公曰："据尔所见，有不清不高处耶？无不清不高，即清高矣。尔必欲锡飞、杯渡，乃为善知识耶？"

此一尼一僧，亦彼法中之独行者矣。（三师父涅盘不久，其名当有人知。俟见乡试诸孙辈，使归而询之庙中。）

【导读】

作者所敬者，由是知之，非以儒、释、道而有别也。视人如一，待人仁厚，即非教中之人，亦足为世间所重。三师父所为，唯佛徒本分，然身处俗世，能不以俗世之高下为高下，恍如置身于外者，亦非易也，故世人虽不见其异而终能觉其高也。

一六　九州之大，奸盗事无地无之，亦无日无之，均不为异也。至盗而稍别于盗，而不能不谓之盗；奸而稍别于奸，究不能不谓之奸，斯为异矣。盗而人许遂其盗，奸而人许遂其奸，斯更异矣。乃又相触立发，相牵立息，发如鼎沸，息如电掣，不尤异之异乎？

舅氏安公五章言：有中年失偶者，已有子矣，复买一有夫之妇。幸控制有术，犹可相安。既而是人死，平日私蓄，悉在此妇手。其子微闻而索之，事无佐证，妇弗承也。后侦知其藏贮处，乃夜中穴壁入室。方开箧携出，妇觉，大号有贼，家众惊起，各持械入。其子仓皇从穴出。迎击之，立踣。即从穴入搜馀盗，闻床下喘息有声，群呼尚有一贼，共曳出絷缚。比灯至审视，则破额昏仆者其子，床下乃其故夫也。其子苏后，与妇各执一词：子云“子取父财，不为盗”；妇云“妻归前夫，不为奸”。子云“前夫可再合，而不可私会”；妇云“父财可索取，而不可穿窬”①。互相诟谇，势不相下。次日，族党密议，谓涉讼两败，徒玷门风。乃阴为调停，使尽留金与其子，而听妇自归故夫，其难乃平。然已“鼓钟于宫，声闻于外”矣。

先叔仪南公曰：“此事巧于相值，天也；所以致有此事，则人也。不纳此有夫之妇，子何由而盗、妇何由而奸哉？彼所恃者，力能驾驭耳。不知能驾驭于生前，不能驾驭于身后也。”

【注释】

① 穿窬(yú)：挖墙洞和爬墙头。指偷窃行为。

【导读】

纷然世事，真堪一笑。仪南公所论盖亦迂也。妻、子之争，岂尽在彼能驭不能驭耶？人皆爱财，鲜能自守，亦其由也。处置失当，所爱非人，以致丑闻于外，读者不免为死者一叹矣。

卷二十三　滦阳续录(五)

一　戴东原言：其族祖某，尝僦僻巷一空宅。久无人居，或言有鬼。某厉声曰："吾不畏也。"入夜，果灯下见形，阴惨之气，砭人肌骨。一巨鬼怒叱曰："汝果不畏耶?"某应曰："然。"遂作种种恶状，良久，又问曰："仍不畏耶?"又应曰："然。"鬼色稍和，曰："吾亦不必定驱汝，怪汝大言耳。汝但言一'畏'字，吾即去矣。"某怒曰："实不畏汝，安可诈言畏？任汝所为可矣。"鬼言之再四，某终不答。鬼乃太息曰："吾住此三十馀年，从未见强项似汝者。如此蠢物，岂可与同居!"奄然灭矣。

或咎之曰："畏鬼者常情，非辱也，谬答以畏，可息事宁人，彼此相激，伊于胡底乎?"某曰："道力深者，以定静祛魔，吾非其人也。以气凌之，则气盛而鬼不逼；稍有牵就，则气馁而鬼乘之矣。彼多方以饵吾，幸未中其机械也。"论者以其说为然。

【导读】

此则以某与鬼交锋，某终以气凌之，而鬼不敢趋近。其状鬼之神态栩栩如生。用鬼"怒叱曰"、"色稍和，曰"、"乃太息曰"等一系列神情变化展示鬼由气势凌人到奄然而灭的心理变化，颇足称道。其畏与不畏之间，往往乃一念之差耳。"以气凌之，则气盛而鬼不逼；稍有牵就，则气馁而鬼乘之矣。"某之言可谓至理。

二　山西人多商于外，十馀岁辄从人学贸易。俟蓄积有资，始归纳妇。纳妇后仍出营利，率二三年一归省，其常例也。或命途蹇剥，或事故萦牵，一二十载不得归，甚或金尽裘敝，耻还乡里，萍飘蓬转，不通音问者，亦往往有之。

有李甲者，转徙为乡人靳乙养子，因冒其姓。家中不得其踪迹，遂传为死。俄其父母并逝，妇无所依，寄食于母族舅氏家。其舅本住邻县，又挈家逐什一，商舶南北，岁无定居。甲久不得家书，亦以为死。靳乙谋为甲娶妇。会妇舅旅卒，家属流寓于天津；念妇少寡，非长计，亦谋嫁于山西人，他时尚可归乡里。惧人嫌其无母家，因诡称己女。众人媒合，遂成其事。合卺之夕，以别已八年，两怀疑而不敢问。宵分私语，乃始了然。甲怒其未得实据而遽嫁，且诟且殴。阖家惊起，靳乙隔窗呼之曰："汝之再娶，有妇亡之实据乎？且流离播迁，待汝八年而后嫁，亦可谅其非得已矣。"甲无以应，遂为夫妇如初。

破镜重合，古有其事。若夫再娶而仍元配，妇再嫁而未失节，载籍以来，未之闻也。姨丈卫公可亭，曾亲见之。

【导读】

夫妇离别，破镜重圆，古来多有。冯梦龙《三言》、《二拍》中则不乏其例，如《蒋兴哥重会珍珠衫》亦因经商在外，王三巧失节在先，蒋兴哥休妻在后，以致夫妇离别，最终却破镜重圆之事，阐述了古代商人夫妇分居所带来的现实问题。此则故事则以晋商李甲"再娶而仍原配"，其妇"再嫁而未失节"的罕见事实，亦足为谈资也。

三　先师李又聃先生言：东光有赵氏者，（先生曾举其字，今不能记，似尚是先生之尊行。）尝过清风店，招一小妓侑酒。偶语及某年宿此，曾招一丽人留连两夕，计其年今未满四十，因举其小名，妓骇曰："是我姑也，今尚在。"明日，同至其家，宛然旧识。方握手寒温，其祖姑闻客出视，又大骇曰："是东光赵君耶？三十馀年不相见，今鬓虽欲白，形状声音，尚可略辨。君号非某耶？"问之，亦少年过此所狎也。三世一堂，都无避忌，传杯话旧，惘惘然如在梦中。又住其家，两夕而别。别时言祖籍本东光，自其翁始迁此，今四世矣。不知祖墓犹存否。因举其翁之名，乞为访问。

赵至家后，偶以问乡之耆旧。一人愕然良久，曰："吾今乃始信天道。是翁即君家门客，君之曾祖与人讼，此翁受怨家金，阴为反间，讼因不得直。日久事露，愧而挈家逃，以为在海角天涯矣。不意竟与君遇，使以三世之妇，偿其业债也。吁，可畏哉！"

【导读】

因果报应，劝善惩恶，历来颇多。如此文所记三世之妇，共侍一人，乃为偿其先世孽债，实乃罕见。

四　李汇川言：有严先生，忘其名与字。值乡试期近，学子散后，自灯下夜读。一馆童送茶入，忽失声仆地，碗碎琤然。严惊起视，则一鬼披发瞪目立灯前。严笑曰："世安有鬼，尔必黠盗饰此状，欲我走避耳。我无长物，惟一枕一席，尔可别往。”鬼仍不动，严怒曰：“尚欲绐人耶[①]？”举界尺击之，瞥然而灭。严周视无迹，沈吟曰：“竟有鬼耶？”既而曰：“魂升于天，魄降于地，此理甚明。世安有鬼，殆狐魅耳。”仍挑灯琅琅诵不辍。此生倔强，可谓至极，然鬼亦竟避之。盖执拗之气，百折不回，亦足以胜之也。

又闻一儒生，夜步廊下。忽见一鬼，呼而语之曰：“尔亦曾为人，何一作鬼，便无人理？岂有深更昏黑，不分内外，竟入庭院者哉？”鬼遂不见。此则心不惊怖，故神不瞀乱，鬼亦不得而侵之。

又故城沈丈丰功，（讳鼎勋，姚安公之同年。）尝夜归遇雨，泥潦纵横，与一奴扶掖而行，不能辨路。经一废寺，旧云多鬼。沈丈曰：“无人可问，且寺中觅鬼问之。”径入，绕殿廊呼曰：“鬼兄鬼兄，借问前途水深浅？”寂然无声。沈丈笑曰：“想鬼俱睡，吾亦且小憩。”遂偕奴倚柱睡至晓。此则襟怀洒落，故作游戏耳。

【注释】

① 绐（dài）：欺诳。

【导读】

鬼神惧阳刚之人，而喜附阴气较重者。如此则所记之三人，皆因不惧而鬼亦避之者。严先生，因其本不信世间有鬼之说，且举界尺击鬼，连鬼亦避让之。可见，阳刚者鬼亦惧之。儒生以心不惊，神不乱，而鬼亦不得侵之。故城沈丈则竟伴鬼小憩，亦是不惧鬼者也。

五　田白岩言：有士人僦居僧舍，壁悬美人一轴，眉目如生，衣褶飘扬如动。士人曰：“上人不畏扰禅心耶？”僧曰：“此天女散花图，堵芬木画也。在寺百馀年矣，亦未暇细观。”

一夕，灯下注目，见画中似人凸起一二寸。士人曰：“此西洋界画，故视之若低昂，何堵芬木也。”画中忽有声曰：“此妾欲下，君勿讶也。”士人素刚直，厉声叱曰：“何物妖鬼敢媚我！”遽掣其轴，欲就灯烧之。轴中絮泣曰：“我炼形将成，一付祝融，则形消神散，前功付流水矣。乞赐哀悯，感且不朽。”

僧闻俶扰，亟来视。士人告以故。僧憬然曰：“我弟子居此室，患瘵而死，非汝之故耶？”画不应，既而曰：“佛门广大，何所不容，和尚慈悲，宜见救度。”士怒曰：“汝杀一人矣，今再纵汝，不知当更杀几人。是惜一妖之命，而戕无算人命也。小慈是大慈之贼，上人勿吝。”遂投之炉中。烟焰一炽，血腥之气满室，疑所杀不止一僧矣。后人夜，或嘤嘤有泣声。士人曰："妖之馀气未尽，恐久且复聚成形。破阴邪者惟阳刚。"乃市爆竹之成串者十馀，（京师谓之火鞭。）总结其信线为一，闻声时骤然爇之，如雷霆砰磕，窗扉皆震，自是遂寂。除恶务尽，此士人有焉。

【导读】

佛门以慈悲为怀，固是自然之理。然此僧竟以慈悲之怀，欲救度女妖，是不分善恶，不辨是非，正如士人所谓"小慈是大慈之贼"也。僧明知其戕害弟子，而欲以恩报怨，是又养虎为患也。士人投画于炉，且用爆竹破阴邪，除恶务尽，当是真正救度世人也。

六　有与狐为友者，天狐也，有大神术，能摄此人于千万里外。凡名山胜境，恣其游眺，弹指而去，弹指而还，如一室也。尝云，惟贤圣所居不敢至，真灵所驻不敢至，余则披图按籍，惟意所如耳。

一日，此人祈狐曰："君能携我于九州之外，能置我于人闺阁中乎?"狐问何意。曰："吾尝出入某友家，预后庭丝竹之宴。其爱妾与吾目成，虽一语未通，而两心互照。但门庭深邃，盈盈一水，徒怅望耳。君能于夜深人静，摄我至其绣闼，吾事必济。"狐沈思良久，曰："是无不可，如主人在何?"曰："吾侦其宿他姬所而往也。"

后果侦得实，祈狐偕往。狐不俟其衣冠，遽携之飞行。至一处，曰："是矣。"瞥然自去。此人暗中摸索，不闻人声，惟觉触手皆卷轴，乃主人之书楼也。知为狐所弄，仓皇失措，误触一几倒，器玩落板上，碎声砰然，守者呼："有盗!"僮仆坌至，启锁明烛，执械入。见有人瑟缩屏风后，共前击仆，以绳急缚。就灯下视之，识为此人，均大骇愕。此人故狡黠，诡言偶与狐友忤，被提至此。主人故稔知之，拊掌揶揄曰："此狐恶作剧，欲我痛抶君耳。姑免笞，逐出。"因遣奴送归。

他日，与所亲密言之，且詈曰："狐果非人，与我相交十馀年，乃卖我至此。"所亲怒曰："君与某交，已不止十馀年，乃借狐之力，欲乱其闺闼[①]，此谁非人耶？狐虽愤君无义，以游戏儆君，而仍留君自解之路，忠厚多矣。使待君华服盛饰，潜挈置主人卧榻下，君将何词以自文？由此观之，彼狐而人，君人而狐者也。尚不自反耶?"此人愧沮而去。狐自此不至，所亲亦遂与绝。

郭彤纶与所亲有瓜葛，故得其详。

【注释】

① 闺闼：宫院或后宫，内室。亦特指妇女居住的地方。

【导读】

人有忠奸之分，狐亦有善恶之别。有是人而类妖者，如此人欲借狐妖之力，以图乱其朋友之闺闼；有是妖而类人者，如此狐之不明拒其友之请，而以游戏警戒其人，以留其自解之路者。正如其亲所谓“彼狐而人，君人而狐者也”。此中道理，世间多见，可以类推也。

七 常守福，镇番人。康熙初，随众剽掠，捕得当斩。曾伯祖光吉公，时官镇番守备，奇其状貌，请于副将韩公免之，且补以名粮，收为亲随。光吉公罢官归，送公至家，因留不返。从伯祖钟秀公尝曰：“常守福矫捷绝伦，少时尝见其以两足挂明楼雉堞上①，倒悬而扫砖线之雪，四围皆净。（剧盗多能以足向上，手向下，倒抱楼角而登。近雉堞处以砖凸出三寸，四围镶之，则不能登，以足不能悬空也。俗谓之砖线。）持帚翩然而下，如飞鸟落地，真健儿也。”后光吉公为娶妻生子，闻今尚有后人，为四房佃种云。

【注释】

① 雉堞(dié)：城上短墙。

【导读】

笔记之体，在于纪实。此则故事情节单纯，仅以实录为胜。常守福本随众剽掠，按律当斩，光吉公救之免死，收为亲随，后留之于家。常守福矫捷绝伦，能以剽掠之技，倒悬扫砖线之雪，可见技艺本无善恶之别，关键在其使用是否得当也。此理可以类推今日之科技也。

八 董秋原言：有张某者，少游州县幕。中年度足自赡，即闲居以莳花种竹自娱。偶外出数日，其妇暴卒。不及临诀，心恒怅怅如有失。

一夕，灯下形见，悲喜相持。妇曰：“自被摄后，有小罪过待发遣，遂羁绊至今。今幸勘结，得入轮回，以距期尚数载，感君忆念，祈于冥官，来视君，亦夙缘之未尽也。”遂相缱绻如平生。自此人定恒来，鸡鸣辄去。嬿婉之意有加，然不一语及家事，亦不甚问儿女。曰：“人世嚣杂，泉下人得离苦海，不欲闻之矣。”

一夕，先数刻至，与语不甚答，曰："少迟君自悟耳。"俄又一妇搴帘入，形容无二，惟衣饰差别，见前妇惊却。前妇叱曰："淫鬼假形媚人，神明不汝容也。"后妇狼狈出门去。

此妇乃握张泣，张惝恍莫知所为。妇曰："凡饿鬼多托名以求食，淫鬼多假形以行媚，世间灵语，往往非真。此鬼本西市娼女，乘君思忆，投隙而来，以盗君之阳气。适有他鬼告我，故投诉社公，来为君驱除。彼此时谅已受笞矣。"问："今在何所？"曰："与君本有再世缘，因奉事翁姑，外执礼而心怨望，遇有疾病，虽不冀幸其死，亦不迫切求其生。为神道所录，降为君妾。又因怀挟私愤，以语激君，致君兄弟不甚睦，再降为媵婢。须后公二十馀年生，今尚浮游墟墓间也。"张牵引入帏。曰："幽明路隔，恐干阴谴，来生会了此愿耳。"呜咽数声而灭。

时张父母已故，惟兄别居。乃诣兄具述其事，友爱如初焉。

【导读】

"凡饿鬼多托名以求食，淫鬼多假形以行媚"，此至理也。张某因其妇暴卒，思念至甚，遭西市娼女之鬼乘隙所迷。而其妇现形以驱之，并历数其幽明所遭之事，并忏悔生前致夫君兄弟不睦，其情至真，其意至诚。

九　小时闻乳母李氏言：一人家与佛寺邻。偶寺廊跃下一小狐，儿童捕得，絷缚鞭箠，皆慑伏不动。放之，则来往于院中，绝不他往。与之食则食，不与亦不敢盗；饥则向人摇尾而已。呼之似解人语，指挥之亦似解人意。举家怜之，恒禁儿童勿凌虐。一日，忽作人语曰："我名小香，是钟楼上狐家婢。偶嬉戏误事，因汝家儿童顽劣，罚受其蹂躏一月。今限满当归，故此告别。"问："何故不逃避？"曰："主人养育多年，岂有逃避之理？"语讫，作叩额状，翩然越墙而去。时余家一小奴，窃物远飏，乳母因说此事，喟然曰："此奴乃不及此狐。"

【导读】

此则故事以狐家婢以主人养育恩重，而不避其惩罚，忠诚之心可鉴。而纪家小奴，不但不报主人之恩，反而窃物远飏，是小奴不及狐家之婢也。以狐之忠心侍主衬托家奴之窃物远逃，直可当寓言读也。

一〇　老仆刘廷宣言：雍正初，佃户张璜于褚寺东架团焦（俗谓之团瓢，焦字音转也，二字出《北齐书》本纪。）守瓜，夜恒见一人，行步迟重，徐徐向西北去。一夕，偶窃随之，视所往，见至一丛冢处，有十馀女鬼出迓[①]，即共狎笑媟戏。知为妖物，然似是蠢蠢无所能，乃藏火铳于团焦，夜夜伺之。一夜，又见其过，发铳猝击，訇然仆地。秉火趋视，乃一翁仲也。次日，积柴燔为灰，亦无他异。至夜梦十馀妇女罗拜，曰："此怪不知自何来，力猛如熊虎，凡新葬女鬼，无老少皆遭胁污；有枝拒者，登其坟顶，踊跃数四，即土陷棺裂，无可栖身。故不敢不从，然饮恨则久矣。今蒙驱除，故来谢也。"

后有从高川来者，云石人洼冯道墓前（冯道，景城人，所居今犹名相国庄，距景城二三里。墓则在今石人洼。余幼时见残缺石兽，石翁仲尚有存者。《县志》云不知道墓所在，盖承《旧志》之误也。）忽失一石人，乃知即是物也。是物自五代至今，始炼成形，岁月不为不久；乃甫能幻化，即纵凶淫，卒自取焚如之祸，与邵二云所言木偶，其事略同。均可为器小易盈者鉴也。

【注释】

① 出迓：出外迎接。

【导读】

石头而能化为灵物，自女娲采用五色石补天开始，即有诸多记载关于此类之记载。不管是《红楼梦》中关于女娲补天未用之石被警幻仙姑封为神瑛侍者，神瑛侍者浇灌绛珠草后，下世投胎为贾宝玉之传说，还是《西游记》中关于孙悟空之出生于花果山上之仙石，每受天真地秀，日精月华，感之既久，遂有灵通之意的演绎，无不体现出强烈的石头崇拜意识。此处以石人幻形为妖物，胁污女鬼，虽亦张皇神异之说，却与宝玉、悟空之传说在构思层面异曲而同工也。

一一　外叔祖张公蝶庄家有书室，颇轩敞。周以回廊，中植芍药三四十本，花时香过邻墙。门客闵姓者，携一仆下榻其中。一夕，就枕后，忽外有女子声曰："姑娘致意先生。今日花开，又值好月，邀三五女伴借一赏玩，不致有祸于先生。幸勿开门唐突，足见雅量矣。"闵噤不敢答，亦不复再言。俄微闻衣裳綷縩声[①]，穴窗纸视之，无一人影；侧耳谛听时，似喁喁私语，若有若无，都不辨一字。跼蹐枕席，睡不交睫。三鼓以后，似又闻步履声。俄而隔院犬吠，俄而邻家犬亦吠，俄而巷中犬相接而吠。近处吠止，远处又吠，其声迢递向东北，疑其去矣，恐忤之招祟，不敢启户。天晓出视，了无痕迹，惟西廊尘上似略有弓弯印，亦不分明，盖狐女也。

外祖雪峰公曰："如此看花，何必更问主人？殆闵公莽莽有伧气，恐其偶然冲出，致败人意耳。"

【注释】

① 綷(zú)縩(cài)：衣服摩擦声。

【导读】

此则关于狐女之邀友院中赏月，以侧面烘托出之。尤其于摹写狐女远去，以犬吠之声由近而远来形容之，颇足称道。其"俄而隔院犬吠，俄而邻家犬亦吠，俄而巷中犬相接而吠。近处吠止，远处又吠，其声迢递向东北，疑其去矣"之描写，可谓善以声音衬托情节也。其与林嗣环《口技》篇写声音之妙，能相与颉颃之。

一二　余十岁时，闻槐镇一僧，（槐镇即《金史》之槐家镇，今作淮镇，误也。）农家子也，好饮酒食肉。庙有田数十亩，自种自食，牧牛耕田外，百无所知。非惟经卷法器，皆所不蓄，毗卢袈裟[1]，皆所不具；即佛龛香火，亦在若有若无间也。特首无发，室无妻子，与常人小异耳。一日，忽呼集邻里，而自端坐破几上，合掌语曰："同居三十馀年，今长别矣。以遗蜕奉托可乎？"溘然而逝，合掌端坐仍如故，鼻垂两玉箸，长尺馀。众大惊异，共为募木造龛。舅氏安公实斋居丁家庄，与相近，知其平日无道行，闻之不信。自往视之，以造龛未竟，二日尚未敛，面色如生，抚之肌肤如铁石。时方六月，蝇蚋不集，亦了无尸气，竟莫测其何理也。

【注释】

① 毗卢：佛名。毗卢舍那（亦译作"毘卢遮那"）之省称。即大日如来。一说，法身佛的通称。

【导读】

"戒"是佛教"三学"（戒、定、慧）之一，故佛教于持戒层面一向甚为严格。此槐镇僧人却不拘佛门常理，非但饮酒食肉，且经卷法器不蓄，毗卢袈裟不具，然却预知自我生死，溘然长逝之时，"合掌端坐仍如故"，颇有坐化之迹。或佛门持戒亦不重外在表象，内心向佛，亦成正道乎？

一三　喀喇沁公丹公（号益亭，名丹巴多尔济，姓乌梁汗氏，蒙古王孙也。)言:内廷都领侍萧得禄,幼尝给事其邸第。偶见一黑物如猫,卧树下,戏击以弹丸。其物甫一转身,即如巨犬。再击,又一转身,遂巨如驴。惧不敢复击,物亦自去。俄而飞瓦掷砖,变怪陡作。知为狐魅,惴惴不自安。或教以绘象事之,其祟乃止。后忽于几上得钱数十,知为狐所酬,始试收之,秘不肯语。次日,增至百文。自是日有所增,渐至盈千。旋又改为银一铤,重约一两。亦日有所增,渐至一铤五十两。巨金不能密藏,遂为管领者所觉。疑盗诸官库,搒掠讯问,几不能自白。然后知为狐所陷也。

夫飞土逐肉,(“断竹续竹,飞土逐肉”,《吴越春秋》载陈音所诵古歌;即弹弓之始也。)儿戏之常。主人知之,亦未必遽加深责;狐不能畅其志也。饵之以利,使盈其贪壑,触彼祸罗,狐乃得适所愿矣。此其设阱伏机,原为易见;徒以利之所在,遂令智昏。反以为我礼既虔,彼心故悦。委曲自解,致不觉堕其彀中[①]。昔夫差贪句践之服事,卒败于越;楚怀贪商於之六百,卒败于秦;北宋贪灭辽之割地,卒败于金;南宋贪伐金之助兵,卒败于元。军国大计,将相同谋,尚不免于受饵。况区区童稚,乌能出老魅之阴谋哉,其败宜矣!

又举一近事曰:有刑曹某官之仆夫,睡中觉有舌添其面。举石击之,踣而毙[②]。烛视,乃一黑狐。剥之,腹中有一小人首,眉目宛然,盖所炼婴儿未成也。翌日,为主人御车归。狐凭附其身,举凳击主人,且厉声陈其枉死状。盖欲报之而不能,欲假手主人以鞭笞泄其愤耳。

此二狐同一复仇,余谓此狐之悍而直,胜彼狐之阴而险也。

【注释】

① 彀(gòu):牢笼,圈套。② 踣(bó):向前仆倒。

【导读】

此记二狐复仇之异。前狐紧扣人之贪念,以利诱之。后狐则凭附其身,假手主人以宣泄其愤。后狐之悍而直固然可佩,而前狐之阴险狡诈则可为心存贪念者戒也。“饵之以利,使盈其贪壑”,终致利令智昏,败于老狐之阴谋。贪于利禄,终陷囹圄可叹也。

一四 田侯松岩言:今岁六月,有扈从侍卫和升,卒于滦阳。马兰镇总兵爱公星阿,与和亲旧,为经理棺衾,送其骨归葬。一夕如厕,缺月微明。见一人如立烟雾中,问之不言,叱之不动。爱公故能视鬼,凝神谛审,乃和之魂也。因拱而祝曰:“昔敛君时,物多不备,我力绵薄,君所深知。今形见,岂有所责耶?”不言不动如故。又祝曰:“闻殁于塞外者,不焚路引,其鬼不得入关。曩偶忘此,君毋乃为此来耶?”魂即稽首至地,倏然而隐。爱公为具牒于城隍,后不复见。

又扈从南巡时,与爱公同寓江宁承恩寺,规模宏壮,楼阁袤延[1],所住亦颇轩敞。一日,方共坐,忽楼窗六扇无风自开,俄又自阖。爱公视之,曰:“有一僧坐北牖上,其面横阔,须鬑鬑如久未剃,目瞪视而项微偻,盖缢鬼也。”以问寺僧,僧不能讳,惟怪何以识其貌,疑有人泄之。不知爱公之自能视也。

又偶在船头,戏拈篙刺水。忽掷篙却避,面有惊色。怪诘其故,曰:“有溺鬼缘篙欲上也。”戊午八月,宴蒙古外藩于清音阁,爱公与余连席。余以松岩所语叩之,云皆不妄。然则随处有鬼,亦复如人。此求归之鬼,有系恋心;开窗之鬼,有争据心;缘篙之鬼,有竞斗心。其得失胜负、喜怒哀乐,更当一一如人。是胶胶扰扰,地下尚无了期。释氏讲忏悔解脱,圣人之法,亦使有所归而不为厉,其深知鬼神之情状矣。子贡曰:“大哉死乎,君子息焉!”庄周曰:“嗟来桑扈乎,而已反其真。”特就耳目所及言之耳。

【注释】

① 袤(mào)延:犹延袤,伸展延续。

【导读】

此则又欲证鬼之实有也。不仅实有,且其“得失胜负、喜怒哀乐,更当一一如人”。然正是由于“随处有鬼,亦复如人”之观念,却恰恰证明鬼之不存也。鬼之种种情事,缘何如此类似人事,盖多以人世之景况虚构鬼神灵幻之虚境也。

卷二十四　滦阳续录(六)

一　狐能诗者,见于传记颇多;狐善画则不概见。

海阳李丈硕亭言:顺治、康熙间,周处士璕薄游楚豫,周以画松名,有士人倩画书室一壁。松根起于西壁之隅,盘拏夭矫,横迳北壁,而纤末犹扫及东壁一二尺;觉浓阴入座,长风欲来。置酒邀社友共赏。方攒立壁下,指点赞叹,忽一友拊掌绝倒,众友俄亦哄堂。盖松下画一秘戏图,有大木榻布长簟①,一男一妇,裸而好合;流目送盼,媚态宛然。旁二侍婢亦裸立,一挥扇驱蝇,一以两手承妇枕,防蹂躏坠地。乃士人及妇与媵婢小像也。哗然趋视,眉目逼真,虽僮仆亦辨识其面貌,莫不掩口。士人恚甚,望空指画,詈妖狐。忽檐际大笑曰:"君太伤雅,曩闻周处士画松,未尝目睹。昨夕得观妙迹,坐卧其下不能去,致失避君,未尝抛砖掷瓦相忤也。君遽毒詈,心实不平,是以与君小作剧。君尚不自反,乖戾如初,行且绘此像于君家白板扉,博途人一粲矣。君其图之。"盖士人先一夕设供客具,与奴子秉烛至书室,突一黑物冲门去;士人知为狐魅,曾诟厉也。众为慰解,请入座;设一虚席于上。不见其形,而语音琅然;行酒至前辄尽,惟不食肴馔,曰:"不茹荤四百馀年矣。"濒散,语士人曰:"君太聪明,故往往以气凌物。此非养德之道,亦非全身之道也。今日之事,幸而遇我,傥遇负气如君者,则难从此作矣。惟学问变化气质,愿留意焉。"丁宁郑重而别。回视所画,净如洗矣。次日,书室东壁,忽见设色桃花数枝,衬以青苔碧草。花不甚密,有已开者,有半开者,有已落者,有未落者;有落未至地随风飞舞者八九片,反侧横斜,势如飘动,尤非笔墨所能到。上题二句曰:"芳草无行径,空山正落花。"(按此二句,初唐杨师道之诗。)不署姓名。知狐以答昨夕之酒也。后周处士见之,叹曰:"都无笔墨之痕,觉吾画犹努力出棱,有心作态。"

【注释】

① 簟(diàn):供坐卧铺垫用的苇席或竹席。

【导读】

此则以狐画秘戏之图,以报士人诟厉之病。并以道德教化者身份谆谆告诫，称其"以气凌物"，非养德之道，亦非全身之道也。而在众人以酒食款待之馀，净洗所画，且更画桃花数枝，以答昨夕之酒，其通情达理之态，与人无异。狐耶？人耶？读者自辩。

二　酒有别肠，信然。八九十年来，余所闻者，顾侠君前辈称第一，缪文子前辈次之。余所见者，先师孙端人先生亦入当时酒社。先生自云："我去二公中间，犹可著十馀人。"次则陈句山前辈与相敌，然不以酒名。近时路晋清前辈称第一，吴云岩前辈，亦骎骎争胜[1]。晋清曰："云岩酒后弥温克，是即不胜酒力，作意矜持也。"验之不谬。同年朱竹君学士、周稚圭观察，皆以酒自雄。云岩曰："二公徒豪举耳。拇阵喧呶，泼酒几半，使坐而静酌则败矣。"验之亦不谬。后辈则以葛临溪为第一，不与之酒，从不自呼一杯；与之酒，虽盆盎无难色，长鲸一吸，涓滴不遗。尝饮余家，与诸桐屿吴惠叔等五六人角，至夜漏将阑，众皆酩酊，或失足颠仆。临溪一一指挥僮仆扶掖登榻，然后从容登舆去，神志湛然，如未饮者。其仆曰："吾相随七八年，从未见其独酌，亦未见其偶醉也。"惟饮不择酒，使尝酒亦不甚知美恶，故其同年以登徒好色戏之。然亦罕有矣。惜不及见顾、缪二前辈，一决胜负也。端人先生恒病余不能饮，曰："东坡长处，学之可也；何并其短处亦刻画求似！"及余典试得临溪，以书报先生，先生覆札曰："吾再传有此君，闻之起舞。但终恨君是蜂腰耳。"前辈风流，可云佳话。今老矣，久不预少年文酒之会，后来居上，又不知为谁？

【注释】

① 骎(qīn)骎：急促，匆忙。

【导读】

中国是酒的故乡，也是饮者的乐土。魏晋时有刘伶醉酒之高蹈；唐代有李白斗酒诗百篇之豪气。酒与诗，酒与画，泛而言之，酒和艺术结下了渊源深厚之关系。仅诗歌而言，既有刘伶《酒德颂》对美酒之高歌，亦有杜甫《饮中八仙歌》于酒人之赞叹。酒能助兴，酒能激发情感，然酒亦有别肠。此则以自己所亲见之酒人之事，据实笔录，可当酒人传记读也。

三　姜慎思言：乾隆己卯夏[1]，有江南举子以京师逆旅多湫隘，乃税西直门外一大家坟院读书。偶晚凉树下散步，遇一女子，年十五六，颇白皙。挑与语，不嗔不答，转墙角自去。夜半睡醒，似门上了鸟微有声，疑为盗，呼僮不应，自起隔门罅窥之，乃日间所见女子也。知其相就，急启户拥以入，女子自言："为守坟人女，家酷贫，父母并拙钝，恒恐嫁为农家妇。顷蒙顾盼，意不自持，故从墙缺至君处。君富贵人，自必有妇，傥能措百金与父母，则为妾媵无悔，父母嗜利，亦必从也。"举子诺之，遂相缱绻。至鸡鸣乃去。

自是夜半恒至，妖媚冶荡，百态横生。举子以为巫山洛水不是过也。一夜来稍迟，举子自步月候之。乃忽从树杪飞下。举子顿悟，曰："汝毋乃狐耶?"女子殊不自讳，笑而应曰："初恐君骇怖，故托虚词，今情意已深，不妨明告。将来宦游四方，有一隐形随侍之妾，不烦车马，不择居停，不需衣食，昼可携于怀袖，夜即出而荐枕席，不愈于千金买笑耶?"举子思之，计良得。

自是潜住书室，不待夜度矣。然每至秉烛，则外出，夜半乃返。或微露髻乱钗横状，举子疑之而未决。既而与其娈童乱；旋为二仆所窥，亦并与乱。庖人知之，亦续狎焉。一日，昼与娈童寝。举子潜扼杀之，遂现狐形，因埋于墙外。

半月后，有老翁诣举子曰："吾女托身为君妾，何忽见杀?"举子愤然曰："汝知汝女为吾妾，则易言矣。夫两雄共雌，争而相戕，是为妒奸，于律当议抵，汝女既为我妾，明知非人而我不改盟，则夫妇之名分定矣。而既淫于他人，又淫于我仆，我为本夫，例得捕奸。杀之，又何罪耶?"翁曰："然则何不杀君仆?"举子曰："汝女死则形见，此则皆人也。手刃四人，而执一死狐为罪案，使汝为刑官，能据以定谳乎?"翁俯首良久，以手拊膝曰："汝自取也夫！吾诚不料汝至此。"振衣自去。

举子旋移居准提庵，与慎思邻房。其娈童与狐尤昵，衔主人之太忍，具泄其事于慎思，故得其详。

【注释】

① 乾隆己卯：乾隆二十四年(1759)。

【导读】

此则狐妖故事情节构造亦是书生与狐媚恋爱之题材，其题材历来多有，不甚为奇。然其述狐妖淫乱，遭书生扼杀之后，老翁与举子之辩论，却颇可称道，其剖析律法、阐述理由，极有深度，当是精于律法者之言也。

四 同年胡侍御牧亭，人品孤高，学问文章亦具有根柢。然性情疏阔，绝不解家人生产事，古所谓不知马几足者，殆有似之。奴辈玩弄如婴孩。尝留余及曹慕堂、朱竹君、钱辛楣饭，肉三盘，蔬三盘，酒数行耳。闻所费至三四金，他可知也。同年偶谈及，相对太息，竹君愤尤甚，乃尽发其奸，迫逐之。然结习已深，密相授受，不数月，仍故辙。其党类布在士大夫家，为竹君腾谤，反得喜事名。于是人皆坐视，惟以小人有党，君子无党，姑自解嘲云尔。后牧亭终以贫困郁郁死。死后一日，有旧仆来，哭尽哀，出三十金置几上，跪而祝曰："主人不迎妻子，惟一身寄居会馆，月俸本足以温饱，徒以我辈剥削，致薪米不给。彼时以京师长随，连衡成局，有忠于主人者，共排挤之，使无食宿地，故不敢立异同。不虞主人竟以是死。中心愧悔，夜不能眠。今尽献所积助棺敛，冀少赎地狱罪也。"祝讫自去，满堂宾客之仆，皆相顾失色。

陈裕斋因举一事曰："有轻薄子见少妇独哭新坟下，走往挑之。少妇正色曰：'实不相欺，我狐女也。墓中人耽我之色，至病瘵而亡。吾感其多情，而愧其由我而殒命，已自誓于神，此生决不再偶。尔无妄念，徒取祸也。'此仆其类此狐欤？"然余谓终贤于掉头竟去者。

【导读】

"见善则迁，有过则改"，自古以来，多有此类事情。此则故事以旧仆与狐女之忏悔自过，来阐述善于自悔者"贤于掉头竟去者"，颇有深意。所谓"人非圣人，孰能无过"，过而能改，善莫大焉也。

五　偶见田侯松岩持画扇，笔墨秀润，大似衡山。云其亲串德君芝麓所作也。上有一诗，曰："野水平沙落日遥，半山红树影萧条。酒楼人倚孤樽坐，看我骑驴过板桥。"风味翛然，有尘外之致。复有德君题语，云是卓悟庵作，画即画此诗意，故并录此诗。殆亦爱其语也。田侯云，悟庵名卓礼图，然不能详其始末。大抵沈于下僚者，遥情高韵，而名氏翳如。录而存之，亦郭恕先之远山数角耳。

【导读】

此上一则，亦与诗话之流无异也。考述诗歌姓名字号，直可当诗话读也。

六　梁豁堂言：有客游粤东者，妇死寄柩于山寺。夜梦妇曰："寺有厉鬼，伽蓝神弗能制也。凡寄柩僧寮者，男率为所役，女率为所污。吾力拒，弗能免也。君盍讼于神？”醒而忆之了了，乃炷香祝曰：“我梦如是，其春睡迷离耶？意想所造耶？抑汝真有灵耶？果有灵，当三夕来告我。”已而再夕，梦皆然，乃牒诉于城隍。数日无肸蚃。一夕，梦妇来曰：“讼若得直，则伽蓝为失纠举，山神社公为失约束，于阴律皆获谴，故城隍踌躇未能理。君盍再具牒，称将诣江西，诉于正乙真人，则城隍必有处置矣。”如所言，具牒投之。数日，又梦妇来曰：“昨城隍召我，谕曰：‘此鬼原居此室中，是汝侵彼，非彼摄汝也。男女共居一室，其仆隶往来，形迹嫌疑，或所不免。汝诉亦不为无因。今为汝重笞其仆隶，已足谢汝。何必坚执奸污，自博不贞之名乎？从来有事不如化无事，大事不如化小事。汝速令汝夫移柩去，则此案结矣。’再四思之，凡事可已则已，何必定与神道争，反激意外之患。君即移我去可也。”问：“城隍既不肯理，何欲诉天师，即作是调停？”曰：“天师虽不治幽冥，然遇有控诉，可以奏章于上帝，诸神弗能阻也。城隍亦恐激意外患，故委曲消弭，使两造均可以已耳。”语讫，郑重而去。其夫移柩于他所，遂不复梦。

此鬼苟能自救，即无多求，亦可云解事矣。然城隍既为明神，所司何事，毋乃聪明而不正直乎？且养痈不治，终有酿为大狱时；并所谓聪明者，毋乃亦通蔽各半乎？

【导读】

城隍爷乃阴间长官，而城隍断案，却不辨事实真相，而以息事宁人为目的，并劝其不必坚执奸污，自博不贞之名，以便有事化为无事，大事化小事，可见，阴曹地府亦有此不正直之长官，何况现实社会乎？

七　田白岩言：济南朱子青与一狐友，但闻声而不见形。亦时预文酒之会，词辩纵横，莫能屈也。一日，有请见其形者。狐曰：“欲见吾真形耶？真形安可使君见。欲见吾幻形耶？是形既幻，与不见同，又何必见。”众固请之，狐曰：“君等意中，觉吾形何似？”一人曰：“当庞眉皓首。”应声即现一老人形。又一人曰：“当仙风道骨。”应声即现一道士形。又一人曰：“当星冠羽衣。”应声即现一仙官形。又一人曰：“当貌如童颜。”应声即现一婴儿形。又一人戏曰：“庄子言，姑射神人，绰约若处子，君亦当如是。”即应声现一美人形。又一人曰：“应声而变，是皆幻耳，究欲一睹真形。”狐曰：“天下之大，孰肯以真形示人者，而欲我独示真形乎？”大笑而去。子青曰：“此狐自称七百岁，盖阅历深矣。”

【导读】

此则故事情节虽简洁，然充满哲思意蕴。狐友之形千态万变：或老人，或道士，或仙官，或婴儿，或美人，不一而足，然皆幻形也。狐形如此，人亦多类此也。阳奉阴违，口是心非，举杯推盏之际，觥筹交错之间，孰肯以真形示人也？此狐故意隐藏真身，盖阅历深矣。

八　张浮槎《秋坪新语》载余家二事，其一记先兄晴湖家东楼鬼，（此楼在兄宅之西，以先世未析产时，楼在宅之东，故沿其旧名。）其事不虚，但委曲未详耳。

此楼建于明万历乙卯[1]，距今百八十四年矣，楼上楼下，凡缢死七人，故无敢居者。是夕不得已开之，遂有是变。殆形家所谓凶方欤？然其侧一小楼，居者子孙蕃衍，究莫明其故也。其一记余子汝佶临殁事，亦十得六七；惟作西商语索逋事，则野鬼假托以求食。后穷诘其姓名、居址、年月，与见闻此事之人，乃词穷而去。汝佶与债家涉讼时，刑部曾细核其积逋数目，具有案牍，亦无此条。盖张氏纪氏为世姻，妇女递相述说，不能无纤毫增减也。嗟乎！所见异词，所闻异词，所传闻异词，鲁史且然，况稗官小说。他人记吾家之事，其异同吾知之，他人不能知也。然则吾记他人家之事，据其所闻，辄为叙述，或虚或实或漏，他人得而知之，吾亦不得知也。刘后村诗曰："斜阳古柳赵家庄，负鼓盲翁正作场。死后是非谁得管，满村听唱蔡中郎。"匪今斯今，振古如兹矣。惟不失忠厚之意，稍存劝惩之旨，不颠倒是非如《碧云騢》，不怀挟恩怨如《周秦行记》，不描摹才子佳人如《会真记》，不绘画横陈如《秘辛》，冀不见摈于君子云尔[2]。

【注释】

① 万历乙卯：万历四十三年（1615）。② 摈（bìn）：排斥，弃绝。

【导读】

古人云，"尽信书则不如无书"，强调书之不可尽信也。诚哉斯言。此则笔记以张浮槎《秋坪新语》载纪家二事来阐释其中道理。所见所闻之异词，非身历者不详其实际也。"他人记吾家之事，其异同吾知之，他人不能知也。然则吾记他人家之事，据其所闻，辄为叙述，或虚或实或漏，他人得而知之，吾亦不得知也。"可谓道尽书中记载与实际差异之因也。

《历代名著精选集》书目

黄帝内经	周易
诗经	周礼
左传	国语
论语	孟子
老子	庄子
管子	晏子春秋
商君书	墨子
荀子	韩非子
六韬·三略·阴符经	鬼谷子·本经阴符七术
孙子兵法	孙膑兵法
山海经	列子
吕氏春秋	战国策
楚辞	吴越春秋
新语	新书
礼记	孝经
淮南子	史记
汉书	东观汉记
后汉书	三国志
博物志	西京杂记
搜神记	华阳国志

水经注

世说新语

抱朴子

文心雕龙

金刚经

贞观政要

大唐西域记

唐宋传奇

唐诗三百首

资治通鉴

朱子语类

东京梦华录

容斋随笔

元曲三百首

阳明传习录

徐霞客游记

陶庵梦忆

东华录

扬州画舫录

人间词话

洛阳伽蓝记

颜氏家训

高僧传

诗品·二十四诗品

坛经

史通

茶经

唐语林

宋词三百首

梦溪笔谈

近思录

武林旧事

元朝秘史

本草纲目

日知录

五杂俎

闲情偶寄

阅微草堂笔记

曾国藩家书